JESÚS MAESO DE LA TORRE (Úbeda, 1949) es uno de los autores de novela histórica más reconocidos de nuestro país. Estudió Magisterio en su ciudad natal y posteriormente obtuvo una licenciatura en Filosofía e Historia por la Universidad de Cádiz. A lo largo de su carrera ha simultaneado la docencia con la literatura y la investigación histórica. Ha recibido los prestigiosos premios Caja Granada de Novela Histórica y de la Crítica por *La cúpula del mundo*. Es académico de número de la Real Academia Hispanoamérica de Ciencias, Artes y Letras, ateneísta de mérito del Ateneo Literario, Científico y Artístico de Cádiz y miembro de la Sociedad Andaluza de Estudios Históricos y Jurídicos. Ha colaborado en medios como los periódicos *El País, La Voz de Cádiz* y *Diario de Cádiz*, y las revistas *Clío, Andalucía en la Historia, Más Allá, Muy Historia* e *Historia y Vida*, entre otras. Es autor de las novelas *Al-Gazal, Tartessos, El Papa Luna, La piedra del destino, El sello del algebrista, El lazo púrpura de Jerusalén, La cúpula del mundo, En una tierra libre, La caja china* (Ediciones B, 2015), *La dama de la ciudad prohibida* (Ediciones B, 2016), *Las lágrimas de Julio César* (Ediciones B, 2017) y *Comanche* (Ediciones B, 2018).

MAXI

Papel certificado por el Forest Stewardship Council®

MIXTO
Papel procedente de
fuentes responsables
FSC® C117695

Primera edición en B de Bolsillo: noviembre de 2018

© 2017, Jesús Maeso de la Torre
Autor representado por Silvia Bastos S.L. Agencia Literaria
www.silviabastos.com
© 2017, 2018, Penguin Random House Grupo Editorial, S. A. U.
Travessera de Gràcia, 47-49. 08021 Barcelona

Penguin Random House Grupo Editorial apoya la protección del *copyright*.
El *copyright* estimula la creatividad, defiende la diversidad en el ámbito de las ideas y el conocimiento,
promueve la libre expresión y favorece una cultura viva. Gracias por comprar una edición autorizada
de este libro y por respetar las leyes del *copyright* al no reproducir, escanear ni distribuir ninguna
parte de esta obra por ningún medio sin permiso. Al hacerlo está respaldando a los autores
y permitiendo que PRHGE continúe publicando libros para todos los lectores.
Diríjase a CEDRO (Centro Español de Derechos Reprográficos, http://www.cedro.org)
si necesita fotocopiar o escanear algún fragmento de esta obra.

Printed in Spain – Impreso en España

ISBN: 978-84-9070-709-8
Depósito legal: B-22.900-2018

Impreso en Rodesa
Villatuerta (Navarra)

BB 07098

Penguin
Random House
Grupo Editorial

Las lágrimas de Julio César

Jesús Maeso de la Torre

MAXI

Nota del autor

Los hechos que se narran en esta novela sobre Cayo Julio César y los personajes históricos que lo rodearon están fidedignamente recreados. No obstante, la historia de los protagonistas de ficción más relevantes del relato corre paralela a la vida del estadista romano. Sus alientos y tramas conciernen al universo de la fabulación literaria, pero se comportan como arquetipos de la época en sus usos y pensamiento.

He procurado reconciliar con la lógica del historiador actual las divergencias de ciertos hechos referidos a Julio César (que tanto alejaron a historiadores de su época, como también a algunos investigadores actuales) presentándolo como un gobernante moderno y un ser humano que amaba y se emocionaba como cualquiera.

Para mejor comprensión del lector, he preferido disponer el tiempo de los sucesos recreados según nuestro calendario actual, que toma el nacimiento de Cristo como partida, aunque los romanos contaban el curso de los años desde la Fundación de la Ciudad, (*ab Urbe condita*). Así pues, la acción comienza en el año 77 a.C. y concluye el 43 a.C., que correspondería, según la medición romana, desde el 676 a.U.c., al 710 a.U.c. (DCLXXVI-DCCX).

Tras un breve prólogo de dos capítulos, esta novela refiere la intensa relación de Cayo Julio César con Hispania. Toma como punto de partida histórico su llegada por vez primera a la península en el 68 a.C. y concluye en un clímax de intriga con su asesinato y cremación en el Foro romano, en marzo del año 44 a.C., y sus consecuencias políticas más señaladas.

«Cuentan muchas patrañas sobre Cayo Julio César.

»Unos denuncian que al asumir el destino de Dictador Vitalicio de Roma se transformó en un tirano, y que con él se extinguió el espíritu de la República. Otros sostienen que no había un grano de compasión en su alma, sino orgullo y una ambición desmedida. Muchos lo acusan de que pretendía perpetuar su dominio sobre Roma y sus propias vidas. Y los más, que era un genio de la política que anhelaba la gloria y el prestigio de su ciudad, un defensor del pueblo y un héroe militar que alumbró una nueva edad de oro con el *Imperium* que conquistó.

»Yo, Arsinoe, la sibila de Gades, lo conocí cuando solo era un oscuro cuestor en Hispania y acudió a mi templo de Melkart a que le interpretara un sueño que mortificaba su alma. Desde su visita no me separé de su estela, hasta el día en el que cayó en la emboscada de la muerte y su cadáver fue incinerado en el Foro, ante millares de arrebatados romanos.

»Fui partícipe de su meteórico ascenso en el ombligo del mundo, de los tiempos y traiciones turbulentas a las que sobrevivió, de los homéricos hechos que protagonizó, y de otros muchos sucesos que los cronistas no pueden narrar, sencillamente porque los ignoran. Demasiadas tierras pisaron nuestras sandalias, demasiados secretos compartieron nuestros corazones, demasiados hombres y mujeres eminentes del siglo se nos midieron, y demasiados pueblos miraron a nuestros ojos.

»Esta es nuestra historia.»

I

El espejo de plata

Tingis, en la Mauretania Tingitana, África, año 77 a.C.
Durante la guerra en Hispania de Sertorio contra
Pompeyo.

La soledad dominaba el templo de Anteo, el legendario fundador de Tingis. El sol calcinaba sus piedras blancas, las columnas rojas del atrio y el friso de piedra caliza, con una persistencia implacable.

Solo turbaba la quietud de la tarde el zureo de unas palomas sumisas, el rumor de las caravanas, las extenuadas llamadas de los pastores que recogían sus rebaños y de los acemileros que se apresuraban a encerrar sus recuas tras las murallas de adobe de la ciudad, que se perfilaban en la lejanía como un espejismo.

Los caminantes llegados del desierto, de Septa y Zilis, los devotos y peregrinos, hacía tiempo que habían abandonado el lugar sagrado tras ofrendar codornices y alondras y consultar su porvenir a la Madre en la cueva de las predicciones. A media tarde las plegarias se habían acallado y todo era silencio en el santuario del rey fundador de la nación tingitana, y de Astarté, la diosa de la fecundidad.

El tabernáculo de Anteo, uno los centros más venerados de Mauretania, se erguía en el altozano como un bastión mágico. Presidía el cerro de los Olivos, también conocido de los Cráneos de los Viajeros, que amontonados en sus paredes, le transferían al lugar un macabro aspecto. Manaba en su jardín un manantial para abluciones, y con el silencio se oía el borboteo de los caños, mezclado con el zumbido de las últimas abejas libando en las flores.

Aseguraban que en sus aguas residían las milagrosas *matres*, las deidades protectoras de la tierra y la naturaleza. Los escalones de acceso estaban colmados de ofrendas: cestillos de frutos, néctar de sicomoro, granos de incienso, manzanas, panecillos con miel y algún cabritillo atado que berreaba temeroso, y que dos siervos se apresuraban a recoger.

Un bosquecillo de plataneros, los árboles contra el mal de ojo, se abrían a uno y otro lado del camino, embaldosado con lascas pintadas de añil. Granados, almendros, cedros y mirtos rodeaban como una muralla perfumada el recóndito santuario que tanto veneraban en la Tingitana y que se hallaba a una milla romana de la ciudad.

Soplaba un leve vientecillo y el cielo estaba exento de nubes, cuando un camellero, vigilante de la frontera por la *keffija* grana para protegerse la cabeza del sol, y que lo identificaba como correo del rey Bogud de Mauretania, se detuvo en la fuente para saciar su sed. Se bajó de la montura y dejó a un lado el arco y el carcaj de flechas.

El mayordomo del templo, un viejo de movimientos torpes que rodeaba su cráneo con una cinta, lo invitó a descansar dentro. Al visitante se le notaba fatigado, pero también inquieto.

—¡Escucha, anciano, vengo a avisaros! Debéis abandonar el templo y llevaros lo más valioso antes de que sea demasiado tarde. Particípaselo a la suma sacerdotisa —informó alarmado tras beber apresuradamente—. ¡Corréis peligro!

—¿Qué ocurre de tal gravedad que deba temer la divina Ishtar? —preguntó confundido el chambelán.

—Un grupo incontrolado de desertores de una legión romana está sembrando el terror en el valle. Ayer saquearon el santuario de los reyes de Siga, mataron a los sacerdotes y robaron los exvotos sagrados.

—Y el gobernador romano, ¿no hace nada para evitarlo?

—¡El malnacido de Catilina! Ese se llevará su parte, seguro —gritó.

El viejo meditó con gravedad y se llevó la mano a la boca por la sorpresa de lo inesperado. Las piernas le temblaron.

—No se atreverán aquí, en el oratorio más santo de la Tingitania. Además estamos bajo la protección de los reyes Bocco II y Bogud, aliados de Roma. Los espíritus de los reyes aquí enterrados serán implacables con quienes profanen su descanso eterno.

—¡Mira, anciano incauto!, se trata de una patrulla rebelde de romanos y de extranjeros. No se detendrán ante nada. Esas bestias solo buscan oro y joyas y obedecen a un decurión desertor del ejército de Sertorio, de nombre Macrón, conocido también por Méntula. Lo apodan así pues viola a las mujeres que apresa en sus bellaquerías.

El mayordomo era el vivo gesto de la alarma y el espanto.

—¿Avisaréis a las tropas del rey Bogud? —le suplicó.

—Lo haré, es mi deber. Otro mensajero ha ido a informar al rey Bocco, que se halla en Iol. Pero los soldados no podrán llegar aquí hasta antes del amanecer. Informa a la sacerdotisa. ¡Vamos! Coged lo más valioso y protegeos en Tingis. Que Tanit la Sabia os ilumine —lo previno tras montar en el camello y desaparecer camino de la ciudad.

El sirviente entró inquieto en el santuario, donde Arisat, la gran sacerdotisa, oraba prosternada a los pies la diosa Madre suplicando sus señales inequívocas. Las paredes estaban cubiertas de frescos que representaban las fundaciones fenicias de Cartago, Lixus y Gadir.

Abundaban el marfil, las pieles preciosas de leopardo, los óleos rituales, los vasos de oro, los perfumarios de serpentina, las maderas nobles, los amuletos protectores, la plata y el lapislázuli, entre el polvo sutil de los sahumerios donde ardían varillas de los sicómoros del País de los Aromas, el nardo y la mirra.

Cestas de mimbre con las cabelleras y las barbas primerizas, ofrendas votivas de los jóvenes de Tingis, se alineaban a los pies del sepulcro del rey Anteo, que presidía con su tonalidad amarfilada el oratorio, junto al fuego sagrado que ardía en una crátera de alabastro. En dos altares se encontraban las diosas Tanit y Astarté, ataviadas sus negras siluetas con el sagrado *zaimph*, el manto de las divinidades madre, translúcido y áureo. Cortinas de seda de color jacinto ocultaban las ventanas ovaladas del santuario.

Algo inmensamente sagrado sobrecogía a quien allí entraba. La *qadishti* Arisat, la hija terrenal de Astarté y santa de Ishtar, la guardiana del ancestral ceremonial de la nación *mauri*, poseía la facultad del discernimiento de los signos invisibles, del secreto de la muerte y del renacimiento de las almas. Y nadie ignoraba que auguraba la fortuna de los fieles con solo mirarlos con sus ojos verdísimos.

Arisat era también una sabia *asawad*, la que adivina a través de los sueños, y cada luna nueva recibía en trance sagrado la inspiración de Astarté, bajo los efectos del opio, la efedra, el coriandro, las adormideras y la mandrágora, con las que entraba en el dulce olvido del éxtasis. Caía en estados de posesión, con los que liberaba el corazón de los fieles de sus tenaces obsesiones, profetizando además el devenir de los tiempos.

La profetisa también se encargaba de mantener el Onfalos, el fuego consagrado el día de la resurrección del dios Melkart, ante el sepulcro del gigante, Anteo, el que luchara en singular combate contra Hércules, y también rendía culto a las diosas eternas Tanit y Astarté-Ishtar.

Guardaba en un altar subterráneo una imagen en oro del colérico Gurzil, el dios cornudo, muy respetado por los guerreros tingitanos y númidas. Arisat era honrada por las tribus del norte africano, ya fueran del Atlas, de Liksh o de Siga, pues solo ella había heredado las aptitudes adivinatorias a través de la leche materna, que igualmente había transmitido a su hija Hatsú, la futura sibila de los tingitanos.

Inclinada a la filantropía, Arisat, que había perdido a su marido, el general del rey Bocco, Lauso de Lixus, en la guerra contra los indómitos garamantas del sur, era extremadamente sensible al dolor humano y emanaba de su persona un respeto hacia sus semejantes, que al instante la adoraban por sus palabras apacibles y generosas acciones. La prodigiosa mujer, una hembra madura de piel cobriza, envolvía su delgadez etérea en una levísima clámide blanca, y oraba con los párpados cerrados.

Tras el aviso del vigilante de la frontera, el lugar se había convertido en un mentidero de habladurías y miedos y los siervos corrían por los pasillos sin saber qué hacer. Cuando el criado penetró en la penumbra del templo, Arisat lo miró sin inmutarse. Tenía los brazos cruzados sobre el pecho y abrió los ojos. De su mirada dimanaba la potestad indudable sobre el porvenir y los deseos de los dioses.

—Lo he oído todo, Maharbal, y lo presagiaba —indicó al intendente—. Lo temía desde que esos romanos pusieron el pie en estas tierras. Su avaricia no tiene límites, y el nuevo gobernador, esa alimaña de Sergio Catilina, es cruel e insaciable. Nadie escapa a su despotismo. Es nuestra fatalidad.

—¿Qué precauciones tomaremos, señora? —preguntó—. No hay tiempo.

Rodeada de un halo de misterio y grácil como la palmera de un oasis, Arisat amplió su sonrisa de bondad y delicadeza.

—Carga dos jumentos con los ornamentos sagrados, los *zaimph* bordados de oro de la diosa, lo más valioso del tesoro y los exvotos de la cueva de las predicciones. Forma dos grupos armados con criados y vigilantes y marchad inmediatamente, unos hacia Tingis y otros hacia Zilis. Nada más llegar guardadlo todo a buen recaudo en el Banco de Tiro. El lugar más santo de la Tingitana va a ser deshonrado.

En la mirada de Maharbal, seguía aflorando el pánico.

—¿Y tú, mi señora? ¿Y tu hija? —se interesó suplicante.

Como si tuviera la certeza de que obedecía a la diosa, dijo:

—Mi obligación es quedarme aquí como su guardiana. No se atreverán conmigo. Sobre mi hija ya lo tengo previsto hace tiempo. Vamos, Maharbal, organízalo todo con prontitud y salid sin dilación. Os mandaré un aviso cuando todo pase.

De repente la puerta interior del tabernáculo se abrió con brusquedad y una niña de unos diez u once años, arrebatada por la angustia, compareció en el umbral. Era su hija Hatsú. La sacerdotisa la asió del brazo con afabilidad, pues un ansia espantosa la dominaba. La calmó. La piel de la pequeña parecía transparente. Iba vestida con una túnica azul recamada de lirios, y unas sandalias de cuero. En uno de sus brazos lucía una ajorca con la efigie del dios Gurzil. Era la encargada de tocar en las ceremonias sacras el *nebel* de doce cuerdas, que tañía con un dulce sentido de la melodía.

Nada impuro parecía rozar su gracia natural.

—¿Qué ocurre, madre? Los guardianes están temerosos.

Arisat trató de no exteriorizar su angustia e inquietud, y la consoló con una ternura inefable.

—Es la sentencia de nuestro destino, hija. Hienas extranjeras sin escrúpulos morales y llevadas por la codicia quieren arrebatarnos lo más sagrado. Habrás de esconderte durante unos días y después regresarás cuando el peligro haya pasado. No te preocupes, mi cielo.

—¿No me acompañas, madre? —preguntó suplicante.

—¿Y tú que serás una servidora de Ishtar e hija predilecta de la luna de Tanit la abandonarías a merced de los perversos, Hatsú? Hemos de cuidar de su morada terrenal y superar la adversidad. Esa es nuestra misión, mi hijita querida.

—Nunca la desatendería, madre. Servirla es nuestro sagrado deber.

—No es una cuestión de orgullo y comodidad, sino de deber. Quizá sea una falsa alarma, pero hemos de ser cautelosos. Salvemos lo que más amamos, y apresurémonos en hacerlo. El rey Bogud y el gobernador de Tingis ya han sido avisados.

Pese a su candorosa edad, Hatsú comprendió de golpe el mal camino que emprendía su vida y un sordo sollozo le cortó la palabra. Sintió un vago estremecimiento en su pecho, premonición de un mal agüero, y palideció cuando su madre la atrajo hacia sí y le reveló su mayor secreto:

—Toma, cielo mío. Eres el reflejo fiel de mi alma y estoy orgullosa de ti. Has de llevarlo contigo y preservarlo de la barbarie. Es lo más preciado de nuestra familia —le descubrió, y le mostró un singular espejo del tamaño de una mano abierta. Era más claro y menos opaco de lo habitual y parecía forjado de piedra de volcán. Poseía un aura que seducía. Al pertenecer a su madre, la niña pensó que podría poseer poderes mánticos.

Se trataba de un óvalo de obsidiana pulida, ajustada en un mango de ébano que representaba el cuerpo, el vientre y los senos fecundos de la deidad femenina, Astarté-Tanit, quien con los brazos alzados lo sujetaba. Arisat le reveló que estaba vinculado al don profético de las mujeres de la familia desde hacía quinientos años. Hatsú lo contempló cautivada. Parecía estar dotado de vida y estaba exornado con los signos de la luna y flores de loto, las preferidas de la deidad femenina.

—Es el ojo de la diosa creadora, cuyo secreto ocular te he enseñado —le explicó—. En su cara puedes percibir determinados acontecimientos del devenir tuyo o de quienes te rodean. Tú, y solo tú, podrás sentirlo en ocasiones cruciales de tu vida. Ese es nuestro poder que aprendí de nuestras madres profetisas de Berenice y Querquenna, los pueblos de nuestros antepasados. Eran descendientes directas de Dido, la princesa de Tiro y fundadora de Cartago, la legendaria hermana del soberano Pigmalión. Solo debes enfrentarte a él con sencillez de corazón y honestidad de sentimientos, y él te hablará.

Hatsú lo balanceó en su mano y solo distinguió su propio rostro difuso. Sin embargo, al sostenerlo comprobó que poseía una atracción insondable, que infundía un leve vértigo en la cabeza y un tenue arrebato en sus sentidos. Pero no vio nada.

—¿Y podré, madre, conocer en el hechizo de este talismán y en su fulgor mi propio destino cuando lo desee? —se interesó.

—En eso consiste su verdadero prodigio. Pero la diosa se nos manifiesta solo cuando lo estima necesario. En tres ocasiones cruciales para mi vida sentí en mi espíritu un rumor indescriptible e impetuoso que retumbó en mis entrañas. Esa vibración reportó importantes nuevas para mi futuro.

—¿Y alguna vez se te encarnó el rostro de la diosa, madre?

—Contadas veces. Pero cuando se refleja oscuro el búho sabio de la diosa, o los pájaros negros de la desgracia, los miembros se nos paralizan pues algo desdichado va a ocurrir. No lo olvides.

La niña miró a su madre de hito en hito. Se sentía valiosa.

—Anda, hija, ve a buscar a Tamar. Debéis partir sin dilación a Septa.

Tamar, la doméstica del santuario, entró al poco de la mano de Hatsú. Era su más leal amiga, una niña de su misma edad, de pelo castaño claro y ojos intensamente azules, a la que había recogido siendo muy niña, perdida en un arrabal de Kartenna, comida por lo piojos, las bubas y la sarna. Posiblemente era la hija abandonada de unos esclavos dálmatas o lidios, por el color de su piel y de su clara cabellera. La había convertido en compañera de juegos de su hija y su respeto a la pitonisa era proverbial y daría su vida por ella. Arisat y Hatsú significaban lo que más amaba.

Silax, su primogénito, que pronto cumpliría los siete años, no se hallaba en el santuario. Por su rango y su sangre aristocrática, servía desde hacía dos años en la corte del rey Bocco de la Tingitana Oriental. Asistía a las clases de retórica de un pedagogo griego junto a la camada real, aprendiendo cuanto precisaba para en el futuro convertirse en magistrado regio. Allí estaba siendo instruido en la escritura púnica, tartesia, latina y griega, y también en diplomacia y álgebra.

Tamar bajó la mirada para dirigirse a Arisat, su madre adoptiva:

—Los servidores del templo hablan de un tal Macrón, un desertor romano que se dirige hacia aquí con perversas intenciones. ¿Es verdad, madre? —le preguntó con voz firme.

La pitonisa explicó con brevedad a su hija y a Tamar, que abrió sus hondísimos ojos color del mar, la comprometida situación y las conminó a obedecerla. Debían recoger sus cosas más necesarias y salir en dos mulas hacia Septa, donde se hallaba un templo de sacerdotisas de la Madre, con un siervo anciano y dos esclavos, para más tarde retornar una vez pasado el riesgo. Después hizo un aparte con el viejo y le facilitó unas instrucciones precisas, una bolsa con cien siclos de plata y dos escritos. Y arrodillándose, besó y abrazó a Hatsú y a la asustada Tamar, confortándolas.

—Se trata de una preocupación que no me resta responsabilidad sobre vosotras —las calmó afable.

Sin demora le colocó a Hatsú en la muñeca una pulsera, en la que había insertado un anillo para sellar documentos, de los que se utilizaban en los santuarios de la Madre, que representaba a Tanit con un caballo bajo una palmera. En el anverso, los dos símbolos: una estrella y la media luna.

—Este anillo te protegerá —le expresó a Hatsú tomándola de la mano—. Tus sueños siempre han sido admirables y mi deseo es que se realicen, querida mía. Y cuando la diosa hable un día a tu oído, entonces te convertirás en su gran sacerdotisa.

—Ella nos mantendrá unidas, madre —le respondió llorosa.

—En nuestras venas corre sangre real de Egipto y de Cartago, hija, no lo olvidéis nunca. Pero tanto los mauretanos de Tingis como los romanos odian a los púnicos. Seamos sensatas y pongamos tierra de por medio durante unos días en tanto veamos qué hacen esos bárbaros abominables. Nos reuniremos de nuevo cuando esta amenaza solo sea un vago recuerdo —las alentó—. No creo que se atrevan a profanar este santo lugar, que hasta el general Sertorio veneró y honró.

—Que el furor de Baal los confunda —se expresó Tamar—. Pero si como dicen ese desertor romano pertenecía a las legiones de Quinto Sertorio, conoce bien nuestras abundancias, y lo temo.

La melancolía y unos indecibles temores se apoderaron de los tres corazones femeninos. Un lazo estrechísimo las ligaba, y hoy se desharía por vez primera debido a la codicia de unos bárbaros. Un terror supersticioso se agudizó en sus almas entristecidas. La sacerdotisa era su sostén imprescindible, y temían perderlo.

—Muy pronto estaremos juntas —las animó—. ¡Anda, partid ya!

Al rato, y entre llantos y lamentos, la sibila vio abatida cómo desaparecían las tres partidas en dirección a los distintos puntos que había previsto. En la que se perdía hacia el oeste iba su vida y a quienes más apreciaba su corazón: Hatsú y Tamar. Por eso una lágrima resbaló por su pómulo color ámbar.

Y se preparó para lo peor. Conocía el desmedido afán por el oro de los romanos y entendía que el templo de Anteo, un semidiós venerado por el pueblo, un héroe cargado de prudencia, valor y sabiduría, era un panal de miel para el paladar ávido de aquellos embrutecidos salteadores. En su mente se abrían negros abismos. Tarde o temprano comparecerían. Lo sabía. Había visto la mancha borrosa del búho negro en el espejo.

Y ella era el cordero destinado al sacrificio.

II

El destino de Arisat

Un hosco silencio precedió al asalto.

Desde la ventana del deshabitado templo, Arisat distinguió la llegada cautelosa de los agresores, que lo rodearon como ladrones en la noche. La figura del cabecilla, el llamado Méntula, un jinete fibroso, con barba cerrada y copiosa cabellera, y el rostro tostado por el viento africano, la estremeció. Movía insistentemente la cimera de su yelmo, y se protegía con un escudo de bronce. Brutal y turbulento, el romano, aún joven por su aspecto, controlaba todo con sus retinas de alcaudón.

Tras avizorar cauteloso el terreno, convocó a gritos a sus desarrapados y barbudos secuaces, que enarbolando antorchas que parecían faros de fuego, con las armas desenfundadas y los caballos relinchando, se agolparon ante las puertas del santuario en un pandemónium de chillidos y entrechocar de armas.

El abigarrado grupo de salteadores no pasaba de largo.

—¡Está sin defensa alguna, listo para ser despojado! —les gritó.

Era el preludio de su desgracia y Arisat vaciló en su fe. Le daba la sensación de haber forzado una de esas decisiones extremas que vuelven a las personas inconscientemente vulnerables y frágiles.

De inmediato se produjo la primera carga.

Derribadas las puertas de bronce corrió la sangre y el hatajo de mercenarios comenzó a causar estragos tirando al suelo las ascuas del fuego sacro, los pebeteros de incienso, el batintín de bronce para convocar a la oración, el trípode donde la sacerdotisa anunciaba los deseos de la deidad femenina, las cráteras de arcilla griega y las candelas de aceite.

Mataron sin piedad a los tres vigilantes que habían quedado a su cuidado y a las dos asustadas siervas de Arisat, a las que cortaron la cabeza de un tajo antes tan siquiera de que pudieran emitir un grito de defensa. Con los ojos incendiados de avaricia, Macrón buscó a la sacerdotisa de la que tanto le habían hablado y a la que tenía por una mujer hermosa y venerable. El fragor de los alaridos, los destrozos y derrumbes de altares aumentaba. Y los asaltantes se entregaban a una insensata destrucción y al pillaje del santuario. Pero rastreaban de forma desenfrenada el tesoro de la deidad, sin éxito alguno. Debían de haberlo ocultado.

—¡Aquí no hay nada de valor, Macrón! —informó uno.

—Solo dos arcones vacíos, jefe —avisó otro con ojos de gato.

De repente, altiva como un junco, pintado el rostro del suave rojo ceremonial, sus finas cejas afeitadas y con un perfil oriental, Arisat, mujer virtuosa y ejemplar, compareció de detrás del velo sagrado, irreal como una aparición. Era el vivo espejo de la elegancia y la fragilidad, y centelleaba aquella tarde con ardiente sensualidad. El brillo llamativo de los amuletos que adornaban sus brazos, cabeza y pecho y la diadema de gemas de la deidad en la frente realzaban su exótica belleza.

—¿Me buscabais, romanos? ¿Demandáis el juicio del oráculo? ¿Invocáis la protección de la Madre? —ironizó firme.

—Sabes que pretendemos otra cosa bien distinta, mujer.

Los forajidos la rodearon, intimidándola con sus voces y gestos obscenos, y denigrándola hasta el paroxismo más vejatorio y denigrante.

—Tenéis las manos teñidas de sangre y estáis obrando de forma reprobable a los ojos de los dioses. ¡Habéis incurrido en la cólera de Tanit, la Madre, y tarde o temprano seréis reos de su cólera! —Habló en un latín impostado, dirigiéndose a Méntula.

Macrón, con las retinas brillando de lubricidad, la taladró.

—¿Dónde has escondido el tesoro de Anteo, bruja? ¡Habla!

Arisat apeló a todo su valor y le sonrió sarcástica.

—¿El tesoro de Anteo? Solo son las limosnas y ornamentos del dios. Nada más. Y ya deben hallarse a buen recaudo en la ciudad real de Tingis, bajo la protección del monarca Bocco. Un vigilante de la frontera nos alertó y mis criados partieron para protegerlo, pues son tan sagradas como el óleo de estos vasos. Era mi deber preservarlos de la sacrílega profanación.

—¡No te creo, negra furcia del demonio! —le gritó Macrón y la abofeteó sin piedad, derribándola al suelo.

Arisat se repuso. Un hilo de sangre le caía por las comisuras de los labios, pero no se derrumbó. Tenía por indecorosa la autocompasión.

—¡Esperad y detened esta destrucción estéril! Os lo suplico.

—No la creas, es una lechuza mentirosa, Macrón —espetó un legionario galo al que le bailaban tres dientes en la boca.

La sacerdotisa trató de contemporizar con el decurión y sus esbirros, pues preveía un trágico y fatal desenlace a la situación.

—Conociendo vuestro perverso propósito, he guardado estas bolsas colmadas de dracmas y siclos de plata, mis joyas personales, talegas de harina para tortas, ánforas de vino de Samos y varias sacas con carne y pescado salado. Os esperan en las cuadras junto a unas caballerías con monturas y jaeces, y cargadas con estos presentes. Todo es vuestro, y podéis marcharos.

—¿Nos quieres contentar con esas bagatelas, arpía? —dijo Macrón.

—Espero que os satisfaga y preservéis la sacralidad de este santo lugar —les participó, especulando que regalo tan generoso recompensaría su avidez y abandonarían el lugar sin más.

Arisat creía que era un poderoso argumento de disuasión, pero la codicia, que suele ser hermana de la perversión, la insensatez y la crueldad, reinaba en la insaciable mente de Macrón.

—Lo queremos todo. ¡Te sacaremos las tripas hasta que confieses dónde lo has escondido, farsante! Vamos, ramera, habla. ¿Dónde guardas el oro y las pedrerías? —la increpó Méntula, febril—. ¡Vamos, hechicera, yo las vi con mis ojos cuando pasé por este antro con el general Sertorio!

Una cólera sorda roía a la sacerdotisa, pero un matiz de circunspección y mesura salió de sus labios. Ansiaba convencerlos.

—Te he dicho la verdad. No añadas a la irreverencia y el asesinato de inocentes la insolencia hacia la elegida de los dioses. Y has de saber que las tropas del rey pueden caer sobre vosotros de un momento a otro, y que el gobernador Sergio Catilina os perseguirá hasta donde os escondáis. Vuestras atrocidades os preceden —intentó persuadirlo.

Méntula apuntó una carcajada mordaz, que la amedrentó.

—¡¿Catilina?! Ese bastardo estará ahora contando sus ganancias.

Algo iba a empeorar. La sibila lo presentía. Macrón chasqueó el látigo y ordenó el más atroz de los tormentos para hacerla confesar.

—¡Alzad una cruz fuera! —ordenó—. ¡Vamos! La ayudaremos a recordar dónde amontona sus caudales esta hechicera y un velo bordado de oro que vieron mis ojos. Veremos si habla o no, ¡por la maza de Hércules!

Arisat se quedó petrificada. No podía creer lo que había escuchado y pensó que era una baladronada de Macrón. Aguardó parapetada dignamente tras su muro de respetabilidad. ¿Era solo una estratagema? ¿Una enloquecedora realidad? ¿Se atrevería a tanto?

—¡Tomad lo que os he ofrecido, por Ishtar! Os ofrezco más de dos talentos de plata. Ese es su valor —suplicó la mujer sabiendo que no recibiría la menor consideración y amparo.

Una prolongada tregua sucedió a la orden del decurión, y al poco se escucharon martillazos como si una mano gigantesca excavara los cimientos del santuario. La amenaza se cumplía.

—Es tu última oportunidad, o lamentarás tu obstinación, mujer. ¿Dónde ocultas las riquezas del templo? Sabemos que es el más acaudalado de estas malditas tierras y que cientos de devotos lo visitan cada luna nueva —la conminó el cabecilla, que al advertir su mutismo, se embraveció, la atrajo hacia así, y con furiosa saña la derribó al suelo. Se despojó del cinturón y de las armas, y se echó sobre ella violentamente.

Después, en presencia de sus hombres, que la sujetaban y lo jaleaban con impudicias del más soez dialecto tabernario, le rasgó la clámide y le baboseó la cara gimiendo con lujuria. De nada le sirvió a Arisat defenderse, arañarle y escupirle, pues una rudeza primitiva se redoblaba en cada envite del romano.

Oprimió una sensación de repulsión, y comprendió con dolor que aquella vejación atroz sería traumática y pavorosa para ella. Hay momentos en la vida en los que el entendimiento solo acepta la inexorable realidad y no se puede reaccionar. Sintió un perturbador estremecimiento cuando recordó a Hatsú. «¿Qué hubiera sido de ella de haber permanecido aquí?»

Méntula la violentó salvajemente en medio de unas asperezas que dolían de forma lacerante a la sibila, que miraba las pinturas mitológicas del techo y los *genios* pataicos fenicios, ajena a aquella marea atropellada, lasciva y despiadada de su agresor. Macrón, que sudaba copiosamente y olía a sudor y vino rancio, la golpeó y le mordió su terso cuello, los senos y sus muslos entreabiertos y rígidos, mientras empapaba de semen sus vestidos revueltos.

Arisat había ofrecido por la fuerza su carne pasiva, y lloraba.

El estallido triunfante del violador, propio de una bestia, duró una eternidad para la mujer, que gemía de forma desgarradora. La pitonisa había encontrado algo de consuelo en su indiferencia, pero le ardían los párpados, sus labios estaban resecos, notaba las babas repulsivas de Méntula en su rostro y un sabor acerbo penetraba por su garganta. Deseaba morir.

No había el menor resquicio para la esperanza, y el soborno con aquel botín sustancioso no había servido para nada. Desorden, sangre, irracionalidad y violencia habían convertido aquel santuario en una tumba. ¿Cómo podría salir de aquel círculo infernal en el que se veía sumergida con sus sirvientes más queridos, víctimas de la avidez de unos locos?

Percibía que no había retorno posible. Suspiró con el rostro aturdido y con un desprecio mal disimulado hacia su violador. Su agonía no había hecho más que empezar.

—¡¿Vas a hablar ahora, nigromante?! O quieres que te penetren todos mis hombres uno a uno. Sus vergas no son tan delicadas como la mía —le aconsejó carcajeándose—. Serán menos cariñosos que yo, y te harán daño, maga —le advirtió el soldado recomponiendo su ropa.

Arisat, sin dignarse mirarlo, avanzó desdeñosa su labio inferior, intentando detener el fatal curso de los acontecimientos.

—Os he dicho la verdad —musitó entre llantos—. No se hallan aquí.

Con la mirada rígida de un juez burlado, Macrón habló:

—Ah, sí. ¿Te sigues mofando de mí, buscona de arrabal? ¡Pues atadla a la cruz! Veréis como razona —le lanzó a la cara.

Desamparada, vulnerable y angustiada, Arisat suplicó:

—¡No, por piedad, por mis hijos! No escondo nada, os lo juro, caterva de indeseables —sollozaba entre estremecimientos de horror, mientras la arrastraban escaleras abajo.

Arisat contempló con los ojos muy abiertos que el sol declinaba con pinceladas oblicuas. Y recortada en el zarco firmamento, el perfil de una cruz forjada toscamente con las maderas de las aras del templo. Le pareció espantosa, inhumana, y se quedó paralizada. Una atmósfera amedrentadora hizo que un sudor frío le corriera por la espalda y una flojedad paralizante le subiera por las piernas. Con las mejillas hundidas y los ojos girando en sus órbitas, vivía en un estado próximo a la enajenación mental.

Y como fulminada por un rayo, perdió el sentido y se desmayó. Duró solo unos instantes y despertó aturdida a la brutal evidencia. No era justo morir así después de una vida de concordia, amor e iluminación, ella, que se apiadaba de los necesitados y humildes, consolaba a los desesperados y escuchaba a quienes acudían a su altar. Se hizo un silencio de muerte y un pavor sombrío cruzó su mente espantada.

Ya no se revolvía ante aquellos horribles sucesos con la misma rabia y con la misma determinación de rechazo que antes de ser violentada. Aceptaba su suerte. Aquellos demonios desatados eran incapaces de ejercitarse en la clemencia. El afán por el oro los cegaba.

La izaron a la cruz y le ataron los brazos y los pies a los maderos entre insultos. Semidesnuda, con el cabello pegado a la frente manchada aún de carmesí ritual y la sangre escapándole por el mentón, sintió un pavoroso desamparo y un miedo atroz. Iba a morir. Crecieron los alaridos irracionales de los asaltantes, que le exigían hostigándola con las lanzas que revelara dónde se hallaban escondidos los caudales del templo.

—No oculto nada, cobardes y asesinos de inocentes —musitó con lágrimas amargas y la mirada ausente y extinguida—. Tenéis las manos teñidas de sangre. Que Anteo os maldiga, impíos.

Arisat notó un dolor indecible en su pecho. Se asfixiaba.

Los bandidos aguardaron un rato y con amenazas y muecas aterradoras la conminaron a hablar, pero la sibila no podía articular palabra. Se ahogaba espantosamente. De pronto alzó el rostro demudado, como absorta en una súplica que la aislaba del mundo y la unía al cielo.

—Aún no había concluido el libro de mi vida, venerada Ishtar —oró con los ojos vidriosos—. No has tenido piedad con tu sierva, pero te ruego cuides de mis hijos.

—¡Mirad a la adivina, pide clemencia! —gritó un sicario.

—Esta *lamia* no va a soltar prenda, jefe. ¿Qué hacemos?

Sus labios se enfriaron, sus párpados temblaron, un gemido salió de su boca y se quedó exánime, ahogada. Entonces, el sórdido, ruin y perverso decurión decidió concluir el atropello harto de esperar. Con la boca crispada, decidió:

—¡Acabad con ella, coged lo que veáis y huyamos al galope hacia las montañas de Rusadir! Aunque ese reyezuelo de Tingis nos teme, no me fío de él. Ya se habrá enterado y ordenará perseguirnos —les ordenó.

Al instante un haz de flechas silbó en el aire y fue a clavarse en el cuerpo blando y extenuado de la sibila, que se desplomó como un muñeco desmadejado, y con la cabeza hundida en el pecho. Hilos presurosos de sangre corrieron por su cuerpo y por las piernas tumefactas, empapando la arenisca del suelo. La pitonisa expiró entre estertores de asfixia.

—*Supremum vale!* —vociferó Macrón.

Mientras, el estruendo ensordecedor de los soldados, el piafar de las monturas y las risotadas de los andrajosos hombres de Méntula se perdían por la quebrada. Iban gozosamente borrachos, cargados con el expolio, y con el vino corriendo por sus gaznates, mientras alardeaban de sus atrocidades y se mofaban de la pitonisa sacrificada.

La pesadez horizontal del ocaso con sus jirones violáceos, el silencio de las sombras que precedían a la noche y un mudo horror se habían apoderado del aire inmóvil y caliente del santuario de Anteo, convertido en un lugar de muerte, ruina, desolación y pillaje. Pronto bandadas de buitres y cuervos comenzarían su festín, hasta que compareciera la guardia real.

La luz se desvanecía y un incendio crepuscular pintaba el horizonte. El perfil sanguinolento de la sacerdotisa inmolada por la voracidad de unos infames se recortaba en la luna que asomaba en el lienzo púrpura. La traza del devastado templo se desfiguraba con la oscuridad, y solo la luz de la luna iluminaba la aterradora y repugnante escena.

La muerte había caído como la escarcha sobre la flor más hermosa del vergel de Tingis. A Arisat se le habían quedado los ojos pavorosamente abiertos en el último estertor de la muerte.

Exigían una venganza ejemplar de la diosa.

Siete años después
del asalto al templo de Anteo

III

Arsinoe, la interpretadora de sueños

Septa, norte de África, año 69 a. C.

Era una noche de luna llena y los cultos de la Noche de las Mujeres, consagrados a Astarté, tocaron a su fin. Los siervos del templo de Septa habían distribuido las tortas rituales, se había quemado incienso de Arabia ante el altar y se habían ejecutado las danzas de la fecundidad por las hetairas de la diosa.

Los augures habían leído el futuro en las entrañas de los corderos y habían pronosticado a la recién ungida sacerdotisa, Hatsú, una dilatada vida como servidora de la Madre. Pronto cumpliría veintidós años y seducía por el misterio que emanaba de su apostura y por su subyugadora belleza. Su piel parecía alumbrada con la dorada transparencia de los dátiles maduros y en su mirada felina brillaban dos lentejuelas verdes e insondables, como dos ojos de serpiente.

La ingenuidad de sus movimientos, el antimonio en los párpados, la boca sensual, unas pestañas de largura infrecuente, el pelo como el azabache y la elegancia de sus andares la convertían en una exquisita criatura, plena de desenvoltura y serenidad. Desconcertaba su habilidad para insinuarse en el corazón de sus semejantes. Aparte del derecho de sangre que la asistía por ser descendiente de una larga saga de sacerdotisas, la sabiduría que había alcanzado en la escuela del templo le auguraba un futuro prometedor como *pitia*.

La muchacha, que se ceñía con el cinturón virginal, vestía

una clámide bordada con estrellas y purificada con raíces de cilandro. Su cabellera, que nadie podía cortar hasta que dejara de ser sacerdotisa, y que era tenida como el signo de la abundancia entre el pueblo púnico, la tocaba con un peinado alto y sujeto con una redecilla de oro.

Lentamente se retiró a la soledad del estanque de piedra del templo, para meditar. Aún iba adornada con la guirnalda de flores, los amuletos de plata y ónice en el pecho, la serpiente de Ishtar y la diadema de sibila con las constelaciones labradas en ella.

Necesitaba poner en orden sus revueltos pensamientos.

Se detuvo ante la estatua de la diosa en mármol de Carsitos con la flor de loto en su mano, que contrastaba con el jaspe del peristilo y con el friso que encarnaba la procesión de Astarté rodeada de sacerdotes tocados con tiaras y de danzarinas tañendo las flautas, oboes y sistros. No obstante el feliz momento, la nueva pitonisa sentía que la congoja le atenazaba la garganta. Recordaba a su madre asesinada. Alzó las manos hacia el astro lunar y, bajo la claridad de la noche, recordó a su madre, Arisat, su sostén y apoyo espiritual.

—Mi espíritu guardián —oró contrita—, madre adorada, mi forma celestial, a ti dedico la dignidad con la que hoy he sido investida. Me has amado a través del tiempo y escucho tu voz con el viento. Nos hemos convertido en almas inseparables. Estoy lista, madre, para seguir tu senda.

El liviano soplo del recuerdo la atrajo al luctuoso día en el que enterraron a su madre, bajo un álamo negro, el árbol de Hécate, símbolo de la renovación de la luna que crecía en el jardín del templo de Anteo. No había olvidado el escarnio del santuario y de su cuerpo bendito inmolado. Lo habían purificado sacerdotes llegados de Sikka e Iol, y desde entonces reinaba la paz en el panteón de los reyes de Tingis.

Arisat se había convertido en la mártir amada de Ishtar, y la lloraron el pueblo y los poderosos. Desconsolada, junto a Maharbal, Silax y el mismísimo rey Bocco II, asistió a las honras fúnebres sin apenas comprender el absurdo mecanismo del mundo que le había robado lo más querido, y de una forma tan atroz y brutal. Hatsú percibió el gélido efluvio de la inmortalidad en aquella mañana estival, junto a los aromas del tomillo, la hierbabuena y el trigo aventado por los segadores.

Percibió que el espíritu de su madre aún vivía en los aires de su adorado santuario, donde se palpaba el malestar de la diosa mancillada. Abrazó a su hermano Silax, el que gozaba del favor del monarca. Apenas si conocía a aquel muchacho enjuto y filoso en el que destacaban unos ojos de halcón cargados de sagacidad. Era delgado y aceitunado y su melena castaña le caía en bucles sobre la frente y los hombros.

Silax, a pesar de ser menor que ella, era un niño reflexivo y atento; y según sus maestros, de un talento singular para el álgebra. Vestía como el hijo de un sátrapa oriental, y se comportó delicadamente con ella. Incluso obsequioso.

—Algún día tú ocuparás el trípode sagrado de nuestra madre. Es tu misión, hermana —le aseguró besando su mejillas.

—No dejes el amparo del rey Bocco. Él te protegerá, pues yo, en la clausura de mi templo, no podré hacerlo. No me olvides, hermano. Rezaré por ti —le dijo, y se despidieron, quizá para siempre, arrasados en lágrimas.

Tras el sepelio, Hatsú ya no volvería a verlo más por razón de su enclaustramiento religioso, que le impedía el trato con el mundo, donde moraba junto a Tamar, su amiga, su compañera desde la más inocente niñez, convertida en *kezertum*, o danzarina de la diosa. Además era una mujer, y su importancia en la familia era menor. Contestó a varios de sus mensajes, pero los negocios del rey Bocco lo fueron acaparando conforme crecía. Sin embargo, la imagen afable de su hermano, sus cabellos largos y rizados y su obsequiosa sonrisa, la había grabado en su mente para recordarla en la soledad de sus meditaciones. Después de pérdida tan significativa, era cuanto le quedaba de su sangre.

Y aunque nada conociera de él, de su vida, sentimientos y andanzas, lo amaba y recordaba en la nostalgia, y guardaba un par de cartas como si fueran su más preciado tesoro. Silax era el único vínculo que la unía con sus padres perdidos y con la sangre de sus antepasados.

La horda de desertores romanos que había asesinado a su madre y saqueado los altares no pudo ser capturada pues esquivaron como zorros las patrullas reales. Huyeron, eludiendo el escarmiento prometido por Bocco II, y una pródiga recompensa. Unos camelleros aseguraban haberlos visto en las aldeas garamantas, la espina de Roma en África, y unos comerciantes, embarcar en Tynes, para enrolarse en la leva del general Pompeyo, que aceptaba en sus legiones a desertores, prófugos y asesinos.

Habían desaparecido sin expiar su horrenda culpa. «Malditos sean para toda la eternidad», pensó inconsolable Hatsú, y comprendió que cuanto más profundo es el daño sufrido en el alma, más íntimo es el dolor que se siente. La joven pensaba que la condena les vendría de lo alto, pues la diosa Adrastea, la que rige el destino de los mortales, no tendría compasión con su execrable maldad. Los aniquilaría con la muerte más despiadada cuando menos lo sospecharan.

Se acuclilló ante la imagen de Astarté y tomó semillas de cáñamo del Índico y hojas de laurel, que arrojó sobre las ascuas del pebetero. Tocó el suelo con la frente e inhaló el aromático vaho, esperando que la deidad le hablara en su corazón. Pero solo oyó su propia respiración.

«¿Qué será ahora de mi vida? —meditó—. Siento fuerzas ajenas, inexplicables espíritus que me llaman desde otro lugar y me atraen hacia tierras ignoradas. ¿Debo volver a Tingis? Háblame, madre Tanit, con tus alas silenciosas. Tu sierva flaquea en la incertidumbre.»

Sintió el vacío interior de la duda, hasta que un leve carraspeo le hizo volver la cabeza. A sus espaldas, hierático y pomposo, la observaba Balkar de Aspy, sumo sacerdote de Baal-Hammon, y *sarim* o príncipe de sangre real. Llegado de Gadir para su ceremonia de investidura, destacaba por su corpulencia, cráneo rapado, nariz superlativa y ojillos de rata.

Aseguraban que era un hombre dominante y meticuloso hasta lo obsesivo, virtudes que lo habían llevado a lograr la jerarquía más alta del Consejo Sacerdotal del ámbito religioso púnico.

Balkar ejercía como *sapram* (gran sacerdote) o *archireus* y *baal-malik* (adivino de los dioses) en el templo de Melkart gaditano, el más egregio y acaudalado santuario fenicio de Occidente, centro de sabiduría, oratorio espiritual y oráculo de interpretación de sueños, al que acudían comerciantes, gobernantes, marinos y devotos de toda la ecúmene.

Por su incomodidad patente, ella dedujo que deseaba transmitirle alguna cuestión grave y espinosa. La joven aguardó.

—Hatsú —comenzó hablando—, te felicito por haber alcanzado el rango máximo entre las sacerdotisas de la Madre. Todo un logro, hija mía.

—El mérito es de quienes me han enseñado, noble Balkar.

—Habida cuenta de la posición que has llegado a ocupar después de siete años de estudio y educación en este templo, ha merecido la pena. Por eso te has granjeado el favor y la admiración del Consejo de Baal-Hammon —le confesó el sacerdote.

—Siempre he rezado a la Madre para que me fuera concedida la luz, señor —contestó sin mirarlo a los ojos—. Solo me tengo por una vasija que la diosa ha llenado con su vino gustoso.

Balkar frunció el ceño. Aplazaba el momento favorable para expresarle a la muchacha un designio que ella desconocía. La miró a los ojos y se mostró seductoramente persuasivo.

—Hatsú, mira. Perteneces a la inmemorial progenie de una raza de mujeres dedicadas a la adivinación en los oráculos de Astarté. Auguras hechos del futuro, descifras las mentes ajenas, te sumerges en los secretos más profundos del corazón de los hombres y dialogas con la diosa. Formas parte de la familia de las hijas favorecidas de Ishtar. ¿No es maravilloso?

—Sí, esas facultades son temibles, maestro —añadió serena.

—No olvides que es el gran regalo de tu madre Arisat, una mujer prodigiosa cuya memoria te obliga ante nuestro pueblo —le informó severo—. La diosa se encarna en ti y mereces nuestra reverencia.

Su mirada verdísima animaba la quietud de la plática y, pese al brillo de sus ojos, la joven evidenciaba timidez. Pero ¿qué deseaba transmitirle?

—¿A qué me obligan, gran sacerdote? —dijo inexpresiva.

—A algo muy grandioso. A convertirte en el principal médium entre lo celestial y lo terrenal. Arisat te transmitió en tu nacimiento los dones de la adivinación onírica y del trance divino —se expresó misterioso—. Pero tú estás llamada a más altos fines y puedes interpretar el espejo de Ishtar. No he conocido a nadie que pueda hacerlo en el mundo púnico, y posees poderes de los que ni tan siquiera sospechas de su existencia.

—Jamás hasta ahora se me ha revelado, maestro Balkar.

—No lo habrá querido la Madre Altísima, hija —replicó—. Escucha, has adquirido una profunda sabiduría en este templo, posees fuerza de atracción y has superado las ocho categorías necesarias para convertirte en gran sacerdotisa, desde la humilde *kezertum*, hasta la esclarecida *entu*. Pero sobre todo has destacado como la única *asawad* o interpretadora de sueños del Oráculo de Septa. ¡Eso es muy valioso para mí!

Aquella manera delicada de evocar su secreto la animó.

—Lo heredé de mi madre, gran sacerdote —adujo tímida.

—Pues esa facultad tuya me ha traído hasta aquí. Verás —prosiguió—. Hace unos meses falleció la profetisa del templo de Melkart de Gades, el santuario más influyente del universo púnico, quedándose huérfano de su vaticinadora. El Consejo Sacerdotal me ha comisionado para rogarte que seas su nueva guía espiritual. Poseerás riquezas, respeto, poder y fidelidad de las personalidades más importantes de la ciudad y del conquistador romano. Solo hace falta que tú lo creas posible. ¿Acaso no percibías la sensación de estar llamada a un destino superior?

Hatsú balbució y negó con la cabeza. El hombre había sembrado la confusión en su corazón y la había dejado sin aliento. Jamás habría imaginado puesto tan eminente. Al momento su cara adquirió un brillo deslumbrador. Sus ojos glaucos e inmutables eran un monumento a la incredulidad y la sorpresa. ¿Ella la gran sibila de Gades? ¿El cargo femenino más encumbrado de la cuna de Labanaam, una vez desaparecida Cartago? Se quedó paralizada ante tan privilegiada situación.

—Puedes incluso renunciar al celibato y casarte con un *sarim* o príncipe fenicio, o un alto personaje tartesio o romano —insistió convincente, y sus palabras sonaban a súplica.

La suya fue tanto una sonrisa de perplejidad, como de un

desafío de su destino que se reía de ella con sucesos prodigiosos. Practicaba la clarividencia y se sentía gozosa, pero ¿merecía tanto?

—Hasta ahora la Madre me ha liberado de los goces del amor, y también de sus desconsuelos —replicó la muchacha—. Tal vez en el futuro encuentre el esposo adecuado.

Balkar adoptó una actitud paciente y paternal. Se estaba empleando con gran pasión y labia y seguidamente preguntó:

—Entonces, ¿qué dices al ofrecimiento, Hatsú? Obtendrás la más alta posición que pueda ambicionar una mujer de tu rango, ganarás fama imperecedera y alcanzarás la cúspide de tu función como intérprete de Astarté —le prometió Balkar.

El sacerdote le había hablado con tal convicción que Hatsú quedó cautivada. Depositaban en ella una gran responsabilidad, y unas dignidades con las que cualquier sacerdotisa recién ordenada soñaría, y sintió que le flaqueaba el ánimo. Al sopesar la nueva perspectiva no sabía si negarse, acceder de buena gana o a regañadientes, pero era evidente que Balkar no aceptaría un no por respuesta.

Era preferible asentir con satisfacción aunque tuviera que abandonar su mundo y traspasar las Columnas de Hércules para recluirse en el templo de Gadir, o Gades, como la conocían los nuevos amos de Roma. Eso sí, con una exorbitante autoridad y una consideración ilimitada. No podía rechazar sus exigencias. Su piel sedosa se sonrojó y sus ajorcas tintinearon cuando se recompuso para contestar.

—Qué puedo opinar yo, una insignificante doncella de la Madre —contestó grave—. Acepto la propuesta, si con ello sirvo a la Madre y cumplo con los deseos de los venerables Ministros del Consejo.

A Balkar le costó esfuerzo disimular su gozo. Sus labios pálidos hicieron un movimiento convulso. El sumo sacerdote la puso al corriente de los detalles de su nueva vida, el respeto que recibiría de los creyentes fenicios y romanos y del fervor que despertaría en Gades.

—No obstante has de saber que Hatsú, su nombre y su persona quedarán enterradas aquí para siempre. Si alguien pregunta por ti, será contestado por otra adivina que simulará ser tú. Para tu familia y devotos seguirás residiendo aquí. La sibila de Melkart no posee ni pasado, ni identidad, ni rostro. Es enigmática y nadie conoce su nombre familiar. Has de olvidar tus raíces y perder el contacto con tu sangre, pues te debes solo a la diosa. Esa era la aspiración de tu madre, Arisat. ¿Lo sabías?

La joven se sobresaltó. En cierto modo había jugado sus bazas sin una convicción total. Su humor se expresaba más con la mirada que con los visajes de sus perfectas facciones. Pero era como un descargo de su conciencia que fuera un deseo antiguo de su madre, además de una petición de sus superiores.

—¿Perderé mi nombre, decís? Me lo impuso mi padre. Para mí es como respirar, y en él cifro mis energías —recalcó.

—Comprendo que te produzca zozobra, pero antes eras la aspirante a sacerdotisa, la novicia, la iniciada. No dejes que venzan en ti los escrúpulos. Al comenzar una nueva vida, has de escoger otro nombre. Desde mañana serás la respetada sibila del templo de Melkart y de Astarté de Gades, la ciudad más cosmopolita y poderosa del Poniente, luz de las estrellas y esposa distinguida del Señor de la Ciudad, el dios Melkart.

—Esto me cuesta, por supuesto —dijo Hatsú vacilante—. No es agradable sacrificar de golpe aquello que fui y de lo que me siento orgullosa. Pero ¿cómo puedo atreverme a contradecir el deseo de la Gran Madre, si ya ha bendecido mi elección?

—Has alcanzado la plenitud de tu poder oculto y predecirás los sueños de los poderosos —observó—. ¿Y qué nuevo nombre elegirás? Podemos esperar hasta que lo decidas.

—¡No! —dijo rotunda—. Si ha de ser así, desde hoy deseo ser señalada por otro nombre, que desde mi nacimiento pudo ser el mío.

—¿Cuál, hija? —la acució Balkar.

—¡Arsinoe! —replicó—. Lo tomo en recuerdo de una noble egipcia de Menfis, antepasada de mi madre, que la respetaba por su vasta sabiduría.

Balkar experimentó una sensación parecida a la admiración por aquella virgen decidida, mística y hermosa, que además gozaba de los dones del cielo. El anciano de calva tersa, enorme nariz y orejas translúcidas, adoptó una actitud de sumisión. Inclinó la cabeza, elevó los brazos y profirió reverente:

—¡Mis respetos entonces, Arsinoe, gran sibila de Astarté! Piensa que la vida de una gran sacerdotisa no es sino una sucesión de continuos nacimientos, y que el comienzo de cada uno es una señal inequívoca de que Ishtar te cubre con su manto protector. Desde hoy estás bajo el amparo del templo y nadie osará tocarte un solo pelo de tu sagrado cabello, que nunca deberás cortar, pues es el don visible de la diosa.

La sonrisa de la muchacha se ensanchó y le dio las gracias. Pero sus pensamientos interiores eran difíciles de interpretar para Balkar. Su mirada le resultaba dominadora, inextricable. Se despidió de su nuevo bienhechor, que le besó las manos con gesto cómplice, mientras la joven lo miraba de forma inexpresiva, aunque filialmente afectuosa.

El cielo había adoptado un color acerado, y la noche había llenado de neblina purpúrea el santuario. Olía a tierra y hojas mojadas y a la salobre fragancia del mar. Arsinoe pensó que le esperaba un cometido muy elevado, pero seguro que entreverado de dificultades, envidias, sinsabores y traiciones. Estaba oscuro fuera de los límites del templo, y la luz de las teas hacía que el espacio de olivares y viñas que se extendía hasta la costa fuera sombrío e impreciso. Se retiró ensimismada a su celda, que olía a cilandro, miel y rosas.

Sobre una mesa había una cazuela con pan, uvas, higos y almendras y una jarra con vino dulce de Sicilia, del que probó un sorbo. Encendió la lámpara de aceite, se desnudó, desmadejó su melena negra, que debía cuidar como su tesoro más inviolable, y se arrojó sobre el lecho amarfilado, ocultando la cara entre las manos. No había hablado con su confidente Tamar. Mañana le transmitiría la buena nueva.

Le llegaban raros murmullos del exterior, solo interpretables por la imaginación. La llama del candelero tejió sobre su silueta una aureola ámbar que realzaba la redondez de sus caderas, su cuello altivo, los hombros torneados, la espalda cimbreante, sus pechos grávidos y el vientre liso. Su hermosura y una piel rosada y tersa se perfilaron sobre la sábana de seda de

Palmira. No asumía aún el cambio sobrevenido a su vida y rumiaba su propio desconcierto y la conmoción ocasionada en su tranquila vida. Tras un rato de sollozos, una ingrata pesadez se apoderó de su cuerpo, agobiando su conturbado espíritu.

Oprimió la cabeza contra su pecho, y su mirada, en vez de brillar de satisfacción, reflejaba escepticismo y temores. «¿Podré confiar en alguien en esa desconocida Babilonia? Sé cuánto mal, engaños, patrañas y escollos hay en un mundo de poder.» Pero al fin su respiración se calmó y su semblante se serenó. Se esforzó en cubrir su turbadora desnudez, y pensó que no debía malgastar su aliento en dudas vanas. Un nuevo tiempo, extraño y delicado, cuya medida ignoraba, nacía para ella, y con una nueva identidad: Arsinoe.

Y lo aceptó decidida.

Al instante se envolvió en su melancolía y en sus pálidos recordatorios, y como si fuera una ola caliente, se llenó de alivio. Cerró los ojos complacida. Parecía que un cálido manto de lana cananea la protegía, y se sumió en un profundo sueño.

IV

Gades, la vieja «fortaleza» fenicia

Gades, otoño del año 69 a.C.

La luz del sol aclaró el cielo y la niebla que envolvía Septa se disipó, como se dispersa un ejército en fuga. El paisaje se fue engarzando de siluetas y la brisa balanceaba las cimeras de los palmerales.

Nubes cenicientas cruzaban en dirección norte, y las aguas azuladas del Mar Interior se agitaban en el puerto. Una pira se encendió al ascender Arsinoe por la escalerilla de la nave y resonó el cuerno como señal de que la hija de Astarté navegaba hacia Gades. La brisa del mar se colaba por la cubierta de popa, donde aguardaba junto a Balkar, dos siervas y su dama de compañía, Tamar, *Palmera*, la joven que había sido acogida por su madre Arisat en el santuario de Anteo.

En el templo de Septa, Tamar había ejercido como *naditú*, «la que está aparte», pues se había educado como danzarina sagrada de la diosa. De edad igual a la sibila, había alcanzado la máxima categoría como danzante, la de «peinado alto», o *kezertum*, y se había convertido en la leal amiga de Arsinoe y en su cómplice.

En las fiestas primaverales de Adonías, Tamar bailaba ante su estatua con saltos cimbreantes, contorsiones imposibles y piruetas tan sensuales y voluptuosas que encendía la lascivia de cuantos varones asistían a las danzas rituales. Grácil como una pantera, sus pupilas como un trozo de cielo, su piel rosada cobraba con la danza la tonalidad del bronce, y los devotos de la costa la tenían como la más aventajada.

La sibila la adoraba y con los años se había convertido en su hermana de espíritu, en su paño de lágrimas y en su confidente. No tomaba una sola determinación sin consultarle su opinión. Y Tamar la apoyaba con su fiel amistad y fervor incondicional.

Arsinoe no sentía inquietud, sino una singular excitación por lo desconocido y su incierto futuro, y por eso se abrazó a Tamar, temerosa por la travesía. Siempre había sentido pasión por lo nuevo, pero no estaba segura de que su inflexible voluntad la protegiera de su vulnerabilidad.

Zarpaban en una flotilla de seis pentecosteras con el distintivo púnico del ojo rojo en las velas y la enseña amarilla de Gades con los dos atunes en la cofa. Provenía de las costas del sur de África, del golfo de Gunuia, Kerne y Thymiatherion, y transportaba en sus bodegas marfil, pieles de leopardo, oro, cuatro elefantes y maderas preciosas. Arsinoe oyó aquel día nuevas lenguas, distinguió nuevos atuendos y distintas apariencias en los marineros fenicios y extranjeros de la tripulación, que cargaron aceite y *murex* en el puerto para elaborar púrpura. Al poco se oyó un vozarrón, impartiendo órdenes para hacerse a la mar.

—¡Que los dioses innombrables del océano nos sean favorables! —invocó el oficial de la nao capitana, un hombre de tez cetrina, cuyas orejas, nariz y dedos estaban recubiertos de anillos y argollas.

Aproaron hacia poniente y bordearon las Columnas de Hércules, Kalpe a estribor y Abila en África a babor, donde roló un cortante viento de costado. Arsinoe, acurrucada en el camarote, se mostraba con aire cohibido y olfateaba el aire para atenuar su agitación. Para ella era un día de pérdidas. La tumba de su madre, su templo y la cercanía de Silax.

—Hemos salvado sin novedad las Puertas Tartesias y pronto cruzaremos los Siete Faros de Hércules —informó atento el sacerdote—. En dos días atracaremos en Gades, Arsinoe.

Septa y Tingis se esfumaron de su vista, como si no hubieran existido jamás, pero el ímpetu del viento era el ímpetu que precisaba su ánimo. Mientras hablaban fueron navegando al pairo de la costa. Recalaron la primera noche en Melaria, y la segunda en la cala de Mergablo.

Al segundo día aconteció un episodio irritante que las colmó de aprensión. Al abandonar el abrigo del refugio, el vigía gritó desaforado y enloquecido. De repente la boga de los remeros se detuvo por orden del capitán. Una presencia indeseada de tres trirremes piratas de la Sirte se les mostraba ante sus ojos en la bocana, oculta por las brumas.

Arsinoe, embriagada por los vientos, aumentó su tensión. Las dos siervas gimoteaban abrazadas, y Tamar callaba, pero temblaba.

—¡Nada que temer, mujeres! —las alentó Balkar—. Cuando se disipe la neblina y esos corsarios vean los ojos rojos de Gades en las velas, huirán como conejos. Las naves están defendidas con espolones de bronce y por soldados armados con hachas de guerra. Además saben que los fenicios desollamos vivos a los asaltantes del mar, dejando intactos manos, pies y cabeza y arrojándoles sal en sus miembros en carne viva. ¡Es la inexorable ley del mar!

Al desplegarse e hincharse las velas de las embarcaciones gaditanas con el fresco vientecillo de la mañana, el espejismo para los asaltantes se disipó. Creían que eran trirremes romanas o griegas. Debían abandonar la presa y retirarse a la desesperada, o serían hechos esclavos y torturados. Lo sabían. Viraron rumbo sur en una rápida maniobra, y sus cofas se difuminaron en el azul pálido del mar. Tal como había pronosticado Balkar, escaparon raudos a toda vela.

—Somos los reyes del mar, y ellos lo saben —se pavoneó orgulloso.

La fina lluvia que los había acompañado en la última singladura cesó horas antes de la arribada a Gades, la ciudad aliada y federada de Roma. A la vista de la privilegiada urbe, las desdibujadas tonalidades del cielo se mudaron en reflejos violetas y dorados. La brisa espoleó la proa, y el estandarte de la nao flameó al viento. La flotilla africana cruzó el puerto entre una abarrotada flota de panzudos *gaulós*, tan negros como la pez, galeras romanas, las gráciles naos *pataikoi* con geniecillos adheridos a los mascarones, las *hippoi* de pesca con las cabezas de caballo en sus quillas y las trirremes gaditanas.

Vadearon los rompientes, y con el sol abriéndose asustadizo, se ofreció acogedora ante sus miradas la imposta del Portus Gaditanus. Un clarín de blancura, la exuberancia de su puerto, la grandiosidad de sus edificios, su opulencia y sus aires translúcidos, la hacían la soberana del confín de Occidente.

Arsinoe, de pie en la amurada, ojeaba fascinada su armónica arquitectura, los torreones encarnados, el cobrizo caserío agrupado, las palmeras alineadas, los bancales de arbustos y el brillante ocre de los palacios. Destacan sobre los miradores los nuevos templos romanos y las columnas de los vetustos santuarios de Cronos, Baal-Hammon y Astarté-Marina, que espejeaban con el albor de las primeras luces.

—Los viejos dioses del Líbano conviviendo con las deidades de Roma —observó la joven—. La veo tan irreal que bien parece una imagen pintada. Es una ciudad prodigiosa, maestro.

Escuchó las exclamaciones de los marineros, y reparó en que hablaban en púnico, griego *koiné* y latín y en mil dialectos desconocidos. Los vigilantes del muelle hicieron sonar los atabales y las gigantescas caracolas saludando la llegada de la flota, y las gaviotas inundaron de aleteos el embarcadero, mientras huían, unas hacia el fortín de la Puerta del Muro, y otras a las cúpulas de los templos de Minerva y Cibeles, que reverberaban sobre los tejados rojos.

La sibila conocía que el emporio gaditano lo integraban tres islas. Eryteia, al norte, donde se alzaban las mansiones de los quinientos caballeros de Gades, el Foro de Hércules, los bulliciosos talleres de púrpura, alfarería, armas, aceite, *garum* y vino, y la acrópolis desde donde se gobernaba la ciudad. Otra isla, desplegada hacia el sur, Kotinussa, o «la de los olivos silvestres», albergaba el celebérrimo y antiguo templo de Melkart, que muy pronto visitaría, frente a la frondosa isla de Antípolis, el vergel y huerta de Gades.

Viendo su fisonomía dubitativa, Balkar la ilustró:

—Esta antigua urbe, cosmopolita y próspera como ninguna, fue fundada por nuestro compatriota el *sarim* Arzena de Tiro, siguiendo el mandato sagrado del oráculo, más de mil años atrás, justo después de la destrucción de Troya. ¡Cuánta historia encierran estos muros, Arsinoe! —le confesó vanidoso—. Aquí hallarás la felicidad e incontables dignidades.

—Llego con la mejor de las disposiciones, Balkar —atestiguó.

Arsinoe descendió la escala seguida de su exiguo séquito. Tamar le sujetaba el velo que le cubría la cabeza y el rostro. La recibió el Wakil Tamkari, un anciano ciego que actuaba como presidente de la Asamblea de los Veinte, una institución heredada de la Gadir púnica, que se cubría con un ropón orlado de púrpura, y al que lo acompañaban algunos personajes ataviados a la nueva usanza romana.

—Salud, gran sacerdotisa —la saludó con los ojos puestos en el infinito—. Que Tanit inspire sabiamente tus actos en Gades.

Nadie podía reconocer a Arsinoe fácilmente.

«Ningún mortal deberá percibir hoy tu verdadero rostro —le había dicho Balkar—. Eres la mujer elegida y tu palabra es ley.»

La máscara que le habían pintado Tamar y las siervas sobre el rostro con yeso, tintura de alheña y polvo dorado la hacían irreconocible. Lucía una túnica añil bordada con hojas de mirto, sujeta al hombro con un broche que representaba a la luna, una diadema sobre la frente, pendientes en los lóbulos de sus orejas y unas delicadas sandalias que cubrían sus diminutos pies. No obstante la mascarilla, su semblante estaba lleno de vida y la garganta parecía de alabastro. Se protegía bajo un parasol de tono amatista con flecos, y caminaba erguida, luciendo orgullosa los símbolos de su rango. Sostenía en las manos el caduceo y la mazorca de oro puro, donde estaban grabadas las diez letras sagradas de su casta en dialecto sidonita: *Rub Kuhntum*, «Suma Sacerdotisa».

De improviso Arsinoe fijó su mirada en un hombre distinguido que la observaba con curiosidad. Por su semblante terso parecía no haber llegado aún a la treintena y todo el mundo permanecía un paso detrás de él. ¿Sería el todopoderoso Balbo del que tanto había oído hablar? Preguntó al sacerdote, y Balkar le susurró al oído que efectivamente se trataba del magistrado de la Cámara de las Hibrum, las sociedades mercantiles de Gades, hombre riquísimo y patrono de la ciudad por derecho hereditario.

—Es cliente y amigo del hombre fuerte de Roma, el general Pompeyo, y es el autor del pacto con la ciudad más poderosa del orbe, que tanto nos beneficia. Procura su amistad. Es nuestro sufete o rey y también sumo sacerdote de Baal-Hammon —le cuchicheó.

Balbo empuñaba un cetro de marfil, y se cubría con una toga y capa con la fina franja púrpura del orden ecuestre romano. A su alrededor se estiraba lo más selecto y romanizado de la aristocracia gaditana, que le daba la bienvenida.

La joven se sorprendió, mientras Balkar lo presentaba.

—Venerable Arsinoe, hace los honores del recibimiento el eminente *domine* Lucio Cornelio Balbo, ciudadano romano, nuestro protector y mediador con la ciudad del Tíber. Pocas cosas alteran su recto juicio, y es un gobernante capaz de desentrañar lo justo de lo que no lo es. Por eso es amado por nuestros dioses ancestrales y las deidades latinas —lo halagó.

Arsinoe inclinó la cabeza y le sonrió con leveda, mientras el magistrado prestaba atención a su deslumbrante belleza y a su semblante hierático, encubierto por la mascarilla. La expresividad y rareza de sus ojos, verdes como esmeraldas, parecían llenos de mil promesas, y lo mantenía subyugado.

La joven sacerdotisa supo después por Balkar que Balbo había sido adoptado por la tribu latina de los Clustumina, la misma del general romano Gneo Pompeyo, lo que le otorgaba todos los derechos civiles de la urbe más poderosa de la tierra, Roma. Dotado de una rara habilidad para la política, el apoyo a la causa de la República, a Pompeyo y a su cuñado Memmio, y su no menos asombrosa visión para los negocios, habían hecho al millonario Balbo merecedor de la distinción más codiciada para cualquier extranjero.

Lucio Balbo, como era habitual en Roma y Grecia, era conocido por el amor que profesaba a algunos bellos efebos, pues consideraba el placer sexual con hombres como un deleite ineludible de la vida. Admitía en el acto erótico el papel del amante, convirtiéndolo en una dádiva del maestro hacia el discípulo. El varón romano, aparte de su *caia,* o esposa legítima, disfrutaba del favor de favoritos de ambos sexos, y solían frecuentar su lecho cortesanas, esclavas y mujeres conocidas, en un vínculo de amistad que incluía tanto el sexo como la amigable atracción, en un regalo de armonías que fundía el cuerpo y el alma de los amantes, hombre o mujer, en un mutuo deleite. La matrona de la República romana, honesta, piadosa y fiel, o el varón austero de los tiempos de Catón y los Escipiones, habían expirado al acceder la aristocracia al gusto por los goces asiáticos.

En las tabernas de Gades se rumoreaba que, como todos los nobles de Roma, había sucumbido a los encantos de los hermosos púberes. Viajero incansable, se hacía acompañar de bellos adolescentes, a imitación de Alejandro de Macedonia, que no se separaba de su hermoso Bagoas.

Balbo había dotado a Gades de una abastecida biblioteca que había llamado *Atrium Libertatis*, junto al palacio de los Sufetes. Se exhibía una colección de papiros, pergaminos y tablillas a semejanza de la de Pérgamo y Alejandría, y estaba adornada con bustos en bronce de Platón, Herodoto, Tucídides, Homero, Píndaro y Pericles. Contaba además con una fuente y un jardín para conversar sosegadamente, maestros y alumnos.

En las termas que había mandado construir al modo romano más allá del canal, jugaba a la pelota con los muchachos, se zambullía en las piscinas, y luego se entregaba al masaje de las hábiles *endormidas*, donde se encontraba con los jóvenes gaditanos, los luchadores depilados y los castrados del templo de Baal-Hammon, a los que sodomizaba más tarde en los reservados del *tepidarium*, el estanque de las aguas templadas.

Y rodeado de olores de aceites de ciprés, nardo indio, azafrán y mirto, a Lucio Balbo le rizaban los cabellos con tenacillas calientes, el *calamistum*, según la moda impuesta por los romanos de más alta alcurnia, mientras solazaban sus cuerpos con halagos sutiles y caricias. En una grata unión de espíritus afines, sin entregarse a la penetración, excitaban sus sentidos como un mero pasatiempo, con alguna masturbación mutua y serena, pues el elegante sufete de Gades, amante delicioso, buscaba solo una unión desinteresada entre iguales.

Lucio Balbo se había casado en su juventud con una muchacha de la noble *gens* Marcia, Tulia Lucrecia, con propiedades en Hispalis y Corduba. Pero como cualquier ciudadano romano sofisticado, y él lo era, se mostraba proclive a los seres del mismo sexo, el «vicio griego» que llaman los moralistas. Aparte de su *caia*, en su casa convivía con una esclava circasiana de espectacular belleza y con un muchacho de Corinto, Aristómaco, al que admiraba pues era un joven hermoso, de rizosos cabellos y miembros perfectos. Una amistad candorosa se había anudado en medio de una sensualidad plena de sutilezas entre dos espíritus.

«La fidelidad perfecta es la que se logra con los efebos y las hetairas selectas, pues en estas relaciones no se busca el interés material sino el vínculo de las almas», les aseguraba a sus amigos de Gades, cada día más acordes con las costumbres romanas.

Aristómaco, según aseguraban los gaditanos, había actuado como citarista en el odeón de Atenas, antes de debutar en Roma y Gades, donde había cosechado un gran éxito. El sufete aseguraba que el griego y su esposa Lucrecia componían su templo del amor. Con él imitaba a los maestros helenos Eurípides, Sócrates o Fidias, quienes también se hacían acompañar en el ágora por hermosos amantes. Y aunque un decreto republicano, la *lex scantinia*, prohibía con estúpida inocencia la sexualidad entre semejantes, desde la dictadura de Sila, en Roma se había convertido en una práctica admitida, e incluso aristocrática y selecta.

«Amo la inteligencia superior de Aristómaco y su tierna sensibilidad —se justificaba Lucio Balbo con sus amigos—. ¿Y acaso no se amaban entre sí los dioses en el Olimpo?»

La recién llegada hizo un esfuerzo para penetrar en el misterio de aquel hombre tan acaudalado e influyente, que no dejaba de mirarla. Era aún joven, bien plantado, de pómulos marcados, mentón firme y afeitado, cejas arqueadas, cabello negro peinado hacia delante, tez bronceada y unos ojos inquisitivos que evidenciaban decisión absoluta y astuta ambición. Representaba para ella el paradigma del mestizaje entre el varón oriental, afectado y artificioso, y el elegante, capaz y austero caballero romano.

El rostro de Arsinoe se ensombreció de repente.

Una mujer de fría belleza, una *kezertum*, sacerdotisa consagrada en la resurrección del dios, con los atributos de la prostitución sagrada, la observaba con mirada dura y despreciativa, como si estudiara sus defectos, presta a abalanzarse sobre ella. Balkar, a quien no pasó desapercibido el cambio de expresión de la joven, se la presentó.

—Gran sacerdotisa Arsinoe, la *kezertum* Tiratha os saluda.

Debía de tener siete u ocho años más que ella y hablaba de forma arrogante. De cabellos rojizos y mirada oscura e indagadora, iba acompañada por la *narintu* del templo de Astarté, la prostituta que ejercía de esposa de Melkart en las fiestas de la resurrección del dios —la Hierogamia—, y por dos bellas *lemt*, bailarinas de la deidad femenina.

—Bienvenida a Gades, gran sacerdotisa Arsinoe —se expresó grave, mirándola con pupilas de reto e ira, e inclinando levemente la testa.

—Madre de las hieródulas de Tanit, que ella os guarde.

—La Diosa Madre es el alma de Gades, señora —replicó hosca—. Os aguarda para realizar el sacrificio ritual de posesión.

—Vamos entonces —dijo Arsinoe señalando el templo.

La procesión traspasó el peristilo del templete de la diosa, situada a la derecha de la cala donde había atracado la flota de barcos, y donde florecía un gigantesco cedro de Líbano. Una luna creciente de plata sobre el tabernáculo, el velo transparente de oro y un enorme huevo de marfil centelleaban con el fulgor del fuego sagrado que iluminaba la díada fenicia, Astarté-Marina, sentada sobre una esfinge y una flor de loto, y de Hércules tebano, protegido con la piel genuina del león de Nemea.

Innumerables exvotos de oro, plata, ónice, ámbar y cobre, címbalos de bronce, cuernos amarfilados, perlas negras de Filoteras y sistros de piel colmaban las paredes del ara y centelleaban deslumbrantes. Tras satisfacer la oblación ritual de salutación sacrificando dos tórtolas, Arsinoe revisó junto a Balbo, Balkar y Tiratha las dependencias, que desde aquel momento quedarían bajo su autoridad y gobierno.

Una larga galería con pequeñas celdas dedicadas a la prostitución sagrada daban cobijo a mujeres pulcramente acicaladas y vestidas con ostentosos ropajes, y algunos afeminados *kulú*, que ejercían la trata masculina. Las *samhatum*, meretrices selectas, se acercaron para besar la mano de Arsinoe, que les sonrió.

—Algunas de esas mujeres son despojos humanos. Las detesto y no consentiría que me besaran ni mis sandalias —le expresó Tiratha, creyendo que así se congraciaba con ella.

—No olvides, querida mía, que prostituirse proviene de «postrarse». Y ellas lo hacen por la diosa a la que tú y yo servimos. Respetémoslas —la cortó sin acritud—. Ejercen su oficio, como tú y como yo.

Balbo ahogó una carcajada de regodeo y tapó sus labios, mientras Tiratha palidecía. Su odio era evidente. Se había granjeado una enemiga. El romano pensó que a la nueva gran sacerdotisa la guiaba la inspiración y la suspicaz inteligencia de la que carecía Tiratha.

Arsinoe se despidió fríamente de la jefa de las hérulas y del afectuoso Balkar, y miró a Balbo, quien vio que era el momento adecuado para abordarla. Pensaba marcharse a atender sus negocios, pero intuía que aquella desconocida muchacha merecía su atención. Era diferente.

—Será un honor acompañarte a la Mansión del Trono de la Salvadora en mi litera. Se halla cerca de mi residencia —le rogó obsequioso, regalándole su mejor sonrisa.

El cortejo abandonó el oratorio, y avanzaron entre un laberinto de calles, almazaras y lagares, donde se trajinaba en los estanques con el *murex*, un molusco con el que coloreaban sus tejidos, tan estimados en los mercados del Mediterráneo.

Entre el respetuoso homenaje de los viandantes la litera se detuvo ante algunas factorías donde se fabricaba el *garum*, la crema fabricada con las vísceras de los atunes, pescados de roca, hierbas olorosas, aceite y otros componentes secretos, que una vez macerados y fermentados hacían las delicias de los más sibaritas epicúreos de la ecúmene romana.

Abundaban también en Gades los mercados de joyas egipcias, pastas depilatorias, perfumes de Oriente, cueros y armas y los cobertizos de salazones, los talleres de tridracmas, las conchas con filigranas de loto, tan deseados por los peregrinos de la diosa, las factorías de soplado de cristal, y las tiendas de sedas donde se hilaban delicados tejidos.

—Sin duda esta es una urbe prodigiosa —dijo Arsinoe—. Es una ciudad romana, pero también griega y púnica. ¡Espléndida!

—Solo Roma la supera en opulencia —aceptó Balbo.

Mientras sentía el traqueteo del empedrado, Balbo habló:

—Hipócrita falsedad la de Tiratha, que se lucra, y mucho, del oficio de esas hetairas de la diosa, que han de entregarle un jugoso porcentaje de sus encuentros con sus amantes. Le has contestado debidamente —le expresó mordaz—. Su padre, Schahabarin, se opone a las reformas de Roma, aun sabiendo que nos traerán más derechos civiles y más fortuna.

—Prefiero la maldad abierta a la falsa hipocresía. A esa mujer la alimenta el odio —se pronunció intranquila.

—Era de esperar su modo de obrar falsario, sabiendo que esa arpía, a la que detesto, representa los trasnochados usos antiguos de Gades. Esperaba ser elegida intérprete de sueños de Melkart, y tu elección la ha agriado. Te odiará visceralmente, y yo me protegería de su oscura malicia.

Arsinoe esbozó una triste sonrisa.

—Te agradezco el consejo, Lucio Balbo. Todos tenemos nuestros propios miedos. Pero sí, he notado su tono perverso y su disfraz de falsa sumisión —se lamentó la joven.

—Tiratha siembra la perversidad a su alrededor. Antes de los esponsales con mi mujer, su padre intentó nuestro enlace. Cuídate de sus venenos y de sus hábiles tramas. Es una maestra en prepararlos y conoce los secretos de esas sucias ponzoñas.

—En ese campo tal vez ella deba preocuparse por mí, si me permites la confidencia, que espero quede entre nosotros —sonrió.

A Balbo le encantaba aquella complicidad.

—Imagino, señora, que estás a pesar de tu juventud por encima de las trivialidades mundanas y que solo prestarás atención a los asuntos de la diosa, ¿no es así? —preguntó creyéndola una muchacha solo entendida en los menesteres de la adivinación, y sin erudición y formación profana alguna—. Esta ciudad vividora y cosmopolita ofrece otras delicias, ¿sabes?

La voz de Arsínoe adquirió un tono encantador.

—«La barba no hace al filósofo», Lucio Balbo —se hizo accesible—. Hablo el púnico, el griego y el latín, y he leído en su lengua vernácula a Antipatro de Tiro, Safo de Lesbos, Lucrecio, Platón y Aristóteles, y algunos libros de la escuela pitagórica. Me atraen tanto la satisfacción de los deseos del cuerpo, como la comprensión del conocimiento. Hay todo un mundo de promesas por encima del humo de Ishtar.

Balbo, que pensaba que aquella sería una tediosa ceremonia, se hallaba cautivado con la nueva sacerdotisa y la culta personalidad que ocultaba. Su sinceridad y el afán de revelar sus secretos la acercaban a su especulador espíritu. Estaba fascinado con la pitonisa.

—Me sorprendes, Arsínoe. Creí que... —balbució—, pero me alegra y me confunden tus confidencias, créeme. Conocí a la anterior sibila y era una mujer corroída por la avaricia, supersticiosa y altiva, y sin aliciente alguno.

—La Madre está por encima de todo, pero también me importan el arte, la música, las virtudes curativas de las plantas y las religiones del mundo. En la academia de Septa, me interesé por los ritos orientales de Eleuisis, Isis, Mitra y por los misterios de Samotracia. No obstante, el servicio a los fieles absorbe mi tiempo. Para mí la religión es honrar a los dioses, pues la superstición, tan cercana al pueblo, los ultraja.

Balbo se estaba encaprichando por la *asawad*, que por su madurez y sabiduría, parecía una mujer sabia y comprometida.

—Hacía tiempo que la compañía de una mujer no solo no me aburre, sino que me seduce. No eres nada corriente.

—Te agradezco tus elogios, y más viniendo de un romano.

Balbo cambió de tono. Se hizo más accesible y franco, y le sonrió.

—No te confundas, mi señora. Mi origen es púnico, como el

tuyo, y provengo de una familia gaditana dedicada al comercio desde que Gadir se hallaba bajo el domino de Cartago. Mi madre era una princesa tartesia de Hispalis. Tomé mis nombres de mi padrino el cónsul Lucio Cornelio Léntulo, con el que cooperé hace años, y por mi cargo detengo los títulos de sufete y gran sacerdote, aunque no sea un hombre religioso. El apodo Balbo, «tartamudo», me viene de mi padre, que se expresaba en latín con insegura dificultad y balbuceaba al pronunciarlo.

Los porteadores alcanzaron el palacio de los Sufetes, arrabal donde se erigían las mansiones de los sacerdotes y sacerdotisas, caballeros, banqueros y comerciantes de Gades. Balbo la ayudó a descender de la litera y le reveló con una amabilidad cordial:

—¿Conoceré pronto tu verdadero rostro en toda su diafanidad, señora Arsinoe? Ahora eres solo una ilusión oculta tras una deliciosa máscara.

Su actitud escandalizada descubría ser poco convincente.

—Va contra los preceptos de la diosa, *domine* Lucio. Una mujer debe poseer sus propios misterios —añadió provocadora.

El romano se saltó la etiqueta y tomó su mano trémula. Ningún hombre se había atrevido a tanto. Pero no la retiró.

—Seas quien seas, y cualquiera sea tu sangre de procedencia, te ofrezco mi protección sin ambages. Desde hoy Lucio Claudio Balbo y su familia se convertirán en tus protectores. Que los dioses te acompañen, Arsinoe de Gades —se despidió cálido.

Bajo el velo, y oculta tras su embozo, asomó una sonrisa complaciente de amistad, cuando su mirada se posó en la del sufete. En otra circunstancia semejante se habría sentido presa del pánico, pero dado el ofrecimiento del prestigioso Balbo experimentó alivio en su alma.

Mientras entraba en el palacete seguida por Tamar y sus siervas, Balbo la contempló preocupado. Aquella vulnerable muchacha, aun sabiendo que nunca la poseería por su condición de virgen sagrada, no era sino una gacela extraviada entre lobos de dientes azulados.

«No permitiré que esa jauría de lascivos sacerdotes y de no menos ambiciosas pitonisas la atropellen. No será la víctima de nadie, y menos de Tiratha. Lo juro por mis antepasados», pensó severo.

Y Lucio Cornelio Balbo no solía errar en sus intuiciones.

Ella lo ignoraba, pero por sus sandalias ya ascendía el áspid de la pérfida vileza. Gades era una ciudad de abundancias, pero también de soterradas ambiciones, complicidades interesadas e intrigantes envidias.

V

La noche del Gobierno de las Mujeres

Las sombras de la noche se colaban por la ventana, haciendo más negra la opacidad del aposento de Arsinoe, que dormía profundamente. Era la víspera de la fiesta del Gobierno de las Mujeres, también llamada en Gades la *mayumea*, y su primera función como sibila del templo.

Sin embargo, unos movimientos sospechosos y furtivos de una persona precavida, surgidos de repente en la penumbra, se proponían aprovechar su descanso y la falta de vigilancia. Sin ser vista por nadie, una discreta figura encapuchada había accedido por la desierta galería a la cámara del segundo piso, donde descansaba la gran sacerdotisa. Silencio, algún ronquido, una tos lejana.

Aún no había roto el alba y parecía conocer bien el lugar.

La forma silenciosa llegó a la puerta, avizoró a uno y otro lado, y con una ganzúa descorrió la aldaba que cerraba por dentro la habitación. Vaciló unos instantes, pero siguió su paso cauteloso. No había dejado nada al azar. Sabía que los siervos dormían en sus cuchitriles y que los guardias armados guardaban las escaleras del acceso principal. Fue avanzando entre las sombras, cuidadosa de no tropezar con nada.

Quietud. Ni un ruido, ni un regüeldo, ni una respiración que alarmara a alguien. Arsinoe respiraba acompasadamente. De pronto, el roce de una cortina hizo que la joven se revolviera entre las sábanas. Pero ignorando por completo el viento, se volvió de lado. La desconocida silueta se detuvo, luego se dirigió al pebetero que ardía día y noche ante el pequeño altar de la diosa. Aumentó sus precauciones, y de la bocamanga sacó unos granos de efedra y nepenthes de Grecia, los dos narcóticos que proporcionó Helena a Telémaco para producirle olvido inmediato. Muy pocos conocían el efecto de aquellas potentes drogas.

Había jurado eliminar a su víctima y apartarla de su camino, y lo haría sin clemencia. Se tapó la nariz con un paño empapado de perfume y esperó un tiempo prudencial, hasta que percibió que la durmiente quedaba desmadejada en el lecho. El hipnótico que había respirado alcanzaba el efecto deseado. Se inclinó ante la cama y percibió el odioso perfil semidesnudo de Arsinoe. Una lamparilla agonizante iluminaba el cuerpo casi tapado con un cobertor que olía a azucenas. Su víctima se le ofrecía inmóvil, y netos y descubiertos, el cuello y la cabeza. Era lo que necesitaba.

Extrajo del interior de su túnica unas largas tijeras de las usadas por los sastres y, alzando los ondulados y largos cabellos de la sibila, los fue cortando suavemente, desperdigando los rizos por las límpidas sábanas. La sagrada cabellera de la sibila había sido mancillada. Le había dejado la cabeza con unos ralos mechones, calvas y greñas, como si tuviera sarna en el cráneo. A la mañana siguiente la harían irreconocible.

—A ver cómo te presentas hoy en el templo, puta advenediza. Ninguna sacerdotisa puede aparecer ante la diosa sin su cabello natural crecido durante años, la bendición y regalo de Astarté. El escándalo será tan mayúsculo que serás cesada del cargo y reprobada por los sacerdotes y los fieles —murmuró—. Has acabado antes de empezar, ramera africana.

Esgrimió una risa triunfal, deshizo cautelosamente el camino y escapó por el mismo postigo lateral que alguien pagado había dejado abierto por unos siclos de plata. La Casa de las Sibilas era toda tranquilidad cuando, seguida por un escolta, se dirigió como una ladrona en la noche a su casa del Foro de Hércules.

Las primeras luces esclarecieron la masa gris de la noche. Los pájaros del alba saludaron el repliegue de la oscuridad, cuando Arsinoe se despertó. Estaba aturdida, tenía la boca pastosa y los ojos vidriosos. Se desperezó alicaída. De la superficie calmosa de la bahía le llegaba el vivificante olor del mar. Saltó perezosamente de la cama y se restregó los párpados, instante en el que una cascada de bucles se deslizó de su cuerpo al suelo. Desconcertada se palpó la cabeza y le resultó difícil aceptarlo. Dio un traspié al incorporarse y tratar de verse el rostro reflejado en la plata pulida. A pesar de la escasa luz no pudo ahogar un grito de sorpresa, cuando aterrada contempló el atropello obrado en su cabellera sagrada en el espejo.

—¡Miserable arpía de los infiernos! Me ha rapado mi melena, la muy codiciosa —exclamó trayendo a su memoria a la infame Tiratha—. ¿Cómo me presentaré en el santuario sin la melena que Tanit ha cuidado toda mi vida para su gloria? ¡Qué tragedia! ¡Representa mi tesoro más valioso!

Las velas se habían consumido y solo crepitaban entre chisporroteos las ascuas. Se acercó y olió las cenizas aún humeantes en el perfumador:

—Restos de efedra y nepenthes —musitó—. La muy ladina me ha narcotizado para consumar su infamia. ¡Maldita sea eternamente!

En medio de una letanía de insultos, sintió unas crecientes ganas de vomitar. Se acomodó en un diván enroscada como un gusano herido. Estaba perdida y se sumió en una profunda reflexión antes de llamar a nadie. Pasó un largo rato meditando, y hasta consultó el espejo sagrado de Tanit, en el que volvió a corroborar su humillación.

Pero Arsinoe no era persona de arredrarse, y su mente comenzó a fraguar una salida airosa, un ardid que le diera la vuelta a la trágica situación. O se comportaba de forma audaz, o sería reprobada por los sacerdotes. Una peluca sería notada, y constituiría una irreverencia a la diosa. Nadie la excusaría y su nombramiento sería revocado.

Pulsó el platillo de bronce y comparecieron sus dos sirvientas y la ferviente Tamar, que al advertir el destrozo ocasionado en su agraciada cabellera rompió a llorar. La danzarina no acertaba a articular palabra alguna, ante el sobresalto de la alucinante visión, hasta que Arsinoe se lo aclaró todo. Pero sus ojos verdes, lejos de mostrar preocupación, eran un dechado de decisión y ánimo.

—Nadie debe saber nada. Cerrad las puertas e intentemos revertir el problema. Tenemos hasta que el sol alcance su cénit.

Arsinoe ofreció su delicada desnudez a sus doncellas, y a las etéreas emanaciones del baño. Fue aseada, perfumada, secada y vestida por las esclavas, en un ritual femenino delicado, dejándose tatuar como las pitonisas antiguas dos conocidos símbolos del culto púnico en sus pechos, el dios cornudo Gurzil y Marduk, que complacieron a la pitonisa.

Después siguieron en su secreta labor, ideada por Arsinoe.

Las tiendas, obradores y escribanías de Gades habían cerrado tras el mediodía y las gentes se habían echado a la calle. Histriones, danzarines, encantadores de serpientes y flautistas alegraban la primera celebración del año, la Procesión de las Kirinas, coincidente con la aparición en los campos de los primeros brotes y florecillas, y de la salida de los barcos a la mar profunda. Los hispanorromanos las hacían coincidir con los fastos de Adonis y de Flora, divinidad primaveral, tan celebrada en Italia.

Era la Noche de las Mujeres, donde solo se haría su voluntad.

Acompañaban a un grupo de jóvenes con los rostros cubiertos con velos, que se condolían de la muerte de Adonis griego, el amante de Astarté, y también del sacrificio por amor de la reina Dido, fundadora de Cartago. Eran vírgenes de las familias más acaudaladas de Gades que habían prometido a la diosa rasurarse la cabeza y ofrecerle su melena, o también de entregarle su virtud en trato carnal con el primer extranjero que solicitara su favor, tras pagar un óbolo al templo.

Al atardecer, las mujeres encendieron las lámparas votivas cantando las alabanzas a Astarté. Pero la sibila no aparecía y el rumor se acrecentaba. Balkar se estrujaba las manos preocupado por la incomparecencia de Arsinoe. ¿Le habría ocurrido algún contratiempo precisamente en el oficio divino que inauguraba su quehacer en el santuario?

Una cohorte de sacerdotes con los cráneos rasurados, las túnicas frigias de lino, las altas mitras y los brazales en forma de serpiente en sus brazos se aprestaban a recibir a la pitonisa Arsinoe. Los sacerdotes de la diosa romana Ceres también estaban presentes con sus típicas túnicas azul cobalto. Lucio Cornelio Balbo, patrono de la ciudad y sacerdote de Baal por su estirpe, con su esposa Lucrecia Emilia y un fastuoso séquito, arribó al santuario de Astarté-Afrodita para satisfacer el voto de Gades a la divinidad, seguido de una serpenteante hilera de mujeres, que arribaban al altar por la playa, cantando los himnos de la deidad del Amor, entre el rumor de las benignas olas de la caleta.

El rumor crecía y la sibila no comparecía. Algo no iba bien.

Pero antes del ocaso, resonaron las trompas y címbalos y, tentadora y deslumbrante, la virgen de la Luna, Arsinoe de Gades, exhalando aromas a agraz y lirios, compareció en el santuario. Se asemejaba a una diosa y nada deshonesto parecía mancillar su hermosura. Pudorosamente, la sacerdotisa que poseía los poderes mánticos de la adivinación sagrada comparecía ante ellos. Ocultaba el rostro maquillado tras un velo que le llegaba hasta los pies, y se tocaba la cabeza con la tiara sagrada que solo en actos señalados portaban las sibilas de la deidad fenicia.

Muchos gaditanos no la conocían y observaron respetuosos sus armoniosas formas, y cómo dominaba la escena con una hechizante calma, sin mostrar el nerviosismo de una neófita. Los presentes guardaron un supersticioso silencio. La interlocutora de la deidad, la consejera de sus palabras, los observaba, y pronto hablaría.

El trono del templo de Tanit estaba cuajado de lamparillas de aceite, marfiles de Nimrud, thymaterios donde ardía el incienso, y exvotos de oferentes agradecidos, anclas de plata y cálices de oro. Avanzó con las manos cruzadas sobre el pecho, altiva e imponente, seguida de Tamar, que sujetaba su manto. De las orejas pendían dos pendientes cónicos que amoldaban el óvalo perfecto de su rostro, profusamente maquillado.

El pueblo conocía que la sibila había sustituido a la vieja adivinadora Autharita, una pitonisa octogenaria muerta durante el verano, y no ignoraban que aquella perturbadora joven poseía innatas virtudes para la adivinación de los sueños. Era una auténtica *asawad*, y desde tiempos inmemoriales no se contaba con tan excepcional sacerdotisa en Gades.

A la turbación general siguió un respetuoso mutismo, que se rompió cuando la joven sibila bebió del cáliz de los vaticinios y se acomodó sobre un trípode, el sitial donde pronosticaban los oráculos desde hacía mil años.

Aspiró los efluvios del áloe, incienso, cedro y laurel, como si percibiera el hálito o *khasma* de Tanit, y entró en trance, sintiendo una poderosa fuerza que penetraba en su espíritu. Cerró los párpados, se balanceó, y al abrirlos, señaló con su mano adornada de anillos al pueblo congregado ante ella, por el que imploró con una voz tan sedosa como el caramillo de un rapsoda:

—Tanit, tu servidora ruega tu favor, oh Madre de la Tierra. ¡Dama de la Luna, alumbra la vida de las devotas gentes de Gades, sus navíos, sus cosechas, sus forjas y sus obradores!

En un pueblo propenso a la superstición y a abandonarse a los preceptos de sus dioses milenarios, el ruego de la diosa resultaba irrevocable y se sentía protegido y guiado por la *Magna Mater*. Además, el presagio que pronunciaría la *asawad* poseía el valor de la certeza, y a él se acogerían para proseguir sus existencias.

Tamar se adelantó para dirigirse a los devotos, como era preceptivo. El silencio era absoluto. Pero cuál no sería la sorpresa de todos cuando, al quitarle el largo velo, observaron aterrados que la pitonisa Arsinoe presentaba el cráneo totalmente rasurado, como si fuera un vulgar eunuco. También advirtieron que llevaba los pechos al descubierto, aunque pintados con alheña. En el izquierdo y coincidiendo con la redondez perfecta del seno, se había coloreado la cara del dios púnico Gurzil, y en el pecho derecho el del divino Marduk con su benévolo semblante. ¿Había algún precedente?

Todos enmudecieron y ahogaron un clamor de espanto.

La masa de asistentes y sacerdotes con sus ropones y tiaras color violeta fijaron sus pupilas en Arsinoe. La muchedumbre se quedó petrificada y se produjo una estupefacción generalizada, como si hubieran sido presa de los efluvios del mal. Una angustia infinita oprimía los corazones de los asistentes, que permanecían espantados ante la apostasía de su sibila. Creían que ofendía gravemente a su diosa y que bien podía abandonarlos por semejante agravio. Un sacerdote de manto rojo se arañó el rostro produciéndose sangre, y exclamó indignado, como fuera de sí:

—¡Blasfemia, sacrilegio! ¡Esto es una abominación!

La estupefacción se adueñó del ambiente y los hérulos tuvieron que reducir a los más alborotadores a bastonazos. Otros se echaban de bruces al suelo y rogaban a la deidad Marina que perdonase a su irreverente hija. Se elevó el clamor de los alborotos y protestas, pues la tradición prevalecía sobre el capricho de una sacerdotisa que absurdamente se había rapado la cabeza, presentándose sin la cabellera propiciatoria, como desnuda ante la Señora de los Cabellos de las Vírgenes, que solo a ella pertenecían.

El asombro de los allí reunidos aumentó. Aquello era un ultraje a Astarté. Un gran sacerdote mitrado escupió a los pies de la atrevida sibila y se tapó su cabeza con el manto. Arsinoe, impertérrita, soportaba la general conmoción. Tenía que actuar ya.

Si la vil Tiratha pensaba que se daría por vencida, estaba muy equivocada. Haría uso de las dotes innatas de autodisciplina, ascetismo y dominio en situaciones difíciles. La atmósfera del templo parecía vibrar con la incertidumbre. Balkar la apremió para que se explicara, y Lucio Balbo, en contemplativo silencio, no movió un músculo de la cara. Pero en sus gestos parecía conciliarse una naciente preocupación, como si aquel irreverente suceso viniera a confirmar un dilema inexplicable de aquella singular mujer, que aun sin su pelo natural, y oculta tras su máscara, le resultaba insondable y bellísima.

La observó extrañado, pero sin mirarla a los ojos. Al romano, la sacralidad de los ámbitos sagrados lo conmovían indescriptiblemente, y entornó los ojos, cegado por la hermosura de su protegida, a la que seguía sin distinguir su rostro diáfanamente.

De repente la sibila rogó que sonaran los nebeles de doce cuerdas, los clarines de plata y los panderos. Iba a hablar. Arsinoe había recuperado su actitud imperturbable, y alzó los brazos. Todo aquello era como una inesperada alucinación. Balbo, los caballeros y religiosos eran incapaces de dar crédito a lo sucedido.

El silencio era general, como la animadversión y el rechazo. Su voz exigente y sus formas directas y exigentes resonaron en las columnas:

—¡Gran sacerdote Balkar, suplico me aportéis el papiro IV de la fundación de Cartago, el que encierra la palabra santa de Dido!

Balkar avanzó hacia un cofre de bronce dorado que guardaba los documentos más esenciales y venerados de la nación fenicia, y se lo entregó. Dido, o Elissa, era un personaje sagrado en el ámbito púnico. Casi era una diosa a la que amaban e imploraban en sus oraciones. Nadie comprendía nada, pero aumentó el frenesí del pueblo, que permanecía en un mutismo sepulcral atento a lo que iba a ocurrir.

El sacerdote se sentía consternado. Su obra se desmoronaba como un montón de paja aventada por un viento impetuoso. Aguardó.

—No he cometido ninguna impiedad hacia la diosa, ni he profanado su santo nombre, o sus normas sagradas, amados devotos y servidoras de la Madre. Sencillamente he rescatado una ancestral costumbre que ya practicaban las pitonisas de Tiro, Biblos, Kitión y Cartago, así como las madres de la Isla de los Esqueletos, Sicilia —dijo, e hizo una pausa sabiamente destilada.

Todo era como una alucinación, pero prosiguió serena:

—Me dispongo a hacer memoria de una de las historias más esenciales de nuestra nación que vienen a explicar mi decisión, que vosotros creéis irreverente, pero que es aprobada por la Madre.

—Te escuchamos, venerable *asawad* —la animó Balkar—. No obstante, si no nos satisfaces, has de abandonar el santuario, muy a mi pesar.

El silencio se volvió expectante, apretado y vigilante, y cientos de ojos seguían fijos en Arsinoe, que permanecía impasible.

—«Libro IV —exclamó leyendo—. Dido, o Elisa, la hija del rey Belo de Tiro, y hermana del insaciable Pigmalión, tuvo que huir de la ciudad, pues su coronado hermano quiso apoderarse de los bienes de su esposo Siqueo, obligando a la princesa a huir secretamente al norte de África. La diosa le ordenó que se detuviera en el país de los gétulos, una tribu libia cuyo rey, Jarbas, permitió a Dido fundar la primitiva Byrsa, que luego, con el transcurrir de los años, se convertiría en la poderosa Cartago.

»Jarbas, prendado de la belleza de Dido, quiso desposarla, pero ella, todavía fiel al recuerdo de su difunto marido, prefirió inmolarse en el fuego, en un sagrado tofet. Cuenta este pliego —y lo enarboló en alto—, que antes de arrojarse a la pira en la ladera del monte Byrsa, se bañó en el lago Tynes, donde se cortó sus largos cabellos y los ofreció a la diosa arrojándolos al fuego, y animando a su hermana Anna a que la imitara. Y fue tan del agrado de Tanit aquel sacrificio de sus cabellos intocables, que la nueva ciudad prosperó hasta alcanzar la gloria inmortal en la historia de los hombres.»

Un rumor de exclamaciones soterradas la animó a proseguir.

—Por eso, la muerte de Dido se relaciona con el Ave Fénix, que muere en el fuego para renacer de sus cenizas y crear nueva vida de prosperidad. Comienza un nuevo tiempo en Gades, marcado por mi oblación. Ha sido mi tributo personal que más amaba a la reina Dido y a la deidad de Tiro, que días atrás me bendijo mostrándome una visión que os llenará de regocijo y gozo —aclaró persuasiva.

Al instante, como había programado, una de sus damas le entregó una bolsa púrpura donde guardaba sus cabellos cortados que igualmente derramó en el fuego ritual como si de una Dido renacida se tratara.

—¡Divina Astarté —prorrumpió en voz alta—, recordando a tu hija predilecta Dido, y en su honor, te ofrezco lo que más amaba, mis cabellos dedicados a ti en mi infancia, como lo han hecho hoy las vírgenes de Gades. Recíbelos con adoración, y que sirvan para exaltarte.

Y cuanto la rodeaba palideció ante su subyugante voz.

A Lucio Balbo se le cortó la respiración y murmuró para sí. «Verdaderamente esta mujer está tocada por el aliento de la diosa. Jamás conocí a una doncella tan incitadora, astuta y clarividente.»

Los sacerdotes alzaron sus brazos en señal de acatamiento y le rogaron que exonerara sus dudas, y que por amor a Tanit y por su innegable sabiduría, se había sacrificado y desenterrado un ritual olvidado, pero agradable a sus ojos.

Tamar suspiró calmada y Arsinoe sopló imperceptiblemente aliviada.

—Aguardamos contritos tu profecía, santa *asawad*, sobre el año que comienza. Oímos tu santa palabra con recogimiento.

La expectación era máxima, religiosa, dominante.

—¡Oíd, pobladores de Gades, la voz infalible de la diosa, que se me ha revelado en el espejo de Tanit. Dios Poseidón, el de los veloces caballos y protector de las naves, Astarté-Marina, señora de la Luna, la vida y las cosechas, inspirad mis palabras —exclamó la sibila, y se sumergió en un profundo recogimiento.

Resonaron los címbalos, algunos se desmayaron, y el nombre de Arsinoe y de la diosa fue ensalzado por las mujeres de Gades, que veían en aquella templada pitonisa a una nueva valedora que había tenido la audacia de retar a los viejos y recalcitrantes sacerdotes y sacerdotisas, confundirlos y amansarlos como si fueran borregos.

La orquestina de *kinnor* (laudes), sistros y arpas cananeas, entonó las salmodias ceremoniales, antes de que Arsinoe hablara de nuevo.

—Hijas mías y honorables vicarios del dios. Pude ver en el espejo de Ishtar el venerable Paladión, la imagen de madera que representaba a Atenea en el templo de Troya. Portaba en cada una de sus manos un sol con rostro humano que irradiaba su luz sobre Gades, que a su calor se convertía en un crisol de oro purísimo —vaticinó—. Eso es lo que espera a esta ciudad: prosperidad, paz y abundancia, que reportarán esos dos soles cuyas facciones humanas no reconocía. ¡Estas son las señales de la Madre!

La masa humana prorrumpió en una sonora aclamación. El

vaticinio no podía ser más halagüeño para la ciudad. Todos temían el poder de la profecía de la *asawad*, incluso Balbo, hombre iconoclasta y descreído, al que impresionó el presagio. Desde aquel instante Arsinoe reinaba como única soberana en el espíritu de los habitantes de Gades. Su consagración no podía haber sido más concluyente y rotunda.

Las primeras señales habían confundido al pueblo. Era preciso aceptar lo que los dioses dictaban en su sabiduría. Astarté hablaba por la boca de la *asawad* y movía los hilos de los mortales, quienes por más que lo intentaran jamás podrían sustraerse a sus designios.

—El tiempo de la diosa no es el tiempo de los mortales —solía decir la *pitia*—. Solemos tasar las edades del hombre con otras medidas distintas a las suyas.

Arsinoe sonrió veladamente a Tamar. Su plan, precipitadamente reflexionado, había obtenido un éxito insospechado. Miró hacia el lugar que ocupaba la superiora de las hetairas de la prostitución, la estupefacta Tiratha, que la observaba absorta, sin explicarse la mudanza del pueblo y de los sacerdotes, que ahora la veneraban más que antes.

Había errado en su vil plan, y veía que gozaba de más fama.

—Tiratha, acércate —le ordenó Arsinoe con voz ingenua, y aprovechando la brecha abierta—, y también tus seis hetairas principales, las tres *kezertum* de peinado alto y las tres *samhatum*. El sacrificio debe ser completo. La Sabia Madre os ruega por mi boca que le ofrezcáis vuestras cabelleras crecidas a lo largo de vuestra vida. Cortáoslas entre vosotras. Será un acto grato a sus ojos, y cundirá el ejemplo. ¡Proceded!

Tiratha enmudeció, sorprendida con la alarmante petición de la pitonisa, que se vengaba de ella de una forma sibilina, sutil y astuta. No podía negarse, pues todo el Consejo Sacerdotal la observaba, y menos en el recinto más sagrado de Gades. Estaba presa de su propia perversidad y resoplaba de rabia. Su objetivo no podía haber tenido un final tan adverso, y bramó de furia mal contenida.

—¿Injurio tu dignidad, Tiratha? —observó Arsinoe desafiante.

No podía odiar más a una persona y la miró con desafío. La incomodidad y la perplejidad discurrían por el ambiente. Cualquier rastro de orgullo había desaparecido del frío semblante de Tiratha.

—En modo alguno, gran *asawad*. Escucho y obedezco la voz de la Madre. Los deseos de Tanit son mis afanes —mintió Tiratha con falsedad, mientras una de las hetairas le rasuraba los tirabuzones rojizos, que tanto amaba y cuidaba, y los arrojaba a las ascuas.

«La venganza no me satisface, pero ayuda a la honestidad del mundo», pensó Arsinoe.

El día declinó en un majestuoso ocaso. Cientos de antorchas se encendieron en las inmediaciones del templo. Se elevó el son de las flautas de caña y de las danzas dedicadas a la Luna, la luminosa intermediaria de la fertilidad de la mujer, el gran enigma de la vida. Era la noche del Gobierno de las Mujeres en Gades, y todo se hacía a su capricho, sin que los hombres pudieran reprenderlas, u oponerse a sus deseos.

—¡Alimenta la savia de nuestros vientres! —rogaban.

Las suplicantes de Astarté danzaban alrededor de un falo de plata que portaban los eunucos. Resonaron las panderetas y tañeron los flautines; las mujeres, agitadas por el delirio de la lujuria, ejecutaron la arcaica danza del falo en medio de una delirante sensualidad.

Bebían brebajes de *celia* (cerveza de cebada), y las danzarinas se desprendían de las túnicas, dejando desnudos sus cuerpos, que ofrecían a Tanit y al dios romano Paam. Las prostitutas sagradas, algunas con sus melenas rapadas, se entregaban en las dependencias del templo a su oficio sagrado, con los extranjeros que las solicitaban.

Rondando la medianoche, los bailes y júbilos se paralizaron.

El portón dorado de la naos del templo se abrió y los sacerdotes de Melkart sacaron en procesión la imagen de Astarté-Marina, instalada sobre unas angarillas adornadas de mirtos y conchas marinas. En la cabeza ostentaba el símbolo de la vida, un triángulo de oro coronado con un disco solar. Cuando la concurrencia vio comparecer a la Madre de la Vida, la Virgen de la Luna, la Estrella Matutina, la que alimentaba los veneros, los jugos de la tierra y a los peces del mar.

—¡Madre de la Vida, cólmanos de fortunas! —invocaban.

Resonaron los cuernos, y el mar se llenó de parpadeantes lamparillas de las barcas que lo atestaban. Devotos arribados de Baessipo, Menestheo, Xera, Melabro, Antípolis y Colobona le rogaron la merced de la fertilidad. Infinidad de luciérnagas centelleaban tamizando el espacio de resplandores, en la festiva Noche de las Karinas de Gades. La fiesta proseguiría inmoderadamente hasta el amanecer.

Era la noche de la celebridad de Arsinoe. La Noche de las Mujeres de Gades se había convertido en la vigilia de la aparición y del triunfo de la divina *asawad*.

VI

Dos soles de oro

El lujo en el palacio de los Sufetes de Gades era fastuoso. Después de la ceremonia religiosa, las damas de la aristocracia gaditana, ayudadas por las *ornatrix*, se repasaban el carmín, el maquillaje y el sombreado de sus párpados en los tocadores, y los hombres, cansados del prolongado ceremonial, se acomodaban en los divanes donde se escanciaban vinos de Rodas y Xera.

Todos esperaban la llegada de la fascinante Arsinoe al salón de los banquetes. Los había conquistado con su prudencia, sabiduría y coraje. La claridad de las lámparas resaltaba el colorido de los refinados mármoles y de los frescos cretenses que lo decoraban. Un color azafranado envolvía la deslumbrante atmósfera, donde hilos sutiles, sándalo y ámbar ascendían hacia los techos policromos, realzados por las pinturas de los héroes de la ciudad madre de Tiro.

Mientras tanto, en el interior del templo, Arsinoe se preparaba junto a Tamar para asistir al festín. Abrió la puerta maciza que comunicaba el templo con la cueva del oráculo, una concavidad sumida en las profundidades del santuario donde la pitonisa, sentada en el trípode de bronce, recibía las insondables palabras de la diosa.

Se inclinó ante el altar para agradecerle su apoyo y oró ensimismada, como si deseara arrinconar definitivamente la inquietud sufrida. Las iconografías plateadas de la serpiente y la luna, símbolos de la verdad y la sabiduría, exornaban el cortinaje que ocultaba la efigie de Astarté, Tanit, Selene y Afrodita de Pafos.

Tamar descorrió las cortinas, surgiendo la imagen sedente de la diosa con la cabeza circundada de rayos dorados, que parecía observarla con su mirada vacía. Volutas de incienso y romero nimbaban la efigie de la Altísima, iluminada por lampadarios parpadeantes. La pitonisa inclinó la testa, salió del templo y aspiró la vitalizante brisa del mar.

Fuera, algunos extranjeros se disponían a ejercer el derecho de la prostitución sagrada, pues los gaditanos que lo intentaran, lo pagarían con la muerte más atroz, ya que serían crucificados y despellejados vivos. Había que ser forastero y respetar ciertas exigencias: como ser aceptado, purificarse y ofrecer un presente de plata al santuario. Luego podría escoger una virgen de entre las que se convertirían en las hetairas de la diosa, algunas hijas de familias potentadas. Las menos agraciadas acudirían años seguidos, hasta que un extraño las liberara del voto.

Era el derecho divino de la prostitución sagrada, una tradición de siglos, una piadosa invitación a la procreación, donde solo el azar habría de prevalecer en el acto y complacer de esa manera a la diosa Madre.

Una litera recogió a la joven sibila y la condujo entre el bullicioso gentío hasta el palacio de los Sufetes gaditano.

La radiante presencia de la sibila y Tamar provocaron el silencio.

Aunque Arsinoe era una joven impresionable y de belleza admirable, nadie desdeñaba desde aquel día que poseía además un talento superior y que la deidad femenina hablaba por ella. Su sagacidad y sabiduría habían resultado sorprendentes, y aunque seguía ocultando su rostro con un velo, se adivinaban sus formas rotundas y una mirada magnetizadora.

La *asawad* y Tamar fueron acomodadas cerca del patrono de la ciudad, Lucio Balbo, quien, además de poseer una sagacidad instintiva, gozaba de un natural refinamiento para rodearse de lo más selecto. Arsinoe se había cruzado en su camino y le había ofrecido su amistad sin ambages. El hispano suscitó una atenta y cautivadora plática, y los demás comensales los imitaron charlando y degustando manjares.

Las mesas, dispuestas en forma de «U», estaban abastecidas de viandas de insuperable calidad, con lo más selecto de los frutos del mar y la tierra, que colmaban las fuentes de oro. Los invitados, los más ataviados a la moda romana, vestían con sus mejores galas, perlas, piedras preciosas, aretes, joyas, birretes y plumas coloreadas, se aseaban las manos en los aguamaniles, y bebían sin cesar olorosos vinos. La compañera de lecho de Arsinoe sorbía sin parar *aqua mulsa*, melosa hidromiel de Frigia, que conducía a borracheras infames.

—Ciertamente —rompió el silencio Balbo—, venerable *asawad*, sabes cómo traspasar el corazón de los hombres y sumergirte en las sendas del devenir, pero me descubro ante el rescate del sacrificio de la reina Dido. Te ha salvado de una reprobación del Consejo Sacerdotal de Melkart, y tal vez del destierro.

Ella vaciló, pero decidió privarlo de sus dudas.

—Pues forma parte del imaginario colectivo de nuestro pueblo —dijo—. No he inventado nada. La historia siempre nos resulta valiosa.

La pitonisa calló después, mientras unos criados les trinchaban trozos de morena adobada con *garum*. Con suma delicadeza, Arsinoe los probó, y también pequeños trozos de atún confitado, codornices con uvas pasas, cordero con higos, pichones rellenos con miel, y bebió elixires de frutas. Poco a poco, fue creciendo entre ellos una franca afinidad.

Balbo, al que había invadido una febril pasión por ella, le susurró:

—¿Arsinoe, realmente has querido recordar a la fundadora de Cartago, o lo has hecho para despojar del cabello a la arrogante Tiratha y avergonzarla ante todos? No llego a alcanzar el motivo, aunque lo intuyo.

La joven, bajando su tono de voz, le narró desesperadamente la amarga experiencia sufrida la noche anterior. Se hallaba sola en Gades, y no tenía a nadie a quien confiar sus penas, ni tan siquiera al *sapram* Balkar, y en Cornelio Balbo había encontrado la tabla salvadora a la que todo náufrago anhela asirse.

El romano no salía de su asombro ante tan inesperado testimonio y balbució con la sorprendente confidencia de la sibila:

—Por Venus. Me cuesta creerlo, y veo que no puedes acusar a esa araña negra ante el consejo, pues nada puedes probar. Cuenta conmigo para mitigar las penas de tu alma, Arsinoe. Le has proporcionado una lección que tardará en olvidar.

—Detesto convertirme en una carga para nadie, *domine* Lucio, pero por tu desprendida amistad, desde hoy permitiré nuestro trato. Eres un precioso apoyo para mí, un hombre de mundo, bienintencionado y digno de mi confianza. Me alegra haberte conocido —le confió—. Preciso de alguien que proteja mi vulnerabilidad, y un sostén frente a tan indeseables compañías en un lugar que aún no conozco.

La mirada de Balbo se reavivó. Su interés por la sibila crecía. Dejó de degustar una crema con granos de mijo y trozos desmenuzados de *kyniklos* (conejo) y le comentó grave:

—Me parece inconcebible y rastrera la conducta de tu misteriosa rival, a todas luces Tiratha, aunque el castigo no ha podido ser más humillante y justo. No ha medido bien tu inteligencia. Permítemelo, pero me has hecho feliz. Conociendo su altivez ahora debe de estar retorciéndose de ira en su lecho. Como ves, perteneciendo a la aristocracia, no ha comparecido.

La pitonisa no pudo soslayar un aire de triunfo. A pesar de tener el cráneo afeitado, la diadema de la deidad, el velo y las ajorcas que le pendían de los lóbulos la hacían irresistible.

—Tus palabras me complacen, Lucio Balbo —asintió—. Pero si pudo narcotizarme, también tuvo la ocasión de segarme la vida. Estuve a su merced. ¿Y cómo pudo entrar?

—Debió de contar con alguna ayuda interna. Es evidente —dijo Balbo.

—La autocompasión me avergüenza, Lucio, y rechazo la piedad de los demás. Amo a la diosa y mi misión, pero me revuelvo contra la tiranía de la maldad y la envidia.

Arsinoe rehusó un plato que le ofrecían con carne de jabalí, y le pidió al escanciador, que llevaba colgada una copa de vidrio dorado como *signum distinctionis*, que le sirviera néctar de Byssatis.

El convite bullía de animación, y Balbo volvió a la plática:

—He sido incapaz de interpretar tu vaticinio de los dos soles de tu visión. ¿Los has visto con tanta nitidez?

Su tono condescendiente estaba teñido de familiaridad.

—Por un don inexplicable que poseo desde mi nacimiento, así es —le descubrió—. Desde hace años me atribulaba que el espejo de Tanit no se me revelara. Pero realicé en el templo el ayuno votivo, oré, ingerí las hojas de la adivinación y vislumbré entre nebulosas imágenes cómo la diosa Atenea, deidad de la sabiduría, Tanit para nosotros, mostraba esos dos soles con rostro humano que convertían Gades en un crisol de oro.

—¿No llamaban los griegos a esa pequeña estatua el Paladión? —se interesó Balbo, hombre culto y erudito.

—Sí, y para ellos era un xoanon sagrado, o sea una escultura votiva irreemplazable y de gran valor religioso por su antigüedad. Fue venerada en el templo principal de Ilyon. Era una estatua arcaica de madera que representaba a Atenea la Sabia.

—Me llena de sospechas todo esto del Paladión y de las caras misteriosas —indicó Balbo—. Las profecías a veces me perturban.

Ella apoyó la mano en su brazo y acercó los labios a su oído.

—Pues uno de los rostros era el tuyo —reveló enigmática.

Balbo escenificó un ademán de auténtico asombro.

—¡¿Cómo dices?! Interesante. Yo, ¿actor en las predicciones de la sibila de Gades? Me siento halagado, mi señora.

—Sin embargo el otro semblante no lo conozco —explicó la *pitia*—. Jamás había visto a ese hombre. Sí sé que no era fenicio, ni oriental.

Con una cordialidad desbordante, el romano insistió:

—¿Un romano, quizá? —preguntó Balbo arrugando la nariz.

—No lo sé. Los romanos queman, profanan, violan, asesinan y roban. No convierten en oro las ciudades, ni son amparados por la deidad de la sabiduría, sino por la espada, el espolio y el fuego —se expresó categórica recordando la muerte de Arisat.

Siendo ciudadano romano no pareció molestarle.

—¿Conoces alguna nación conquistadora que obre de otra

forma? Roma no es solamente una República, sino un negocio colosal —atestiguó— y luchan por mantenerlo y acrecentarlo.

Arsinoe echó un vistazo al festivo salón, convertido aquella noche en un verdadero santuario de la gastronomía fenicia y romana con las mesas rebosantes de manjares y bebidas exóticas.

—Pero también una nación tan negra que va dejando tras de sí un reguero de tumbas —se expresó triste la pitonisa.

—Eran ellos, o Cartago. Y la fortuna quiso que fuera Roma.

Balbo estaba sugestionado por la profecía, y la apremió.

—Arsinoe, si el otro sol era tal como lo distinguiste, podría tratarse del cónsul Gneo Pompeyo, mi padrino, el que me concedió la ciudadanía romana. Sigo su carrera militar y política con admiración, y no hay hombre más poderoso que él en Roma. Protege y ama Gades, y me aceptó en su tribu como a un hermano. Le debo mucho. Nuestros destinos se hallan entrelazados como la cadena al esclavo, y gruesos vínculos nos atan en un mismo rumbo.

—Ignoro si es ese prohombre, pero bien puede ser, si estáis tan unidos. ¿Tan poderoso es? —se interesó.

—En varias ocasiones ha sido saludado como *imperator* por sus tropas, y ha recibido el triunfo en la misma Roma, el mayor honor concedido a un general romano. Ahora mantiene un duro pulso por el poder en Roma con el otro cónsul, Marco Licinio Craso, un multimillonario apoyado por los patricios y despreciado por la plebe.

—Pues ya lo sabes, eres uno de los figurantes de mi visión, Lucio, y el oro revela inexcusablemente fortuna, paz y concordia.

Arsinoe dejó de mirar a su protector y sus dedos juguetearon con la copa, mientras paladeaba un lomo de barbo rociado de salsa de sésamo, sobre una capa de olorosas hojas de silfio, brotes de orobanca, de lúpulo, puerros y cardos silvestres.

Lucio Balbo se había quedado impresionado con la profecía de la visión que había tenido la sibila. La pitonisa miró de soslayo la figura del armador gaditano, su finura en la mesa y su discreción. Conocía que era un armador, rico en millones de siclos, talentos, dracmas, elektron y sestercios, que comerciaba con mercancías de toda la ecúmene, y en especial con géneros de la

Bética, como el aceite, la plata de las Montañas Negras del río Baits (Betis romano), el *garum* y los caballos, y que poseía un gran flota comercial con bases en Gades, Cartago, Tingis, Pafos, Alejandría, Corinto y Massalia.

Prestaba dinero a mercantes con barco propio beneficiándose de un quinto de las ganancias, poseía villas y fincas, tanto en Italia como en Hispania, y decenas de esclavos que trabajaban en los campos de trigo de Tingitania y en las minas de Cástulo, en los talleres de forja, ahumado de pescado y extracción de púrpura. Se le acusaba de haber prestado dinero falso aleado en las cecas iberas, pero lo atribuían a la proverbial «perfidia púnica» del navarca de Gades.

Balkar le había asegurado que poseía una memoria prodigiosa, que era un zorro para la política y que sus negocios los solía acordar en el Foro de Roma y en el templo de Melkart de Gades, donde concurrían los mercaderes más influyentes del Mar Interior. Había prestado en alguna ocasión dinero al Banco de Neptuno de Roma y al de Arena de Cartago, y también a su valedor Gneo Pompeyo, el hombre fuerte de la *Urbs*. Había avituallado a sus tropas y ganado una fortuna.

Arsínoe retomó la conversación con aplomo en su voz.

—Entonces, *domine* Lucio, ¿no crees que este mundo merezca la piedad del conquistador? La misma existencia de la esclavitud es un borrascoso escándalo de dolor, cuyo hedor incomoda a los dioses.

—Nací y viví con esa costumbre y nunca la he deplorado —replicó Balbo—. Va inherente a la condición del ser humano.

—Ignorar ese mal no lo evita, Lucio. Vivimos en un mundo bárbaro y despiadado que pone precio a seres humanos que piensan y aman como nosotros. La diosa no lo quiere así.

—Arsínoe, el temor que sentimos por algo ya supone esclavitud. El libre y rico es el resultado de su ambición y el esclavo, de la injusticia que gobierna el mundo. Acéptalo así.

—Y a su odiosa codicia y egoísmo —dijo la joven—. Los amos llegan hasta a borrar de sus mentes el sentimiento innato de libertad.

En la faz de Balbo, la sibila vio aparecer la máscara del ávido mercader, consciente de sus obligaciones y beneficios.

—Pues la gloria y riqueza de Roma descansan sobre las espaldas de millares de esclavos, más por exigencias económicas y beneficios que por pura maldad. Yo mismo negocio con ellos, como lo hago con el comercio ultramarino de lujo, o el incienso persa. Tras la Gran Guerra romano-cartaginesa he quintuplicado mis ganancias.

Al romano le pareció que el rostro de la sibila se ensombrecía. Aquella mujer estaba interesada tanto en el conocimiento como en el destino de sus semejantes, y poco en el alcance de fines materiales. Se sentía vinculado a ella por una fuerza inexplicable.

Resonó un batintín y los domésticos escanciaron vinos especiados de Samos y Malaka, hasta que sirvieron los postres: dátiles, higos de Esmirna, hojaldres, gratinados, quesos de cabra, dulces de sémola, canela y pétalos de rosas.

—Escúchame bien, Lucio. Sé que la responsabilidad de tu trabajo precede a los sentimientos, por muy grandiosos que sean.

—Gracias por comprenderme, Arsinoe —apuntó con mirada socarrona, para añadir—: ¿Te permitirá Balkar que elijas esposo en Gades? Conozco sacerdotisas que se han casado con maridos de lo más granado de la aristocracia gaditana, e incluso con descendientes de reyes turdetanos.

Arsinoe le ofreció su sonrisa perfecta, y añadió:

—No te hagas ilusiones, Lucio, las sibilas de la Madre no suelen desposarse tan jóvenes, aunque nada las obligue a permanecer célibes —lo avisó—. Seamos buenos aliados, sin más —y le sonrió.

—Creo poco en el enamoramiento —reconoció Balbo—. Lo considero una degradación y una humillación personal que conduce a la ridiculez. Jamás me he entregado totalmente a nadie.

—Tu sinceridad es digna de encomio —terció ella.

—Además antes debería divorciarme de mi esposa Tulia Lucrecia según las leyes de Roma, pero no está entre mis proyectos, créeme. Soy un *pater familias* y protector de una tribu numerosa: mi consorte, mi hermano y mis sobrinos. Sin embargo, no puedo ocultar que tu presencia me conmueve, pues a tu indudable belleza unes una aureola de inteligencia y moderación

—confesó—. Desde que apareciste en el puerto me he converti-do en el más fervoroso admirador de la nueva sibila de Tanit.

En el semblante de ella apareció un ademán chispeante.

—¿No se tratará de un deseo irrefrenable de tus sentidos?

Balbo ya había decidido que no habría límites para su amistad.

—¡No! —enfatizó—. Siento un blando consuelo contigo, algo así como si algo excitante me condujera a un sueño irreal y dichoso.

Arsinoe bromeó con el que ya consideraba su más respetado amigo en Gades; y en su mirada brilló un súbito gozo.

Algunos de los presentes se incorporaban de los triclinios y saludaron con pleitesía a la pitonisa, que departió con aquellos que lo deseaban, algunos de torpe elocuencia, y otros, aduladores o taciturnos. Mostró agrado por el recibimiento, y se congratuló de que la mayoría de los caballeros romanos, devotos tradicionales de Minerva, aún asistieran a los rituales de sus ancestros fenicios.

Mantuvo su rostro semioculto por el velo, pues para ella hubiera supuesto un ultraje desprenderse de él. Y aunque se trataba de una concesión irrelevante de Arsinoe a su castidad, podía aparecer donde quisiera con el rostro descubierto. No obstante, consideraba que aún no había llegado el momento para ello.

A Lucio Balbo le presentaron sus respetos los caballeros en una considerada *salutatio romana*, y otros de extracción más plebeya, los más ricos advenedizos, le besaron su mano como patrono de la ciudad. Después se acercó a Arsinoe, libre al fin de sus admiradores. Evidenciaba excitación. Algo conturbaba su alma.

—Veo que la preocupación enturbia tu alegría. ¿Temes que puedan atentar contra tu vida?

—Pensar en la pérfida presencia de Tiratha es como esperar que una serpiente se pasee por mi cuerpo dormido. Tendré pesadillas —le confesó.

—Exageras. Pero, ¿por qué no trasladas tu residencia a mi casa entretanto se calma esa fiera de dientes afilados?

—Tú lo has dicho, es tan imprevisible como una gata en celo.

—No creo que intente envenenarte. Solo es una precaución,

pues su ambición se me antoja quimérica. Balkar no se opondrá —le propuso Lucio.

La mirada de Arsinoe cobró brillo. Agradecía aquella actitud inesperadamente generosa. Pero era sensata.

—¿Y a *domina* Lucrecia no la incomodará? No deseo que llegue a pensar que entre nosotros existe algo más que devoción mutua.

—Mi esposa tiene un carácter comprensivo y es una romana de lo más enraizada. Ignora la opinión de los demás. Te enseñará mucho de su ciudad. Estudia la gramática etrusca, lee a los griegos y ama sus tragedias.

Balbo poseía todas las dotes de la sutileza de un seductor. Respiró. En toda su vida ninguna mujer había despertado una admiración tan irrefrenable como la que aquella sibila le provocaba.

Arsinoe se fijó en el lugar que ocupaba Lucrecia, una beldad romana que ya comenzaba a descubrir las marcas de su incipiente madurez. Exhibía un peinado alto, adornado con cintas de plata y postizos rubios traídos de algún lugar de la Galia, o de Germania. Vestía una irreprochable clámide ajustada a sus exuberantes senos por un cinturón de oro con pequeñas ninfas doradas cosidas a él. Un espeso perfume de nardo de Palmira le llegaba hasta su nariz.

Advertida por la romana, que también la observaba, alzó su copa, tallada con el perfil de Hércules, y la saludó con cortesía.

—Bien, acepto, Lucio —asintió, tras la gentileza de su esposa.

—Entonces enviaré a unos esclavos por tus pertenencias. Desde la azotea y los miradores verás el mar y la mansa bahía de los tartesios. Lucrecia será para ti una excelente anfitriona.

—¿Tú no estarás en la casa? —preguntó, pues su miedo era real.

En un tono caluroso, como hacía con los suyos, le explicó:

—Verás, ayer recibí por conducto secreto unas tablillas de cera y unos pliegos lacrados en los que se me comunicaba la llegada a Hispania del nuevo propretor de Roma, Cayo Antistio Veto, la próxima luna. Es la mayor autoridad que el Senado puede enviar a una provincia. Parto mañana para Tarraco. He de cumplimentarlo y ya he retrasado demasiado mi partida, pues antes debo recalar en Tingis por negocios.

—¿Y visitará luego Gades?

—No, infelizmente. Lo hará un cuestor, su ayudante, para que lo entiendas. Se trata de un patricio poco conocido en la *Urbs*, Cayo Julio César se llama. Supervisará los asuntos de Hispania Ulterior, recaudará impuestos y administrará justicia en estos territorios durante unos meses. Lo acompaña una cohorte de libertos que harán el trabajo sucio. Él vendrá a hacer méritos. Mis agentes me aseguran que pertenece al partido popular, que finge ser humilde, pero que es intrigantemente ambicioso.

De repente la sibila comenzó a susurrar su nombre, y lo pronunció varias veces, como si tratara de rememorar algo en su mente. Balbo no daba crédito al cambio de actitud de la sibila.

—¿Qué te ocurre, mujer?

—¿Y si fuera el otro sol que sobrevolaba contigo Gades? ¿Quién es ese tal Julio César? —se interesó con prontitud.

El potentado negó con la cabeza, e incluso se rio despreciativo.

—¡No, por Hércules! Por su edad, unos treinta y ocho años según mis informes, es difícil que progrese más en su carrera de honores. A pesar de descender de la antigua tribu Julia, es un demagogo sin méritos militares y así resulta imposible ascender en Roma. La gloria solo se adquiere tras triunfales campañas de guerra. Si realiza una gestión meritoria aquí, podrá llegar como mucho a ser gobernador de una lejana y pobre provincia. Nunca podrá hacerle sombra a Pompeyo *el Grande*.

Arsinoe apeló a todo su poder de convicción.

—Estoy convencida de que te equivocas, Lucio.

—¿Por qué dices eso, Arsinoe? No lo conoces.

—Me has dicho que pertenece a la *gens* Julia de Roma, ¿no?

—Sí. A la Julia Claudia. ¿Y qué tiene que ver eso, querida?

Para ella era difícil pronunciarse por alguien que no había visto nunca, ni sabía nada de él. Sostuvo la mirada del gaditano y mantuvo su posición. Los dos soles solo eran las dos máscaras de Tanit.

—Me ha dado que pensar —dijo displicente—. Esa genealogía remonta su origen a los héroes troyanos de la *Ilíada* y a los antiguos reyes de Roma, ¿no? Al menos eso aprendí en Septa, en la Historia de Persia, Grecia y Roma, de Diocles de Pepareto, quien aseguraba que los troyanos ocultaron en una cueva el auténtico Paladio, que pretendían robar Diomedes y Ulises, codiciosos de tan noble botín. Luego Eneas, ancestro de Iuno, y por ende de ese tal Julio César, que tú tanto empequeñeces, la trajo consigo a Italia como su mayor tesoro. La Madre nunca olvida a quienes se sacrifican por ella y la aman. ¿No es curiosamente llamativo, Lucio?

Balbo, pese a que pretendía mostrarse desenvuelto, no pudo simular su sorpresa. Notaba por ella un sentimiento similar a la admiración. Y eso nunca lo había sentido por una mujer.

—Me dejas admirado con tus conocimientos. Ya me adelantó Balkar que tu sabiduría te precedía, y me asombra tu augurio. Pero te equivocas en cuanto a ese oscuro funcionario, el nuevo cuestor. Como todos vendrá a robar y a llevarse cuanto pueda. Luego se irá y olvidaremos su nombre.

De improviso Arsinoe le lanzó una mirada súbita, premonitoria. Cambió de expresión y sus verdísimas pupilas se enturbiaron, como si estuviera vaticinando en el trípode de la diosa. Dijo enigmática:

—Ese hombre que no conozco puede ser el otro astro que se me manifestó en el espejo. No desdeñes a ese romano, Lucio. Su progenie está protegida por el aliento de la Madre, que suele ser perseverante y generosa con los que ama.

La exangüe luz de la aurora, mensajera del sol que pronto nacería, hacía brillar el rocío de la mañana cuando la noche se vencía, y los invitados, borrachos los más, eran recogidos por sus esclavos y conducidos a las literas. A Arsinoe le reconfortaba que un romano taimado, rico, erudito y seductor, la tuviera como protegida.

Su estancia en Gades, con la inminente presencia del cuestor romano, se le hacía cada vez más sugestiva e interesante, pero se sentía como una inexperta aprendiz de la adivinación.

VII

Marco Druso Apollonio

Lucio Cornelio Balbo consideraba a los tingitanos un pueblo de saqueadores y encarnizados piratas, que luchaban como fieras heridas si eran atacados. Regidos por un astuto y erudito monarca con espíritu de conspirador, habían conseguido en los últimos años que el reino africano prosperara y viviera sin sobresaltos, al amparo de la Loba romana.

Bocco II, su rey, era un hombre arrogante, capaz de las bellaquerías y mezquindades más crueles, pero también estaba dotado de una gran capacidad para la política, el negocio y el lujo griego.

Por eso era el socio elegido por el navarca gaditano, Lucio Balbo.

No en vano, sus antepasados descendían de la nobleza tartesia que había comerciado con los fenicios durante siglos. Bocco se titulaba a sí mismo como: «*Aliado y amigo del pueblo romano*», y con su ayuda había puesto fin a los sufrimientos de su pueblo y a los saqueos de los depredadores garamantas del sur, que tenían por costumbre abandonar sus guaridas del desierto de Libia para atacar y saquear los poblados de la costa mauritana.

No sometía a su pueblo a tributos excesivos, quizá para que no lo derrocaran, se dejaba tutelar por el Senado de Roma, y había acabado con las antiguas vejaciones de su abuelo, el rey Bocco I, a quien temían por sus sanguinarias matanzas.

Lucio Balbo había desembarcado en el puerto de Iol, en tránsito hacia Roma, para entrevistarte con el rey y hablar de sus negocios conjuntos. Vestido con una pulcra toga romana ribeteada con la cinta granate de los *equites* romanos, o caballeros, escrutó el inexpugnable palacio y sus paredes rojas y desnudas. Engañosa visión, pues contaba en su interior con majestuosas habitaciones y un jardín florido de huertos y bancales de flores que cuidaba un grupo de esclavos.

Dejando tras de sí las sombras de las palmeras, las garitas de vigilancia y el hervidero de ciudadanos ociosos, el olor a bosta, las mujeres escandalosas vendiendo frutas, los mendigos con los rostros tostados por el sol, los filósofos que embaucaban a los ignorantes y los niños gritones que despachaban almendras, se dispuso a atravesar con su guardia personal el portón del bronce, que guardaban dos fieros centinelas.

Esquivaron una hilera de monturas, asnos, camellos y caballos, que buscaban los caravasares y posadas para descansar, y accedió al palacio real con paso solemne. Fue invitado por un ceremonioso maestresala a acceder al salón del trono, donde lo aguardaba el rey Bocco, arrellanado en un diván damasquinado. Acariciaba un peludo gato indio que permanecía cauteloso para atrapar a su presa. Los muros estaban revestidos de brocado y de colgaduras egipcias. Un centenar de flameros colgaban del techo inundando de luz la fastuosa sala, alfombrada con esteras de Antioquía y ánforas griegas.

—Mi casa se honra con tu presencia, Lucio Claudio Balbo —lo recibió obsequioso, inclinando respetuoso la cabeza el gaditano, quien aceptó una copa de bienvenida de elixir de bayas.

—Mis esfuerzos y preocupaciones son las vuestras, rey Bocco.

El romano, que fue invitado cortésmente por el monarca a sentarse en un asiento inferior, adivinó bajo su tupido pelo y barba negra trenzados minuciosamente, nuevas arrugas que se tensaban y destensaban al hablar, dejando entrever su recia dentadura. Sus ojos, intensamente negros, no dejaban traslucir emoción alguna, y su rostro ancho y apacible parecía satisfecho con su presencia, aseguradora de espléndidas ganancias.

Desde las primeras palabras que pronunciaron, cualquiera adivinaría al instante que eran viejos cómplices de pingües negocios, algunos fraudulentos, y de hábiles artimañas en beneficio propio. En Roma contaban con la amistad y alianza de un tal Druso Atico, un comerciante sexagenario y sagaz para los negocios, el hombre de Balbo en la capital del Tíber, que representaba con constancia al consorcio naviero gaditano Gerión, su propiedad más preciada.

Juntos, Balbo y Bocco, habían ideado el modo de proteger sus finanzas creando una secreta red de agentes que actuaban desde Tingis a Gades, de esta a Cartago Nova, y desde allí a Roma, para luego extenderse hasta Corinto, Mileto, Tiro y Alejandría, donde se cocinaban pingües negocios. Así metían sus narices en el Senado, en los palacios, puertos, mercados y foros de todo el Imperio, sin que nadie lo advirtiera, sobornando senadores, gobernadores y procónsules.

Provistos de una rudimentaria pero efectiva trama de soplones, recibían informes con los que estaban al tanto de cuanto se hablaba o urdía de valor, y que pudiera ser rentable para sus bolsas. El monarca Bocco, después de una conversación sobre las últimas ganancias, calló de improviso. Parecía agobiado, y gruñó.

—¿Os pasa algo, mi rey? —se interesó el gaditano—. Os noto preocupado. Todo va bien, ¿no? Sé que Roma anda sobresaltada, se informa de movimientos de legiones por parte de Craso y de mi patrono Pompeyo. Dos gallos de corral que desean para sí mismos el poder absoluto. La tensión es extrema en el Senado, y es el momento de cosechar excelentes beneficios. ¡No me digáis ahora que tenemos problemas, por la maza de Hércules!

El rey, mostrando pesadumbre, perdió de repente su habitual contención, y con la faz contorsionada, soltó furioso:

—Tenemos problemas, y preocupantes, amigo mío.

—Me desconciertan vuestras palabras, majestad. Solo venía a saludaros y supervisar las últimas remesas enviadas a Roma, así como nuestra relación con ese buitre de gobernador, Sergio Catilina.

La voz del rey mauretano adquirió un tono alarmante.

—Escucha, Lucio. Nuestro hombre en Roma, el que debía mostrarnos más rectitud y honradez que nadie, pues lo hemos hecho infinitamente rico, nos ha defraudado ¡Maldita sea esa alimaña!

Balbo se sintió tan contrariado como Bocco.

—¿El viejo Druso Atico? Era un vulgar tendero en la Subura que vendía trigo a los judíos del barrio, y lo encumbré a lo más alto. Me cuesta creerlo —sostuvo—. Sé que es bastante inconstante y disoluto, pero no un vil ingrato. ¿Qué ha hecho?

—Ese pervertido, que solo piensa en las vergas de los etíopes y los traseros de los efebos nubios, nos ha robado y traicionado.

—Nos fiábamos de él como de nuestra madre, ¡por Tanit!

—Verás, Lucio, te contaré —siguió el rey—. Antes del cierre de los puertos en el invierno pasado, negociamos en Egipto un cargamento de esclavos nubios, oro y marfil de las fuentes del Nilo, para venderlo en Roma. Excelente ganancia, si llegábamos los primeros a Italia antes de la primavera. Son artículos muy codiciados.

—Lo recuerdo. Proseguid, os lo ruego. —Lo cortó impaciente.

—Pues bien. Un barco de tu compañía, el *Gadeira*, partió de Alejandría con rumbo a Brundisium. Al arribar a Italia, Druso Atico envió su informe, con una historia extraña. Se había visto obligado por causa mayor a tirar por la borda el cargamento completo de esclavos, pues habían contraído una pestilencia contagiosa. Según él las ganancias habían sido escasas y habíamos perdido casi medio millón de sestercios. ¡Una fortuna!

Al rey se le veía afectado y matizó sus palabras:

—Yo lo creí. ¿Por qué no había de hacerlo? Entonces intervino mi escriba, Silax, al que ya conoces, ese joven tingitano criado junto a mis hijos. Me aseguró que resultaba poco probable que todos estuvieran contagiados, cuando esa raza resiste los morbos más infectos. Hizo averiguaciones por su cuenta, y viajó hasta Creta. Allí soltó algunas monedas y le confirmaron que la nao gaditana se detuvo fuera del puerto de Heraklea, y que por la noche, contando con la ayuda de las sombras y de algunos mercaderes comprados, desembarcó los cautivos nu-

bios, que días después se vendieron a un alto precio en el mercado de esclavos de Kitión. ¿Comprendes la estafa, Lucio?

La plática, hasta entonces una arena en calma, se enturbió.

—¡Un desfalco, un fraude en toda regla! ¡Druso Atico, un
ladrón!

Bocco intervino lleno de irritación y de despecho.

—¿Envío a un sicario para que le corte el gaznate y lo arroje
al Tíber? ¡Se lo merece el muy bujarrón!

—¡No, tenemos más que perder que ganar! Aunque se haya
revelado como un mal compañero de viaje, es un ciudadano romano que nos representa en la *Urbs*. Despertaría sospechas y
algún magistrado haría averiguaciones. No debemos desatar
ninguna tormenta en Roma, y menos ahora. Hace tiempo que
Druso era más un estorbo que un eficaz aliado.

—No quise enviarte un mensajero, conociendo tu inminente llegada. Estas cosas no se pueden escribir, hay que oírlas de
cerca.

—Cierto, rey Bocco. Has obrado con discreción —se expresó.

Lucio Cornelio Balbo se sentía muy disgustado. Se incorporó del diván inclinando la testa. Caminó hacia el ventanal, donde respiró profundamente, contemplando los pavos reales y las
pajareras doradas donde piaban centenares de pájaros multicolores y aves exóticas. Bocco observó cómo el navarca gaditano
se sumía en una honda reflexión. El monarca bebía sorbos del
elixir, nervioso y expectante. Balbo rebuscaba ensimismado en
su mente, evaluaba y recapacitaba.

Bocco sabía que algo grave iba a suceder en unos instantes.
«Qué tormenta se despeñará por su cabeza.» Tan taciturno como abrumado, Balbo volvió a su asiento. Seguía cavilando, pero
abrió sus labios.

—He calculado el provecho que podía producirnos esta indeseable situación de ese tonel de sebo de Druso Atico, y creo
que podemos obtener un gran beneficio de ella, rey Bocco
—aseguró carraspeando educadamente.

—¿Y bien? —preguntó Bocco impaciente—. Te escucho.

—Olvidemos esta pérdida, y hagamos como si lo aceptáramos. Un riesgo más de nuestros negocios —afirmó—. Te ruego mandes llamar a tu joven administrador, ese tal Silax. Deseo conocerlo más de cerca y preguntarle algo. Mucho depende de ese escriba.

—¡Llamad a Silax! —ordenó al guardia, sin comprender el alcance de aquella orden tan extraña.

—¿Cómo es ese tesorero, rey Bocco?

En Bocco surgió una sonrisa plena de magnanimidad.

—Es un hombre joven, y no del todo formado, pero de gran talento. Estudió esgrima, arte militar, equitación y álgebra con los cachorros de mi estirpe. Ha viajado por la costa africana y Oriente, y hasta ha visitado las tumbas de Aníbal en Libissa y de Alejandro en Egipto. Es culto y repudia las distinciones. Se ha convertido en mis ojos, mis manos y mis oídos. Controla a los mercaderes y cambistas del reino, cobra el tributo de los peregrinos, los impuestos del azafrán, del trigo, del pescado y el algodón, y mis arcas rebosan. Conoce el púnico, el griego clásico y el *koiné*, la jerga popular helena que se habla a ambas orillas del Mar Interior, y el latín con cierta soltura; y sus consejos me son inestimables.

Lucio Balbo, ante su tardanza, se impacientó. Estaba inquieto.

Silax entró al fin en el silencioso salón mostrándose cortés y solícito a la llamada de su soberano y de su egregio invitado. Saludó al visitante, y expresó su identidad a su pregunta.

—Me llamo Silax de Apollonia. Soy el escriba de mi señor y rey.

Guardó silencio y le dio tiempo para que lo examinara. No parecía agobiado. Paradójicamente estaba tranquilo a pesar de su juventud. Balbo constató que podría frisar la veintena. Se peinaba según la forma oriental, con tirabuzones que descansaban en sus hombros, y lucía una espesa barba pulverizada de oro. Su tez, quizá por sus continuos viajes por el desierto, era morena, y sus ojos, de color castaño. A Balbo le pareció el paradigma de un cartaginés de noble cuna. Tenía presencia, y evidenciaba perspicacia. Además detentaba un desenvuelto y refinado porte natural.

Lucio Balbo lo acosó con un análisis intenso. Le preguntó por su vida, situación y actividades, y luego se centró en el caso del *Gadeira* y de los esclavos nubios. De inmediato supo que era un hombre culto, lúcido y sensato, aunque poco hablador. ¿Respondería a lo que necesitaba?

Lucio Balbo conocía a los hombres por su mirada. Y la de Silax era limpia, de confianza, seguridad, circunspección y cordura. Quedaba un resto de desconfianza en el gaditano, y le preguntó grave:

—¿Qué piensas de la conducta de ese infame Druso Atico, Silax?

—Indigna, *domine* —contestó—. Ha demostrado que tiene un bolsillo profundo y desleal. Lo conozco y no esperaba de él esa vergonzosa conducta. Si un patrón pierde la confianza en su servidor más leal, aquel que discierne sobre lo más ventajoso y lo menos para sus negocios, no dejará de verse ultrajado. Aunque solo ha sido un hurto y no hemos de temer una bancarrota, estimo que merece ser colgado de un leño.

A Balbo le cautivó la rapidez de la contestación.

—Veo que te empleas con exceso de celo en tu trabajo. Estoy de acuerdo —manifestó Balbo—. Druso Atico se ha hecho acreedor de un castigo ejemplar, pero lo aprovecharemos para lo que he estado especulando. Tu prudencia y sagacidad me agradan, Silax.

El escribano real ignoraba adónde quería llegar el navarca.

—Me enorgullezco de vuestra opinión, señor. Si he acumulado algunos conocimientos ha sido para mejor servir a la naviera y sobre todo a mi rey, quien se ha comportado conmigo como el padre que apenas conocí y la familia que nunca tuve —arguyó el escriba.

Lleno de vanidad, el monarca abrió sus labios orgulloso:

—Y lo más importante, Balbo. Él controla nuestra incipiente organización de confidentes y nada se le escapa que pueda favorecernos. Además se entiende con los impuestos de Roma, y su relación con el gobernador Catilina es excelente. Jamás ha cuestionado nuestros tributos y lo recibe en su propia cámara.

—Será porque es joven y atractivo —rio Balbo con mordacidad.

Silax no movió un músculo con la chanza, y declaró sin vanidad:

—Hay que tener al águila imperial satisfecha o nos enseñará sus afiladas garras. Acordaos de los reyes de Numidia y del rey Yugurta, que murió estrangulado en una cárcel de Roma.

Balbo pensó que había encontrado el hombre que buscaba. Se produjo un prolongado silencio y las miradas de los tres hombres parecían huirse. Bocco esperaba escuchar el secreto plan del romano gaditano, y sabía que su decisión estaba tomada de forma irrevocable, por mucho que a él no le agradara. Balbo se volvió a interesar sobre el robo.

—¿Has guardado las pruebas del desfalco de Druso Atico, Silax?

—Sí, *domine* —replicó el escriba—. Tanto las de Kitión como las halladas en Roma se hallan a buen recaudo. Druso ocultó el medio millón de sestercios depositándolo en una sociedad de préstamos, para que no siguiéramos el rastro. Suelo guardar los comprobantes de todo.

—Bien, excelente gestión, joven Silax. El rey Bocco y yo somos socios antiguos de la compañía Gerión, con la que nuestras casas, tribus y protegidos viven y se benefician. Los centros de nuestro negocio son Gades y Roma, urbe que yo no controlo personalmente. Y precisamente la República romana, la nueva potencia del Mediterráneo, se propone extender sus fronteras hasta Partia por el oeste, Libia al sur, Germania al norte y Britania al oeste.

—¿A tanto llegarán? —se interesó el soberano.

—Si se lo proponen, sí, mi ilustre rey —dijo afable Balbo—. Mi padrino, el cónsul Pompeyo, así lo cree, y nosotros hemos de estar en el vórtice de este formidable negocio y participar de él. La riqueza se halla en Roma.

—¿Con ese desleal y maldito de Atico dirigiéndolo?

El gaditano se tomó unos momentos sabiamente condensados.

—No —expuso—. Nuestro hombre en Roma ya no es ese viejo tonel seboso.

Se abrió un momento de alerta, mutismo y preocupación.

—¿Y en quién has pensado, Lucio? —se interesó Bocco—. Resulta esencial para ti, para mí, y para la naviera Gerión. Nos jugamos mucho.

El hispano paseó su mirada por la sala y se detuvo en el joven.

—Serás tú, Silax, si nuestro rey no se opone —proclamó—. Te convertirás en la prolongación de mi persona en Roma. Será otra forma de servirte del joven Silax, mi excelente rey. ¿Qué os parece?

Sus palabras no dejaron indiferentes ni al monarca ni al escriba. Bocco no estaba dispuesto a desprenderse de su protegido, al que quería como a un hijo, y lo interrumpió antes de que siguiera.

—¿Por qué él? Me es imprescindible y aún le falta experiencia. ¿Quién llevará la hacienda de mi reino? ¡No, no puedo consentirlo! Él controla las caravanas que transitan por la Tingitana, y es mi supervisor más preciado.

Balbo sabía que la codicia del oro lo desarmaría.

—Majestad, es ahora cuando precisamos en Roma de una persona fiel a la sangre y al código naviero, un fenicio de sangre noble, en el corazón económico de la mismísima Roma, que se emplee con provechosa inteligencia. Y creo que Silax posee estas cualidades. Aumentarán nuestros beneficios hasta quintuplicarlos con el plan que llevo tiempo meditando.

Bocco apoyó la barbilla en su mano, y resignado preguntó:

—¿Silax, hijo, existe en mi casa un tesorero tan capaz como tú que pueda ejercer tus mismas funciones? ¡Es mi ruina! —simuló.

—Tuzut, el escriba que vino de Iol, majestad. Es el más tenaz y cumplidor de los escribanos que conozco. Lo tengo por un honrado colaborador —replicó—. Cumpliría con mi humilde labor de forma valiosa, pues está al tanto de todo. Confiad en él.

Su vida en la corte era detestable y tediosa. El ofrecimiento del gaditano le parecía el acontecimiento más extraordinario de su vida. Lo apoyaría pues sabía que contaba con la consideración de su príncipe.

—Concluye tus palabras, taimado fenicio —dijo Bocco con ironía.

El romano deseaba concluir su explicación, y persistió:

—Silax, me pareces indicado para dirigir nuestros negocios en Roma, pues tu habilidad desarma a cualquiera. Lo he notado. Trabajarás a nuestro lado, pero no como un cartaginés, o un tingitano. Acarrearía suspicacias. Aún no se fían ni de los púnicos. Te convertiré en un caballero romano. Terminarás tu formación a mis expensas.

Sus palabras cayeron como una losa sobre una tumba vacía. Balbo miró al rey con el rabillo del ojo y vio que estaba perplejo.

—¡¿Qué?! —exclamó el soberano dando una sorda palmada—. Cuando entraste aquí estabas cuerdo. ¿Acaso has perdido el juicio?

—En modo alguno, excelente señor. —Y prosiguió hundiéndose en su cojín de piel de leopardo—. Forzaré a nuestro pérfido e indigno Druso a que adopte como hijo a Silax, quien tras la *adoptio* se convertirá en un respetado *equite*, como yo mismo. Roma se abrirá a tus ojos como la cornucopia de la fortuna —dijo, mirando al joven.

Bocco negó con la cabeza bajo su capa de regio orgullo.

—No creo que ese vil de Atico se preste. Es un bastardo ladrón.

—No lo dudéis, majestad —contestó el gaditano—. Lo hará sin rechistar en el momento que le descubra los informes y rollos de venta del puerto de Kitión y del ingreso en la oficina del prestamista. Lo amenazaré con denunciarlo al Banco de Neptuno de Roma y a los Consejos de Comercio de Gades y de Asia. Sabe que le esperaría el exilio, o incluso la muerte. Dentro de un año o dos, si él lo acepta y vos lo aprobáis, majestad, Silax sería ciudadano romano y nuestro apoderado en Roma. ¿Qué pensáis?

A Silax se le notaba decidido y esbozó una tímida sonrisa. Estaba confuso, pero dispuesto a seguir a aquel hombre de sueños grandiosos. Y parecía que su señor, también, sacudido por la promesa de aumentar sus beneficios. Aguardó impertérrito, pero rezando para que aceptara.

—Majestad —insistió Balbo—. No nos contentemos con las migajas de la suculenta mesa de los romanos, incrementemos nuestro prestigio económico en la poderosa Roma. Y no creáis que intento engañaros.

Bocco, se sentía más sereno, incluso convencido.

—Tus proyectos y tu confianza honran este trono —dijo Bocco.

Balbo ni sonrió, a pesar del halago del rey tingitano. Se dirigió con su mirada gris y persuasiva al joven tesorero.

—Una de las funciones en Roma será la de la información, Silax. Primero habrás de hallar hombres incorruptibles y organizar una red de espías que nos permita conocer y luego emprender ventajosos negocios. Y como hombre libre que eres, obtendrías por tu trabajo diez sestercios de cada cien de los beneficios de la sociedad Gerión, en Roma. La morada y las oficinas del Aventino, empleados, esclavos y gastos, corren por cuenta de la compañía naviera. ¿Qué tal te parece la proposición? Sopésala con calma, y manifiéstanos tu decisión cuando lo hayas meditado.

Introducirse en el círculo de los negocios de la urbe más poderosa del mundo lo fascinaba. Significaba todo para él. Era el momento de cambiar de vida, de transformarse en un hombre notable y llegar a ser lo que su desafortunada madre Arisat habría querido de él. El joven dominó su cohibición y habló con naturalidad en púnico:

—Ponedme a prueba, os lo ruego, mi señor. Soy vuestro servidor, y no os defraudaré ni a vos, ni al *domine* Lucio Balbo, a pesar de mi inexperiencia en vastos negocios. Conozco el camino que he de andar. Acepto —afirmó con la misma seriedad mantenida—. Además, ¿quién soy yo para interponerme en los deseos de mi soberano y de su ilustre socio?

Era la respuesta que esperaba Balbo. El monarca hizo un chasquido con los dedos y de inmediato unos sirvientes trajeron una bandeja con tres copas de cristal de Neápolis y unas exquisiteces exóticas que mostraban la esplendidez del anfitrión. Las degustaron brindando por Poseidón y la Astarté-Marina, y por el futuro venturoso de Silax en la gran urbe itálica.

—¿Deseas alguna prebenda más? Quizás hayas pensado en otra forma de compensar tus servicios —le expuso el gaditano—.

Tu vida va a dar un giro grandioso y creerás haber nacido de nuevo.

—No, señorías, considero justa la comisión, incluso abundante y lucrativa. Lo que no sé es si algún día podré pagar toda la gratitud que os debo —se expresó agradecido y cortés.

Balbo constató que nada, ni tan siquiera la promesa de una espléndida recompensa, alteraba su recto juicio. Le agradaba.

—Tus exigencias no dejan de ser modestas, lo que evidencia tu sabiduría. Veo que eres discreto y capaz de discernir lo que puede ser provechoso, y lo que no. Además no tiemblan tus labios en tomar decisiones que otros rechazarían por el peso que conlleva.

—Los dioses me protegen, y Tanit ampara mi destino, *domine*. Este hogar y los templos de mis dioses viajarán conmigo en mi corazón. ¿Por qué he de dejar que mi futuro lo decida el albur?

El romano mojó sus labios con el óptimo vino de Panormus.

—No te arrepentirás, Silax. Queremos una persona en Roma que no se deje corromper. Un hombre que gobierne junto a otros viejos administradores de confianza la naviera Gerión con pulso firme, que evalúe los riesgos y actúe en consecuencia. Y ese serás tú. A una nueva Roma que despierta al mundo, un nuevo, joven y hábil administrador.

—Ni nada menos —contestó Silax reflexivo—. Soy consciente del alto riesgo al que me enfrento, pero vuestra generosidad me abruma. Sé que el cargo es sumamente delicado, pues he de tratar con hienas y buitres, pero también con hombres honorables, de la nación que los dioses han elegido para que rija el mundo.

—Pues comienza ya a pensar como un hijo de la «loba romana», y adopta el aspecto, el ropaje y las costumbres del Lacio. ¿Conoces el idioma, sus usos y su forma de hacer negocios?

—Sí, *domine*. He viajado por todo el Mar Interior —se explicó.

—Pues pronto tendrás un nombre latino, igual al del padre que te adoptará, y pertenecerás a la misma tribu del ruin Druso Atico, la Velina.

—¿Me llamaré entonces igual que él? —preguntó Silax.

—Marco Druso es obligado, pero el pronombre final será el que tú elijas. Puede hacer referencia a tu origen, apodo de familia, defecto, o cualidad de tu persona, o simplemente por tu gusto.

Dos pares de ojos miraban magnetizados al joven escriba, a quien el caprichoso sino había cambiado de golpe su existencia. No se sentía vacío por abandonar a su rey, y parecía aliviado de un rigor indeseable que lo envolvía en aquella corte olvidada de los dioses. Hasta ahora solo recibía órdenes y a partir de ahora él sería quien las daría. Sabía que en Roma alcanzaría cuanto había soñado, y contestó con increíble prontitud.

—Mis antepasados procedían de ciudades cartaginesas. Unos de Cyrene y Berenice, otros de Darnis y los más antiguos de Apollonia, que suelo frecuentar en mis viajes, y que tanto admiro por sus costumbres griegas. Pues bien, por el recuerdo de mi sangre, añadiría a Marco Druso el sobrenombre de Apollonio. ¿Os parece bien?

—Marco Druso Apollonio. Suena bien, Silax —aseguró el rey acorde.

—Ha sido una decisión atinada, créeme. Te felicito Marco Druso Apollonio, el amigo del rey Bocco, del cónsul Pompeyo y mío propio. Buena carta de presentación —terció Balbo satisfecho—. Prepárate, pues cuando concluyan los Juegos de Apolo, el sexto día del mes *séptimo* (julio), viajarás conmigo a Sicilia, donde te prepararás para tu tarea durante un tiempo —apostilló Balbo complacido—. Esperamos mucho de tu buen juicio y sensatez. ¡Que nuestra diosa Astarté te ilumine!

Una gran carcajada de Bocco, franca y sonora, y un asentimiento del gaditano los unió en una decisión que para los tres sería provechosa. El ambiente era distendido, a pesar del rango que los distanciaba. El tesorero real, por vez primera, se mostró gozoso. Se le notaba en su mirada de halcón que era hombre de grandes ambiciones, y a Balbo le placía.

Discretamente, Silax saboreó el placer de verse valorado por señores tan poderosos. ¿Qué hubiera pensado de aquel sesgo del destino su madre? ¿Y su recordada hermana Hatsú? Tendrían un lugar de privilegio en Roma, su gran sueño. El joven burócrata ya contaba las horas para su marcha. Su intuición se lo decía. Había jugado su baza y creía que había sido la más acertada. No se trataba de una promesa quimérica a las que estaba acostumbrado, sino una realidad llena de esperanza.

La espléndida oferta recibida y la empresa en la que se había involucrado no se erguían ante él como un muro infranqueable, sino como el plácido mar de las Columnas de Hércules que él tanto amaba.

Y no estaba solo.

VIII

Ave Caesar, Ave Cuestor Hispaniae!

Gades, Hispania Ulterior, final de la primavera del año 68 a.C.

En la boca de Arsinoe se perfiló una sonrisa de orgullo, y en las mejillas afloraron dos hoyuelos cuando vio aparecer en el atrio a Lucio Balbo, quien tras su fugaz viaje a Tingis y Tarraco, había vuelto el día anterior a Gades. Lo había oído hablar con los escribas, y se hizo la encontradiza.

Al fin podía platicar con alguien, no de moda y afeites como solía hacer con Lucrecia o Tamar, o del culto, con sus sacerdotisas, sino de pláticas más elevadas y gozar de su considerado trato. Era la primera vez que el romano la veía exenta de su ritual máscara de sibila *asawad*. Se detuvo y contempló su piel casi transparente y sus ojos verdes y exóticos, como los de un felino apaciguado, y sus labios frescos y sensuales, sombreados de carmín. Era una mujer bellísima y enigmática.

El habitual gesto de dureza glacial que Balbo utilizaba en sus negocios se transformó en regocijo al reparar en la tingitana, quien lo saludó con su habitual dulzura y gesto de gratitud.

—Que los dioses te protejan desde sus celestes órbitas.

—Y que Neptuno, mi protector, te custodie, Arsinoe.

La presencia del navarca la confortaba y le sonrió con benevolencia.

—Te veo con el gesto preocupado, Lucio —se interesó tras

la salutación—. ¿Quizás en tu viaje has sufrido algún contratiempo?

—No es eso —se explicó Balbo—. A decir verdad estoy preocupado porque en unos días llega a Cádiz el nuevo cuestor, ese tal Julio César del que te hablé. Hemos de mostrarnos amistosos y políticamente cuidadosos, aunque no sumisos. Espero que se marche pronto. Me dicen que es un hombre sagaz, ambicioso y amigo de asaltar tálamos ajenos. Un patricio que además juega a ser el líder de los populares. Parece que no es tan insignificante como creí.

La ciudad, levemente iluminada por un sol huidizo, comenzaba a ensombrecerse, y ambos se regalaron una mueca expresiva de armonía.

—Y bien, ¿cómo te ha ido en la morada de los Balbo, Arsinoe?

—En verdad no puedo quejarme. *Domina* Lucrecia ha tolerado mi proximidad. Es desprendida y carece de prejuicios. Posee nobleza de ánimo —replicó la sibila—. Me ha inculcado el código de costumbres y puesto al día de cuanto importa en Roma.

Balbo acompañó su contento con una discreta mueca de afinidad, y la emplazó a la cena. El gaditano no erraba en su intuición. Sabía que la pitonisa no había tenido ninguna desavenencia seria con la sacerdotisa Tiratha, y se la notaba feliz. Era su deseo, y le preguntó por ella.

Arsinoe miró a su aliado sin expresión. El tema la aburría.

—He vivido entre el silbar de las víboras del templo. Tiratha está adormecida por ahora —le explicó.

—El tormento de los celos suele ser incurable, querida. Respóndele como si la ignorases. Es la mejor medicina —le refirió Balbo.

—Esa ramera me profesa una aversión antinatural, Lucio. Está vencida a medias —contestó la pitonisa—. Finge llaneza conmigo, pero no es sincera. Como a mí, le ha crecido el pelo, pero entre nosotras jamás habrá entendimiento —le aseguró.

Con la presencia de Balbo en Gades sus miedos habían cesado.

Las torrenciales lluvias del principio de la primavera habían remitido y el cielo había alumbrado un firmamento rayado por jirones grises que amenazaban aguaceros.

Lucio Balbo, con los consejeros, sacerdotes y caballeros de Gades a remolque, se movía inquieto y meditabundo por el puerto gaditano. La trirreme que transportaba al cuestor romano tardaba en atracar. Como patrono, tenía que jugar la partida con el magistrado con sutileza, y renovar el pacto con Roma, con provechos hacia la ciudad de Gades. Corría el rumor por la Hispania Ulterior de que el enviado era más inteligente de lo que parecía. Tendría cuidado.

El mar estaba calmo y corría una ligera brisa de poniente cuando el magistrado romano descendió por la pasarela, precedido por el *proximus lictor* y seguido por los otros cinco lictores, quienes proclamaban su rango, prestos a cumplir con la expeditiva justicia romana.

De repente cayeron algunas gotas, consideradas por Balbo de buen presagio. Inclinó la testa ante Julio César y lo tomó por los brazos en señal de amistad, ofreciéndole el respeto y acatamiento de la ciudad aliada.

—Astarté-Marina os recibe con sus lágrimas protectoras, *cuestor dilectissimus. Salve!* —lo saludó el gaditano, mientras sonaban las trompas, clarines y los atabales de la guarnición romana.

—*Salve!* Saludo al amigo de Pompeyo —sonó la voz grave de César.

El gaditano asintió y en su semblante afloró un sesgo de confianza. El cuestor era un hombre fibroso y de estatura media, casi calvo, de mandíbula cuadrada, boca arqueada, ojos vivos y piel clara y rosada. Le aseguraban sus agentes que el riquísimo Craso apoyaba con enormes cantidades de sestercios a Julio César. ¿Por qué? ¿Quizá porque deseaba que lo acompañara en el consulado en contra de Pompeyo?

Se decía que era cuidadoso de su imagen y amante de los deleites terrenales; que tenía fama de hábil político, de seductor de mujeres, dilapidador de fortunas y ambicioso del poder. Pero su estatus en la *Urbs* al menos hasta ahora era de segundo orden, y quizá nunca alcanzaría el consulado por su inclinación al partido popular.

Se cubría aquella mañana lluviosa con una toga con orlas púrpura y un manto escarlata anudado con un broche en el que refulgía la diosa Afrodita, con Eneas arrodillado a sus pies. Recibió con fervor las aclamaciones entre el entrechocar de los arneses del destacamento romano y las órdenes del centurión, pero no mostró ningún brillo de arrogancia en su mirada. Mientras saludaba a los oficiales y a una legación de los Quinientos Caballeros de Gades y del Consejo de los Veinte, cesó el aguacero, sin que Julio César descompusiera su figura.

Se interesó por sus problemas y prometió beneficios para la ciudad, su gran aliada en el sur de Occidente. Formaba parte de su personalidad exhibirse generoso como un dios. Encaramados en las terrazas, los gaditanos lo recibieron con ramos de olivo, aclamando a César, quien en un carro griego rodeado por los lábaros con el SPQR romano y las águilas imperiales, saludaba a quienes lo vitoreaban.

—*Ave Caesar, salve cuestor Hispaniae!* —repetían.

César sabía que el Portus Gaditanus resultaba capital para someter África y el extremo del Mar Interior, y por eso estaba allí, cautivado por su opulencia. Gades poseía la flota comercial más copiosa de los dos mares, el Interior y el Tenebroso, y allí se embarcaban mercaderías de todas las naciones, tintes, el *garum* gaditano, bestias feroces, ánforas de aceite, vino y joyas turdetanas, así como la abundancia de la Bética, rumbo a la insaciable panza de Roma.

Gades era una urbe inundada de una magia incógnita que le fascinaba al contemplarla. Acompañado de Balbo y de los magistrados de la ciudad, inspeccionó el foro de la Ciudad de Hércules, donde se alzaban majestuosos templos, como el de Minerva, nuevas basílicas y estatuas de dioses del panteón romano y griego. Gades conservaba algunos testimonios del pueblo más indescifrable del mundo antiguo, Tartessos, un arcano de incógnitas, que Julio César conoció por Balbo, quien le relató historias de la más enigmática civilización de Hispania.

Alumbrada por una luz cegadora, Gades, la gemela de Tiro,

ofrecía a un viajero ansioso por conocer, como César, todo lo que un estadista pudiera desear para hacerla su asociada en su sueño de conquistar el dominio de Roma. Todo el mundo conocido se estaba convirtiendo en provincias romanas, y cuanto más crecía más aumentaba su apetito. Al menos eso pensaba Claudio Balbo.

Por la noche, César, aliviado de los rigores del viaje, visitó con Lucio Balbo los selectos prostíbulos de la Puerta del Muro, famosos en Hispania e iluminados por faroles con la marca de la diosa Astarté, una sierpe dorada con ojos carmesíes. Acudieron a solazarse con los bailes de las *puellae gaditanae*, bailarinas instruidas en el canto y la danza, de espectacular belleza y popularidad, quienes al son de los panderos entonaron ante el cuestor César y sus anfitriones gaditanos lujuriosos himnos egipcios e impúdicas baladas sobre el erotismo en el amor.

Danzaban desnudas, haciendo sonar crótalos de plata, arqueando sus cuerpos hasta posturas imposibles y descubriendo sus sexos tupidos y salvajes, mientras contoneaban las caderas y senos con tal sensualidad que preludiaban orgías babilónicas entre los clientes que pudieran pagar el precio por yacer con ellas.

—El placer es el principio de la vida, asegura Epicuro en su *Kiriay doxai*, querido Balbo —le dijo sonriente, y este asintió.

Lucio Claudio Balbo le señaló a César los divanes donde sesteaban hetairas de tan hechicera feminidad que creyó hallarse en los Campos Elíseos: Meretrices de Kyrnos, cretenses de piel morena, egipcias de ébano, vírgenes del país de los astures, hermosas hembras de Bitinia, germanas de pechos rebosantes, que acicaladas con fucus de algas, belladona y lapislázuli, y apenas cubiertas con sutiles velos, los incitaban a poseerlas mostrándoles sus encantos.

La primera noche de César en Gades resultó indeleble en su memoria, y conoció concupiscencias que ignoraba, él, que pasaba por ser el gran seductor de las matronas romanas. Por eso al día siguiente volvieron a probar de sus sensualidades y deleites.

Pero Julio César estaba obsesionado con su fama futura.

Por razones de su *cursus honorum* (carrera política) trataba de avivarla, y para ello se esforzaba en extender su ascendencia divina y no paraba de buscar la voluntad de las deidades del Olimpo en signos, presagios, libros sibilinos y oráculos. La palabra «dios» corría en Roma como un sinónimo de «elegido del destino», y Venus, diosa de la fecundidad, había velado desde siempre de la ascendencia Julia, de la que era madre primordial.

César sabía que su tía Julia y su esposo, el dictador Mario, no fueron sino unos simples agricultores. Pero los dioses los habían elegido para imponer la justicia en Roma y oponerse a la codicia de los patricios. Por eso César insistió a Balbo en que su anhelo oculto era visitar el Oráculo de Melkart y no adormecerse en las sensuales dulzuras gaditanas por más tiempo.

—Querido Lucio, el tiempo apremia. Pronto no seré sino un vejestorio sin ánimos y sin fuerzas. Ahora o nunca. Mi carrera hacia el poder se ha iniciado y anhelo conocer qué me augura el Oráculo de Gades.

Y Balbo, que en aquellos días de orgías, actos oficiales y revelaciones, se había granjeado su amistad, le prometió que con el cambio de la luna lo contemplaría personalmente, como antes lo habían hecho los héroes de Troya y el mismísimo Aníbal.

Al gaditano le costó un gran esfuerzo disimular la creciente devoción que sentía por aquel magistrado, del que hacía solo unos días desconocía quién era. Y lo que más le sorprendía del romano era la equidad, la entereza, la extrema cortesía con los que hablaba o le mostraban sus quejas, y la rectitud de sus sentimientos. Y no era habitual en los cuestores y pretores que solía enviar Roma a Hispania.

Cada diálogo con el cuestor, ya fuera en griego o latín, era convertido por César en un compendio de filosofía, de política o de administración de la República. Ya no le cabía ninguna duda. Aquel hombre poseía el alma de un guía de pueblos y muy pronto le arrebataría el protagonismo en Roma a su padrino el Gran Pompeyo. Poseía todas las valiosas armas de un estratega.

—¿Sabes la diferencia entre tu padrino Pompeyo y yo, Lucio?

—No sabría decirte, César —contestó el gaditano, perplejo.

—Ambos obramos por nuestra propia ambición, cierto. Pero él se queda ahí, en su persona. No va más allá. Yo miro también al pueblo. Roma es un ideal, la encarnación de la democracia inventada por los griegos y la ley es nuestro norte. Leyes y espada. Civilización y progreso. Ese es el espíritu del romano. ¿Entiendes? Mis miras son más altas.

—Esa es la concepción de Estado que yo poseo también, César.

Balbo estaba desconcertado con el cuestor: era un genio creador con nuevas ideas sobre el injusto mundo en el que vivían. Y él rara vez se equivocaba: aquel patricio romano llegaría lejos. Recitaba versos de la *Ilíada* y algunos propios, echado en su triclinio durante las cenas, a las que asistía en las casas de los caballeros de Gades, elegantemente vestido. Era un hombre de mundo, y extremadamente imaginativo y soñador.

La estimación que le inspiraba el romano era extraordinaria y Balbo se volcó en acrecentar su camaradería e intimidad. Había advertido que aquel exranjero, hasta hacía poco desconocido para él, era un hombre de animoso temperamento que se regía por la razón y el pragmatismo, que poseía gran fuerza de carácter, una inagotable erudición, y que de su persona emanaba un enérgico carácter y una serenidad que desarmaban.

Una de aquellas mañanas de asueto, César y Balbo fueron a los *balnea* (baños de la ciudad). Pasaron un rato sudando en el *caldarium* de las lujosas termas, mientras conversaban, y juntos se entregaron a los agradables masajes del *strigilis*.

El cuestor se sinceró con Balbo, con el que había congeniado de forma admirable, espoleado por su sagacidad y erudición. Mientras un rapsoda tañía su lira y entonaba una estrofa de los Argonautas de Jasón y su Vellocino de Oro, el cuestor llamó la atención de Balbo, y hablaron sobre un tema sobre el que llevaban dos días divagando.

—Si me permites una confidencia, te diré algo sobre la forma de gobernar la Roma presente. El sistema republicano está caduco y ya no vale para este tiempo, Balbo —le reveló—. Sueño con una Roma gobernadora de pueblos, regida por un solo hombre: *Un princeps*, o sea, un primer ciudadano, asistido por el Senado, ¿sabes?

Lucio se sobresaltó. El masaje parecía haber abierto su boca y el gélido *frigidarium* le había proporcionado lucidez en su cerebro.

—Cierto, cuestor. Para serte sincero pienso que precisa de un *imperium*, o de una monarquía que elimine las discordias del republicanismo, si me permites decírtelo —le susurró el gaditano—. Una tropa ruidosa no sirve para gobernar una nación.

—Dilecto Lucio, Roma ya no es Roma. Ahora es el mundo. El Senado se creó para gobernar solo las siete colinas.

Julio César vio que tenía ante sí a un amigo veraz y lúcido.

—¿Pero serán esos los propósitos de los dioses? —prosiguió César—. Busco un orden más justo y el esplendor futuro de Roma, y el fin de las guerras civiles que la desangran. Y no creas que es una ambición personal. Espero mostrar un día al pueblo y al Senado romano su providencial destino en la historia. Seamos discretos con estas opiniones, Balbo..., de momento.

A Lucio Claudio Balbo lo invadió una oleada de devoción hacia el cuestor, lejos de sospechar que Julio César ya lo había elegido como su confidente y amigo, para un futuro próximo. Roma y su futuro se veían unidos a aquel patricio al que antes había despreciado, e intuyó que lo seguiría adonde fuera, como el trueno sigue al relámpago.

Balbo asistió a cuatro sesiones de justicia en la basílica de Minerva de Gades, y comprobó que el cuestor era un orador asombroso y de enérgico discurso, además de atesorar un raro talento de concordia y equidad para la administración de justicia. Los litigadores y sus familias le agradecían su sutileza en arreglar sus discordias, y lo inundaron de regalos. Con aquellas formas amistosas, sí aceptaban el dominio de Roma.

Al navarca no le pasó desapercibido que su habilidad, capacidad y magnetismo personal, atraía a propios y extraños, y el gaditano se extrañaba que no contara en su carrera con ningún triunfo de armas. Le resultaba insólito.

Sus agentes de Roma no lo habían valorado lo suficiente y no habían medido su inteligencia como merecía. Allá donde iba despertaba admiración y solía apelar en los juicios a la conciliación y al instinto de protección al más débil. Aquel romano le agradaba. Al tratarlo de cerca, le parecía un aristócrata culto, penetrante, sutil y transparente en sus exposiciones. El gaditano no era persona de lisonjear y adular a nadie, pero César se había ganado su lealtad para siempre, pues su inteligencia para la política rallaba la genialidad, que solo pueden conceder los dioses del cielo a unos pocos.

Aquel patricio, que se decía descendiente de Afrodita, exhibía por otra parte una notoria inmoralidad de costumbres, y por Druso sabía que las esposas de los gobernadores que estaban lejos de Roma, como Lolia, la cónyuge del cónsul Gabinio, calentaban por las noches su lecho.

Balbo percibió también que gastaba el dinero propio y ajeno con prodigalidad —a él ya le había pedido un cuantioso préstamo—, y buscaba con ahínco la celebridad, pero también de la ciudad que le había visto nacer. Era un ganador y un estadista clarividente, virtudes que no había percibido en su bienhechor Gneo Pompeyo, al que tenía como amigo.

Estaba firmemente persuadido de que Roma saldría de aquellos años de incertidumbres, guerras y del rígido gobierno de los taciturnos dictadores Sila y el populista Mario, de la mano de aquel aristócrata lleno de vida y de grandiosos sueños.

«Un día no muy lejano, las legiones lo aclamarán.»

Y pensó en seguir la estela ganadora de César.

Aún no había amanecido cuando las damas de Arsinoe comenzaron a bañarla y vestirla. El mar resonaba calmado y las naves se balanceaban sin actividad en los amarraderos de la cala, lamidas por una luna llena que se iba disipando paulatinamente.

A la hora sexta el pretor de Roma, del que todo el mundo hablaba, visitaba el Oráculo de Melkart, y se sometería a su dictamen oracular en el templo más importante de Occidente, el de Melkart. Había orado ante la diosa durante horas, había practicado las libaciones con vino en el tazón de ónice, y aspirado los aromas de las semillas de cardamomo indio, del elixir espirituoso y las hierbas exóticas, ataviada con el blanco manto ritual y en la mano el puñal sacrificial de Tanit, a la que ofreció unas tórtolas adormecidas.

La amplia cámara de la sibila en la casa de Balbo estaba sostenida por columnas cretenses que sustentaban un lujuriante techo de zócalos de Arunci, y unas paredes decoradas con cenefas de delfines, toros y raros peces. En el centro se hallaba la bañera de mármol jaspeado, iluminada por el oblicuo fulgor de unas lámparas de aceite perfumado.

Los sirvientes arrojaron en la tina esencias de alhelí, jazmín, arrayán, jacinto negro, rosas de Alejandría, nenúfar, nardo de Persia y granos de orobias, y removieron el agua caliente. Mientras se bañaba, una de las siervas le limpiaba los dientes con raíz de nogal, sandáraca, clavo y cilandro. A través de la transparencia de un lienzo de lino sostenido por cuatro siervas, se translucía la silueta desnuda de Arsínoe, que era aseada por dos servidoras que vertían con premeditada calma el líquido perfumado y humeante sobre su cabeza.

La delicada desnudez de la sacerdotisa, enmarcada por el viso de las candelas y las emanaciones del baño, era perfumada, secada, acicalada y vestida por las esclavas, en un ritual femenino insinuante y sensual. A la tentadora y deslumbrante hija de la diosa le ajustaron la túnica malva a los hombros y el cinturón sacerdotal a la espalda. El ya crecido cabello lo secaron y recogieron en un alto peinado con postizos, con la diadema de la *asawad* y dos fíbulas de plata. Luego la enjoyaron profusamente, le sombrearon los ojos de estibio y las pestañas, con ungüento de Jericó.

Nada impúdico parecía deslucir su hermosura. Pudorosamente le pintaron la máscara sacerdotal, alisando su cara con la pasta blanca y dorada. Según el ceremonial le ocultaron el rostro tras un velo de Zedán y aguardó en un diván a los sacerdotes de Melkart, que la conducirían en una barca con dosel al templo sagrado de Kotinussa.

La nacarada luz del alba arrebataba Gades de la negrura.

Arsinoe se sentía investida de una misión peligrosa que podía afectar a su destino y al de la ciudad que la había acogido con tanta generosidad. Se disponía a ayudar a un hombre distinto a todos y sorprendentemente incomparable, en palabras de Balbo, quien le había comentado que César era un hombre brillante, que había estudiado poética, oratoria y retórica en Grecia, en la acreditada Academia de Apolonio Molón, maestro también del más afamado orador de Roma, Cicerón, y que se había introducido en las doctrinas de Aristóteles, discutiendo con brillantez la *Ética a Nicómaco*, y también a los falaces sofistas en el mismísimo Liceo de Atenas.

Y que antes de regresar a su ciudad había investigado las raíces del estoicismo de Zenón de Atenas, convirtiéndose en un instruido filosofo. Era un filoheleno y un personaje de una erudición extraordinaria, que lograría en breve una reputación duradera en la literatura, la milicia y la política.

Sabía que este no sería un oráculo irrelevante en su vida y estaba ansiosa por conocer al cuestor enviado por Roma del que todo el mundo hablaba excelencias. Había decidido que no habría límites para su predicción, fuera lo que fuese lo que el dios de la resurrección, Melkart, le dictara. De repente la llamaron, y experimentó una gran inquietud.

Había recordado el onírico sueño de los dos soles.

IX

Las lágrimas de Julio César

*Templo de Melkart, Gades, final de la primavera
del año 68 a. C.*

César durmió aquella noche en un sueño continuado de pesadillas.

Se hallaba complacido con los honores recibidos por la ciudad aliada, una urbe bulliciosa, activa y cosmopolita, pero se sentía alterado. Los lugares sagrados lo conturbaban.

Apasionado de los augurios, como todo romano, su mente racional y práctica lo rechazaba. Pero deseaba fervientemente visitar la tumba de Melkart, para que le interpretaran su más que incierto destino. Solía quejarse de su mala estrella, pues había entrado en la madurez de la vida y no había alcanzado la celebridad que en su juventud habían obtenido Alejandro, Aníbal, Leónidas, Pirro o Pericles, y anhelaba que el dios de Tiro le hablara directamente a su corazón.

No bien puso el pie en el embarcadero de madera, César se comportó con su habitual aplomo y dignidad. El estado de continua zozobra de días anteriores se iba disipando. Aislado en el extremo sur de la isla Kotinussa, el santuario proyectaba su compacta arquitectura hacia la claridad del firmamento y parecía suspendido por el flujo de la marea en el cielo color magenta.

Pasado el mediodía, cuando César, ataviado con la toga color marfil y el manto púrpura de cuestor, hundió las sandalias rojas en la grava, se detuvo ante la morada terrestre de Melkart, su *nefesh* o tumba. Era el más reputado oráculo de Occidente, por el poder sellado en un pacto eterno con la divinidad tiria que lo protegía.

—Ante ti, César, el Heraklión de los griegos, donde se guardan las cenizas de Hércules Tebano. ¡Ahí lo tienes!

—Estoy impresionado con su magnificencia, Balbo. ¿Encontraré en él el sosiego que precisa mi alma? —le preguntó.

—O lo hallas aquí, o definitivamente cerrarás la puerta a un futuro de renombre —le auguró.

A los efluvios del oro, había prosperado alrededor del santuario un poblado de posadas, barracas de cañizos y tiendas de rafia, que los pobladores llamaban Heracleia. Transitaban por él los pescadores con capachos de peces, los devotos y los posaderos que llamaban a los clientes, entre el eco de los balidos de los corderos que serían sacrificados en los altares del templo.

Un estandarte amarillo ondeaba al viento con la cabeza del dios pintada y dos atunes sosteniéndola. Menudeaban los adivinos, los mercachifles de aceite, de vino aguado, de huevos de avestruz, perros cebados, cabritos, tórtolas y pichones, y todo un hatajo de pícaros y repintadas rameras, que invitaban a los peregrinos a sus cuchitriles.

En la explanada se alzaba una estatua con el dios tirio cabalgando sobre un hipocampo, un animal milagroso. César pudo leer la inscripción escrita en púnico, griego y latín: *Ossa Melkaris ibi sita exciunt* («los huesos de Melkart están enterrados aquí»). El romano volvió la cara ante el hedor a fritanga, bosta y humos, unidos al aleteo insufrible de las moscas verdes que se arraciman en las charcas, y le hizo sentir repugnancia.

No se sellaba en el Heraklión pacto comercial alguno, los inviolables *asyle*, sin el juramento en su nombre. El templo de Melkart era el oasis espiritual de los pueblos del Mediterráneo y del Atlántico, el santuario de la sabiduría donde se percibía la omnipotente presencia de la divinidad renacida del fuego. No obstante, César reconoció a Balbo que los recintos sagrados lo emocionaban de forma irresistible, por lo que adoptó un aire de humildad.

—También lo llaman «Lugar de la luz», o Hemeroskopeión, César, pues desde la altura del templo pueden divisarse dos veces al año el paso de los atunes y también las naves enemigas de Gades. Yo, que me tengo por un iconoclasta y descreído de los dioses, me inclino ante su sortilegio. Las cenizas del divino Melkart, Rey de la Ciudad, duermen el sueño eterno en una urna guardada en el interior, acarreadas hasta el confín del mundo por los primeros colonos fenicios que llegaron a Gadir (Gades).

—¿Es historia o leyenda, Lucio? —se interesó el cuestor.

—Así lo narran los anales de Tiro. Melkart fue el fundador de Tiro, y luego rey deificado de las colonias fenicias.

—Los romanos siempre hemos sido respetuosos con las deidades de nuestros aliados. Sobre todo con los oráculos.

Balbo creyó que César fingía, y aprovechó la ocasión.

—Tus antecesores siempre han venerado este tabernáculo, aunque el anterior cuestor, Varrón, lo expolió con codiciosa avidez —lo ilustró el gaditano, quien sabía que tarde o temprano César lo despojaría también, aunque en aquel día escuchara la voz de la sibila en su corazón.

—Un vecino rico siempre excita la codicia, Lucio —contestó el cuestor, que no perdía detalle.

—Si algún día lo precisas, César —ironizó Balbo—, te diré que aquí aún persiste el derecho del asilo a perseguidos, y también la hospitalidad para los náufragos.

El cuestor se detuvo impresionado, y le susurró:

—Pues al divino poder de interpretador de sueños someteré algunos que me atormentan desde hace tiempo. Espero que el adivinador lo descifre con rigor —le confesó un César deseoso de abrir su alma.

Lucio Claudio Balbo lo miró con orgullo y le manifestó:

—No es un sacerdote, es una mujer quien te lo interpretará, César. Es una *asawad* sagrada y su fama trasciende desde Cyrene hasta Gades, es una enviada de Tanit, créeme.

—¿Una mujer, al estilo de los oráculos griegos y la sibila de Cumas? Aún me conturba más. Es sabido que la Buena Diosa les habla.

Una lenta corriente de peregrinos varones, pues a las mujeres les estaba vedado ingresar en el recinto, se detuvo ante la legación romana, momento en el que un haz de luz brilló en las pesadas puertas, que se abrieron de par en par ante Cayo Julio César, rugiendo los maderos que las atrancaban. Dos grandiosas columnas de bronce en forma de yunque, «los Pilares de la Tierra», de ocho codos de altura y semejantes a las de los templos de Jerusalén, Pafos, Kitión o Tiro, flanqueaban el oráculo. Cifrados signos burilados en las pilastras narraban la fundación de Gades, que César examinó con curiosidad.

—*Admirabile visu* —opinó César.

Balkar, el gran sacerdote o *archireus*, que iba descalzo, vestido con una límpida túnica de lino, y que circundaba su cráneo con hilos de estambres de Pelusio de Egipto, lo recibió en actitud hierática:

—¿Quién no se estremece ante la manifestación de Melkart, el de las Grandes Aguas, el Cedro del Líbano y el Talismán de los Peces, ante el que se humillan los grandes de la tierra? Bienvenido a este oratorio, Cayo Julio César —declamó.

—Vengo dispuesto a acoger su verdad —replicó el cuestor—. Solo un adivino o adivina versados en el mundo de los dioses, o iluminados en las fuentes del más allá, podrán iluminar mis atormentados sueños.

Ingresaron en el patio donde se alzaban dos altares en los que los sacerdotes sacrificaban los animales, salvo los cerdos, que espantaban a la divinidad. Los balidos y aleteos retumbaban, y regueros de la sangre sacrificada llegaban hasta los altares dedicados a la Vejez, la Pobreza, al Arte y a la Muerte, con ofrendas de piadosos oferentes.

A la derecha se encumbraba una grada con un pebetero donde se quemaba incienso y sándalo.

—Eso que ves es la llama eterna acarreada desde Las Inmortales, las islas flotantes de Tiro, *domine* —le indicó Balbo.

César desvió después la vista hacia un olivo cargado de exvotos de oro, plata y piedras preciosas ofrecidas por los peregrinos, que cegaba los ojos por su esplendor.

—¡El árbol de Pigmalión!, semejante al de Tiro —le dijo.

El huésped se purificó en una de las fuentes de las abluciones y, despojado de su calzado, avanzó hacia el interior. El microcosmos de misticismo y misterio subyugó a César. De las paredes pendían ofrendas de lujuriosa riqueza y carcomidos espolones de barcos.

Súbitamente, de las sombras del templo surgió la figura de la *asawad* Arsinoe, la interpretadora de sueños, tocada con la tiara de pedrerías y las placas pectorales de la deidad, y protegida tras un halo de religiosa respetabilidad. Iba vestida con una falda, endurecida con hilos de metal dorado que le dispensaban una forma acampanada, con grabados de espigas de oro puro que le ocultaban los pies.

La onírica visión de la pitonisa, de incitadores ojos verdes y labios acicalados con antimonio, detuvo a César. Su tez serena y tintada de blanco con polvos de oro deslumbró al romano. El cuestor pensó que aquella sibila de mirada inquietante ocultaba un misterio turbador.

—Es la *asawad* Arsinoe, la que descifra los sueños —le dijo Balbo al oído, y el cuestor la observó con admiración.

La mujer tomó la palabra. Parecía que le hablaba la diosa, y el romano advirtió que se expresaba en un griego tan puro que solo se debía esperar de un filósofo de la Academia de Atenas. Se sorprendió.

—Insigne Julio César, sé bienvenido a la morada terrenal de Melkart, Señor de Gades —lo saludó la sibila, quien al acercarse y contemplar las facciones del cuestor, abrió los ojos desmesuradamente. Estaba segura. Era él, y no había errado.

«Es el otro rostro que descubrí en el espejo de Tanit. Ya no me cabe duda alguna», pensó, y sonrió.

Julio César la siguió y cruzaron el dintel del tabernáculo. De repente, volvió la testa y prestó atención a una estatua que acogía una hornacina donde chispeaban dos lamparillas de aceite. Permanecía en la penumbra y supuso que se trataba de un estratega, o un dios de la guerra, y que su yelmo poseía dos cuernos dorados. Se acercó y la observó con atención. Admirado, preguntó en heleno con un marcado acento extranjero:

—¿Quién es ese dios? ¿O es quizás un héroe? No lo distingo.

—Alejandro, hijo de Filipo, rey de Macedonia y conquistador del Imperio persa y de Egipto —le informó Arsinoe en griego *koiné*.

La pitonisa comprobó en su mirada que le había taladrado el alma e invadido un oscuro deseo que dormía en su mente. Era un hombre seguro de sí mismo y con el alma centrada en su persona.

—Y dueño del mundo con tan solo treinta años —apostilló César, para luego alzar lentamente los brazos alzados ante la efigie del macedonio, al que reverenció con respeto.

Julio César parecía abatido y taciturno, y sus tres acompañantes se miraron perplejos. ¿Qué le ocurría al cuestor romano que había cambiado su buen humor por una alarmante preocupación? Estaba petrificado ante la estatua, y se asemejaba a una figura irreal sacada del escenario del tiempo. No esperaban aquella reacción de amargor y desánimo de César. Permaneció largo rato frente a la figura del conquistador en silencio, pensativo, con gesto de abatimiento y con una honda desazón. Los presentes lo veían absorto, como si desahogase su espíritu hablando entre murmullos con la fría escultura.

De repente inclinó la cabeza, trató de ocultar su cara con la mano y se escuchó un bisbiseo de un lloro susurrante. El cuestor romano gimoteaba ante la talla de Alejandro, sin que la presencia de testigos le importara. Resultaba inaudito para un hombre de su rango que unas lágrimas atenazaran su distinguida compostura y corrieran libres por sus mejillas.

—¿Qué le ocurre al romano, Lucio? —se interesó la sibila.

—Nunca pude pensar que poseyera un corazón tan emotivo y lleno de inquietudes. Es el hombre con deseos incumplidos, y no el cuestor, quien desnuda sus sentimientos ante la imagen del macedonio —le dijo al oído a la sibila, quien estaba sobrecogida.

Arsinoe se acercó de puntillas y le susurró a Balbo:

—Habrás adivinado, Lucio, que César es el otro sol que te acompañaba en mi visión. La fama deslumbra a algunos mortales, pero solo es un eco, la sombra de un espejismo que al más ligero viento se desvanece —replicó la joven al oído de Claudio Balbo, que le contestó apenas audible:

—Él no persigue la fama, sino el poder absoluto en Roma.

Al rato, el cuestor se pasó la toga por el rostro para secarse las lágrimas, dio la espalda a la escultura. Arsinoe tenía la sensación que no eran lágrimas las que había cruzado su rostro curtido, sino la misma sangre de sus venas. Y como si una pregunta permaneciera prendida en su corazón, molesta y acuciante, puso su mano en el hombro de Balbo.

—Alejandro se enseñoreó del mundo siendo aún joven, y la historia lo recuerda tanto por sus hazañas como por su juventud —confesó con amargura—. Y yo a mi edad aún no he conseguido nada que los anales de Roma puedan recordar.

—No deseo adularte innecesariamente, César, pero han nacido pocos romanos como tú. No retes al destino y espera. Te llegará la celebridad —lo animó—. En este oráculo hallarás la respuesta a tus desazones.

Julio César ansiaba dar alivio a su espíritu y pidió el auxilio de la pitonisa, quien le rogó la acompañara hasta la tumba de Melkart, donde en privado escucharía sus visiones y ensueños y lo interpretaría con la ayuda de su don onírico.

—¿Qué entristece vuestro corazón, y qué os agobia, César?

El romano replicó consternado y confundido:

—Veréis, *domina* —dijo, y creció su impaciencia—. Llevo tiempo padeciendo sueños que asaltan mi descanso. Pero son difusos y no puedo contaros nada claro, pues nada ocurre. Siento pesar en mi espíritu y me despierto con ansiedad, pues Roma se me escapa entre los dedos. Si acaso, se me han presentado alguna noche las máscaras de mis antepasados, pero sin mensaje alguno. ¿Qué desean de mí?

—Estáis preocupado, es evidente. Pienso que está a punto de manifestarse el sueño definitivo —le aclaró Arsinoe con su voz de lira—. Pero para ello habréis de dormir en el templo una noche. Solo así saldréis de este santo lugar libre de dudas. Os hablará la Madre. Esa deidad tutelar que ampara a la *gens* Julia.

El tono de voz del magistrado se tornó en sorpresa.

—¿Cómo sabéis eso, señora?

—Sé más de lo que vos suponéis, cuestor —le aseguró, y se ajustó la chaquetilla roja bordada de brocados y espigas, que dejaba entrever sus pechos gráciles, hasta el ombligo—. Seguidme, os lo ruego. Hay un habitáculo en este santuario para visitantes notables, como vos. No temáis, se os proveerá de lo más necesario y dormiréis bajo la protección del Señor de la Ciudad, los sacerdotes de Melkart y yo misma. Lucio Claudio Balbo y vuestra guardia velarán vuestro sueño.

Miró de reojo y con escrúpulos a Balbo, que asintió.

Julio César no esperaba aquel giro de los acontecimientos, pero la sibila Arsinoe y Balbo le inspiraban infinita confianza.

El gesto de seguridad de Balbo pareció serenar al romano, quien tras unos instantes de pensativa reflexión siguió a la enigmática sibila, desapareciendo por el intrincado laberinto del templo. Dos sacerdotes de cráneos rasurados le indicaron que entrara en una habitación decorada con los frisos tirios, un baño de alabastro, un pebetero que exhalaba hilos de perfume resinoso y un lecho egipcio con un cobertor damasquinado.

Transcurrieron algunas horas de descanso y meditación, y César echó una mirada por la exigua ventana. Percibió cómo el sol se enterraba en el horizonte de Gades, entre las palmeras y sicomoros y un cúmulo de nubes arreboladas. Un grupo de guardias armados lo aguardaban en la costa con teas encendidas. Después de asearse y aspirar el perfumado aroma del jardín, pretendió estérilmente conciliar el sueño.

Sus impacientes pensamientos apenas si lo conducían a cerrar los párpados. Se incorporó de la cama y degustó un helado arrope de rosas y vino de Samos perfumado con canela que había en la mesa, y comenzó a sentir un débil letargo.

Se acostó de nuevo, y se adormeció. Pero de improviso distinguió, entre el fulgor de las lamparillas, la silueta vaporosa e irreal de una mujer casi desnuda de gran belleza e intensa sensualidad, con un cuerpo dispensador de todos los deleites posibles. Iba adornada con pulseras de Ofir en los tobillos, una diadema en la frente, y con las muñecas y pies tatuados de alheña, y se le acercaba insinuante y prometedora.

¿Era Arsinoe quien visitaba su lecho? ¿Acaso era la misma diosa Afrodita, la protectora de la *gens* Julia? Intentó incorporarse, pero no podía con su cuerpo, pesado como el granito. La aparición —¿real, un engaño de sus sentidos embotados por el licor y el perfume?— ofreció sus labios al romano y este, excitado, correspondió a sus caricias.

Se vio apartando con suavidad sus velos y besó la atractiva desnudez de la beldad, su piel sedosa, mientras un fuego abrasador y apasionado le llegaba de las entrañas al cerebro. Su voz inaudible vibraba de pasión. Se preguntaba sin llegar a explicarlo quién sería aquella mujer, cuyo rostro le era vagamente familiar. No se detuvo. Alojado casi sin quererlo entre los brazos de la sensual aparición, el jadeante y aturdido César alcanzó, tras un rato de ternuras, jadeos y encuentros, el deleite más placentero que había conocido nunca.

El extraño encuentro resultó exhaustivo y placentero, cuando destiló de sus entrañas una efusión fluyente y deleitosa que lo dejó desmadejado. Luego vio cómo aquella diosa del placer se le escapaba de las manos y desaparecía por la puerta luciendo su incitante figura de almíbar. Fue lo último que vio en la vaguedad de una noche rutilante y embriagadora, pues se sumió en un oscuro y profundo sopor.

Aquel vacío le causó temor, pero sucumbió a él.

X

El Oráculo de Melkart

Lo despertó la serena brisa del alba, y un sol asustadizo y caprichoso que apenas si aclaraba la mañana primaveral.

César se enderezó y la luz cayó suavemente sobre su rostro descansado. Se vistió y aguardó mientras miraba las crestas de las olas que se batían contra la isla, medio oculta por la niebla matutina. Oyó pasos cerca del aposento. La puerta se abrió y aparecieron Arsinoe y Lucio Balbo. La belleza de la sibila terminó por despertarlo.

Sus mejillas, desprovistas de la máscara protocolar, aparecían tersas, y sus párpados sombreados con tintura de abeto negro hacían de sus ojos, rasgados y felinos, un insondable paraíso.

—Permítenos acompañarte hasta el trípode del oráculo, extranjero —le rogó el navarca, y el romano accedió solícito.

Durante el paseo podía escucharse el entrechocar de las olas en el arrecife. Arsinoe deseaba otorgarle al acto toda la solemnidad e importancia que permitiese el ritual. Los sacerdotes, presididos por Balkar, lo acompañaron al altar, para luego desaparecer tras el velo. La sibila miró de reojo al cuestor y le pareció que simulaba entereza. Su mente se hallaba en un agitado estado. Lo que venía a confirmar que había soñado algo transcendental para él.

El romano seguía los pasos de la pitonisa, pisando un bello mosaico de teselas multicolores, y pensaba que aquella extranjera era el paradigma de esas raras hembras que no atraen tanto por su hermosura, como por el secreto que encierran. ¿Habría en verdad visitado su cámara? ¿Habría sido un espejismo, otro sueño? Dedujo que jamás lo sabría. Arsínoe se movía con el balanceo de una princesa y sus admirables ojos verdes escondían un fuego fascinador recubierto por una pátina de hielo. Lo había seducido como una serpiente a su presa.

César, conforme caminaba, sintió en su piel la presencia del dios tirio y se extrañó de que la pitonisa lo escrutara con desmedido interés. Algo invisible, pero latente, aleteaba en aquel rincón sagrado, donde sonaba un tintineo de campanillas sacudidas por el viento del océano.

Una luz dorada se filtraba por las lucernas, alcanzando los espacios más recónditos del más misterioso templo de Occidente, que según las creencias oculta un secreto temible. Unos sacerdotes abrieron el velo de seda púrpura, que impedía el paso al *sancta sanctorum*. Tras él se erigía un altar de jaspe que custodiaba las más valiosas ofrendas del tabernáculo, el cinturón de oro y la cimera de dos gloriosos visitantes, héroes de la guerra de Troya: Teucro, el hermanastro de Ayax, rey de Chipre, y de Menestheo, hijo de Peteo, el rey de Atenas, cuyo oráculo recordaba su paso por el Gadir fenicio, así como las espadas de los caudillos cartagineses Asdrúbal, Aníbal y Amílcar Barca, y el cetro de Argantonio, el monarca tartesio de la plata.

César hizo referencia directa a Aníbal y solapó el vaticinio de la adivina con una historia que atañía a su familia.

—Curiosamente mi *cognomen* César significa «elefante» en púnico —declaró—. Lo llevamos con orgullo los de mi sangre, pues en la primera guerra púnica, uno de mis antepasados abatió a uno de estos animales africanos del gran Aníbal.

Arsínoe se echó a reír levemente por la casual anécdota. Luego se colocaron delante del ara. A un lado se hallaba el trípode de la pitonisa, donde escuchaba los sueños y los elucidaba. Le daba la impresión de que el romano era sensible a los interrogantes inextricables del destino.

La mujer, que poseía el perfil de Hera con su presencia magnetizadora, lo miró con sus serenos ojos. Después preguntó en griego:

—¿Habéis hablado con alguien esta mañana, noble César?

—No, únicamente con mis sueños —dijo en sucinta respuesta.

—¿Y habéis tenido alguno dentro de estos muros? —lo sonsacó.

—Sí, uno de una persistencia deprimente. Aunque más bien parece delirio y desvarío que sueño. Hasta a mí mismo me cuesta revelarlo. ¡Es repugnante, desagradable, por la maza de Hércules! Me espanta confesarlo, *domina*. He sufrido una pesadilla espantosa, quizás antes del amanecer, pues lo recuerdo nítidamente —aseguró, y resopló irritado—. Y no es la primera vez que lo sueño.

—Todos somos prisioneros de nuestros sueños, pero por muy deshonesto y contrario a los preceptos de los dioses que parezca, narrádmelo, os lo ruego —lo animó Arsinoe—. Extraedlo de vuestra mente, y yo os lo descifraré.

Por un momento pareció que César se resistía a referirlo. Sentía gran pesadumbre, un gran vacío interior.

—Escuchad entonces —detalló el cuestor en voz baja—. He soñado que tenía una cópula incestuosa con mi propia madre, la honesta Aurelia Rutilia, modelo de las virtudes de la mujer romana. Su piedad siempre fue ejemplar y era entendida en las tradiciones religiosas de Roma.

—Por eso os cuesta más recordarlo, ¿verdad? Madres como la vuestra impiden que el mundo caiga en el caos —aseguró la *pitia*.

—¡Por Júpiter, que me cuesta lo indecible! Recuerdo haberme despertado empapado en sudor, y rechazándome a mí mismo por tan deshonesta acción de un hijo que tanto amaba a su madre como yo. Después me serené y dormí placenteramente. Eso es todo lo que recuerdo.

El semblante de César estaba demacrado y con unas profundas ojeras que ahuecaban sus ojos y reflejaban el pozo profundo de su apenada alma. Parecía como si se hubiera contagiado de la longevidad de aquel mágico y sagrado santuario. Una palidez anormal y la mirada perdida eran indicios de que estaba molesto y que no le había agradado el sueño, y posiblemente menos la interpretación que escucharía.

—Os halláis en el santuario de los sueños y de las ilusiones, y vuestra visita onírica puede ser interpretada. Elevemos entonces el ruego al dios y esperemos su dictamen —dijo la *pitia*, quien recogió su manto, se cubrió la cabeza y se sumió en una honda cavilación.

César se arrastró al desánimo por el calamitoso ensueño.

Pasados unos instantes, Arsinoe se tendió ante la tumba de Melkart y musitó algunas frases púnicas que el visitante no entendió. Aspiró el humo de los sahumerios y bebió del vaso votivo de piedra verde. Los miembros de la pitonisa se estremecieron y cayó en un mutismo turbador.

Después pareció entrar en trance, pues profería raras incoherencias. Calló durante un rato más, que al romano le pareció eterno. Arsinoe poseía el instinto de todos los enigmas del éxtasis. El silencio era rotundo, amedrentador, y al cuestor le latían las sienes por la impaciencia. César estaba persuadido de que el vaticinio sería funesto. Lo presentía.

Pero al fin llegó el momento de la aclaración. La clarividente Arsinoe se incorporó. Carecía de fuerza, pero sostuvo dignamente el báculo de oro y plata. Y le dijo grave:

—Ilustre Cayo Julio César, de la sangre de Eneas el troyano. —La voz de la vidente sonaba cansada, pero no confusa. No había titubeos en sus labios, ni sensación de desatino o discordancia en sus suaves palabras, prosiguió—: El dios y la Madre Sabia han hablado a través de mi corazón y se ha expresado de forma inequívoca. Prestad oídos al significado, pues mis palabras no son meras esperanzas, sino espejos del porvenir. Pero la semilla de mi interpretación puede ser maldita, aunque no lo creáis ahora.

—Os oigo, gran sacerdotisa —contestó con parquedad.

—Oíd: «Vuestra madre es en realidad el mundo y la misma Roma. Habéis entrado en sus entrañas y la habéis poseído. Pero no ha sido a la engendradora de vuestra vida, sino a la Madre Tierra, o lo que es lo mismo, el orbe conocido.»

Arsinoe se detuvo. Bebió del vaso sacro y prosiguió:

—«Os veo como pastor de hombres. Pronto seréis su dueño y señor y reinaréis sobre el mundo con pleno poder. Llevaréis a cabo grandes empresas y traeréis la paz a Roma. Vuestro nombre será recordado por las futuras generaciones y vuestra sangre gobernará la Ciudad de la Loba durante siglos.» Eso es lo que dicen Melkart y la Madre.

La expresión de César se quedó inexpresiva, inmutable.

—Y como que existe el cielo que nos cobija, así ocurrirá.

—¿Pero solo es un sueño, sibila? —insistió César.

—Los hombres gobiernan el día, pero los sueños pertenecen a los dioses —añadió Arsínoe categórica.

El romano no podía ocultar su incomodidad. Una sacudida de inmensa emoción lo estremeció. Trataba de adivinar en su justa medida la profecía, pues consideraba que era demasiado valiosa para ser cierta.

¿Él, el elegido por los dioses en los que apenas si creía, para un destino grandioso? ¿Pero acaso su tía Julia, su marido, el dictador Mario, y su enemigo, el general Sila, no lo habían pronosticado también así muchos años antes?

«Pero para cuándo, por Júpiter», masculló para sí.

Superada la incomodidad inicial, César dijo:

—Creo con firmeza en vuestro augurio, conocida la aureola de este oráculo y la fama que os precede. Sois como el Oráculo de Gea la Gran Madre, que tanto respeto.

—Es más que una predicción, *domine*, es la prueba definitiva de vuestra existencia. Habéis tenido mucho tiempo el espíritu dormido —lo animó—. Los caminos de los mortales nos conducen, o a la gloria, o al olvido. Elegid, y no permitáis que nadie os haga sombra.

—Os habéis expresado con claridad, no como el de Apolo o Cumas, que farfullaban incoherencias —se explicó circunspecto—. ¡Os creo!

Arsínoe esbozó un ademán enigmático.

—Los dioses ayudan a los mortales si estos asumen su deber. Sois Teseo, que ha de penetrar en el laberinto y matar por sí solo a vuestro propio Minotauro. Habéis sido escogidos para cumplir una misión de reyes y así sucederá. El espejo de Tanit no decepciona. Es temible, y no yerra.

—*Fausta tibi, domina* —le deseó felicidad a la sibila.

El cuestor se arrodilló y rozó la frente con el suelo. Depositó en el altar una ofrenda, un cuchillo sacrificial de oro y marfil del templo de Juno de Roma, y a la sibila, después de besar la orla de su vestido ritual, le regaló un arete etrusco de amatistas, que ella aceptó reconocida.

—Habéis mitigado mi desánimo, os lo aseguro, señora. No lo olvidaré nunca, y siento que se cumplirá, aunque sea tan comprometido.

El romano había caído rendido a su persona y grabado en su mente la profecía. Volvió la espada a la sacerdotisa, y abandonó el altar. Balbo lo vio salir exultante y comprobó que su semblante había cambiado. La predicción que había escuchado era el resorte que precisaba para creer en sí mismo. César era otro hombre. Estaba transformado y Balbo no cabía en sí de gozo. César había cimentado su frágil fe en sí mismo.

—Leo en tu expresión que ha acaecido algo transcendental.

—Esa sabia mujer me ha hecho ver lo que debo cumplir.

Balbo lo sonsacó, y palabra por palabra, César le desveló lo esclarecido por la sibila. Se sobresaltó y la admiró aún más. Y en un soplo fugaz pasó por su mente la alusión de los dos soles.

César y Balbo subieron a la embarcación satisfechos. El cuestor se tranquilizó al aspirar el aire vivificante del océano. Necesitaba disfrutar de su presagio. De repente, prestó atención a una joven que andaba por la orilla del mar, seguida por otras doncellas cubiertas con túnicas blancas. Se detuvo y se quedó mirándola vivamente. Parecía una sencilla muchacha paseando por el mercado. Se vestía con una clámide púrpura, color distintivo de las profetisas que interpretaban los sueños. La brisa del océano la pegaba a su cuerpo, convirtiéndola en una visión cautivadora.

—La *asawad* Arsinoe se distrae, César —informó Balbo.

—No, Lucio. Es Minerva reencarnada que bendice mi estrella —dijo César, viendo que le sonreía y flameaba el pañuelo—. Posee una rara habilidad para insinuarse en el corazón de los hombres, y espero verla de nuevo. Será difícil olvidarla —expuso.

Una vez más la voz de Balbo resultó íntima.

—¿Te sientes atraído por ella, ilustre César?

Antes de hablar, el romano lanzó una sonrisa suspicaz.

—¿Qué hombre no se sentiría atrapado en su mirada? Sabe de los acontecimientos y de los hombres, aunque sus opiniones sean poco romanas. Su ingenuidad me cautiva —manifestó—. Posee empatía, inteligencia y dulzura. No desearía extraviar su recuerdo. Y como el fundamento de la amistad es saber del amigo, espero que me informes de sus pasos, dilecto Lucio.

—Descuida, ilustre cuestor. No lo olvidaré.

Ahora César sí estaba firmemente persuadido de que el sino de la sibila de Gades estaba marcado con letras indelebles en su vida y que algún día estas se cruzarían inevitablemente.

Al día siguiente, Julio César, acompañado de Lucio Balbo, siguió cumpliendo su tedioso deber de reunirse con los magistrados de las ciudades amigas de la Bética, cuya exuberante naturaleza estaba en flor.

Las aguas corrían feraces junto a los caminos y las abejas libaban extrayendo los aromas del tomillo y el romero. Las libélulas, en su perezoso revoloteo, brillaban con los rayos de un sol rotundo, y el cuestor dejaba flotar sus pensamientos en huida hacia la añorada Roma.

Visitó Hispalis, Orzo, Carme, Corduba y Astigi, y otras ciudades que gozaban, o bien del derecho del Lacio, o eran tributarias, y algunas libres y fieles a Roma. Era la época de la crecida del trigo, que parecía un océano de oro en las campiñas béticas. Tuvo en cuenta con su habitual equidad las leyes particulares y las estipulaciones pactadas con cada una. Cobró impuestos atrasados, administró justicia y solucionó antiguos litigios, granjeándose el apoyo de los turdetanos, que aceptaban sin ambigüedades la cultura romana.

Pero solo si estaba avalada por Julio César. Un gran caudal de monedas de plata cayó en sus manos, cuando creía que volvería de vacío. Era un gestor insistente, y la fortuna comenzaba a sonreírle. Demasiado tarde según él. Pero su momento se había iniciado, según la sibila.

La víspera del regreso a Gades, los dos amigos, César y Balbo, platicaban junto a las sombreadas orillas del río Betis, en la ciudad de Hispalis, sentados en una solitaria taberna cubierta de parras.

César se mostró accesible y fraterno a su reciente compañero:

—Después de escuchar el augurio de la sibila de Gades —le confesó—, ardo en deseos de regresar a Roma. Mi fin es seguir y seguir. Es peligroso desatender a un dios como Melkart. Te aseguro que me siento con un brío que antes no poseía. Es insólitamente extraño, Lucio.

El matiz de las palabras de Balbo resultó adulador.

—Algo así como la búsqueda incansable del tiempo perdido, ¿no?

—Cierto, Balbo —contestó—. El tiempo urge, Lucio, y no dejo de pensar en su vaticinio. Es el momento de volver, pues nada es tan dulce y a la vez tan doloroso como la patria propia.

Balbo se extrañaba que no cumpliera su precepto legal.

—¿No vas a consumar el mandato completo de cuestor de la República? —se sorprendió—. ¿No te lo demandará el Senado? Es arriesgado.

Su determinación borró cualquier duda.

—No, amigo mío —aseveró—. La sibila de Gades me confirmó que mi futuro es un viaje contra el tiempo. Vuelvo a mis lares. Solo los osados ganan al albur, y el Senado callará. He de situarme en primera fila.

El gaditano bebió unos sorbos del gustoso vino.

—Te echaremos de menos, ilustre Julio. Eres el primer cuestor que se ha prodigado con desinterés en esta tierra. Te respetan y te estiman.

El sentimiento de pérdida de Balbo era sincero, pero se sorprendió hasta la desmesura, cuando César le rogó directo:

—Ahora me iré solo. Pero deseo que en un futuro vengas conmigo a Roma. Eres el único amigo leal con el que cuento fuera y dentro de Roma. Eres clarividente y perspicaz, y la discreción y el buen consejo son unas virtudes nada desdeñables, Lucio. ¡Qué buen aliado serías en la *Urbs*!

El gaditano lo miró en silencio. Estaba desconcertado.

—¿Y debo renunciar a la lealtad que le debo a mi padrino Pompeyo? —se interesó—. Me tengo por persona íntegra y fiel, César.

—Nunca abandones al general, es mi amigo y yo también lo admiro. Pero te quiero junto a mí cuando irrumpa con perspectivas de éxito en la vida pública romana. Mis anhelos son justos y las palabras de la sibila me urgen a alcanzar un cometido al que siempre aspiré. Concibes el Estado como yo mismo, y juntos hemos de convencer a Pompeyo.

Compartían el mismo secreto, el prodigio anunciado por la sibila de Gades, ya marcado en las estrellas: «Señor del Mundo.» Y abrigaban fundamentadas expectativas en su cumplimiento.

A los dos le asaltó la misma intuición, y es que cuando los hombres ambiciosos ven lo que otros ignoran, sus miradas se parecen a las de las aves rapaces y los hacen imprevisibles. Alguien situado muy arriba de los mortales los protegía. Lucio Claudio Balbo comenzó a rumiar en su interior el insólito deseo del romano. ¿Sería Roma su destino final?

El deseo de Cayo Julio crecía en su mente como una enredadera que muy pronto se haría dueña de su mente y de sus deseos futuros. No era un vano deseo, era su mayor ilusión. El tiempo era suyo, pero sabía que los granos de su clepsidra caían irremisiblemente ante sus ojos. No podía perder un solo instante. Se había propuesto que en menos de seis años se hallaría en el punto culminante de su carrera de honores.

—Venus Genetrix, madre de la *gens* Julia, a ti encomiendo mi destino —alzó los brazos al cielo, antes de partir hacia Roma.

Seis años después

XI

Nemus

Año 62 a.C. Roma, inicios del verano

Marco Druso Apollonio, el otrora Silax, el joven escriba del rey Bocco de Mauretania del Este e hijo de la gran sacerdotisa asesinada Arisat, tenía el rostro vuelto hacia el mar. El destino lo había arrimado al lado de los poderosos y su vida en Roma prosperaba en todos los ámbitos.

Como todos los que podían permitírselo, Marco había abandonado las insalubres y pestilentes calles de Roma y se encontraba en la *domus* de la naviera Gerión de Puteoli, el puerto de Roma. Otros romanos pudientes se habían retirado a las frescuras de Baiae, o a las umbrías de las colinas Albanas. La plebe de Roma que no podía permitirse salir de la ciudad atenuaba los calores del estío en las riberas del río, en los frescos riachuelos de Preneste y en la piscina pública de Puerta Capena.

Marco Druso disfrutaba de la fresca brisa, mientas aguardaba a unos de sus agentes más eficaces y clarividentes, Lisandro, un cómico griego de la compañía de actores Los Mimos de Talía, así llamados en honor a una de las musas del teatro. Dos escribas cifraban unos papiros y tablillas y anotaban las remesas arribadas de Gades.

Marco, tras haber sido adoptado por el deshonesto Druso Atico, el viejo gerente de Gerión, y tras hacerse cargo como factor único de la dirección de la compañía de Balbo en Italia, se había convertido a sus veintiséis años en un caballero respetado con dos centenares de asalariados a su servicio y un enjambre de esclavos que cuidaban de sus pertenencias y de los bienes de la naviera.

La *adoptio* de Silax se había efectuado cuatro años atrás con todos los honores y fastos en la ciudad de Messana, al norte de Sicilia, según la disposición de Balbo. El pérfido Druso Atico, no solo no antepuso ningún impedimento al asunto, sino que al no tener descendencia, y para evitar un juicio demoledor y una muerte infamante, se prestó al juego y lo adoptó de buena gana, facilitándole por comunes sus bienes de herencia, de la que carecía, sus mismos dioses lares y los derechos de su tribu romana, que por nacimiento no le correspondían.

Silax se convirtió en un caballero romano con todas las atribuciones, y pasó a poseer las mismas capacidades que si fuera hijo natural del viejo Druso Atico. Asumió los dos nombres de quien lo adoptaba, el *praenomen* Marco y el *nomen* de la *gens*, Druso. El *cognomen* o mote lo propuso él: Apollonio. El acto jurídico, después de que los flámines o adivinos auscultaran en las entrañas de un ganso si el acto era propicio, se efectuó públicamente en la basílica de justicia, y Balbo, su mentor, ofreció después un fastuoso festín. Lucio lo abrazó como a un hijo al que admirara.

«Cuando estés preparado, Marco, tu meta será Roma.»

Marco, aunque era un advenedizo, se convirtió en un ciudadano romano, ocultando su vida pasada en un velo de misterio, aunque su nombre había sido agregado a la lista de caballeros de Roma. Balbo presentó en el templo de Cástor y Pólux el árbol genealógico de Druso Atico, la declaración de bienes del nuevo adoptado y el papiro firmado por el censor de Messana. Luego se dirigieron al Campo de Marte, y Marco eligió el caballo que le correspondía por su condición de nuevo *quirite*.

Días después ingresaron en el Banco de Neptuno los veinte mil sestercios que establecía la ley para adquirir el rango de *equite*, y Balbo le regaló el anillo que debía llevar en su pulgar y la ritual toga de gala, la *angusticlavia* con la estrecha y roja orla. Marco paseó su vista por su perfil. Le recordaba a su madre, pues Balbo había grabado en él los dos símbolos más sagrados de la nación del Líbano: la estrella y la media luna.

El gaditano le buscó un maestro de retórica que le corregía su pronunciación, y hasta le contaba dichos obscenos con los que el joven se divertía y aprendía la jerga de la Subura. Ahora su aspecto no se parecía al que exhibía en Tingis. Marco había heredado de su madre Arisat una complexión delgada y esbelta, acentuada por un cuello largo y un rostro ovalado y viril. Ya no lucía el cabello largo y con tirabuzones orientales, sino que su pelo, a la moda romana, lo había cortado y peinado hacia delante, con unas prematuras hebras grises peinadas sobre la frente y las sienes. Se había rasurado la fina barba griega, y todos los días se ponía en manos de su barbero familiar para parecer un romano distinguido salido del mismo Palatino.

Toda su distinguida figura denotaba sus orígenes aristocráticos; y su forma de hablar, afinada por la lectura de autores griegos y romanos, y el trato con lo más culto de la ciudad, como Cicerón, Tirón, su liberto, Cátulo y Lucrecio, lo convertían en un contertulio encantador y de innata sabiduría. Conoció de la mano de Balbo, el Foro, los lugares donde se realizaban las transacciones mercantiles a gran escala, el funcionamiento del Banco de Neptuno, el valor de la moneda y el círculo de importaciones y exportaciones de Gerión.

El astuto Marco Druso, aunque era un *homine novo* en Roma, comprendió que la política y los negocios estaban íntimamente unidos. Y así, tras conocer a influyentes personajes de la *Urbs* y sus actividades en ambos campos, decidió crear, tras meses de reflexiones, una trama de agentes, confidentes, colaboradores y espías al servicio de Lucio Claudio Balbo, quien alabó la discreción y la operación secreta de su protegido.

—El espiar es un oficio tan viejo como la humanidad, y los cartagineses fueron maestros en ese arte, *domine* Lucio —le había asegurado Marco—, pero en Roma no está bien organizado. Os aseguro que sabréis de las lealtades ambiguas del Senado de Roma, de lo que se guisa en los mercados y de la situación turbulenta de la República y de sus provincias, de sus aliados y sus desleales amigos, que usaremos en nuestro beneficio.

Marco Druso reclutó personalmente a sus espías entre los oficiales, guardias y empleados de la naviera, quienes además de realizar sus tareas habituales, espiaban para él. Tras entrenarlos según un tratado púnico atribuido al mismísimo Aníbal, Marco proporcionó nombre y configuró su red de espionaje, a la que llamó: Nemus, una organización secreta que con el tiempo fue temida en Roma por su hermetismo, poder, impenetrabilidad, discreción, reserva e inaccesibilidad.

—¿Por qué «Nemus», Marco? —le preguntó Balbo interesado.

—*Nemus* significa «bosque» en el primitivo lenguaje del Lacio, *domine*. Es buen nombre para una entidad clandestina. Hace referencia al lago en cuyas aguas cristalinas se miraba la diosa Diana, cuyo templo es adorado en los montes Albanos.

—Cada día me sorprendes más, querido Marco —replicó.

Nemus, según el método de Marco, la formaban cuatro tipos de espías: los *agens mercurii* o «agentes alados», así denominados en honor a la deidad viajera y patrono del comercio. Tenían como particularidad su movilidad por todo el imperio. Los *agens fannii*, o «fisgones», confidentes que realizaban misiones como descubrir información, las estrategias de los enemigos y antagonistas en la política y los negocios, o la captación de personalidades que solían moverse por Roma a su orden directa.

En la base de los rangos del régimen ideado, se hallaban los *agens nexus* o «enlaces». Se les encargaba servir de vínculo a los espías distribuidos por los puertos, mercados y foros de las ciudades y provincias. Debían protegerlos, hacerlos desaparecer y ofrecerles seguridad, así como prestarles asilo, pasaje, transporte y dinero. Y finalmente, Marco había creado los *agens tabellarii* o «carteros», quienes al servicio de los «emisarios alados», portaban y conducían estenográfica información confidencial, bien verbal o escrita, de un lugar a otro.

Unos y otros, casi dos centenares de hombres y mujeres, se hacían pasar por falsos recaudadores, licenciados de las legiones, lanistas que buscaban gladiadores, rapsodas griegos, actores ambulantes, filósofos errantes, pedagogos sin trabajo, mercaderes o cortesanas distinguidas. Eran sus ojos y sus oídos y utilizaban palomas mensajeras, correos terrestres y sobre todo los veloces trirremes de la armadora Gerión.

Los infatigables agentes de Marco Druso, a los que pagaba espléndidamente, espiaban, rastreaban, compraban, sobornaban, seguían, curioseaban e indagaban en cualquier parte del imperio, enviando sus averiguaciones —los que sabían escribir— en papiros egipcios, con una clave tan sencilla como indescifrable, como era sustituir cada letra por la tercera que le seguía en el alfabeto, método que seguía hasta el mismísimo César, con el que mantenía una desprendida relación.

Marco ideó además un código gestual para reconocerse entre sí los agentes, lo que implicaba una metódica norma de la organización: Mesarse los cabellos, juntar y superponer las manos en el vientre, la palma abierta en el cuello, un pañuelo anudado en la muñeca, pedir el raro vino de Albania en las tabernas, usar gorros frigios de libertos, y otras semejantes, que los identificaban entre sí.

Una vez que las informaciones llegaban a Roma, y eran de índole secreta, eran cotejadas por un reducidísimo círculo de colaboradores de máxima confianza, entre ellos el fiel Volusio, centurión de la X legión —el hombre de Julio César para la información militar—, un cerebro gris de la maquinación y el fisgoneo, que tenía su oficina en el Celio.

Salvo tres o cuatro personas, nadie conocía en persona a Marco Druso Apollonio, cuyo nombre en clave era: Orfeo.

—¿Te consideras un virtuoso de la lira, como Orfeo el hijo de Apolo? Recordarás que tuvo un final fatal debido al amor —se interesó el irónico Balbo al conocer su nombre cifrado.

—Sí. Era uno de los integrantes de la expedición de los Argonautas, como sabéis, y en mis ratos de ocio suelo tañer ese instrumento en su honor. La literatura griega me cautiva —le dijo.

—Tu talento no tiene límites. Me asombras, Marco.

Una vez organizado el meticuloso artificio de indagación y vigilancia, Balbo puso a contribución de su amigo Julio César aquella formidable máquina de investigación y espionaje a gran escala, facilitándole secretas revelaciones como jamás un romano había soñado poseer.

Según la *virtus republicana* espiar al enemigo era censurable, pero en los tiempos presentes era más que recomendable, ahora que Cayo Julio César intentaba hacerse con el poder, escalando los preceptivos cargos del Estado. Los emisarios de los generales en campaña solo informaban de aspectos tácticos o de intendencia, y estaban integrados por libertos, escribas de las cohortes urbanas y los llamados «soldados sin uniforme», centuriones curtidos en la batalla, pero no en el espionaje organizado.

—Estoy rodeado de imbéciles e incultos. ¿En quién puedo confiar sino en ti, Marco Druso, en Oppio y en Balbo? —le manifestó un día César, y al recordarlo se perfiló de improviso un atisbo de vanidad en sus mejillas.

Y así, en primacía de los provechos de su patrón, Marco empleó todo medio disponible a su alcance, legitimando los métodos que empleaba al margen de lo que era honesto o moral en Roma, con tal de que llegaran a Julio César y los empleara para ascender en su imparable *cursus honorum*.

—Gobernar es escuchar y estar al tanto para sorprender al adversario —le había asegurado al romano en un banquete.

Marco, quizá por su sangre púnica, poseía una impagable disposición para la investigación. Nadie era tan instruido como él, y su mente, tras conocer una noticia reservada, la convertía, por su carácter meticuloso, en un beneficio para la sociedad para la que trabajaba y que también le dejaba generosos beneficios a su bolsa personal, cada día más colmada.

Era reservado y educado, además de un rígido guardián de los beneficios del navarca gaditano, al que reverenciaba y guardaba fidelidad absoluta. No permitía familiaridades a sus subalternos, pero jamás había empleado el látigo o la vejación con ninguno de ellos.

Marco Druso, al reclamo del secreto y la intriga, sentía una gran complacencia por formar parte transcendental de los negocios de Balbo, y también por pertenecer al último y enigmático capítulo del poder de Roma. Y aunque no podía ser reconocida su secreta labor, el ser recibido en las casas más significativas de la *Urbs*, en la de Catón, Hortensio, Metelo, Cicerón o la bellísima y provocadora Clodia, por su fortuna, cultura y distinción, lo gratificaban abundantemente.

Él era un asalariado bien pagado, pero nunca olvidaba que Lucio Claudio Balbo le había proporcionado un estatus jamás soñado y lo había sacado de la ciénaga de sus pensamientos, siempre aferrados en la trágica muerte de su madre. Marco Druso era otro hombre y su gratitud al gaditano, eterna.

Lisandro, su más notable y leal agente, se retrasaba, pero los aires fragantes del Tirreno y el murmullo de los remos al abatirse en el agua ayudaban a que Marco gozara de una sensación de serenidad, frescor y sosiego. El trabajo del heleno era para él más que satisfactorio, y con sus actuaciones teatrales escuchaba sin despertar sospechas las declaraciones de los senadores, tribunos e invitados notables, que luego le revelaba.

Miró al malecón y vio que se aproximaba una falúa. Su ocupante la amarró en uno de los postes. Al fin el actor había llegado. Empleando uno de los ademanes convenidos —se mesó los cabellos—, indicó que se dirigía a la taberna más cercana. Marco lo siguió.

Ascendentes lenguas de vapor se alzaban del suelo, haciendo más caliginoso el ambiente. Los pocos ciudadanos que deambulaban por las calles buscaban refugio bajo los toldos y tabernas donde holgazaneaban los estibadores, mercaderes, barqueros y marinos. El pescado, el pan, las hortalizas, las carnes y el aceite habían sido retirados de los puestos y cobijados en lugares frescos. Los ladrones y mozalbetes pendencieros que proliferaban entre las sacas, cajas y jaulas del embarcadero habían desaparecido.

Marco respiró la atmósfera viciada de la taberna. Olía como todas a orines rancios, sudor, vinagre, salchichas condimentadas y pescado frito. Vio sentado entre la luz tamizada del tugurio a Lisandro, un hombre de baja estatura, recio y de cabellos rubios y rizados, que lo aguardaba en un oscuro reservado. El propietario de la taberna, un rufián grasiento y desdentado, acudió a recibirlo al instante, vista su catadura patricia. El caballero le pidió cerveza, aceitunas y rábanos.

Las irritantes moscas revoloteaban entre las mesas y se posaban sobre unos posos de miel seca que había en el suelo. Algunas *lobas*, sentadas en las escaleras de madera, que precedían a sus cuchitriles, maldecían el sofocante bochorno. Un grupo de comerciantes de cereales jugaba a los dados y trasegaba unas jarras de vino de Campania, y unos armadores de barcos chillones y descarados comían gachas con garbanzos y nabos. Pero apenas si advirtieron la llegada de Marco.

—*Saluten dat!* —lo saludó, y Lisandro contestó en griego:

—*Salve!* y que Febo te sea leve. Sudo como una res.

Lisandro se metió la mano en el chitón y la sacó con un papiro cuidadosamente doblado. Se lo entregó. Estaba cifrado a nombre de Orfeo.

—El Senado ha procedido a repartir las provincias pretorianas, y a Julio César *el Calvo* —nombre con el que conocían entre ellos a César, y también la plebe— le va a corresponder la Hispania Ulterior.

—Magnífica noticia, amigo mío. Al fin, convertido en pretor —se alegró—. Podrá disponer de legiones propias y ya se encargará él de ir al encuentro de una guerra meritoria que lo conduzca al triunfo, después al oro en abundancia y luego al consulado. Tal como Balbo había pronosticado.

Lisandro era un actor prestigioso, pero ahora no actuaba.

—Pero desgraciadamente no podrá ponerse al frente de ningún ejército —habló terminante, dejando aturdido a Marco.

—¿Cómo? ¿Qué estupideces dices?

El heleno le facilitó la información que precisaba.

—Escúchame bien, Marco Druso. César no podrá salir de las murallas de Roma. Esa es mi información, y ahí están los datos. Sus acreedores no se lo permiten y así se lo comunicarán al Senado. Debe más de mil talentos. Una verdadera fortuna, ¡por la musa Talía! —se preocupó.

—¡Por las Parcas! Eso no lo esperaba, ahora que goza de gran popularidad entre el pueblo. En qué mal momento surge esta confidencia.

El actor siguió refiriéndole sus informaciones en voz baja.

—Según mis noticias, ayer se reunieron sus demandantes en el templo de Portuno. Mis espías me aseguran que por menos de ochocientos treinta talentos no le dejarán marchar hacia Hispania. Su carrera, antes de comenzar, se habrá truncado para desdicha de todos —dijo el actor.

Marco lanzó miradas en todas direcciones. No erraba en su intuición. Era una situación comprometida y confió grave:

—Es un golpe inesperado y se trata de una cantidad considerable. Más de dos tercios de la deuda, ¡por Júpiter! He de avisar inmediatamente a Balbo —dijo agitado—. Craso y mi patrón deberán acudir en su auxilio de inmediato. De lo contrario su fulgurante trayectoria hacia el consulado se paralizará para siempre.

Marco tenía el cometido de favorecer el ascenso de César, y era consciente de que podía perder quizá su última baza. Hubo de contenerse para disimular su preocupación. Balbo estaba en Tarraco. Escribiría con urgencia el informe donde le expresaría sus preocupaciones.

—Mañana marcho a Roma. Tenme informado. ¡Vale!

—*Vale et tu!*, que te vaya bien —lo despidió el griego.

El alba desplegaba un manto de lívidos tonos rosados que desvanecían las sombras de la noche, cuando Marco partió hacia Roma en su confortable y ligera *basterna*, «la carreta devoradora de millas», como la llamaban los romanos, acompañado por un escriba y tres esclavos armados. El verano había desembarcado con sofocante ardor pero también con un perfumado aroma de mieses maduras y frutas sazonadas.

A Marco le correspondía el arriesgado deber de procurar que César encontrara cuanto antes quien le prestara aquella desorbitada suma de dinero. El dique que habían formado Balbo, Craso y la compañía Gerión debía permanecer sólido.

El tingitano no era hombre devoto del Olimpo romano, pero rezó a los *agato demones* (los espíritus de la naturaleza), a su familiar Tanit y al divino Mercurio, protector de viajeros.

Después de escribir unas pautas con un estilo muy afilado en una tablilla de cera, se sumió en un placentero sopor y comenzó a trazar en su mente el plan a seguir. César despreciaba la ingratitud y la falta de sentido de Estado. Seguro que sufría la soledad moral en la que se hallaba y estaría irritado con los amigos que le rodeaban solo por un interés.

Recordaba cómo seis años antes, después de su repentino regreso de Hispania, y de su conocido augurio en el tempo de Melkart, César apareció en la ciudad con una desconocida luz en su mirada. ¿Qué le había augurado la afamada sibila de Gades que lo había transformado, siendo él tan descreído de los dioses?

César había estrenado su nueva vida casándose con la vanidosa Pompeya, pues su primera mujer, Cornelia, a la que tanto había amado, había expirado tras alumbrar a su hija Julia, el ser que más le apasionaba. Y aun perteneciendo al partido de los populares, había ofrecido sus servicios al hombre más poderoso de Roma: Gneo Pompeyo, al que ayudó para que le otorgaran el mando único contra los piratas que infestaban el Mediterráneo. Iba tejiendo su red de alianzas con escrupulosa sutileza. Después ofreció su apoyo «al más rico de los romanos», Marco Licinio Craso, quien carente de talento, lo recibió gozoso, abriéndole incluso el lecho de su mujer, la solícita Tertulla, que se encaprichaba de todos.

Marco Druso se sonrió al evocarlo.

—Perverso calvo —musitó.

Craso, a cambio, financiaba la carrera política de César, quien había irrumpido en la máquina gubernativa de la ciudad más poderosa del mundo. Su trayectoria era imparable, y más aún cuando fue elegido *edil curul*, cargo al que incumbía la gestión urbana de Roma. Vestía la toga *pretexta*, portaba en la mano un bastón de marfil y se sentaba en la Curia, en el sitial de su nuevo rango y uno de los más preeminentes de la República. Nadie había revelado más talento en el cargo que él.

«César es un rayo de luz en las sombras de fatuidad de Roma —meditó Marco—. Él no promete, ofrece resultados.»

César se ocupó con inusitada brillantez y capacidad de la solemnidad conmemorativa de la venida de Cibeles a Roma y de la organización de los Juegos Romanos. Nunca los romanos habían disfrutado de semejante fastuosidad; y no hubo nadie, ni en el Senado ni en las tribus populares, que no tratase de otorgarle nuevos cargos, como el embellecimiento de la ciudad y la reparación de la Via Appia, la más antigua e ilustre de la urbe.

Su meteórica carrera no conocía respiro. Roma era una ciudad de arcilla, madera, paja, tejas y adobe, y Julio comenzó a inundarla de mármoles, columnas dóricas y jaspes, convirtiéndose en el adorado ídolo de los romanos, en especial de los *equites*, las legiones, los campesinos, los mercaderes y los municipios itálicos, que veían en el Calvo a su líder carismático que tanto tiempo habían deseado, desde que muriera Mario.

Pero nadie comprendía de dónde provenían las ingentes cantidades que costaban aquellos fastos. Marco tenía sobradamente claro en qué arcas había metido la mano: En las de Craso, en las de su patrón Balbo y el otro edil, el inepto Bíbulo, a quien había esquilmado. Así era César, quien se presentó también a la investidura religiosa más significativa de Roma: *Pontifex Maximus*, que consiguió sobornando a unos y otros.

Cayo Julio se acercaba con paso firme al poder máximo.

«Mi familia paterna proviene de Venus, y la de mi madre, de Anco Marcio, cuarto rey de Roma. Existe por tanto en mi alcurnia la sacralidad de poseer sangre real y a la vez divina», proclamó César al ser elegido.

El inefable *Moechus*, «Calvo», había cumplido los treinta y ocho años y proseguía con el espectacular derrotero que le pronosticara Arsinoe, aunque también comenzaba a granjearse la inquina de la clase aristocrática, donde la calumnia, la instigación y la traición eran un arte. Julio, aunque no amaba a la plebe, se mostraba accesible a sus miserias. Era un hombre compasivo y sensible con el dolor humano. No veían en él al acostumbrado y despreciable político, farsante, corrupto y arribista.

Cayo Julio se rodeó el inefable día de la elección como Pontífice de su familia y de sus amigos más cercanos, entre ellos Marco Druso. Se vistió con la toga *trabea* de *Pontifex Maximus*, que se distinguía por las anchas franjas escarlata, y ocupó la residencia de Sumo Sacerdote cerca de la Domus Regia, donde podía exhibir su propia estatua en el atrio, y su linaje hacer uso en el futuro del *ius imaginum,* la imagen en mármol de su ilustre miembro. Y en medio de una popularidad indescriptible, se transformó en el padre espiritual de los romanos.

La mansión albergaba las hornacinas de los dioses primordiales de Roma y protegía los Libros Sibilinos, custodiados por los flámines y sacerdotes. César pensó en aquel momento que su talento, sus miedos y sus instintos habían sido puestos a prueba, y que había ganado. Ahora solo pensaba en refundar un nuevo Estado frente al caduco Senado de torpes inteligencias, facultades mermadas y obtusas elocuencias.

La profecía de la sibila de Gades comenzaba a cumplirse.

Pero la contingencia de los acreedores no estaba resuelta.

«Alguien ha debido de ofrecer muchos sacrificios a la diosa Laverna, divinidad de trapacerías, engaños y añagazas, para perjudicarlo —pensó Marco—. Yo rezaré en silencio a Tanit. Conviene actuar sin demora.»

Absorto en aquellos pensamientos, Marco Druso arribó a las murallas de Roma por la Via Aurelia, y al cruzar el puente Emilio, escuchó la melodía de unas flautas rituales; sin duda provenían de los cantos vespertinos de las sacerdotisas del cercano templo de Jano.

Mientras observaba a los viandantes pensó en su hermana, de la que tan poco sabía. Había cruzado dos cartas antes de partir a Roma desde Sicilia, pero no se había atrevido por prudencia a participarle su singular metamorfosis social. ¿De qué le servirían tales noticias en su retiro y clausura sagrada en el templo de Tanit en Septa? Si el albur le permitía algún viaje a Iol la visitaría y le relataría los avatares de su vida. Hasta entonces dejaría las cosas tal como estaban, tal como le había sugerido su patrono Lucio Balbo.

No deseaba alterar su sosiego y su sacra felicidad.

El cielo, amarillento y tórrido, descollaba sobre las colinas, y prescribía el andar de la muchedumbre variopinta que cruzaba los foros y calles. Y miríadas de irritantes moscas pululaban por doquier.

El calor de la Roma estival le parecía a Marco Druso intolerable.

XII

El centurión Volusio

Transcurridos los *idus* de junio, una luz cálida bañaba las verdes crestas del Palatino, el Aventino, el Capitolio, el Celio, el Esquilino, el Viminal y el Quirinal, las siete colinas de Roma, empujando la bruma de los pantanos que serpeaban entre las colinas y el monte Janículo.

Un calor ardoroso lo invadía todo.

Los romanos festejaban por aquellos días el Fasto de las Cenizas, una solemnidad instituida por el rey Numa en la que se honraba a Mens, diosa del talento, y también a Vesta, patrona de los panaderos romanos. Las vírgenes vestales, las custodias del fuego sacro, arrojaban al Tíber al amanecer los posos del hogar sagrado desde el puente Aurelio y Roma entera se divertía toda la noche para acompañarlas al alba en el ritual, y regresar a sus casas, villas e ínsulas al amanecer.

Para Marco Druso, Roma representaba la fascinación por la vida. Adoraba la agitación de la caótica ciudad, sus festividades y a sus ruidosos vecinos que porfiaban por una menudencia en las tabernas y los mesones o *termopolias*, el último vicio romano aprendido de las naciones conquistadas. Bebían vino aguado, el *massica*, y comían el barato *puls*, la plebeya pasta de trigo, manteca y sesos, o las socorridas tortas de garbanzos.

Marco Druso Apollonio recompuso su impecable toga, la vistosa *angusticlavia*, símbolo de la ciudadanía de los *equites* o caballeros romanos, que ostentaba las dos franjas púrpura de dos dedos. Se calzó los *perones* de color cuero, que se distinguían de los *calcei* de color rojo con hebilla de plata de los senadores, y bajó del carruaje, seguido de sus criados. Luego caminó con pasos apresurados.

Roma distaba mucho del esplendor de ciudades como Alejandría, Tiro, Atenas, Antioquía, Tebas, Siracusa o Pérgamo, y sus cuestas, calles sinuosas y estrechas, y los montículos escarpados, la convertían en un tormento para el caminante. La *Urbs* se apiñaba en torno al Palatino, aunque proliferaban por todas partes las nuevas ínsulas de seis pisos que enterraban las viejas casas etruscas, algunas todavía de barro y paja.

El ciudadano romano, que había afeitado sus barbas por la influencia griega, procedía de un pueblo de frugales agricultores habituados al ajo, los nabos y la cebolla. La defensa del terruño, que cultivaban de sol a sol, marcaba sus tradiciones, su religión y su temperamento. Los romanos luchaban por la salvaguarda de su propiedad y estaban dispuestos a reemplazar el arado por la espada, como supremo deber. Esa inalterable forma de proceder, espartana, austera y aguerrida, los había convertido en la más poderosa potencia del Mar Interior. Sin embargo ahora se atracaban de fritangas alejandrinas, carnes sebosas de Iliria, vinos olorosos de Falerno y salsas espesas de Gades; y un cocinero griego era más apreciado que un filósofo ateniense.

Al pasar bajo la ciudadela fortificada, donde se alzaba el templo de Jupiter Optimus Maximus, a Marco le llegó el denso efluvio a pinos, a reses sacrificadas en el mercado Boario, a especias de Oriente del Foro y también el tufo del cenagoso Tíber. Roma, el emporio con más contrastes del orbe, parecía alimentarse de unas típicas exhalaciones que no se olfateaban en ninguna otra parte del mundo.

El sofocante ardor comenzaba a sentirse y Marco Druso se secó la frente con el pañuelo. Se abrió paso entre el gentío que buscaba la sombra en el Pórtico de los Doce Dioses, casi siempre ocupado por extranjeros vigilados por los esbirros del *praetor peregrinus*. Avizoró el templo de la Concordia, la basílica Opimia Volupia, el austero edificio del Senado y los templos de Vesta, Cástor y Pólux, Minerva, Jano o Saturno, y tomó aliento.

Siempre le había impresionado la *Rostra*, el alma de la democracia romana. Se trataba de una tribuna convexa adornada con las proas de seis barcos cartagineses capturados en las Guerras Púnicas, y exornada con estatuas de grandes héroes de la República. Se abría al vasto Foro, entre las dos grandes basílicas, y desde allí los políticos, tribunos y líderes políticos podían dirigirse al pueblo romano y expresar sus posiciones.

Los romanos corrían de un lado para otro, hormigueando y mezclados entre sí los zánganos de la plebe, las matronas con llamativas *stolas*, los esclavos de chitones pardos, los clientes con la cesta en la mano después de la salutación a sus patronos, los cambistas con las tablas bajo el brazo, los gramáticos que convocaban a golpe de vara a sus alumnos y los aristócratas del patriciado, que transitaban en ostentosas literas, transportadas por esclavos nubios.

Con el alba, las carretas que habían abastecido de mercancías la ciudad durante la noche habían abandonado el mercado del aceite, el Aequimelium, la lonja de las aves y los tenderetes de las Velabras, así como la Annona, la encargada del avituallamiento del pan a la plebe y a la turba sin techo que vagabundeaba por las calles.

Antes de que el calor tornara en insufrible la caminata, se encaminó presuroso al Foro y entró en la basílica Sempronia, donde se hallaba la oficina de importaciones de la sociedad Gerión. Recogió el correo y habló con el intendente. Al salir depositó un *dupondius* en el tazón de un falso ciego, quien al verlo murmuró de forma imperceptible.

—Orfeo, tienes noticias del Senado en El Pámpano de Baco.

—Bien. No pierdas detalle de cuanto oigas —dijo sin mirarlo.

Despidió a los escribas y, acompañado por los esclavos, encauzó sus pasos en dirección al Aventino Menor, donde vivía. El tingitano aspiró una bocanada de aire fragante de los huertos cercanos al río. La estación estival, además de atormentar a los romanos con una soflama insufrible, atraía para su gozo nuevos colores y los frutos maduros de los cerezos y las higueras que florecían en los cercados en flor, perfumando aquella colosal marmita asaltada por las moscas y el hedor de las cloacas.

Marco Druso se detuvo ante el templo de Vesta y observó la columna de humo que salía por el tragaluz. Inclinó la cabeza y aspiró complacido la exhalación del aromático incienso del fuego sagrado que guardaban las vírgenes vestales y su superiora, la *Virgo Máxima*. De ellas se decía que en sus ritos secretos se dilataban los sexos con falos de marfil, y que eran tan lujuriosas en sus ritos secretos como los *coribantes*, los lascivos sacerdotes de la diosa Cibeles.

La casa de Marco era una construcción antigua rodeada por un muro y un jardín primorosamente cuidado que había pertenecido a la antigua *gens* Domicia. Sus estatuas, surtidores de agua, cipreses, rosales, árboles centenarios y tupidos arbustos le dispensaban un aspecto de arcádico señorío etrusco. El esclavo esportillero introdujo sus bártulos en el peristilo, donde fue recibido por un anciano miope y de pelo blanco que antes había pertenecido a Druso Atico y que él había manumitido. Su nombre era Nicágoras, y aunque se entrometía en su vida constantemente, le era indispensable y lo quería como a un hermano mayor.

—*Adventu gratulatio* —lo saludó reverente el liberto, y le explicó—: He mantenido el fuego del hogar y la lamparilla de los manes. La *domus* ha permanecido protegida en todo momento. ¿Has acortado tu recreo en Puteoli? Algo te ocurre.

—¡*Ave*, viejo amigo! Obligaciones, Nicágoras, obligaciones —le explicó a su perseverante intendente, un sirio natural de Damasco, antiguo pedagogo y escriba, que aunque era libre y poseía sus propios recursos, vivía en la casa de su antiguo amo, como muchos libertos en Roma, y le servía de confidente, amigo, padre y jefe doméstico de la *domus*.

Marco oró ante los *argeos*, los *genios* protectores de su familia y a los pies de un altar de la diosa fenicia Astarté. Luego palpó con sus dedos las dos máscaras amarillentas de cera que habían mandado fabricar de su padre Lauso y de su madre Arisat, que exhibía un sorprendente parecido con la asesinada sacerdotisa de Tanit.

Unas lágrimas incipientes velaron sus ojos.

—Padres míos, proteged a vuestro hijo y a mi hermana Hatsú, que guardan vuestra memoria con respeto. Hallaré un día a tu verdugo, madre. Su perversidad clama a Tanit, que un día manifestará sus manos manchadas de sangre —rezó contrito.

Por su cuna, Marco permanecía fiel a los goces orientales y la casa estaba repleta de cortinajes de seda, pinturas etruscas, mosaicos, estatuas áticas y pieles africanas, y poseía un ara propia dedicada a Astarté.

—Nicágoras, ordena que me preparen el baño, una comida sobria y una jarra de vino de Calenum —le solicitó—. Luego envía un aviso a la señora Porcia de que estoy en casa, con la reserva de siempre. Ya te contaré.

—Daré las órdenes inmediatamente, *clarus* (esclarecido). Te dejo.

La alcoba de Marco daba a una terraza donde se divisaba a lo lejos la cima del monte Testaccio, y tras el río, los cobertizos de la sal y los rojos tejados del Trastíber. En las paredes de la cámara se abrían hornacinas de mármol travertino adornadas con bustos de los héroes de la *Ilíada*. Al fondo, entre un ambiente vaporoso, asomaba el humeante baño, una exedra embellecida con mosaicos de náyades y bustos de Afroditas.

Cuando apuró su frugal cena y unas ciruelas de Damasco, se aseó en soledad y quedó adormecido. Despertó aliviado y secó su cuerpo. De repente la puerta se entreabrió, y apareció el rostro de Nicágoras, como el de un fauno que espiara a una ninfa en la selva.

—*Domine*, la dama Porcia ha llegado en su litera —anunció.

—Acompáñala hasta aquí, Nicágoras, te lo ruego —dijo, y se embutió en una túnica color esmeralda, tras perfumarse y peinar sus cabellos.

Al poco apareció en el dintel una beldad madura que se arrojó a sus brazos, llevándolo impetuosa hacia la cama.

—Buenas noches, príncipe. Esperaba impaciente tu regreso.

—*Cara* Porcia, he echado de menos tus caricias.

Porcia, hija de Catón *el Joven*, enemigo cerval de César, y esposa del rico edil Bíbulo, el compañero de César en el gobierno de la ciudad, era una mujer arrogante de cuerpo escultural. Los débiles reflejos de las lámparas ampliaban sus espléndidas formas y encendían sus grandes ojos negros sombreados de estibio. Vestida con una clámide griega que realzaba sus senos opulentos, ostentaba un peinado alto y rizado, adornado con cintas y peines de oro.

Los años, pasaba de la treintena, parecían no dejar huella en su cuerpo y facciones. Su marido, más atento a la conspiración política, al estudio de las constelaciones y a la astrología babilónica y caldea, debía de hallarse en su villa de los montes Albanos, escrutando las estrellas o intrigando contra César, y Porcia no era de esas mujeres que transigían con el abandono conyugal.

Marco Druso procuraba su amistad porque su marido y ella odiaban visceralmente a César, al que consideraban un rival peligroso para el *cursus honorum* del inepto Bíbulo. Porcia, sin presuponerlo tan siquiera, era la principal fuente de información sobre los enemigos de Cayo Julio. Ella ignoraba que su amante controlara Nemus, la red de espías al servicio de Julio. Entre arrumacos, la bella *domina* lo mantenía al tanto de los movimientos de su marido y del Senado, creyendo que lo impresionaba por su conocimiento de la alta política de Roma.

«¿Qué importaba que lo supiera aquel frívolo, crédulo, rico y trivial *quirite* que nada le interesaba de lo que le hablaba?», pensaba.

Por Porcia estaba al corriente de la reunión en casa del senador Cátulo, en el Palatino, auspiciada por los enemigos más enconados del líder de los populares, Julio César. Marco conocía palabra por palabra lo que allí habían vertido Valerio Lutacio Flaco, Calpurnio Bíbulo o Escipión Nasica, y la hiel ponzoñosa que había salido de sus bocas de influyentes aristócratas, habituados a regir el destino de Roma según sus deseos.

Marco tenía otras amantes, pues el adulterio se propagaba en la ciudad como el humo. Pero Porcia era la más exaltada. En una ascensión vertiginosa había acumulado un numeroso repertorio de amantes entre lo más granado de la femineidad romana.

Un deseo brutal los sacudió, con solo mirarse a los ojos.

La solícita Porcia estaba dispuesta a consolar y satisfacer al joven *quirite*. Se despojó de la *veste* con precipitación y se abalanzó sobre el joven *equite*, quien se vio desposeído de su vestidura. Después de unos momentos de incendiarios besos y abrazos, la dama fue transportada al delirio, gobernada por un pasional y tierno Marco. Intimó con las honduras de la hermosa matrona, cuya tez aceitunada brillaba con la luz de la luna que penetraba por el balcón. En un febril arrebato, desbarataron con violencia las sábanas del tálamo y unieron sus sexos con pasión. El tingitano olió su perfume oriental en cada palmo de su piel. Porcia se asemejaba a una vestal rebelde, a una gacela de los oasis de Palmira, y la amó de forma salvaje. Era una mujer inconstante y posesiva, y mayor que él en edad, como gustaban a Marco, pero su sublime desnudez lo apasionaba. La rodeó con sus brazos y ella lo arropó con el negro torrente de su cabellera. Se envolvieron como dos sierpes, y como el fuego se propaga por la paja seca, las fuerzas del joven africano abrasaron sus senos insólitamente blandos, deshaciéndose en su palmeral prohibido.

Tras algunos asaltos de ardiente entrega, el brillo precario de las lámparas anunció la llegada del alba. Roma giraba a su alrededor como una rueda vertiginosa, y su lecho se le asemejaba un rincón de otra dimensión del compás del tiempo.

Porcia se acurrucó entre sus brazos, y le sonrió:

—Sabes, Marco. Desde mañana me verás escoltada por una cohorte de lictores y envidiada por muchas romanas. Seré la envidia.

—¿Por qué, *cara* mía? —preguntó, aunque ya lo sabía.

—Porque mi marido entra en funciones como pretor electo.

Marco compuso una falsa mueca de sorpresa.

—¿Como ese engreído y vanidoso de Julio César? —le metió los dedos astutamente para saber la opinión de su camarilla.

—Ese Calvo astuto y lascivo, después de casi arruinar a mi esposo, tendrá que depositar una fortuna en el banco de Neptuno, si desea ejercer el cargo. No lo conseguirá —dijo ufana—. La carrera de César ha terminado.

—Los dioses colman de dádivas a sus devotos, *carissima*.

Lo que no sabía la dama es que en pocos días, y en la colina Esquilina, dos astutos zorros de la política romana se reunirían para solucionar el asunto. Cada uno arriesgaría algo, pero los dos sacarían sus ganancias. César, que se hallaba en la bancarrota más absoluta, obtendría de Craso el pago de la deuda, y conseguiría grandes beneficios con su cargo de pretor, una guerra fantaseada, el triunfo y luego el ansiado consulado.

Craso, una vez que Cayo Julio fuera nombrado cónsul en no mucho tiempo, sería elegido gobernador de Siria, la cornucopia de la riqueza, que le procuraría además la dignidad y gloria de la que carecía el obeso millonario. Marco también pensó en su tutor, Lucio Claudio Balbo, quien ya había enviado una carta a César, ofreciéndose como garante del préstamo y rogándole que lo presentara en la alta sociedad romana para ayudarle en sus empresas. «El futuro de Gades está en Roma y el mío contigo, *dilectissimus* Julius», le había escrito desde Tarraco.

César, cada día más satisfecho con la amistad del gaditano, le ofrecía además el valioso cargo de *praefectus fabrum*, intendente del equipamiento, provisión de víveres y pago de sus legiones, con lo que lograría grandes beneficios. Todos ganaban.

Habría que planear una guerra en Hispania, aunque fuera irreal.

Unos días después, muy de mañana, Marco Druso salió con un escriba y unos siervos para cumplir una misión ineludible. Como en él era usual llevaba el cabello gris peinado hacia delante y perfumado con ungüentos, la toga hábilmente caída, los zapatos impolutos y el rostro bronceado por sus continuos viajes. Compró un cestillo de higos a una anciana, que devoró complacido, y saludó a dos senadores que hablaban según la antigua costumbre al aire libre, cerca de la Curia Hostilia.

Se adentró en la Subura, el barrio entre la ladera del Viminal y el Argiletum que se dedicaba al trabajo del cuero, y donde los zapateros distribuían zapatos, botas y sandalias a toda Roma. Entre la maraña de aquellas estrechas callejuelas había vivido Julio César en su infancia, donde su madre Aurelia poseía una ínsula alquilada. Era el arrabal más pobre de Roma y el territorio de la gente más desfavorecida, y donde la rapacería y la prostitución mantenían su trono. El laberinto maloliente de ínsulas concluía en la populosa calle de los libreros: el Argileto.

Olía a suciedad de las *dolias* donde se vaciaban los vasos de noche y se amontonaba la mugre y la bosta. La algarabía de voces de los carniceros, los chillidos de los porquerizos, los rapazuelos y los rebuznos de las recuas de los alfareros, le retumbaban en las sienes. Marco Druso aceleró el paso y se detuvo en una esquina. Entresacó un pequeño papiro donde había escrito: «*Cras in domo Orfeii. Antea prima vigilia. Passim. Dixi, Nemus fraternitatis*» («Mañana en casa de Orfeo, antes de la primera vigilia. Sin orden preestablecido, según consigna de la hermandad Nemus.»)

Se lo entregó al escriba y lo conminó severo:

—Entrégalo en el lugar de costumbre y recoge un mensaje del ciego. Mira primero si te acechan ojos u oídos indiscretos.

El doméstico asintió, y se perdió presuroso en el dédalo de callejuelas repletas de ínsulas insalubres. Esquivando borrachos, callejeras, prostitutas de ínfima categoría, condenadas a morir de una paliza o consumidas por la enfermedad, y gentuza de la peor calaña se dirigió a la taberna El Pámpano de Baco, lugar de cita de los correos y agentes de Nemus. Penetró en el tugurio, que olía a salchichas picantes y vino agrio.

Se detuvo y extendió sus dedos, separando el dedo pulgar. Y cuando tuvo formado el ángulo recto de su mano diestra, se la llevó al cuello. Se acercó y pidió vino aromatizado de Albania. De inmediato el mesonero, un agente *fanni* (fisgón), dejó la plática y le hizo una seña.

Lo acompañó al corral donde picoteaban unas gallinas y hozaban unos cerdos de largo pelaje.

—Entrégaselo a Volusio —dijo, sin apenas alzar la voz.

—Se hará. El ciego que pide en el templo de los Dióscuros dejó esto para Orfeo —señaló, y le entregó dos tablillas de cera envueltas en arpillera. Sal por este postigo, nadie te verá.

A su regreso, le hizo un mohín con la cabeza y Marco y su escolta desaparecieron por la esquina del Argileto.

No podían perder un solo día. El futuro político de César peligraba.

Con el ocaso del día siguiente, los ruidos de los molinos y el gorjeo de los pájaros habían cesado en Roma, y hacía un calor opresor.

Un sol violeta se ocultaba brindando una visión turbadora de nubes arreboladas. El sofoco había remitido y las enojosas moscas se habían esfumado, concediendo una tregua a los romanos. El jardín de la *domus* de Marco era un edén de frescor y sosiego, donde oreaban las embriagadoras fragancias de los bancales de flores. Volusio, el centurión portaestandarte de la X legión del dictador Cayo Mario, tío de César, que regía desde su jubilación a los agentes y *frumentarii* —los que buscaban grano y víveres— de Julio, llegó con su escolta y con la fatiga en su rostro.

Era un hombre fornido que traspasaba la cincuentena y que aún mantenía la rigidez marcial de un soldado. De piel arrugada, había servido a Sertorio en Hispania y luego a dos generaciones de Julios con lealtad. No carecía de inteligencia, y Marco Druso lo había convertido en el principal espía *nexus* (enlace) de Nemus con Julio César, ya que trataba con agentes que rondaban por Roma, los puertos, Sicilia y Grecia.

Destacaba sobre su túnica un *fascinus*, o falo de plata, contra la mala fortuna, que según él lo había protegido en cien combates. Era un veterano de sienes plateadas y cara surcada por pequeñas cicatrices blancas, espejo de su dilatada vida como oficial a las órdenes de Cayo Julio César padre, y de Mario, el líder del partido popular, y antagonista de Sila, dos héroes esenciales de una época pasada, pero aún cercana.

Nicágoras lo condujo a la terraza ajardinada, donde el caballero releía el mensaje del ciego sobre lo que había oído a los senadores, e interpretaba la clave de unos informes de prestamistas judíos de Éfeso, los precios de la Sociedad del trigo de Kanopos y las ganancias del aceite de Corduba. Sus correos habían realizado una labor inestimable.

—*Saluten dat, clarissimus* —lo saludó el centurión Volusio.

—*Salve*, amigo. Acomódate y prueba este vino de Creta.

A Marco Druso Apollonio siempre le había agradado sorprender. Pero conocía la susceptibilidad del centurión, y tras hacer varias libaciones en nombre de Neptuno, fue al grano.

—¿Sabes para qué te he llamado, aparte de compartir una suculenta cena, disfrutar de tu plática y de unas bellísimas danzarinas? —preguntó.

—Ignoro si para una misión de Nemus, o para hablar de nuestros patronos. Ambas me incumben por igual, Marco.

—¿Acaso no son una misma cosa? —le sonrió levemente.

Marco quedó unos instantes absorto, pensando qué decir.

—Escucha, Volusio —prosiguió—: He recibido instrucciones secretas de mi padrino Balbo, que ya se ha entregado a una actividad voraz entre sus clientelas de Hispania para que la recepción de César sea satisfactoria, pacífica y productiva.

Tras una expresión hierática, el militar negó con la cabeza.

—Cayo Julio no marcha a Occidente para hacerse rico o cultivar buenas amistades, sino para conseguir un triunfo militar que lo aúpe al consulado —se exaltó—. ¿De qué le sirve ser recibido por amigos y clientes romanizados? ¡Ese no es su plan!

Marco le dedicó una sonrisa pensativa, incluso irónica.

—Cálmate, amigo mío. Sé que tú, ingenieros, oficiales, marinos y varios centuriones estáis preparando la partida de César, y que según sus órdenes desea pisar la Hispania Citerior para las calendas de este mes, o las del siguiente, ¿no es así?

Experimentó un alivio, pero a la vez se mostró contrariado.

—Ciertamente, Marco. Pero, ¿cómo lo sabes? —se extrañó.

Marco sonrió con orgullo. Nemus funcionaba.

—Confía en mí, Volusio. Préstame oídos, pues has de revelárselo a tu protector sin que medie ningún papel ni persona ajena a la causa. Ni siquiera el príncipe númida Masinta, que sigue al general como un perrillo faldero, y que lo acompañará a Hispania, no sabemos en calidad de qué. ¿Os fiáis de él?

El centurión justificó a su superior con arrebato, aunque se sorprendía, pues creía que nadie conocía aquel detalle tan nimio.

—Masinta es un cliente de la tribu Julia, y César lo defendió de sus enemigos en los tribunales. Ese joven númida es de fiar, y lo acompaña para aprender el arte del gobierno y la guerra, nada más. Pero te escucho —dijo acercando su cara al anfitrión.

Con el aplomo de su sugerente voz, Marco le manifestó:

—César ya podrá librar una guerra justa en Hispania. Mi patrono la proyectó hace tiempo. Las belicosas tribus del norte y del oeste amenazan la paz de Roma. Coincide además con una antigua aspiración de Balbo de Gades que afecta al comercio del sur. Favorecerá a ambos.

—¡Por las putas Parcas! Nada sabía de esos pueblos.

—Escucha, Volusio. Se trata de una expedición de pacificación y también de guerra abierta contra los lusitanos, vetones y galaicos, que ocupan una extensión de notables dimensiones, tan grande como la Galia Cisalpina —lo ilustró—. Es cuanto necesita y posee el mismo valor que la guerra contra Mitrídates, por poner un ejemplo. Obtendrá el triunfo que precisa para ser proclamado cónsul.

—Eso ya es otra cosa, Apollonio. Me tranquilizas.

—Esos bárbaros, ignorantes de la civilización latina, bajan desde hace años a los grandes ríos, donde roban, violan y devastan ciudades y haciendas. Balbo, que posee ganancias del estaño con Britania y los puertos del norte, ve asaltadas sus caravanas que transitan por la Via Heraclea, o de la Plata, con enormes pérdidas. Hay que poner fin a esa práctica criminal, o Roma nunca se asentará en Hispania.

Volusio se echó a reír, simulando un gesto pícaro.

—Y Balbo verá también cómo César soluciona su problema.

Marco no se mordió la lengua, y matizó mordaz:

—Y el Calvo alcanzará la gloria militar y el triunfo que anda buscando con tanto ahínco. Sin ella, ¿que será en la *Urbs*? ¡Nada!

—Desgraciadamente, así es, Marco —reconoció.

—César debe saber que los aliados y clientes de Lucio Claudio Balbo son incontables en Hispania, y que allanarán el camino del nuevo pretor y de sus legiones. Igualmente, transmítele que mi patrón hará leva de alguna legión más de jinetes e infantes iberos, los predilectos de Aníbal. Son irreductibles y acabarán con esas bandas de rebeldes y proscritos que viven del pillaje, y los sacarán de sus zahúrdas, cuevas y zarzales. Todos saldremos ganando, César, Balbo, esos desharrapados que recibirán tierras, y los grandes comerciantes de Gades y los latifundistas de Lusitania.

—¿Y aceptarán esos bandoleros el nuevo orden de Roma?

—Costará, pero claudicarán —admitió—. Toma, Volusio, llévale a Cayo Julio el mapa detallado de esas regiones. Lo precisará. Esa señal en rojo, los montes Herminios, marcan el lugar preciso donde comenzará el peligro y las verdaderas hostilidades. El soldado lo miró con intensa atención. Sabía leer, y dijo:

—¡Por Vulcano! Este es el *finis terrae*, el fin del mundo.

—Lo es. Pero quien persigue la gloria de Marte y la memoria eterna debe ser más audaz que el mismo dios de la guerra. Volusio deseaba expresarle su gratitud. El destino de su jefe se clarificaba gracias a los perseverantes apoyos de Balbo y del dinero de Craso, y sonrió complacido.

—Nemus funciona como el infierno de Hades, con precisión fatídica e inexcusable. Nada se puede comparar a su eficacia.

—Gracias por el halago, amigo Volusio —replicó ufano.

—Todo el mundo te tiene como un caballero afable, considerado y gestor eficaz de la naviera Gerión, y ni por asomo saben que estás al tanto de sus vidas y de cuanto acontece desde la Curia Senatorial al más miserable y lejano puerto. ¡No puedo creerlo, por Hércules! ¿Cuál es tu secreto, Marco? —se interesó.

El africano hizo una pausa, y abrió los labios con lentitud.

—Seguir el aforismo de mi maestro Epicuro: «Vive con disimulo, no muestres tus secretos y procura no menear el rabo donde no debes.» Así de simple.

—Eres un tipo singular. Nunca he conocido un ingenio comparable al tuyo, amigo —y amplió su sonrisa.

Volusio se veía partícipe de una misión histórica. Iba a ayudar al hombre que más quería y admiraba, y que muy pronto asumiría el destino que le habían anunciado en el Oráculo de Gades, según el mismo César le había contado.

Unas espontáneas lágrimas salieron de sus ojos. Alzó la copa y exclamó con su ronco vozarrón:

—*Roma victrix, César Imperator!* Bebamos por su gloria.

El soldado se reclinó en el triclinio y bebió de golpe la copa de ambrosía, suavizando su rostro de cuero viejo. Marco hizo una señal a los sirvientes, que escanciaron el oloroso vino y llenaron la mesa con los manjares y flores preparadas.

—Demos gracias a los dioses. Los impedimentos que tanto apremiaban al gran Julio se desvanecen —brindó Volusio.

Mientras daban cuenta de aromatizados licores y de los manjares de la *prima cena*, a base de cabrito de Ambracia, de atún de Caledonia con brotes de orobanca, de pavo de Samos untado de crema de espelta y habas, y de una exquisita langosta del Adriático con lúpulo y puerros fritos, Marco adivinó que el muro de susceptibilidad y recelo de Volusio se había roto definitivamente a su favor.

Animado se decidió a revelarle el gran secreto de su vida y a requerirle la ayuda que hacía largo tiempo deseaba pedirle y que nunca se había atrevido. Nunca se había atrevido, pero la ocasión era la apropiada.

—Escúchame, Volusio. Deseo hablarte de mí. Por la estima que te profeso, ansío hacerte partícipe de una congoja que hace quince años lacera mi corazón, amante de la mejor madre que se pudiera tener. Nadie, salvo mi hermana a la que no veo hace años, conoce mi dolor.

El centurión eructó y limpió su boca. ¿Dónde quería ir a parar aquel hombre inteligente, poniendo sus penas en las manos de un rudo soldado? No lo comprendía y aguardó. Sus ojillos negros y las espesas cejas compusieron una curvatura de alarma.

—Lo que me confieses quedará clausurado por el cerrojo de la amistad y el secreto. Ya me conoces, Marco. Dime —lo incitó.

—¿Enturbia el vino tu cabeza, buen amigo? —se cercioró.

—En modo alguno, Marco —replicó sereno el centurión.

—No lo dudo. Te contaré entonces mi historia.

Sin perder un instante, Marco le narró los avatares de su infancia y, sin omitir detalle, el atroz asesinato de su madre, la sacerdotisa de Astarté de Tingis. Le habló de su relación con el rey Bocco de Tingitania, luego con Balbo, del traslado a Sicilia y de su irrupción en Roma como agente de Gerión. Conforme avanzaba la suplicante narración, Volusio dejó de beber y de probar la comida, a pesar de su insaciable voracidad. Se resistía a creerlo, pero la sinceridad de Marco Druso lo había desarbolado. En realidad estaba paralizado.

—¿Recibió su castigo ese malnacido de Macrón? —se interesó.

—No, desapareció en los montes del Atlas, y aunque lo he buscado durante años, su maldita memoria se ha borrado de la faz de la tierra. Ni tan siquiera la organización Nemus ha podido dar con él.

El centurión, que se hallaba estremecido por la revelación, fijó su mirada en Marco y dijo en tono de amenaza:

—Si en aquellos años era decurión, ahora pasará de la treintena. Bien, bien —aseguró, y puso su dedo índice en la barbilla—. Conozco las legiones como el vientre de la madre que me dio la vida. Aunque fuera un desertor o el mismísimo Can Cerbero, si vive, te juro que daré con él, ¡por Júpiter Estator, juez de fugitivos!

Marco, con gesto de reconocimiento, se lo agradeció.

—No te lo hubiera solicitado si no hubiera prometido ante la tumba de mi compasiva madre que tomaría ejemplar venganza. Puede que sea un intento inútil, pero no me faltarán las fuerzas para llevarlo a cabo.

Volusio lo confortó plantándole su mano en el hombro.

—Ten valor y ármate de paciencia. Tu madre fue una heroína, y ese Macrón, un miserable que merece ser arrojado por la roca Tarpeya, o pudrirse atado con cadenas en las Gemonías —adujo el centurión con furia—. Ese fue un acto de pura maldad, más que de codicia.

En el aplomo de su voz, Marco comprendió que había hallado un cómplice, y que con su ayuda y la de sus agentes, hallaría una pista de Méntula en algún rincón perdido.

—Ahora comprendo la frialdad con la que te relacionas con tus semejantes, Marco —lo calmó el soldado, que aún seguía vivamente impresionado—. Tu alma sigue helada.

Con un ademán distante, Marco dejó transcurrir unos instantes de cavilación, y al fin replicó áspero:

—¿Acaso el mundo merece mi templanza y mi compasión? Mi hermana Hatsú, que también dedica su vida a la diosa interpretando sueños, encerrada desde que era una niña en el templo de Septa, desea tan fervientemente como yo que llegue el día del desagravio. Ambos te lo agradeceremos eternamente, *caro* Volusio.

—Que la diosa Fortuna conduzca nuestros pasos, Marco.

Continuaron cenando entre la acuática sinfonía de las fuentes y la cantinela de unas doncellas cretenses que interpretaban eróticos poemas con sus exquisitas voces, una flauta, una cítara y un sistro.

Marco, cuyo espíritu se había serenado por la ayuda brindada por el insobornable centurión, sintió la brisa nocturna en su rostro y percibió los calmosos rumores del Tíber. Saboreó un sorbo de vino dulce y al poco acarició a una de las jóvenes de la orquestina. Volusio se había perdido entretanto con una de las intérpretes entre las umbrías del vergel.

La noche romana presagiaba una velada apasionante.

XIII

La Cueva de la Iniciación

Gades, años 61 y 60 a.C.

La *asawad* Arsinoe era tenida como una mujer sagrada y temible.

Tras unos años de impecable servicio, la sacerdotisa inspiraba respeto en Gades. Llevaba una vida pacífica, virtuosa y refinada, y escondía su nombre y su pasado entreverados entre los alborozos de los devotos, la sumisión de las gentes sencillas y las rutinas del templo, donde era requerida para interpretar los sueños de los fieles.

Vivía con una mira precisa, saber que lo que hacía disminuía el dolor de sus semejantes y agradaba a la diosa. Se apiadaba de los niños abandonados, y se escuchaban significativos elogios por su magnificencia. Una vida con pocos sinsabores había colmado todas las expectativas soñadas por Arsinoe en su formación como sibila en Septa. Solo la abatían los ultrajes que le procuraba el *genio* maligno de Tiratha, con su cara cérea y biliosa, que seguía injuriándola a sus espaldas.

Solía exhibir un porte arrogante y una dignidad llena de fatuidad. Sus pasos, breves y altaneros, contenían siempre un sesgo de provocación. No atesoraba mérito alguno, como no fuera pertenecer a la más rancia aristocracia de Gades. Orgullosa de su malignidad hacia la africana, se mofaba de ella sin disimulo, pero pocos la secundaban; y su engreimiento le impedía a ella dar cualquier paso de reconciliación.

—La envidia se halla en lo más profundo del corazón humano, y se suele odiar a quienes más se envidia —la consoló Balbo—. Olvídala.

—No pueden apreciar la pureza del alma quienes no la poseen. Me río de la soberbia de los imbéciles. El exceso de ocio y deleites y la carencia de trabajo y necesidades la han hecho altanera, Lucio.

Con su natural refinamiento, la impresionable, tímida y ecuánime *asawad* se había ganado el afecto de los gaditanos, del influyente Balkar y de los sacerdotes de Melkart, y la protección sin fisuras de la familia Balbo.

Le agradaban todas las formas de arte, visitaba los talleres de los alfareros, escultores, orfebres y tintoreros, y a veces navegaba con la dulce Tamar, visitando las ínsulas gaditanas y los monumentos olvidados de los enigmáticos tartesios.

En ausencia de Lucio, que seguía en el norte de campaña militar con César, su esposa, la complaciente Lucrecia, su pacífico hermano Publio y su atento sobrino, también llamado Lucio, *el Menor*, llenaban su existencia de atenciones. Su prestancia, su pudor e inteligencia quedaban por encima de todo elogio.

Lucio Balbo *el Mayor*, o el *Pater familias*, así lo llamaban en la familia para distinguirlo del sobrino, le había solicitado, como buen fenicio que era, un auspicio antes de partir para unirse como intendente de las legiones de Cayo Julio en el norte de Hispania. Arsinoe contempló el espejo de Tanit, pero la deidad no quiso pronunciarse según su inescrutable decisión.

Observó de forma escrupulosa los ritos ancestrales y echó mano de los elixires sacros, y accediendo al trance, vio un paisaje inconcebible y extraño, ajeno a la guerra emprendida. Le habló con convencimiento.

—Apreciado Lucio, no se me ha revelado el búho negro en el espejo. Así que tu viaje será favorable. Pero sí he visto una isla rocosa y desierta en el océano, azotada por el viento y la tormenta. Y en medio de un fragor que asustaría a mismísimo Poseidón, las olas abandonaban en la playa una rama de laurel que no se deslucía ni dañaba con el agua. Ignoro su significado. Pero es lo que vi.

—¿Una isla? No hay islas en la reseca Via Heraclea. ¡Es increíble! Me rasgaré mis vestiduras si llega a cumplirse —dijo irónico.

—No seas tan incrédulo, *caro* Lucio. He visto mayores prodigios.

Aceptó el auspicio, y se felicitó para sus adentros. Luego partió confortado hacia Corduba, donde Julio César lo aguardaba con treinta cohortes dispuestas y más de veinte mil hombres armados y entrenados. Balbo afrontaba la guerra con despreocupación.

Era la primera guerra en la que intervenía César como comandante en jefe de las legiones, y de ella dependía su futuro.

Había transcurrido un año de larga espera, desde que Lucio acudiera en auxilio del pretor romano. Y en Gades lo añoraban. Coincidiendo con el equinoccio de primavera, se festejaba en la ciudad la ceremonia de la Fecundidad. Un clarín de verdor y lozanía envolvía la naturaleza. Las abejas revoloteaban entre las flores de las jaras y el orégano, en un espectáculo de celo y rumoroso ronroneo. El océano olía a algas y salitre, y las tormentas invernales habían cesado.

La anochecida de los fastos, Arsinoe, acompañada de los sacerdotes y hetairas de la diosa, se dirigió a la Cueva de la Iniciación dedicada a la diosa, una sima que se hundía en el extremo este de la isla Eryteia, cerca de la bahía de los tartesios. Era tenida por un paraje sagrado donde las jóvenes intimaban con los secretos de la sexualidad y la fecundación.

La pitonisa abandonó la mansión de Balbo. El atardecer daba paso a la negritud de la noche, y la pitonisa ocultaba su rostro pintado de rojo con el velo ritual. Las púberes que habían tenido el primer menstruo la esperaban ataviadas con túnicas blancas y provistas de antorchas. En unas horas serían instruidas por las sacerdotisas en los secretos de la sexualidad y de la vida, dentro de la cueva.

Arsinoe compareció solemne y fastuosa, y con la faz oculta. Personificaba a la diosa, su reencarnación en la tierra y una guirnalda de flores con dos espigas de trigo coronaban su cabeza. Arsinoe se apoyaba en un sistro de bronce, y con su mano izquierda sostenía una naveta de oro con asas en forma de tritón. Sus siervas la despojaron de las ropas rituales con calma. Cuando estuvo desnuda y liberada de las ajorcas y de las cintas del peinado, inició la inmersión de purificación en las aguas del mar. Solo la cubría el velo negro de la noche y el viento mezclaba sus cabellos. La muchedumbre enmudeció asombrada con su belleza. Era Afrodita Anadomena retornando al mar. Debía cumplir con su elevado destino y había algo de sobrenatural en su rostro. Su corazón estaba dispuesto a convocar a la Madre, y elevó sus manos hacia arriba.

—¡Madre de vida! —clamó en la quietud—. Eres Pesinunte de los frigios, Minerva de Cecrops, Venus de Pafos, Diana de los cretenses, Prosperina de los sículos, Ceres de Eleusis, Juno de Roma, Belona de los iberos e Isis de los etíopes y egipcios. Te veneramos y pedimos tu favor para estas mujeres en las que ha florecido la vida en sus vientres.

—¡Otórgales el don de la maternidad, Madre eterna! —replicaron.

Arsinoe, sobrenatural, luminosa y pura, se puso al frente de la hilera de adolescentes que portaban el cinturón azul bajo el vientre, propio de las vírgenes y que serían iniciadas en la cueva de Tanit. Iban coronadas con guirnaldas primaverales de mirto y narcisos, y portaban las nevadas palomas sacrificiales, atributos masculinos y estatuillas de Adonis, mientras sacaban de sus regazos pétalos de flores con los que alfombraban el camino. Desde arriba de la caverna podía verse el altar de la diosa y el menudo manantial que goteaba el rocío. Estaba iluminado con lamparillas perfumadas con cáñamo, esencias de amapolas y alfombrado con ramas de palmera y ramos de romero y tomillo.

La Cueva de la Iniciación constituía una formación rocosa que se abismaba en el interior de la tierra. Se accedía por una escalera húmeda, cuyos peldaños estaban gastados por el paso del tiempo. Balkar y cuatro sacerdotes con túnicas de lino la aguardaban en la boca de la oquedad cantando el himno de Tanit. Arsinoe se apoyaba en la vara de bronce para descender los abismados escalones, y portaba la naveta de los perfumes en la otra mano. Las vírgenes y las hetairas la seguirían, pues los religiosos y familias aguardarían fuera hasta la salida del sol, cuando concluyera la ceremonia.

Descendió como lo había hecho en otras ocasiones, apoyando el báculo, su única ayuda, en la escalinata cubierta de esparto, ya que no podía asirse a las argollas clavadas en la roca. De repente le falló el sostén del cayado, que se hundió en el vacío. Arsinoe vaciló y trastabilló. Las pupilas se le reavivaron por el peligro que le sobrevenía, y sin poder evitarlo soltó lo que portaba en las manos y se precipitó por la escalinata como un fardo informe, entre sus gritos de indefensión y el pasmo de los que habían quedado en la boca de la cueva.

Los sacerdotes miraban atónitos y desconcertados, desde la boca. Al caer frente al altar, la sibila sintió un vacío, como si entrara en las brumas de la muerte. La oscuridad la fue envolviendo y su ingrávido cerebro ingresó en el abismo de la nada, perdiendo la percepción de cuanto la rodeaba. Quedó tendida, inerme y sin pulso. Los que miraban desde arriba aterrados ahogaron gritos de espanto.

—¡La hija de la diosa se ha precipitado al vacío! —clamaban. La llamaron por su nombre, pero no oyeron respuesta.

—¡Bajemos! —ordenó Balkar a otros sacerdotes.

Cuando se abalanzaron hacia ella, vieron que permanecía sumida en la más total de las inconsciencias. Y se alarmaron. La despojaron de la corona de espigas y del colgante de las sierpes y le echaron agua en la cabeza. Luego sacudieron sus mejillas. Al poco volvió en sí, aunque gemía de dolor. Entre el cuero cabelludo y la sien se escapaba un reguero menudo de sangre. Pero vivía, y suspiraron.

La incorporaron y se tambaleó aturdida. La acomodaron en el trípode, donde fue recobrando el aliento. Balkar, trémulo, sentenció:

—Tanit y estas mullidas ramas han obrado el milagro, si no, hubiera muerto descalabrada. —Y comprobó que recuperaba el resuello, aunque le dolía todo el cuerpo y se notaba mareada.

Se escucharon palabras de gratitud a la diosa. A pesar de que se encontraba lacerada, el sentido del deber de Arsinoe la obligaba a consumar el ritual, aunque le fuera la vida. Le limpiaron la herida y bebió del brebaje sagrado, disponiendo que descendieran las vírgenes, sacerdotes y las hetairas. Solo deseaba irse, pero se incorporó iniciando el rito. Era su deber. No pudo tender el cuchillo a victimario, ni quemar el incienso en el pebetero de Ishtar, ni dictaminar sobre las cenizas del altar los deseos de la deidad de la Fecundidad. Estaba deshecha.

—¡Astarté de la Noche, Isis del Nilo, Afrodita Hetaira, Venus Ericina, reinas de la fertilidad y la vida, os ofrecemos el himen de estas doncellas! —rogó, y las palabras a duras penas salían de sus labios.

Las jóvenes iniciadas se colocaron en círculo bajo la cúpula de roca de la cripta sacra, una sala circular y amplia repleta de exvotos de plata. Sostenían en la mano unas palomas que debían ser sacrificadas en el ara.

Ofrecieron sus plegarias y bebieron del estimulante elixir de Tanit que les ofrecieron las hetairas, e iniciaron los bailes rituales al son de la lira griega o *kordax*, suaves al inicio, y alocados conforme el tamboril y los sistros aceleraban sus sonidos. Se contoneaban sin pudor en una danza ancestral que rezumaba sensualidad y erotismo.

Besaban los falos con lascivia y simulaban felaciones, y de vez en cuando hacían libaciones del brebaje estimulante. Siguieron los cánticos y danzas, mientras dos sacerdotes, con el cuchillo sacrificial, inmolaron las doce palomas. Tras la quema de ofrendas, procedieron a la ruptura protocolar de las doce vajillas, símbolo de la iniciación de las doncellas en el mundo de la sexualidad. Con el paso del tiempo las muchachas, aturdidas con el olor de las esencias y los efluvios de los alucinógenos, fueron entrando en un estado de promiscuidad desenfrenada y danzaban alocadamente. Las hetairas las desnudaron y las tumbaron sobre las mullidas brozas.

Allí les introdujeron en sus sexos falos de marfil, con los que las principiantes ingresaron en una voluptuosa agitación de gemidos y gritos entrecortados. El alucinante lugar, presidido por la sibila desde su trono, se convirtió en una baraúnda de erotismo que la diosa les descubría junto a sus secretos más ocultos y placenteros.

Coincidiendo con la última vigilia, compareció un grupo de sacerdotes jóvenes que ocultaban su rostro con máscaras de animales y cubrían su desnudez con un faldellín de lino. Tomaron de la mano a las doncellas y danzaron alrededor de un pilar de inspiración fálica al son de un címbalo. Después se tendieron en el lecho de ramajes, e iniciaron la cópula con las adolescentes, entregadas a la ceremonia y deseosas de conocer los secretos de la fecundación.

Amalgamados y fundidos sus cuerpos en un sensual fárrago de miembros desnudos, los varones y las hetairas las condujeron a erotismos antes ignorados por ellas. Una brisa de cestro, o dama de noche, se colaba furtivamente por la escalera, envuelta entre nubes de incienso y ámbar.

—Hijas mías, habéis asistido a un ancestral culto que se pierde en la noche de los tiempos, y que también cumplieron vuestras madres y las madres de sus madres —habló Arsinoe—. Que las sensaciones que habéis sentido se conviertan en el deseo de vuestros corazones. Ahora vuestras familias ya podrán desposaros. ¡Que Tanit os bendiga!

Arsinoe, ayudada por sus siervas y precedida por un preocupado Balkar, ascendió el tramo con escrupuloso cuidado, asida a las mohosas manillas. Al alcanzar los primeros peldaños le pidió a la sirviente que alzara la ligera estera de esparto. Y tal como había sospechado, en el tercer escalón faltaba la piedra del extremo. Extendió la mano y comprobó que estaba agrietado, seco y grumoso. O sea, que había sido retirado aposta quizás horas antes. Inmediatamente pensó en Tiratha y se sobresaltó.

«¿Había sido un casual accidente? ¿Se habría atrevido a perpetrar tan vil acción a la predilecta de la diosa sin respetar la sacralidad del lugar?», caviló. No lo comprendía.

No emitió ningún juicio de valor y ni tan siquiera el sumo sacerdote percibió el gesto de su protegida. Arsinoe miró con inquietud a la preocupada Tamar, que la observaba con sus pupilas intensamente azules, y esta asintió bajando la mirada. La *kezertum* odiaba visceralmente a Tiratha, y veía su mano malévola en la caída. Ambas pensaban por igual. Tiratha volvía a obrar con su proverbial alevosía.

—Esta mujer es una injuria para el templo —le dijo a Tamar.

El leve chirrido de los grillos y el último aúllo de una lechuza anunciaban el fin de la noche. Las gentes que se habían reunido en la cueva sacra le besaban la mano y las orlas de su vestido. Pero el suceso había conmocionado a Gades. La dimensión del cargo de Arsinoe los preocupaba y nadie había sabido encontrar una explicación satisfactoria al hecho, salvo que había sido un desgraciado accidente, y que la Madre la había protegido.

¿Había sufrido la sibila un repentino vahído? ¿Estaba Astarté ofendida con ella? Muchos sintieron el regreso del temor de otros tiempos, pues sabían que las viejas deidades del Líbano suelen hablar sin palabras y avisar de sus deseos con hechos incomprensibles.

XIV

La decisión de Lucio Balbo

Arsinoe había relegado al olvido el incidente de la Cueva de la Iniciación y curado sus huesos, acudiendo con Balkar a una curandera de Puerto Menestheo. Pero como percibía en el funesto suceso la mano de Tiratha, se enfrentó a ella en el peristilo del templo de Astarté.

Le preguntó ante algunas de sus hetairas leales sobre el amargo suceso que podría haberle costado la vida. Siempre había gozado con la actitud furibunda que tomaba cuando alguien la contrariaba o la interrogaba. La atrabiliaria sacerdotisa hizo un gesto negativo con la cabeza y se guardó de responder. Pero su gesto de ira y desprecio la inculpaba. Al fin dijo envalentonada:

—¿Me hablas a mí, *asawad*? Acúsame ante el magistrado, si así lo crees, extranjera —respondió con los ojos dilatados por el furor.

—Ten un poco de decencia, mujer. Tanit, tú y yo lo sabemos. Su justicia suele ser inexorable, no lo olvides —contestó, y dándose la vuelta, le dio la espalda, dejándola enervada.

La sibila se hallaba demasiado feliz como para ofrecer resistencia a sus desconsideradas excusas. Sabía que pronto tramaría de nuevo una nueva marrullería. Y entonces le haría frente con todo su poder. Había recuperado el ánimo y las fuerzas, en el calor del hogar de los Balbo, y no estaba dispuesta a renunciar a su felicidad.

La pitonisa, decidida a conducirse con agradecimiento hacia la familia Balbo, no había errado en su intuición sobre Lucrecia, la esposa de Lucio, quien seguía enfrascado en la guerra del norte de Hispania.

En el tiempo que llevaban juntas no había habido diferencia alguna entre ellas, pero se lamentaba de su soledad y de la ausencia de su esposo, que tanta seguridad proporcionaba a la casa. Matrona algo frívola, aunque apegada a las *mores maiorum* (usos de los antepasados), estaba al tanto de cuanto ocurría en Roma, haciendo partícipe a la sibila de las confidencias que le llegaban de Italia de sus aristócratas amigas.

Le dispensó unas amistosas palabras de bienvenida al verla.

—¿Me has llamado, *carissima*? —la saludó Arsinoe afectuosa, mientras se arrellanaba en el triclinio de cojines de seda.

—Sí. Me han llegado noticias y preciso contártelas —dijo eufórica.

—Sabes que me intrigan las buenas nuevas —replicó impaciente.

La romana no cabía en sí de gozo, y su mirada tenía un raro brillo. Daba la impresión de que algo mayúsculo iba a suceder. Pero antes derivó la charla a algo más trivial, después de acomodarse.

—Y bien, ¿qué te parecen estos muebles etruscos que he recibido? —preguntó, mientras dejaba a un lado el tablero de un juego muy popular en Roma, el *latrumculi*, un damero de sesenta divisiones sobre el que se movían las fichas de vistosos colores y motivos.

La adivina paseó sus ojos por la habitación. Admiraba a la dama e intentaba imitarla en el vestir, cuando no ejercía de sacerdotisa.

—Tu gusto no puede ser más refinado —adujo mirando a aquella educada mujer de ojos admirativos y cándidos, rostro griego, largas pestañas y cabellera de oro, y siempre tan accesible.

—Como siempre tu respuesta me conforta —contestó la romana.

—¿Y nuestro señor Lucio, *domina*? —se interesó Arsinoe—. Porque seguro que tus informaciones se refieren a él, ¿no?

—La guerra contra esos galaicos y lusitanos se estaba alargando demasiado, pero Pantea, la diosa universal, nos es favorable. Protege a quienes hemos nacido bajo el signo del Ánfora y especialmente en las fiestas *februas* —sonrió—. Lucio regresa sin más contrariedades que el cansancio y la añoranza. Muy pronto estará con nosotros

—El porvenir está en manos de la Gran Madre. Tu virtuosa vida y tu piedad merecen la mejor de las recompensas —corroboró la sibila.

Lucrecia no se hizo de rogar y extrayendo un rollo de una caja ricamente taraceada, se dispuso a leerlo, y ella le prestó oídos atraída.

De Lucio Cornelio Balbo a mis queridísimos Lucrecia, hermanos, familia, clientes y amigos. *Salutem.*

Tras un año de penurias, me hallo en Corduba, saboreando el fin de las hostilidades y la victoria final, en una guerra tan real como violenta, y mucho más comprometida de lo que habíamos imaginado. El hijo de Eneas y de Afrodita, Julio César, ha rehecho su fortuna, ha logrado el triunfo y está en condición de alcanzar el consulado, tras vencer en una meritoria guerra, que se presentó más dura de lo que suponíamos, a los bárbaros del norte. Ha borrado de la faz de la tierra a los saqueadores de caminos y ciudades que se cobijaban en los montes Herminios con un talento pasmoso.

Tras someter a los montañeses y a los lusitanos a la vez, la *Pax Romana* reina desde Tarraco a Gades, y desde allí a Brigantium, en el *finis terrae*. La victoria ha sido brillante e incontestable, pero lo que más me ha sorprendido es que este ocioso abogado, conocido por sus costumbres licenciosas, y carente de conocimientos militares, se ha revelado como un estratega inestimable. Aseguran que en Roma coleccionaba amantes, intrigas, deudas y venganzas, pero aquí se ha convertido en un militar valeroso, reflexivo y audaz.

Los legionarios adoran al Calvo, así lo llaman sus soldados. Come con ellos, cabalga hasta la extenuación con ellos, duerme con ellos en el suelo, cede su lecho a los soldados heridos, llora con ellos y ataca al frente de ellos, hasta el punto que lo han encumbrado hacia la gloria, proclamándolo *Invictus Imperator*. ¿Alguien duda ya de su luminosa estrella?

La conclusión de la guerra ha tenido un sesgo sorprendente. Los indomables brigantinos, huyendo de las legiones de César hacia el Atlántico, se refugiaron en las llamadas Islas Secas (Cíes). Allí era imposible seguirlos. Pero aquí surgió el *genio* de Cayo Julio. Me pidió, como ya sabes, una flota con barcos míos y del rey Bocco II de Mauretania, y sin temer el rugido del océano, asaltó las islas con sus legiones, estrategia infrecuente en la historia militar de Roma.

Era la primera vez que las águilas romanas navegaban por el Mar de los Atlantes, y Poseidón los alentó y protegió, brindándoles el triunfo. Los fugitivos no podían creerlo y, sin ofrecer resistencia, se sometieron. Nadie esperaba tal arrojo y contumacia. Alcanzamos el extremo del mundo, Brigantium, y allí Cayo Julio ofreció sus victorias a Hércules-Melkart, dedicándole un sacrificio y una corona de laurel. Coméntaselo a Arsínoe, la complacerá. Ella sabe por qué.

Sin acabar el mandato como pretor de Hispania, César marcha a Roma para obtener el merecido triunfo, y acceder al consulado por méritos de guerra y también por haber llenado con el copioso botín expoliado las arcas del Senado, además de las suyas. Su destino universal comienza a cumplirse y los dioses lo amparan. Me ruega que me postre a los pies de la sibila de Gades, y le recuerde que en Cayo Julio César posee el más rendido de sus devotos.

Según su opinión he ejercido el cargo de *prefectus fabrum* a su satisfacción. Me he convertido en su confidente y perseverante colaborador, he compartido sus penurias y me he sacrificado por él. Mis clientes hispanos lo han ayudado y creo que nunca lo olvidará. Y le han contentado tanto mis oficios y desvelos por su causa que me ordena regresar a Roma a su lado, asentar allí nuestro hogar para asistirlo y aconsejarlo en los empeños que proyecta emprender. Tanto tú como yo amamos Gades, pero sé que ambos anhelamos vivir en la ciudad más poderosa del mundo. Que la diosa nos inspire la decisión.

Tú recuperarás a los tuyos, y yo alcanzaré mi sueño de pertenecer a la aristocracia romana, engrandecer la naviera Gerión y tutelar mis negocios desde el mismo vórtice del orbe. Medítalo, *cara*.

Nos acompañaría mi sobrino Lucio, y mi hermano Publio quedaría en Gades para cuidar de nuestros negocios y de Arsinoe. ¿Te seduce la idea, querida? A mí me complace y atrae. Ya he cursado una orden a mi factor en la *Urbs*, Marco Druso Apollonio, para que nos busque una casa en el Palatino o en el Celio, donde mora el patriciado romano y tu hermano Sexto. No nos arrepentiremos.

Para las antenonas de junio estaré con vosotros, y juntos iremos a agradecer a Astarté sus favores y el fausto desenlace de una guerra tan productiva para nuestros intereses. Que los dioses os protejan.

En las facciones de la romana se perfiló una sonrisa de satisfacción. Anhelaba regresar a la ciudad donde había nacido dentro del seno de la familia del senador Lucrecio Léntulo, su tío. Y aunque los dioses no la habían bendecido con ningún hijo, se mostraba agradecida al cielo por el sesgo tomado por su hado. Sonrió, y dos hoyuelos perfectos hermosearon su rostro rosado.

—Desde que mi tío dispuso en Hispalis mi matrimonio con el padre de Lucio, siempre albergaba la secreta esperanza de volver a Roma.

Arsinoe arrugó la nariz. Perdía a sus dos mejores amigos.

—Y ahora no tienes elección, pues así lo ha decidido tu marido.

—Las mujeres romanas tenemos menos libertad que vosotras, las mujeres fenicias y cartaginesas. ¿Por qué no te vienes a Roma, *cara* Arsinoe? —soltó sin pensarlo—. Nuestro hogar será siempre el tuyo. Eres la única persona ante la que mi esposo se despoja de su máscara de poder y autoridad. Me serías de mucha ayuda.

Con un discreto ademán, la sibila soltó una sonrisa cantarina.

—No puedo, querida, me debo a la diosa y a las limosnas de los más desfavorecidos. Los niños abandonados de Gades me necesitan. Además, Balkar no lo consentiría ahora. ¿Podría quedarse el dios sin su *asawad*? Estoy moldeando a una niña de Carteia con grandes dotes adivinatorias, pero aún no está formada. ¿Y qué haría yo en Roma?

Lucrecia insistió invocando su amistad con la africana.

—Mira, Arsinoe. Los romanos somos los más supersticiosos y crédulos de los humanos. No hacemos nada si antes los sacerdotes, augures, arúspices y vigilantes del cielo no han estudiado el vuelo de las aves, destripado un ganso para examinar sus entrañas o tanteado los huesos de una cabra. Tú allí serías una celebridad. Reinarías en el templo de Serapis, el de las deidades orientales, y pronto atesorarías una gran fortuna —quiso convencerla.

Su tono se tornó tristemente conciliador.

—No me seduce la codicia del dinero, y tú lo sabes —le sonrió—. Dejemos que el destino vaya dictando mis pasos, Lucrecia. No deseo vuestra marcha, pero mi afecto hacia ti y al *domine* Lucio es tan sincero que solo os deseo felicidad y que cumpláis vuestros deseos.

La dama vio que era inútil. En su cabeza no estaba ir a Roma.

—Mi cuñado Publio te reverencia. Te protegerá con su vida —alegó.

Lucrecia exhaló un suspiro y le habló de un tema comprometido.

—¿A qué se refería mi marido con lo de la corona de laurel?

—¡Por la luna de Tanit! —soltó una carcajada—. Solo fue la visión en la que veía una rama de laurel sobre la playa de una isla desierta. Nada más. Ese romano conquistará el mundo a pesar de mis sueños.

—Pues se te reveló la victoria de Julio César. Un prodigio, *cara*. Estás dotada de un poder asombroso. Te envidio.

La pitonisa tenía una gran certeza al respecto, y se pronunció:

—El comandante supremo cambiará el mundo, no me cabe duda, y me hubiera gustado haber conversado con él antes de partir para Roma. Pero claro, sus negocios, su familia y su esposa lo aguardarán.

—César no tiene esposa. Se divorció de la bella Pompeya —la informó—. Podrá celebrar con el manto púrpura de sumo sacerdote las honras al fuego sagrado en el Foro, soltero y sin obligación marital alguna.

—¿Sí? —se extrañó Arsinoe—. Lo ignoraba.

—¿No lo sabías? Su divorcio constituyó todo un escándalo en Roma.

Arsinoe esbozó una expresión de incredulidad.

—Cuéntame, Lucrecia. Me apasiona lo concerniente a ese hombre singular y elegido del cielo —insistió la adivina, vivamente interesada.

La matrona sacudió los dorados bucles de su cabellera.

—¿Singular? Es un dilapidador de rentas y excesivamente pródigo con el oro de los demás, sobre todo de Craso. No cree en nada, salvo en él mismo, pero sí, es un hombre encantador, refinado e inteligente. No me desagrada que mi esposo haya unido su sino con el suyo.

—¿Entonces Pompeya lo engañó con otro hombre? Veo que en Roma es una práctica habitual. Sois un pueblo de prácticas licenciosas.

Lucrecia se recompuso la *stola* y la miró socarronamente.

—El asunto aconteció hace dos primaveras. Ocurrió en la noche de la solemnidad de la Buena Diosa, que se celebraba en casa de César, la Domus Publica, en su calidad de *Pontifex Maximus*. Oficiaban como sacerdotisas la madre de Cayo, Aurelia, y su esposa Pompeya, envidia de las matronas romanas por su atractivo y elegancia, y asistían las mujeres de la alta sociedad romana. Y ocurrió que, inesperadamente, el bello y pervertido caballero Publio Clodio se infiltró en el recinto sagrado disfrazado de tocadora de lira, con un velo en la cara y un *strophium* simulando el pecho femenino. Enseguida se coló en el culto, con objeto de verse a escondidas con Pompeya, ayudada por su esclava Abra.

—¿Osó profanar un rito de la Diosa Madre? —se interesó la sibila.

—Su concupiscencia lo arrastró hasta allí, pero su voz masculina lo traicionó, y Aurelia Rutilia, la madre de Cayo Julio, descubrió el engaño. El sobresalto se apoderó de las damas inmersas en el secreto ritual. Clodio fue reconocido por todas las mujeres, algunas amantes suyas, y la ceremonia se detuvo, concluyendo la loca y erótica aventura de Clodio y Pompeya, la inmoderada esposa de Julio.

Arsinoe se iba acostumbrando a las costumbres romanas.

—Observo que la fidelidad conyugal en Roma es una ficción.

—Como comprenderás la confusión resultó mayúscula. Muchos creyeron que era una maniobra de Cicerón para desacreditar a César, quien sorprendentemente no dijo ni una sola palabra sobre el sacrílego asunto. ¡Y ni tan siquiera lo denunció! Su dignidad como pontífice requería una réplica terminante. Pero ilógicamente no hizo nada.

La mirada de Arsinoe parecía escandalizada, y opinó:

—Inaudito. En consonancia, la falta de su esposa revertía en él. Era un flagrante delito de adulterio, según las leyes romanas. Y él, un cornudo, ¿no?

—¡Claro! «¿Qué hará César?», se preguntaba toda Roma. Pero nada sucedió, querida. Salió a relucir la *dignitas* romana, algo que cualquier romano debe proteger. Silencio, indiferencia del pretor electo, que solo busca la excelencia de su patria y la suya, y no cede a las componendas de tanto politicucho egoísta y comprado. Sus actos los dicta la reflexión y no la improvisación ni la ira. Y se comportó con la grandeza que lo distingue.

—César jamás cederá a un arrebato. Gobierna sobre su cólera.

—Así es. De modo que ante la actitud pasiva de Julio, sus exasperados enemigos del Senado acusaron al desvergonzado Clodio, que fue absuelto por la mitad del Senado, después de sobornarlos, claro está. Inmediatamente César movió ficha. Se personó en la basílica Emilia y presentó un pliego de repudio contra Pompeya, pronunciando esta frase: «De la mujer de César, ni tan siquiera se ha de sospechar.»

—¿Los maridos romanos no solventan las infidelidades con la sangre y el duelo con espada como en Hispania? —se impresionó.

—No, querida Arsinoe, acuden al divorcio, y en paz.

No había conocido un *genio* comparable al del pretor.

—Por todos los dioses, qué frialdad —se pronunció la sibila—. Ese Clodio unió la insolencia a su blasfemia contra la diosa. Lo pagará.

—Cayo Julio odia a los senadores prepotentes y no menos a los magistrados y escribas que llenan las oficinas del Estado. Los desprecia porque son inmorales, corruptos y solo miran por su bolsa particular. Y los privó de su espectáculo con una refinada elegancia. Es único.

—Te diré algo más, *cara*. Ahora, próximo a alcanzar la cima, a César lo lisonjearán y adularán, pero es cuando escuchará silbar las serpientes de la envidia que pululan por el Foro. Debe protegerse.

Lucrecia siguió hablándole del general vencedor. Arsinoe se abstrajo recordando al pretor, y luego se interesó:

—¿Y qué hará ahora? Es un hombre público y muy admirado.

Lucrecia sonrió ante la solicitud interesada de Arsinoe. Era una novedad que se interesara sobre una persona que conocía poco.

—Tiene prisa por llegar a lo más alto del poder en Roma. Esperará a que el Senado le otorgue el triunfo y se presentará a las elecciones al consulado. Mientras tanto vivirá con su adorada hija Julia y calentará las sábanas de la hermosa Servilia, esposa del senador Silano y madre de Junio Bruto, una auténtica cabeza política. Es su verdadero amor. Disfrutan de un nido de pasión en una ínsula de la Subura para pasar inadvertidos, y a veces en los montes Albanos, donde se amarán y leerán a Lucrecio, su poeta preferido. Así es Roma, *carissima*.

—La lírica está dictada por los dioses y seduce el espíritu de los seres sensibles, a los que Astarté regala su voz poética. Los envidio.

Lucrecia se dio un margen a sus pensamientos, y manifestó:

—Las dos pasiones capitales de todo hombre son una mujer bella y cuidar su propio orgullo. César suele mezclarlas con equidad.

Una esclava les trajo una bandeja con dulces de canela y almendra y una jarra de Sicilia que degustaron mientras se entregaban a una amistosa plática. Lucrecia se sinceró:

—Arsinoe, pocas veces he tenido trato con una mujer tan cercana. Pensé sin prueba alguna que aspirabas a convertirte en la amante de mi marido, y no me hubiera importado, créeme.

Cambiaron de plática y hablaron de su nueva vida en Roma, con palabras llenas de afecto. Se oían en el *impluvium* sus risas, hasta que de repente, Tamar las interrumpió. Anunció cortés:

—Perdóname, *domina*. El sacerdote Balkar reclama a la sibila para un oficio sagrado en el templo de Astarté.

La africana saltó como impelida por un resorte.

—¡Ah, sí, Tamar! Esta noche he de velar algunos sueños. Que los dioses te asistan, predilecta Lucrecia. *Fausta tibi*.

—*Vale et tu, dilectissima* —se despidió con una sonrisa y se chanceó—. Y procura poner el pie en sitio seguro.

Arsinoe soltó una carcajada suave con la alusión al accidente de la cueva. Se deslizó el velo ritual por la cabeza y pensó en su hermano Silax. Quiso traer sus facciones a su mente, y recordó vagamente su semblante seductor, los largos tirabuzones sobre los hombros y su delgadez fibrosa, como si fuera un Aníbal reencarnado. «Nada me dijo si había tomado esposa, o tenido descendencia. ¿Me recordará aún? Aunque las mujeres no somos tenidas en cuenta en las familias fenicias.»

Sonrió con ternura con su evocación, y se serenó.

Lucio Claudio Balbo regresó a Gades en olor de multitudes. Lucrecia y Arsinoe lo apreciaron muy delgado, con la piel del color del cuero, barba crecida e indumentos impropios de un ciudadano romano. Sin embargo nadie ignoraba que había unido su suerte al nuevo hombre fuerte en Roma: Cayo Julio César, quien inmediatamente de llegar a Roma exigiría el triunfo y presentaría su opción al Senado.

Su rigor, sutileza e integridad habían convencido a Julio César para rogarle a Balbo que lo siguiera a Roma. Y Lucio había tomado una decisión quizá peligrosa: acudiría a su lado y dejaría sus negocios de Gades en manos de su hermano Publio. Arsinoe acudió a recibirlo en el peristilo de la *domus*. Balbo le besó las manos y el borlón de su cíngulo y amplió su sonrisa al verla, pero la sibila percibió en él una reacción inusual.

Estaba inquieto y alterado. Era evidente que la *Urbs* le atraía como la llama de una vela a los insectos nocturnos. Pero sabía que su clarividente mente luchaba por aunar el amor por su tierra, Gades, que debía abandonar por una justa ambición personal, y por Roma.

—Arsinoe, siento recelos ante un mañana incierto —le confesó.

—Te veo visiblemente impaciente, Lucio. Pero como único consejo te diré que escuches el clamor de tu corazón, como escuchas en tus barcos el batir de las olas. Ten valor, y que sea él quien decida.

Llegó el día de la separación. Lucio Balbo y su familia partían para Roma, el centro del mundo que gobernaba el destino de casi todas las naciones conocidas. Antes de abandonar la mansión, Lucrecia, Balbo, los familiares, clientes y amigos hicieron una libación ante la estatua de Minerva, ofreciendo un vino especiado por una dichosa travesía. Lucio, en su calidad de gran sacerdote de las deidades fenicias, ofreció el sacrificio de un cabritillo ante las imágenes de Baal y Tanit antes de zarpar, rogando unos vientos favorables.

Pensaron que se abría una gran prueba para sus vidas, pero la aceptaron con valor. Como en los tiempos de felicidad, apretaron sus manos con los más cercanos, y partieron hacia el puerto en una procesión de carros y literas que despedían al patrono de Gades.

No faltaba nadie, ni pueblo, ni nobleza, ni mercaderes o artesanos.

El gentío se había congregado en el puerto fenicio para despedir las seis galeras de Lucio Claudio Balbo, rumbo a Puteoli. Arsinoe se resignaba, consciente de que tardarían en encontrarse, e incluso de no verse más. Decenas de barcos, cargueras de velas cuadradas y galeras se balanceaban en las mansas aguas.

Eran los *idus* de octubre y en el mundo romano se celebraba el fasto de las Fuentes Divinas. La luz de la hora prima tamizaba de tonos granates el emporio marítimo, mientras los marineros estibaban la nave que conduciría a la familia Balbo. El azar los separaba, pero algo le decía a la sibila que con el tiempo unirían sus vidas.

—Que Ishtar ampare tus pasos, *asawad*. Nos dejamos con pesar, pero un día regresaremos —le aseguró Lucio a Arsinoe, besándole la orla.

—O yo me reuniré con vosotros en Roma —dijo sorpresivamente.

Con naturalidad se abrazó a Tulia Lucrecia y se desahogó:

—Concluyeron nuestras confesiones, *cara domina*. Ayuda al hombre que amas a asumir el difícil destino que le espera junto a Julio César. Visitaré mis sueños y te recordaré. Que seas feliz. Escríbeme.

Con la partida, Balbo contempló conmovido los honores con los que lo agasajaban en calidad de su patronazgo. Pero él estaba dominado por una única idea: triunfar en el corazón que regía los latidos del mundo.

Arsinoe y Lucrecia no pudieron reprimir unas lágrimas clandestinas. La pitonisa volvió el rostro en una emoción llena de abatimiento. Partían sus protectores y temía una infamia más violenta de la vil Tiratha, a pesar del cuidado de Publio. Después fijó su mirada en los navíos que desaparecían rumbo a las Columnas Heracleas, y con él sus afectos. Miríadas de crestas blancas encrespaban las aguas del antiguo puerto fenicio.

El vacío le inundó el alma.

XV

Quirino, *el Ligur*

Roma, años 60 y 59 a. C.

El que fuera decurión de las legiones de Sertorio en Hispania, Manilio Crispo Macrón, conocido entre sus camaradas como Méntula, poseía una capacidad camaleónica para la supervivencia.

Se acercaba a la cincuentena y se jactaba de conservar su pellejo intacto, a pesar de haber combatido en las guerras hispanas, haber padecido desgarradores episodios de sífilis y haber capitaneado una caterva de depravados desertores que habían sembrado el terror en Mauretania. Muchos aseguraban que Macrón poseía los atributos miméticos de un reptil para pasar desapercibido, y que era tan peligroso y desleal como una hiena. Y por eso lo evitaban.

Era el clásico ejemplo de la plebe romana, que aupada a la milicia por el dictador Cayo Mario, tío de César, había terminado sirviendo a generales ambiciosos, para luego convertirse en matones de las pestilentes charcas del Tíber, o en saqueadores de caminos en los bosques Albanos.

Macrón pertenecía a ese fango holgazán, insaciable y moldeable de la Subura y el Trastíber, que consumaba su suerte como pedigüeño del pan de la Annona, o vendiendo sus votos por unas monedas en las elecciones. Solían ser el blanco de los golpes de la fortuna, o de las excentricidades de los patricios, y por eso el decurión había desarrollado todas las destrezas de la astucia ante la adversidad y sobre todo la de mudar su suerte como un camaleón.

Méntula había sido conocido entre la soldadesca por su arrojo en la batalla, por agarrar violentas borracheras y por la crueldad con las mujeres, a las que despreciaba, humillaba y consideraba menos que una bestia. En la guerra las violaba y asesinaba, y en los burdeles de las ciudades por donde pasaba era temido por su rudeza hacia las *lobas* y meretrices, a las que solía golpear con furibunda brutalidad. Y era un hombre lo suficientemente vigoroso como para partirle el cuello a quien lo incomodara o clavarle el *gladius* en el corazón, sin temblarle el pulso.

Siendo muy joven, había abandonado su miserable casa del Pincio y trabajado de estibador en las barcazas de la sal del Tíber. Allí había conocido lo que era el esfuerzo de sol a sol, los excesos de sus amos y los esbirros de la Guardia Urbana, y los agobios a los que lo sometían los jugadores de dados, proxenetas y apostadores por haber sido burlados por el taimado mozalbete. Pero la gran oportunidad de su vida le llegó cuando Quinto Sertorio, caballero romano de la facción popular, que había luchado al lado de Mario, el opositor de Sila, fue nombrado gobernador de Hispania. Se enroló en sus legiones y en menos de tres años había alcanzado el rango de decurión por su ardor guerrero.

Alabado por el comandante por sus acciones temerarias como *primus pilus* (lancero brillante) en la línea defensiva del río Ebro, en la que se enfrentó al procónsul Valerio Flaco y a su lugarteniente Livio Salinator, fue ascendido a jefe de un pelotón de diez soldados veteranos, o decuria, y ballista o artillero de su legión, con competencia en las catapultas y máquinas de asedio.

Por aquel entonces, el mitificado Sertorio había hecho tambalear los cimientos de Roma, ante el entusiasmo de sus seis mil fervientes hombres y de los hispanos, cansados de los abusos de los corrompidos gobernadores. Lo habían elevado al grado de héroe nacional, al intentar crear un reino hispánico al margen de la *autoritas* del Senado. Enviados los generales Metelo y Pompeyo Magno para extirpar la rebelión, Sertorio y su ejército huyeron a Carthago Nova, y después a Mauretania.

Y allí, tras meses de refriegas estériles, Macrón y sus diez hombres desertaron de la legión, cuando Sertorio decretó regresar a Hispania. Al margen de la ley, se pusieron al servicio del recaudador de impuestos del gobernador Sergio Catilina. Daban palizas a quienes eran remisos a pagar, incendiaban poblados, esclavizaban niños y violentaban mujeres, y cobraban su botín asaltando apartados templos fenicios, como el de Anteo de Tingis, ante el beneplácito de las autoridades romanas.

Al verse acosados por las tropas del rey Bocco, la banda se ocultó en las montañas del Atlas, para sin demora huir a través del país de los garamantas hacia Cirene. Méntula había perdido a todos sus hombres, menos a su compañero de infamias y borracheras Silviano de Zucchabar, tras años de sangrientas escaramuzas con los nasamones del desierto, penurias y enfermedades. Acuciado por la miseria y por algunos acreedores de Barke, en la Cirenaica, Macrón decidió abandonar el norte de África y establecerse en Massalia y luego en Roma.

Su llegada a la *Urbs* coincidió con la revuelta contra el Estado de Sergio Catilina, su jefe en el norte de África, quien inmediatamente lo enroló en su ejército. Junto a otros veteranos luchó al lado de los conspiradores, hasta que la rebelión fue sofocada. Por los servicios prestados a la causa, Craso, vinculado a Catilina, lo protegió y ocultó, hasta que pasados dos años pudo volar libre.

El decurión Manilio Macrón, llamado Méntula, había muerto, pero volvía a la vida con una identidad falsa: Rufo Quirino, *el Ligur*.

Con tal nombre, sin testigos que lo inculparan y con su innata picardía, había borrado su turbulento pasado. Pasaba por otro hombre.

Macrón lucía además un aspecto de hombre maduro de melena poblada y blanca, patillas largas, y cuerpo magro y fibroso. Usaba un amplio *petaso* (sombrero de paja) y vestimenta tosca de chamarilero, aunque de calidad. Era poco menos que imposible que alguien lo reconociera como Manilio Crispo Macrón, el decurión que partiera hacía casi veinte años del puerto de Puteoli, como legionario del general Quinto Sertorio.

Llegado a Massalia con una bolsa de mil sestercios donada por Craso, y que había ocultado en el cinto, le compró a un anciano buhonero su desvencijado carromato, y con él seguía a las legiones que acampaban por allí, o iban de tránsito desde Roma a la Galia o Hispania. Proporcionaba a los legionarios vino barato, amuletos, piedras porosas para las heridas, brebajes para el dolor de muelas y hebillas para el equipo, a cambio de su botín de alhajas troceadas, lascas de bronce y estatuillas de plata y oro, que prontamente él vendía a un joyero de Roma.

Con el tiempo se introdujo en el mundo de venta de esclavos, comprando y vendiendo tracios, dacios e ilirios, los más solicitados en los *ludi gladiatorii*. En connivencia con el lanista y vendedor de esclavos, su compinche Silviano de Zucchabar, compraba carne humana que luego despachaba en los mercados de esclavos y en los *ludus*. Era conocido en los puertos de Brundisium, Ostia y Puteoli, pero no solía dejarse ver demasiado para proteger su intimidad y su oneroso pasado.

Siguiendo a las legiones de César, que regresaban de la guerra con los galaicos, su suerte cambió de nuevo. Conoció a Volusio, el centurión y jefe de los *agens in rebus*, o espías, de Julio César.

Pronto entendió que el negocio de la información era tan suculento como el de la venta de partidas de gladiadores y el de la venta ambulante, donde tenía que sufrir las inclemencias del tiempo, las insolencias de los soldados y los peligros de los ladrones de caminos. Los buhoneros y esclavistas eran considerados por la sociedad romana como seres errantes, ratas de las riberas de los ríos, de los puertos y calzadas, o como la escoria de la más baja hez. Por eso, cuando Volusio lo captó para su cohorte de *fanni* (fisgones) que tenía repartidos por Roma y sus alrededores, él aceptó complacido. Su estrella mudaba el rumbo.

—Quirino, te instalarás con tu carro en el Campo de Marte, donde Julio César espera con sus legiones el día del triunfo. Los legionarios suelen ser locuaces, chismosos, indiscretos y calumniadores. Acomoda la oreja, sonsácalos y tenme al tanto de cuanto se habla en el campamento.

—Os serviré lealmente, *domine* —le prometió en tono rastrero.

Aparte de las ventas, la bolsa de Macrón-Quirino creció a su satisfacción, hasta el punto que alquiló una habitación con cocina en una ínsula cerca del Arco de Jano, y junto al mercado de ganado. Era asiduo a un prostíbulo elegante, donde solía reconfortar a viudas desconsoladas y a damas de alta alcurnia que buscaban gustos extraviados. Volusio era un patrón generoso y él conocía la vida de las legiones como nadie. Le convenía que el centurión lo subestimara, creyéndolo un mercachifle viejo y timorato, y sin más luces que las que le proporcionaban sus tratos con los soldados, putas y rufianes.

Así superviviría con más confianza, y en un refugio seguro.

Quirino, el nuevo Méntula, carecía de escrúpulos. Las más de las veces, tergiversaba lo que había oído, o lo exageraba, para cobrar algún sestercio de más. Y Volusio, engañado por aquel al parecer inofensivo quincallero y esclavista, pronto lo estimó como un cumplidor chivato, hasta el punto de elegirlo como enlace entre él y Clodio, quien dominaba la camorra callejera, y a quien el Calvo, a pesar de flirtear con su ex esposa Pompeya en el escabroso asunto del disfraz femenino de la Bona Dea, lo tenía como aliado contra los poderosos *optimates*.

Su influencia con la plebe era inestimable y lo necesitaba.

«El pueblo siempre ha idolatrado a los sinvergüenzas adorables, y Clodio lo es. Nos servirá para nuestra lucha en la calle contra los *optimates*», le había revelado Cayo Julio a su insobornable Volusio.

Marco Druso se movía por Roma como pez en el agua. Regresó a su casa del Aventino Menor y entró en su archivo. Encendió las lucernas de aceite y mientras esperaba a Lisandro, el mimo griego, y al centurión Volusio, extrajo de una caja de plomo unos papiros cifrados dirigidos a su alias de Orfeo, sobre el seguimiento de Méntula, que le enviaban los *agens mercurii* (agentes alados) de Nemus, desde Cirene, Alejandría, Numidia, Chipre y Creta. Los desenrolló y examinó con el ceño fruncido.

El mensaje era fatalmente el mismo en todos:

«Nadie por estos parajes sabe nada del tal Macrón.» «Los

que lo conocieron hace años aseguran que murió en una pelea en el puerto.» «Seguiremos su búsqueda, Orfeo.»

Marco estaba abatido y desalentado. Todas las pesquisas sobre Méntula concluían en un descorazonador: «Desaparecido, No se conoce paradero. Posiblemente muerto en norte de África.» Jamás cumpliría la venganza que había jurado ante la tumba de su madre, con el rey Bocco y Hatsú de testigos. Habían pasado demasiados años y la pista se había eclipsado. No le extrañaba. Abrió unos rollos de las obras de Eurípides, y se entretuvo leyendo unos párrafos sublimes de *Las lágrimas de Príamo*, *Ifigenia*, la desgraciada hija de Agamenón, y de *Las Troyanas*.

Para sosegarse tocó con el *kordax* griego una pieza sáfica, con la que se serenó, mientras aspiró el peculiar tufo de las candelas.

De improviso apareció en el dintel Nicágoras, que precedía a Volusio y al actor Lisandro. Los hizo entrar y cerró la puerta.

César había llegado a Roma triunfante y el Senado lo desairaba alargando la fecha del desfile triunfal, para que no presentara su opción al consulado del año siguiente, como le correspondía según la ley.

Así que los cuatro sabían de qué iban a hablar: burlar al Senado.

Tras pacificar el norte de Hispania, Julio aguardaba acampado fuera de las murallas de Roma, en el Campo de Marte, un prado aledaño al Tíber, confiando que el Senado fijara pronto el día del triunfo. Al detentar aún el *Imperium* y mandar legiones, no le estaba permitido traspasar el *pomerium*, el recinto sagrado de la *Urbs*. Pero pasaban las semanas y no se pronunciaban, y para Cayo Julio constituía una oportunidad decisiva que no podía dejar escapar.

Debía manejar la situación y tomar el timón, o lo hundirían.

Los *Patres* del Senado, sus enemigos declarados, comandados por Catón *el Menor*, que odiaba visceralmente a César, y sus acólitos Escipión Nasica y Valerio Flaco, maniobraban con oscuros subterfugios legales para que siguiera a las afueras de Roma y no pudiera presentar su candidatura al consulado antes de finales del mes *septimus* (julio), la fecha límite.

A sus partidarios les parecía una verdadera declaración de guerra.

Cayo Julio se había convertido en una amenaza para los ambiciosos políticos que dominaban el Senado. El general sabía que la aristocracia que gobernaba Roma estaba corrompida y que solo velaban por sus intereses, olvidando las necesidades del pueblo. Se les llenaba la boca de la palabra «república», pero solo miraban por sus negocios y sus bolsas.

Por eso únicamente una alianza entre Pompeyo, Craso y él podría poner fin al secular dominio de los *optimates*, una codiciosa ralea carcomida por una codicia desenfrenada y una rapacidad sin freno. Y aunque fuera su rival en un futuro gobierno, para reconstruir la República, solo Pompeyo Magno y él creían en el esplendor y la gloria de su ciudad. Craso, en cambio, el otro aliado que pretendía captar César para acometer su proyecto, aun a pesar de su enconada enemistad con Pompeyo, anteponía sus provechos a los de Roma.

Pero lo necesitaba a él y a su dinero.

Lucio Balbo *el gaditano*, que ya era conocido y muy respetado en Roma por ser rico, culto, amigo de Pompeyo, aliado y confidente de César, dialogaba secretamente con el Magno, su patrono, y con Craso, con quien tenía negocios comunes en la Bética, para crear la *Tria Salvatrix* de Roma, al margen del Estado. Con su proverbial forma de dialogar y su hábil persuasión de fenicio, Julio sabía que lo lograría. Debía ser un pacto secreto y fraguado en la sombra, y solo debía anunciarse cuando Cayo Julio alcanzara la dignidad consular. Después de conseguirlo, gobernaría junto a sus «invisibles» y poderosos compañeros y con su aureola de *genio*.

«Un hijo degenerado de nuestra clase patricia, César, amenaza nuestro poder», había declarado Catón en una sesión del Senado.

Y Roma se había convertido en un hervidero de habladurías, y las lujosas mansiones del Esquilino, en un marjal de secretas conspiraciones.

Marco se dio un impulso y acabó con el prolongado silencio.

—Y bien, Volusio, mis agentes me trasladan que César piensa renunciar al triunfo, y que entrará finalmente en la ciudad. ¡Qué dilema, por las dos caras de Juno! ¿Lo confirmas, amigo? —inició la plática el tingitano, tras escanciar en las copas vino de Sicilia.

—Parece que es una decisión meditada y decidida ya. Pero es un ultimátum peligroso, Marco. César no puede pisar las piedras del Foro, ni tan siquiera como particular, y por tanto, o renuncia al consulado, o al merecido triunfo —asintió el centurión con gesto adusto.

El actor, que también poseía informes al respecto, terció:

—Si la ley prescribe que no puede presentar su candidatura a cónsul como ciudadano ausente, sino en persona, no tiene otro remedio, Volusio.

Había escepticismo en la voz de Marco Apollonio, quien afirmó:

—El cabecilla indiscutible de los patricios, ese arrogante de Porcio Catón, se valdrá de infames triquiñuelas jurídicas para impedírselo. Una sanguijuela mediocre que solo vela por acrecentar las sórdidas esencias de los *optimates* y robar a manos llenas. ¡Malditos sean, por Minerva!

—Catón odia a César porque es amante de su hermanastra Servilia —sonrió Marco—. Además es un candidato temible para ellos. Lo temen. ¿Quién se atreverá a oponérsele? ¿Bíbulo? ¿Valerio Flaco?

Por un instante el centurión enseñó sus dientes amarillos.

—Saben que cuando acceda al consulado los eclipsará. Pero ignoran que las diosas Venus y Fortuna lo protegen. *Julius Victor!* —se enardeció.

Marco no dejó de lamentar su renuncia al desfile, y les recordó:

—Lamento que renuncie a la magnificencia del desfile. Lo habíamos preparado a conciencia. Cien tubas forjadas con la plata hispana, fieros caudillos montañeses desfilando con toda su fiereza, mil arados de hierro de aquellas tierras para regalar a los agricultores de Campania, bellas cautivas, caballos, láminas de oro como escudos, carros llenos de metales preciosos y estatuas de oro de sus templos. ¡Una pena, por Juno!

Volusio lo consoló, pues se sentía colmado de una gran devoción hacia su protector y estaba seguro de su portentoso destino, a pesar de su renuncia a ser aclamado en el Foro. Aguardó las palabras de Marco.

—Bien, hablemos de otra cosa. *Dominus* Lucio Balbo me encarga que movilicemos a la gentuza de Publio Clodio para que el día que decida traspasar las murallas, todo vaya como la seda. Él sabe cómo hacerlo por una generosa bolsa. Formaremos una claque ruidosa y vocinglera.

Lisandro entrecerró los ojos. Odiaba al amo de la bulla callejera.

—Sí, apaleando, comprando voluntades e incluso segando cuellos.

—A pesar de que la plebe esté de parte de César, hay que estimularlos, Lisandro. No hay más remedio. Los nobles *optimates* poseen sus propios medios de disuasión. Movilizaremos a nuestros agentes de la ciudad para se distribuyan por el camino que elija y lo aclamen y vitoreen.

—¿Y qué vía ha elegido para entrar en Roma? —se interesó Lisandro.

Marco calló en principio, pero luego se decidió a hablar.

—Nadie lo sabe, pues mantener el secreto es preservar su integridad física. Solo nosotros estamos al corriente. Así que colocad a vuestra gente, el día que os anuncie, en la Via Flaminia y en la Porta Fontinalis, y sobre todo en el Foro Magno, la médula de esta depravada y caótica ciudad. ¿Lo habéis entendido, *fratres*?

La locuacidad y fervor de Marco los había enaltecido. Y prosiguió:

—César desea regenerar Roma. No es un complot contra el Estado.

—Pocas veces te he escuchado con tanto placer como hoy, Marco —confesó Volusio, que bebió un largo trago del vino.

—¿Quieres decir que el Calvo desea salvar la *dignitas* de la República, y nada más, y no llenarse los bolsillos como todos? —preguntó el griego.

—Así lo creo, Lisandro. Y mi tutor, Lucio Balbo, también.

Él unirá la *nobilitas* de César, la *virtus* de Pompeyo y la *avaricitas* de Craso, con un único objetivo: formar una coalición triple para salvar la República. ¿Entendéis?

Una cohorte de clientes y amigos se abrieron paso, siguiendo a Cayo Julio, que compareció decidido y solemne por Via Flaminia. Pasó saludando bajo la Porta Fontinalis, mientras la muchedumbre repetía su nombre y los parroquianos de las tabernas, que bebían vino sabino con miel, gritaban encendidos. César era un hombre de mediana estatura, elegante, impecable andar, pómulos salientes, boca sensual y semblante marcado por arrugas verticales. Se ataviaba con la túnica cándida, inmaculada, sin adornos, pura como sus intenciones, y cubría su calva con la Corona Cívica de hojas de encina cosechada en Asia en un acto heroico.

El distinguido líder de los populares poseía una mirada altiva, aunque un atisbo de melancolía en sus pupilas denotaba la soledad de los que aspiran al poder. La gente cuchicheaba asombrada sin acabar de creérselo: «César abandona el *imperium* —decían—. ¡Renuncia al triunfo!»

César detestaba los halagos y la lisonja interesada, y repudiaba la ingratitud, pero mucho más la carencia de sentido de Estado de un Senado conservador y mezquino al que se dirigía para entregar su solicitud a cónsul. No amaba a la plebe, pero era compasivo con ella, la necesitaba y deseaba que participara de la magnificencia de Roma a su lado. Caminaba con los escarpines rojos propios de los reyes primigenios de Roma, de los que se sentía descendiente. El general se observaba amado por el pueblo.

—*Caesar victor, Caesar victor!* —clamaban.

Los plebeyos, movilizados por Publio Clodio y los agentes de Volusio y Marco Apollonio, gritaban su nombre en el Foro Magno, gozosos por que César hubiera decidido acabar con las argucias del Senado. No obstante, el tumulto era colosal. ¿Cómo se atrevía a traspasar el *pomerium* marcado por el rey Servio Tulio si era un general y magistrado con mando militar?, se preguntaban los más viejos romanos.

La gente seguía llegando en riadas, y sobre sus clamores se oían las botas claveteadas de los lictores que lo escoltaban con los intimidatorios *fasces* al hombro y sus capas escarlata al viento, no delante del aspirante al consulado, sino tras él, como era costumbre de los soberanos etruscos.

Pero todo estaba minuciosamente calculado por Julio César.

—Me gustaría ver el semblante de ese borrachín de Porcio Catón —se dirigió Volusio a Marco, ambos situados en la *Rostra* del Foro—. Debe de tener el color de la bilis verde.

—La situación es delicada —opinó el centurión—. Veremos cómo lo reciben en la Curia. Si César es elegido cónsul, saben que las trescientas familias dominantes de Roma serán desplazadas de un poder que detentan desde los tiempos de Rómulo y Remo.

—Bien, toda esta procesión de devotos y seguidores se asemeja a un gran triunfo, ¿no te parece, Volusio? ¡Que la Fortuna lo auxilie!

El escandaloso delirio sacó a los senadores de la Curia Hostilia, donde estaban reunidos escuchando los interminables y soporíferos discursos de Catón. Sobresalían unas cabezas sobre otras en las *fauces* o puertas del *Senaculum*, viendo acercarse a Julio César. No podían creerlo, aunque algo habían maliciado. Perdía el primer envite de la partida, pero ganaba el juego. Una ira mal contenida se reflejaba en sus gestos, y Nasica, Lúculo, Metelo Celer y Valerio Flaco abandonaron el edificio con precipitación. Catón, con la palidez de un cadáver, advirtió la maniobra de su mortal enemigo y el alborozo de la plebe, y maquinó con rapidez otro ardid no menos sagaz para enfrentarse a César.

Se dispuso a contrarrestar el júbilo popular y a humillarlo. Su nariz roja de beodo y su rostro obeso y rollizo irradiaban perfidia. Entró torpemente en la sala y conspiró junto a algunos adeptos de linajudas estirpes romanas. Había que impedir que presentara su candidatura.

—Permaneceré hablando ininterrumpidamente hasta la puesta de sol, cuando el *consul maior* dé por terminada la sesión y el plazo para solicitar el consulado. Según ley nadie puede interrumpir a un orador mientras se halle en el uso de la palabra. ¿Qué os parece la treta, *domines*?

—Inspirada, Porcio. Te apoyamos —lo animó el anciano Lucio Vetio.

—Y nuestro arrogante Cayo Julio se quedará sin su lucimiento triunfal y sin poder optar a cónsul —se carcajeó Bíbulo—. Un enemigo menos.

El general penetró en la Curia imponente como un dios que regresara a su viejo santuario a reclamar lo que le pertenecía. Olía a sudor y a cuero. Todos enmudecieron, menos Porcio Catón, que seguía perorando con un gesto hipócrita y rastrero, como si nada fuera con él. César lo miró con irreverencia y cuando estuvo a su altura, exclamó decidido:

—¡Acaba de una vez tu discurso! —Y el senador no lo creía.

—¿Me vas a arrancar la lengua, Cayo? —le respondió airado.

Se escuchó como el rumor de un avispero, que cortó César.

—¡Calla, borracho! —Y Catón enmudeció, incrédulo.

—*Salve, patres concripti!* —suavizó Julio su vigorosa voz—. Ahora que el preclaro orador Porcio Catón ha concluido su discurso, anuncio a este noble Senado de Roma que renuncio al triunfo que había reclamado. Pero en cambio, presento ante esta curia mi solicitud para el consulado del próximo año. Que Júpiter Estator ilumine vuestras mentes, senadores.

Y tras saludar con una ligera inclinación de cabeza, les dio la espalda. Fuera, el pueblo lo vitoreaba como a un rey. Una gran muchedumbre de partidarios del partido popular y de romanos ociosos lo vitoreó y lo acompañó hasta la cercana Domus Regia, casa del Pontífice Máximo de Roma, cuya dignidad ostentaba El Calvo.

—*Caesar victor!* —lo aclamaban.

El círculo de leales a César, entre ellos Marco, entraron en la mansión, donde unos esclavos tenían preparado un refrigerio. La casa estaba adornada con rosas de Chipre y Alejandría, jacintos de Sicilia y violetas de Mantua, que colmaban la atmósfera de perfumados bálsamos. Bancos de mármol, columnas de pórfido y estatuas griegas rodeaban una fuente de la que brotaban refrescantes chorros.

Cayo Julio se acercó a Balbo, Oppio y Marco. Sus retinas se volvían y revolvían pues sabía que el Senado lo amenazaría por su decisión.

—¿Estás preocupado, Cayo Julio? —se interesó Balbo.

—¡No, Lucio! Puesto a escoger entre la dignidad del triunfo y el poder, elijo el segundo, aunque hayamos perdido dos millones de sestercios en los preparativos —respondió a Balbo, que le contestó sonriente:

—Ya los devolveremos. El Banco de Neptuno y el del Comercio Asiático han ampliado tu crédito, avalados por Craso y por mí, ¿sabes?

—Me tranquilizas. Noto el aliento de los acreedores en mi nuca, Lucio.

—Nos consolidamos, César —le expresó—. ¿Sabes que Cicerón había hecho circular una burla deliberadamente impertinente sobre la escasa notoriedad de la campaña en Hispania, y que ahora se ha callado incrédulo con tu decisión de renunciar al triunfo? Maldito hipócrita.

—Claro, pero como pronosticó la sibila de Gades la celebridad y la fama se me ofrecen accesibles. Jamás olvidaré a aquella enigmática mujer.

Las cumbres del Capitolio, los suntuosos panteones que bordeaban las vías de entrada de Roma y los puntiagudos cipreses arrojaban sus alargadas sombras. Decenas de candelas se iban encendiendo en las casas e ínsulas, como estrellas que hubieran caído de golpe del firmamento. Del templo de Vesta ascendían el aroma a aceite e incienso y los monótonos canturreos de las vírgenes vestales, las protectoras de la familia Julia.

Y César aspiró complacido la sosegada brisa del atardecer.

Concluyeron los golpes de ciego y emprendía su carrera por el poder de Roma.

XVI

El templo de la Luna

Roma, del verano del año 60 a.C., a la primavera del 59 a.C.

El reloj solar del banquero Atico marcaba la hora sexta cuando Marco pasó ante su opulenta villa, que conocía por razón de sus negocios. Un calor tórrido se hacía notar y aminoró el paso. Sudaba.

Salvó algunos restos de basuras acumuladas en la vía por las fiestas de Mens o de la Inteligencia, dedicadas a Minerva, o de las «mil obras», que habían finalizado el día anterior, y cuyos restos recogían los *scoparii*, los basureros de la *Urbs*. Instituidas por los flautistas sagrados de la deidad, imprescindibles en los rituales, y por el gremio de poetas y actores, habían servido para saciar el hambre de la plebe con los toros sacrificados en su templo. La carne se había distribuido en el Boario, y sus restos podían verse carcomidos en los rincones. Los romanos también habían recordado la aciaga batalla de Transimeno, en la que Aníbal los derrotó severamente, y hecho votos para que nunca más volviera a ocurrir en Roma tan infausto descalabro.

Los barrios habían rivalizado en el exorno de sus arcos y balcones y sus gentes se habían entregado a los fastos con arrebato, cohabitando las miserias de los más pobres con el lujo disoluto de los *optimates*. Marco había comprobado cómo la *Urbs* se transformaba por la lascivia y el desenfreno en honor a la protectora de Roma, Minerva, la diosa del «búho sabio», en un gigantesco burdel, solo iluminado por las antorchas de resina y ámbar. Las damas de alta alcurnia se habían entregado sin recato al carnal rito de Las Damias en honor a la Buena Diosa, y un tropel de prostitutas o *lobas* tocadas con pelucas doradas y las cortesanas más costosas de la *Urbs* se habían paseado casi desnudas por las vías y foros, seguidas por catervas de acróbatas, flautistas y mimos, que recorrían la ciudad invitando a la diversión, al exceso y al placer por la vida.

Marco Druso iba precedido por dos esclavos con bastones en dirección a la residencia de César en la Via Sacra, sede del Pontífice. Cruzó la residencia de las Seis Vírgenes Vestales sin detenerse. Lo esperaban Balbo, su patrón y hombre de confianza de César, el general y el centurión Volusio. Sabía que Lucio Balbo se hallaba exultante. Pompeyo había aceptado componer un Triunvirato de poder junto a César y Craso, y el Calvo le había reconocido su labor en la constitución de la Terna, regalándole un terreno con jardines en el Celio.

Pero la diosa Fortuna no dejó de soplar a favor de Lucio, pues el rico Teófanes de Mitilene, personaje muy influyente del círculo del Magno, lo adoptó como hijo al carecer de prole. Así que Balbo, siendo un hombre millonario, unía a sus bienes una herencia inestimable y una posición en la *Urbs* junto a los más potentados.

«Te adopto como hijo, querido Lucio, pues perteneces al modelo de sinceridad, inteligencia, disciplina, piedad y laboriosidad, propio de virtudes más romanas que fenicias», le dijo su nuevo *pater* el día de la adopción.

Para Marco, su patrón era además el paradigma de la diplomacia, la eficacia y la sencillez; y aunque la clase más rancia de la ciudad, siempre presta a despreciar la excelencia de la que carecía, lo tenía por un extranjero arribista, no había un romano del mundo de la cultura, el pensamiento, las leyes o el comercio que no le expresara su admiración.

Marco entró en la *domus* de César y saludó efusivamente a los convocados. La atracción que sentía por Cayo Julio jamás disminuía, aunque lo tuviera solo a dos palmos de su cara, circunstancia en la que el encanto por una persona suele decrecer.

Lo tenía por un hombre de ánimo incansable y esmerado trato, y lo fascinaba por la ecuanimidad de sus opiniones, su sutil galantería con las mujeres, la elegancia con la que se vestía, su saber y su pragmatismo.

César le concedió a Marco el honor de sentarse en una mesa donde había algunas tablillas de cera y varios estilos afilados.

—Amigos míos, el tiempo apremia —les habló de las elecciones a cónsul—. Los juegos de Apolo se acercan y pronto los romanos votaremos. ¿Habéis convenido todos los detalles? —preguntó.

Aunque Volusio y Marco habían sido los ejecutores del plan, habló Lucio Balbo, quien había financiado los preparativos y adelantado los sestercios para comprar los votos de los indecisos. Aseguró optimista:

—Todo está controlado y preparado, César. Hablemos del día de las votaciones. En el trayecto que realizarás desde la Via Sacra hasta el Campo de Marte, dispondremos de un desfile de al menos quinientas personas, entre amigos, clientes, senadores afines, magistrados y veteranos de guerra, acompañados de orquestinas de Cumas, flautistas helenos y doncellas con láureas de flores que perfumarán el camino. Distribuiremos empanadas y salchichas entre la marea de votantes, y los agentes dispuestos a silbar cuando Metelo, Bíbulo o Lúculo se acerquen a votar a las casetas están advertidos y pagados. Los pitos y abucheos aumentarán cuando comparezca Catón, y calurosos aplausos cuando lo hagan Pompeyo, Craso y Cicerón.

Volusio cambió el tono de su voz al escuchar el nombre del abogado.

—¿Aplausos al Garbanzo? —aludió a su mote—. Juega con dados cargados y no es de fiar. ¡Cómo lo detesto! Cicerón se ha vendido a los patricios, *domine*. Todo el mundo lo sabe. Cuidaos de él.

—Que siempre lo han despreciado, por otra parte —lo cortó César—. Es mejor tenerlo a favor que en contra. Seamos magnánimos con los tibios.

El triunvirato formado en la sombra por Craso, Pompeyo y Julio César se seguía manteniendo en secreto, y aún no poseía carta de identidad política. Pero en la práctica la República ya era suya. Cicerón se había opuesto a formar parte del directorio y convertirse en la cuarta columna del poder en Roma. Con el tiempo lo pagaría.

El efecto de las palabras del general solía ser determinante, y el asunto de Cicerón dejó de convertirse en un problema.

—Prosigamos. ¿Y los agentes de información? —se interesó Julio.

Marco, con su natural celo y eficacia, informó:

—Todos dispuestos, senador. En unos días habrán cubierto Roma, sus cercanías, Campania, el área de Neápolis y las ciudades del sur. Los agentes de Nemus están listos. Despreocupaos, obtendréis la mayoría.

César lo escuchó con entusiasmo. Su labor y la de su organización eran fundamentales para su elección. Saber más que el adversario suponía ir dos pasos por delante. Su mentón prominente, los hoyuelos en permanente sonrisa y sus ojos castaños situados en la distancia significaban el paradigma del éxito. Su voluntad ordenada y su realismo para actuar se ponían de manifiesto en la charla. César era un gobernante que no vacilaba. Jamás dudaba de lo que pensaba hacer.

—Sé que el próximo sufragio me hará cónsul, y estoy seguro de que en las ciento noventa y tres centurias obtendré la mayoría —aseguró—. No tendré otra ocasión, por eso hay que vencer en esta. Pero hay que tenerlo todo dispuesto. Pretendo que esos *optimates* cicateros y mezquinos se lleven una rotunda derrota, solo así podré reformar este Estado corrupto y despótico. Reconocido por tu apoyo, *caro* Marco.

Un esclavo llenó las copas de vino de Samos. Brindaron por el éxito de las elecciones consulares, y Cayo Julio preguntó a Lucio Balbo:

—¿Habéis pensado en los pasquines que colocaremos en sitios estratégicos? Bíbulo se nos ha adelantado —informó.

—Señor —habló Marco—, los carteles de vuestros adversarios serán destruidos en los comienzos de los juegos, donde los borrachos no dejarán ninguno íntegro. Siempre lo hacen. Y las *Acta Diurna Populi* (diario oficial de la República) también serán borradas. Los fijaremos después, cuando la gente esté sobria e impere el orden en las calles.

—Bien ideado —dijo César asintiendo—. ¿Y qué mensajes difundirán?

Marco se puso de pie y llamó a un esclavo, que trajo unos carteles.

—*Domine Caius* —informó Marco, que los fue desplegando—. Uno versa sobre la Ley Agraria con esta leyenda: «Tierras para los veteranos de Pompeyo y para los padres con hijos.» Otro acusa a la Annona: «¿Por qué el pan es cada día más caro y más escaso?» El corrupto Senado también recibirá sus dardos con este otro: «¿Quién se embolsó el botín de Asia? ¿Dónde está el poder de los Comicios Populares que gobernaron Roma en la Edad de Oro? ¿Por qué los gobernadores roban y saquean las provincias en beneficio propio?» En el último y el más coloreado aparece tu nombre: «Elige a Julio César, de la *gens* Julia, el nuevo Cayo Mario, o César recuperará el poder para el pueblo y la gloria perdida para Roma.»

El brillo resuelto de la mirada de Cayo Julio determinó su contento.

—¡Me gustan, por Hércules! Pero elegid bien los lugares —opinó.

—Hemos mandado ilustrar un centenar de letreros iguales a estos a un copista del Argileto y los fijaremos en los mercados, en las esquinas de las vías más transitadas, en las termas, tabernas, teatros, en los prostíbulos, en los arcos y pórticos, en el Boario, en sitios estratégicos y en las letrinas del Foro. ¿Os parece bien, *domine*? —se expresó Marco dirigiéndose a César.

Con una complicidad creciente, el Calvo amplió su sonrisa.

—Persuasivos mensajes, Marco Druso. Nadie se había atrevido antes a denunciar públicamente estos abusos. Cuando sea cónsul despojaré de ciertas decisiones al Senado y presentaré decretos, como la Ley Agraria, a las asambleas populares para su aprobación. Se verán obligados a jurar respeto a sus decisiones, pues impondré además la pena de muerte a quien rechace esa ancestral y olvidada costumbre de nuestros ancestros.

—Eso podrá disuadirlos, pero te buscarás rencorosos enemigos, Cayo —terció Balbo—. Sobre todo a ese violento, borracho e impulsivo Catón.

—Catón es un hombre conocido por su notoria inmoralidad, Lucio. Esa roja bola de sebo solo obedece a sus disolutos instintos. Y cuando asegura procurar la defensa de las esencias de la República, en realidad se refiere a llenar su bolsa. Regeneraré el Senado y con él a Roma, os lo aseguro —expuso Julio.

—¿Alguna otra advertencia, César? —se interesó Volusio.

—Solo una que quizás ignoréis por tratarse de una arcaica ley romana. Procurad que no se acerque ningún enfermo del *morbus comitialis* al Campo de Marte. Se anularía el proceso de elección por los augures y magistrados si sufriera allí mismo un ataque —los conminó, y se miraron entre sí, pues muchos aseguraban que el propio Cayo lo padecía.

Pero el sabio Sosthenes, médico griego de César, mantenía que Cayo Julio padecía de apoplejía no severa, como su padre y abuelo, siendo la causante de sus pérdidas de conocimiento, desvanecimientos y colapsos.

—Así lo haremos, Julio. Pronto gobernarás tú solo en Roma, como te predijo la sibila de Gades. Bíbulo no te hará ni sombra —aseguró Balbo.

Tras escucharlos, Julio César, que difundía optimismo en sus gestos, cruzó los brazos satisfecho y declaró con la voz inflamada de un visionario:

—Si captamos la lealtad del pueblo, ganaremos. Estoy seguro.

—Que Apolo ilumine tu senda y la Fortuna te acompañe —rogó Balbo.

César sabía que la mano del destino seguía tejiendo su futuro.

—Los dioses suelen inclinar su voluntad hacia los que procuran el bien de los hombres honestos y el prestigio de la ciudad que protegen —replicó César, que se incorporó del triclinio, dando por finalizada la reunión.

Servilia lo esperaba en su nido de amor de la Subura.

Lucio Balbo y Marco ascendieron a la litera del navarca y conversaron entre ellos, mientras el ocaso se adueñaba del cielo romano.

—César no cree en los dioses, pero los reverencia por respeto a las costumbres y a sus ancestros. No cree en nadie, salvo en él, pero respeta a sus antagonistas. Genial talento el del Calvo. No he conocido un hombre igual, o de parecido ingenio —aseguró el gaditano.

—Cada diálogo con él es un magistral tratado de política, patrón.

Balbo, mezcla de cariño y gratitud, se dirigió a su protegido:

—Julio tiene la elección en su mano. Pon a trabajar a tu gente de Nemus para que su *Imperium* dure lo que su vida. Roma nos lo reconocerá.

—Así lo haré, *domine* Lucio —le contestó ilusionado con la misión.

—Nos hemos ligado a su estrella y ella nos iluminará, Marco —aseveró—. Si no, la oscuridad cegará a Roma y también a nosotros.

Marco Druso Apollonio se sentía afortunado. Había pasado de ser un oscuro escriba en Tingis a ser considerado como un caballero prestigioso y destacado que frecuentaba las *domus* más eminentes de Roma. Y trataba como un igual al hombre más poderoso de Roma: Julio César.

Tanit, diosa de sus antepasados, y su madre lo protegían con celo.

Un soplo asfixiante se infiltraba por el aire de Roma.

El fin de los Juegos de Apolo marcaba el inicio de las elecciones en la *Urbs*. La ciudadanía se había solazado con las carreras de aurigas, los combates de gladiadores y los alardes de atletas, llenando los circos, anfiteatros y palenques en una marea bulliciosa llegada de media Italia, con derecho a voto. El sol caía a tajo sobre las cabezas de los romanos, que votaban a los dos cónsules que regirían los destinos de la ciudad en el año próximo, y un proconsulado de prestigio en el siguiente, que llenara sus arcas de oro.

Las tabernas estaban cerradas, pero Roma era una fiesta. Proclamas a favor del Calvo y reproches contra los *optimates* del Senado se escuchaban por toda la ciudad, tal como lo había organizado Marco. El día había sido estimado como fasto por los augures, y las tribus se habían movilizado desde el amanecer para votar. Marco, que ya había emitido su voto en la caseta de su tribu, la Velina, iba de un sitio para otro, para que la previsión de apoyo a César se cumpliera hasta el más mínimo detalle.

Con la caída del sol, el *flamen* de Minerva hizo público el escrutinio:

—¡Romanos! —tronó su vozarrón en las colinas—. ¡Cayo Julio César, de la *gens* Julia, y Calpurnio Bíbulo, de la tribu Calpurnia, han obtenido la mayoría de votos y han sido elegidos cónsules! *Salve, Roma aeterna!*

—*Salve, Salve, Salve!* —contestaron miles de voces.

César recibió una clamorosa ovación, y por su mente se despeñaron las palabras que le pronosticara años atrás la sibila de Gades, Arsinoe:

«Os convertiréis en dueño de Roma, le traeréis la paz y llevaréis a cabo grandes empresas», pensó. Pero aún le faltaba el cumplimiento de la segunda profecía: «Tu nombre será recordado por las futuras generaciones y tú y tu sangre gobernaréis la Ciudad de la Loba durante siglos.»

El momento de conseguir sus proyectos más grandiosos había llegado. César, poco amante de la vanagloria personal, se retiró con discreción hacia su residencia, la Domus Regia, rodeado por sus más insobornables amigos, y por sus sobrinos y familiares, que lo aclamaban.

Marco, unos pasos atrás, junto a Balbo *el Joven*, observó a César complacido. No lo turbaba el clamoroso éxito.

En los primeros días de *Januarius* (enero) aún no había nevado.

La pálida luz invernal iluminaba la silueta de Marco, enfundada en una capa de lana. El rugiente ventarrón del norte le azotaba la cara.

Marco Druso entró bufando en el templo circular de la Luna, en el Aventino, un santuario tan antiguo como los dos rostros de Jano, que se sostenía de forma milagrosa sobre unas viejísimas vigas de madera de ciprés. Estaba enyesado de estuco blanco, y un círculo de antorchas lo iluminaban día y noche. Solía visitarlo en los *nones* de cada mes, convirtiéndose en uno de sus asiduos y más dadivosos visitantes.

Su sacerdotisa había confiado a Marco que el oratorio lo había erigido el rey Servio Tulio con los leños que arrastraba el Tíber y que después había sido revestido de piedra, para mejorar su impronta, pero que un día se hundiría con ella dentro. Estaba hundido en la tierra, cubierto de fango aquel día, carecía de losas de mármol y su piso era de arena apisonada por los pies de los devotos. Según las familias más conservadoras no ofrecía a los fieles la reputación debida. Aseguraban que por la noche se convertía en un lupanar de ritos eleusinos y las más de las veces, de secretos adulterios.

Al tingitano le recordaba el templo de Arisat, pues estaba repleto de exvotos de cobre, oro y plata que colgaban de las paredes, y una sibila, como su madre y su hermana, auguraba el devenir en el trípode sagrado. El único objeto de veneración del vetusto santuario era en un enorme huevo de granito que, por haber sido manoseado durante siglos por los fieles y untado de óleo por las adivinas, parecía de bronce. A Marco lo atraía por su halo de misteriosa sacralidad y por su arcádico atractivo.

Aquella ventosa mañana, la pitonisa había ocupado su lugar de adivinación. El templo estaba desierto y varios braseros con ascuas refulgentes crepitaban. Su semblante, de edad indefinida, parecía modelado en arcilla. No se inmutó hasta que Marco compró una redoma de aceite, que ella misma vació sobre el huevo de piedra. Después, de forma invariable, el hombre le formuló la misma pregunta de siempre:

—*Domina*, ¿podré algún día vaciar el vaso de mi venganza? —reiteró—. El tiempo pasa y parece que Hades ha llamado a ese infame a su reino.

En la voz de la sibila había un acento de amargura y trascendencia.

—La Madre nunca olvida a sus hijas escogidas. Hades aún no lo ha recibido en su seno, pues su tufo culpable me llega hasta aquí. Cuando ella lo decida, pondrá ante ti a ese asesino profanador. No lo dudes, joven caballero —le auguró en una lengua antiquísima, apenas entendible. Después rezó a la deidad con palabras ininteligibles.

—Eso espero, *domina*, por el sosiego de mi alma —le confesó.

—Los blasfemos, ladrones y criminales sacrílegos siempre acuden al pezón de la mama más rebosante. Son ávidos, viciosos y sórdidos, y eso suele perderlos, no lo olvides. ¿Por qué no ha de acudir a la ubre de la Loba Romana que desborda leche? —le expuso curiosamente premonitoria.

Marco asintió, aunque una vez más no le señalaba nada preciso.

—La perdición del ser humano es el olvido, y yo no olvidaré, sibila. Pero pasa el tiempo y veo que ese inasible y escurridizo asesino se me escapa. Puede incluso que haya muerto y se esté pudriendo en una fosa.

—Que los dioses te alienten —lo despidió severa.

Luego besó la orla de su clámide con respeto y le entregó como óbolo un dije de plata y un pastel de carne. La pitonisa lo aceptó sin inmutarse, se incorporó y se ocultó tras el manto. Marco seguía sosteniendo que los romanos no creían en sus dioses. Los tenían como símbolo de sus miedos, turbaciones, deseos y viejas costumbres. Simplemente eran supersticiosos, pero muy descreídos.

«Las cadenas de siempre para sujetar a los hombres», caviló.

Aspiró el incienso del pebetero y salió envuelto en la capa. El frío seguía crispando el aire de Roma, empañándolo con una cruda gelidez.

Las riberas del Tíber, alfombradas de flores amarillas, pregonaron la eclosión de la primavera en la ciudad de las Siete Colinas. Enjambres de abejas y mariposas libaban en los cañaverales y en las anémonas, jaras y amapolas de las colinas. Marco Druso se hallaba complacido en la opulenta Roma y, aparte de afanarse en los asuntos de Gerión, trabajaba en secreto para el Triunvirato, que dominaba las decisiones del Senado.

Cayo Julio regía en solitario el consulado con su arrolladora personalidad, diluyendo en la nada al indolente Bíbulo, el otro cónsul y suegro de Catón y líder republicano, que se había retirado a escrutar los astros y elaborar horóscopos hastiado de su inutilidad.

Por aquellos días, los dos triunviros, Pompeyo y César, asentados en la cúspide del poder, decidieron al unísono tomar esposa. Los dos generales, que habían repudiado a sus esposas por flagrantes engaños, comunicaron a sus amistades y familias su decisión compartida de casarse. Pompeyo lo hizo primero con Julia, la única hija de César, de catorce años, a la que su padre amaba con un cariño del que hacía gala con tiernas atenciones. Nunca había amado, ni amaría a nadie, como a Julia. La idolatraba.

Por su parte, el Calvo lo hizo dos meses después con la hija del senador Calpurnio Pisón, al que propondría como cónsul para el año siguiente, asegurándose él el rango de procónsul de la Galia. Se trataba de la delicada Calpurnia, joven de la vieja aristocracia, frágil, impresionable e inmadura, a la que tachaban de mujer distante y frígida, incluso indiferente a los hombres, con lo que César tendría vía libre para seguir viéndose con la apasionada y culta Servilia y otros amantes de ambos sexos. Calpurnia no se lo reprocharía jamás, y le sería fiel eternamente.

Fueron dos matrimonios de juiciosa previsión que equilibrarían las fuerzas de los dos hombres fuertes de Roma, Pompeyo y César, que ejercerían el poder en la sombra a través de «sus» cónsules.

«La política de Estado posee razones que el corazón no comprende, Marco», le había sugerido Lucio Balbo a su protegido Marco.

El círculo de confianza del cónsul fue invitado a las dos ceremonias, que constituyeron una conmoción en la sociedad romana. César celebró en su villa de los Albanos el rito previo a la boda con Calpurnia, la simulación de compra de la novia, la *coemptio*. El aire tibio de los bosques invitaba a la fiesta. El hispano Lucio Balbo, al que muchos apodaban el Tartesio, aceptó el cometido de *libripens*, o portador de la balanza, en el acto del acuerdo, y padrino de la boda que se practicaría días después. El gaditano le entregó a Calpurnia un cestillo con el *nummus unus*, las trece arras o monedas de oro traídas del templo de Melkart de Gades, mientras un grupo de *puellae gaditanae* (bailarinas del templo) danzaban y cantaban los himnos de Afrodita, la protectora de la familia Julia.

El plácido día del casorio de César y Calpurnia, su tercera esposa, lo anunciaron los arúspices del Capitolio escrutando el vuelo de los gansos. Lo declararon como propicio, y la mañana de la boda, Roma, aromatizada por el perfume de los pinos, se desplegaba sobre el tapiz brumoso de las siete colinas, bendecida por sus deidades.

Marco, entre los invitados más distinguidos, presenció el ofrecimiento a la prometida del anillo de hierro cubierto de oro que Cayo Julio le entregó en señal de la fortaleza de su promesa. Festejaron el casamiento según el ceremonial habitual entre las grandes familias latinas y etruscas con el sacrificio a Júpiter de un carnero y de unas tórtolas y el ofrecimiento del pan en el templo capitolino. El *háruspex* familiar leyó los presagios y con el sello de la *gens* estampó las tablillas del pacto, que quedarían expuestas para siempre en el altar familiar del matrimonio.

—Que Hera, valedora de los casorios, os proteja —rogó el sacerdote.

Calpurnia había comparecido en el salón con los símbolos de su niñez en la mano, recogido el pelo con la ritual redecilla roja, con la túnica de desposada y un cinturón de oro doblemente anudado y el manto azafranado de las damas romanas. Marco observó con atención su figura estilizada y su cuello de cisne, que soportaba un rostro de impasible belleza. Su piel era extremadamente pálida y se movía con elegancia. Era tan distinta de Pompeya, la bella segunda esposa de César con su cabello rubio y formas sensuales, que no hubo invitado que no las comparara.

Un velo naranja cubría sus cabellos azabachados peinados en un alto moño. Estaban adornados con fíbulas de plata y con la protocolaria diadema de mejorana y azahar. Sellaron su juramento con una libación a los dioses lares y a Himeneo, el hijo de

Venus, patrón de los desposorios y de la sangre Julia, mientras unas bailarinas gaditanas contratadas por Balbo en la misma Gades ofrecieron a los novios la danza del amor de Dionisio y Ariadna.

Calpurnia y Julio declararon la fórmula ritual de los esponsales en Roma, con la que quedaron unidos ante las familias y amistades:

—*Ubi tu Gaius, ego Gaia* —recitaron al unísono.

—*Feliciter, fausta tibi, Caesar et Calpurnia!* —clamaron los invitados.

La ostentosa fiesta, que duró hasta el amanecer, fue amenizada por una orquestina de flautas y arpas alejandrinas. Se sirvieron platos de viandas llegadas de las geografías más insólitas y vinos deleitables de Calenum, Setinum y Sorrento; y el hipocondriaco y sombrío poeta Lucrecio, el preferido de César y su amigo personal, declamó un epitalamio de Filodemo de Gadara y unas estrofas propias dedicadas a los cónyuges que enardecieron a unos invitados que respondieron con sonoros aplausos.

A medianoche, seis jóvenes disfrazados de Cupido arrebataron a Calpurnia de su triclinio, siguiendo la tradición del rapto de las Sabinas, y la trasladaron al tálamo nupcial adornado con ramos de espino blanco, la flor matrimonial. La recibieron en el *tablinium* sus amigas con los atributos de las matronas romanas: un bastidor, una crátera con agua pura del nacimiento del Tíber y un huso para hilar. Sobre el *lectus genialis*, el lecho conyugal, colocaron una estatuilla dorada con un miembro viril descomunal que le había regalado Lucio Balbo, según el uso del Lacio.

César se incorporó de su lecho y abrazó a los amigos más cercanos: Lucio Balbo, su confidente; Craso, su banquero; su yerno Pompeyo Magno; Cicerón, amigo de la infancia; el tribuno Clodio; Varrón; Cátulo; el bello Celio Rufo, y Mamurra, del que decían era su amante, y que pasaba por haber sido el primer romano en cubrir las paredes de su villa con mármoles y columnas jónicas. Le desearon vigor entre las sábanas en su primera noche íntima con Calpurnia.

—Que Afrodita reine por siempre en tu lecho, Cayo —le deseó Balbo.

—Este es el momento más excitante de mi consulado, Lucio —dijo César, que anhelaba desaparecer por el *impluvium*, camino del dormitorio.

—Primero has de escuchar un verso griego que recitará Marco Druso.

—¡Adelante, Marco! —lo animó el cónsul—. Me gusta que mis fervientes amigos amen la poesía... Pero que no sea muy larga —dijo, y todos rieron.

Marco recitó de memoria unas rimas de la *Odisea*, cuando el señor de Ítaca, Ulises, vio ante sí a la princesa Nausica y se enamoró de ella.

—«Que los dioses quieran concederte lo que tu corazón anhela. Un esposo, una morada y la armonía como compañía. Porque no hay nada más precioso en la vida que el entendimiento de un hombre y una mujer que viven bajo el mismo techo.»

—¡Bien, Marco Druso! —gritó Balbo *el Joven*, entusiasmado.

Julio le dedicó una amplia sonrisa y se llevó la mano al corazón.

Marco Druso, que en aquellos días había festejado su veintiocho cumpleaños con un festín inolvidable en los jardines de Asinio, se notó vivamente satisfecho. Inmediatamente se unió al grupo de los que ovacionaron la salida de César, que aguantó comentarios tabernarios de sus ebrios amigos.

Regresó a su reclinatorio para seguir degustando los platos y vinos, y sin pensarlo clavó su mirada en un lecho que tenía enfrente, antes vacío. En él estaba echada indolentemente la sensual Clodia Pulquer, la reina del sensualismo y el goce de los sentidos en Roma, bajo los destellos de las lámparas ámbar. El africano sintió su insinuante mirada, cargada del brillo incitador de unos ojos fascinadores sombreados de estibio. Se sintió momentáneamente turbado.

Marco le devolvió el encaro lleno de desconcierto, como si lo hubiera encandilado un áspid del desierto. Le sonrió y se esforzó en ocultar su agitación, pero fue incapaz. Había quedado prendado de la hermosa coleccionista de amantes, y el fuego de la atracción invadió sus venas. La más impúdica, lujuriosa, provocativa y licenciosa de las romanas le había lanzado un dardo desarmante del que difícilmente podría sustraerse. Marco también percibió en su garganta que una perversidad desconocida, aunque deliciosa y fascinadora, lo acechaba.

Clodia lo había atrapado irremisiblemente en su tela de araña.

XVII

César llora en Britania

Gades, años 52 y 51 a.C.

Hacía diez años que Arsinoe ocupaba el trípode de *asawad* de la diosa en Gades y del Heraklión de Melkart, y su fama la precedía allá donde se presentaba en las islas Gaditanas.

Reyes, mercaderes, estrategas y potentados del Mar Interior la visitaban, contribuyendo con sus regalos a su enriquecimiento personal y a la fama del templo onírico gaditano, que creció en supremacía sobre los demás del mundo púnico. Ni las reinas de Numidia, Mauretania, Cyrene o Arabia podían comparársele en reputación y prestigio. Había sido pródiga y generosa con quienes la rodeaban, y tras años de privaciones en Tingis y Septa, era la mujer casadera más rica y deseable de las dos orillas.

Balkar, su tutor y guía religioso, y única persona que conocía el secreto de su verdadera identidad, había recibido frecuentes peticiones de casamiento por la sibila, quien se había negado sistemáticamente a unirse en matrimonio, por muy eminente que fuera la cuna o la bolsa del pretendiente. Mantenía su celibato como una promesa, aunque no era virgen, pues en los ritos de la Madre, había copulado en las fiestas de Adonías con anónimos sacerdotes cubiertos con máscaras de toro y con bellos danzarines de Tanit, que ofrecían sus cuerpos a la diosa.

Lo consideraba como una obligación de su rango y hubiera supuesto un desprecio a la dea de la Fertilidad, que disponía de aquellos ritos y sensualidades para su servicio y gloria. Nunca la habían dominado ni los vinos almizclados ni los estimulantes de la adivinación o las delicias de la carne, y había cumplido con los preceptos exigidos como vicaria de Astarté.

En las horas de desvelo y vigilias de mal tiempo, Arsinoe llamaba a Tamar, su confidente, amiga y paño de lágrimas, y juntas componían versos, elaboraban exóticos perfumes y electuarios medicinales, leían los extensos papiros que Lucrecia le enviaba desde Roma o jugaban al juego egipcio del *senet*, tirando las tablillas y haciendo avanzar los peones, hasta que la risa radiante de una de ella daba por concluido el juego, o el sueño las vencía.

Una de aquellas noches del fin del mes de Jano, Tamar le confió:

—Se cuchichea en el templo que has rechazado otra ventajosa oferta de casorio de un reyezuelo de la Turdetania. ¿Es eso verdad, Arsinoe?

La sibila miro con condescendencia a su benévola amiga.

—Tener marido, y luego hijos, es como entregarle rehenes al destino. Estoy segura de que mi madre Arisat lloró más por nosotros que por ella misma —se desahogó—. No deseo estar luchando toda mi vida contra la monotonía, que al fin lo destruye irremisiblemente. No deseo un amo.

—Y Balkar, ¿no se sentirá desairado? Lo hace de buena fe.

—Esos pactos son indecentes, querida. Él solo los ve bajo el cristal del lucro. No tengo fe en el matrimonio. Por él perdería la mitad de mis derechos y doblaría el de mis deberes. Escaso pago para tan gran deuda.

Las dos rieron durante largo tiempo. Arsinoe era una mujer rígida e inconmovible cuando creía que la asistía la razón.

Habitualmente, cuando los puertos se abrían a la navegación, la sibila solía recibir noticias de Roma, y se hallaba inquieta. Lucio Balbo y Tulia Lucrecia habían vuelto a Gades en alguna ocasión, pero desde la guerra en la Galia, en la que estaba embarcado Lucio Balbo junto al procónsul Cayo Julio, no había gozado de su presencia. Y lo que conocía era por las cartas de la esposa del navarca.

Arsinoe cenó con Tamar en sus aposentos privados y una

pregunta de la bailarina trajo a su memoria retazos de su infancia en los templos de Anteo y Septa y resurgieron las heridas de su vida aún no restañadas y la contaminada textura de un dolor lacerante por el recuerdo de su madre.

—Cuando asesinaron a mi madre yo supuse que con el tiempo su imagen colgada de una cruz desaparecería de mi memoria, ahogada en ese pozo que todos poseemos y que llamamos olvido, allá donde enterramos los recuerdos más onerosos. Pero esa imagen terrible continúa en mi mente turbando mi ánimo a menudo. Y desde entonces una inquietud dolorosa aflige mi vida.

—Ha pasado tiempo, Arsinoe. Intenta olvidarlo. Yo no lo he conseguido tampoco. Pero le debo tanto que sé que mora junto a Tanit.

—Yo he deseado la indiferencia hacia aquella tragedia, Tamar, pero no me es posible. Es un fantasma calcinado bajo la arena del desierto de Tingis, pero que no consigo sepultar —le confesó con pesadumbre.

—Quizás el desagravio que deseas morirá contigo, mi señora —intentó consolarla—. Aquellos inicuos hombres quizás hayan muerto, aunque espero que de la forma más virulenta y vil que exista.

Con apenado asentimiento Arsinoe la cogió de la mano.

—No importa que hayan muerto, o estén pudriéndose en una cárcel o viviendo como sátrapas. Me gustaría mirar directamente a los ojos a ese Méntula asesino, aunque sea una sola vez. Por eso sigue incólume en el lugar más tenebroso de mi corazón. Y aunque mi alma intenta destilarlo, su tortura me sigue hiriendo.

Tamar agachó la cabeza y sacudió sus hombros delicados.

—En el alma de los perversos no están escritas las palabras «ley», «rectitud» y «compasión» —contestó—. Pero convéncete, la deidad jamás olvida.

—Y por eso el mundo es cruel, violento e injusto —contestó.

Aquella inquietante historia del asesinato de la sacerdotisa de Anteo las entristecía, impidiendo el anhelado sosiego para sus espíritus afines. La pitonisa hacía días que deseaba interesarse por los sentimientos de Tamar.

—Te advierto inquieta desde hace semanas. ¿Te ocurre algo?
Tamar se vio sorprendida. La *asawad* no solía invadir sus sentimientos, aunque conocía su amor por un servidor del templo.

—Mi pretendiente siente deseo por mí, pero creo que no me ama lo suficiente. Más que dichosa, sufro a su lado. Me utiliza y manipula con excesivo atrevimiento —confesó—. Pero luego sus besos son dulces.

—Tamar, créeme, el amor vive del dolor, y la vida de él —la aleccionó.

—Ya sé por experiencia que el amor tiene mil maneras de robarnos la paz. Antes de conocerlo era feliz. Ahora me siento desventurada —contestó—. Es un joven adulador, pero también enredador y algo cínico.

Una vaga tristeza sumió a la danzarina en la melancolía, mientras una luna agotada parpadeaba entre las celosías del ventanal que daba al océano de los Atlantes. Callaron, y al poco quedaron dormidas.

Arsinoe, acompañada de una marea de devotos, concluyó los oficios vespertinos de Astarté y rogó a la indulgente divinidad que sosegara los espíritus de sus creyentes. Al salir al atrio, notó un destemplado viento de levante en su rostro, y Tamar se lo tapó con el velo. Un guardia del santuario se inclinó ante ella manifestándole con el gesto que era considerada en Gades como una mujer intocable y objeto de un respeto que rayaba lo supersticioso.

—Esta misiva es para ti, sacerdotisa Arsinoe —dijo prosternado.

La pitonisa contempló el sello inequívoco de la «palmera» de los Balbo. Era de Tulia Lucrecia, e invitó a la *kezertum* a su aposento.

Arsinoe y Tamar se encerraron en la privanza de su cámara. Unas esclavas encendieron las lámparas, colocaron unos humeantes platos y un elixir de miel y menta. Enseguida prepararon un brasero de bronce con ascuas encendidas, que perfumaron con granos de sándalo, cinamomo y hojas secas de narciso. La sibila se asomó a la ventana y apostó los ojos en la constelación del nordeste, en dirección adonde se hallaba Roma. Se arrodilló ante el alféizar y contrita imploró:

—¡Astarté de los mares infinitos y de los caminos del cielo. Te ruego paz, vida y favor para tus protegidos, Lucio y Lucrecia!

Hundió su cabeza en el piso de mármol y se incorporó. Los amaba.

Se echó después en el lecho de marfil festoneado con pieles de leopardo y se hundió en los mullidos cojines de plumas de aves africanas. Abrió el papiro, lo desenrolló y le rogó a su leal dama:

—Escucha, Tamar, las palabras de un corazón magnánimo, y leyó:

Dilectissima Arsinoe, que la Bona Dea te cubra con su manto protector. En el mes de Jano, después de los Fastos Compitales.

Los romanos hemos venerado en estos días a los lares que tutelan nuestras propiedades. Ayer coloqué en su capilla liebres y geniecillos de arcillas, y bolas de lana, para ahuyentar a los malos espíritus, costumbre que recuerdo con complacencia de mi infancia en el Aventino.

Las cosas están cambiando en Roma, Arsinoe, y el sentir de los romanos es que nos abocamos a una espantosa guerra civil, la más vil y cruel forma de conciliar sus razones un pueblo tan civilizado como el nuestro, que pretende unir al mundo conocido bajo la conciliadora *Pax Romana*. Otra más que hemos de soportar, como si los dioses estuvieran enojados perennemente con los hijos de la Loba. Te cuento, querida mía.

La lejanía de mi esposo de Roma en los últimos años, junto a César, al que siguió por tierras de Iliria y las Galias Cisalpina y Transalpina, me ha tenido el alma en vilo. Pero su sacrificio abrió el camino de las victorias militares que tanto apetecía Cayo Julio, cuya estrella notaste como bendecida por los dioses. Partió después de promulgar leyes para acabar con la corrupción y cercenar el poder de los *optimates*. Una reforma política profunda que ha convertido al

Senado en menos corrupto y rapaz, y a muchos soldados eméritos en agricultores de sus propias tierras. Ha enaltecido el orden político de Roma, que se hallaba extraviado.

Sin embargo, tras tantos meses de ausencia de mi esposo por esos gélidos países del norte con el procónsul, la soledad, mezquino lugar para una esposa enamorada como yo, ha mantenido yerto mi corazón. He llorado continuamente y te he echado de menos, *cara* Arsinoe, pues carecía de un hombre amigo para descargar mis lágrimas. Las noticias que me llegaban de Lucio confirmaban un temor que me carcomía por dentro, hasta los rincones más ocultos de mi alma. Algo me decía que Lucio no volvería.

Las madres y esposas tenemos un miedo personal que nos atormenta, y el mío es perder a Lucio. Los galos llamaron a César para ayudarlos contra los germanos, que intentaban invadir la Galia. Según me contaba Lucio en sus epístolas, el general aprovechó, con el poder de sus tres legiones, para rechazarlos, e incluso, tras construir puentes en el proceloso Rin, urdir una demostración de poderío militar en Germania. Desde ahora esos bárbaros no se atreverán a salvar esa férrea línea y Roma está a salvo.

Según las noticias de Lucio, combatieron contra los helvecios, galos y belgas, y en los desfiladeros de Iliria, contra los germanos en una contienda salvaje, aguantando densas nevadas y aguaceros helados, como si se hubieran transformado en fieras que fueran a devorarse entre ellas. Según Lucio cruzaron medio continente en condiciones extremas, difíciles e imprevistas, y créame que mi marido y César se han agigantado en fama y honor en aquellos desiertos de hielo, niebla y seres feroces e incivilizados.

Cayo, como vio que su presencia era necesaria en aquellas tierras bárbaras, envió a mi esposo a Roma para negociar una reunión con los triunviros en Lucca, para prorrogar el proconsulado a César, cinco años más. Tuve una oportunidad para ver a Lucio, pero cuando apareció en el peristilo de nuestra casa, creí morir. Parecía una alimaña, desastrado, con greñas en la barba hirsuta y el cabello gris. ¡Hera lo proteja siempre! Como puedes imaginar el botín recogido en la Galia tapó muchas bocas en Roma, y su prestigio personal creció como un torrente en primavera.

Pero las tribus galas, que antes lo habían llamado para liberarlos de los germanos, ahora se aliaron contra Roma a la llamada de un jefe insumiso, gigantesco y combativo —a decir de mi esposo—, y de nombre casi impronunciable, el averno Vercingétorix, al que derrotó y venció por el hambre en Alesia, consiguiendo un fabuloso botín de esclavos y convoyes de riquezas. Nunca se vio nada igual en la *Urbs*.

Los esclavos más aptos fueron vendidos y los demás, sacrificados en el Circo Flamíneo. Te preguntarás sobre la metamorfosis de Cayo Julio. Como me escribía Lucio en sus cartas: «No comprendo, *cara* Lucrecia, cómo un atildado demagogo como es César, compositor de versos y apasionado de las sensualidades de la cama, ha podido convertirse en un general en jefe de extraordinarias cualidades y con una fortaleza de acero para aguantar los rigores de un clima infernal y las incertidumbres de la batalla.» Sus legionarios lo veneran, sus oficiales lo reverencian.

Pero parece que al Calvo le ha gustado la aventura de las armas. Lucio me aseguraba que su valor militar y acertadas estrategias fueron dignas del mismo Alejandro. Extenuados pero triunfantes recorrieron la Galia. Oppio, Mamurra, el jefe de ingenieros, y mi Lucio, *praefectus fabrum* de la campaña, pasearon los estandartes de Roma, de victoria en victoria.

Ya tenía nuestro amigo César el gran triunfo que necesitaba, a lomos de su épico corcel blanco, *Genitor*, que se ha hecho legendario en toda la Galia. Estando en Armórica, Cayo Julio ideó saltar a Britania y tratar de conquistarla. Despliega algún mapa tartesio de la cámara de mi marido, y sabrás dónde se hallan las islas Casitérides: casi en las Tierras Hiperbóreas del fin del mundo.

Pero el destino le tenía reservado a Cayo un duro golpe. Me cuesta retener mis lágrimas al recordarlo con todo tipo de pormenores. Impartía las órdenes para el desembarco en las islas, cuando recibió la única y más luctuosa noticia que podría doblegar su ánimo de hierro: Su amadísima hija Julia, la que se había casado con Pompeyo, nacida de su matrimonio con Cornelia, había muerto en Roma cuando iba a darle un hijo. Demoledora prueba para un padre.

César, al leer la trágica misiva, bajó la cabeza, entró en un conmovedor silencio y trepó a un cerro donde pasó toda la tarde, con la única presencia de mi marido, que lo consoló y alentó cuanto pudo. No quería que sus hombres le vieran llorar, y según Lucio lo hizo con un llanto tan desgarrador que le conmovió el alma. La lluvia caía a cántaros sobre sus cabezas, derramándose copiosa, fría y densa, como el llanto de una diosa enojada. César también es un ser humano, e idolatraba a Julia.

Y ha acontecido que, tras las memorables victorias de César y la muerte de Julia, Pompeyo Magno deshizo sus lazos con César, al tiempo que Licinio Craso moría en una expedición a Asia contra los partos. El llamado Triunvirato, que tanto debía a mi marido, se había disuelto por mor de aquellas dos muertes. Pompeyo, muy estimado por su suegro, se ha aliado con la aristocracia senatorial, opuesta a las ambiciones de César. Ahora es su más cerval adversario.

Dos gallos de corral, a cual más poderoso, afilan sus espolones. Al final solo quedará uno, y de ambos, mi querido esposo es franco amigo. En Roma se dicen muchas cosas de César y no todas son buenas, pero los próximos tiempos no serán halagüeños. Ya te iré refiriendo, *cara* Arsinoe.

En cuanto a mí, una permeable monotonía rige mi vida. Converso a solas con mi *genio*, como llamamos los romanos al alma, pues las matronas que frecuento son apasionadamente conservadoras, salvo la famosa actriz Cytheris, con la que asisto al teatro. Visito los templos y participo en sus ritos secretos, viajo a Capri, y asisto con Calpurnia —la esposa de César— a las cuestaciones a favor de las viudas de guerra. Creo que es una mujer inadecuada para convertirse en la primera dama de Roma. Carece de temple para cuidar al Ídolo de la República.

También concurro a las cenas de la aristocracia, donde el nombre de Balbo es respetado y adulado, ofrezco festines en la villa del Celio, frecuento las fiestas sacras, acudo a sesiones de belleza con las damas de alcurnia, y a los actos mensuales de la Fundación de la ciudad, donde Roma despliega toda la fastuosidad de que es capaz.

Servilia, la amante de César, cada vez que acude a una celebración luce con orgullo una enorme perla de Filoteras regalada por El Calvo que según los tasadores vale un millón de sestercios. Es una hembra brillante, sensual y astuta. Últimamente he creado una saludable amistad con Clodia Pulquer, la más hermosa mujer de esta dislocada urbe, dama disoluta y corrompida y de escandalosas costumbres, que había sido amante de los dos jóvenes más hermosos de Roma: Celio y Cátulo.

Calienta el lecho de algunos senadores y caballeros, ante la censura de su hermano Clodio y del enfado de su amante Cátulo y del iracundo Cicerón, que bebe los vientos por ella. Sus idilios corren de boca en boca, y no se rumorea de otra cosa. Ahora sestea con el factor de Gerión en Roma, un gallardo *quirite* protegido por mi esposo y César.

Algún día conocerás a este jubileo de personajes de la gran tramoya del mundo, pues no pierdo la esperanza de que te reúnas con nosotros en breve y presencies el auge de esa Roma que Cayo Julio ha proyectado construir y desde donde pretende regir el destino de los pueblos. Lucio se interesa mucho por ti, me pregunta por tu bienestar y tus noticias, y sabe que te has convertido en la sacerdotisa de referencia de la nación púnica y que acuden a verte dignatarios de todas las partes de la ecúmene. Venus Genitrix te protege sin duda alguna.

Aquí las mujeres son frívolas, pero perezosas de mente, no como tú. Contigo conocí la verdadera naturaleza de la amistad desinteresada y de sus ventajas, que aquí no tengo, pues todas mis amigas la ofrecen por interés. Acaba de pasar otro año de separación. Espero que al fin decidas residir en el centro del orbe, donde concurren todos los lujos, dioses, pecados, codicias, artistas, héroes y reyes que seducen y gobiernan la humanidad. Te acompaño unas redomas de perfume de Arabia, estibio de Creta y una bolsa de mirra de Alepo para tu tocador.

Espero tus nuevas, *cara* Arsinoe, la voz santa de Astarté-Marina, y además tu habitual augurio para el nuevo año. Lee la voluntad de la diosa en los signos y presagios que solo tú percibes.

Dada en Roma. *Salus, fortuna et serenitas. Dixi, Lucretia.*

Avanzaron los días y la inquietud de Arsinoe por Tamar se dilataba. De la excitación de su casi hermana había pasado a un estado preocupante de melancolía. Y lo peor era que la *kezertum* la evitaba.

Un deslumbrante arcoíris enseñoreando sobre un cielo morado había provocado la estampida de las nubes, que huían hacia el océano de Gades en las vísperas de las nupcias sagradas entre la sacerdotisa Tiratha y el sacerdote y maestro de los Tres Vértices, Balkar.

La danzarina de la diosa, Tamar, vivía desde hacía meses en una fatigada despreocupación que la hacía incumplir con sus obligaciones. Vivía inmersa en una conspiración de silencio y apenas si hablaba con Arsinoe y sus compañeras de la danza sagrada. Arsinoe no podía creerlo.

Tamar se comportaba en los oficios religiosos con clamorosa torpeza, como si su mente estuviera ensimismada en el algo penoso, para ella inusual y desconocido. Había sufrido la reprimenda de su jefa, la atrabiliaria Tiratha, que aprovechaba la ocasión para mortificar también a la *asawad*, con su verborrea ininterrumpida e impertinente. Para la pitonisa su conducta resultaba inaceptable, pero Tamar había insuflado a su vida un nuevo sentido tras el sacrificio de su madre, y su gratitud permanecía latente e inalterable.

Intentó ayudarla, pero ya no era dócil a su voluntad y solo recibía medias palabras. Y sus esquivas respuestas y salidas de tono la desalentaban. Le exigió respeto a la diosa y disciplina en el templo, pero respondía con susurros bruscos y ocultaba marcas rojas en su cuello de una pasión quizá desmedida. La aconsejó, pero parecía no oírla:

—Lucha contra toda tiranía, aunque esta sea de quien más amas, Tamar. Por amor no debes soportar cualquier despotismo.

—El cariño se llevó mi rebeldía, Arsinoe —le contestó musitando—. Es un hombre enojado con el mundo, y me domina. Pero lo amo.

—Solo deseo un sincero servicio a los votos que juramos en Septa.

—No te preocupes, Arsinoe, pronto concluirá todo —le dijo con pesar.

Tamar escondía una tensión anormal y la sibila se quedó turbada por sus extrañas palabras, mientras veía cómo desaparecía cabizbaja entre las cortinas del santuario. Le dio la impresión que su amiga y confidente estaba manteniendo un combate interior contra sí misma y sus afectos.

La había visto destrozada moralmente, y aunque había intentado consolarla, solo había sosegado su espíritu por unos instantes. ¿Ese era el precio que debía pagar por un afecto inconstante y efímero y por amar a un demonio embustero y libidinoso?

Pensó que la situación de Tamar poseía el tufo de un fin amargo.

XVIII

La marca de la diosa

La primavera había estallado en Gades con un clarín de luz. El santuario de Baal resplandecía con un rocío dorado en el extremo norte de la isla de Kotinusa. Los estandartes de los siete dioses planetarios se alzaban alrededor del pebetero del fuego inextinguible, donde ardían las ascuas sacrificiales traídas desde la ciudad madre de Tiro.

Y ante el velo sagrado, el *zaimph* púrpura, se erguía la imponente efigie de Baal-Hammon, el Señor de los Navegantes. Con las manos extendidas, la barba rizada, el gorro cónico, los rayos y tenazas de plata pendiendo de su pecho formidable, que siempre habían inspirado a Arsinoe un espantable pavor. La *asawad*, con el rostro oculto, se acomodó sobre un escabel de oro puro, y como correspondía a la suma pitonisa de Gades, comenzó a recitar los versos de la epopeya de la creación del *ulmos* (el mundo), que escucharon los fieles en devoto recato.

—Cumplido el primer día de la festividad del dios, restauraremos ante nuestros ojos el *hieros gamos* o la unión de los dioses representada por la sacerdotisa y el gran *sapram* —proclamó, e hizo una brusca señal.

Un coro de flautistas y tañedores de sistros entonaron los himnos de la consagración y las salmodias de la cúpula sacra. Súbitamente cesó la música y por uno de los laterales compareció la jefa de la hieródulas, Tiratha, que en los últimos años oficiaba la personificación terrenal de la diosa consorte de Baal, acompañada por un séquito de bailarinas, entre las que debían figurar todas las danzarinas del templo, Tamar entre ellas.

Pero Arsinoe no la vio comparecer, y se preocupó. ¿Qué le había ocurrido? ¿Estaría enferma? Ella la había visto salir de su habitación hacia el templo. La arrogante Tiratha ocultaba su cuerpo con una capa de plumajes. Avanzó por la nave con la altivez propia de una mujer que se creía superior a cualquier otra. Al llegar al altar dos danzarinas la despojaron del manto, y se quedó desnuda ante los fieles, con la sola cobertura de sus abalorios y con los brazos cruzados en el pecho. Con la opalina luz, dejó al descubierto un cuerpo maduro, translúcido como el ámbar y sensual como el de una cortesana babilónica.

Sus larguísimas pestañas apenas si se movían, sombreadas por el antimonio de los párpados, y una luna esmaltada de verde oscilaba sobre sus pechos exuberantes. Arsinoe lo reconocía. A pesar de ser mayor que ella, poseía un cuerpo sensual. Compareció al poco, escoltado por sacerdotes de linos blancos, Balkar de Aspy, sumo sacerdote de Baal-Hanmon, *sapram* y *baal-malik* (adivino de los dioses) y cónyuge consagrado de Tanit, empuñando el cetro de marfil, la túnica frigia y la puntiaguda tiara de oro sobre su testa rapada.

Balkar se situó ante el altar, frente a Tiratha, momento en el que se elevó un estruendo de címbalos y campanillas. Uno de los sacerdotes le ofreció un vaso con el elixir ritual que apuró de un trago, logrando en el corpulento hombretón un estado cercano a la embriaguez. El coro inició el canto de la copulación sagrada. Las miradas gravitaban sobre Tiratha, quien voluptuosamente se echó boca arriba en un mullido plumón de almohadones. Balkar ascendió al ara y se ahormó en las dúctiles formas de Tiratha, que lo abrazó sin recato. Dos danzarinas cubrieron sus cuerpos con un manto escarlata.

—¡Señor todopoderoso Baal, alienta la vida en sus cuerpos! ¡Dios todopoderoso, derrama tu semen sagrado en la Astarté terrenal!

Se sucedieron los acelerados ritmos de los instrumentos, escalando su estruendo a medida que progresaba el acto nupcial entre Tiratha y Balkar. Al cabo, entre jadeos, consumaron los sagrados esponsales con rítmicos movimientos, devotamente seguidos por los asistentes. A Arsinoe, fija su mirada en el ceremonioso maridaje, le pareció que el dios quedaba satisfecho, pues Tiratha suspiraba complacida y con sofocos que provocarían la fecundidad en las hembras de Gades.

—¡Madre Tanit, la savia de la vida ha fluido entre nosotros!

Prohibidos los habituales sacrificios humanos que se habían sucedido durante siglos por orden del romanizado sufete de Gades, Lucio Claudio Balbo, los sacerdotes trajeron un manso cordero, al que seccionaron el cuello de un tajo y colocaron en el regazo de la fría divinidad. Accionaron un resorte oculto que crujió seco. Las manos de bronce se inclinaron y el sangrante cuerpo del animal se deslizó, yendo a parar al gran brasero de tizones incandescentes. Súbitamente una humareda grisácea ascendió hasta las barbas metálicas de Baal, concluyendo el ceremonial.

A Arsinoe, claramente inquieta por la ausencia de Tamar, no le gustaba el cariz que tomaban los acontecimientos. Sin saber por qué, le parecía ver en su repentina ausencia la mano de Tiratha.

«Busca mi infortunio y nada la detendrá», especuló la sibila.

Se le acercó Balkar, visiblemente afectado, y le susurró al oído:

—Arsinoe, permanece encerrada en tu habitación. Ha ocurrido un grave suceso en el interior del templo y los guardias del santuario andan entregados a una concienzuda investigación. Te tendré informada.

—¿Está involucrada en este asunto la *kezertum* Tamar, maestro?

—Mucho me temo que sí, mi dilecta señora —le informó y se marchó.

¿Cómo podía explicarse que una mujer tan sensible anduviera en operaciones turbias dentro del lugar más sagrado de Gades?

Ascendió a la litera y aguardó las aclaraciones de Balkar. Todo aquello escapaba a su comprensión y su seno se agitó. En la residencia de los Balbo se oyeron las pisadas alarmadas de los guardias del templo, que rompieron con sus intempestivas pisadas la paz del palacio. A Arsinoe se le había cortado el resuello. Solo sabía por una esclava que había sido confinada en un sórdido cuchitril del templo. Se trataba de un antro donde se encerraba a los blasfemos, donde sufrían el acoso de las ratas y el continuo goteo de agua salitrosa del mar cercano, lleno de suciedad y de tinieblas. ¿Qué habrá hecho esta mujer? —se lamentaba la sibila. Aquel caos de ignorancia, aquel inapelable silencio, significaba para ella un tormento. Y un miedo irreflexivo le anegó el alma.

Comenzó a llorar desconsolada, y sus ojos verdosos se cegaron.

Los sentidos taponados y un mareo opresivo se habían adueñado de la cabeza de Arsinoe, que caminaba como una sonámbula.

Convocada por el Consejo Sacerdotal, la *asawad* y suprema sacerdotisa penetró en el salón orbital del templo, tan frecuentado por ella en audiencias de embajadores y fastos religiosos. Al fondo, en un diván, se hallaban los tres miembros del tribunal religioso en reservada actitud. Arsinoe estaba persuadida de su eficacia indagadora, pero desconfiaba de Tiratha y esbozó una mueca de disgusto al verla entre ellos.

Balkar presidía lo que parecía un juicio sumarísimo. Todos sabían que se había cometido un robo en el templo y que Tamar estaba involucrada en los hechos. Grave imputación. Los términos deslealtad, blasfemia, sacrilegio e infamia se alzaban entre los sacerdotes, hasta que el gran maestro, con el semblante acalorado, los cortó. Alzó el bastón de mando de cedro y marfil, y habló:

—¡Magistrados, censor y sacerdotisas! Se ha perpetrado un robo sacrílego y execrable dentro de los muros de este tabernáculo. Y la autora del crimen, Tamar, danzarina de la diosa con categoría de «peinado alto», mujer forjada en la fragua de la madre Tiro, precisa de una respuesta acorde con los mandatos de los dioses. Soy su tutor y mi alma destila sufrimiento al tener que aplicar un duro veredicto. Pero ha de concluir con firmeza un capítulo doloroso y funesto para los anales de Astarté.

El mutismo, salpicado de una cólera contenida por el grave acontecimiento, se había apoderado de la sala. Todos callaban.

—¿Cuál ha sido la cuantía robada, Balkar? —preguntó un sacerdote.

—Medio talento de oro del tesoro de la diosa. Exorbitada suma. La sacerdotisa Tiratha, su maestra, nos ilustrará sobre el caso. ¡Habla!

Su acusación resonó como un trueno en medio de la tormenta, y Arsinoe notó como si un cuchillo egipcio le rasgara las entrañas. «Acusada de robo sacrílego», sonó como un martillo en sus sienes. Ignoraba si lo que sentía era temor o respeto, y palideció cuando comparecieron horrendamente torturados Tamar y su amante, un *haqads* (o portero) del santuario, cargado de cadenas, con la boca ensangrentada y sin emitir un solo quejido. Arsinoe sabía que los servidores de los templos eran gente ociosa y diversa, entre la que se hallaban dos hermafroditas llegados de Oriente. Balkar señaló a Tiratha, que avanzó decidida hacia el joven portero, de nombre Bomílcar, que se hallaba en un estado de delirio y semiinconsciencia. Las antorchas a su alrededor centelleaban un círculo rojizo que le hacía parecer un demonio del inframundo.

—Venerable sacerdote, *asawad* y magistrados, los hechos son ostensibles. Desde hacía varias lunas, había notado en Tamar, hieródula, danzarina y en su día prostituta sagrada a mi cargo, una conducta desquiciada y apática. La advertí, pero, terca e indisciplinada, ignoró mis consejos. A tal efecto dispuse que una de las novicias estuviera pendiente de sus actos y me informara reservadamente. Hace unos días me reveló que Tamar tenía contactos secretos con este hombre y que, simulando un olvido, había regresado al santuario una noche, cosa prohibida.

—¡Oh! —se alzó un coro de murmullos desaprobatorios.

—La joven la siguió y vio cómo entraba en la cámara sagrada con una tablilla de cera. Nos extrañó semejante conducta. ¿Cera? ¿Para qué? ¿Qué podía haber olvidado en el tabernáculo? Más tarde me pidió cambiar su turno de día por el de la noche. Accedí, y yo misma la seguí. Hacia el amanecer, con una llave nueva, copiada en la cera, abrió un cofre y llenó tres talegos con las monedas de oro.

—¡Oh, qué repugnante sacrilegio! —gritó un juez desgarbado y giboso.

—Y no paró ahí la cosa —siguió con la furia irracional de una fiera—. Trasladó uno a uno a la azotea del templo, los anudó a unas sogas, que fue luego descolgando hasta el mar, uno a uno. Desde el punto donde la observaba junto a dos guardias del templo, divisamos a un hombre en una barca que los recogía uno tras otro. Se trataba de Bomílcar, un conocido *haqads*, servidor de las puertas, que ha confesado su siniestra conducta antes de ser sometido a tortura. Intentó desaparecer con rumbo al espigón del *coton* (puerto), pero fue detenido poco después. Ese es el caso. Han robado del tesoro de las limosnas, con pretextos codiciosos.

—¡Es una afrenta al trono de Tanit! —se expresó otro juez.

—Se han hecho acreedores a una sentencia sumarísima —dijo otro.

Un anciano jerarca, el Censurador de los Buenos Usos del Templo, la segunda autoridad del templo, alzó su voz desfallecida y anunció algo que parecían desconocer los presentes por la sorpresa mostrada:

—Habéis profanado el santuario con vuestros hechos criminales y sois reos de muerte. He asistido a vuestra confesión en los calabozos y veo que con el oro robado pretendíais huir de la disciplina sagrada y renunciar a vuestros votos. ¿Acaso no erais unos privilegiados envidiados por el pueblo? ¿Qué pretendíais en verdad? ¿Os cegó la avaricia, insensatos?

El cómplice de Tamar pidió ser escuchado, y Balkar lo señaló:

—Venerables, es cierto cuanto asegura el censor. Pero no debéis inculpar a la *kezertum* Tamar. Fui yo quien la empujó a indignas conductas y quien la indujo a robar los caudales del culto. Declaro por los dioses de mis padres que la seduje para perpetrar el robo, y aunque le prometí que la llevaría conmigo aprovechando los ritos de la Creación, pensaba engañarla e irme solo a Tingis. Os lo juro.

—¡Este oro es propiedad de los dioses! —exclamó el censurador del consejo, que los acusó con su mano artrítica.

Bomílcar sabía que de allí no saldría exculpado, y tras el brutal castigo recibido, poco le importaba si acrecentaba su blasfemia.

—¡Esa es la verdad, señor! Tamar, por afecto hacia mí, siguió mis instrucciones y yo me aproveché de su posición y ofuscación para acceder al oro. Exculpadla, os lo ruego, si es que existe compasión en vuestros corazones y no solo impiedad. Yo cargaré con la culpa del hurto, pero mucho más codiciosa que yo es vuestra ávida clase sacerdotal, que despoja al pueblo en nombre de la diosa para satisfacer sus placeres más ocultos y deshonestos —gritó—. ¡Si mis labios hablaran!

—¡Perverso, calla de una vez esa boca sacrílega! Y Tamar no deja de ser una perjura que ha quebrantado nuestra confianza! —terció Tiratha.

Tamar tembló, pensando lo que les esperaba, y temerosa por haber incurrido en tal abominación. Pero más aún por parecer que había sido engañada por su amante como una niña ingenua. ¿Lo hacía para salvarla? ¿Pensaba dejarla tirada realmente? Su confusión y dolor eran inmensos.

Con una tensión apenas contenible, Balkar demandó al acusador:

—¡Basta ya! La culpa ha sido reconocida y los hechos, probados, y aquí se hallan las bolsas con los sestercios descubiertas en la barca del *haqads*. Los motivos verdaderos solo los conoce Tanit. ¿Quiénes somos nosotros para juzgarlos? ¡Leed ya la sentencia acordada por este tribunal!

La agitación iba en aumento. El examinador, un anciano ventrudo que vestía una túnica color Corinto, se apoyó en su bastón de cuerno de narval. Era conocedor de las leyes púnicas y experto en teologías. Se colocó ante el candelabro de los siete brazos, representativos de los siete planetas, y encendió la mecha de las tulipas de aceite, como si la luz del flamero aportara más luz y argumentos claros al dictamen.

—Los fieles devotos de Gades se rasgan las vestiduras y se golpean el pecho ante la ofensa a la diosa que habéis cometido

—proclamó severamente grave—. La muerte por la espada sería una liberación para vosotros. Así que este tribunal ha decidido crucificaros mañana al amanecer uno frente a otro, hasta que expiréis lentamente. Antes se os extraerán los ojos en el calabozo para que no halléis el camino del edén.

Los asistentes, menos Arsinoe, se golpearon los muslos en señal de aprobación. Todos conocían la disciplina del templo y ratificaban el fallo.

La sentencia hizo que Bomílcar hincara la cabeza en el suelo y emitiera espantosos lamentos, mientras los lloros de Tamar se redoblaban.

—¡Piedad! —suplicó el joven mezclando su sangre con las lágrimas.

El viejo juez, a quien no le pareció una conducta suficientemente contrita la de la irreverente acusada, se abalanzó sobre ella gritándole en la cara y llenándola de saliva.

—Es una acción indigna de una danzarina de Tanit —declaró el censor—. ¡No supliques clemencia, sino el perdón de Astarté, indigna mujer!

Tiratha, enfermizamente ambiciosa, dirigió una mirada de desafío a la *asawad*, que permanecía impertérrita en su sitial, y hasta le sonrió mordaz. Significaba al fin su victoria sobre su antagonista: Arsinoe. Al fin la había vencido hurtándole la persona a la que más veneraba. La había vencido. Gritó excitada, segura de su triunfo y reprendió duramente a la *kezertum*, que la miraba con los ojos vacuos, extinguidos:

—¡Que tus ojos no vuelvan a contemplar este santuario, infame!

Tamar se sentía desamparada y enmudeció pensando en el espantoso final que les aguardaba. Ni tan siquiera miró a Arsinoe por última vez con su mirada azulísima, y antes adicta y sumisa. Se sentía avergonzada además de desolada, y solo deseaba morir cuanto antes.

Todo había concluido. Pero de súbito la *asawad* se incorporó del asiento y, antes de que Balkar diera por concluido el juicio, alzó su diáfana voz por encima de las cabezas. La sibila había decidido intervenir desesperadamente, proponiendo al tribunal una solución para salvar el pellejo a su apreciada Tamar. Había urdido sobre la marcha una argumentación y confiaría en Balkar, su adicto maestro.

—¡Señor de la indulgencia! —dijo dirigiéndose a Balkar—. Astarté-Marina nos concede a sus ministros y siervos más cercanos el don de su omnipotencia y la virtud de la misericordia para que usemos de ellos. Deseo hablar, con la conformidad de esta ecuánime junta de sabios.

El anciano censor, a pesar de su torpeza, saltó como un resorte.

—Nadie puede invalidar el dictamen del Consejo, venerada *asawad* —apuntó, viendo que pretendía interceder por los inculpados.

—¡Callad, y oigamos la palabra de la sibila! —lo cortó Balkar.

Al juez se le mudó el color. La impotencia lo dominaba y calló.

La sibila dejó pasar unos instantes para aumentar el interés.

—No pretendo que los reos sean absueltos, pues queda probada su culpabilidad —dijo—. Pero quizá los versados miembros de esta Curia ignoran que Tamar, la *kezertum*, ha sido consagrada a la diosa con el óleo santo, y que ella y solo ella, o su voz en la tierra, yo, pueden condenarla. Es hija protegida de Astarté, ha intervenido en sus ritos secretos y ha escuchado directamente su voz. Así que exijo que se respete mi prerrogativa de veto, o mi derecho a juzgarla. Nadie puede quitarle la vida, salvo la suprema sacerdotisa de Astarté de los templos de Gades, según los arcádicos códigos de los santuarios de la Madre. ¿Entendéis lo que os digo?

La intervención de Arsinoe sonó como una trompeta de combate.

—Pero nadie puede ser sentenciado dos veces, señora —cortó el juez.

—Consultad esos preceptos, os lo ruego. Habéis obrado con precipitación ocultándome el suceso —replicó la pitonisa.

Supuso un duro golpe para la soberbia de quienes anhelaban una justicia expeditiva, contundente y cruel para los encausados, entre ellos Tiratha, que buscaba en el castigo una venganza personal. Elevando las cejas blancas y enmarañadas, el otro juez protestó:

—No pretenderéis revocar nuestro veredicto, ¿verdad, señora?

Arsinoe se sentía segura de sí misma, y no le importunaban los cuchicheos incriminatorios, en especial de Tiratha y del irascible censor.

—Solo insto a que se conmute la pena capital a Tamar por otro castigo que no comporte el sacrificio de su vida. Del *haqads* no me compete su suerte. Podéis ajusticiarlo aquí mismo. Y os requiero a que no afrentéis a Tanit en un tribunal del templo. Sería muy grave y os avocaríais a su cólera, ahora y por toda la eternidad —se expresó terminante.

La tempestad había estallado en la estancia. Todos callaban, pues las palabras de la sibila les habían metido el miedo en el cuerpo. No esperaban tan inoportuna defensa, e inquietos se impacientaban. Tiratha hinchó las venas de su cuello y trató de desautorizar su argumento.

—Esta mujer depende de mí, *asawad*. Es una danzante de la diosa.

—Y tú, ¿a quién debes obediencia, digna sacerdotisa?

—A ti, sibila —replicó Tiratha, que estaba abochornada.

—Pues deja que sea yo quien responda ante el trono de la Divina. Solo una hija de Tanit en paz con su conciencia puede invocar indulgencia, de acuerdo con nuestras tradiciones y leyes más antiguas —le contestó.

De nuevo el silencio y la ira mal contenida. Balkar movió contrariado la cabeza. No esperaba aquella intrusión, pero a Arsinoe le asistía la razón.

—A la respetable *asawad* le ampara ese derecho. Es cierto —aseguró la palabra infalible del templo—. Que los miembros del tribunal me acompañen al cuarto contiguo. Hemos de deliberar. ¡Vamos!

Arsinoe se sentó y cubrió su rostro con el sutil velo dorado. Aguardó.

El sol había cambiado las sombras del salón en su recorrido. Tardaron más de una hora en regresar. Seguramente habían consultado al sufete de la ciudad, Publio Balbo, y esa era la causa de la tardanza. La pitonisa observó el rostro de los acusadores esperando una muestra de condescendencia. En vano. La cara del censor estaba tan imperturbable como una máscara de greda, y además poseía la rígida impasibilidad de los que tienen el poder de la vida de los demás en sus manos.

Arsinoe elevó respetuosamente la mirada, dispuesta a prestar oídos a lo peor. Las pupilas de Balkar permanecían tan duras como el granito. Conocía su tenacidad pero también su piedad incontestable. Impaciente, estaba preparada para cualquier veredicto. El portavoz se pronunció:

—Se cierra este sumario con una nueva decisión, a la luz de la arcádica ley evocada por la *asawad*. No obstante, señora, os advertimos que su rigor es también severo —dijo, y Arsinoe observó impaciente al anciano, que abrió su boca desdentada, y declaró, lanzando sus palabras como guijarros—: Se conmuta la pena capital de los dos reos por la esclavitud de por vida. No podíamos limitar la piedad del templo a solo uno de ellos y hemos procurado ser compasivos con ambos, aunque no lo merezcan. Bomílcar el *haqads* será vendido como esclavo a las minas de cobre de Ónuba, y la hieródula Tamar, a la factoría de tinte de las islas Purpurarias, en Mauretania. Se les marcará con la señal de Tanit, la luna creciente, para que no olviden nunca la depravada acción en la que han delinquido. ¡En una vida privados de libertad, meditaréis sobre la sentencia del Tribunal de los Buenos Usos! —proclamó, y Balkar dio por cerrada la sesión. Ya no podía haber apelación posible—. ¡Es la sentencia de los antiguos dioses tirios! —exclamó.

Los reos lloraron en una mezcla de alegría y llanto lastimero. La danzarina escupió en el rostro a Bomílcar, que bajó la mirada abochornado. Lo que les aguardaba no era una vida de rosas, pero la habían salvado, gracias a la intervención de la sibila, que se incorporó y miró a Tamar, esperando alguna frase de disculpa.

—La fatalidad está colgada de mi estrella, Arsinoe. Perdóname.

A la sacerdotisa le costó responderle. La emoción la paralizaba.

—No nos veremos más. Eras la hermana que nunca tuve, mi protección y mi apoyo. ¿Lo sabías? Rezaré por ti —le habló seria.

—La esclavitud devolverá la paz a mi espíritu —dijo sin alzar los ojos.

—Ya nunca recobraré la serenidad —contestó la pitonisa—. Este hecho deshonroso ha quebrado la paz del templo y nuestra antigua amistad. Has arruinado tu vida, pero sé fuerte y confía en tu destino. Que Astarté te exculpe, pues yo no podré hacerlo nunca. Podrías haber acudido a mí y yo te hubiera abierto mi corazón y mi ayuda. Me has traicionado.

Un llanto copioso la asolaba y atropellaba sus palabras.

—Lo siento, Arsinoe, excúsame. Purgaré mi culpa y volveré a convertirme en una devota de la diosa. Gracias eternas, señora. Lo siento.

Los esbirros tiraron de las cadenas y los culpados desaparecieron camino de los calabozos entre gimoteos. Tiratha le lanzó una mirada de fuego a la *asawad*. Otra vez se sentía agraviaba y aprovechó para herirla.

—Has perdido tu paño de lágrimas, *asawad*. Jamás regresará de ese infierno de muerte y desesperación. La sibila de Gades ha de cuidar sus amistades. Este infame robo manchará tu reputación —la espetó desairada.

—Tu afán solo era arrebatarme algo querido, Tiratha. Alabo tu celo.

El tono de la sacerdotisa adquirió un tono amedrentador.

—Como tú me usurpaste un rango que me correspondía por sangre.

Arsinoe negó con la cabeza y sonrió. Tiratha era una provocadora intrigante y una embaucadora notoria que no dejaba a nadie indiferente.

—Hacer pagar un desliz por amor por el tormento de la cruz, o la más dura de las esclavitudes, es muy propio de tu indignidad. Sabes que esa mujer ha sido embaucada. Pero la diosa suele tomarse su satisfacción.

A Arsinoe la invadió un rencor intenso hacia Tiratha. Para revelarle su odio, la había zaherido en lo más profundo de su corazón.

—Bajo tu máscara de celo, solo hay maldad —le soltó la sibila.

Tamar pronosticaba una estela agria en su vida, y dejó la sala abatida. El penoso suceso había convertido el santuario en una mansión de soledad para Arsinoe, y ella lo sabía. La atmósfera de inconmovible tranquilidad en la que vivía Arsinoe en Gades se había roto como un viejo cántaro de tanto ir a la fuente.

Dos días después, atadas las manos a la espalda, Tamar fue conducida por dos guardias a un trirreme que cada luna hacía la travesía de Gades a las islas Purpúreas, frente al emporio púnico de Essaonira, para comerciar con tintes. Le habían rapado su pelo color del trigo y sus pupilas azuladas parecían grises. En su brazo llevaba tatuada a fuego la «T», la marca de la deidad fenicia, un feo e ignominioso tatuaje de malhechora que la acompañaría lo que le quedaba de vida, que no sería mucho, pues nadie vivía más de cuatro o cinco años hundida hasta la cintura en los estanques de colorante y tinturas, donde el reuma, la consunción, las fiebres pantanosas y la artritis acabarían con su fortaleza.

Había dilapidado una vida regalada, el respeto de los fieles y la intimidad con la sibila, por el falso amor de un bellaco que la había engañado y despedazado su corazón tras incitarla al más grave pecado que una sierva de Tanit podía cometer. Sabía que en el barco sería violada por la tripulación, como era costumbre con las esclavas, y que la infame vida de trabajos forzados en la factoría de púrpura llenaría de aflicción su alma. Tamar sollozó con angustia.

Llovía intensamente en Gades y el agua le corría a borbotones por la cara y la espalda, mientras el barro le enlodaba las ropas y las sandalias. Arsinoe, desde la azotea del templo, bajo una sombrilla que la protegía del aguacero, vio cómo su más íntima amiga huía como un ladrón a la fuga.

Arsinoe regresó al recinto sagrado, y cuando al fin asimiló la irremediable pérdida de Tamar, lloró desconsoladamente. Añoraba con pesar su ausencia, y sabía que extrañaría su presencia amable. La vida que le esperaba a la danzarina no sería fácil ni apetecible, y conocidos sus sentimientos, la tristeza y el tormento la embargarían hasta su muerte.

La sibila deseaba abandonar aquel lugar. Ya no se sentía complacida en el remanso de paz que era el santuario, y menos aún en la ciudad que la veneraba. Todos conocían la relación entre ambas y las miradas de los devotos se lo echarían en cara en todo momento.

Se encerró en su aposento, hirvió unas flores de adormidera y se dejó caer en el lecho. A su alrededor unas lamparillas tejían de fulgores su abatida silueta. Ya no volvería a ver jamás a Tamar. El semblante demacrado expresaba la decepción que su cuerpo no podía reprimir, y los latidos del corazón le golpeaban en el pecho y las sienes. Consumida por la pena y con las entrañas dolorosamente agitadas, la sibila cerró los ojos.

No podía contener los escalofríos de pena y dolor por su pérdida.

XIX

Los dados han sido lanzados

Roma, invierno del año 49 a.C. y primavera del 48 a.C.

Como si deseara desmentir los rumores sobre su relación con la vanidosa, lujuriosa y vitalista Clodia Pulcher, Marco Druso se paseaba por la villa de Balbo del brazo de una conocida dama romana antes de iniciar el banquete. Contemplaban unas estatuas traídas de Acaya, un Aquiles de Scopas, una Diana Cazadora y una Calíope de jaspe, musa de la elocuencia, de espectacular belleza.

Un gastrónomo de Rodas había organizado el banquete que rememora la fiesta del *genius,* o día de nacimiento, de Tulia Lucrecia, esposa de Lucio Balbo, que guarda la ausencia de su esposo, de campaña en la Galia con César. Para los romanos, labriegos y tratantes de sal enriquecidos, y adictos recientes al lujo asiático, engalanar sus jardines de lujos, utilizar músicos disfrazados de Ganímedes, el copero de los dioses, y lucir bancales de flores y fuentes persas les adjudicaba distinción.

Los invitados, entre los que se hallaban también algunos de los que en la ciudad eran conocidos como «sombras o parásitos», gorrones llevados por comensales ilustres, o que se colaban sin haber sido invitados, fueron convocados por el maestresala a ingresar en el triclinio en donde se celebraría el festín gastronómico. Una antigua costumbre latina dictaba que los anfitriones exhibieran ante los invitados sus objetos más lujosos, y Lucrecia había ordenado instalar en la antesala varias mesas con escabeles de ébano, vajillas de plata, vasos de pórfido, manteles púrpur, estatuillas de oro de los *genios* tirios, copas de ónice y un jabalí de plata martilleada, hecho por orfebres turdetanos, con colmillos de marfil y ojos de lapislázuli.

La estancia, iluminada con lámparas egipcias, estaba decorada con un mosaico de Baco en un carro y rodeado por una corte de ninfas, sátiros y silenos, los *genios* de las aguas, que tapaban sus atributos con pámpanos de vid, e imágenes de la Tanit fenicia, la encarnación de la luna. Las matronas, recostadas en los divanes y luciendo complicados peinados y maquillajes sugerentes, se pusieron de acuerdo y eligieron al apreciado Marco *arbiter bibendi* —encargado de elegir los vinos y mezclarlos—, honor que este agradeció impasible, tras recibir una ovación afectuosa.

Unos esclavos galos de cabelleras rubias, otros nubios y camareras griegas, vistieron a los comensales con la ritual *síntesis*, la túnica de los convites usada para no ensuciar las vestimentas de calle, una *veste* de color cereza y unas sandalias livianas. Unas estatuas de los dioses primordiales acostados en lechos, según costumbre etrusca, presidían los triclinios colocados en forma de «U». A la cena habían acudido invitados asiduos a la causa de Cayo Julio, que libaron en su honor y por la felicidad de Lucrecia. Entre la *gustatio* (aperitivo) y la *prima cena* (primeros platos) conversó con la anfitriona, y le correspondió hacer el brindis de felicitación, tras escoger las ánforas de vino que creyó más selectas:

—*Bene tibi, Lucretia!* —y todos replicaron—: *Felicitas!*

Marco no paró de seducir a Clodia, que lo observaba con insistencia, mostrándole su pasional atracción. Aseguraban en la ciudad que su voluntad estaba al servicio de su propio placer. Se inclinaba sobre la bandeja y comía cerezas almibaradas, fruta que los amantes se ofrecen en señal de amor. La mesa central estaba colmada de cálices de ónice y cráteras de Samos para mezclar los vinos, y Volusio, que seguía en Roma velando por los intereses del general, hacía gala de una gula desmesurada, ya que frecuentaba el vomitorio para vaciar el estómago y atiborrarse después con glotonería de las viandas.

Marco Druso bromeaba con él y le señalaba las apetitosas fuentes con lenguas de alondras, barbos de Sicilia, salchichas de Cremona, ostras del Adriático, morenas de Baessipo, lirones confitados y capones sazonados con miel de Melaria y pimienta de la India, servida en *salinum* —saleros de plata—, que los esclavos iban acarreando.

Con el paso de las horas, algunos comensales fueron conducidos a un voluptuoso estado de lascivia, al que no eran ajenas las matronas, quienes se animaban con el vaivén de sus pechos sueltos y acariciaban a los coperos y los besaban con pasión. En la Roma republicana se consideraba el placer sexual como un deleite de dioses. El vino de Qyos de la *secunda mensa* fomentó los escarceos amorosos, y la azafranada luz del salón contribuía a tejer una atmósfera de frivolidad y desenfreno, a la que tampoco era ajeno Marco, que intervenía en los maliciosos diálogos de las *dominas*.

—¿No pruebas el pastel de sesos de faisán? —oyó Marco, que se volvió y vio a Clodia, magnetizadora con los rizos sobre la cara.

Un leve temblor parecía darle vida a su melena negra compuesta en un alto peinado. Marco dedicó una inquietante mirada a su reciente conquista y le sonrió. Tenía ante sí a una diosa del Olimpo, cuyas suavidades ya había gozado en algunas ocasiones. En Roma era tenida como un hembra sin moral, capaz de envenenar a su marido, el senador Metelo, poseer raros amantes, como el tierno poeta Cátulo, o tener amores incestuosos con su hermano, el popular Clodio Pulcher. Poseía un perfil felino y una mirada de gacela africana, y sus altos coturnos dorados la hacían parecer más alta. En su pecho insinuante palpitaban dos collares etruscos, y sus ojos azules y hondísimos eran dos destellos salidos del cielo del estío. Habló suave:

—El cocinero de Balbo es un talento. ¿No te parece, querido?

Clodia le acarició el brazo hasta rozar su torso firme.

—El mejor de Roma, Clodia, y creo que elabora afrodisiacos sublimes.

—¿Tú los necesitas conmigo, Marco? —le preguntó pícara.

—Necesitaría un lenitivo para contenerme —dijo, y ambos rieron.

Degustaron de sus copas un excelente vino de Falerno, y la dama le dijo en el tono que acostumbraba, siempre presto a la intriga.

—¿No te extraña que no haya asistido Pompeyo a la fiesta?

—Indeciblemente, *cara* —aseguró su amante.

—Cátulo me asegura que definitivamente se ha escenificado la ruptura entre el Magno y Cayo Julio. Antes amigos, familiares íntimos y aliados en el poder, y quizá muy pronto competidores.

—Mi patrono Balbo, amigo de ambos, estará experimentando una difícil realidad —contestó Marco, que deslizó su mano bajo la estola.

—Compórtate, querido, Lucrecia no nos quita ojo —dijo pícara.

—Ni tu hermano Clodio —la corrigió—. Desde que nos vemos, lo noto más huraño conmigo. Pasé a visitarte hace unos días y me siguió en su litera. Hube de pasar de largo de tu casa. Tu cohorte de amantes me vigila. Pero para mí es un delicioso incentivo, *carissima*.

La hermosa Clodia se echó a reír luciendo su dentadura perfecta y exhibiendo unos labios carnosos, sensuales y tintados de rojo carmín.

A la hora de la *comissatio* (la sobremesa), entraron en el salón seis bailarinas gaditanas provistas de crótalos de plata que hacían tintinear con maestría, panderetas y falos de bronce con los que improvisaron una voluptuosa y frenética danza. Nadie perdía uno solo de los contoneos de las *puellae*, que enardecieron a los invitados con sus cuerpos atrayentes, visibles bajo sus tules de seda, y sus danzas delirantes. Las damas buscaron el placer del sexo con los efebos en los jardines y aposentos interiores, mientras las esclavas saltaban por los divanes perseguidas por los convidados, que las penetraban en el suelo o en los lechos de la sala, convertida en una enloquecida bacanal.

Clodia, aprovechando la algazara, susurró insinuante a Marco:

—Voy a salir hacia el *vomitorium*. Sígueme, Marco —lo animó chispeando sus pupilas turquesas y sus largas pestañas.

Entraron en un cubículo adornado con pinturas de tritones

y sirenas, iluminado con la tenue luz de un candil de bronce. Marco era consciente de que despertaba en ella una atracción clandestina. Un lecho de marfil y una mesita con un ánfora de vino invitaban a la pasión. Se desnudaron el uno al otro, y Clodia, tras besarlo ardientemente, lo tendió en el lecho, donde recorrió con su boca el cuerpo moreno y terso de su amante, estimulando con sus caricias su virilidad, que besó con fruición. Marco la acometió después como un ciervo en celo, arrodillado entre sus piernas largas y sedosas, y la mujer se convulsionó presa de un éxtasis sensual.

Prolongaron su juego febril durante un largo rato entre quejidos de concupiscencia, con el amante besando los senos, los muslos y la espalda de la *domina*, que jadeaba de placer. Su sedosa lengua recorrió el rostro de Marco, quien estimulado por Clodia aumentó el ritmo de sus convulsiones, hasta que sus sexos, ebrios de gozo, experimentaron, él un fluyente derrame, y ella un gozoso orgasmo.

Al rayar el alba, los dos espléndidos cuerpos desnudos brillaban revestidos por una tenue capa de vino, sudor y perfume.

Clodia se despertó con un sobresalto y abrió sus ojos azulísimos, a los que nada se le escapaba. Tenía frío. Parecía no haber ni esclavos ni domésticos por aquel alejado y silencioso cubículo, y viendo que su amante tenía los ojos abiertos y los brazos cruzados en la nuca, le confió:

—Marco, ahora que oídos indiscretos no nos escuchan, he de revelarte algo de naturaleza grave y comprometida que atañe a César, y que no pude comentarte anoche en el convite.

—Me preocupas, Clodia —dijo, y la besó en la boca—. ¿De qué se trata?

La mujer acercó sus labios al oído de Marco, y le susurró:

—Mi amigo Cátulo, que conoce los entresijos de ese corrupto Senado que nos mal gobierna, me ha descubierto que Cayo Julio va a ser declarado enemigo público de Roma, a menos que renuncie a su mando en la Galia y regrese a Roma solo y sin ningún soldado a su lado.

Marco se ocultó tras una expresión hierática de inquietud.

—¡¿Qué me dices?! —preguntó estupefacto—. Sí es grave, sí.

—Calla, no alces la voz, querido. Escucha. En la primera votación del próximo año se votará y se hará público. Estoy segura que César y Balbo lo ignoran. Debes ponerlos sobre aviso y también a Marco Antonio.

—¡Por los dioses Penates! —replicó Marco, rígido sobre la cama.

—Tú también puedes correr algún tipo de peligro, Marco. Vigila tu espalda y condúcete con prudencia —le rogó.

—Cálmate, mujer, sé cómo defenderme —la consoló.

—Es muy posible, según me dicen al oído, que en Roma ya no habrá lugar para el ambicioso Calvo. Anda con cuidado.

Marco se guardó de pronunciar ningún nombre. Su respuesta podía ser oída en una casa ajena y luego ser deformada por bocas insidiosas. El asunto no podía ser más espinoso para César. Acto seguido se incorporó de la cama, se vistió, bebió un trago de vino y se encaminó abstraído hacia la puerta. Su rostro era el paradigma de la alarma. Tenía que enviar a la frontera de la Galia un mensajero de Nemus inmediatamente.

—Roma se avoca a una guerra civil. Gracias por la confidencia. Cuídate y ámame, Clodia —le pidió, lanzándole un beso alado.

—*Vade in pace* —contestó.

Su fórmula apresurada de despedida le pareció a la dama una amarga ironía. Le era difícil conciliar las palabras «guerra» y «amor», y cerró los ojos. Deseaba a Marco, pero no lo amaba, en ello consistía su tortura con los hombres.

Sería él o Pompeyo. La contienda entre romanos estaba servida.

Los últimos días de aquel inquietante *januarius* y los primeros de *februarius* habían traído a Roma fríos chaparrones, heladas, escarchas y una incertidumbre que a los romanos les corroía las entrañas. La *Urbs* sufría un régimen de terror intolerable y no había quien no temiera por su vida, fuera cual fuere su bando. Pero ser cesariano podía constituir un veredicto de muerte cierta.

Volusio y Marco Druso habían acordado, en tanto se calmaba la situación, encontrarse en secreto en un vetusto templo casi abandonado, a un estadio de las murallas romanas, para transmitirse sus mensajes secretos. No había que tentar a la suerte. El día fijado, Marco salió en un carro tapado para no levantar sospechas, acompañado por dos sirvientes armados. A menos de una milla mandó detener el carro. Oculto en un bosquecillo de mirtos se escondía un templete de madera dedicado al dios Silvanus, la deidad de los campos y selvas. El solitario santuario poseía una rara particularidad. Bajo el ara humeaban granos de resina sin ascuas, tal vez porque bajo su suelo discurriera un venero de aguas termales. Un mantillo de flores raquíticas y mirtos grisáceos lo circundaba.

Marco se arrebujó en su capa y aspiró el limpio aroma de la espesura. Volusio no había llegado. Al poco, después de la hora *tercia*, aparecieron dos jinetes encapuchados y envueltos en capotes pardos. Marco observó al compañero del centurión. Se trataba de un individuo de expresión adusta y cuerpo nervudo, abundante pelo gris y grasiento, y unas patillas grises y gruesas que le llegaban hasta la mandíbula. Sus manos eran grandes como palas, y su respiración, el fuelle de un herrero. Desmontaron y el escolta se quedó a cuidar las monturas.

—¿Quién es ese? Tiene un aspecto patibulario —dijo tras saludarlo.

—Es Quirino, el Ligur —contestó sin mirarlo—. Ya te he hablado de él. Es mis ojos y mis oídos en Roma y sus alrededores. Se hace pasar por chamarilero y vendedor de esclavos y posee una inclinación perversa por la violencia ciega. Pelea a cuchillo, patadas y puñetazos como si fuera un púgil en la palestra. La bebida le puede, y es un mal bicho, pero es efectivo y necesario para nuestros intereses. Me protege cuando viajo solo.

—¿Es el que se infiltra en la bulla callejera para intimidar y hacer el trabajo sucio, Volusio? —se interesó.

—El mismo —corroboró—. Ha matado a golpes a más de un revoltoso partidario de los *optimates*, y en las casas de prostitutas tiene fama de pegar a las *lobas* y atormentar a las putas más jóvenes. Una mala bestia.

—¡Vamos, un buen compañero de viaje, ¿no?! No quiero verlo nunca por mi casa. Individuos así perjudican nuestra reputación —dijo Marco.

—Descuida. Vamos a lo nuestro —contestó, e ingresaron en el templete.

Los acontecimientos se habían precipitado en Roma, y ambos se cuidaban de no hacerse excesivamente visibles y de no frecuentar de noche las callejuelas por miedo a algún matón pagado por el Senado. Eran partidarios del «proscrito» Julio César, y no pretendían aparecer muertos en el cieno del Tíber, o un una taberna de la Subura. El Senado, finalmente, había decidido por votación unánime considerar a César enemigo de la República, si no desistía del mando o *imperium* de sus legiones. Cayo Julio hubiera acatado la orden de renunciar si Pompeyo hubiera hecho lo mismo.

Pero el Magno, rompiendo su acuerdo con César, no lo aceptó.

La temible decisión de los dos hombres fuertes de Roma hizo que los dioses castigaran con el fuego, el viento huracanado y el trueno de la guerra a los romanos. Parecía como si la tierra temblara bajo sus pies y la loba Luperca aullara en sus sueños. Pompeyo fue proclamado cónsul único e investido del poder de un rey. Ya no necesitaba a su poderoso ex suegro. En las tiendas del Foro los mercaderes vendían estatuillas de Pompeyo de cabellera rubia, propia de los nacidos en el Piceno galo, y las muchachas lo vitoreaban cuando aparecía en los lugares públicos. Era el hombre de moda en Roma.

Los tribunos Marco Antonio y Quinto Casio mediaron con su derecho a veto a la irreflexiva decisión de los *patres* de la nación, dirigida por los declarados enemigos de César: Claudio Marcelo, Porcio Catón, Cornelio Léntulo, Junio Bruto, hijo de su amante Servilia, y Escipión Metelo.

—¡El Senado ha quebrantado el acuerdo firmado con César, quien ha aportado más gloria a Roma que todos vosotros juntos! —proclamó Antonio—. César vendrá a Roma a vengar a la Patria y a sí mismo.

—¡Abrid las puertas del templo de Jano! —ordenó el cónsul mayor.

—¡Roma está en guerra! —gritaba la plebe por las calles.

Aquella misma noche, Antonio y Casio, disfrazados de esclavos, se apresuraron a ponerse a salvo, para unirse y avisar a César, que ya conocía la ruptura de las hostilidades en su campamento de Rávena. Con las primeras luces del amanecer, diez días después de la ruptura, el general llegó al crecido río Rubicón, límite entre la Galia e Italia, con sus legiones, y meditó si traspasarlo o no. Reflexionó sin tasa de tiempo.

Pero entonces ocurrió algo insólito, que un supersticioso romano, tan atento a los signos, no podía dejar pasar por alto. Vieron a un joven de agraciada presencia que tocaba el caramillo sobre una roca en medio de la corriente. Los legionarios de César se le acercaron admirados, y él, asiendo la trompeta de un soldado, comenzó a sonarla y cruzó el río.

Era una premonición. César ordenó que lo siguieran, pues era un signo de los dioses. La caballería formó una barrera natural en las aguas y la infantería pudo pasar con los bagajes y enseñas victoriosas. Sus sentidas palabras, que resonaron por encima de la trompeta legionaria, ya las conocían y repetía toda Roma. Suponía una bendición de los dioses.

—¡Amigos, si no atravieso este río, abriré la fuente de nuestros males, y si lo cruzo, la mía y la de muchos romanos. Vamos adonde nos llaman los signos de los dioses y la deslealtad de nuestros enemigos! ¡Aquí abandono la paz y el derecho ultrajado! —anunció César conmovido.

Ordenó soltar unos caballos en ofrenda del dios del río, más por enardecer y tranquilizar a sus hombres que entraban en su propio país armados, que por creencia propia, pues él era un reconocido incrédulo.

—¡Los dados están lanzados! A ti te sigo, Diosa Fortuna, y me pongo en manos del Destino —proclamó Julio con su imponente vozarrón mientras atravesaba sus aguas, con lágrimas en los ojos y entregado a la fe de sus fieles legionarios, que una vez más vieron cómo una lágrima furtiva se deslizaba por sus pómulos. Sus enardecidos soldados ignoraban que su general había pronunciado una conocida frase del comediógrafo heleno Menandro: «*Anerriptós Kúbos*» («Que vuelen alto los dados»).

Su caballo, *Genitor* («padre»), nombre con el que César había deseado honrar a su progenitor, lo acompañó chapoteando gotas de agua, en el paso del río. En Julio se había operado una súbita transformación. Su conversión a la verdad sobre la Roma oscura había sido una conmoción de la razón, que inequívocamente dominaba todos sus actos.

Allá por donde César pasaba en su temeraria marcha hacia Roma, ya fuera en Arimino, Arretio, Pisauro o Ancona, enardecía a las asustadas masas con su oratoria y seducción. Lo recibían con respeto, haciendo sonar los pífanos, tambores y trompetas, y luego lo despedían con regalos y muestras clamorosas de devoción. Toda Italia se le ofrecía sin reservas, desgarrada por las injusticias que le hacía sufrir el corrompido Senado y que él proclamaba a los cuatro vientos. Era un consumado actor y tras sus arengas estaban dispuestos hasta a arrasar la sagrada Roma.

Las noticias que arribaban a la ciudad eran que sin gran esfuerzo se había hecho con las legiones de Ahenobarbo, su enemigo jurado, que había enviado el Senado para intentar detenerlo, y cruzaba Italia sin oposición, y ante el clamor incesante del pueblo. Los viejos legionarios lo adoraban y se unían a sus fuerzas, enfervorizados. Pompeyo, al enterarse del clamoroso avance de César con sus tropas y de la marea popular que se le echaba encima, huyó despavorido a Brundisium, y de ahí a Grecia, acompañado por la mayor parte del Senado, donde conformaría un formidable ejército para oponerse a César, y hacerle frente en tierras helenas y sirias, donde poseía grandes apoyos.

Cayo Julio, al carecer de barcos, no podía seguirlo de momento, y Roma aguardaba su triunfante llegada. César no deseaba que su destino se decidiese a la ligera. Le gustaba lucrarse con los expolios y dádivas que recibía, cruciales para pagar a su ejército. Algunos viajeros aseguraban que una columna de polvo, originada por un ejército en marcha, avanzaba por el nordeste, en dirección a Roma.

Volusio, incapaz de formular un análisis preciso del momento, dijo:

—¡Minerva ha levantado su manto de oscuridad y nos da un respiro! Ya nadie podrá detener a Cayo Julio. Su estrella se eleva fulgurante.

—Una tregua que nos permite recobrar el tiempo perdido y comenzar a preparar la vuelta del general. He llegado a sentir miedo por mi vida. Algunos *optimates* me miraban con malevolencia cuando acudía a las oficinas de la basílica Emilia —le confesó Marco.

El tono caluroso del soldado era cada vez más familiar con Marco.

—Escucha, Marco. He recibido un mensaje de Cayo Julio, en el que me ordena que envíe espías a Grecia, para seguir a Pompeyo, y tenerlo al tanto de sus movimientos por Oriente —le informó.

—¿Solo a Oriente? ¿Y a Hispania, no? —se sorprendió.

—¿Hispania? —lo interrogó Volusio—. Nada me dice de esas tierras. ¿Qué ocurre allí que deba preocuparnos? ¿No las dejó Cayo en paz?

—Es otra cosa más grave. César ha de saber que algunos partidarios de Pompeyo, los legados Afranio, Petreyo y Varrón, han salido en secreto de Italia y se están haciendo fuertes con siete legiones hispanas en la provincia Citerior, fieles a César, para enfrentársele llegado el momento. Es como tener a sus espaldas un león, cuando intenta apresar a un toro. Así me lo confirman mis agentes de Nemus, en informes confidenciales.

Una maldición brotó de los labios curtidos del soldado:

—¡Por la méntula de Hércules! Eso es muy preocupante.

—Lo es, ciertamente, Volusio. Hay que atar todos los cabos.

—¿Puedo contar con tu ayuda incondicional en este grave momento?

—Sabes que sí, Volusio —le prometió—. Los intereses de César son los cuidados de mi patrono Balbo. Hoy mismo pondré en marcha la maquinaria de Nemus. Los *agens mercurii, fannii* y *nexus* del grupo formarán una malla de información y pesquisas desde Tarraco hasta Alejandría, y desde Britania al Eufrates. Nos tendrán informados del más mínimo detalle del estado y movimientos de los pompeyanos en Oriente y Occidente. No escatimaré en recursos, tenlo por cierto. Cuando César y Balbo arriben a Roma, podrán tomar una decisión sin temor a equivocarse.

La buena opinión que poseía Volusio del siciliano se fortaleció.

—No todos los políticos de Roma están a la altura de Cayo Julio. Ni media docena se le puede comparar, y merece el supremo *imperium* del consulado. Mi amo agradece tus eminentes gestiones, Marco Druso.

—Pero advierte a tu señor de los peligros que lo acechan —dijo Druso.

—Eres un hombre de inteligencia inestimable —le participó Volusio—. Por eso las deidades del Olimpo te conceden riquezas y sueños apacibles.

—Exageras. Nada que la razón y el trabajo no puedan lograr.

Volusio lo abrazó, y Marco aprovechó la brecha del momento.

—*Caro* amigo —le recordó—. ¿Pudiste conseguir alguna información de aquel prófugo que llevo años buscando? Mis espías no encuentran ni un solo rastro de ese rufián y su caterva de asesinos y ladrones. Desaparecieron hace tiempo de la faz de la tierra, ¡por Hércules!

El centurión se apresuró a contestarle. Pero bajó la voz:

—Hace meses que trabajo en una pista muy fiable, pero no quiero hacer saltar la liebre. He conocido a un veterano de la X legión que conoce algo. Estuvo a las órdenes del gobernador de Numidia, Sergio Catilina. Quizás haya que estimularlo con alguna dádiva.

—Lo que sea preciso, Volusio —lo alentó con la mirada de súplica.

El centurión le impuso silencio con el dedo. Había notado que su acompañante había dejado el cuidado de las cabalgaduras y merodeaba por los muros del templete. Era de fiar, pero no dejaba de ser un extraño.

—Servilio Rulo Volusio nunca olvida nada. Entereza, buen amigo. Si aún vive, te juro que te traeré a ese asesino, atado de una cadena —afirmó.

Una lenta corriente de gentes cruzó desde el alba el Puente Emilio, mientras *quirites y clarissimi*, mezclados con el pueblo, descendían de las lujosas villas de las colinas del Esquilino. La bóveda del firmamento había desplegado un cielo sin nubes aquel tibio día de marzo, que parecía lleno de una luz infinita. El amanecer del nuevo día aguardaba la llegada de César victorioso y todos deseaban verlo. Una luz lila teñía la lobreguez de la noche. Ciudad cien veces herida y cien veces cicatrizada, había abandonado lechos y jergones y se concentraba en el Foro y en las laderas del Capitolio. Los barqueros del Tíber trasladaban a los ciudadanos de la otra ribera, y Marco, Volusio, y las esclarecidas Lucrecia y Clodia, se habían ubicado en la Rostra, para no perderse detalle.

Lucio Balbo y Oppio, sus agentes de propaganda, habían preparado su llegada, junto a Volusio y Marco Druso, y formado un nuevo Senado, por haberse expatriado los senadores «rebeldes» de Pompeyo, que habían tratado a César de «bandido perverso».

A pesar del apoyo popular, la situación para Cayo Julio resultaba embarazosa, rodeado de obstáculos por todos sitios. Le dolía que Hispania y África permanecieran fieles a Pompeyo. Se oyeron clarines y timbales por la puerta norte, y los juramentos de fidelidad a César de sus legionarios y de la plebe romana. Pronto aparecieron los primeros timbaleros y los jinetes con los lábaros victoriosos, que iniciaban el desfile de entrada en la *Urbs*, que no de triunfo, pues solo podía concederlo el Senado. La expectación despejó el camino y la multitud apretujada prorrumpió en aclamaciones y vítores:

—*Caesar victor! Roma aeterna!*

Las esquinas y aleros de los templos y el Foro habían sido decorados con las águilas de Roma, y una cohorte de soldados, hombres valerosos con los que había soportado penurias, sangre, hambre y victorias, guardaba el recorrido. Las legiones abrían el desfile y César detrás, sobre su corcel blanco. Vestía la coraza de general y la capa púrpura y ocultaba su calvicie con la corona cívica del valor, conseguida en Asia. Miraba a todos, pero parecía no ver nada. Era propio de su personalidad.

Parecía más alto, delgado y con la piel más bronceada. Su altura aumentaba su majestad. Las legiones lo vitoreaban inundando el aire de Roma. Era uno de ellos y rugían al compás de sus botas claveteadas y con las espadas desenvainadas. Los hombres marchaban rítmicamente y se percibía la apoteosis de su comandante, como si viniera de los mismísimos Campos Elíseos, o de la Dorada Cólquida con el Vellocino.

—Caesar, Caesar, Caesar! —lo aclamaban entusiastas.

—¡Queremos un solo guía, un solo *Imperator*! —pedían al pueblo.

Era un jubiloso y enfervorizado espectáculo, y nada en la tierra se le podía comparar. Al menos eso pensaba Marco, que también sabía por sus agentes que la clase aristocrática no estaba con él, por haberse erigido como líder del partido popular. Las casas estaba decoradas con tapices y músicos con flautas acompañaban los cantos obscenos de los militares. Domésticos de César portaban lábaros con las efigies de Júpiter, Marte y Minerva, que relucían con el sol, y el blanco de las túnicas señoriales y el ocre de la plebe contrastaba con los damascos de oro de los estandartes.

Se les notaba en los ojos. Némesis, la diosa de la venganza, estaba con los vencedores. Habían cruzado el Rubicón por lealtad a su general en jefe sin saber qué les aguardaría en Roma. Eran sus valientes defensores que venían a vengar la causa del Calvo. César daba la impresión que había tomado una de esas determinaciones extremas que vuelven impasible a una persona. Él y sus legionarios habían jugado sus bazas y tomado sus decisiones con fe. Cayo Julio era vanidoso, pero era fácil diferenciar si la devoción de un pueblo a un hombre era falsa o verdadera. Roma amaba a César sin adulación, y el paso del desfile se estancaba con la delirante acogida del sufrido pueblo de la *Urbs*.

El grupo de Marco comía confituras de almendras y conversaba.

—Está apresado por un destino supremo. Roma nunca vio cosa igual.

—Tal como le vaticinó la sibila de Gades, según cuentan, Volusio.

La bella Clodia, envuelta en una clámide rosada, opinó de César:

—Parece un semidiós cargado de sabiduría.

—Y también de sencillez —aseveró Volusio—. Mira cómo habla con sus soldados. Lo adoran, y con él llegarán al fin del mundo.

Dos toros blancos para ser sacrificados ante los altares de Júpiter y Cibeles cerraban el cortejo.

Marco tomó la mano perfumada de Clodia y sintió un halo de calor.

El barro seco y apelmazado con las crecidas del Tíber en aquellos primeros días del mes de *aprilis* llegaba hasta las escalinatas del Capitolio. Las matronas romanas habían celebrado con pomposidad los Fastos de Ceres, celebrando ritos clandestinos en la cámara del templo, que culminaban con los hombres soltando centenares de zorros en la arena del Circo Máximo con antorchas encendidas en los lomos.

Julio, respetuoso y cortés, se reunió con el nuevo Senado, presidido por Sulpicio Rufo, que hablaba por boca de Cicerón, al que apodaban el Griego, partidario a ultranza del Magno. Había que tener cuidado con él.

—Gobernaré el Estado con mis propios medios, y no lo esquilmaré como ha hecho Pompeyo. Nada debéis temer, seré fiel a las leyes, y no tomaré represalias contra nadie. Yo amaba al Magno —proclamó ante el Senado y ante la asamblea popular—. No es tiempo de acatar leyes caducas, sino de armas y decisiones enérgicas.

Proclamado Dictador, renunció al cargo para dirigirse a Hispania y enfrentarse a los partidarios de Pompeyo. Pero sus arcas estaban vacías. Se dirigió entonces al templo de Neptuno, donde se guardaba el tesoro de la República. Rompió las cerraduras ante la oposición del senador Metelo, y se hizo con un arsenal de lingotes de oro y plata por la fuerza. A los ocho días, pleno de euforia guerrera, Julio abandonó la ciudad.

—Cuando regrese de Hispania devolveré moneda a moneda. Lo tomo para defender la sagrada República y al pueblo al que representa —aseguró.

Por vez primera, Roma era más pobre que el propio César.

Marco Druso, que había acudido al río a despedir al ejército cesariano, se paró a escuchar el acompasado estruendo de los timbales de los legionarios y sus marchas marciales, que se iban desvaneciendo por el Puente Emilio. Eran como estrépitos que recordaban a la indefensa Roma que se abocaban a otra guerra indeseable. Hermanos contra hermanos y padres contra hijos. Las aclamaciones se convertirían pronto en polvo reseco y solo quedaría la inquietud y el dolor por los muertos.

El Festival de Flora, el día de Apolo y el de los Juegos Tarentinos no se celebraron aquel año con igual pompa. La tristeza reinaba en la *Urbs*.

Cuando regresaba presuroso a su *domus* del Aventino, advirtió a una refinada mujer que cubría su cabeza con un velo de color azafrán y se hallaba de rodillas ante las puertas desplegadas del templo de Jano, la deidad de las dos caras. Se paró en seco y luego se acercó, parándose tras su silueta perfumada. Era Calpurnia Pisón, la ferviente esposa de Cayo César, que la noche anterior había soñado con un sombrío bosque donde su esposo luchaba contra las esfinges y los espectros del Hades. Oyó cómo de sus labios escapaba una oración contrita y sentida que lo conmovió:

—Tus rostros están hechos de luz, oh dios de las partidas y los regresos de los mortales. ¿Está esta ciudad tuya condenada a ver morir a sus hijos más queridos? La guerra es una madre desnaturalizada cuyo regazo es la muerte. Protege a mi esposo de su abrazo, te lo suplico.

Marco aguardó a que concluyera, y se ofreció a acompañarla a su casa en la Via Sacra. Había hablado con ella varias veces y la reverenciaba por su armoniosa y delicada indolencia. Su voz tímida era como el sonido de un pajarillo enjaulado. Él sabía por Clodia que no era una mujer fogosa, pero sabía cómo recoger las confidencias de su esposo, y sosegarlo. Una gracia orgullosa escapaba de sus grandes ojos oscuros, ahora llorosos.

—¿Qué puede engendrar una nueva guerra, sino una cadena sin fin de guerras, Marco Druso? El final será recoger el cuerpo sin vida de mi esposo, al que tú tanto estimas, cubierto de sangre. Sé que es mi destino.

—La guerra nunca es justa, *domina*, pero esta es necesaria, porque de lo contrario se convertiría en un proscrito de su propia patria —le dijo.

Siguieron platicando hasta cruzar el Foro y enfilar la Via Sacra. Calpurnia le parecía a Marco un suspiro de delicadeza y su mirada, vulnerable y delicada. Mil dudas de futuros sobresaltos cruzaban por su mente. Alzó la mirada y el caballero vio su iris de un negro borrascoso. Le agradeció la compañía y se despidió dedicándole una mueca amistosa.

—*Vade in pace, Marcus*.

—Que Afrodita pacifique tu ánimo, *carissima domina* —le sonrió.

Nubes de tormenta asomaban en el cielo de aquel tibio día primaveral. La atmósfera se volvía cada vez más revuelta y los jirones de bruma parecían retazos de terciopelo. Cuando el *quirite* le volvió la espalda, el ocaso había encendido la *Urbs*, hasta darle el color del cobre.

Roma, en guerra, se asemejaba a un tapiz bordado con sangre.

XX

Julio César llora al Magno

Roma, verano del año 47 a.C. e invierno del 46 a.C.

Las puertas del templo de Juno, en la colina capitolina, seguían abiertas de par en par. Algunos devotos llevaban palomas y gallos para ser sacrificados por los arúspices de la deidad, los que interpretaban las señales en las vísceras de los animales sacrificados, y a los augures que interpretaban el *fatum* o destino en el vuelo de los pájaros y así aplacar la ira de los dioses y rogar por las vidas de los suyos. La atmósfera de Roma estaba cargada de porosa humedad, y al mediodía, a la hora séptima, el sol aún no la había evaporado. Un calor viscoso se había instalado en la *Urbs*, que se asfixiaba en sus propios efluvios y en el tufo seroso del Tíber.

Horas más tarde, Marco sesteaba en su biblioteca rodeado de tablillas de cera y rollos de papiro, tinteros, plumas afiladas, y un revoltijo de documentos de Nemus, enviados por sus soplones. Estaba absorto en sus reflexiones, aguardando la anunciada visita de un patricio del estado mayor cesariano al que no conocía. Se trataba de Sexto César, hijo de un primo del general, el *flamen Quirinalis* de Roma.

El joven, según Balbo, era un notable militar y cultivado en la gramática etrusca y las religiones antiguas, enseñanzas que impartía en la afamada biblioteca del templo de Apolo. Venía a solicitarle ciertos archivos sobre los movimientos de los últimos reductos pompeyanos en Hispania y de las posiciones que aún conservaban, necesarios para su tío.

Se entretuvo releyendo legajos sobre César y su forzosa salida de la ciudad, y recordó que salvo una breve estancia en Roma, tras la contienda hispana, y después de ofrecer un homenaje con sacrificios y juegos a la diosa Fortuna, el cónsul hacía un año que se hallaba ausente de la ciudad. Marco aún tenía presente la imagen de la despedida de los ancianos, matronas, muchachas y niños con las palabras en sus labios: *«Pax, pax, pax!»* Pero pasados los meses el pueblo había entrado de nuevo en la desesperanza, y los arúspices seguían encontrando en el vuelo de las aves y las entrañas de los gansos sufrimientos interminables, sangre romana derramada y crespones de luto en los hogares.

Y los señoriales y corrompidos republicanos lo seguían detestando, y no pararían con sus recursos y poder hasta derrotarlo y enterrar su memoria. Marco puso en orden los informes de la guerra de Hispania, la que se había iniciado en Massalia, fiel a Pompeyo. Los massaliotas, fiados a su poderío en el mar, se habían negado a testimoniarle obediencia a César. Habían sido momentos de audacias y no podía dejar a ningún enemigo a sus espaldas. Encargó a su comandante naval, Décimo Bruto, que pasados los años le pagaría su confianza y honor con una altísima traición, y al de tierra, el oficial de alto rango Trebonio, que iniciaran el asedio del emporio marítimo y liquidaran el problema.

Él prosiguió con sus legiones hacia Hispania, donde levantó puentes y desvió el curso del río Sicoris, cerca de Ilerda, donde Afranio y su declarado enemigo en el Senado, Petreyo, lo aguardaban. Fue, según sus agentes, una carrera de velocidad, pero el Calvo la ganó con su astucia. Los encerró en los meandros del río Ebro y capitularon sin luchar. César consiguió que los legionarios pompeyanos se pasaran a su bando en tropel, y los que no quisieron fueron perdonados y licenciados. Italia entera lo alabó. Había conseguido la «fraternización» de los ejércitos de Roma, caso único en su historia, y evitado el tributo de sangre hermana.

Las madres del pueblo loaban su nombre en el templo de Júpiter.

Ya solo quedaba rendir al irascible y venal Varrón, que había levantado una flota en Gades y desvalijado el templo de Melkart, y viajó al sur. Finalmente, Varrón entregó sus legiones y el mando en Corduba. Tras rendirse a su causa, Cayo César, invadido por la magnanimidad, lo perdonó, aunque lo obligó a que devolviera cuanto había saqueado en la Hispania Ulterior, en especial los exvotos del templo de su amada Gades, donde Arsinoe le anunciara su brillante devenir, y la ciudad que había sufrido los rigores e impuestos más vejatorios del general pompeyano.

César regresó de Hispania victorioso, sin derramar una sola gota de sangre hermana, y se embarcó sin dilación hacia oriente, donde lo esperaba Gneo Pompeyo con un formidable ejército.

Nicágoras le anunció la visita, e hizo pasar al joven oficial.

—Mi gozo es grande al recibirte en mi casa, Sexto César —lo saludó.

En el aplomo de su voz notó que era un hombre animoso y resuelto.

—*Salve!* Yo también me alegro, Marco Druso. Sé que cuentas con la amistad y la gratitud de mi ilustre tío, y con el favor de los dioses —le respondió afable.

Sexto se dirigía a Egipto para unirse a Cayo Julio con un regimiento de *equites* romanos. Era un joven de buena presencia, modesto y digno, con entradas en su cabello rizado, que hablaba con palabras calculadas.

—Es una distinción que no imaginas cuánto me honra, Sexto —dijo, y tras invitarlo a acomodarse y degustar un vino de Samos, le proporcionó una caja con revelaciones y testimonios de Hispania de índole secreta.

—Se la entregaré en sus manos cuando arribe a Alejandría.

—Es una información que debes guardar con celo. Encierra pliegos por los que matarían los pompeyanos. Se citan los lugares donde se han ocultado los hijos de Pompeyo, que han huido como conejos, e incluso la localización de sus madrigueras. El aviso resultará vital para César.

Sexto se sorprendió. Ignoraba que la información fuera tan capital.

—Descuida. Mi tío no solo es un genio militar, sino un hombre de letras y un compasivo comandante. Ama la Literatura, la Oratoria, la Retórica y la Elocuencia, y es un narrador señalado. Las generaciones futuras leerán sus escritos, más que rememorar sus victorias. No busca el desagravio de sangre, y a veces me parece un filósofo griego. ¿Qué estratega del pasado se le puede comparar? En Hispania y Grecia no han existido límites para su bondad con los vencidos.

—Sin duda a Roma llegan noticias de su clemencia con los pompeyanos, a los que considera como hermanos, evitando el combate y masacres injustificadas. Las madres romanas rezan por él en los templos.

Sexto se expresó con calma. Reverenciaba la causa de su tío.

—Mira, Marco. Muchos *optimates* de la facción más poderosa e influyente del Senado consideran que su corazón está abrasado por la codicia y el ansia de poder. Pero están equivocados. Es ambicioso, sí, pero sueña con la gloria de Roma sobre todas las cosas, y ama a sus legionarios, que han conseguido con él una sólida fortuna.

—No te equivocas, Sexto. Los pobres de la plebe y los colonos ítalos de su ejército no luchan por ideales, sino por el botín prometido. Eso es así, y yo lo entiendo. Nunca he conocido un ingenio comparable al suyo, y también me las he tenido que ver con monarcas y gobernadores de Roma.

El africano le rogó que le relatara las andanzas en Oriente de su tío. Él las conocía someramente por sus espías, pero ignoraba la versión de un soldado tan cercano al general vencedor.

—Escucha, Marco. Nada más arribar a Grecia —siguió—, pisó los talones a Pompeyo con arrojo, firmeza y lucidez. Él no es un carnicero, sino un hombre de Estado. Y eso que todo estaba en su contra. Menos legiones, amotinados hartos de combatir, la flota enemiga esperándolo y un tiempo crudo y adverso. Pero apareció su persuasiva elocuencia. Habló a sus legionarios, no como un mendigo suplicante, sino como iluminado. «¿Hemos venido desde las Columnas de Hércules hasta aquí para perderlo todo? ¡La celebridad y el oro nos llaman!»

—Una lucha fratricida siempre sobrecoge. Amigos de la infancia, hermanos, padres incluso, frente a frente. ¡Es lo más atroz, por Hera!

Al sobrino de César le invadió una oleada de entusiasmo.

—Pero mi tío posee un don: Sabe vencer, convencer y ser clemente a la vez. En el invierno pasado, el Cónsul anuló la superioridad de Pompeyo, revertiendo su situación de inferioridad estratégica con gran talento. Es un genio de la guerra, Marco. Con solo siete legiones sitió a Pompeyo en Dirrachium. Los convenció de su fuerza. Posteriormente se le unió Marco Antonio con cuatro legiones más, y entonces fue cuando confió en el triunfo final.

—¡Es un Hércules *invictus*! Y luego Farsalia, la gran e imperecedera Farsalia, ya en los anales de la historia de Roma —recordó Marco—. El sobrino de Balbo, Lucio, nos envió un informe con el relato de la batalla. Debió de ser grandiosa, a pesar del calor insufrible, la sed y el cansancio que soportasteis, ¿verdad?

Marco escuchaba atento el testimonio de un testigo presencial.

—Yo estuve allí y podré contárselo a mis hijos y nietos, aunque escapé con vida de milagro, con una herida en la espalda. Aún me arden las venas cuando lanzó al viento nuestro grito de guerra: «*Venus Victrix!*» Nuestra situación era precaria. Nos doblaban los efectivos, pues Pompeyo había incorporado a su ejército a cretenses, macedonios, lacedemonios, tracios y capadocios. Pero nuestros legionarios, en especial la afamada X legión, aguantaron su empuje, estrechados los lazos de unión con su general. Cayo Julio supo jugar sus bazas con inteligencia y oportunidad. Los pompeyanos ya no podían resistir nuestras acometidas pues los acosábamos con bravura en todos los flancos. Ya no dependía de la estrategia de Pompeyo, que se veía superado, sino de un milagro, pues nuestro empuje resultaba demoledor —le narró enardecido.

—Una unión entre un cónsul y sus legionarios jamás se vio en Roma.

—Lo consideran uno de los suyos, Marco. Ahí radica su éxito. Incluso cuando los teníamos a nuestra merced, llegó a

suplicar a sus hombres exhaustos y sedientos que los persiguie-
ran y se quedaran con el botín atesorado por Pompeyo, tras
derrotarlo en el campo de batalla. Lo obedecieron sin rechistar.
Pompeyo arrojó las insignias de su mando, montó su caballo y
huyó.

—¡Indigna conducta! Dilapidó su honor militar, supongo.

—Cierto, Marco. Sin dilación, Julio, espada en mano, se dirigió a la tienda de Pompeyo, pero estaba vacía, y sus comandantes también habían huido. ¡Qué fatalidad! Hubiera acabado
todo. Los hubiera perdonado y todos hubiéramos vuelto a Roma. Hicimos treinta mil prisioneros y el procónsul Ahenobarbo, otro de sus enemigos cervales, estaba entre los muertos.
Muchos pompeyanos se le unieron, confiando en su honor.

Marco le recordó una información que él poseía.

—Lucio Balbo sostenía en su carta que la estrategia fue prodigiosa y que Pompeyo huyó a Egipto para salvar el pellejo,
porque en su soberbia nunca aceptaría ser prisionero de César,
a pesar de que él le tendería la mano. Sabía que, sin su liderazgo,
su causa sucumbiría.

—¡Y quiso desaparecer, Marco, por Venus! Tras los informes de tus agentes, mi tío supo que Pompeyo no pensaba ocultarse en Siria como quería hacernos creer, sino que dando un
rodeo, pondría rumbo a Cyprus, para luego refugiarse en Egipto, donde poseía un amigo y aliado, el faraón Ptolomeo XIV,
que lo protegería. Pero Cayo es astuto y perseverante.

—Y paciente, según mis confidentes —intervino Marco.

—Sí, César aprovechó estos rodeos estériles de Pompeyo
con su esposa Cornelia y su hijo Sexto, para visitar los escena-
rios de la *Ilíada*, e incluso la tumba de Aquiles en Sigea, y de
Ajax en Reteo, donde ofreció ricos exvotos, sin perder de vista a
Pompeyo. Recibimos tu confidencia de su huida en Cnidus. Al
punto partimos hacia Rodas tras la caza del Magno. Yo iba en la
nave capitana junto a Cayo Julio. Era una noche cerrada, sin
luna y sin estrellas. Navegamos tres días, con la flota cesariana
de Casio a nuestra estela como protección. ¿Conoces Alejandría, Marco?

—Sí, claro. Han sido muchos mis viajes a ese emporio.

—Pues bien. Allí nos aguardaba algo inesperado y perturbador. Al desembarcar, y mientras admirábamos la blancura de las defensas de la ciudad y César se disponía a visitar la tumba de Alejandro, nos llegó una impactante noticia: ¡Pompeyo había sido asesinado!

—Excesivo para muchos romanos, incluso partidarios de tu tío, ¿no? —opinó grave—. Y César, ¿cómo reaccionó ante tan imprevisible noticia?

Sexto deseaba rechazar recuerdo tan oneroso, y enmudeció.

—La arribada a Egipto no se le presentaba bajo los mejores augurios —prosiguió—. Mi tío se quedó petrificado, rígido, taciturno. Marco Antonio, sus comandantes, entre ellos Lucio Balbo *el Menor* y yo mismo, contemplamos estupefactos los anillos de Pompeyo, uno en forma de león y el otro reconocible por los tres triunfos grabados, y el fardo sanguinolento metido en salmuera que le ofrecía un tipejo atildado, el eunuco Potino, el fatuo Teodoto de Quíos, *el Sofista*, maestro de Retórica y cortesano del faraón, el que decía llamarse «amigo y aliado del pueblo de Roma», y que así trataba de adular al nuevo amo del mundo. ¡Farsante!

—Se equivocaba. Cayo Julio admiraba a un romano de la talla del Magno y le hubiera ofrecido una rendición digna y su perdón sincero. Debió de ofenderlo, más que halagarlo —replicó Marco.

—Y hubiera deseado rendir honras fúnebres a los Manes de Pompeyo.

El africano trajo a colación el hecho más comentado de la contienda.

—Mis espías de Alejandría me aseguraron que César derramó un conmovedor llanto de amistad al descubrir la cabeza decapitada de Pompeyo. ¿Es cierto, Sexto?

—Tan cierto como que Luperca protege a Roma —adujo Sexto—. Las proverbiales y conocidas lágrimas de Julio César que tanto enternecen, y que algunos vieron excesivas. Mi tío nos miró a todos con una mueca de reproche. Y era veraz.

—El llanto del ser humano es la lluvia que apaga el fuego del dolor, amigos míos. Ahora desearía liberar mi pena por Gneo

—les explicó grave—. Pero hace unos años, en Britania, que casi vacié el saco de mi llanto, y no me quedan demasiadas lágrimas.

—Entiendo las sensibilidades de Cayo Julio. Recordó a su hija.

—Y esposa del mismo Pompeyo, no lo olvides —le recordó Sexto.

Sexto simuló la cólera y el sentimiento que debió de sentir su tío.

—Yo no lo vi llorar en Britania, pero sí presencié sus lagrimeos antes de cruzar el Rubicón como un vil proscrito, o cuando murió su madre, mi tía Aurelia. Pero nunca lo había visto derramar un llanto tan espontáneo, quejándose amargamente de la fatalidad de su noble contrincante, que acababa de cumplir los cincuenta y ocho años. Reprimió un ademán de repugnancia, volvió horrorizado la cabeza, y se retiró al palacio con sus lictores y comandantes. Resultaba inútil consolarlo, o recibir alguna directriz de venganza. Dejó marchar a los ministros egipcios sin castigo.

—Y ese ridículo faraón firmó la sentencia de su reinado, ¿no?

—Y la suya también, y merecidamente. Solo era un niño de diez años, casado con una hermana de diecisiete, Cleopatra, una mujer inteligente, gustosa de la intriga y poseedora del don de lenguas. Pompeyo había sido engañado por otro ministro del rey, Aquilas, quien le pidió que pasara a su barca, con la que lo conduciría a presencia del faraón. Allí lo asesinaron, mientras su esposa e hijo lo contemplaban desde la cubierta de la galera.

—¡Abominable bajeza! —dijo Marco—. ¿Y su cuerpo, Sexto?

—Los legionarios de César lo incineraron respetuosamente aquel mismo día en la arena de la playa, y lo hicieron con honor.

A Marco le había producido gran impresión la narración de Sexto y cambió de tema para evitarle unos recuerdos dolientes.

—¿Y has regresado a Roma solo por estos documentos, Sexto?

—No, he venido comisionado por mi tío para retirar del erario del Senado el documento por el que el padre de Ptolomeo XIV contrajo una deuda con Roma de diecisiete millones de sestercios. César le condonó siete, pero aún quedan diez por pagar, necesarios para proseguir la guerra con los pompeyanos, dispersos por el norte de África. Los aduladores funcionarios le han aconsejado al faraón niño que no pague. Han negado la veracidad del pacto y Julio se lo mostrará ante su cara cobarde. ¡Pagará!

Marco conocía por los agentes de Nemus que Julio César se había involucrado en una guerra interna contra el faraón, quien se había atrevido neciamente a bloquearlo en Alejandría, aconsejado por el eunuco Poteinos, la nodriza del rey infante le llaman, y de Teodoto, dos pájaros de cuidado que lo tienen secuestrado. Llegados unos refuerzos que César aguardaba del aventurero Mitrídates de Pérgamo y de Antípatro, gobernador de Idumea, rindió al insensato Ptolomeo, que murió en la refriega. Acto seguido convirtió a su hermana Cleopatra en reina de Egipto y en su adorada amante, quien desde el principio había inflamado con su belleza y encanto el corazón del *Imperator*.

No obstante, al oír la referencia de África, Marco relegó al olvido todo lo demás y sintió como si un alacrán le hubiera picado. Había unido el nombre de su tierra de nacimiento con su más deseado deseo. Un cúmulo de recuerdos y de deseos se le vinieron a la mente de forma irreprimible. Hacía tiempo que anhelaba viajar a aquellas tierras y conseguir información por sí mismo sobre la partida de asesinos que habían crucificado a su madre años atrás. No le dijo toda la verdad a Sexto César, pero cumpliría con la causa cesariana con decoro. Podían fiarse de él.

—¿Me aseguras que tu tío reanudará la guerra en el norte de África? —preguntó, sin que pudiera reprimir un gesto propio de un espía en acción.

Sexto lo advirtió, pero lo achacó a su oficio, y le confesó:

—Sí, así es. Está proyectado para la primavera próxima, cuando los puertos se abran a la navegación. El gobernador de Sicilia, Albino, nos dará el encuentro en Cirta, Tapso e Hippo, o en la misma Cartago, con dos legiones más —afirmó—. ¿Desearías incorporarte a esa expedición? Eres un *quirite* joven y respetado y te he visto en el Campo de Marte ejercitarte en la equitación y la esgrima. Celebro que Apolo haya susurrado a tu oído este deseo. ¡Que el divino Marte te acompañe! —alzó su copa gozoso.

—Bien, bien, Sexto —sonrió—. Antes debo solicitar licencia de mi patrón, Lucio Balbo. No puedo dejar los negocios sin su permiso. ¿Entiendes?

—Todo el mundo admira su habilidad y el respaldo a César. ¿Cómo te va a negar luchar a su lado? Tú podrías ayudar mucho a la causa como *agens* (espía oficial) y precedernos en las avanzadillas del ejército.

Era lo que Marco precisaba oír, y sintió una honda complacencia.

Al punto se apresuró en defender su pretensión, e insistió en la idea.

—La naviera Gerión precisa menos ahora de mi gestión. Tengo unos intendentes fieles y eficientes. Me obliga el deseo ferviente de ayudar al prestigio y la concordia de Roma. La barbarie en el mundo requiere de la respuesta de una civilización poderosa, como la que asegura tu tío. Sugiéreselo a Lucio Balbo y a su sobrino, y me verán junto a ellos.

Sexto, que era un joven difícilmente influenciable, se sintió afectado.

—Te enaltecen tus palabras, Marco. Que quede en el más estricto de los secretos lo que te he revelado. Sabemos que partidarios de Pompeyo se concentran en el norte de África, pero han de ignorar nuestros movimientos. La próxima primavera las fuerzas cesarianas se les enfrentarán en algún lugar de Numidia. Pero venceremos. ¡Espero verte acompañando nuestras águilas!

—Juro por todos los dioses fastos que así será, amigo Sexto —dijo.

Con lo que sus delatores le habían participado y su pericia para detectar dónde se hallaba una pista cierta y dónde la equivocada, estaba seguro de que aliviaría el dolor de su corazón, o lo extinguiría para siempre.

En otras circunstancias Marco se hubiera sentido indiferente con la entrevista. Él era un hombre dominado por la razón, absorbente en sus sentimientos y exclusivo en sus exigencias personales. Dada la situación y la oportunidad que se le ofrecía, experimentó un inmenso alivio. Luego invitó a Sexto a otra copa de Samos aromatizado y caliente.

—*Vale et tu, Marcus Drusus* —se despidieron fraternalmente.

—*Vale, Sextus* —y lo abrazó con cordialidad.

Se aseó, se entregó al masajista y cambió de toga. La bella Clodia lo aguardaba en una ínsula apartada, fuera de los chismorreos del Esquilino, donde vivía. Marco sabía que era una manipuladora de hombres. A él no le engañaba. Pero lo tenía hechizado, como Circe a Ulises. Y si ella no se despojaba de la máscara de simulación, él tampoco lo haría.

Gozaría de Afrodita renacida durante el verano, que a pesar de la guerra lejana, se presentaba colmado de delicias, festines que acabarín en bacanales y placeres desconocidos junto a Clodia, en las villas campestres de Capri, Capua o Brundisium.

Sonrió y ordenó que lo llevaran al recóndito Collis Viminalis.

En la blanca Roma cubierta de nieve graznaban algunos cuervos.

El cielo permanecía amarillo desde el amanecer y el tenue manto blanco había borrado los olores del Foro Boario, las huellas de los carros y los frisos del Capitolio. El ventanal de la cámara dejaba pasar una claridad deslustrada, donde Lucrecia, la esposa de Lucio Balbo, hilaba un tapiz en compañía de sus esclavas bordadoras, como una Penélope aislada en su Ítaca del Celio. Con la llegada del invierno, seguía sufriendo la separación de su marido, al lado de Julio César, encerrada en su torre de soledad.

La única recompensa a su añoranza eran las noticias que arribaban de Egipto en los convoyes militares, y que venían a presagiar que para el estío la guerra contra los pompeyanos estaría concluida.

«Las puertas del templo de Jano se clausurarán en verano» —le había asegurado el poeta Lucrecio, que apreciaba a Lucio Balbo por sus arrestos al estar cerca de César y mantener su amistad con el malogrado Gneo Pompeyo—. Un hombre digno, tu marido, Lucrecia —le había confiado—. Sin dejar de ayudar a Julio con bienes militares, veneraba a Pompeyo.»

En Roma se hablaba del valor de César y de Marco Antonio en Farsalia, de los amores del Calvo, que tanto adoraba la plebe, y para quien los pecados del sexo siempre eran exculpados, sobre todo los de sus ídolos. Sus escarceos con Cleopatra, la reina de Egipto, Cirenaica y Arabia, fascinaban la imaginación del pueblo. Pero en el Foro, la infamante muerte del Magno por manos insidiosas había estallado como una tormenta en primavera, además de la inmediata campaña de los cesarianos tras los últimos reductos del ejército de Pompeyo. Pero lo que más se valoraba era el llanto de Cayo Julio ante la degollada cabeza de su noble rival.

—¿Qué piensas de las lágrimas vertidas por Cayo Julio, Lucrecia?

—No son sino el sagrado derecho del dolor, *carissima* —opinó—. Lo mejor que el hombre puede ofrecer, después de su sangre, es su llanto.

—Los egipcios y su faraón no comprenden a los romanos. César no procuraba su muerte, sino su rendición política y militar, para hacerse con el poder en Roma. Había sido su yerno, lo mantenía aún en su testamento y lo admiraba como estratega y como un político honesto.

Una *ornatrix* le pasaba el peine por su cabellera del color del trigo, mientras se extasiaba en el brasero, donde crepitaban ascuas de almendro. De improviso desvió la mirada y vio en el camino de la villa la figura de un hombre envuelto en un tabardo pardo que calzaba botas, se frotaba las manos enfundadas en mitones y se cubría la cabeza con un gorro frigio de lana. Era la única figura gris junto a los humos de los hogares.

—¿Quién será ese visitante? Hace un día de perros —opinó la dama, viendo a un tipo cómico que andaba muy despacio para no resbalarse.

—¡Es Peto, *domina*, el correo personal de Marco Druso!
—afirmó su esclava tras mirar por la ventana y reconocer a un
hombre mudo de nacimiento, huraño y zafio, que utilizaba el
agente de la compañía naviera del amo, y que por su falta de lengua y notoria tosquedad, difícilmente podrían sacarle una información de naturaleza secreta por la fuerza.

El emisario acarreaba una carta de Gades y no esperaba respuesta.

Se produjo el silencio en el aposento y Lucrecia tomó el rollo de cuero del que usaban los mensajeros de Gerión. Lo abrió
y se quedó sorprendida. Era de Arsinoe. Hacía meses que no
tenía noticias de su amiga. Ordenó que la dejaran sola y le aviva-
ran las candelas y cirios. Deseaba alimentar su recuerdo hacia
ella y que aquel momento de lectura fuera tan placentero como
los momentos que pasaron juntas en Hispania.

De Arsinoe de Gades, sacerdotisa de Astarté y *asawad*
del templo del Señor de la Ciudad, Melkart, a Tulia Lucrecia, esposa de Cornelio Lucio Balbo, patrono de las islas
Gaditanas, en Roma. *Salus, pax et fortuna.*

Deseo que te llegue esta epístola antes de que se cierren
los puertos por el invierno. En la luminosa Gades, el océano
se ha vuelto verde oscuro, las olas han adoptado una tonalidad plomiza y crestas amenazadoras trepan por las gradas
del templo. Los barcos, con las velas plegadas, aguardan estibados en el fondeadero la llegada de la primavera.

El viento es tan frío que viene a fundirse con la gelidez de
mi alma, *cara* Lucrecia. Desde que Tamar me abandonara
para ingresar en el infierno de la esclavitud, del que posiblemente no escapará nunca, la melancolía se ha apoderado de
mi aliento. Su marcha me partió el corazón y aunque procu-
ré con mis palabras infundirle confianza antes de su marcha,
solo conseguí facilitarle más pena.

Siempre fue una criatura adorable, devota e impresionable, que se ruborizaba por cualquier motivo. Fue excesivo
su pecado y no menos su traición, pero la engañaron con un
amor indigno. Con su apegada cercanía, desde que era una

niña, se me endulzaban las penas y mi alma se liberaba de las contrariedades del día a día.

Pero con su ausencia, el tiempo se me hace muy amargo. Conozco por un piloto del *domine* Lucio que aún vive en las islas Purpúreas. Al ser danzarina de la diosa, su amo la libera de ciertas cargas a cambio de bailar para él en sus orgías. Su habilidad está retardando su muerte. Era muy dulce contemplar el mundo a su lado, créeme, pero ahora el mío está velado por la tristeza, y el suyo por el pesar.

Mi destino es perder a quien más amo, y mi castigo, la soledad de mi corazón. La belleza de las cosas es el único recuerdo que no me hace sufrir, pero el de los seres a quienes queremos nos incendia el corazón. Las personas que más veneramos, tarde o temprano nos parten el alma. Y para más desaliento he aprendido a vivir con mi doliente nostalgia, imponiendo a mi alegría la severidad de la pena. Llego a tal punto, que a veces mi espíritu está embriagado de dolor, y hasta me agrada.

El otro suplicio que me ha dispuesto la Diosa Madre es soportar a Tiratha, la retorcida sacerdotisa de las hieródulas de la diosa, y a sus lacayos. Me irrita tanta superioridad apoyada en la calumnia y la difamación. Esa lechuza, indiscreta y malvada, que posee la debilidad de no callar nunca, no ceja en hacerme la existencia imposible, aunque no se atreve a nada más, conocidas la protección por parte de la familia Balbo y del gran sacerdote Balkar, que actúa conmigo como un verdadero padre.

Existen tres silencios que debe guardar cualquier persona, Lucrecia: el de la palabra, el del deseo y el del pensamiento. Pues bien, en Tiratha son tres sonoras campanadas, y eso obra en mi favor, pues en todo momento sé que maquina contra mí. Su impaciencia la delata. La suspicacia y la sospecha constante de esa mujer no es sino la virtud de los seres cobardes, que hacen el mal solo para alimentar su soberbia.

Y ahora te voy a participar una grata noticia, que sé te satisfará.

Una vez que concluyan las fiestas de la Creación y la Fertilidad en Gades, y el Consejo Sacerdotal elija a una nueva *asawad*, dejaré Gades y aceptaré vuestro ofrecimiento de trasladarme a Roma. Mi ánimo lo desea, pues de permanecer aquí por más tiempo, entraré en un abismo que anulará definitivamente mis ganas de vivir. ¿Quién no ha sentido alguna vez esos momentos desgarradores de la soledad por algún infortunio, en los que no sentimos atadura alguna con los flujos de la vida? Pues bien, he decidido vivir otra realidad, conocer otras geografías, adorar a otros dioses y servir a la Madre, en Roma, quizás en el templo de Isis.

Domine Publio, tu cuñado, hablará pasado el invierno con ese tal Marco Druso Apollonio que me mencionabas en una de tus epístolas, para que me procure una casa cerca de la vuestra, y con tu apreciada ayuda, invierta ciertos ahorros en la compañía Gerión y el resto lo ingrese en el Banco de Neptuno de Roma, para cubrir mis necesidades y las de mi nueva morada. No creas que me tengo por rica con mi modesta fortuna, conseguida con mi don de pronosticar el futuro, mis desvelos y ayunos. Mis capitales sois vosotros, mis sentimientos, mis saberes y mis afectos.

He previsto todos los inconvenientes antes de instalarme en Roma, y parece que el destino me empuja. Sé que no será un grandioso estado como el que gozo en Gades, pero seré más independiente y procuraré cumplir mis deseos y fantasías, entre ellas escribir y aprender Poética. No alimento aspiración alguna, sino libertad íntima sin la sumisión del deber diario y el aislamiento de personas como Tiratha que me han amargado el espíritu. Saborearé en el tiempo que me queda aquí la amistad de los que quiero, como Balkar, o los rincones de Gades que tanto me seducen, y dejaré sin pena mi templo, créeme.

Mi resolución es probar fortuna en otro lugar, pues soy una mujer libre, me pertenezco a mí misma, y he alcanzado el fruto de mi madurez como persona, aun sin haber probado los goces y sinsabores del matrimonio. Antes sentía miedo de abandonar la seguridad del templo, a la que estaba acostumbrada desde mi más inocente edad. Ahora no, y creo que es el momento oportuno para alzar el vuelo, porque aquí languidezco.

A Gades llegan noticias de que la guerra entre romanos concluye felizmente, y que una Edad Dorada, guiada por la mano bienhechora de Julio César, se anuncia en el centro del mundo. Deseo estar allí para vivirlo, Lucrecia amiga. El fin del verano pasado resultó pavoroso por esa causa, ya que el general pompeyano Varrón nos abrumó con un trato oneroso y todos aguardábamos que César regresara para salvarnos de su vejatorio yugo. La diosa lo guió y, de su mano, las ciudades en llamas se convirtieron en lugares de concordia. Yo estaba retirada con mis sacerdotisas en el templo tartesio de la diosa Ataecina, lejos de Gades, y no pude saludar, ni ver, ni cumplimentar a Julio César.

Me hubiera gustado, y creo que a él también.

Una puerta para la felicidad y el sosiego se abre para mí en Roma. He vislumbrado en el espejo de Tanit mi futuro, y tras beber del elixir de la deidad y ayunar, he observado en su mercurio cuarteado dos ibis inmaculados que volaban desde la cúpula del templo de Tanit-Marina hacia el levante romano. Contemplé un mundo desconocido que tal vez surgía de las inseguridades de mi asombro. Mis febriles ojos vieron una ciudad de brillos púrpura, cuya existencia ignoraba. ¿Pero por qué volaban «dos» ibis? Lo ignoro. La diosa me lo descubrirá algún día.

Antes de partir en la flotilla de pentecosteras del *domine* Publio en la estación de la vida, deberé dejar resuelta mi vacante de sibila en el templo. Una muchacha de Iol, descendiente de las *matres pitonisas* que se remontan al principio de los tiempos, y a quienes se declara la Madre en sus espejos y piedras preciosas, es mi elegida, pues, como yo misma, posee el don innato de la profecía, y la he formado con afecto, paciencia y dedicación. Es mi aspirante más cualificada, pero como mujer que soy, no puedo participar en la votación con las piedras sagradas. Nos excluyen de todo, querida Lucrecia. Las mujeres solo tenemos influencia en los hijos.

Una vez más, la malévola Tiratha, perteneciente a una rancia alcurnia tiria, ha vuelto a entrometerse y removido amistades. Asegura, y así lo han certificado los viejos pliegos del templo, que una abuela suya auguró sueños en tiempos de los cartagineses en el santuario de Melkart, y que ella es su heredera natural. Perversa arpía del Hades que espero Tanit despoje de su máscara. Será la segunda candidata, y todos sabemos que solo busca notoriedad, poder y riquezas, y que no es ni capaz de pronosticar que tras la noche viene el día.

Existen almas mezquinas que son incapaces de diferenciar el dios de la imagen que lo representa. Tiratha, con calculada animosidad en todas sus acciones, es una de ellas, y lo pagará. Alcanzada mi madurez como mujer, anhelo liberarme de sus acechanzas y de su nocivo influjo, aunque echaré de menos la resplandeciente Gades y sus delicias, seguro.

El sabio Consejo del dios decidirá cuál de las dos ocupará el trípode sacrosanto que dejo libre, tras años de entrega, caridad, visiones, rituales y consejos. Cinco son los electores y, según mis conocimientos, dos, Balkar y Publio, lo harán por mi joven alumna mauretana, de nombre Sejet, mientras que otros dos, sacerdotes de Baal, se inclinarán por Tiratha, quizá sobornados con una suculenta dádiva. El quinto es el *archireus*, o gran oficiante de Melkart, hombre incorruptible y de difícil acceso, cuyos pensamientos nadie conoce.

Mi felicidad sería dejar Gades y a Tiratha sin su deseado pastel.

Sabes que mi oculto e incurable tormento del asesinato de mi madre me sigue turbando, aun a pesar de haber transcurrido tanto tiempo. Aunque también pienso que las mujeres entregadas a la divinidad no están hechas para vivir mucho tiempo. Recuerdo que la devoraba un sueño de entrega a los demás y de servicio al cielo que ninguna complacencia, ni siquiera sus dos hijos, lograban atemperar. Nunca transigió con la maldad de la naturaleza humana y debió de sufrir lo indecible con el asalto. Es un diablo que jamás he llegado a sojuzgar, y que revive en mí desde su remoto recuerdo.

Aguardo con ansiedad los días que faltan para encontrarnos.

Salud y felicidad, y que la Madre te restituya salvo al *domine* Lucio.

El invierno de Roma había colmado a Lucrecia de pensamientos nebulosos y las noches habían llegado a teñir de negro su ánimo, a pesar de sus distraídas relaciones sociales e invitaciones de la alta sociedad romana, enclaustrada en sus lujosas villas. Ahora, la noticia del próximo encuentro con su amiga, la sibila de Gades, la llenaba de regocijo.

Su afecto por Arsinoe provenía del fondo de ecuanimidad y rectitud que poseía la sibila, y de una inteligencia natural que no le permitía ignorar lo admirable de la vida. Y aunque reprobaba algunos aspectos del mundo romano, recibía en su templo a muchos hijos e hijas de la *Urbs*. Sostenía que las naciones que olvidan el temor de los dioses, el orden del trabajo y el valor de la austeridad y el sufrimiento, y se echan en manos de la tiranía, del deleite y el ocio, tienen su final escrito en las estrellas.

Y pese a lo distante que parecía cuando ejercía de pitonisa, era una mujer indulgente y vulnerable que precisaba del afecto de los demás. Ante la menor atención se volvía considerada, receptiva y desprendida.

Sabía que Tiratha poseía todos los atributos de una clase aristocrática cruel y despectiva con el pueblo, y que con su carácter agrio y amargado, había perjudicado los propósitos de Arsinoe y los empeños de una mente sensible, por considerarla una intrusa. La releyó y vio que sus palabras llenas de sabiduría desbordaban satisfacción por su porvenir, y además plasmaban su brillo y ternura. Y también su dolor.

—Es una mujer especial, Lucio —le había dicho a su marido en alguna ocasión—. Es hermosa, cortés y culta, y resulta muy difícil enojarse con ella. Y si alguna vez se encoleriza, pide perdón de forma tan delicada que dan ganas de abrazarla. Convéncela para que se venga a Roma.

—Resulta ilusorio apartarla de sus deberes, pero insistiré, *cara*.

Lucrecia sintió una profunda emoción. Pronto gozaría de su presencia y compañía, de la pureza de su alma y de su refinamiento, y celebraría las Fiestas Compitales de los *idus de januarius* con otro ánimo. Dos de sus seres más queridos pronto estarían a su lado.

Y se lo agradeció con una plegaria silenciosa a la Bona Dea.

Se acercó a la ventana y vio que llovía ligeramente.

Pero no nevaba.

XXI

Vae victis!
(¡Ay de los vencidos!)

Norte de África. Primavera, año 46 a. C.

El soplo de la mañana oreaba como un fuego abrasador sobre Leptis y Tapsos, en la Numidia africana, agitada por el conflicto entre romanos.

Los caminos se abrían cenicientos ante el paso de tres legiones de refresco llegadas de Sicilia, entre ellas la V legión *Alaudae*, la que llamaban de las Alondras, formada por veteranos galos e hispanos leales a César, que habían permanecido acantonadas en Roma durante la contienda en Oriente. El portaestandarte sostenía en alto el lábaro distintivo de la unidad: dos alondras enfrentadas.

En los yelmos de sus legionarios lucían plumas de ese pájaro, y al moverse parecían volar sus cimeras. Los cornetas avanzaban con el dorado *cornu* enroscado en su cuerpo, cubierto con una piel de lobo, cuyas patas les colgaban sobre el pecho. Seguía el cuerpo de jinetes, entre ellos Marco Druso, orgulloso por su primera acción de guerra.

Tras ellos, en perfecto orden, marchaban los legionarios con sus sandalias claveteadas, en trece filas de seis hombres, con las capas de lana de color indefinido sobre sus hombros, el casco protector, las corazas de lamas y el pañuelo al cuello, que les protegía del roce de la armadura.

Iba en cabeza la infantería pesada, reclutada entre los veteranos, empuñando el *pilum* (lanza) y el *glaudius,* o espada ibera de punta afilada. Iban muy protegidos por los *auxilia* y cantaban. Desfilaban en compacta columna de ochenta hombres, y cerraba la marcha la compañía con las dos *turmas* o cohortes de caballería al mando de dos decuriones.

Dos afilados hierros, la espada y la daga, colgaban de sus costados. Sobre el hombro derecho cargaban el escudo de madera claveteada, y sobre el izquierdo, una pértiga con las lanzas, la manta para dormir, los utensilios de comida e higiene personal, las herramientas para cavar zanjas y sus austeras pertenencias personales. Seguía la columna de carros con los pertrechos, impedimenta, víveres y tiendas de campaña, los ayudantes sanitarios, algunos esclavos, los escribanos y los augures.

Los rayos del sol caían sobre sus cabezas justicieros como espadas. Entre ellas la de Marco, que en su calidad de *quirite,* cabalgaba junto a las insignias del contingente que debía unirse a Cayo Julio. El viaje por mar había sido apacible y solo hubieron de soportar una fuerte marea en el golfo de Gades que intranquilizó a los reclutas.

Todo era cielo azul frío, polvo, tierra amarillenta y aire sofocante, pero Marco estaba familiarizado con aquella tierra, donde había nacido y convivido con el rey Bocco II, a quien estimaba por su afabilidad.

Marco le había asegurado a su amante Clodia que partía a África para aprender el arte de la guerra, cansado de especular con mercancías, sin expresarle toda la verdad. Su legión era de las más experimentadas y, de desearlo, con una valerosa acción podía convertirse pronto en comandante. Marco poseía una sólida constitución, era osado y aguantaría las marchas, las penurias y el deleznable rancho legionario. Pero también sabía que podía no regresar y pudrirse sus huesos en Numidia.

—En las arenas del desierto no hay ni termas, ni masajistas, sino el aullido de los salvajes númidas y la hiel de los pompeyanos. ¿De qué absurdo huyes para abandonar las delicias de Roma? —le había ironizado la hermosa beldad, contestándole con una verdad a medias:

—Deseo conocer la vida del soldado, sus glorias y privaciones. Y además es mi deber como ciudadano romano, *quirite* y amigo de César.

El caballero sabía que las mujeres poseían la rara habilidad de manejar las intrigas y las relaciones disimuladas, y que había intentado esclarecer el verdadero motivo que lo llevaba a África. Pero no lo había conseguido. Marco llevaba días enteros oliendo a bosta de caballo, cuero remojado y sudor, y se apretó el *sudarium* (pañuelo) en la cara, asqueado del nauseabundo hedor.

Tenía las manos laceradas de las riendas y las piernas apenas si las sentía con la cabalgada. Soportaba las voces exaltadas de los soldados y el constante ruido de las ruedas de los carruajes de provisiones y las insolencias obscenas de los veteranos. A pesar de la marcialidad y el orden legionario, no era agradable contemplar sus curtidos rostros sucios y cruzados de cicatrices.

Marco, impecable con la coraza colgando de sus hombros musculosos, el uniforme de oficial y cimera de hebras de crin de caballo, como los tribunos, cabalgaba delante del manípulo que enarbolaba las enseñas con las águilas romanas de la quinta legión que impusiera años atrás el general Cayo Mario, tío del Calvo.

Durante todo el día no vieron sino una fina línea de tierra. A la caída del sol establecieron un campamento provisional siguiendo las ordenanzas del ejército. A Marco le correspondió distribuir las guardias y elegir el santo y seña: «*Festa Florae*» (Fiesta de la diosa Flora), que por aquellos días se celebraba en Roma. Se unió al grupo de tribunos y bebió con ellos hasta la segunda vigilia. Todos estaban inquietos por el combate y por la acometividad de los númidas y apenas si podían dormir.

Miró al cielo, donde una masa de cúmulos se extendía hacia el oeste, dando paso a un cielo estrellado. Recordó a su hermana Hatsú, recluida en el fronterizo templo de Septa, y convertida según sus noticias en *asawad*, como su madre. No había tenido trato con ella, salvo noticias esporádicas que le llegaban de Tingis y Septa sobre festejos dedicados a la Diosa Madre, oficiados por la nueva sibila. La amaba por ser su única sangre viva.

Al amanecer avistaron tropas númidas que los espiaban desde los cerros con sus veloces caballos. Gritaron ferozmente y desaparecieron. Daban miedo con los rostros pintados de azul y su fiereza indómita.

—Solo son hombres, Marco —le dijo un centurión—. Su sangre es roja, como la tuya o como la mía, y seguro que tienen miedo como tú y yo.

La tarde del tercer día de marcha, se detuvieron en un otero pelado y contemplaron alborozados el campamento de Julio César en la lejanía, frente a las murallas de Tapsos. Como todo acuartelamiento romano era en sí mismo un microcosmos de autosuficiencia, orden y disciplina. Marco contempló cómo lo dividían dos calles, la *via principalis* y la *via sagularis*, perpendiculares y en forma de cruz. En el centro geométrico se adivinaba el *pretorium*, la tienda del comandante en jefe, y a su lado el *principum*, el lugar de pagos y administración, donde se guardaban además el tesoro de las legiones y las banderas, águilas e insignias.

Y a los cuatro lados, en uniforme distribución, se veían las lonas de los cobertizos de los legionarios. Observaron las empalizadas, los humos y los vigías a su alrededor. Parecía una ciudad flotante hecha de lona y madera. Detrás se dibujaba la imposta de Tapsos, con las murallas de adobe ocre, las casas enjalbegadas y los terrosos torreones; y tras ella el fino trazo azul del mar. Se oían órdenes, gritos agudos, piafar y relinchos de caballos, y se apresuraron a guarecerse en el acantonamiento cesariano, antes de que anocheciera.

Fatigados, cantaron el himno de Marte para ser advertidos por los vigías del campamento madre y ser recibidos por el *praefectus castrorum*.

Aunque César poseía las riquezas inagotables del país del Nilo, nadie ignoraba su apurada situación y unos medios militares que cualquier general hubiera considerado paupérrimos. Podían perder la contienda y también sus vidas contra los restos del ejército de Pompeyo, pero confiaban en el Calvo y en su clara sagacidad para la estrategia. El padre de Cayo Julio también había guerreado allí con el general Mario, y se sentía animado por sus dioses familiares.

Tras la batalla de Farsalia, los fugitivos pompeyanos, entre los que se encontraban ilustres celebridades del partido aristocrático: Porcio Catón, Cecilio Metelo Escipión —suegro de Pompeyo—, Sexto Pompeyo y los ex cónsules Marcelo y Cicerón, se habían dispersado por Grecia, Siria o Roma, y los más por el norte de África, un vasto territorio desde la Sirte al Atlántico, donde sobraba el trigo, y ciudades donde atrincherarse y resistir.

Bajo el amparo que les ofrecía Juba I, rey de los númidas, podrían reanudar la lucha contra César e intentar recobrar las posiciones.

Cayo Julio, tras una breve permanencia en Roma, donde había reordenado los convulsos asuntos del Estado, desembarcó en África desde la base de Lilibeo, en Sicilia, en pleno invierno, con la mar furibunda, para sorprender a los pompeyanos. Enarbolaba ante los disidentes el título que lo facultaba para librar el ataque: Único *Imperator* del pueblo romano. Pero la empresa estuvo a un paso de frustrarse, conocida la superstición de los romanos, y provocar una hecatombe antes de la batalla. Al descender por la pasarela del barco, Cayo Julio perdió el equilibrio y cayó de bruces. Sus agoreros legionarios quedaron aterrados y ahogaron un grito de espanto, pensando que los dioses no aprobaban la guerra.

Pero una vez más, el temple de César salvó la situación. Era un consumado actor y un embelesador de masas. Tendido en el suelo aferró en sus manos unos puñados de arena y los besó, ante el silencio y la atención desconcertada de sus hombres. Se levantó y voceó, revertiendo los ánimos: «¡*Te poseo, África!*» El efecto resultó sanador. Los legionarios lo aclamaron y él los llamó «ciudadanos» y *quirites*, siendo los más campesinos y plebeyos. Pero junto a él se sentían importantes.

Llenos de admiración hacia su jefe, desvanecieron sus terrores, pues los legionarios más jóvenes habían propalado la leyenda conocida en Roma de que África solo podía conquistarla un Escipión. César, para curarse en salud, alistó en su ejército a un tal Escipión Salvito, un mujeriego, borracho y conocido jugador de dados, a quien Julio había sacado de un prostíbulo del Argileto.

Como un rayo, el Calvo se hizo con el puerto de Leptis Minor, convirtiéndolo en centro de sus operaciones, y desde allí pidió refuerzos a Sicilia. Las legiones IX, X y la V *Alaudae* ya estaban a sus órdenes, y con ellos el impresionado y exhausto Marco Druso. César había puesto cerco a Tapsos, bloqueando la entrada sur con tres líneas de fortificaciones. Los pompeyanos, bajo el mando de Escipión Metelo, Labieno y el rey Juba, no podían permitirse perder esa posición, por lo que estaban obligados a entablar batalla inmediata.

Pero tenían enfrente a César, el gran maestro de la esgrima militar.

Al atardecer, en marcial formación y entonando el himno de la V, las tres legiones se presentaron en la puerta sur del acantonamiento cesariano, siguiendo los rastros de las espirales de humo de los fogones y antorchas, al mando del decurión Lolio. Fueron ruidosamente aplaudidos. Los oficiales desmontaron y se detuvieron ante la tienda del general. Quinto Lolio, con el brazo en alto y aire guerrero, lo saludó, exclamando:

—*¡Salve*, César, las tres legiones de Sicilia se ponen a tus órdenes!

Julio César, que los aguardaba severo en la puerta, estaba escoltado por sus lictores y acompañado por el sobrino de Lucio Claudio Balbo, a quien llamaban el Menor, un muchacho que parecía la viva estampa de Aquiles, el enjuto comandante Asinio Polión y el enigmático aventurero Publio Sitio, quien había aportado a la causa de Julio tropas, víveres y su apoyo financiero. Sitio era un corsario y un aventurero que había conducido a Mauretania un ejército de mercenarios para disponerlo al servicio de los dos reyes hermanos, Bocco y Bogud, quienes en pago le habían proveído de un palacio en Tingis, un exótico harén y cuantiosas riquezas.

Los legionarios quemaron incienso en el altar de Marte y rindieron el estandarte ante el fuego, en señal de su *lustratio* o expurgación.

Marco advirtió en César una piel endurecida y lívida, los pómulos huesudos y la nariz afilada, pero con una mirada enfebrecida y confiada. Saludó a Lolio abrazándolo y luego uno a uno a los oficiales. Al llegar a la altura de Druso, que alzó el brazo derecho, le anunció:

—*Salve*, Marco. Me congratula verte entre los valientes de la V. Tengo que encomendarte una misión de vital importancia, si ganamos la batalla. Necesito de tus buenos oficios ante el rey Bocco de Mauretania, al que pienso ofrecerle un pacto. Creo que lo conoces, según me aseguró Balbo.

—Lo tengo como a un padre, cónsul —contestó, firme como un palo.

—Un día me contarás esa parte de tu vida que ignoro, Marco. Eres todo un enigma con capacidades que valoro en lo que valen —lo halagó.

—Como lo desees, mi general. Tus empeños son órdenes. *Salve!*

Al momento pasó revista a los soldados, que permanecían clavados en el suelo. Era su manera de confiar plenamente en sus compañías, mirarlos a los ojos, llamarlos por sus nombres y preguntarles por sus hijos y esposas, y animar su valor para que luego le correspondieran en la lucha con confianza, disciplina y arrojo.

—*Salve, Consul, salve, Imperator!* —clamaron a una.

De repente se le vio confuso. Miraba a la tropa y callaba. Se detuvo en los últimos manípulos de la legión X, y miró a los ojos a un nutrido grupo de soldados y al tribuno que lo mandaba, un tal Cayo Avieno, un hombretón de cara cuadrada y gesto adusto, que había llenado una nave de trigo para luego comerciar con ella en África. César conocía a algunos indeseables por haberse significado en Roma como hombres sediciosos, alborotadores, soldados de fortuna fácil y quizá traidores al servicio de Pompeyo. César era un hombre recto y precavido, y reflexionó en silencio. Tensó los músculos de la cara y del cuello, y dejó de parpadear.

Después los señaló por sus apodos con una ira mal contenida.

—¡Avieno, Fonteya, Salieno, Tirón, Clusina..., os conozco bien! ¡Habéis practicado la extorsión en Roma y sois unos execrables ciudadanos! —voceó—. César solo acepta en su ejército a romanos honestos, fieles y animosos. ¡Fuera de mi campamento, no merecéis estar con estos esforzados soldados! Sé de tus subterfugios con cargas de alijos ilegales, Avieno. He sido informado por mis espías, indecente tribuno.

Consternados, los señalados se miraron entre sí entre la frustración, la vergüenza y la indignación, aunque sabían que el general no mentía. Era un grave desaire por parte del cónsul, pero no presentaron ninguna queja, ellos sabían por qué y cómo habían llegado hasta allí. Solo aspiraban a un botín fácil, y tras reconocerlo, abandonaron el campamento comandados por Avieno, que no levantó la cabeza al cruzar el portón.

A Marco, que había prestado atención a la incómoda situación, le quedó claro que se hallaba ante un guía de hombres de cualidades inigualables. Estaban en buenas manos. Los que habían quedado lo seguirían hasta la muerte, animados por una voluntad inquebrantable, a pesar del inminente peligro que se avecinaba, con los pompeyanos y númidas unidos en una perturbadora y fortísima coalición.

Estaba seducido por el encargo que le había adelantado el cónsul, que le permitiría hacer sus propias averiguaciones sobre el escurridizo y maldito Macrón, sin tener que dar cuenta a nadie, si es que salía vivo de allí. La ocasión se le presentaba óptima. Al romper la formación le preguntó a Balbo, a quien conocía, por su amigo Sexto César.

—No está en este contingente, Marco. Su tío le ha confiado el mando de Siria, después de que el *Imperator* pacificara Egipto. Gran soldado.

—Que el búho sabio de Minerva lo ilumine —contestó, y lo acompañó a su tienda, para conversar sobre Roma, su tío y los negocios de Gerión.

El viento comenzó a remover la maleza y las movibles dunas del mar, que volaban entre las tiendas y fogatas como copos de nieve.

—Son tiempos de decisiones enérgicas —dijo el joven Balbo—. Si me apuras, esta situación es peor que la de Farsalia. Los pompeyanos saben que están acabados y lucharán como leones acorralados. Es su última oportunidad de aniquilar a César, al que odian visceralmente. Temo la ferocidad del perseguido, Marco Druso.

—Habrá mucha sangre, dolor y madres llorando —le replicó Marco.

—Seguro —asintió—. Aquí se decide el nuevo rumbo de Roma. O seguimos dominados por el viejo y corrupto Senado, o le damos la oportunidad al sueño reformador de César. Mi tío Lucio es un comerciante y un político, y yo un guerrero, como mi abuelo. La guerra, *caro* Marco, es hoy por hoy la única solución, pues esos corrompidos aristócratas no están dispuestos a perder sus privilegios. ¿Entiendes?

—¡Por Tanit que sí! Ardo en deseos de entrar en combate —le dijo—. Esta guerra es justa y sagrada, porque no nos queda otra esperanza.

—¡Bebamos por nuestra amistad y por una Roma liberada, Marco!

—Así sea, Lucio, y que Consus, dios de los caballos, nos auxilie —bebió Marco del pellejo de vino que le tendía el gaditano.

La víspera del combate, César, a través de Balbo *el Joven*, distribuyó en tablillas de cera las órdenes a los comandantes y decuriones. «Tenemos que provocar el combate, mis leales soldados. Los pompeyanos intentarán posesionarse de Tapsos, aislada de la tierra y rodeada por el mar, un pantano y nuestras legiones. Debemos defender con la vida el angosto paso que Escipión Metelo y el númida Juba intentarán franquear para conquistar la fortaleza estratégica de Tapsos. Si les permitimos alcanzar esa madriguera, la guerra durará años y habremos fracasado.»

La noche de la espera resultó eterna para Marco Druso.

Sudaba copiosamente y nubes de mosquitos le atormentaban la vigilia. La idea de encontrarse cara a cara con la muerte lo mantenía tenso. Cogió de su bolsa la *Ilíada* de Homero, encendió la lamparilla de aceite y trató de conciliar el sueño leyendo sus versos. Se adormeció al terminar de releer uno de sus cantos preferidos:

Oh Menelao, rey de Esparta, no espero salir con vida de esta batalla. Temo por tu cabeza y la mía, pues nos espera una muerte cruel. Llama a los más valientes de los helenos, por si alguno te oye, y que nos protejan del furor de las lanzas troyanas.

Amaneció un día tibio, y en el horizonte se dibujaban reflejos violeta. Marco observó que el polvo leonado de Tapsos trazaba filigranas en el aire inmutable. Era un paisaje deslumbrante repleto de hierba y de flores amarillas agitadas por la brisa, y se tranquilizó. Mordió un trozo de pan y se enjuagó la boca con vino. Seguidamente se ajustó la armadura y las glebas. Untó de grasa la espada y se ajustó el casco. Estaba listo.

Las legiones de César, al rayar el alba del rutilante día de las *ante calendas de Aprilis*, ya se hallaban en formación de combate, la habitual *triple acies*, con cuatro cohortes en la primera línea y tres en la segunda y en la tercera fila, respectivamente. Los tribunos y centuriones impartían las órdenes a los legionarios. Marco miraba a César desde su silla, y estaba tan nervioso que escupía una y otra vez al suelo terroso. El general se apeó del caballo, y a pie arengó a sus hombres llamándolos a rivalizar con sus abuelos, soldados victoriosos de Zama.

—¡Romanos, vuestros antepasados os contemplan desde los Campos Elíseos! Acabemos hoy con esta guerra indeseada. ¡Por Roma! ¡Victoria!

—*Caesar Imperator Romae!* —gritaron como un trueno.

Seguidamente se dirigió a montar su caballo blanco, *Genitor*, para ponerse al frente de su estado mayor. Un vientecillo audaz soplaba por encima de las cimeras de los olivos y palmerales. De repente advirtieron en el general un desvarío febril. Se tambaleó, como si estuviera borracho, y no atinó a aferrarse de las riendas. Sin que nadie pudiera impedirlo, cayó al suelo como un fardo de grano, arrojando espumarajos por la boca. Salió de la tienda su físico y con rapidez le extrajo la lengua y le colocó un trozo de madera entre los dientes, colocándole un paño mojado en la frente. El griterío cesó de golpe.

El silencio en el campamento era sepulcral, alarmante, religioso.

—Le han sobrevenido los síntomas de su enfermedad. Llevadlo a su tienda. Se repondrá del ataque enseguida. Atacad vosotros —rogó grave.

Los lictores lo cogieron en vilo y lo condujeron al lecho.

Un legionario de la V legión, un conocido veterano, gritó:

—¡Es el signo de Júpiter, el mal divino! ¡Los dioses lo respetan!

—¡Es uno de ellos! —gritó un tribuno.

—*Salve Caesar invictus, Caesar invictus!* —lo aclamaron.

Entretanto, Marco fue testigo de algo sorprendente, pero que venía a explicar la unión de Julio con sus legionarios. Se quedó boquiabierto sin saber qué hacer. Jamás podría haber pensado que sus propios veteranos, enardecidos, se lanzaran al ataque sin esperar la orden de su *Imperator* o del segundo en el mando. Estaban deseosos de acabar de una vez la guerra pompeyana y regresar a casa, a pesar de que Cecilio Metelo Escipión, con la ayuda del rey númida Juba I, se les oponía con ocho experimentadas legiones. La caballería, formada y dispuesta, no aguardó tampoco las órdenes de los decuriones y emprendió el galope en dirección a los contingentes númidas, que comenzaron a replegarse ante la inesperada acometida. Corrían en orden compacto, como un solo hombre.

Los infantes, en impenetrable alineación, hacían sonar las armas contra los escudos, pregonando voces de aliento y braveza. Los cesarianos prorrumpieron como escorpiones ante las líneas pompeyanas, y muy pronto, la caballería comenzó a rodear el campo de batalla en un círculo de muerte que no esperaban los pompeyanos. El lado izquierdo de la tropa de elefantes de Escipión cargó contra el centro de las tropas de César, donde se encontraba la V legión *Alaudae*, entre ellos, el animoso Marco, y la III legión, muy experimentada y veterana.

Al poco, los soldados distinguieron a César, que se integraba a la batalla espada en mano, rodeado por su aguerrida guardia hispana, que exclamaba desde el puesto de mando: *Venus Victrix!*

—¡*Salve*, César, victoria, victoria! —lo vitorearon enardecidos.

Parecía que los dioses lo devolvían al mundo transformado tras el arrebato sagrado. Rápido impartió la primera orden: los arqueros y los honderos baleáricos debían atacar a los elefantes de Escipión pertinazmente. César, gran conocedor de la historia de Roma, recordó cómo dos siglos atrás los cónsules Curio y Merenda vencieron al rey Pirro de Épiro al espantar a sus invencibles elefantes, que al huir aniquilaron a parte de su ejército en la batalla de Benevento.

—¡Provocad el pánico entre las fieras! ¡Piedras y flechas! —ordenó.

Al instante, según una estratagema aprendida de la batalla de Zama, una densa nube de saetas y guijarros oscureció el sol, acompañada de las voces atronadoras de los lanzadores. Al descender, la masa destructiva se concentró con toda su fuerza en los pesados paquidermos, que comenzaron a bufar y levantar las patas delanteras, magullados y aterrados. El impacto resultó atroz sobre las torpes bestias y los arqueros que atestaban sus torres de combate, que cayeron al suelo con estruendo.

Unos se tendieron en el suelo bramando, o heridos mortalmente, y el resto se batió en desordenada desbandada, en el sentido contrario de donde les había llegado la mortal amenaza, empujando a los jinetes y camelleros númidas. En su huida aplastaron a sus propias tropas, sembrando el terror y la espantada entre los pompeyanos, que gritaban horrorizados. Poco después el campo quedó sembrado de cuerpos desgarrados, espinazos partidos, vísceras desparramadas y cráneos quebrantados. Los arqueros e infantería pesada de la X legión aprovecharon la confusión para abatir uno tras otro a los jinetes númidas del flanco derecho con la precisión diabólica de sus certeras flechas.

La legión de Marco había aguantado la carga de los elefantes con una valentía desconcertante, y un legionario de la VII, *la Claudia Pia Fidelis*, con gran peligro para su vida, se había encaramado en la trompa de un elefante, asestándole en los ojos lanzazos mortales.

Tras la pérdida y huida de los mastodontes africanos, su suegro, Pompeyo, empezó a perder terreno, pues la caballería de César era ahora superior en número. Los cogían de espaldas y los abatían erizándolos de flechas. Los jinetes de la V *Alaudae* se asemejaban a centauros, y el general de Pompeyo envió a un grupo de númidas para que los interceptaran, pero cayeron también traspasados por sus letales dardos, o traspasados por sus lanzadas. Frente a frente, los jinetes cesarianos, auxiliares de la infantería, eran superiores a sus oponentes.

Escipión contempló la masacre de sus soldados, que caían como juncos batidos por el torbellino, y envió a un ala de su caballería al costado para que frenara a la V legión *Alaudae*. Entonces Marco se acercó a su comandante Quinto Lolio, y le apuntó a gritos:

—¡*Excusatio domine*, esos jinetes númidas intentan envolvernos! ¿Ejecutamos la celada de huir y volver que ejercitamos en Sicilia? ¿Dais la orden? ¡Ahora o nunca!

—¿Y cómo? Pueden aniquilar nuestra retaguardia. ¡No podréis!

—Correremos en sentido inverso a su galope y los cogeremos a contramano cuando menos lo esperen. ¡Los sorprenderemos! —le pidió.

El comandante cabrioleó sobre su montura y finalmente cedió:

—¡Bien, Marco, coge a tus órdenes un ala. ¡Valor y ventura!

A una orden de Marco se lanzaron al galope, como si huyeran, en sentido inverso a la carrera de los jinetes de Juba. Al poco, a una señal de Marco, volvieron grupas y se les enfrentaron en formación de media luna. Los africanos, que galopaban en tropel, se vieron cazados por sus enemigos, que se les venían de cara lanzándoles certeras jabalinas. ¿Qué pretendían aquellos locos? Colisionarían los corceles y morirían todos.

Los guerreros de Marco hicieron una envolvente y rápida maniobra, y desde cerca los atravesaron de parte a parte con las lanzas. Los númidas cayeron de sus cabalgaduras en un confuso torbellino de alaridos y el piafar de las monturas con los rosados belfos tintos en sangre. Muchos morían con las rodillas hincadas en la tierra roja y otros bajo los caballos muertos, mientras Marco oía el eco desgarrado de sus lamentos y el relincho de los corceles aterrorizados por las estocadas. No esperaban semejante estrategia y habían dudado de cómo hacerle frente.

Pero ya era tarde. Con agilidad, Marco y sus hombres aprovecharon el desconcierto y derribaron uno tras otro a los jinetes, que fueron diezmados en varias galopadas sin tregua, tras ceder terreno con la acometida. Se escuchaban por encima de los golpes las invocaciones de los dioses, los vozarrones desentonados de los africanos, y Marco gritaba desalojando su propio miedo y viendo cómo su ala de *quirites* decapitaba los cuerpos humillados de sus enemigos, según su plan concebido.

—¡He extraviado la espada! —gritó Marco—. ¡Una espada, por Marte!

Un soldado se acercó y le lanzó una falcata ibera. Pero en aquel único instante de descuido, uno de los arqueros de Escipión tensó el arco y disparó hacia el que comandaba el grupo punitivo de César, Marco Druso.

La flecha, con una exactitud despiadada, se coló por la apertura de la axila. Pudo clavársele en el cuello y dejarlo muerto allí mismo, pero en aquel preciso instante había ladeado el cuerpo para asir la espada y el asta se le coló hiriéndole el hombro. Sintió la calidez de su sangre cayéndole por el brazo sudoroso, pero comprobó que podía seguir cabalgando. Introdujo el pañuelo bajo el arnés, para que la empapara.

Su caballo resoplaba y piafaba, pero se mantuvo firme, mientras él maldecía por todas las deidades del Olimpo.

—¡Me han herido, por Hércules! —exclamó el indómito Marco.

Se sucedieron las embestidas y los mandobles de los legionarios de Cayo Julio, y los cuerpos de los pompeyanos se amontonaban con los miembros seccionados, las tripas desparramadas y las seseras machacadas por los elefantes. Y a veces el polvo del valle no los dejaba respirar.

Julio César había fijado su mirada en el ardid de Marco y cómo se batían sus hombres. Además parecía que llevaba una flecha incrustada en el pecho, y aunque manaba sangre por la armadura, no daba un paso atrás. Reparó con admiración cómo aprestaba a sus hombres y derribaba con una precisión implacable a los númidas. ¿De quién había aprendido aquella añagaza tan providencial y certera?

—¿Quién es ese *quirite*, Lucio? —preguntó interesado.

Balbo *el Joven* se alzó sobre el corcel y vio a Quinto Lolio, su jefe.

—Son jinetes de la *Alaudae* y ese caballero creo que es Marco Druso, el hombre de confianza de mi tío. Su estratagema ha puesto en fuga a los guerreros númidas. ¡Qué audacia! Aníbal solía emplearla en sus célebres celadas. Huir y retornar con fiereza, sorprendiendo al enemigo.

—Lo conocía como un buen gestor y mejor espía, pero no como un soldado tan arrojado. Lo felicitaré, Lucio —aseguró César.

La escabechina de los cesarianos cesó, los númidas huían por los pedregales y los gritos de victoria atronaban el aire ardoroso. El ejército de César arrasó el campamento fortificado de Escipión, que se vio forzado a huir. Las tropas aliadas del rey Juba abandonaron el lugar en estampida. La batalla había quedado decidida. El triunfo de César resultó clamoroso y, pese a sus ruegos, sus legionarios degollaban uno tras otro a los pompeyanos. Estaban hartos de su rebeldía y de su señorial desprecio.

—¡César, han de saber de una vez por todas que han sido vencidos!

El final del combate resultó una carnicería, pues perecieron cerca de diez mil pompeyanos. Para Marco había sido una batalla singular. La habían comenzado los veteranos y ellos también habían decidido cómo acabarla. Insólito. Con su general a la cabeza, trataron de rendirse a César, pero fueron masacrados. Escipión, el gran instigador de la guerra en África, escapó hacia el mar. Marco no comprendía aquel inusual comportamiento de Cayo Julio, conocido en Roma por ser un estratega temerario y también por su magnanimidad con los vencidos.

Pero Pompeyo y sus aliados lo habían encolerizado con su ultraje.

Y ya no había piedad en su corazón. Se había secado.

Marco descansó su cabeza en una roca terrosa, perturbado por los golpes de espada acometidos, los griteríos de victoria y el ruido de las palas de los legionarios obrando fosas para los muertos. Tenía la garganta seca, la mente aturdida y los músculos le dolían, como si miles de agujas se le hubieran clavado. Sabía que había herido y matado a algunos enemigos, y su cerebro rememoraba los instantes de su agonía, sus débiles y quejumbrosos lamentos pidiendo agua. Y le era imposible relegar al olvido el semblante de los muertos con los cuellos cercenados. No había percibido ningún honor en la batalla, sino miedo, horror y locura.

Sentía una extraña sensación, mezcla de satisfacción, dolor y náuseas, y más al ver pasar a muchos africanos atados como reses para ser vendidos como esclavos en los puertos del norte, y sin poder aliviar su sufrimiento, aunque se habían comportado bravamente.

Al atardecer, Marco se dirigió al *valetudinarium* (el hospital de campaña) y se puso en manos del *miles medicus* (el cirujano de la legión), un viejo sin dientes y con el mandil y las manos cubiertas de sangre, que le lavó y cauterizó la herida, tras extraerle el astil ensangrentado. No era grave, pero sí dolorosa, y no tardaría en cicatrizar. Quinto Lolio lo felicitó abrazándolo, y brindó con vino almizclado junto a sus oficiales.

—*Quirites!* —habló—. Desde mañana usaremos como emblema de nuestra legión un elefante. Es una dádiva del Calvo, que nos felicita por nuestra valentía ante los monstruos de Escipión. ¡Pensaba que iba a atemorizarnos! Ya no seremos pájaros, sino temibles elefantes africanos.

—*Elephas victor! Salve!* —pregonó Quinto.

—*Salve!* —respondieron sus oficiales alzando los cubiletes, sabiendo que era un gran honor con el que ingresarían en la leyenda de las legiones de Roma y sus legendarias hazañas a lo largo de su historia.

Su pérdida constituiría la mayor desgracia que podía concebirse para la legión y para sus miembros. La defenderían con la vida.

Aunque algunos estaban heridos y con los rostros salpicados de sangre, ofrecieron una libación a Júpiter Invicto y encendieron unas candelas de aceite en su honor. Quinto se acercó a Marco, quien ignoraba qué pretendía su comandante.

—El *quirite* Marco Druso se ha convertido por méritos propios en miembro distinguido de la V legión. Su valor ha salvado muchas vidas de los nuestros y no le importó morir por sus compañeros —admitió.

—Era mi deber, Quinto, pero, ¡por Summanus que me siento honrado!

El comandante rogó silencio en la tienda, y todos callaron impacientes, observando con respeto su rango. Miraba otra vez a Marco.

—¡Hoy también hemos cosechado otro honor, *quirites*! El cónsul ha reconocido tu astucia aquilatada y tu sentido de la guerra, y me ha garantizado que solicitará al Senado para ti la Corona Cívica al valor. Tus méritos son nuestros méritos. Tu conducta ha sido honorable y atrevida, Marco. Ese es el genuino espíritu de la *Alaudae* —dijo gozoso.

Marco sabía que era una distinción militar concedida por los *patres* a aquel soldado que salvaba la vida en combate a un compañero, y él, con su ardid guerrero, no solo había preservado muchas, sino que había puesto en fuga al ala izquierda de la caballería númida, tan temida por todos.

—De vosotros he aprendido el valor, os lo aseguro. *Alaudae victrix!* —exclamó, y todos lo vitorearon—. Os tendré como hermanos toda mi vida.

—*Per semper!* —respondieron todos.

Marco estaba sediento y bebió hasta saciarse, tras recibir el beneplácito de los oficiales de la V legión. Estaba agotado y se retiró, mientras ellos seguían placenteramente borrachos, celebrando la victoria.

A la batalla le siguió una noche plácida, dominada por los fuegos que quemaban los cuerpos de los caídos. Había comprendido de golpe lo que significaba la desolación de los vencidos, la prepotencia de los vencedores y también la eficacia del planteamiento necesario de Cayo Julio, que una vez más había asombrado con su agudeza militar.

Se ensimismó en el perfil de la luna, en el silencio del desierto, en el viento silbante y el yermo abandono del lugar. Pensó en su madre, y en su ominosa ausencia, en Clodia Pulquer, en Bocco y en su hermana Hatsú. Era el momento para recordarlos.

—Te doy las gracias, Tanit, por haberme socorrido —oró—. Nunca vi tanta sangre y devastación. Conduce sus almas al Hades, Madre.

Había cesado el ruido de los tambores y tubas y el incesante murmullo de un ejército acampando, y solo se escuchaba el júbilo colectivo de los hombres de César. La vida, a pesar de tanta mortandad, aún le parecía a Marco digna de ser vivida. Habían ensalzado su nombre, pero sentía un vacío por dentro. De un plumazo había borrado de su memoria sus años pacíficos, sus ábacos, informes y placeres romanos.

En el fortín reinaba una paz superficial, pues muchos sufrían con sus heridas. Marco se acostó en el áspero y duro catre, ingresado en una momentánea sensación de escrúpulo y en un dulce estado de ensoñación. La euforia había quedado atrás, y la fiebre hacía presa en sus venas y el dolor en su magullado hombro. El médico del regimiento le proporcionó un remedio febrífugo y una tisana de adormidera y se adentró en un mundo de sopor y abandono.

Luego fue la nada.

XXII

Dos reyes y tres coronas

Mauretania, final de primavera del año 46 a.C.

César, con su mal atacándolo sin piedad, permaneció enclaustrado en su tienda los días siguientes a la batalla, cuidado por su médico Sosthenes. Aguardaba noticias de Metelo Escipión, el general pompeyano vencido, y de su oficial Asinio Pomerio, a quien había enviado a perseguirlo sin tregua. Más que la victoria, ansiaba la cabeza de Escipión.

La derrota del partido aristocrático en Tapsos presagiaba tormenta en Roma. César reflexionaba sobre las futuras maniobras del Senado. Mientras bebía un brebaje de nébeda para su congestión de pecho, un mensajero de la X legión, un soldado magro, en cuyo rostro se adivinaba el mapa de todas las guerras cesarianas, se plantó en la puerta y anunció:

—¡Correo del tribuno Pomerio, para el general Cayo Julio!

César apartó los planos y rollos de la mesa y leyó el recado:

De Asinio Pomerio, tribuno de la X legión *Gemina*, al cónsul Cayo Julio César: *Salve et salutem, Imperator.*

Los comandantes de Pompeyo: Cecilio Metelo Escipión, Labieno, Afranio, Petreyo y su aliado el príncipe Juba, tras abandonar el campo de batalla hostigados por la X legión, tomaron varios derroteros en su desesperada huida. Unos fueron a refugiarse a la ciudad de Útica, gobernada por tu enemigo cerval Porcio Catón, quien estaba dispuesto a hacerte frente con los que él llamaba Los Trescientos fieles de Útica a la causa pompeyana. Pero nada debes temer, pues han desertado, deseosos de unirse a César Vencedor. El rey Juba de Numidia se encerró tras las murallas de su capital: Zirta. Pero la ciudad lo abandonó y aceptó las condiciones de capitulación. Juba escapó y se recluyó en una granja junto al general Petreyo. Ambos, para morir con honor, arreglaron un combate singular a muerte. Ninguno debía sobrevivir. Encontramos los cuerpos sin vida de los dos. Hemos tomado como cautivo al hijo de Juba, un infante de cinco años, ofrecido por su madre y el gran chambelán númida, que se rinden ante tu espada.

En cuanto al engreído Escipión, esa víbora de dos cabezas causante de la muerte de muchos romanos por su tozudez codiciosa, fue visto cuando intentaba huir en una nave. Lo perseguimos hasta apresarlo. Pero en el momento de maniatarlo, echó a correr y luego se echó sobre su propio *gladius*. Expiró ante nuestros ojos. No se pudo evitar y murió como un soldado, aunque ya pena en el Tártaro, expiando su perfidia y traición. Afranio ha sido apresado y te lo llevaré cargado de cadenas.

El inflexible Catón, tu mortal y más preclaro enemigo en el Senado, sabedor de nuestra victoria, de que la causa de los *optimates* estaba perdida en África y de que en breve te dirigirás a tomar su ciudad, se ha quitado la vida. Según sus magistrados, que te ofrecen lealtad y sumisión, abrazó a su hijo y se encerró en su cámara con su libro preferido, el *Fedón*, suicidándose como corresponde al honor de un ciudadano de Roma. Se hundió la espada en el vientre, aunque con tan mala fortuna que tardó un día en morir. Su médico nos aseguró que se negó a tomar algún veneno para aliviar la agonía y que antes de morir declaró: «Muere el último creyente de la República, porque un hombre virtuoso es un hombre libre. No podría soportar de ninguna de las maneras la venganza de César, pero mucho menos su perdón.»

La legión X regresa tras cumplir las órdenes. Que los divinos dioses te acompañen y Júpiter ilumine nuestro regreso. *Roma Victrix. Vale.*

Cayo Julio le tendió la misiva a su médico y confidente Sosthenes, que tras leerla carraspeó y sonrió con mordacidad.

—Muerte orgullosa la de Catón, aunque de romana dignidad, hay que reconocerlo, *imperator* —opinó el galeno. Su gran barriga impidió la trayectoria de la espada. No debió de ser agradable presenciar su agonía.

—Yo diría que teatral e inspirada en los filósofos estoicos y platonianos, que contemplan la muerte con fría indiferencia. ¿No te parece? Era un conocido borracho, irascible y petulante, que nunca defendió lo que no fueran sus provechos y los de esos patricios insaciables. Además de un cobarde que no se atrevió a mirarme a los ojos y reconocer su derrota.

—¿Lo hubieras perdonado en verdad, *domine*? —preguntó el físico.

—¡Claro, Sosthenes, como hubiera hecho con Pompeyo, y ellos lo sabían! Servilia no me lo hubiera perdonado, pero Catón me ha impedido salvarle la vida. Pretendía sentarlos en el Senado para mayor prestigio de Roma, y tú lo sabes. Catón y Pompeyo eran romanos dignos.

—¿Y Escipión? —se interesó sin mirarlo.

—No puedo manifestar lo mismo de ese patricio engreído sin ningún prestigio, e incapaz de un gesto de nobleza con el pueblo. Creía que Roma era él, y la República, su bolsa. ¡Que purgue en el Hades su codicia y su encono hacia mí! —se manifestó el cónsul con gesto despreciativo.

—¿Y Afranio, qué harás con él, Cayo?

—Es un soldado, Sosthenes. Se le hará un juicio sumarísimo y será ejecutado como soldado. Con dignidad y honor —se pronunció.

Se produjo un espeso silencio, y Sosthenes prosiguió hablando, abierta la brecha de cómplice intimidad. El anciano se dirigió a César con compostura.

—*Domine*, los círculos de la aristocracia de Roma están desalentados con las noticias que llegan de África, y estoy seguro de que la muerte de Catón los intranquilizará. Un gesto tuyo los confortará y alentará.

A César no le importaba en exceso, pero respetaba la tradición.

—Pierden a su perro ladrador, ¡cómo no van a inquietarse! Ayer recibí un correo desde Sicilia, donde se me asegura que el Senado, temeroso de mis conquistas, prepara una investidura como dictador por un periodo de diez años, prometiéndome además el triunfo que me negó tras la guerra de Hispania. Dicen que rebasará en esplendor a cualquier otro, incluso al de Sila, o al de mi tío Mario. Desean también halagarme alzándome una estatua frente al tempo de Júpiter Capitolino con la inscripción: *CAESAR SEMIDIÓS* —le informó con mordiente ironía.

Ambos esbozaron una sonrisa, y el físico dijo con gesto solemne:

—Todos estos honores están inspirados en el miedo, César, y tú lo sabes. Además tú no crees en ninguna divinidad, salvo en ti mismo —adujo.

El médico había atinado. Lo conocía como nadie.

—Nuestros dioses son mujeriegos, mentirosos, soberbios y vengativos, y convivieron con los mortales en los años dorados de la humanidad —replicó César grave—. No le concedo mayor importancia, pero es bueno sentirse reverenciado. Ayuda a mis propósitos. Mi antepasado Julio descendía de Venus, como bien sabes. Ya he enviado una epístola al Senado que será leída antes de las Fiestas de Vesta. En ella prometo que no entraré en la *Urbs* con ejército alguno, que me reuniré con ellos fuera de las murallas y que no tomaré represalias contra nadie.

El sol estaba en todo lo alto y enviaba tajos de fuego. La tienda del comandante estaba llena de una luz azafranada. El físico se interesó:

—¿Y perdonarás a quienes se han alineado con Pompeyo?

—A todos. Nada más pisar la sagrada orilla del Tíber haré un llamamiento a la conciliación y la concordia. ¡Te lo juro por la Bona Dea!

—Sé que lo harás, pues eres el Elegido del Destino, y también que esa piedad será tu perdición. Los patricios nunca perdonarán tu valor, tus victorias y el favor de los dioses. Protégete de ellos, *domine*.

La opinión del galeno lo desarmó, pero era optimista por naturaleza.

—No seas agorero. Roma apreciará mis reformas. A centenares de seres humanos los he despertado de la pesadilla de la barbarie y les he hecho amar la civilización romana, la equidad y la justicia. Con ellas, todos ganarán y participarán de su gloria. ¡Anda, llena mi vaso, viejo adivino!

—Los hombres están deseosos de volver a sus hogares, Cayo. Están cansados de las gachas de trigo, del vino aguado y de la lucha sin tregua.

—¿Crees que yo no, Sosthenes? En la guerra no todo es heroico. La acompañan los crímenes, el dolor, la desesperanza, la sangre y la añoranza del hogar. Es una desgracia para el ser humano, lo sé.

César tomó conciencia de su vulnerabilidad y clausuró sus sentimientos en lo más recóndito de su alma. ¿Acaso no era un hombre predestinado? ¿No procuraba tan solo la grandiosidad de Roma? Y su carácter, ¿no estaba forjado con el fuego de los dioses?

Él lo creía así y lo probaría con actos honorables.

Su médico era la única persona con la que César se despojaba de su máscara. Y quizá también con la dulce Calpurnia, a la que tanto añoraba. Pronto estaría junto a ella y agradecía sus seguras oraciones.

Los augures de César habían erigido un altar de piedras en la orilla del mar y colocado en el ara los *argeos* y dioses lares de la *gens* Julia. La intensa luz africana iluminaba las cabezas del ejército romano.

El cálido aire olía a espliego, jaras y sal, cuando la procesión salió de la conquistada ciudad de Tapsos, con Cayo Julio a la cabeza, como *flamen dialis* de Júpiter. Iba ataviado con la toga y manto inmaculados de Pontífice Máximo y *Háruspex*, con la cabeza cubierta y apenas si dejaba entrever su rostro curtido y grave. Le seguían su estado mayor, los decuriones, centuriones, tribunos y veteranos de sus legiones, entre ellas la III, *la Gallica*, y la XII, *la Fulminata*, con su estandarte del cuerno de la fortuna, las insignias imperiales y las ramas de olivo. Se disponían a ofrecer el sacrificio de un carnero sin mácula, unas tórtolas y tortas de pan sacro, a Júpiter, Poseidón y Marte.

Marco constató que la presencia sacerdotal de César, tan extraña para sus soldados, les inspiraba veneración y reverencia. Su general era además de su comandante en jefe, senador, cónsul, dictador, *flamen maior* (sumo sacerdote de Júpiter) y *háruspex* o vaticinador. El augur leyó en una tablilla los presagios percibidos en las entrañas de un gallo y declaró el día fasto. El sacerdote *victimarius* encendió el fuego sagrado y abrió las redomas de aceite y vino, que César derramó sobre las ramas de tomillo y romero que exornaban el altar. Un *tibicen*, el flautista de los sacrificios, entonó el himno de Marte, ante un silencio religioso. El sacerdote untó la piel del carnero y de las tórtolas con una masa fluida, la *mola salsa* (harina, sal, vino y agua), y pidió permiso a César para degollarlos.

—*Agone!* —dio el sumo pontífice la ritual orden de inmolar.

Con un puñal sacrificial de bronce ofrendó a los animales en medio de balidos y aleteos desaforados. Y su sangre corrió hasta el mar.

Un César contrito alzó los brazos y suplicó con voz atronadora:

—¡Supremo Padre, Poseidón de los Caballos, dios de la Lanza Invicta, os ofrecemos este sacrificio por la victoria y por quienes dieron su vida en el campo de batalla. Te rogamos una paz duradera para nuestro pueblo!

—*Salve imperator!* —contestaron emocionados—. *Pax, pax!*

Sin dilación, se aproximó al ara y alzó dos estatuillas de arcilla.

—¡Dioses inmortales, evoco hoy la memoria de los antepasados de mis hombres, y también de dos *quirites* que os fueron respetuosos y que honraron a Roma y a la genealogía Julia: mi tío Cayo Mario y mi padre Cayo Julio César, hombres piadosos y audaces —siguió orando.

Pero la emoción le pudo y, enternecido, derramó unas conmovidas lágrimas por sus antecesores. El llanto de César era proverbial en momentos decisivos y lo acercaba más a sus legionarios, que veían en él a un padre de familia y a un líder providencial de emotivos sentimientos.

El Calvo era uno de ellos.

Aquel día el cónsul ordenó ración doble de vino para sus legionarios, y con las exorbitantes multas impuestas a las ciudades opositoras de Numidia, les pagó las soldadas atrasadas. Estaban exultantes y pletóricos.

Le seguían llegando noticias de Roma y Sicilia de que las guerras habían convertido la *Urbs* en una ciudad de mujeres enlutadas, de mutilados de guerra y de huérfanos inconsolables. Roma necesitaba la paz. Por una vez *optimates* y plebeyos se unían en el mismo sentimiento de dolor por los muertos de la guerra civil, que ya duraba demasiado.

—Antes ordenaremos el territorio y les brindaremos el beneficio de la paz romana. Para las Fiestas de los Panaderos de *junius* estaremos con nuestras familias —les prometió el *Imperator*, al que creían e idolatraban.

Y aquel mismo día envió una epístola a la Curia, para que clausuraran las puertas del templo de Jano. Se había alcanzado la paz.

«Como aseveró un día Cicerón en ese recto Senado, prefiero la paz más injusta, que la más justa de las guerras —les decía—. Estaba en manos de los dioses esta concordia, y al fin se ha conseguido por su deseo, así que mantengámosla con honor. Regreso a Roma, *patres conscripti*, *Salve*.»

Días después, en medio de la diafanidad de una exuberante primavera, César, recuperado de sus dolencias, entró victorioso en Útica, la ciudad antes gobernada por Catón, en medio de vítores y ramas de olivo al viento. Agradeció su fidelidad, aunque censuró a los comerciantes la ayuda a Escipión. El paso acompasado de sus legiones, en el uniforme avance de la marcha, producía un estruendoso estrépito de sonidos de armas, piafar de caballos y pisotear de botas. Era el ejército vencedor de Cayo Julio. A los Trescientos de Útica, exacerbados partidarios de Gneo Pompeyo, el general les perdonó la vida, pero les impuso una multa de doscientos millones de sestercios. Y la abonaron sin protestar y dándole las gracias por su comprensión. Apoyarían en lo sucesivo a Julio César.

—Eres un hombre de concordia, noble César —le expresaron.

Su largueza, don de gentes y prudencia engrandecían sus victorias.

Concluía el mes de *aprilis* con sus días floridos y aún se veían en el cielo bandadas de buitres sobre el campo de batalla, como negras pavesas tras el fuego de la lucha. Los legionarios heridos se recuperaban y preparaban los equipajes para regresar a sus hogares. Muchos lloraban y rezaban agradecidos a los dioses. A Marco, que mejoraba de su herida, lo inquietaba que aún no hubiera podido hacer ninguna pesquisa sobre Macrón, ya que en pocas semanas las legiones regresarían a la metrópoli. Pero estaba decidido a actuar, aprovechando que al día siguiente partía junto a Lucio Balbo *el Joven* y Publio Sitio, comisionados por César para ofrecer un pacto de amistad a los dos reyes hermanos, Bogud y Bocco de Mauretania, por su apoyo a la causa cesariana en África.

Le costaba trabajo admitir que no hubiera quedado un solo testigo de la atroz muerte de su madre, aunque fuera una débil pista, un vago recuerdo de los atropellos de aquella partida de ladrones.

Le quedaban muchas dudas que satisfacer. Quizá demasiadas.

Los tres legados de César, ataviados con togas de *quirites*, detuvieron el carruaje oficial ante el palacio real de Iol, y aguardaron. Una legión de tullidos, ciegos, e incluso algún leproso, extendieron sus manos pidiendo una limosna. Se abrió el portón del gran arco y un criado los invitó a seguirlo. En el vestíbulo, fueron recibidos por el chambelán del soberano Bogud, Zacar de

Iol, un hombre enjuto, de nariz ganchuda y porte majestuoso. Atravesaron un jardín sembrado de árboles frutales, con pájaros exóticos y animales feroces traídos de las selvas de Sudán. Marco se fijó en una leona atada a la fuente con una cadena, y otras fieras que sesteaban en las jaulas, bostezando y lamiendo huesos.

El palacio era una fortaleza militar cercana al mar que había pertenecido al abuelo de los dos reyes hermanos, que los aguardaban expectantes. Abundaba el mármol númida, el ladrillo vidriado y los artesonados de taracea. En un torreón habían edificado un observatorio astrológico, conocida la erudición de los soberanos en la ciencia caldea de los astros. Fueron conducidos por Zacar hasta una sala con divanes y pebeteros que exhalaban hilos de sándalo, en un deleite para los sentidos. Unos guardias iberos armados velaban por la seguridad de los reyes.

Sentados sobre dos divanes con respaldos de plata y marfil se encontraban los monarcas aliados de César. Se engalanaban con los atributos de los monarcas de Mauretania, túnicas incrustadas de pedrerías, cinturones y botas damasquinadas. Eran morenos de piel, pelo y barba negras trenzadas minuciosamente, aunque Bogud parecía un chiquillo al lado de su hermano. De ojos profundos, ambos miraban curiosamente a los recién llegados. Bocco, el mayor, se incorporó y se adelantó para saludarlos. Eran amigos. Balbo *el Joven* sería el sucesor de su socio Lucio Balbo, Sitio, su proveedor de armas y mercenarios, y Marco, el hijo que no había tenido. Los abrazó con amistad, y a Marco le besó las mejillas.

—Bienvenidos a Iol. Los legados del divino César son mis amigos. Mi hermano Bogud —que inclinó la cabeza— y yo os saludamos con respeto.

Después habló a Marco entre susurros, y se le vio enternecido pues sus ojos brillaron con la acuosidad de la emoción.

—*Caro* Marco. Los pliegues de mi corazón se alegran al verte. Lucio Balbo me habla de tu valor, de tu peso en la causa cesariana y de tu reputación en Roma. Eres nuestro hijo dilecto. Tanit la Sabia te protege.

—Majestad, os comportasteis como un padre y mi alma os

lo agradece. Nada hubiera sido sin vuestra protección. Que los dioses os favorezcan.

Cualquiera que los hubiera oído adivinaría al instante que el afecto y la admiración los unía. Zacar, el mayordomo de Bogud, se asombró. Era extraño, y no perdió palabra. Parecía que aquel romano poseía un pasado misterioso, aunque adictamente unido a sus señores, y estaba ansioso por conocerlo en la intimidad. Tendría ocasión. Marco quedó decepcionado con Bogud. Creía que su aspecto físico era bien distinto y mucho más imponente. ¿Acaso un guerrero tan nombrado, un curtido estratega de la guerra que pasaba por ser un jinete único y el terror de los númidas, podía presentar una fachada tan frágil?

Su rostro irradiaba melancolía pero su sonrisa infundía confianza. Los *mauri* lo consideraban la esperanza de las tribus *amazigh* (los hombres de la Tierra), clanes de pastores nómadas y caravaneros que traficaban con el oro, las piedras preciosas, las esteras, los esclavos de más allá del Atlas, la púrpura y los colmillos de elefantes, y que lo tenían como el líder indiscutible en el campo de batalla. Bogud era ambicioso y ansiaba convertirse en rey único, y su hermano lo sabía.

Sin embargo, a pesar de su popularidad, nunca se mostraba desleal, indiscreto o ingrato con su hermano Bocco. Y su vida la presidía el respeto a la palabra dada y al valor. Entregado a la causa de Cayo Julio, había combatido contra Juba y luego perseguido hasta Hispania a los hijos de Pompeyo, Gneo y Sexto, ante el beneplácito del Calvo, que lo consideraba un aliado capital en África. Sin abandonar su porte señorial, Bocco, a quien se veía satisfecho y se removía entre los cojines, se dirigió a los visitantes:

—¿Nos traéis las palabras del cónsul, Marco Druso?

La tensión se había aminorado y Marco le entregó un pliego con las condiciones que César ofrecía a los hermanos, que más que estipulaciones eran generosos regalos. Bocco las leyó para que Bogud se enterara. Numidia, arrebatada al conspirador Juba, era partida en dos y la parte occidental se la regalaba a Bocco. A Bogud le transfería algunos puertos del norte para comerciar y una millonaria cantidad de sestercios para mantener a sus jinetes en Hispania y mantener a raya a los hijos de Pompeyo. Consideraba a los dos reyes «aliados y amigos de Roma» y los colocaba entre sus más dilectos seguidores, con todos los beneficios que conllevaba su amistad. Ambos sonrieron. Habían apostado por el auriga ganador y se consideraban bien pagados. La fortuna les sonreía.

Bogud, que se había mantenido en un sereno mutismo, habló:

—¡Dos reyes y tres coronas!

—Así es, majestad —confirmó Marco—. La parte occidental de Numidia permanecerá bajo el dominio directo del Senado de Roma, la occidental será regida por el monarca Bocco, y para vos, la Mauretania Occidental, desde el río Muluya hasta el Atlántico, además del control de los puertos del norte y de las Columnas de Hércules. ¿Os satisface, mi señor?

—En sumo grado, Marco, el amigo de mi hermano —se pronunció.

La voz de Bocco resonó con claridad, interrumpiendo a Bogud:

—Tanto mi hermano como yo nos sentimos complacidos y honrados. La generosidad del cónsul de Roma excede a nuestros merecimientos —habló—. El mundo y el control de esta región le pertenecen.

Marco estaba henchido de orgullo y se expresó con respeto:

—Mi señor, tú me enseñaste que la lealtad y la rectitud de conducta recaban a la larga más ventajas que cualquier camino sinuoso, como le ocurrió al rey Juba. Es vuestro merecido premio.

El señor de Mauretania del Este parecía mostrarse halagado.

—La sabiduría adquirida en la niñez en esta misma casa es como una inscripción grabada en la roca. Tú serás el garante de estos pactos —dijo Bocco—. Que los dioses te den larga vida, Marco. El albur, ese caprichoso embrujo que merodea en la vida de los mortales, ha tenido a bien unir nuestras vidas y resultar providencial para estos reinos que heredamos de nuestro abuelo. La desaparición de esa hiena de Juba nos regocija.

Lucio Balbo *el Joven* tomó el uso de la palabra con afabilidad:

—El reino de Numidia estaba en plena descomposición y las bocas de sus mujeres suplicaban a César que acudiera a rescatarlas de los desafueros y rapiñas de Juba y de sus crueles esbirros del Atlas.

Bogud, que mantenía una calma serena, intervino de nuevo:

—Juba no era un guerrero de honor, caballeros. La situación entre los dos pueblos era insostenible. Era un diablo brutal, un puñal clavado en nuestras espaldas y un hombre sin sentimientos. Estas tierras han soportado tres generaciones de ultrajes abominables por parte de Masinisa, Yugurta y Juba. La paz de Roma nos hará más dichosos. Con el juicioso proceder de mi hermano estas tierras recobrarán el buen gobierno.

Brindaron con vino de Tingis y se acomodaron en los divanes.

—¿Y el cónsul? Nos anunció su pronta vista —se interesó Bocco.

—Cayo Julio César viene de camino para confirmar con su presencia este acuerdo —contestó Marco—. Para la primera luna podréis firmarlos juntos, mi señor. Que los viejos dioses lo validen con su potestad sabia.

—Y que todas las deidades fastas mantengan en el tiempo el acuerdo.

Con la seguridad de ver cumplidos sus deseos, Bocco dio unas palmadas, como aplaudiendo su éxito sobre sus enemigos seculares, y los sirvientes convirtieron el salón del trono en un cenador donde fueron sirviendo los más exquisitos manjares y los más estimulantes vinos.

Cuando los sirvientes retiraban los platos de carne y pescado y entraban las bailarinas de Tingis, resonaron unas campanillas y el mayordomo anunció a la reina de Mauretania, la princesa libia Eunoë, la escultural esposa de Bogud. Los romanos despertaron del perezoso sopor proveído por el vino aromático y se fijaron en la incitante hermosura de la diosa de ébano que tenían ante sus ojos. La piel atezada, casi negra, las caderas firmes, el rostro ovalado y perfecto, los labios gruesos y sensuales, una dentadura de nácar, los senos altivos y la túnica profusamente bordada que la envolvía, los magnetizaron.

Las facciones de Marco enrojecieron ante la belleza de la joven, adornada con una diadema de oro y ajorcas de plata con pedrería.

«¡Qué fascinante me resulta esta mujer!», se dijo Marco.

Los *quirites* inclinaron la cabeza y no pudieron resistirse a mirar de soslayo a la fascinadora mujer, una africana que mantenía la mirada baja y recatada, y que era animada por su esposo a conversar con los huéspedes que anunciaban para su reino un futuro de abundancias y prestigio.

Pero al no hablar en latín, su entendimiento con los extranjeros se cifró en una deliciosa plática de gestos, sonrisas y mudas amabilidades, salvo con Marco, que sí pudo conversar con ella en el dialecto *amazigh*. Antes de la medianoche, los reyes se retiraron, y se preguntó al seguirla con la mirada si la hermosa beldad se había burlado de él, pese al brillo de ironía de sus ojos verdísimos. Se había insinuado, pero su intención no había sido clara. ¿Lo había adulado únicamente por ser romano?

Balbo, Sitio y Marco fueron conducidos por el mayordomo a sus habitaciones. Marco se desnudó y se estiró en el lecho, mientras ponía en orden sus pensamientos. Al poco, notó que unos nudillos golpeaban la puerta y que Zacar, el chambelán, asomaba la cabeza, rogándole perdón.

—*Domine* Marco, el rey Bogud me ruega que aceptéis la compañía de su esposa Eunoë, como corresponde a la sagrada tradición *amazigh* de la hospitalidad. Consideradlo como un signo de su real amistad.

Marco se incorporó del lecho y lo miró con los ojos turbados.

—No sé si debo. Me cuesta aceptar... —balbució el romano.

—No convirtáis una tradición sagrada en una incomodidad, *domine*.

Le costaba un gran esfuerzo disimular su sorpresa, pero tras Zacar apareció Eunoë con el dominio propio de una diosa y la cabeza y el rostro ocultos por un velo sutilísimo cuajado de joyas. Una levísima túnica la envolvía y una perfecta calma dominaba los pasos de sus chinelas doradas. Palpitaba en su pecho un collar de oro, ámbar y lentejuelas azabache, y exhalaba un aroma embriagador. Los párpados le brillaban tintados de lapislázuli y sus manos estaban pintadas de roja alheña, como acostumbraban las mujeres *mauri*. Su tez morena brillaba con la tenue luz de la lámpara, y en su semblante no había rechazo.

Esbelta hasta la conmoción, le pareció a Marco una reina faraónica.

La hermosa Eunoë se desnudó ante su mirada atónita, su esbelto cuerpo se confundía con la negrura de la habitación, distinguiéndose su perfil solo por la línea brillante del leve sudor. Marco la recibió intimidado y respetuoso, pero la joven se pegó a su cuerpo y el romano acarició su aterciopelada piel, que lamió dulcemente, con unción. Sentía tal cúmulo de sensaciones, que pronto Marco se enajenó del tiempo, rindiéndose al arrebato carnal de la exótica mujer. Palpitaron sus cuerpos desnudos entre suspiros, mientras el romano se perdía entre las suavidades felinas de la señora de los mauretanos.

Marco la buscaba, y ella se ofrecía como una blanda gacela. Los brillos de su piel tostada lo enardecían y el amante se refugiaba enardecido y tierno en sus brazos ardorosos. Eunoë le ofrecía sus encantos entre una atmósfera de rumores perezosos y se entregaba al extranjero, dócil y ávida a la vez. Había sido exigida a compartir el lecho con el huésped romano, pero sus gemidos confirmaban que se sentía complacida.

Fundieron sus sexos y a ambos les pareció que un fuego devorador los abrasaba por dentro. Una apasionada Eunoë contrajo su vientre en un ardor furioso, mientras el extranjero le besaba los pezones, que parecían moras en su boca. Finalmente se retorcieron en un deleite supremo y vaciaron sus cuerpos en una indescriptible sacudida.

Con la noche muy oscura, Selene, la diosa de la noche, envió una lluvia melancólica que sacudió los tejados del palacio. Una luz irreal gravitaba sobre la estancia y el cuerpo exhausto y adormecido de la sublime Eunoë a su lado serenó el ánimo de Marco, que se sentía transportado a otro mundo.

A la mañana siguiente a Marco Druso le pesaban los párpados. Aurora, la deidad del amanecer, destapó el nacimiento de un sol prodigioso. Se sentía radiante. La reina Eunoë se había comportado como un volcán en la cama, y lo recordaba con satisfacción. Habían hablado de Eros, y Marco le había recitado unos atrevidos poemas de Safo de Lesbos. Al amanecer había desaparecido de su cámara sin él haberlo advertido.

«El secreto misterio de las cortes de los reyes», pensó.

Necesitaba relajarse y se dirigió a los baños del palacio, cuya entrada estaba refrescada por cabalgantes enredaderas. Tras un apresurado baño en solitario, regresó a su cuarto, se vistió y sigilosamente salió de palacio, envuelto en una capa listada. Debía buscar por su cuenta.

Después se encaminó de incógnito al puerto de la ciudad, supuestamente el centro de las fechorías de Macrón *el Méntula*. Preguntó con tacto, pero pocos lo recordaban, otros decían que había muerto en una pelea en tiempos de Catilina y algunos ancianos recordaban vagamente que al hacer una leva el general Pompeyo había abandonado Iol. Un leproso le aseguró que aún quedaba alguno de sus secuaces por Mauretania, pero que ignoraban dónde se hallaban. Advirtió que algunos escupían al escuchar su nombre y que otros, aunque prometía pagar la información, se negaban a soltar palabra.

Únicamente un herrero, a cambio de unos sestercios, le aseguró que Macrón no debía de haber muerto, pues un romano lanista de los contornos aseguraba ser su socio y le compraba grilletes para esclavos y armas.

—Paga, y se va —le reveló escamado.

—¿Y quién es ese socio? ¿Lo conoces, buen hombre?

—Ignoro su nombre y dónde vive, os lo aseguro —lo cortó desabrido.

Repitió al día siguiente en unos pueblos de las cercanías y solo consiguió silencio y desconfianza. Le costaría localizar una pista fiable que lo condujera al desalmado rufián, si es que aún permanecía con vida.

Unos días después, mientras aguardaban la inminente llegada de César, se hallaba en el *caldarium* de las termas, sudando y ensimismado en sus pensamientos y pesquisas, cuando apareció Zacar, el *maior domus* palatino, envuelto en un paño de lino. Caminaba como un gato cauteloso. Era un hombre delgado, cortés, con una fina y puntiaguda perilla blanca, de blanca tez y venillas rosadas que denunciaban su afición al vino griego. Habló en un tono misterioso, y casi susurrando.

—Que la divina Tanit te proteja, Marco Druso Apollonio, o ¿debería llamarte Silax de Tingis, el escriba y amigo del *Sharam*, rey Bocco?

La familiaridad sorprendió a Marco, que respondió fríamente.

—Si me permites un deseo, llámame por mi nombre latino.

—Así lo haré. Soy un hombre temeroso de los dioses —afirmó el palaciego asintiendo con la cabeza—. La amistad que han demostrado mis señores contigo me anima a mostrarme cercano. No dudes de mi honestidad, *domine*. Siempre he sido un hombre íntegro y respetado.

—No lo dudo. Explícate entonces, Zacar —se mostró severo.

—Mis criados me aseguran que sales temprano de palacio y que preguntas a los lugareños. ¿Recela César de su pueblo aliado? ¿Teme alguna traición? —se interesó con sonrisa ladina.

Marco debía mostrarse cauto. No lo conocía, ni sus intenciones.

—Es una cosa personal y sin mayor importancia —lo cortó brusco.

El chambelán requirió los servicios de un masajista y, mientras eran masajeados y sus músculos se relajaban, Zacar se hizo accesible.

—Mi reina se ha levantado radiante de su lecho en los últimos días. Seguro que has honrado con creces la hospitalidad de mi amo. Sus ojos no mienten. Los dioses bendicen a los reyes con el juego divino.

—Tu señora es una ninfa y una *hetaria* de la diosa en el tálamo.

El romano se sintió como si hubiera agraviado su dignidad, y de golpe enmudeció. No le agradaban los descaros. El mayordomo lanzó al ilustre amigo de su señor una mirada de concordia, que inmediatamente captó su atención. Sus pupilas denotaban un dominio interior, y se lamentaba por haber despertado en el legado de César tanto desconcierto.

—Escucha, mi excelente señor —observó el mayordomo, y

miró a uno y otro lado para comprobar que estaban solos. Necesitaba reserva.

Marco lo miró interesado, para no estropear el interés del instante.

—Escucha. Igual que tú, antes de ser mayordomo de mi señor Bogud, fui escriba, y serví a los romanos, es decir, al tiránico gobernador Sergio Catilina. Desde entonces fui juntando mis ganancias, aunque nunca me atreví a invertirlas, pues no me fío de tanto mercader embustero.

—¿Y bien, Zacar? —recobró el aliciente por la conversación.

—Mi rey Bogud me asegura que a pesar de ser un soldado romano y agente de los Balbo, eres el factor de Gerión, una de las navieras más prósperas del Mar Interior. He llegado a ahorrar casi un millón de sestercios y desearía una participación de la compañía, antes de perder mis ahorros con tanta guerra y cambio de señores. César ha traído la conciliación al fin. Es un momento seguro para invertir. Tengo una familia y solo deseo su bienestar futuro.

Marco se sobresaltó con dos nombres: «Gerión» y «Catilina». Más por el segundo. Pero no exteriorizó emoción alguna. Seguro que aquel dinero era fraudulento y se puso en guardia. Pero su mente comenzó a elucubrar una nueva senda para sus investigaciones. Y un nombre se despeñó por su alocada mente: Macrón. ¿Podría hallar al fin una pista del asesino?

—Es una manera inteligente de proceder, Zacar. Tu dinero no solo se incrementará, sino que estará en lugar seguro. Lo avalan dos personas de las que te puedes fiar y a las que respeto por su talento comercial: Balbo y Bocco. Son dos Midas, y la diosa Fortuna los ha tocado con su gracia.

—Sin duda tienes razón. Pasemos al *frigidiarium*, te lo ruego. Vamos a acordar las pautas de nuestro entendimiento comercial. Estoy decidido.

A Marco le costaba disimular su deseo de interrogarle sobre Catilina.

—Zacar, te voy a formular una pregunta —se hizo más asequible y amistoso—. ¿Me asegurabas que fuiste escriba del gobernador Catilina?

—Así es. Más concretamente, su tesorero. Llevaba sus cuentas, la oficial que enviaba al Senado, y sobre todo la personal, o sea, todo lo que robaba y extorsionaba a los mauretanos, romanos y númidas —reveló—. ¿Por qué lo preguntas? —se interesó y comenzó a desconfiar del *quirite*.

Marco disimuló rascándose la oreja, y dijo con un supuesto afán.

—Por desgracia tengo un recuerdo personal antiguo, aunque insoportable, del que me gustaría saber algo, aunque solo fuera un indicio. Ha pasado tiempo y acaeció siendo Catilina procónsul. Nada más.

—Pues tú dirás, Marco —dijo Zacar sin saber dónde quería ir a parar.

—¿Conociste de aquel tiempo a un romano que antes había sido decurión, de nombre Manilio Crispo Macrón? —preguntó—. Sus atropellos contra lo profano y lo sagrado fueron muy sonados, te lo aseguro.

El mayordomo se quedó mudo. No movió un solo músculo, pero su mirada lo taladró. Contrajo el semblante y frunció el ceño. Se apresuró a cerrarle la boca, poniendo el dedo en su propia boca. Marco advirtió que había acertado en el blanco. Aquel hombre sabía más de lo que callaba.

—¿Te refieres a Manilio Crispo Macrón, el que llamaban Méntula? Había olvidado a aquel asesino sanguinario, que los dioses maldigan.

Aquel nombre resonó en su cabeza como un timbal de batalla.

—Sí, el mismo. —Y abrió los ojos desmesuradamente.

—¿No he de conocer a la rata más inmunda que ha parido madre? Yo era uno de los secretarios más cercanos al gobernador. Ese sanguinario Macrón se llenó los bolsillos con sus crueles tropelías, y de paso la insaciable bolsa de Catilina, que se llevaba su comisión, después de violar, matar y ultrajar a quien se le interponía.

En la espiral de codicias donde se movía Marco, hasta el mayordomo del rey Bogud le parecía un ser afable y de sencillos sentimientos.

—¿Y vive aún ese Macrón? —se interesó intrigado.

El palaciego negó con la cabeza, pero sin perder la confianza.

—A decir verdad, no lo sé. Pero sé quién puede saberlo.

Marco no pudo reprimir el gozo que explosionó en su corazón.

—¿De veras, Zacar?

—Así es. No olvides que he sido durante décadas los ojos, oídos y manos de mi señor Bogud y de mi reina Eunoë. Es mi oficio saberlo todo. ¿Y qué puede unirte con ese truhán siendo tan joven como eres?

La tristeza volvió a asomarse en los almendrados ojos del romano.

—Es un viejo litigio que lo enfrentó a mi familia, Zacar, y donde hasta el rey Bocco, mi segundo padre, intervino, aunque sin éxito?

—Ese Macrón fue siempre un hombre escurridizo y peligroso. Siendo así, y con el beneplácito del hermano de mi rey, y para saberlo con certeza, mañana haremos un corto viaje a Zucchabar. Allí vive aún uno de sus secuaces. Lo conozco bien. Se llama Serviano, y es ciudadano romano. Con un poco de oro y una bota de vino de Qyos, soltará la lengua.

Marco se volvió lacónico y su mirada insostenible por la inquietud. Su alma se había estremecido como un junco batido por el viento, y las piernas le vacilaron. De ser cierto, al fin cumpliría su aspiración más deseada, tras años de búsquedas e indagaciones infructuosas, en las que había gastado una ingente cantidad de sestercios y el tiempo de sus agentes, amén de los regalos a la diosa de la Luna. Entre la conmoción por la noticia, trajo a su recuerdo a su madre Arisat y a su hermana Hatsú. Las figuras que habían poblado su niñez revivieron nítidas y amadas.

La venganza aún no había concluido, pero la luz parecía distinguirse al fin. Por eso su mente adquirió un sesgo de ansiosa urgencia, y dio las gracias a Tanit: «Vengadora del Cielo, tu hija obtendrá su reparación.»

—Saldremos al amanecer, Zacar. ¿Te parece? Encomendémonos a Mercurio Hermes, dios de los caminos. Los dioses te lo premiarán.

—Prefiero que lo haga el tesorero de Gerión —dijo, y sonrió mordaz.

Marco reflexionaba y se preguntaba si se contestarían algunas de sus eternas preguntas. Confiaba en Zacar, pero por experiencia sabía que en aquellas tierras los nativos se comportaban con los extranjeros con la astucia de las comadrejas y el letal engaño de los alacranes del desierto.

Silencioso, Marco salió de los *balnea* de palacio, aunque confortado.

Un tropel de nubes de tonos violetas se adueñaba del firmamento.

XXIII

Las lágrimas de la luna

*Gades, Hispania Ulterior, fin de la primavera
del año 46 a. C.*

Arsinoe se disponía a abandonar su dignidad como *asawad*
del templo de Melkart, uno de los centros mágicos del universo
conocido y una de las ciudades donde aún reinaba Astarté-Marina, antes de partir hacia Roma. Había sido la Voz de la Madre
y los Ojos de la Luna de Tanit durante años, y la africana había
alcanzado la cúspide de la madurez como mujer y la sabiduría
como sibila. Había vivido un destino asombroso y era venerada
por todos, salvo por la atrabiliaria Tiratha, que seguía detestán-
dola y apeteciendo el trono de pitonisa.

Hacía días que habían concluido las fiestas de la Creación y
la Vida, y el Consejo Sacerdotal de Melkart se disponía a elegir
a la nueva *asawad*, ya que Arsinoe había anunciado que, por
mandato de la diosa, debía peregrinar por todos y cada uno de
los santuarios de Ishtar del mundo púnico, y ausentarse durante
años de Gades. Sentía el destino inexorable de la Madre y estaba
decidida a cumplirlo. Ignoraba si conseguiría un grandioso porvenir, o se convertiría en el error más mayúsculo de su vida, pero estaba decidida a cumplirlo.

Se había cansado de los rechazos y de los ataques implacables de personas a las que había respetado. Solo el apoyo que le
habían dispensado Balkar y los Balbo había sido precioso para
ella. Su ánimo, desde que la infeliz Tamar se ausentara de su la-

do para no volver jamás, aunque fuera absuelta en suma de la pena de muerte, seguía permanente en su recuerdo. Una fatalidad irremediable para su alma.

Los cinco electores se habían recluido en las dependencias del templo, sometidos a rigurosas horas de ayuno y meditación. Nadie podía comunicarse con ellos de palabra o por escrito, ni recibir alimento o bebida alguna del exterior. La tranquilidad del pueblo, el flujo de las mareas, la pesca, la siembra, el tránsito de los astros, el comercio, la navegación por los mares, el trajinar de los alfares y las albercas de la púrpura y el *garum*, dependían de la *asawad*, de su bendición y de sus atinados augurios.

El primer día de la luna nueva, el alba envolvía de tibieza el aire del templo de Melkart, en el extremo sur de la isla Kotinussa. Los sacerdotes adivinos habían declarado como fastas las horas *prima, secuna* y *tertia* del día. De traspasarlas, la votación podía considerarse nefasta, por lo que habrían de apresurarse. La precedían los sacerdotes vestidos de lino y, con la fina corona de oro, las dos aspirantes: Sejet, la joven adiestrada por Balkar y Arsinoe, y Tiratha, que representaba a la aristocracia de Gades.

Según los rumores, la rival de Arsinoe poseía dos votos asegurados, pero el del más anciano, el gran *archireus*, también perteneciente a la sangre púnica del viejo Gadir, era dudoso. Lo llevaban por los brazos dos jóvenes y su respiración parecía un soplillo. El vejestorio era un saco de huesos y de pellejos resecos, y apenas si le quedaba un hilo de vida.

Cruzaron las dos jambas de bronce, cinceladas con los trabajos de Hércules. En una brillaban la muerte de la Hidra, la lucha contra el León de Nemea, el Can Cerbero, los Caballos Tracios, el Jabalí de Erimanto y la Cierva de Cerintia; y en la otra, el rapto de los toros de Gerión, el robo de las manzanas del Jardín de las Hespérides, la pugna contra el gigante Anteo y el combate con los Centauros. Su belleza era grandiosa.

Cerraba la comitiva Arsinoe, ante la que cualquier excelencia palidecía. Para acentuar la impresión de su hermosa sazón de mujer, se cubría con una túnica del color del agua tranquila del mar. Durante el tiempo como sibila, su fama había trascendido las Columnas Heracleas por la certera precisión de sus oráculos e infalibles predicciones. Se acomodó en el trípode de los augurios y todas las miradas convergieron en ella. Se asemejaba a una efigie de alabastro y sus rasgos aparecían lívidos como la cera. Se tocaba con la diadema de gemas de la diosa, calzaba los coturnos dorados y dos serpientes de oro se enlazaban en sus brazos. Resonó un batintín. Balkar tomó la palabra y los exhortó:

—¡Golpéese en el pecho, revuélquese por la tierra y desgarre su túnica quien finja ante la diosa y no se pronuncie por quien lo merece! La *asawad* Arsinoe nos dará a besar la Luna de Tanit, para jurar ante ella. Quiera la deidad abrasar los labios al perjuro y alimentar al íntegro.

Después de las palabras tan duras de Balkar, un joven sacerdote procedió a retirar la luna de plata en cuarto creciente, que se hallaba en el pedestal de Melkart, y sobre la que se juramentarían besándola. La entregó a Arsinoe, que la tomó en sus manos junto a un pañuelo de seda.

El primero en votar sería el anciano *archireus* Giscón, que fue llevado en volandas por los servidores del templo. No podía andar y babeaba. Arsinoe comprobó que tenía los ojos amarillos y saltones, como los de un batracio exangüe, y que la miraba con desdén. Ahora estaba segura de que votaría a Tiratha, y le devolvió una mirada de decepción. Le dio a besar la luna de plata y el anciano lo hizo devotamente, con insistencia.

—Juro ante la luna de Ishtar que votaré en conciencia —balbució.

—La sibila limpió el metal con el paño y el vetusto sacerdote se retiró arrastrando los pies. Sin dilación, uno a uno, los cuatro electores repitieron el ritual. Había llegado el momento, y Balkar, incorporándose de su sitial, embutió su cabeza en la tiara de su dignidad, y al mover su manto color Corinto, las velas temblaron. Había que apresurarse, pues el reloj de arena proseguía inalterable tragándose los gránulos amarillos. Balkar descorrió la cortina color púrpura, y surgió ante sus ojos la colosal estatua del dios Melkart, esplendente y rodeada de decenas de lamparillas de aceite y ramos de jacintos, la flor votiva del Señor de la Ciudad.

—¡Hijo de Baal, Señor Nuestro, te suplicamos clarividencia! —rogó.

Al instante esparció sándalo, mirra, cinamomo y ámbar sobre las ascuas de los cuatro pebeteros, cuyos hilos ascendieron hasta el techo pintado de azul y adornado con innumerables estrellas doradas y los signos del zodiaco. Balkar se volvió suplicante hacia los reunidos en la sala que antecedía al Sancta Sanctorum. Con voz persuasiva, les manifestó:

—Decidamos quién será nuestra divina *asawad* en memoria de los ocho fuegos Kabiros que condujeron al señor Melkart hasta estas tierras de los Atlantes, y por la sima de Adrumeto, donde nos aguardan las almas de nuestros antepasados. ¡Emprendamos la votación, hermanos!

La deliberación no tenía cabida, pues la elección era secreta. A cada votante se le entregaron tres piedras: una negra, una blanca y otra gris.

La oscura elegía a Tiratha, la clara a Sejet, y la gris se tenía por voto nulo. De producirse igualdad, el patrono de la ciudad, o sufete, y jefe del colegio sacerdotal de los dioses antiguos, se tasaba como doble y desequilibraba la paridad. Era la ley del templo, y todos lo admitieron.

Tiratha en las semanas precedentes había puesto en práctica sus perversos encantos y untado con oro a algunos electores amigos de la familia, que habían quedado prendados de ella y de su prodigalidad. Y no satisfecha de sus malas artes había llevado su altanería a ridiculizar a la pobre muchacha que aspiraba al cargo, Sejet, llamándola cuidadora de cerdos y cabras, bárbara ignorante y extranjera. Ya se veía investida como la suma sacerdotisa del emporio de Gades.

Ser escogida como *asawad* conllevaba valiosas y ricas promesas.

De súbito, un quejido penetrante y quejoso detuvo el ceremonial.

El decrépito anciano Giscón asió con sus temblorosas manos a los sirvientes que lo asistían, y con los ojos desencajados y los labios trémulos se echó mano al estómago. Sus facciones habían tomado un color pardusco e inmediatamente comenzó a ventosear y a evacuar sus heces de forma incontinente, llenando la túnica, las sandalias y el piso. Le sobrevino una sudoración frígida que le corrió por la espalda. Tambaleándose intentó asirse al asiento, pero la vista se le nubló, cayendo de bruces, bañado entre sus propios orines y excrementos.

Después estiró la lengua espantosamente y lanzó un vómito nauseabundo. Balkar ordenó que lo llevaran a uno de los dormitorios, por si solo se trataba de una indisposición momentánea. Ante el fétido hedor, los criados adecentaron el lugar y quemaron incienso para evacuar el hediondo tufo cuyos halos los ahogaban. Las aspirantes, Arsinoe y los sacerdotes se miraban entre sí pasmados por el inesperado episodio.

Balkar se alzó de su sitial de alto respaldo, pensando que un mal presagio se sobreponía sobre el ritual. Pero debía proseguir, y ordenó:

—Ocúltese el velo sagrado del dios. Aguardaremos un tiempo prudencial, por si el respetable Giscón se repone. No es nada nuevo, nuestro hermano es proclive a esas descomposiciones de estómago —dijo.

El tiempo transcurría inapelable y no había noticias de Giscón, por lo que la agitación iba en aumento. Al ser declarado día fasto, la votación no podía suspenderse. Tiratha se revolvía en su asiento rabiosa, pues podía perder a uno de sus votantes. Pero cayó en la cuenta de que ninguna de las mujeres, ni Arsinoe, ni Sejet, habían permanecido en el templo, ya que aquella misma mañana habían llegado desde Gades en un trirreme. Además, los otros cuatro votantes habían bebido y comido los mismos alimentos y los criados estaban comprados por ella, por lo que el envenenamiento ni le constaba ni era posible.

No obstante, tenía el presentimiento de que algo anormal había acontecido. ¿Pero cómo? ¿De qué manera? A Arsinoe le parecía que Giscón era un ser inmundo tan repugnante como una larva, pues era evidente que había sido comprado por una estimable cantidad de siclos. Tiratha quiso desplegar los labios para acusarla, pero calló. Carecía de pruebas.

Mientras, Arsinoe seguía en su trípode hierática como una esfinge.

Balkar estaba preocupado pues el reloj de arena se iba vaciando. La elección tenía que concluir antes de la hora *tertia* (cerca de las once), pues cuando el sol iniciara el cénit, sería un tiempo nefasto según los augurios.

Al rato entró el sacrificador del santuario apoyado en un bastón de cuerno de narval y ataviado con manto púrpura de Tiro. Inclinó la cabeza, dirigiéndose a Balkar.

—Honorable Balkar. El *archireus* Giscón ha dejado de echar la vida por la boca, pero se recuperará, aunque no hoy. Ha padecido un cólico desgarrador, y se halla en un estado de postración, debilidad y de tal inconsciencia que ha perdido el conocimiento. Es ilusorio que pueda votar. El médico lo está tratando y pide que la divina Ishtar lo dispense.

Tiratha, con los ojos llameantes y los dientes apretados, comenzó a burlarse de la situación de forma descarada, momento en el que se redoblaba el regocijo de Balbo, Balkar y Arsinoe. Detestaban a Tiratha. Parecía como si la divina Astarté dispusiera la elección a su deseo.

—Sin duda la forzosa situación nos obliga a iniciar el proceso sin dilación alguna pues la fasta hora *tertia* toca a su fin. Procedamos pues.

Los cuatro electores tomaron las piedras en la mano, abrieron la bolsa de lino y, tras simular un movimiento dentro de ella, ocultaron en su mano dos, dejaron una y cerraron la bolsa, que colocaron en una mesa de cedro, donde había una bandeja de plata. La agitación de la sala fue en aumento. La luz del día penetraba a través de las hojas de vidrio plúmbeo dibujándose círculos opacos en las losas.

—¡Ojo de Astarté, muéstranos tu dictamen! —dijo Balkar.

Se adelantó el *kerus*, el escriba refrendador de acuerdos, que las fue extrayendo una a una, mientras lo consignaba en una tablilla de cera y las depositaba en la fuente plateada.

—¡Dos negras y dos blancas, venerable *sapram*! —exclamó.

Tiratha parecía como si se ahogara en aquella atmósfera impensable. El desempate lo decidiría el sufete de la ciudad, y de antemano ya sabía que no conseguiría el gran y único deseo de su vida. Y detrás de todo seguro que estaba la mano inexorable de la orgullosa Astarté. Lo sabía. ¿Pero de qué subterfugio se había valido? La odiaba.

Publio Cornelio Balbo se adelantó hacia el altar de Melkart, ascendió las gradas de ónice y, alzando los brazos, inició una devota plegaria. Se volvió hacia los votantes y aspirantes, y los miró. No iba ataviado a la usanza romana, sino con un sayo de listas multicolores, al modo fenicio, y el *lébbede* o gorro frigio de color púrpura de los sufetes y sus manos repletas de anillos y el pecho de carlancas. Alzó la vista y declaró sereno:

—La diosa dicta mis palabras y ha sugerido en mi corazón que la señora Tiratha debe seguir siendo la suma sacerdotisa de las hieródulas de la prostitución sagrada, tan benéfica para el templo, y que Sejet, la *naditú*, se convierta en la nueva *asawad* de Gades, demostrado su don para la profecía y la adivinación. ¡Alabados sean los dioses antiguos de Tiro!

El furor de Tiratha no se apaciguó, sino que se exasperó profundamente. La joven Sejet lloraba e imploraba con la mirada. Parecía que las deidades de los fenicios, Khamon, Melkart, Rabbetna, Tanit, Baal y los Kabyrin, comparecían en el lugar y bendecían su elección.

Arsinoe se incorporó del trípode de la adivinación y se dirigió a la niña adivinadora, que seguía arrasada en lágrimas. Se produjo una sensación inquietante. La abrazó, la besó y se limitó a decirle:

—Querida Sejet, nada debe preocuparte. Tú posees la gracia de las madres adivinadoras que lo transmitían a través de la lactancia. La gran Tanit llena tu alma y tus ímpetus interiores. Ella te protegerá.

—Me has inculcado, madre y maestra, el respeto moral hacia las personas, el código de las costumbres civilizadas, el amor por los indefensos y el respeto a los dioses que nos guían en este mundo.

—Pero, Sejet, antes de que los dioses nos visitaran, ya existían las «madres», hasta que surgió Rabbetna, la que vertió en el mundo la luz de la vida, como una leche vivificadora, y el manto de las tinieblas se disipó. Nosotras descendemos de ella, y tú eres su sucesora.

—¿Y ahora, qué he de hacer, gran sibila?

—Inspira y gobierna los sueños y los deseos de los hombres y vela por sus penalidades. Posees el don de la clarividencia y conoces los designios de Ishtar, por eso te has convertido en el alma de Gades —le dijo, y desprendiéndose de su velo facial, de la tiara de la diosa, del collar de la luna y de la capa de Tanit, se las impuso, en medio de un silencio religioso, solo roto por el sonido de las flautas. Ofrecieron incienso a Melkart y los sacerdotes lanzaron ramos de flores al mar, en homenaje a Poseidón.

Sejet se había convertido en la mujer más poderosa de Gades.

Al mediodía, Giscón se incorporó del lecho. No dijo una sola palabra sobre su desarreglo y la elección sin su presencia, achacándola al deseo de los dioses y a su incapacitante senectud. Entró en el templo y besó el manto de la nueva *asawad*, a la que auguró larga vida.

Con la subida de la marea las sacerdotisas regresaron a Gadir en un trirreme. Arsinoe aspiraba el vivificante aire del océano en silencio. Había colocado sobre su rostro y cabellos un velo azafranado y un chal de lana sobre sus hombros. La brisa oreaba un frío poniente. Admiraba los muros del templo de Astarté en la lejanía, cuando Tiratha, de forma imprevista, se deslizó subrepticiamente a su lado. La sibila percibió que se había arañado su rostro con sus propias uñas, y que no podía evitar que escaparan de su boca leves gemidos de ira.

—Has hecho de mi presencia en Gades una cuestión personal de rechazo y desprecio y no sabías que luchabas contra la diosa misma. Por eso has fracasado, Tiratha —le espetó desabrida la tingitana.

—Me aburre tu halo de pureza y serenidad. Eres una engreída —le dijo.

Su peculiar forma de entenderse con miradas furtivas y de desprecio se hizo cada vez más patente. Se odiaban.

—Mira, Tiratha, jamás me has mostrado el más mínimo sentimiento de afecto, pero para mí carece de importancia, porque yo tampoco te aprecié nunca. Sabrás que pertenezco a una antigua raza de mujeres poderosas que hicieron de la adivinación su vida. Mi don es auténtico, como el de esa chiquilla, Sejet. Y tú no lo posees. Tu alma es ignorante e incapaz de diferenciar a la Madre Tierra de sus imágenes. Solo eres una fregona del altar, y mil veces que le hablaras, ella jamás te contestaría.

Chispas de furor escaparon de sus furiosas pupilas.

—Has hundido mi vida, extranjera. Me correspondía por nacimiento ser *asawad*, incluso antes que tú, ¡puta! Mi familia es de las más antiguas de Gades y llegaron desde Tiro, la ciudad de Tanit, hace más de mil años —se defendió como una pantera.

—No basta con eso, Tiratha. Es la Madre quien elige y designa.

La gaditana se estrujó los nudillos y golpeó el maderamen. Después la miró unos instantes con su mirada vidriosa y ausente.

—Mañana mismo abandonaré el oratorio de Astarté y me retiraré de por vida a mi hacienda de Antípolis. No soportaría otro fracaso más. Que los sombríos ángeles del Hades te acompañen, Arsinoe. ¡Maldita seas!

El leve temblor que salía de su entrecejo le daba un sesgo sombrío, pero la altivez del dominio absoluto de Arsinoe sobre ella se hizo patente. Pero en Tiratha, la frustración alimentaba su ambición aún más.

—Es lo mejor para ti. Ni amas a Tanit, ni a sus más devotos hijos. Por hacerme daño, condujiste a la peor de las vidas, y seguramente a la muerte, a la persona que más he querido: la dulce Tamar.

—Esa perversa ladrona ya no está en el mundo de los vivos.

Arsinoe sintió una punzada espantosa en su alma, y Tiratha, gozosa por el recuerdo, olió el perfume dulcísimo que exhalaba su rival, y dijo.

—Aunque sea lo último que me confíes. ¿De qué subterfugio te has valido para quitarte del medio a Giscón, que había asegurado votarme?

Parecía que había entrado en sus sentimientos, pero la decepcionó.

—No te inquietes, Tiratha. He permanecido diez días en Gades antes de acudir al templo de Melkart, donde apenas si poseo amistades. La diosa lo ha querido así, aunque yo haya sido su instrumento. Nunca lo sabrás y será para ti un turbulento tormento de por vida. Y le sonrió mordaz.

Tiratha se estremeció y su semblante adoptó la lividez de la ceniza. Parecía como si le hubiera clavado un puñal persa en el pecho. Su vida acababa de desvanecerse para siempre como si el viento de Tanit hubiera barrido su alma, su meritoria estirpe y sus presumibles méritos.

—¡Sabía que era obra tuya, perversa! —gritó, y le dio la espalda.

Arsinoe volvió a ensimismarse en el dorado declive del sol y aspiró la brisa salitrosa del océano. Conforme avanzaba la embarcación observó cómo la luz del crepúsculo envolvía el ídolo de la llave que miraba al océano, la vieja Gadir y el torreón del épico Gerión, en un halo mágico.

Aquella noche, el firmamento derramó efímeras luminarias, aprovechando la proximidad del equinoccio. El crédulo pueblo las recibía alborozado y las llamaba *«las lágrimas de la luna, o del buen augurio»*.

La víspera de la partida de Arsinoe rumbo a Roma resultó una velada inolvidable. Fieles de todas las poblaciones de la bahía de los Tartesios, Puerto Menestheo, Xera, Baessipo, Mergablum, Melaria, Colobona y Turdetania, habían enviado obsequios a la *asawad* Arsinoe, que iniciaba una peregrinación sagrada por los santuarios de la Madre de Oriente y Occidente. Balkar, que la amaba paternalmente, rezó en el tabernáculo.

—Querida Arsinoe, solo el patrono Lucio Balbo, Lucrecia, tú y yo, sabemos que te diriges a Roma. Sigue mi consejo al pie de la letra. Allí los dioses fenicios no son ni bien vistos, ni adorados, pues fueron vencidos por los suyos, y además los tiene por sangrientos y devoradores de hombres.

—¿Acaso no es verdad, padre y maestro?

La cara de viejo halcón imperturbable se acentuó.

—Nuestra sangre cananea así lo predispuso —replicó.

—De modo que como gran entendida que eres en los Olimpos de Oriente, preséntate como hija de Isis y de Sha-it-Thor, la diosa de la Mirada Oculta. Shait es la deidad del destino, y Athor corresponde a la Afrodita egipcia. Dirás a tus devotos que provienes de Egipto, tu nombre así lo proclama, y que te educaste en las doctrinas de los dioses del Nilo en la santa ciudad de Esné, en Denderah y en Menfis. Tu símbolo será el de la serpiente, y procura vestir con los indumentos sagrados egipcios.

—Conozco bien todas esas teologías, que vienen a ser semejantes. La Madre es siempre la Madre en todas las religiones, venerable Balkar.

—La *domina* Tulia Lucrecia ya ha donado en tu nombre una dadivosa limosna para los ritos y altares de Isis, y esperan a la Sacerdotisa de la Mirada Eterna, que llega del País de los Aromas. Con tu espejo de ébano, plata y oro, y tu don divino, serás la sibila más respetada de Roma.

—La fraterna cercanía de Lucrecia y de *domine* Balbo me protegerán —le respondió—, ya solo me queda domar las asperezas del latín, pues aún no lo hablo con soltura.

—No supondrá dificultad alguna. *Domina* Lucrecia te ayudará. Conocerás una ciudad más esplendorosa que Cartago, más próspera que Alejandría y más poderosa que Gades. Roma es el ombligo del mundo.

—¿Y el cónsul Cayo Julio, se halla ya en Roma, Balkar?

—No, ahora está en Mauretania acordando pactos con los reyes Bocco y Bogud, pero mis informantes me aseguran que parte pronto. Allí os encontraréis. No te ha olvidado jamás, según me dice Balbo.

—Ardo en deseos de escrutar en el espejo de Tanit su futuro.

Atravesaron el peristilo del templo marino. Sobre el altar trepidaba el fuego sagrado que tantas veces había cuidado. Encendió una lamparilla votiva e imploró con las manos alzadas:

—He cumplido tus preceptos, Madre de la Luna, y me he comportado con caridad con todas aquellas criaturas débiles y atormentadas que me lo pedían, pues aún no somos esos seres espirituales que un día seremos. Perdona los pecados que he cometido en el laberinto de mi vida. Pronto los recuerdos palidecerán en mi memoria, pues solo soy una mujer con muchos miedos, deseos insatisfechos e ignorancia sobre el devenir.

Por última vez besó los pies de Astarté y la flor de loto que sostenía junto a su pecho. Donó una limosna para el Trono de la Salvadora y un cuantioso óbolo para la Casa de Orfandad, que ella misma había fundado para niños abandonados. Dejaban el santuario tras despedirse de las sacerdotisas y hetairas, cuando Balkar se pasó la mano por su cabeza calva y brillante y le preguntó balbuciente:

—Mi querida Arsinoe, sácame de una duda que me quita el sueño. ¿Tuviste algo que ver en la indisposición del viejo Giscón que varió la votación? Por más que reflexiono no veo la manera de cómo pudo ocurrir.

La sibila moduló cuidadosamente sus palabras para no menoscabar la autoridad del sumo sacerdote, ni menospreciar los preceptos del templo.

—Presta atención, Balkar —se expresó dulce—. Dos noches antes de la elección, ingerí los elixires de la adivinación, inhalé el aroma de las plantas sagradas, y cuando entré en trace, examiné el espejo de obsidiana regalado por mi madre. Al poco divisé los nefastos búhos negros y lo vi todo perdido. Pero al poco surgió una tórtola sumisa que en tan solo unos aleteos espantó a los pájaros oscuros. Al instante pensé que la Divina deseaba que Sejet fuera su sibila.

—¿Y bien? ¿Qué hiciste, entonces? —se interesó seducido—. No tenías capacidad para cambiar el veredicto ni influir en los electores. No podías acercarte a ninguno de ellos, ni manipular comida o bebida alguna.

—Sí, poseía un arma definitiva. Y nadie lo imaginaba.

Balkar se echó un paso para atrás. Se resistía a escucharlo.

—¿Cuál, Arsinoe? ¡Me asustas, por Tanit!

—Es verdad que no podía acceder a ninguno de los electores y debía aprovechar «mi instante», aquel en el que os ofrecía besar la luna de plata —le confesó—. En mis uñas llevaba incrustado polvo de un potente depurador, una raíz india llamada agárico y nenúfar de Tebas, que sueltan el vientre e intestinos en una exhalación, pero sin provocar la muerte. Era el único momento en el que podía ejecutar mi plan. Tú y Balbo votaríais a la muchacha, y los otros dos a Tiratha. Así que impregné la hoja plateada de la luna de la diosa con el tóxico. La besó el anciano al juramentarse y luego la limpié con el paño con rapidez, retirando cualquier rastro del tóxico. Nadie percibió la ágil maniobra ni receló nada. Fue instantáneo.

Los ojos grises del *sapram* se llenaron de incredulidad.

—Eres tan clarividente como diabólica. Que Ishtar te absuelva, pues estoy seguro de que ella te inspiró esa sutil artimaña. ¡Por Baal!

Con su natural refinamiento, sonrió a Balkar y afirmó:

—Era el deseo y la decisión de la diosa, respetado maestro. Tanit nunca priva de esperanza a quienes creen en sus designios —dijo Arsinoe.

Ante tan poderoso medio de persuasión, ¿podría imaginarse el sacerdote confabulación más pasmosa entre la diosa y el destino? ¿Acaso el hado no contradice y desbarata los proyectos de los seres humanos, que viven en una continua inquietud y en una agitada preocupación?

Balkar besó las mejillas de su *asawad* predilecta, a la que quería como una hija, y le deseó serenidad, valor, prudencia y larga vida.

—¿Temes a la muerte, padre y maestro? —se interesó.

—No, Arsinoe, a mi edad ya no la temo. Es más, hay veces que la deseo. He vivido mucho, y no tardará mucho en visitarme —se confesó.

—Amar la muerte es una grandiosa culpa. Ama lo que te reste de vida a quien amas y respetas, Balkar. Aprovecha lo simple de la vida.

De forma espontánea se abrazaron y se apretujaron como amigos.

En los *pridie idus de Aprilis*, la flota de seis trirremes armadas de la compañía naviera Gerión partía del puerto fenicio de Gades, rumbo a Puteoli, cargada de *garum*, púrpura, aceite, caballos estibados, cereal y vino. Las embarcaciones hendieron las aguas gaditanas, mientras una bandada de cormoranes alzaba el vuelo con el sonido de las caracolas.

Arsinoe sabía que dejaba atrás algo más que la ciudad de sus amores: era ella y sus recuerdos quienes quedaban allí para siempre.

Una bruma plúmbea planeaba sobre las velas color granate. Un soplo de viento las hinchó. Recordó a su hermano Silax, magistrado en la corte del poderoso rey Bocco de Mauretania, y a Tamar, con toda seguridad gozando muerta del sol del Elíseo. Su imagen había desaparecido para siempre de su recuerdo, ahogada por las turbias aguas del pozo del olvido.

Alguna vez, por un ardid de las sombras de los infiernos, o un incomprensible prodigio de la mente, su figura se le había aparecido en los sueños, escrutándola con sus ojos negros y hondísimos, sin lágrimas y sin llanto, para, de súbito, desaparecer. Arsinoe pensó que estaba escrito en el libro de su vida que se convertiría en el instrumento de los dioses en otro lugar y con otros seres humanos. Su mente ordenaba la aceleración de eventos que le habían acaecido en Tingis, Septa y Gades.

Y como quien olvida un tiempo pasado, una gozosa delectación invadió sus solitarios pensamientos. Se levantó un viento impetuoso del sur que espoleó las naves, empujándolas hacia el farallón de Calpe. Una luna rotunda, serenamente reclinada en la línea del horizonte, competía con un sol extenuado.

Roma la aguardaba tras las azules aguas del Tirreno, y rogó a su divina protectora que soplara el favorable viento etesio.

XXIV

Silviano, el *lanista*

Marco Druso y Zacar, instalados en una cómoda *reda*, un carro ligero tirado por cuatro trotones, salieron al amanecer de Iol rumbo al sur y cruzaron sofocantes hoyas y verdes oteros, custodiados por una escolta de lanceros con el estandarte real. Llegaron a Zucchabar antes del mediodía, cenicientos de polvo.

El pueblo teñido de un color ocre estaba recostado en la ladera de un alcor rocoso, y sobre un delicioso paraje roturado de campos de labor, viñas y palmerales. Era un oasis de frescor que invitaba al descanso. Los lugareños dejaron sus quehaceres y repararon en los visitantes. Detuvieron el carruaje ante la villa de Silviano y el criado de Zacar empujó la puerta. Penetraron en un jardín tomado por frondosas hiedras, y al punto apareció en la puerta el tal Silviano, un hombre de cara enrojecida por el vino, barba descuidada, cabello ralo y blanco, dientes ennegrecidos y piel moteada con manchas pardas. Vestía como un sátrapa persa y olía a sándalo.

—Mis dioses lares se alegran al recibir en mi *domus* al ilustre Zacar de Iol y a su digno acompañante. Pasad, os lo ruego —los invitó cortés.

—Que Ishtar la Sabia vele por ti y tu fortuna —le correspondió el palaciego, mientras el anfitrión no dejaba de observar al distinguido romano vestido con toga de *quirite* y que portaba en la mano un bastón de mando de su rango en el ejército. Dispuso sus sentidos en alarma.

—¿Qué os trae a mi casa, ilustres señores? —les preguntó

suspicaz—. ¿Gladiadores, esclavas para alguna orgía, remeros quizá?

—¡Negocios, Silviano, negocios! —replicó Zacar.

—Pasad y refrescaos. Después hablaremos —dijo sin dejar de mirarlos.

Un etíope los acompañó para que tomaran un baño purificador, y entre sus tibiezas y vapores Marco olvidó los rigores del viaje. Los ayudó a vestirse, colgándoles del cuello una bolsita de algalia perfumada. Después les sirvió un sirope de palo de áloe y se apresuró a anunciarles:

—Seguidme. *Domine* Silviano os aguarda en el *impluvium*.

Accedieron a un salón diáfano de luz cálida, sobrio, aunque decorado con deslustrados divanes con cojines de sucia lana. En la mente de Marco se sucedían mil inexplicables hipótesis sobre el anfitrión.

Zacar y Marco ya habían acordado la estrategia a seguir. Presentaría al romano como un amante de los combates que tenía participación en una escuela y estaba asociado a un *lanista* —propietario e instructor de gladiadores con escuela propia—. En Zucchabar se disponía a comprar combatientes para su *ludus* de Preneste, un negocio al parecer floreciente. Procurarían no nombrar a Méntula, si no era él quien lo traía a colación. Ignoraban adónde les llevaría la farsa, pero pondrían a contribución sus dotes de persuasión, conocida la astucia de Silviano. Serían precavidos.

—¡Silviano! —dijo Zacar—. Tienes ante ti a uno de los oficiales de la caballería de César. Su nombre es Marco Druso Apollonio, y pertenece a la *gens* de Lucio Cornelio Balbo, el navarca gaditano. Desea hablarte.

Silviano suavizó su inicial reserva. Balbo y negocio eran una misma cosa. Escucharía, aunque sin bajar la guardia. No se fiaba de los desconocidos. Los invitó a acomodarse y unos esclavos sirvieron un aromático vino almizclado y diversas viandas en toscas fuentes de barro.

Marco carraspeó y se arrellanó en el mullido sillón.

—Verás, Silviano. Participo con dinero en el *ludus* de un amigo de Preneste, aunque solo por distracción. Pero tal como se suceden los acontecimientos pronto se convertirá en un negocio boyante.

—Lo sé. Me llueven pedidos de gladiadores africanos —corroboró.

—Hasta ahora, mi socio y yo nos dedicábamos tan solo a satisfacer peticiones para *munus* funerarios, combates ofrecidos en las exequias de los ricos patricios. El mismo Julio César ofreció en Roma dos *munus* de trescientas parejas, uno por su padre y otro por su hija Julia, y nosotros le proporcionamos gladiadores. Se gastó setecientos mil sestercios.

—Gran honor el tuyo, y no menor negocio, ¡por Ceres! —dijo, y movió un espantamoscas que no dejaba de agitar.

Marco creyó llegado el momento de alargar el hilo del anzuelo.

—César es mi amigo y el hombre providencial que precisa Roma y que la convertirá en el gran anfiteatro del mundo —mintió—. Pues bien, como el lucro ha aumentado considerablemente y las ganancias del último año han superado los cien talentos de oro, ha llegado el momento de llevar el negocio por mi cuenta. ¿Por qué compartir esas riquezas con nadie? ¿No te parece, Silviano?

Marco vio que un sesgo de codicia afloraba en Silviano.

—¿Tan prometedor se presenta? —se interesó—. Lo ignoraba.

—La paz de César traerá bienestar, espectáculos y diversiones. Y ahí estará mi *ludus* de Preneste para cosechar pingües beneficios. Poseo gladiadores de Germania, Britania, Galia e Hispania —mintió, y vio que se interesaba en el tema—. En el homenaje a la memoria de un difunto los *numera* constan de tres o cuatro combates, y últimamente se han convertido en multitudinarios. El pueblo se ha aficionado y solicitan a los ediles más *ludi gladiatorii*, por lo que faltan combatientes. No estoy dispuesto a perder una ocasión tan próspera para llenar mi bolsa.

A Silviano se le veía cada vez más atraído por el suculento asunto.

—Y por eso hemos acudido a ti, amigo Silviano —añadió

Zacar—. Eres el más reconocido tratante de esclavos de África y la fama te precede.

Silviano movió la cabeza mostrando poco interés. Era un viejo zorro.

—Podéis abasteceros en Capua, a dos jornadas de Roma. Allí trabajan más de veinte reconocidos *lanistas* —quiso probarlo Silviano.

Marco forzó una risa irónica, como si apocara su inteligencia.

—¿Y dejar que se lleven un tercio de los beneficios esos *lanistas* sin arriesgar nada y se enriquezcan con mi esfuerzo? ¡No, por Heracles! Yo deseo comprar en origen y ahorrarme gastos.

—A más intermediarios, menos beneficios —confirmó Zacar.

Marco se dispuso a involucrar al vendedor con más argumentos.

—Mira, Silviano, con confianza. Sé cómo va el negocio. En la escuela cuyos beneficios y gastos comparto, se ha adiestrado a prisioneros de guerra, a convictos de trabajos forzados y a condenados *ad gladios*, y entre esos hombres hemos tenido a tres laureados: un *rudis*, liberado por Pompeyo con corona y espada de madera, y a dos *pileus,* premiados con el gorro de gladiador por César y luego emancipados. Actualmente un antiguo gladiador lusitano instruye a más de un centenar. Todos han jurado ante el tribuno del Estado y conviven con gladiadores libres a los que satisfago la cantidad de dos mil sestercios por su trabajo.

El interés y la codicia del esclavista crecía a cada instante.

—¿Y por cuánto alquiláis a cada combatiente? —se interesó.

—¡Por mil denarios! Ya sean *retiarius*, duelistas de red, o *secutor gallus,* su contrincante con coraza de escama de pez y espada. Pero los que proporcionan el doble de ganancias son los *homoplacos galos*, los gladiadores de armas pesadas, y también los *esedarios númidas* que combaten sobre un carro. Enardecen a las muchedumbres. ¡Oro en polvo!

La avidez había encandilado a Silviano, que intuía un filón si se unía a aquel emperifollado caballero al que embaucaría, si conseguía asociarse a él. Marco estaba complacido, y añadió:

—Entre mis gladiadores hay varios *primi pali* que me proporcionan grandes dividendos —le mintió, aunque lo único que deseaba era matarlo allí mismo con sus propias manos, pero Silviano ignoraba que le estaba tendiendo una trampa de dimensiones letales para su socio Macrón.

—Bien, bien..., veo que sabes lo que haces —intervino Silviano—. ¿Y las *venaciones* no te interesan, *domine*? Puedo procurarte cuantas desees —lo alentó a mercadear.

—Solo gladiadores, Silviano. Las luchas de *ad feras* no son buen negocio. Tienes que alimentar a hombres y animales. ¡No, no!

Zacar y Marco habían advertido que la avaricia hacía removerse a Silviano, que formuló la esperada pregunta, sin rodeos.

—¿Me aceptarías como socio en el negocio, *domine*?

Marco lo tenía prendido en la red. La promesa de dinero fácil lo había perdido. Había agarrado el anzuelo, y así lo mantendría hasta que le interesara. Pero antes debía confesar si Macrón vivía y si era su asociado en Italia, como el herrero de Iol le había mencionado.

—De momento mi deseo es comenzar solo, pero después tú y tu asociado podréis convertiros en los consocios ideales. Vosotros ponéis los gladiadores y yo mis influencias, instructores y el *ludus*. Además tengo acceso a las ferrerías y fundiciones de Ónuba, que me surten de armas. Por mi amistad con Balbo y César he conseguido el monopolio en muchos de los anfiteatros de la Campania y Sicilia —le explicó volviendo a fantasear.

El esclavista lo interrumpió. Había una cuestión que había omitido y deseaba hacerse imprescindible. Insistiría.

—Pero tu *ludus* no me parece tan insuperable. Sé mucho de eso. Te falta algo muy importante —lo apremió Silviano—. Fracasarás si careces de unos gladiadores con los que trabajamos mi socio y yo.

Por un momento Zacar y Marco creyeron que habían fracasado y que aquel avisado tratante de seres humanos los había desenmascarado.

—¿Qué necesito que no tenga en mi *ludus*?

Silviano se pavoneó, e incluso quiso ridiculizarlo.

—¿Qué luchadores son los más solicitados, y por los que más pagan los *lanitas* de Roma? No los has mencionado, y yo puedo facilitártelos —refirió enigmático y lo miró con una sonrisa mordaz.

Zacar y Marco se miraron atónitos. ¿Era él el zorro y ellos las ovejas?

—No sé a quiénes te refieres —temió su respuesta.

—¡Pues a los *thraex*! Los imbatibles tracios, los mejores gladiadores del mundo, desde que el dictador Sila los presentara en Roma —dijo Silviano—. Su ferocidad y valor son proverbiales, y el pueblo los reclama en los anfiteatros. ¿Posees espadas encorvadas, las *sica*, sus *pinnas* o yelmos de plumas con quimeras, las armaduras ligeras, esos escudos pequeños o *parmulas* con los que se defienden, y las *manicas* y *balteus* con los que se protegen brazos y piernas? Un *ludus* que se precie debe tener algún campeón tracio que utilice sus armas y defensas genuinas.

Marco sintió un desasosiego repentino, y comprendió que bien podían haber dado al traste con la secreta misión.

—No, no adiestramos a tracios —reconoció—. ¡Son muy raros de encontrar, incluso en Capua y Brundisium, y caros! Ejercitamos a galos, germanos, iberos, númidas y nubios, también muy codiciados. Y el armamento tracio no deja de ser un problema, pues ya no hay conquistas ni expediciones a Ilírica, Macedonia, Tracia y Moesia. Es la pura realidad.

Silviano hizo una pausa. Bebió del vino y luego lo escupió. Habló:

—Pues mi asociado dispone de ellos, y son genuinos. Es el principal abastecedor de estos combatientes para el *Ludus Magnus* de Roma —se dio importancia—. Los tracios son reacios a combatir con armas no reales, como todo el mundo sabe. No se sienten seguros. Razón de más para que pienses admitirnos como accionistas. ¿No te parece, Marco?

El romano se felicitó para sus adentros, y Zacar supo a ciencia cierta que hablaba de Macrón. Respiraron. Acto seguido, Silviano enumeró sus prodigiosas cualidades para negociar con armas al ser un veterano soldado romano con amplia experiencia, pero no pronunció su nombre. Era pronto para hacerlo, y lo comprendieron. Pero Zacar no estaba dispuesto a dejar pasar la oportunidad y lo apremió:

—¿Acaso te refieres a tu antiguo jefe? Recuerda mi época de administrador del gobernador Sergio Catilina. Poseía una diabólica inventiva para imaginar suplicios y sacar unas monedas de oro —sonrió.

Silviano, por una razón que desconocían, no deseaba hablar de él.

—Es posible, chambelán. Compartimos algún negocio, pero no nos tratamos personalmente —lo cortó, eludiendo dar más detalles.

Zacar no podía dejar la presa y lo apremió, aunque socarrón:

—Tuve buen trato con él en tiempos de Catilina, pero la verdad es que creía que había muerto. O al menos eso decían por ahí.

Silviano soltó una carcajada que sobresaltó a sus huéspedes.

—¡Ese mujeriego sigue respirando el aire que nos regalan los dioses! Compartimos algunos negocios aún —confesó ajeno a la trampa—. Pero como en una anterior actividad se ganó muchos enemigos, prefiere permanecer de incógnito y conservar intacto su cuello, e incluso ha cambiado de nombre —les confesó ufano, sin recelar—. Pero dejémoslo aparte.

Zacar creía que era una abominación, pero se chanceó del cabecilla.

—¡El muy zorro! Sabía que era duro de pelar, además de un rufián de cuidado. El dios Latro lo protege. Pero, ¿qué puede temer después de haber pasado todo este tiempo, y muerto ya el gobernador Catilina?

—Cierto que Sergio Catilina era el verdadero jefe de las bandas de aventureros que operaban en el territorio de Mauretania, y también el principal beneficiario. Pero su memoria no se ha olvidado, Zacar.

—Pero en Roma no lo conoce nadie, y vuestras correrías se arrinconaron en el olvido. ¿Quién se acuerda del Méntula? —rio Zacar.

Silviano mostraba cada vez más confianza, pero era evidente que no deseaba descubrir la identidad de su socio, ni dónde se movía.

—¡Quién sabe! En los campamentos del ejército de media

Italia aún viven veteranos de Sertorio, Pompeyo y Catilina. El anonimato lo protege.

Zacar no quiso seguir curioseando, por si Silviano recelaba, y para Marco resultaba suficiente, de momento. Ya sabían que vivía en Italia, quizás en Roma o puertos próximos, y a qué se dedicaba, por lo que daba en su corazón gracias a la diosa. A su llegada a la *Urbs* pondría en marcha en Penestre su escuela de gladiadores, o podrían sospechar; y utilizando los agentes de Nemus, y estando al corriente de dónde buscar, daría con él. Cambió de tema sin interesarse por Macrón, como si no fuera con él. Zacar lo aprobó.

Marco hizo una señal y uno de los criados se acercó. Le susurró algo al oído, y al poco apareció con un cofre de hierro. Abrió el cerrojo y ante los ávidos ojos de Silviano apareció un compacto acopio de denarios. Silviano estaba completamente seducido por el romano.

—La verdad es que la fama como *lanista* te precede —expuso Marco—. Vengo dispuesto a gastarme esta cantidad en los esclavos que elija, y que me garantices que en menos de un año puedan ser convertidos en gladiadores. Zacar me asegura que son los mejores de África.

—¿Y cómo los transportarás a Italia? No es fácil, y muy costoso.

Marco le impuso silencio con un ademán contundente.

—Poseo algo que ningún *lanista* posee, Silviano, barcos propios de la naviera Gerión atracados en Iol. ¿Entiendes? Transporte garantizado.

Silviano constató la buena situación económica y estratégica de su cliente. Era el comprador ideal, y muy pronto él se ocuparía de que llenara su bolsa. De conseguir asociarse con aquel antojadizo *quirite*, su suerte cambiaría, y pasaría de ser un esclavista menor, a un potentado comerciante. Aquel romano distinguido no era un comprador cicatero a los que acostumbraba a vender carne humana.

—Sígueme, *domine*. Vamos a los cobertizos a ver la mercancía —le rogó en tono servil—. Encontrarás una buena partida de luchadores.

Acompañados por un capataz de rostro patibulario y provisto de una maza de hierro, entraron en una empalizada. Una feroz jauría de alanos ladró al olerlos. Lo primero que vieron fueron dos esclavos colgados de sendos ganchos que habían sido flagelados con correas. Sus cuerpos, convertidos en una pura llaga, estaban comidos por un enjambre de moscardones. A uno le habían quemado con pez y arrancado el cuero cabelludo, y a otro le habían mutilado las orejas y cegado los ojos.

Pero lo que dejó paralizados a Zacar y Marco fue la atroz escena de una masa informe de carne despellejada de un crucificado. Emitía quejidos de agonía con un sollozo lastimero, rogando el fin con los ojos fuera de las órbitas. Silviano ni los miró, y se limitó a explicar:

—Son esclavos cazados más allá de las arenas, o sea sucios garamantas. Incitaban a los demás a amotinarse y escapar al desierto. Están fuera del cobertizo para escarmiento del resto de los esclavos.

Marco recordó a su madre Arisat, a la que aquel deshecho humano tal vez también había visto morir de igual manera, y en lo más recóndito de sus entrañas albergó la intención de abalanzarse sobre él y estrangularlo. Pasaron a una bodega de atmósfera irrespirable. Unos cincuenta esclavos estaban acurrucados en los rincones como gusanos heridos, y otros sentados entre montones de paja. El hedor a orines y sudor era insoportable, y no dejaron de comer un nauseabundo sopicaldo de sebo, avena y migas de pan negro que se disputaban como alimañas.

Marco se mordía los labios. Sentía compasión al contemplar la degradante y horrenda humillación de aquellos hombres. Estaban atados con grilletes, sufrían el picor martirizante de los insectos y apenas estaban tapados con unos harapos, con la barba crecida y los miembros tumefactos. Miraron con esperanza a los compradores pues anhelaban ser rescatados y escapar de aquella repugnante ergástula. Marco simulaba hablar con Zacar y tocaba el hombro de los que creía más fornidos, que fueron sacados del encierro minados de piojos.

A los veinticinco elegidos por Marco los sacaron a golpes los vigilantes, unos tipos hoscos y desnaturalizados. Unas esclavas amedrentadas les rasuraron los cabellos y los refregaron con sucias esponjas. Más tarde fueron aseados con cal y agua de pozo, embadurnándolos con aceite para realzar la musculatura. El fuego consumió los roñosos trapos plagados de parásitos y los vistieron decentemente con un chitón pardo, para que Marco pudiera examinarlos. Lo hizo como si de un *lanista* experto se tratara, y desechó a cuatro. Los elegidos fueron conducidos a un destartalado sotechado donde aguardarían su partida. Marco miró con conmiseración a aquellos desgraciados y vio que algunos mostraban feos moratones, y uno estaba consumido por la calentura, aunque era fornido y gigantesco.

Acobardados por el yugo de la esclavitud, las miradas de aquellos hombres se revelaban contra su destino, y aunque parecía que no iban a hundirse sin mérito en aquella siniestra cloaca, miraban con desconfianza a su nuevo amo, por si su intención era convertirlos en galeotes, o pensaba enterrarlos en vida en una mina de azufre.

—Ni en Rodas, el mercado mejor surtido del Mar Interior, encontrarás combatientes como los que has elegido. Te serán rentables —dijo Silviano.

—Eso espero, amigo mío. Y de cumplirse ese augurio, te aseguro que en mí tendrás un cliente fiel, buen pagador y quizás un socio perseverante, si el *ludus* adquiere la nombradía que espero —lo engañó Marco, sin que el vendedor advirtiera su maquinación y su engaño.

Regresaron a la villa para firmar el acuerdo, y Marco siguió al vendedor de esclavos. Pero el recuerdo de su madre seguía humillando su alma. Un torbellino de funestos sentimientos iba más allá de la justa venganza que sentía en sus entrañas. Pero debía seguir con el engaño. Su objetivo era otro bien distinto: Manilio Crispo Macrón.

«Tarde o temprano, este vil Silviano también pagará la afrenta, y arrancaré de mi vida a los dos como el estiércol de mis sandalias», pensó.

La visión de la bolsa repleta de oro hizo que Silviano ampliara su sonrisa y se abalanzara sobre ella con sus huesudos dedos, hasta tocar las monedas, que contó con avaricia. Marco sacó de la bolsa dos tablillas donde anotó por duplicado el contrato de compraventa y el compromiso por parte de Silviano de que para las próximas Saturnalia lo proveería de luchadores, entre ellos dos o tres tracios. Hundió su sello de la estrella y la media luna en la cera y se la pasó a Silviano, quien a su vez estampó su distintivo, un *gladius* curvo.

—Estoy seguro, Silviano, de que nuestro compromiso se alargará en el tiempo. ¡Que la divina Minerva refrende este acuerdo! —exclamó Marco.

—¡Por Minerva! Espero que me honréis quedándoos a dormir en mi humilde casa. Ya es tarde y los caminos no son seguros. ¿Aceptáis?

Marco y Zacar asintieron. No podían faltar al deber de la hospitalidad.

A pesar del estado deplorable de la morada del anfitrión y de la túnica de color abominable que vestía, se acomodaron en unos mullidos asientos donde esperaban concluir la jornada comercial con una velada provechosa. Olieron los efluvios de los vinos almizclados y el tufo de las humeantes cazuelas de cordero asado, sémola, frutos del mar y frutos exquisitos, que sirvieron dos sumisas cautivas que irrumpieron de puntillas en el salón.

La velada transcurría complaciente hasta que oscureció. De improviso se oyó una música acogedora de panderos, cítaras y flautas que se acercaba al cenador. «¿Aquel despojo de tratante de esclavos poseía aquellas exquisiteces?», se preguntó Marco.

Al poco aparecieron en el salón un grupo de danzarinas, las que llamaban *puellae gaditanae*, tan afamadas en Roma y Gades. Marco no podía estar más impresionado. ¿Unas bailarinas tan singulares en aquel antro perdido de África? Quien las dirigía era una mujer esbelta, madura y atractiva y de una mirada azul y enigmática que magnetizaba. Las otras eran morenas como el abenuz, y sus ojos brillaban con las candelas. Su baile acompasado con los crótalos, sus sensuales contoneos y su desnudez los enardeció.

—Silviano —dijo Marco atónito—, en Roma es un lujo poseer danzantes como estas. ¿Cómo es que tú las tienes? Yo siempre deseé tener en mi villa un grupo de bailarinas gaditanas, pues contratarlas resulta carísimo.

El vendedor, con la mirada enturbiada por el vino, le dijo achispado acercándose a su oído y con la copa en alto:

—Un afortunado sesgo de mis negocios —se vanaglorió—. Fue casual. Se la compré a un fenicio de las islas Purpúreas. Él la había sacado de los estanques de colorante y dedicado por sus habilidades de danzarina a amenizar sus orgías. Me la vendió por mil sestercios después de regatearle, y ahora es a mí a quien anima las fiestas. Es una hembra áspera, y en el catre, fría como un témpano de hielo —dijo carcajeándose.

El romano no dejaba de observar sus movimientos de caderas y la danza lasciva que dejaba al descubierto, tras la gasa color malva, sus senos, sus largos muslos y su sexo tupido, en medio de una sinuosidad que embelesaba. Ella lo miraba con atención y voluptuosidad, abombando su pecho extenuado, con los labios entreabiertos y centelleando sus ojos sombreados de estibio. Su cabellera avellanada clara la tenía recogida en un alto peinado, y al danzar parecía estar poseída por un viento endemoniado. Sin embargo, Marco vio que a pesar de ser una desdichada, sus gestos invitaban a la dulzura y a la armonía.

Silviano lo percibió, y viendo negocio, se la ofreció empalagoso:

—Puedo venderte a esa, y en Roma puede enseñar a otras jovencitas las danzas de la diosa. En otra remesa puedo enviarte algunas niñas gaditanas y podrás mostrar a tus invitados tu propio grupo de danzarinas. Serás la envidia de los *quirites* romanos —lo animó, el *lanista*.

Marco no estaba convencido, pero era un antiguo deseo. Desde niño sentía devoción, respeto y fervor por las danzarinas de la diosa que había visto bailar las danzas sagradas ante el altar de Astarté. Se preguntó qué desvío de la vida la había conducido a aquel refugio de miseria.

—¡Te burlas de mí! ¿Y cuánto crees que me sacarás esta vez, taimado embaucador? —sonrió Marco Druso prosiguiendo la farsa.

El *lanista* apenas si podía mantenerse derecho, y se pronunció:

—Mira, hoy me siento dadivoso..., y porque en un futuro

espero formar parte de tu sociedad..., solo te pediré quinientos, amigo mío.

—Algo de malo tendrá cuando deseas deshacerte de ella por la mitad de lo que te costó. Te quieres desprender de una esclava conflictiva.

El *lanista* se echó como un fardo en un cojín de cuero y le dijo:

—Su anterior amo me la traspasó, pues decía que siempre estaba maldiciendo, que apenas si hablaba ni se relacionaba con las demás, y que además era una maga, pues conoce el poder maléfico de las plantas. No le gustaba, y a mí me crea problemas. Tiene ojos de gata y garras de pantera. He tenido que emplear el látigo con ella alguna vez. Las tetas y las nalgas aún las tiene duras. —Y soltó una carcajada—. ¡Es tuya por quinientos sestercios, Marco! Te la llevarán con los luchadores. ¡Decídete!

Zacar advirtió odio en sus ojos, pero comprendió que el romano estaba actuando de forma falsa, pero admirable. Silviano no sospechaba en absoluto que el caballero estaba sometiéndolo a examen y metiéndolo en una trampa que ignoraba, pero que resultaría venenosa. Y lo aprobaba.

Marco volvió a contemplarla. Sudorosa y perfumada con aceites y sus cabellos del color del trigo brillantes por el ligustro, no parecía en verdad una triste esclava. Poseía cierta clase y dignidad y opinó:

—¡Venga, Silviano!, me quedo con ella. Pero si está enferma de la consunción o de la sífilis, te la devolveré con todos los demás. ¡Lo juro!

—¡Sana y saludable como una criatura, *domine*! Y que me azoten con varas de espinos si falto a la verdad. Esta noche la probarás.

—Bien —sonrió Marco—. Haremos buenos negocios, ¡por Hermes! —se mofó de él con poco disimulo, pues el vino lo había transformado.

Silviano, a pesar de estar borracho, cerró la compraventa.

—Según el papiro de compra no tiene nombre, y no sé si es de Gades, de Tiro o de Tingis, o del mismo Hades. Ella asegura que bailó ante la mismísima Astarté y que está dedicada a la diosa desde niña. Seguro que es mentira. Estas putas, por darse fuste y parecer ser más de lo que son, mienten siempre. ¡A saber de qué burdel perdido de Tiro ha salido! Yo me entiendo con ella en el dialecto de los *mauri* y también en púnico.

Marco fingió satisfacción. No obstante, le pareció que efectivamente poseía una rara y etérea belleza. Sus afeites y maquillaje la hacían más joven, pero no era más que una desgraciada esclava. Su mirada era desdibujada y huidiza, pero sobre todo le parecía una mujer desdichada. No experimentó sentimiento alguno, pero reparaba en élla sin cesar.

Silviano llamó a la danzarina de ojos azules y le susurró su cambio de amo al oído. Ella asintió, pero sin mostrar satisfacción ni interés. Solo una sonrisa imperturbable y una sumisa docilidad. El banquete concluyó. Marco sabía que su reciente adquisición lo aguardaba en su habitáculo. No comprendía por qué, si era por los efectos seductores de la danza o por los efluvios del vino almizclado, pero la deseaba apasionadamente.

La esclava apareció envuelta en las mismas gasas de la danza y con una jarra de *massicum* en la mano. Se acercó sugestiva a Marco, casi desnuda, y se entregó a su nuevo amo mecánicamente y en un apasionado encuentro. Sus mórbidas carnes se volvieron doradas con la luz de las candelas, y sus pupilas del color del cielo brillaban por vez primera. La esclava se abrazó febrilmente a Marco, que besó los ojos rasgados que le ofrecía sugerente, dedicándole efusivos abrazos.

Y ante sus tentadoras turgencias, Marco aceptó el tierno acoso de la esclava, que lo aplastaba con experta dulzura y se ceñía con ardor a su cuerpo. ¿Dónde estaba la hembra frígida que decía Silviano? Bebió vino de sus labios, mientras la mujer se entrelazaba al romano. Finalmente la poseyó febrilmente en una cálida agitación, aunque suave como una cascada de pétalos.

Marco, vencido por el blando cansancio, y sintiendo un tibio placer por el ardoroso encuentro con la desconocida cautiva, se quedó adormecido en el lecho de sábanas de lino. La sumisa mujer lo observó dormido y pensó que era la primera vez desde hacía mucho tiempo que un hombre la trataba con cierta consideración. Y lo admiró con interés y afinidad, aunque nada aguardaba de él.

Era su nuevo amo, y se lo agradeció a la Diosa del Destino. Peor no podía ser que los dos anteriores, que olían a ajo, sudor y cebolla, eran lascivos como monos y de costumbres violentas y crueles, hasta el punto de que había pensado quitarse la vida con las ponzoñas que elaboraba. Al menos aquel romano olía bien y era más atento. No obstante, le asaltó un temor. Conocía que algunos caballeros eran propietarios de los más afamados prostíbulos de la costa, y al pensarlo la sangre se le heló. ¿Y si había yacido con ella para probarla? ¿Por qué le habría preguntado a Silviano si padecía alguna enfermedad contagiosa o venérea? Si ocurría tal contingencia se suicidaría. Lo había jurado ante la diosa.

El pozo negro de su suerte seguía tamizado de oscuridades.

La noche, propagándose por los declives del poblado mauretano, se deslizaba hacia un silencio profundo. Un tufo a aromas de dama de noche se colaba furtivamente por el cuarto, donde aún reinaba un vaho voluptuoso que empapaba la sala de sensualidad.

XXV

La reina de ébano

Iol, norte de África, primero de mayo del año 46 a.C.

Al salir de la casa del tratante de esclavos de Zucchabar, Marco se sentía moderadamente optimista con su búsqueda de una pista de Macrón. Respiró el aire de la mañana y se arregló el borde de la túnica para lucir el morado púrpura de *quirite*. Después subió al carro con la fresca templanza del alba.

El romano, con la ayuda inestimable de Zacar, se había embarcado en la aventura de convertirse en *lanista*, consciente del riesgo que corría y del desembolso que debía acometer. Llevaría el fingimiento hasta las últimas consecuencias. Nada tenía que perder, y de seguir el transcurso normal de sus pesquisas, daría tarde o temprano con el tal Méntula, cumpliendo su perenne deseo de desagravio que llevaba inscrito en su alma a sangre y fuego.

En el viaje de regreso agradeció a Zacar su colaboración. Le rogó reserva sobre su misión y discreción en la búsqueda que pretendía emprender, augurándole pingües beneficios como accionista de Gerión. Le habló de su red de agentes comerciales Nemus, y el mayordomo se ofreció a servirle de informador en aquella parte del mundo.

—No te arrepentirás de formar parte del círculo de mis amistades, aunque si deseas rehusar lo comprenderé, Zacar —se sinceró.

—¿Rehusar? No hago sino imitar al rey Bocco, que te admira y honra, cuando él no respeta a nadie —le confesó el mayordomo—. Por algo será. No dudes en fiarte de mí. Ponme a prueba y lo comprobarás, Marco Druso.

En el rostro del romano se reflejó una expresión muy particular.

—Algún día te explicaré por qué persigo con tanto ahínco a ese Macrón. Ahogó en sangre, dolor y desesperanza a toda una familia, a una mujer consagrada y a dos niños inocentes, solo por codicia. Fue una terrible desgracia difícil de olvidar —le confesó sin concretar.

—Como a muchas gentes de estas tierras. Recuerdo las bellaquerías que cometieron con ese degenerado como jefe. Te comprendo, *domine*.

Aquella discreta manera de evocar el gran secreto de su vida hizo que los ojos de Marco Druso se humedecieran.

—Esos miserables no merecen la templanza de un hombre tan animoso como tú —le aseguró Zacar—. No obstante ten cuidado con su maldad. Los asisten *genios* maléficos.

Marco sonrió al oír el elogio de su reciente amigo y cómplice.

Una semana después aparecieron en el horizonte de Iol las siluetas de los tribunos de las legiones de César. Intentaban sobre sus caballos que se mantuviera el orden de marcha de los soldados. La llegada a la capital mauretana del Este, donde los esperaban los reyes Bocco y Bogud, debía hacer el efecto obligado conforme a su autoridad y dominio.

Concluían la larga campaña africana cargados de fama y gloriosos trofeos. Un grupo de legionarios iberos elegidos como guardia personal por el mismo Cayo Julio lo protegían impertérritos a ambos lados. Iban armados con los *pila*, espadas, corazas y yelmos con penacho negro, rodeando el corcel nevado de César, *Genitor*.

—*Caro* Lucio —le dijo César a Balbo *el Joven*, que cabalgaba a su lado—, el poder del vencedor debe ser visualizado tanto por los aliados como por los enemigos. Los pueblos se someten con fe y también con violencia y temor.

—Pues las murallas de Iol retumban, cónsul —contestó.

Las fuerzas del Calvo, apenas si habían sufrido bajas, comparadas con las del ejército de Metelo Escipión, cuyas fosas no se hallaban muy lejos de allí, en Tapsos. En medio de un panorama de esperanza, pues su comandante había anunciado el inminente regreso a Roma, se disponían a restañar sus heridas en la capital del reino mauretano, descansar, ponerse en manos de los físicos, cambiar sus vendas sucias y acompañar a su líder victorioso. Necesitaban la paz.

César, tras las campañas en Hispania, Galia y contra Pompeyo, se había convertido para sus soldados, y también para los vencidos, en una especie de semidiós cargado de pericia militar, sabiduría, valor y clarividencia.

Marco, que se hallaba tras los dos monarcas, cuando desmontó el *Imperator* de su montura, observó su rostro inalterable. Llevaba puesta la máscara de jefe vencedor consciente de su destino.

«Es un actor admirable», pensó Marco, que consideraba que el sorprendente éxito de César se debía a la eficaz mezcolanza de tres dones naturales que los dioses le habían otorgado: el arrojo en la batalla, la inteligencia en las estratagemas militares y la complicidad con sus soldados. Sus tácticas asombraban hasta a sus enemigos, y la esencia de su éxito era una liturgia fundamentada en la clemencia hacia sus adversarios, a los que pudo eliminar y a quienes exculpó, como a Cicerón.

El joven Balbo se acercó a Marco y lo saludó con efusividad.

—¡*Salve*, Marco, amigo mío! Y esa herida, ¿está ya curada?

—Aún duele pero doy gracias a Venus al verte, Lucio. Veo a Julio como a Alejandro entrando invicto en Babilonia y exultante como un dios.

—De estos laureles ha obtenido el poder absoluto que siempre había buscado —le dijo Balbo *el Joven* al oído de Marco.

Con un tenue acento de ironía, Marco le expresó:

—Querido Lucio, la República ha muerto definitivamente. Roma debe mirarse a sí misma y modificar su forma de tutelar el mundo. ¿No lo crees?

—¿Cómo no he de creerlo? Mi tío y yo vimos en César al hombre providencial que lo llevaría a cabo. Y a partir de ahora gobernará Roma a su antojo. La era de gobierno de ese Senado venal y codicioso ha acabado para siempre —contestó—. *Caesar dictator et imperator aeternus.*

—Ese prodigioso destino ya lo predijo la sibila de Gades. Es su tiempo, y también el nuestro —reconoció Marco.

—Cierto, amigo mío, y mi tío Lucio no cabe en sí de gozo.

—Bien, Lucio, Roma ha sido fundada otra vez por César. ¡Que Júpiter Capitolino le conceda sabiduría para regirla! —deseó sincero.

Marco lo invitó a seguirlo a las dependencias de palacio.

De repente, mientras los reyes hacían los honores de la recepción al cónsul romano y los legionarios levantaban el campamento fuera de las murallas, una ventana con celosías se abrió en el corredor y apareció destilando un encanto indefinible una mujer de tez morena, ojos de áspid y formas estatuarias, que paralizó a Balbo. Se volvió y le preguntó:

—¿Quién es esa belleza? ¿La conoces, Marco?

—Es Eunoë, la esposa del rey Bogud. Una diosa de ébano.

—Entonces me está vedada. El Calvo se nos adelantará.

—No, no hay nada que hacer, será el trofeo del gran mujeriego.

En otras circunstancias, Lucio Balbo se hubiera sentido contrariado, pero dadas las circunstancias sabía que el halcón más apasionado del ejército romano, César, se haría con la paloma más grácil y bella.

Los dos amigos se rieron y buscaron el frescor del jardín.

La muchedumbre y la chiquillería vitoreaban al cónsul de Roma, rodeado de los lábaros, águilas, gallardetes y las banderas mauretanas de las grandes solemnidades, en cuyas sedas multicolores traspasadas por el sol se adivinaban grifos, toros de Hispania y el temible dios cornudo Gurzil, flameando al viento. Los habitantes de Iol contemplaron la imponente parada militar del ejército romano y comprendieron quiénes eran sus nuevos amos.

Bocco y Bogud se adelantaron al *Imperator* y le ofrecieron los simbólicos platillos con pan, agua y sal, que César tocó con sus manos. Vestían la túnica oriental, una amplia capa y una *keffija* cogida a la frente con un aro de oro que les caía sobre los hombros.

El mayor de los hermanos, Bocco, conocida su vasta erudición, alzó la voz para ser oído en un latín irreprochable. Se hizo el silencio y saludó:

—Gran *imperator* de vida eterna, el más grande en nobleza y poder, Cayo Julio César, cónsul de Roma y amado de los dioses. Contigo hemos quebrantado las filas enemigas y abatido la arrogancia de Juba el númida, nuestro enemigo común. El elogio de mi hermano Bogud, de nuestros súbditos y el mío propio, debe ser para ti como el mejor vino almizclado de Tingis. Tendámonos las manos fraternalmente, uniendo la Paz de Roma con la armonía de la gran Mauretania. Y que no concedan los dioses la tranquilidad al corazón de quien desista de mantenerla. Tanit prolongue tu vida como las olas el océano, magnánimo guerrero.

—Soberanos Bocco y Bogud. Valoro vuestras muestras de afecto y aventuro una amistad duradera entre ambos imperios —contestó César.

Cayo Julio y su estado mayor ingresaron en el palacio real y, al entrar en el salón del trono, un grupo de niñas disfrazadas de ninfas les ofrecieron aguamaniles y caracolas con agua de azahar, donde lavaron sus manos. Una orquestina de caramillos entonaba la música subyugante de las tribus *mauri*. Se fueron a descansar y, al atardecer, el general y sus oficiales fueron convocados por Zacar para el banquete de bienvenida.

Esclavas de palacio envueltas en sutiles tules colmaron las mesas de platos de ónice, copas y fuentes de plata con pan dulce, pescados, salsas y asados de todas las carnes conocidas, colocando en el centro ánforas de oro rebosantes de vinos de Qyos, Creta y Sicilia. Transcurrió la cena con amistosa fraternidad entre los huéspedes y los cortesanos, mientras bailaba con erótica pericia un racimo de *puellae gaditanae*.

En los postres o *comissatio*, sonó un batintín y se hizo el silencio.

—¡La reina de Mauretania Tingitana, la muy digna Eunoë! —anunció—. ¡La princesa de las Mil Rosas, la Perla Negra de Filoteras!

De inmediato, todas las miradas se posaron en una aparición perturbadora de piel de ébano con una diadema de oro cubriéndole la frente. Los comensales romanos se incorporaron de sus triclinios. La beldad africana, con el cabello ensortijado y peinado en un moño alto cuajado de peines dorados, iba ataviada con una *stola* y clámide griega cuajada de aljófar, que dejaba al descubierto, mediante unas sofisticadas aberturas, unas largas piernas de color oscuro y su exuberante pecho, donde se agitaba un collar de perlas.

—Se asemeja a la diosa Leda —dijo César boquiabierto a Sitio.

—La conozco, general, y nunca vi hermosura igual en toda África.

Los que conocían a César sabían que en cada campaña militar entregaba su pasional corazón, sus sentimientos y su intimidad a algún amante, sea cual fuere su sexo. En la expedición de Hispania se había refugiado en el regazo de una matrona de Hispalis de sugestiva belleza, en la Galia, Germania y Britania con el caballero Mamurra, su jefe de ingenieros, y con el *quirite* Oppio. En Egipto había unido su corazón con la indócil Cleopatra, que había llegado a darle un hijo, Cesarión. Y en aquella acción de Tapsos, y mientras partían para Roma, no iba a ser diferente.

Lo verdaderamente mágico del Calvo era la absoluta negación de que alguna vez terminaran. Para él los afectos eran eternos, y a todos los amaba y recordaba. Nunca le producían desasosiego, sino que lo hacían dichoso porque amaba la lealtad y la amistad perfecta. No era amante de un solo hombre, o de una sola mujer. Cayo Julio pensaba, y así se lo confesaba a sus afines, que el amor y la entrega eran hierbas espontáneas y no flores de jardín que había que cuidar cada día.

Y al contemplar el misterioso encanto de Eunoë, pensó que la reina de Mauretania se convertiría en el inmediato reposo de su pasión, y deseó gozar de la esplendidez de la princesa de piel aceitunada.

Concluida la cena, el mismo monarca Bogud se acercó a César.

—Será para mí un honor que te deleites con mi esposa Eunoë en tu lecho. Te pido que la aceptes según el sacro ejercicio de la hospitalidad.

—Tu desprendida amistad me abruma, Bogud. Lo acepto en aras de ese sagrado deber, rey hermano —le contestó con su natural franqueza.

Los oficiales, entre ellos Marco, y su guardia personal ibera ocuparon el ala Este de la residencia real, para velar por la seguridad de su comandante. Aquella misma noche, Marco se imaginó a Eunoë, cuya geografía corporal conocía palmo a palmo, en los brazos de Cayo Julio.

Marco Apollonio nunca había gozado de una mujer tan selvática.

Eunoë fue llevada a la cámara regia ofrecida al general vencedor. Conversaron en griego *koiné* y la beldad ofreció al romano un elixir gustoso, que aseguró era un antiguo afrodisiaco de su tierra. Después desnudó al cónsul. Ella se despojó de su clámide y le mostró su cobriza desnudez. De un tirón, la hembra deshizo las sábanas caladas de lino egipcio, que cayeron al suelo revueltas. Abrazó a su huésped, ofreciéndole su boca entreabierta, y con sus movimientos las ajorcas sonaron en el silencio, como los pífanos de una guerra amorosa.

La reina de piel de abenuz y brillo de ébano exploró cada palmo del cuerpo fibroso y maduro de Cayo Julio, extrayéndole emociones salvajes. La hembra desbordó su cabellera en el torso de su amante y apretó la redondez de sus pechos contra él, como un vendaval de suavidad, y la sangre del romano se agolpó abrasadora en las venas.

Jamás había conocido Julio un descanso del guerrero tan complaciente e insólito, hasta el punto de olvidar a la ardiente Cleopatra.

Los días se sucedían dentro de una hospitalaria esplendidez, y el dictador se veía pletórico en compañía de los reyes y de Eunoë. Para celebrar las Fiestas Florales romanas, festejos nocturnos donde muchas mujeres de la ciudad del Lacio bailaban desnudas por las colinas y las riberas del Tíber, la corte y la oficialía romana fueron de caza a un lugar cercano a Iol dedicado a la diosa Tanit-Diana con una fuente herrumbrosa y un altar de piedra. Las abejas extraían el néctar de las flores, de los espliegos, de los juncos rosados y el orégano en medio de un zumbido rumoroso. Instalaron un dosel bajo un palmeral, desde donde se advertía el destello de una cascada, mantos de helechos y nogales de nueces aún verdes, que desataron la pasión de la pareja.

Eunoë condujo a César a su tienda, un gineceo adornado de tapices, alfombras y lámparas. Despachó a sus damas y cuando quedaron solos y se desvistieron, se sentó a horcajadas sobre sus caderas, balanceándose voluptuosamente. Mientras, el enamorado César besaba sus pechos morenos de puntas oscuras, los muslos bronceados y el terso sexo. Sus caderas ascendían y descendían con el ritmo entrecortado de su respiración, hasta que se enroscaron como sierpes y se fundieron en los deleites de un éxtasis pasional.

El viento arrastraba el aroma del mar y el rumor del borboteo del manantial. Julio César no olvidaría jamás aquel día de pasión en un mundo acuático, donde conoció placeres ignorados que le proporcionó la exótica Eunoë, una diosa de belleza sublime, un alma instruida que diferenciaba al dios de la guerra del hombre. La reina apreciaba la pureza de las almas elegidas, como la de César, un gobernante que ni espantaba ni eclipsaba a los seres que trataba.

—¿De qué tierras procedes? —le preguntó el dictador.

—Hay que cruzar las montañas del Atlas. Nací en el reino de los gétulos, aunque lejos de las tierras de los caníbales. Mi padre hizo un gran pacto comercial con mi esposo Bogud, y yo era la garantía.

—Me imagino que ese acuerdo incluía los famosos zafiros, esmeraldas y diamantes de Sudán, ¿verdad? ¡Muy astuto! —la aduló.

—Así es. Ambos controlan las caravanas del sur. Para que te hagas una idea, *Sharm* (señor de Roma), mi dote la formaba una caravana de más de mil camellos y dromedarios cargados de piedras preciosas, maderas nobles, esclavos etíopes, dátiles, oro y esteras —le informó.

—Deben de ser tierras dotadas de gran hermosura y enigmáticas, pero una vida no es suficiente para contemplar el mundo que crearon los dioses.

—Si vuelves otra vez, Julio, pídele a mi esposo que te conduzca a la ciudad de jardines colgantes de Garama. Te aseguro que es más esplendorosa que la misma Babilonia, que el viejo Cartago, o que Tebas.

—*Admirabile visu!* —dijo César, dudoso de su veracidad.

—La fundó la ninfa Garamantis. Su divino esposo Júpiter, cuando le dio un hijo mortal, Yarbas, le regaló ese oasis de fuentes y riquezas —le informó la reina, que quedó con la vista prendida en el infinito.

Dedicaron una ofrenda a la diosa del bosque y de las florestas, y a la ninfa amante del rey del Olimpo. La reina se aproximó al ara, alzó sus brazos y exclamó para ser escuchada:

—Estamos a tu cargo, Madre de la Tierra, cuyos nombres veneramos, ya te manifiestes como Artemisa, Isis, Tanit, Rea, Cibeles o Artemisa —oró Eunoë y vertió una redoma de perfume en el altar.

Regresaron a Iol y Cayo Julio creyó llegado el momento de hacerle un regalo de prestigio a Eunoë, que lo recibió azorada. Era un collar de oro y amatistas con engarces de plata de excepcional orfebrería.

—Esta gargantilla perteneció a la faraona de Egipto, Cleopatra. La llevaba a Roma como trofeo. Deseo que luzca en tu pecho, mi reina.

Su agradecimiento fue una sonrisa inefable y el rubor de su rostro.

Marco comprobó que Julio, que le mostraba una sincera amistad sin fisuras cada vez que hablaba con él, era como todo ser humano: un muestrario de deliciosas contradicciones. Lo mismo lo veía sensible como un joven enamorado cerca de Eunoë, como teatralmente endiosado cuando ejercía de general vencedor.

La víspera de la marcha de la residencia real mauretana, César firmó y selló el pacto con los soberanos de las dos Mauretanias, que pasaron a llamarse *Cesariana*, la del Este, y *Tingitana*, la del Atlántico, bajo el protectorado del *Imperium* de la poderosa Roma.

Cayo Julio abrumó de regalos a los dos soberanos y obsequió a Bocco con varios rollos de filósofos e historiadores persas, egipcios y helenos, conocida la erudición del monarca de ascendencia tartesia y su indudable inteligencia e ingenio, que incluso escribía de su puño y letra los anales de su reino y excelsos poemas en turdetano y latín a sus esposas.

Las legiones levantaron el campamento y se dirigieron a los puertos de salida para embarcar hacia Roma. César acordó con el astuto Bogud que pasara con sus naves y jinetes a Hispania y mantuviera a raya a los restos del ejército pompeyano, que seguían acantonados en la península, comandados por sus hijos Gneo y Sexto, y que lo tuviera al tanto de cualquier movimiento. Era el último rescoldo del fuego rebelde, que muy pronto extinguiría con el diluvio de su poder.

Aquella tarde Cayo Julio departió con sus oficiales.

—Nuestras voluntades unidas, más fuertes que el instinto salvaje, han triunfado —les dijo proyectando su calma y personalidad arrolladora—. Llevemos este mismo ánimo a la *Urbs* e impulsemos la paz y la concordia.

—*Caesar Imperator!* —gritaron a una—. *Caesar Dictator!*

Y aunque sabían que el destino contradice y desbarata los proyectos de los mortales, el porvenir de sus familias y de ellos mismos estaba garantizado por César. Su inquietud de los últimos años y su agitada preocupación por salvar la vida había llegado a su fin. Un vínculo legítimo entre la aristocracia y el pueblo parecía al fin posible. Lo deseaban.

La noche de la despedida, los reyes ofrecieron a César un banquete inolvidable, en reconocimiento del futuro glorioso que les aguardaba, y Cayo Julio, conocedor de que aquella vigilia sería la última en la que poseería a Eunoë, multiplicó sus afectos con la entregada hembra.

Marco lo vio adentrarse en su cámara perfumado, elegantemente vestido con la toga de doce pliegues y el doble borde púrpura y con sus escasos cabellos peinados hacia la frente. Lo notó más paternal, más sencillo, más franco y el más galán de los hombres.

Instantes después, tras los efusivos prolegómenos del encuentro, cada abrazo lo convirtió el romano en un huracán de fogosidad, y los halagos se sucedieron sin interrupción, hasta alcanzar entre convulsos jadeos el arrebato más febril, quedando exhaustos sobre el lienzo de las sábanas revueltas. Su póstumo encuentro había resultado excitante.

Fuera llovía y las furiosas gotas golpeaban las ramas de los olmos y olivos. Ninguno de los dos, ni César ni Eunoë, había perseguido un amor virginal. Era tan solo la avidez erótica por sentir nuevas sensaciones lo que los había conducido a unos momentos inolvidables. Eunoë, acurrucada a su lado, acarició el mentón del romano. Su amistad sería perdurable, lo sabía, y su corazón nunca la arrinconaría. La princesa, con dulzura, le confió enajenada con los párpados cerrados, y en un latín precario:

—Pocas veces he conocido un amante tan tierno y fogoso —le confesó.

—Y yo una mujer tan sensible y ardiente a la vez. Nunca te olvidaré, reina Eunoë, y en la soledad de mis evocaciones, recordaré tu rostro.

Y la sensación de felicidad se hizo más fuerte entre los dos.

El cálido fin de la primavera anunciaba un verano tórrido.

La víspera antes de zarpar para Puteoli se escuchaba el viento del mar, y Marco estaba expectante. La flota romana, y las legiones con ella, levaban anclas en los puertos de Saldae, Leptis, Iol e Hippo Regius. Las águilas y los estandartes de Roma con el signo S.P.Q.R. flameaban por doquier. Se escuchaban canciones marineras y ruegos en los altares de Poseidón. Silviano había aparecido según lo convenido en Iol con un desvencijado carromato donde iban amalgamados los esclavos que le había comprado Marco, y que vio con excelente aspecto.

La esclava danzarina estaba entre ellos, y Marco se quedó unos instantes mirándola y admirando su larga cabellera entre dorada y avellanada. Había hecho un buen negocio. Aquella enigmática mujer poseía una magnetizadora mirada y una distinción innata.

Los habitantes de la ciudad, con la presencia de los legionarios, mercaderes, cortesanos y prostitutas, celebraban mercado con innumerables tenderetes abiertos al salir el sol, donde se vendían los más inimaginables artículos: joyas tingitanas, cerámicas *mauri*, imágenes de dioses, perfumes libios, vinos, dátiles y cuanto pudiera comprarse con metal y en dialecto mauretano, púnico, griego o latín. Marco, Zacar y Silviano se sentaron en una fonda atestada de trajinantes y camelleros, donde saciaron el hambre con leche de cabra y pescado con mijo hervido.

Marco, fingiendo una camaradería sin grietas con el esclavista, dijo:

—Amigo Silviano. He reflexionado sobre tu petición para unir nuestros intereses en la importación de gladiadores. ¡Accedo! Solo así será un negocio próspero. Zacar se convertirá en nuestro único contacto, y por su conducto recibirás el contrato de compra y los de futuros negocios. ¿Qué me dices a eso?

El estupor del vendedor de esclavos fue máximo. No lo esperaba.

—No te arrepentirás, *domine*. Mis contactos pueden serte provechosos en Italia —opinó, pero no habló de la localización de Macrón.

El romano simuló que nada deseaba saber de su jefe. Era su plan largamente reflexionado. Solo así no levantaría sospecha alguna.

—Veo que eres un hombre cumplidor, y me basta —mintió.

Comprobando que había abierto una brecha de afinidad, le rogó:

—*Domine* Marco, si pruebo mi lealtad y solvencia, ¿podré en un tiempo prudencial concurrir a alguna de las ganancias de Gerión, por ejemplo del grano? Me aseguran que es la naviera más opulenta del Mar Interior —quiso halagarlo—. Tengo contactos con cerealistas de Thabraca, y la plebe de Roma necesita trigo sin cesar.

Marco se hizo el sorprendido y aparentó interés.

—¡¿Sí?! Me interesa, dilecto Silviano —lo halagó con doblez—. Esperaré al próximo envió de luchadores y a la llegada de los tracios y de sus armas. Después decidiré. De ti depende. Ha resultado providencial que el noble Zacar nos haya puesto en contacto —volvió a engañarlo.

Silviano intuía que con aquel hombre reuniría un gran patrimonio.

—No te arrepentirás de nuestra alianza, Marco Druso —se expresó exultante—. ¡Por la lechuza de Atenea, que intuyo la fortuna a mi alrededor!

Zacar los dejó y con su guardia personal regresó a palacio. Allí aguardaría a Marco, quien para atraerse a Silviano, lo acompañó a los tenderetes de esclavos, según él, para «recibir» una lección práctica de cómo elegir buenos luchadores. El esclavista estaba entregado y exultante.

Decenas de esclavos de todas las razas: carios, sudaneses, libios, iberos, nubios y garamantas, atados con dogales de esparto, sucios unos, cansados otros y todos sometidos a la crueldad de sus dueños, posaban su mirada ansiosa en futuros dueños, quizá tan despiadados como sus captores, pero con la certidumbre de una vida más tolerable en la que padecieran con menos asiduidad el bastón y el látigo. Demacrados, con cicatrices y moratones, muchos marcados con el hierro, niños emasculados y niñas violadas, pero con los hímenes recosidos para ser saldadas como vírgenes, se ofrecían al comprador sobre estrados de madera.

Silviano mostró gran pericia. Palpó tendones, piernas, pectorales y examinó dientes, gargantas, oídos y ojos, y por un precio irrisorio compró una veintena de musculosos especímenes, con los que volvió a llenar el carro. Luego compró dos niñas que lloraban como plañideras, e ironizó:

—Estas jovencitas calentarán mi lecho el próximo invierno. —Y rio—. Para las fiestas de las Fuentes Divinas de otoño, y antes de que se cierren los puertos, recibirás la nueva remesa de luchadores para tu *ludus*. Te entregaré los mejores a través del ilustre Zacar —quiso congraciarse y hacerse el eficiente—. Y alguien cercano a mi socio en Italia, o mi mismo socio, antes que comience el otoño, os llevará el grupo de tracios.

—No lo dudo —exageró su sonrisa—. Bien, Silviano, mis deberes me reclaman. Llevemos los gladiadores al barco. Nos aguarda el capitán.

El trirreme de la compañía marítima Gerión estaba listo para zarpar. Acompañarían a Marco Druso los oficiales de la V legión *Alaudae*, los decuriones, tribunos y antiguos veteranos, y en la bodega apostaría a sus esclavos, menos a la mujer, que la mantendría con él para su servicio.

Revisó los preparativos con el capitán, un nauta gaditano con el rostro picado por la viruela, y bajó a comprobar las bancadas de los remeros y las *columbarias* por donde sobresalían los remos. Le enseñó el *album*, el libro con el nombre de los remeros, los pasajeros y los artículos que portaba el barco, examinó las ánforas de agua, sujetadas con trípodes de bronce. Todo en orden. Los bogadores, comprados por la compañía en Mileto y Tirinto, tenían las cabezas rapadas por los piojos, y eran esclavos libios y lycios en su mayoría. Canturreaban baladas de una tristeza desoladora por la condena de morir cada día en la cárcel marina.

Sometidos a brutales vejaciones por los cómitres, en su mayoría fenicios, estaban encadenados a los bancos en postura encorvada, y algunos tenían las espaldas desgarradas por la fusta. Lucio Cornelio Balbo no permitía que estuvieran mal alimentados y no estaban famélicos, aunque todos padecían los inconfundibles ataques de tos de la tisis. Muchos se entregaban a la sodomía, y solo cuando arribaban a un puerto principal y cesaba el golpeteo del mazo del *portísculus*, podían asearse, raparse las barbas y curarse las manos encallecidas y en carne viva. También el oficial les entregaba una vasija de vino y solía autorizar el paso a un tropel de viejas rameras con las que descargaban sus más salvajes instintos, convirtiendo los bancos de los remos en un gran burdel.

Era la desdichada vida de los remeros del Mar Interior.

Al descender por la pasarela lo saludaron unos legionarios de la *Alaudae*, que habían luchado junto a Cayo Julio. Marco les correspondió.

Silviano se detuvo. Debía regresar a su antro de carne humana.

—Bien, Marco Druso, preveo buenos negocios contigo. No eres un comerciarte cualquiera, sino un navarca de la mar. Soy un privilegiado al contar con tu amistad. ¡Que Bóreas te envíe buenos vientos!

—¡Que Minerva te asista, Silviano! Tendrás noticias mías —se despidió llevándose la mano al pecho, y destapándole una falsa sonrisa.

Marco maldijo aquel lugar tomado por las moscas de muladar y repleto de esa chusma nómada, amiga de lo ajeno, flotante y perezosa que suele hallarse en todos los puertos, y más si en ellos había soldados.

Por la tarde Marco se entrevistó con Zacar para sellar su acuerdo comercial y convertirlo en uno de los mediadores de Nemus como *agens nexus* al servicio de Balbo y del victorioso César. Sin faltar a su lealtad hacia el rey Bogud y a Eunoë, se comprometía a mantenerlo al tanto de cuanto acontecía en los reinos mauretanos y concernía a Roma.

Sentados en un jardín de mirtos, entre un mar de azoteas blancas que acaparaban la luz del atardecer, Marco y Zacar degustaron rajas de melón, higo secos de Esmirna y vino de Creta. Bajo un fresco emparrado dentro de la laberíntica geometría del palacio real, Marco puso en antecedentes al mayordomo, una vez atado por la amistad y el lucro, lo que esperaba de él y lo que le ofrecía por su colaboración.

—Sé cuándo hablar y cuándo callar —dijo—. Confía en mí, Marco.

El maestresala estaba complacido por pertenecer al más poderoso consorcio naviero del Mar Interior, ahora romano.

—¿En qué productos invertirás mis ahorros, Marco? ¿En grano?

—¡No! Su precio fluctúa en exceso y puede ser ruinoso si las cosechas son desfavorables en Egipto o Sicilia. Lo haré en manufacturas en las que Gerión es única importadora. Dominamos la ruta marítima desde Tiro a Pafos, y desde allí a Rodas, Siracusa, Corinto y Puteoli. Balbo impone los precios, prohibitivos para la gente normal, pero no para los poderosos, que lo pagan a precio de oro. Es ganancia segura por su exotismo y rareza.

—¿A qué mercancías te refieres, Marco?

—Pues a las que se usan en los tocadores y las cocinas de las damas romanas. ¡Los más caros! —dijo, y se sonrió—. Me refiero a las especias del Sinus Pérsicus, a la seda y el jade de Catay, a las joyas de Ecbatana, al ámbar gris de Thule, gran afrodisiaco, al almizcle de Susa, a la mirra de Abisinia, al agáloco indio, al incienso de Charax, al cardamomo de Java, al áloe, a la goma arábiga, a los aceites de nenúfar, a la raíz de nogal para embellecer los dientes, a la sandáraca y al cilandro, y cien más.

—Me hablas de artículos distinguidos y muy caros —dijo Zacar—. Su riesgo será altísimo. Son un manjar y un señuelo para los piratas. Pafos y las Cícladas son conocidos nidos de asaltantes —le recordó preocupado.

—No para Gerión. Nuestras flotas van armadas, y lo saben. Las naves gaditanas y las rodias con la insignia de Balbo no son molestadas. Pagamos un precio anual a esos desalmados y nos dejan en paz.

—En esas islas se esconde la emboscada y la acechanza.

—Despreocúpate, amigo Zacar —lo tranquilizó—. Te convertirás en uno de nuestros socios más reputados, duplicarás tus caudales y me ayudarás a encontrar a ese escurridizo de Méntula. Olvida todo lo demás.

Cerraron su alianza a la manera *mauri*, besando sus mejillas.

Cerca del ocaso los cuernos tronaron, y al poco, bajo el dintel del portón de bronce comparecieron las figuras inalterables del rey Bocco y de Bogud, este acompañado de su consorte Eunoë, hermosa e inaccesible, la princesa llegada de los confines del desierto. Ajena al mundo circundante, miró a Marco y le sonrió de forma inefable. Ofrecieron una última cena a los oficiales que aún quedaban en Iol, y en especial a Marco, que tenía en los monarcas a dos amigos incorruptibles.

Al final de la cena, Bogud se acomodó junto a Marco, y le susurró:

—El amo del mundo y el que será conocido en la historia como el último ejército de la República vuelven a Roma —opinó—. Pero ahora es cuando Cayo Julio César se sentirá realmente solo. No lo envidio.

—Nos tendrá a nosotros, a sus fieles, mi rey —contestó Marco.

El soberano contuvo un gesto de inquietud y contestó socarrón:

—Pero sufrirá el rechazo de los poderosos aristócratas. Esa manada de lobos hambrientos lo está esperando con las fauces abiertas en las escalinatas del Senado. No cejarán hasta abatirlo y devorarlo, como ya han hecho con otros antes. Ha amenazado sus privilegios, y esos no perdonan.

—Cayo Julio será un hombre ecuánime y respetuoso con ellos.

—¡Qué importa! Los ricos admiran el talento y el valor como el del cónsul, pero son una ralea corrupta, codiciosa y pervertida, y únicamente respetan a sus propias riquezas. Y por ellas, asesinarán, incluso a César.

Pese a que el soberano mauretano pretendía ser conocedor de Roma, había llevado a Marco al límite de la alarma.

—¿Así lo creéis, mi rey Bogud?

—A ciencia cierta, querido amigo. He vivido en Roma y sé cómo son —se hizo accesible—. César ha cometido un craso error creyéndose una divinidad magnánima: ha indultado a quienes se le opusieron, y esos no pararán hasta derribarlo. La filantropía no es un buen atributo para un gobernante, que debe ser prevenido, cruel y despiadado. Debía haber tomado ejemplo del dictador Sila, que no dejó a un solo enemigo vivo y murió en la cama de viejo.

—Sí, dejó a uno vivo, aunque era un muchacho aún —dijo Marco.

—¿A quién? —se interesó Bogud, irritado por contradecirlo.

—A él precisamente, a Julio César, mi señor —le recordó sonriente.

—Cierto, pero al Calvo no le bastarán su inteligencia, su personalidad, su valor y creerse amparado por los dioses. El Senado, ahora sumiso y espléndido, aguardará, pero no se compadecerá de él. Ten presentes mis palabras, Marco Druso.

Todos sabían que Bogud no era tan instruido como su hermano Bocco, pero sí que era un gobernante lúcido, astuto, elocuente e ingenioso.

—Tiene el apoyo del pueblo de Roma —quiso defenderlo.

Con un aire desenvuelto y premonitorio, Bogud le contestó:

—¿Y qué es la plebe sino una panza que devora, grita y pone y depone a sus ídolos? César gobernará en soledad a partir de ahora y bien haría en protegerse de los patricios. ¡Que Gea lo ampare!

Marco sintió un leve estremecimiento dentro de sus entrañas, como una premonición de mal augurio. Bogud era tenido por un tipo perspicaz y avisado. ¿Pero era necesario participarle predicción tan aciaga? ¿Tenía conocimiento de alguna traición que él ignoraba? Se levantó y se despidió de Bocco, que lo abrazó efusivamente. Amaba a aquel hombre.

—Cuídate, hijo mío, y no olvides a este viejo rey africano —le dijo.

—¿Alguna vez permanecisteis ausente de mis pensamientos, mi señor y padre? —le contestó, y besó tres veces sus mejillas.

Al rayar el alba, muy de mañana y con la marea crecida, los últimos barcos romanos abandonaron Iol y se alejaron a mar abierto navegado por embarcaciones alejandrinas, romanas, tirias y gaditanas. Cesó la calma y un viento ardiente del sur dio aliento a las velas. Al atardecer ya se divisaban los perfiles de Sicilia al Este, y de Sardinia al norte.

—¡Divino Mercurio, protector de viajeros, válenos! —gritó Marco.

La nueva esclava de Marco se le acercó con un vaso de vino caliente con miel en la mano y, sin alzar sus apocados ojos añiles, se lo entregó. Miró al horizonte y, tomándose una libertad de la que carecía, le dijo:

—¡Mirad allí, *domine*! Naves de Gades. Sus enseñas rojas son inconfundibles. Parece que nos acompañan en el viaje.

Era la primera vez en su vida que hacía caso a una esclava y que empleaba un tono amable en su respuesta. Miró, y vio que era cierto.

—Y flamea el estandarte púrpura de los Balbo. Lo que quiere decir que *domine* Publio Balbo navega en ella y que no es una expedición rutinaria. ¿A qué importante personaje acompañará, o qué misión capital le llevará a Roma? No deja de ser raro, e incluso inquietante, ¡por Marte!

Volvió a observar a la esclava y la vio en un rincón con su habitual máscara de sumisión. Estaba confundido con aquella extraña mujer de pupilas oceánicas, que seguramente encerraba secretos de naturaleza desconocida. Se levantó una fresca brisa del oeste que le causó un gran alivio. En dos o tres días recuperaría las blanduras y benignidades de Roma, y retozaría entre las sábanas perfumadas de la bella Clodia, una hembra de precoz incontinencia y devoradora de hombres, o de alguna otra de sus amantes. En las venas de Marco Druso, no obstante, el vacío tras la guerra vivida corría como un flujo helado.

Pensaba que no había tenido nada de glorioso haber participado en ella, si acaso la camaradería que había vivido entre los legionarios y los oficiales. Cielos desgarrados, tierras devastadas, cuerpos ensangrentados y el espejo de la infinita crueldad del hombre.

Y turbado por un acceso de rememoranza, se abandonó en la visón de las espumosas olas y saboreó el aire salitroso y vivificador del mar.

XXVI

«Ludus Gladiatorius Apollonius»

Roma, principio del verano del año 46 a.C.

Rumbo a lo desconocido, Arsinoe desbordaba confianza y ánimo.

Aquel fragante amanecer, ocho días después de zarpar de Gades, la sibila divisó la costa de Italia y su manto de juncos, eneas, pinos y madroños. El olor llegaba como un bálsamo a la maloliente cubierta, donde el hedor a sebo, salitre y humanidad impregnaba velas y aparejos.

—¡Piloto, ganemos la bocana y alzad los remos! —gritó el capitán.

Se adentraron en el puerto de Puteoli, envuelto por sutiles bancos de niebla. Los barcos de Gerión hendían las proas al compás del chapoteo de los remos. Un ramillete de barcas se balanceaba al compás de la marea y, de las atalayas del emporio, emanaba un fulgor azulado del betún que se quemaba para guiar las naves.

En la dársena reinaba una actividad devoradora, pues la escuadra de César atracaría en breve en los puertos del Tirreno próximos a Roma.

En Arsinoe se había operado una súbita transformación.

La diosa le había trasmitido indicios de que el destino le tenía preparadas experiencias asombrosas, por lo que miraba el mundo con nuevos ojos. Habían quedado atrás la frialdad de sus últimos años tras la pérdida de Tamar, la negligencia en las tareas religiosas, incluso los sentimientos impíos hacia Tiratha. Se acercaba a la *Urbs* con la mente serena. La calma había renacido en su corazón y volvería a practicar la concordia por encima del mal.

Recordó la última epístola de Lucrecia y su atractiva promesa:

Te aguarda el trípode sagrado del Iseum de Pompeya, y el oratorio de Isis y Serapis de Roma. Se alza fuera de las murallas, donde únicamente están permitidos los cultos orientales y las mujeres podemos participar en los ritos. En casas particulares de ciudadanos de alta alcurnia también se rinde culto a Isis. Las damas más ilustres de la ciudad te aguardan impacientes y con la reverencia que mereces.

Publio Cornelio Balbo asistió a Arsínoe para descender la escala, envuelta en un manto azulino y con el rostro oculto tras un velo. Con todo, el gaditano era para la sibila un hombre notable, con talento y, como todos los Balbo, sutil, diplomático y justo. Esperó al navarca y subió al carro que los conduciría a la urbe. Descansaron en un albergue de la Via Salaria, y Arsínoe probó un hidromiel de Sicilia inigualable y las exquisitas salchichas de Cremona.

A la hora sexta de los *ante idus de junius* (día ocho), ingresaron por la Puerta Capena en la capital: Roma o *Ruma* en lengua etrusca, la Ciudad del Río, la encrucijada de caminos de Rómulo y Remo, la hija de la loba Laurentia. Franqueada por torreones y baluartes de tonalidad ocre, sobresalían sus tejados rojizos y macizos aislados por olorosos pinos.

Un suave *boras*, la brisa que llegaba del Adriático, entibiaba la mañana. Se internaron enseguida en la Via Sacra, que por la *lex municipalis* se hallaba libre de bestias y carretas, que debían abandonar la ciudad al amanecer para dejar el espacio a los madrugadores romanos y a los clientes de los patricios que se dirigían a cumplimentarlos con la *sportula*, o cesta de los víveres, en la mano. Pero un enjambre de viandantes y de suntuosas literas obstruía la calle

El ruido se hacía cada vez más ensordecedor y Publio le señaló a la pitonisa el Palatino, que dejaban a la izquierda, primitivo emplazamiento de Roma, que desprendía un aroma afrutado procedente de los jardines de Marcelo. Las mulas aminoraron el paso ante la marea humana.

Publio Balbo, apartando la cortina, le fue descubriendo la ciudad.

—Arsinoe, a Roma hay que amarla por sí misma, u odiarla. Desde el principio de los tiempos los augures lo proclamaron: Roma será eterna pues fue fundada en el apogeo de Piscis, la era dorada. Los romanos son muy celosos de su independencia. No lo olvides.

—La diafanidad de su cielo penetra en los sentidos, Publio —opinó moviendo el espantamoscas—. Pero estas nubes de moscas tan irritantes son un suplicio.

—Las sufrirás hasta el invierno —contestó riendo—. Mira, nos encontramos en el corazón de la civilización romana, el Foro. Ahí tienes la Basílica Julia, aún inacabada, y al lado, el templo de Juno Moneta, el de los dos rostros, y Saturno, donde se hallan a buen recaudo tus caudales y los de la familia Balbo. La de enfrente es la basílica Emilia, el que aquí llaman el *Cardo Argentariae*, donde se hallan los bancos principales y las compañías navieras, frumentarias y de minas. En ella también se imparte justicia y a veces se reúne el Senado.

—Fastuosas, Publio, ¡y qué bullicio reina en la plaza!

Transitaban los senadores en las sillas, las cortesanas del Emporium, los porteadores abriéndose paso a bastonazos, los *humiliores* de la Subura, las furcias o *gitonas* pintarrajeadas del barrio del Sumenio, las ricas cortesanas del Emporium, los barberos, zapateros y prestamistas que ejercían sus oficios en las puertas de las *termopolias* de las vías Salaria y Sacra, ofreciendo sus servicios a los oficiales de las cohortes urbanas que terminaban el servicio de lidiar con la escoria nocturna de la ciudad.

Cautivada, la mujer divisó las bandadas de palomas sobrevolando los templos de Júpiter, Vesta, del Divino Rómulo, de Minerva y el de Cástor y Pólux, y aspiró la mestiza fragancia a res sacrificada del mercado Boario, a buñuelos, a excrementos de búho, que se vendían para hacer amuletos de la buena suerte, a especias de Oriente y a bosta de caballo. Olió el tufo del cenagoso Tíber, cloaca y frescor a la vez, del incienso de los santuarios y de las frutas madurando en los huertos en flor.

Arsinoe comprobó que Roma se alimentaba de sus propias y genuinas exhalaciones, que no se olfateaban en ninguna otra parte del orbe, y le preguntó al orgulloso Publio Balbo:

—*Domine*, ¿cómo ha podido alzarse una ciudad tan gloriosa frente a un río putrefacto que enferma a los romanos con sus inmundicias?

Esa era la Roma que tanto deseaba conocer, la metrópoli de los contrastes, la meta soñada por muchos extranjeros, el hogar de la turbamulta que, haragana y ansiosa de circo y gladiadores, engullía el trigo de Egipto, la Bética y Sicilia, y que sin oficio ni beneficio pateaba los Foros, basílicas y termas en busca de los vales de cobre que le dieran opción a una ración de trigo o a un espectáculo gratuito, o que acudía en tropel a los juicios y mítines donde habían de jalear a sus protectores e infamar al adversario a cambio de diversiones y de pan gratis.

—Querida Arsinoe, Roma es una urbe llena de excelencias y también de añagazas, donde la pobreza y la riqueza se mezclan con sus fétidos olores a cuero curtido, a aguas cenagosas, a especias, fritanga y a detritus. ¡Pero es única y ha cambiado cuanto era conocido hasta ahora!

—Me la describes como una repulsiva madrastra, Publio —opinó.

—En sus inicios fue un lugar de intercambio para comerciantes del norte y del sur, en especial de la sal. Y ya ves en lo que se ha convertido, Arsinoe.

—Sí, una mala madre que amontona en las miserables ínsulas del Carinas y el Esquilino a un pueblo hambriento y holgazán, pero un pueblo que ha conquistado todo el mundo conocido. ¡Ahí radica su celebridad!

—¿Hubieras preferido que Cartago fuera el ama del mundo?

—La historia no retrocede, pero el mundo sería diferente. Nada más.

Arsinoe detuvo su mirada en las numerosas tabernas donde vocingleros parroquianos bebían vino aguado, el *massica*, y comían el *puls* juliano, la plebeya pasta de trigo, manteca y sesos, o las socorridas tortas de garbanzos, mientras discutían a gritos sobre el regreso de César o las carreras del Circo Máximo. Las *lobas* y las cortesanas más costosas de la *Urbs* se paseaban sin el menor pudor por las vías, profusamente acicaladas y tocadas con pelucas doradas.

A la sibila, que miraba absorta, le pareció que Roma era una urbe vitalista, caótica, corrompida, maloliente y bullanguera, pero deslumbrante y próspera, donde cohabitaban el lujo oriental y la austeridad latina. Los edificios de ladrillo rojo eran sustituidos por mármoles y pórticos cretenses, y difícilmente ninguna ciudad del orbe podía comparársele en laboriosidad.

Arsinoe, que no perdía detalle de cuanto entraba por sus ojos, dijo:

—¿Y a esta depravada ciudad le han transmitido los dioses la misión de civilizar el mundo? Las deidades son a veces caprichosas, Publio.

—Así lo proclamó la sibila de Cumas desde el principio de los tiempos. Roma será eterna, pues fue fundada en la era de la plenitud de Piscis, por lo que su fuerza dominará a las naciones en los siglos venideros.

Publio Balbo avisó al cochero que se dirigiera al monte Celio, donde vivía su hermano Lucio y habían preparado una *domus* cercana para la extranjera. En aquel farallón moraban los patricios más adinerados de la *Urbs*, que así se alejaban del ruido, del humo y del hedor de la olla hirviente de tufos que era Roma. También vivían en sus laderas los *equites singulares*, la popular escolta a caballo de los cónsules de la República.

—Qué lugar más hermoso —se pronunció Arsinoe oliendo el verdor.

—Aquí no padecerás la fetidez del valle, *cara* Arsinoe. Este lugar se llama así porque lo ocupó en la antigüedad un ilustre guerrero etrusco de ascendencia regia, Celio Vibenna. Te agradará tu nueva *domus*, pero antes vayamos a saludar a *domina* Lucrecia.

Tulia Lucrecia y Arsinoe se fundieron en un largo abrazo que enterneció a los que lo presenciaron. Una emocionada agitación las embargó. Al fin estaban juntas y sus corazones lo expresaban con una alegría indescriptible. Publio la besó en las mejillas y le sonrió.

—Querida Lucrecia, la Madre Celestial nos ha hermanado otra vez.

—Pasado y futuro se unen en este presente tan deseado. ¡Pasad!

Ingresaron en el *triclinium*, un salón iluminado con lámparas de bronce dorado y decorada con estatuas áticas de cariátides y atlantes, y con un mosaico que encarnaba la fundación de Gades por Hércules y la lucha contra el legendario rey tartesio Gerión. La espléndida *domus* Balbo era un exótico palacio erigido al modo romano, pero que poseía una singular alzada oriental de pequeñas cúpulas doradas. Invadida por rosales y bancales de azucenas era una delicia para los sentidos. Lucrecia era una de las mujeres más conocidas de Roma y pertenecía a un rancio linaje de *optimates*. Era amiga personal de César y de su esposa Calpurnia Pisón, además de mujer inmensamente rica por casamiento y abolengo.

—Te veo, Arsinoe, como si hubieras acumulado más convicción en tu persona. Estás espléndida. Todas las mujeres de Roma están deseosas de conocer a la sibila de Gades que predijo los logros de César.

—He tenido problemas, que tú ya conoces, pero creo haber alcanzado la plenitud de mi poder oculto, *cara* Lucrecia. No puedo salir al encuentro de los espíritus que vagan por el mundo, pero sí interpretar los sueños y angustias de los hombres —le contestó dulcemente.

Arsinoe estaba contenta por haber recuperado la amistad de Lucrecia. Estimaba sus virtudes domésticas, su cariño por los suyos, su fortaleza para no claudicar frente a la vanidad o la avaricia y ser compasiva con los más necesitados. Su amistad era una amistad sin disimulos, y las horas más deliciosas de su vida en Gades y su crecimiento intelectual se lo debía a ella y a sus sabios consejos.

—Bien, ahora descansaréis y luego cenaremos. Mañana te acompañaré a tu nueva casa. Se halla a cien pasos de aquí, y es íntima.

—Siento la pasión por lo nuevo, y deseo conocerla y también visitar el Iseum —dijo, y sus palabras eran una súplica amistosa.

Arsinoe sabía que Lucrecia se esforzaría en que su vida en Roma fuera amable y que la auxiliaría con atención y delicadeza, como en Gades.

—Cayo Julio arriba a Roma en unas semanas. Supondrá para él una sorpresa verte en Roma. Te idolatra, y no te dejará marchar, ¡ya lo sabes!, y mi esposo Lucio disfruta protegiéndote, como si fueras la diosa misma.

Por toda respuesta la pitonisa emitió una sonrisa de complicidad.

Un aire sofocante se filtraba por los pequeños valles interiores de Roma, cuando la V legión *Alaudae* acampó exhausta fuera de las murallas. Aguardaba la llegada de su comandante y de las legiones veteranas, por la prohibición de entrar los ejércitos dentro del *pomerium*. Marco envió un mensaje a su liberto Nicágoras, el *villicus*, o jefe de sus esclavos, que apareció dos horas después con dos sirvientes en un carro.

—*Salve, domine!* Veo que Mercurio y Marte te han favorecido. Bienvenido seas a Roma —lo saludó, cruzando su brazo en el pecho, y luego se fundieron en un fraternal abrazo de bienvenida. Gimoteaba.

—Mis ojos se alegran de verte, viejo guardián de mi hogar. ¡Salimos para Preneste! En el camino te narraré mis vicisitudes.

—No te veo muy gozoso. ¿Has tenido alguna experiencia indigna?

—Aparte de una herida que ya ha cicatrizado, un poso de amargura en el alma. En la guerra los jóvenes y los hombres más valerosos mueren, y los ancianos y las mujeres lloran sus muertes. Es su temible ley.

—Homero aseguraba en la *Ilíada* que los griegos y troyanos buscaban la gloria y que fue una disputa por amor, por una bella mujer.

—Siento disentir con el poeta ciego, unos y otros lucharon

por el poder. Codicia, intereses bastardos, dominar los mercados, nada más. Así surgen todas las guerras, querido amigo.

—Me alegro de verte de nuevo sano y salvo, gracias al destino.

—Es lo que importa, Nicágoras. Hemos de tratar un asunto con diligencia. Dame mi toga, mis sandalias y mi anillo. Partimos ahora mismo.

Era su método. Arreglar las cosas sin dilación y con presteza.

—Tu villa está cerrada y puede que necesite de una limpieza.

—Esta esclava que he comprado y los dos sirvientes lo harán. —Y señaló a la sierva comprada a Silviano, que caminaba unos pasos atrás.

Al poco de cambiar su aspecto de soldado por el de un ciudadano libre, su imagen revelaba sangre de *quirite,* y sus costosas sandalias, el *calceus patricius,* probaban su distinción. Nicágoras le arregló el *sinus,* los doce pliegues de la toga, y partieron sin demora. El mayordomo se fijó en la nueva esclava. No le desagradó su aspecto y su forma de comportarse. No era joven, pero su cuerpo aún era apetecible para cualquier hombre. Vio que tenía los pómulos altos y marcados, los labios sensuales y su corto cabello del color de la miel brillaba con el sol. Y sus ojos eran de un gris azulado que los hacía soñadores. Le agradó.

Esperaría las órdenes de su antiguo amo y amigo, pero lo intrigaba.

Al llegar a Preneste, el calor había alcanzado un halo de denso sofoco. Marco se detuvo en la villa de su propiedad, dejó a la esclava, y tras un corto paseo se presentó ante un *ludus gladitorius* ruinoso que apenas si era conocido, ni generaba beneficios. Pero formaba parte de su plan, largamente meditado desde que conociera a Silviano y deseara encontrar al hombre que más sufrimiento había producido a su corazón.

Estaba regentado por un galo trotamundos que antes había sido gladiador. La puerta se abrió despacio, y allí, recortado contra la oscuridad, apareció un hombre membrudo y con la piel y la musculatura como el cuero viejo. Aquel individuo tenía un rictus que intimidaba. Desconfiado, se quedó vacilante en el umbral, escrutando el aspecto aristocrático del recién llegado, hasta que abrió la boca balbuceante:

—Te conozco, ¿verdad, *domine*? —se interesó.

—Sí, soy tu vecino del cerro —se hizo accesible—. Mi nombre es Marco Druso Apollonio, y este es mi *maiordomus*, el liberto Nicágoras de Siracusa.

—¡Ah, sí, el amigo de Balbo y de Julio César! —Y en su rostro se dibujó una expresión de alivio—. Mi nombre es Domicio Dídimo. Pasad, os ofreceré un excelente vino del Lacio, mientras veis luchar a mis gladiadores.

Domicio creía que venían a alquilar alguna pareja de luchadores para unas honras fúnebres, como era lo acostumbrado. Pero cuando Marco informó al galo de que venía a comprarle el *ludus*, el *lanista* dio un respingo y lo miró con los ojos desorbitados. Y más aún cuando escribió las condiciones en unas tablillas de cera y se las mostró. Se lo compraba por cincuenta mil denarios de oro, y él, Dídimo, seguiría regentándolo como único responsable y entrenando a los combatientes. Compartiría un porcentaje de los beneficios y los gastos corrían por cuenta de su nuevo *socio*, quien le aseguró muy convencido que muy pronto generaría beneficios.

Aquel *quirite* no se andaba con rodeos, y el negocio le parecía redondo a primera vista. Pero ignoraba adónde quería ir a parar. Esperó.

—Escucha, Dídimo. Se trata de un deseo largamente ansiado por mí, y quiero invertir en una actividad que muy pronto será más que rentable. He comprado en África veinticuatro esclavos con muchas posibilidades que llegarán a Preneste. Y más adelante se incorporarán unos tracios con su armamento genuino. También he comprado en Ónuba espadas, escudos y *pilum*, y todas las armas de simulación necesarias. ¿Necesitas auxiliares para que te ayuden a formar gladiadores?

Más que hablar masculló una respuesta apenas entendible:

—No, no... tengo los suficientes... y saben de su oficio, ¡lo juro por Saturno, deidad protectora de los gladiadores! Pero no creo haber aceptado tu oferta aún. He de pensarlo con calma, *domine*.

El galorromano se detuvo y meditó durante largo rato. La confusión, mezclada con una avaricia voraz, había alzado una nube de torpeza en su mente. Marco callaba, mientras miraba al suelo, sucio y sin lustrar.

—Dídimo, ¿vengo a ofrecerte el negocio de tu vida y aún dudas? Me conoces, sabes de mí y de mi solvencia. Escucha, ¿cuándo has tenido tú semejante cantidad de oro y administrado un *ludus* que alcanzará tanta categoría? Si aceptas, todo quedará sellado para otorgarle legalidad, y yo mismo presentaré el contrato en el Banco de Neptuno. Nicágoras te traerá una copia y los cincuenta mil denarios. No desconfíes. A mí solo me conduce mi afición a la lucha y el beneficio que sacaré. Y tú te harás rico a la par —intentó seducirlo el *quirite*.

El galo lo interrumpió para mirarlo fijamente. No se fiaba.

—No esconderá esto algún ardid que me lleve al desastre, ¿no?

Marco se estaba impacientando y sonrió al galorromano socarrón.

—¿Acaso no estás ya en la ruina? Me he informado bien de tus dificultades y sé que tienes muertos de hambre a tus gladiadores. Estás en la más desolada de las ruinas y acumulas muchas pérdidas. ¿Qué decides?

—Sí, ciertamente así es. Pero así de improviso... —se defendió.

Marco bebió un trago y le habló suavemente:

—Atiende, Dídimo, las oportunidades, y lo sé por experiencia, surgen así. Debes decidirte pronto, pues si declinas el ofrecimiento iré a brindarle esta misma oportunidad al dueño de un establecimiento de Fiano. César regresa victorioso de África. La estabilidad universal es un hecho y los juegos con gladiadores proliferarán por doquier, llenando anfiteatros y graderías ansiosas de peleas y sangre. «Nuestro» *ludus*, por mi amistad con el cónsul y el edil curul de Roma, se hará famoso. Te lo garantizo.

El receloso galo respondió entrecortadamente. Estaba ansioso.

—¿Debo entonces dar las gracias a la diosa Fortuna por ser tan benevolente conmigo, Marco Druso? No sé, no sé —afirmó dubitativo.

—Sin duda, amigo, créeme. A la hora tercia de pasado mañana parto para Roma con mi legión. Mañana visitaré el templo de

Apolo Oulio en Velia, para ofrecer un óbolo de una promesa antigua. Es el tiempo que tienes para tomar tu decisión. Después será demasiado tarde. ¡*Vale*, Dídimo! —dijo, y se marcharon de golpe, dejando al *lanista* meditabundo.

Al iniciar la senda de verdor hacia la villa, Nicágoras, al que había puesto al tanto de su plan para destapar la identidad de Macrón, comentó:

—*Domine*, este parece que no consiente. Sospecha algo y dará al traste con tus planes. ¡Será un fiasco, por los dioses Olímpicos!

—¡No sospecha nada! Ahora mismo está haciendo sus cálculos.

—¿No adivinas el aprieto en el que te has metido, *domine* Marco? ¡Por las nueve musas! —insistió el atento liberto—. Tendríamos que abrir un *ludus* propio. Ignoramos cómo, y no hay tiempo, si es que piensas que ese tal Macrón asomará pronto por aquí con los tracios.

—Antes del anochecer, Dídimo aparecerá en la villa. Te lo aseguro.

No bien hubieron caminado unos pasos, cuando oyeron una llamada.

—*Domine, domine, domine!* Deteneos —gritaba Dídimo.

—Ves, Nicágoras, el reloj de arena de su codicia y de su grandiosa vanidad no ha dejado escapar ni medio centenar de granos. Volvamos para firmar el acuerdo. Le he lanzado una piedra monte abajo y no puede detenerla. Y esa misma piedra nos traerá tarde o temprano a Macrón.

El galorromano, notablemente satisfecho, y con el semblante encendido por una operación comercial que desbordaba sus suposiciones más fantasiosas, selló las tablillas, atropellando sus elogios. Le prometió que convertiría la escuela de gladiadores en un referente de profesionalidad, orden y eficacia, y le habló de nuevos métodos para mejorarla. Marco inspeccionó las dependencias, amplias pero en regular estado. Hombres musculosos con cicatrices en el cuerpo se entrenaban con espadas de palo frente a los postes y algunos deambulaban por los baños, la sala de masaje y la enfermería, vigilados por cuatro guardias armados con mazas. Inspeccionó la herrería, la cocina y observó la olla de cobre que contenía más verduras que carne. Volvió la cara ante la rancia fetidez donde sesteaban no más de cinco combatientes, pero le agradó el patio de armas y las celdas, muchas vacías.

—Ya sabes, *senior*, llegan para ser entrenados, luchan, y tarde o temprano, y te hablo de meses, mueren de una tajadura de espada.

—Servirán para mis propósitos. Media docena más de esclavos bastarán para los servicios domésticos y una escolta de ocho o diez hombres armados para mantener el orden cubrirán las necesidades.

—Dídimo, trabajaremos con unas treinta parejas, pero estimo que hemos de cambiarle el nombre al *ludus*. No debe vincularse con el anterior, a todas luces fuera del mercado y casi desconocido. Estarás conmigo, ¿no?

—Como lo desees, *domine*. ¿Y cuál has pensado? —se interesó.

—Pues «Ludus Gladiatorius Apollonius», por mi sobrenombre. Encarga un rótulo dorado bien visible, y adecenta la villa para que reluzca —le aconsejó, pensando en su acuerdo con Silviano—. Nos abrirá las puertas de muchos juegos, lo que nos procurará productivos contratos.

—¡Pues que Hércules honre la compra! —exclamó Domicio conforme.

Marco había planeado los pasos a seguir minuciosamente, y si deseaba que Macrón, *Méntula*, cayera en la trampa, no podía errar.

—En pocas horas tendrás el dinero, y en dos días los carros con armas y hombres estarán aquí. Inicia su entrenamiento con prontitud. No obstante, cuando llegue el mercader que acompaña a los tracios, imagino que dentro de un mes, me envías aviso a mi *domus* de Roma. Quiero conocerlo para futuras remesas. No hay que fiarse en exceso. Así que no dejes que se marche sin hablar conmigo. Tengo proyectos.

El *lanista* reavivó su avaricia y exageró:

—Así lo haré, y deposita toda tu confianza en mí. Conozco

bien el trabajo, Marco Druso —le aseguró, ofreciéndole el brazo, que estrecharon ambos con confianza—. ¡La sangre hierve otra vez en mis venas!

Una luz dorada llevaba toda la tarde infiltrándose por el boscaje de Preneste. Marco regresó silencioso a la villa, cuando Nicágoras le confió:

—*Domine*, jamás te vi tan rotundo e imponente. ¿Tanto te importa ese asunto? Si algo te sobra son tareas y negocios comprometidos.

—Es únicamente un largo deseo que al fin puede cumplirse —sonrió—. Sé que te preocupas por mí, pero esto atañe a sentimientos muy hondos. —Y el *quirite*, mientras caminaban, le narró someramente la historia de su madre Arisat, que su confidente y amigo escuchó con unción y respeto.

—Los asuntos del alma tienen difícil arreglo, pero valoro tus inquietudes, que vienen a confirmar la altura de tu conciencia. Ánimo, Marco.

El agreste paisaje de Preneste apaciguó el ánimo de Marco, que vio cómo un rebaño de cabras se encaramaba en lo alto de los riscos; y mientras olfateaban el aire, rumiaban los brotes de los olivos.

El día transcurría tranquilo y poroso, como una lenta procesión hacia un mediodía que se esperaba sofocante. Marco sesteaba bajo una higuera leyendo a Homero, cuando mandó llamar a la esclava. Al tenerla ante sí recordó la noche de pasión salvaje en África. La música de sus ojos como el azul del cielo lo atraía, y sus labios, antes en un rictus de tristeza, parecían haberse relajado. La desconocida mujer le encendía las ascuas apagadas de sus deseos, y cada día que transcurría la veía más apetecible. La misma esclava había tratado sus moratones y quemaduras del mar con aceite del Orontes, y le extrañó. Debía de poseer conocimientos, pensó.

—No te voy a preguntar cómo te llamas, porque quizá me digas un nombre falso. Tampoco te pediré que me cuentes tu pasado porque preferirás no recordarlo. Pero sí deseo que me digas algo con toda la veracidad de la que seas capaz. Y no me mientas, porque si un día llego a saber la verdad, mandaré que te despellejen viva. ¿Lo has comprendido?

—Sí, mi señor —dijo sin alzar la mirada—. ¿Qué queréis saber?

Un leve malestar de preocupación cubrió el rostro de la esclava.

—Por razones que no vienen al caso, siempre he sentido una especial predilección por las mujeres que han sido consagradas a la diosa, sea cual fuera su denominación, y más aún por las que ejecutan la danza sagrada ante Tanit o Ishtar púnica. ¿Fuiste en verdad dedicada a la diosa y danzaste ante Astarté? Y no deseo saber por qué fuiste separada del ministerio. La vida es a veces caprichosa, injusta y azarosa.

La esclava había escuchado atentamente sus palabras, y como si pasara por su mente toda su vida, desde el templo de Anteo hasta el de Gades, un ligero gesto de dolor fue cubriendo su atractivo semblante. Pero después sus altos pómulos expresaron regocijo y agradecimiento.

—Mi señor y amo —habló con voz serena—. Mi nombre de nacimiento me quema como un ascua ardiente, y os lo omitiré. Renegué de él. Soy hija de esclavos, pero una mujer magnánima y caritativa me salvó de la desgracia. Y sí, fui consagrada a la diosa y he bailado en los rituales sagrados de Astarté, como hieródula y danzarina de la Madre, hasta que un amor corrompido me llevó a la deshonra, a la esclavitud y a la muerte en vida. Y si falto a la verdad que ella me ciegue ahora mismo.

De pronto guardó silencio. El rubor la llevó a un lloro desolador.

—Sécate las lágrimas, mujer —dijo Marco, y le tendió un pañuelo.

Sin levantar la vista del suelo le devolvió el paño y prosiguió:

—Para vuestra tranquilidad, os diré que llegué a ser *Kezertum*, o «bailarina de alto peinado». Tanit y yo sabemos que mis labios no esconden falsedad y que jamás mentiría en cuestión tan santa que llevo con honra.

—¡Bien, me basta! —la cortó—. Ya mi liberto Nicágoras, que suele mantener la disciplina con severidad en mi casa, te habrá dicho cuáles son tus obligaciones, que cualquier esclava desearía para sí. Si te ofrezco largueza, devuélveme al menos gratitud, trabajo y reserva.

—Las tendréis, *domine*. Soñaba que un día cambiaría mi suerte, y Astarté se ha cruzado otra vez en mi camino para salvarme. He aguantado brutalidades irracionales, humillaciones y he sido exhibida como una mercancía, pero la diosa me ha entregado al fin a un alma benevolente.

—Bueno, todo ser humano es un odre de contradicciones. No soy mejor que otros hombres —dijo—. Y como careces de nombre, a partir de ahora se te llamará Zinthia, en recuerdo a una antepasada mía.

A la esclava le pareció que algo benéfico iba a acontecerle.

—Lo llevaré desde hoy con satisfacción, mi señor —se expresó agradecida, alegrando sus ojos insólitamente azules y claros—. Confiad en mí. A partir de ahora me resisto a languidecer como hasta ahora y apostaré por la vida a vuestro servicio.

Aquella misma tarde mandó llamarla a su cámara privada. Tenía deseos de estar con una mujer, de un rato de pasión y de fugaz felicidad. Zinthia masajeó su cuerpo con hábil delicadeza, untándole aceite en la herida, ya casi cicatrizada, y cremas de esencias orientales y lociones perfumadas. A Marco le agradaba sentir la presión de sus largos, sedosos y ágiles dedos en su piel. Mientras hablaban, bien en fenicio, bien en latín o en griego *koiné*, comprobó que aquella mujer era culta y que poseía cualidades que la esclavitud y el tormento habían hecho desaparecer.

Por otra parte su aspecto iba cambiando y mejoraba el color de su piel y la serenidad de su semblante. Marco sustituyó las órdenes por palabras apacibles, y mientras la atraía hacia sí y le arrancaba la túnica, la halagó con frases pasionales.

—Te han amado muchos hombres —le preguntó interesado.

—No, mi señor, ninguno, y yo, solo a uno en Gades, que

más tarde buscó mi perdición. Silviano y mi otro amo solo tomaron mi carne pasiva. Aun así solo pienso en serviros —se sinceró.

—Vayamos al lecho y procúrame todo el placer de que seas capaz. Creo que en ti todavía existe un millar de misterios por descubrir.

Y Zinthia sintió que muchas de sus penas la arañaban por dentro, deseosas de salir de su mente y convertirse en bienestar. Su hermosa madurez atraía al romano, lo había percibido. Y ella sabía cómo despertar su pasión, escuchar sus revelaciones y hacerle olvidar el encanto de otras damas más acaudaladas, pero más frías, maliciosas y ególatras. Con su nuevo amo no se sentía como un animal atrapado, como le había ocurrido en las islas Purpúreas, o en la sucia madriguera de Silviano, sino que parecía haber recobrado de golpe la soñada libertad de su alma.

Marco olía a almendras amargas y la mujer lo besó con fruición, mientras el romano oprimía sus senos y muslos llenos, y besaba sus frescos labios. Besaron sus cuerpos y tras un largo rato de caricias, ardor y ansias, donde Zinthia le descubrió sus artes amatorias de prostituta sagrada de la diosa, condujo a su amante a un estallido de victorioso erotismo. Jadeantes, se miraron satisfechos.

—Gracias, señor, por tu atención. Me has tratado con sensibilidad. Hasta ahora había vivido en medio de la soledad y la desolación. Pero hoy he vuelto a sentir seguridad en mí —le manifestó sumisa.

—Eres una inmejorable concubina. No busques más en mí —le reveló.

Luego Marco se perdió en la mirada oceánica de la esclava y su cuerpo floreciente, vencido y derrumbado. «O es una perfecta simuladora, o esta mujer es un diamante como amante», pensó Marco.

Tras unos instantes de tímida vacilación, la mujer le habló:

—¿Acaso el cambio que ha surgido en mi vida no es lo bastante inaudito como para considerarlo un prodigio de Astarté, mi señor?

—La Muy Sabia nunca descuida a sus hijas. Así lo creo yo —contestó.

Aquella tarde Marco permaneció con la esclava tendido en el lecho, envolviéndola con su viril cercanía y estimulándola con un apego que le hizo evocar a Zinthia una pasión absorbente. Ella no precisaba nada más. Y cuando se encontrara insatisfecha, solo le bastaba recordar su nefasta suerte, cuando tuvo que abandonar Gades, marcada y esclavizada.

—Silviano me aseguró que quemas hierbas y que practicabas la brujería entre los esclavos. ¿Es eso verdad, mujer? ¿Debo temerte?

—Empleo plantas para curar, que no es igual, amo. Infundios. Me lo enseñaron en los templos donde serví, como es natural en las *kezertum*.

Marco cerró los párpados, y se durmió ayudado por el silencio.

La sierva, halagada, se amparó en las sombras de la noche para pensar. Percibía que no tenía que temer nada deplorable con su nuevo dueño, y sus labios temblorosos musitaron una oración a la diosa. Veía un resquicio abierto a la felicidad y una promesa de quietud, pensando en su futuro en Roma. Mantuvo sus ojos obstinadamente abiertos y aspiró el tibio aire a bocanadas. No se veía como un animal atrapado en un anzuelo, como cuando salió de Gades, y aceptaba su nueva condición con esperanza.

XXVII

Et in nocte silentio
(Y en el silencio de la noche)

Roma, verano del año 46 a.C.

Jamás se había conocido en Roma tal estado de excitación.
La vuelta del laureado general había convulsionado a los romanos. El patético final de los líderes pompeyanos y la trágica muerte de Catón en África, último refugio del partido aristocrático, hacían estéril todo desafío a César, que le exigió al Senado además pruebas de absoluta lealtad. Perdonó a sus enemigos, incluso a Cicerón y Marcelo, pero él sabía que el descontento de los *optimates* le crearía constantes conflictos.

En el campamento militar de César, fuera del *pomerium,* la bóveda celeste había desplegado desde el amanecer su infinita luz y también una atmósfera porosa que todo lo invadía, desde las colinas y templos hasta las cúpulas, los jardines Trastiberinos y los bastiones defensivos. El expectante rostro del cónsul *imperator* parecía curtido como un pedazo de cuero. Estaban reunidos los oficiales en su tienda, incluidos Marco Druso, con su recién concedida Corona Cívica, y Balbo *el Joven.*

—La codicia de mis procónsules y el resentimiento del Senado me harán difícil el gobierno —confesaba a sus comandantes.

El jefe de pontoneros en la guerra de Galia y en África, un veterano con la cara surcada con una cicatriz grisácea, entró en la tienda y le anunció vacilante:

—¡*Ave*, César! Una comisión del Senado insiste en reunirse contigo —dijo—. Están fuera de las murallas y los sigue mucha gente. ¿Qué ordenas?

—Los esperaba. Debo tranquilizarlos, y lo haré hoy mismo. A la hora *sexta* los haces pasar y les rindes los honores con los timbales y tubas militares y con la orquesta Palatina —ordenó—. ¿Quién hubiera creído hace tan solo dos años que iba a encontrarme en esta singular tesitura?

—Hace un año te declararon enemigo de la República y hoy se rinden a tus pies. Los induce el miedo, no el respeto —opinó Aulo Hirtio.

El sol estaba en todo lo alto. No hubo retraso de los *patres* de Roma. Llegaron como una turba apaleada. Hoscos, sudorosos y desafiando el sofocante calor, con sus pulcras togas de orlas purpúreas y chapines carmesíes, simulando en sus sonrisas forzadas, que no lo toleraban. César les ofreció las consideraciones debidas y se instalaron en escabeles bajo unas lonas. Marco retuvo en sus retinas la imagen inalterable del general rodeado por su estado mayor, los lábaros de las legiones, las águilas romanas y el estandarte de su casa: una diosa Venus bordada en oro.

Se hizo un silencio casi religioso, y se vio que a César lo invadía un gran alivio. Sus discursos en aquellas ceremonias gubernamentales eran obras maestras de tacto político. Los tenía a su merced, con la seguridad de un jefe victorioso. Sin embargo, aún lo invadía la duda, aunque muy pronto se desvanecería. Se sentía más poderoso que nunca. La afrenta de su proscripción ya estaba olvidada y, con el corazón exultante por una ansiedad creciente, se dispuso a escuchar al *senator maior*.

Tomó la palabra el más anciano de los senadores y disertó con voz quebrada, y con más desconfianza que lealtad:

—*Caius Iulius Caesar!* —proclamó—. El Senado y el Pueblo Romano te nombran Dictador de la ciudad por un espacio de diez años.

—*Caesar Caesar, Caesar victor!* —gritaron a una sus legionarios.

Luego el adusto anciano rogó al general que se pusiera en pie y que se guardara silencio, pues iba a pronunciar la hermosa regla formal del nombramiento, que databa de los tiempos de la fundación de la urbe latina y que a Marco le pareció bellísima, incluso poética:

—Cayo Julio César, eres nombrado *Dictator in agro romano, in pomerium, oriens, et in nocte silentio.** Que los dioses de Roma te otorguen fuerza y prudencia para gobernar la *Urbs.*

A Julio César le sudaban las manos de excitación, y con su indumentaria militar de comandante en jefe, su figura resultaba impactante, rodeada de armaduras y de togas blancas. Lo aceptó con la humildad debida y con respeto hacia los senadores.

En aquel mismo momento había cerrado su carrera de honores en Roma, *in suo anno* —según correspondía a un romano de su rango y casta—. Había conseguido lo que se había propuesto y la sibila de Gades le había pronosticado, gracias a su fe en sí mismo, a su osadía y a su abnegación, y también a su innata visión por la política.

Y claro, como todo romano creía, gracias al auxilio de los dioses.

—Además, ilustre cónsul, se ha instituido para ti un nuevo cargo en la República: Prefecto de las Costumbres, con poderes ilimitados sobre los usos de la vida pública y privada que heredamos de nuestros mayores. El prestigio de la ciudad de Rómulo queda en tus manos. Sé compasivo, reflexivo y ecuánime con sus ciudadanos. ¡Por Júpiter Estator!

La sonrisa de César adquirió tintes mayestáticos. Se sentía venturoso, pues culminaba un peldaño de su ambición, tan tenaz como el pedernal. El estruendo y entrechocar de armas de sus soldados fue clamoroso. César, con su coraza de gala labrada con las figuras de las deidades de la guerra, Belona y Marte, y la banda encarnada anudada al pecho, con el bastón de mando en su mano, las botas doradas y la capa púrpura recogida en su antebrazo, los miraba impávido y circunspecto.

Estaba meditando las frases de su posterior alocución y réplica.

---

* «Dictador, fuera de las murallas, en la ciudad, con el rostro dirigido a Oriente, y en el silencio de la noche.»

—Y como has pacificado el mundo conocido —prosiguió el senador—, y propagado los beneficios de nuestra civilización a las naciones conquistadas, respetado a sus dioses, enseñado nuestro Código de leyes y difundido los derechos de ciudadanía, este Senado ha dispuesto alzar una estatua de bronce que te represente de pie sobre una esfera, frente al templo de Júpiter Capitolino, y con la inscripción: CÉSAR SEMIDIÓS.

—*Caesar imperator, Caesar imperator!* —gritaron sus legionarios.

La sorpresa de Julio crecía, y se le notaba en su faz conmovida. Ciertamente no esperaba tantos honores, y recordó a sus padres y a Julia.

—Ilustre Cayo Julio —continuó el viejo senador—, el Senado y el Pueblo de Roma te conceden el privilegio de utilizar una escolta de ochenta lictores, y presidir las sesiones en una silla curul por encima de los cónsules. Los augures han observado en el vuelo de los pájaros y los arúspices, en las entrañas de las aves sagradas, tu glorioso ascenso, y han considerando beneficiosas para Roma tus victorias.

—Por Hércules, que jamás oí tal retahíla de dignidades, Marco. La disolución de la República se ha consumado —le susurró Lucio al oído.

—Pero muy pronto deberá enfrentarse a todos esos hipócritas. La traición y la perfidia duermen en las miradas de esos patricios. ¿No lo ves?

César, que había permanecido de pie recibiendo las distinciones, se sirvió de su convicción para persuadirlos de que la concordia era más efectiva que la intimidación y el enfrentamiento. Y aunque era el líder del partido popular, no dejaba de ser uno de ellos, por su cuna y estirpe. Les hizo ver que sus ganancias eran las del Senado y las de Roma. Les habló con su natural solicitud, y los senadores, esquivos y severos, y con el aire prepotente de una clase privilegiada que había regido los destinos de la República desde el principio de los tiempos, lo escucharon sin perder una sola de sus palabras.

—¡Padres de la Patria! —exclamó César—. Juro por Júpiter que seré con toda la moderación posible, no vuestro señor, sino vuestro guía tutelador. He perdonado a quienes combatieron contra mí una vez, e incluso dos veces. Os aseguro que gozaréis de las riquezas logradas, y no se os subirán los impuestos, aunque os pido que permitáis que el heroico pueblo de Roma participe también de nuestros laureles y bienestar. Así que unámonos, *patres conscripti*, y amémonos al inicio de esta nueva era de paz, como antes hicieron nuestros antepasados en la Edad de Oro.

La resonante salva de aplausos de los senadores lo detuvo, y como si adivinase la inquietud más preocupante de sus mentes, concluyó:

—Sé que os inquieta la presencia extramuros de mis soldados. Pero no debe intimidaros. Al contrario, serán los guardianes del Senado y del pueblo de Roma. Hoy no se entiende un *Imperium* sin un ejército fuerte que lo salvaguarde, y constituirá una eficaz protección para todos.

—*Caesar Imperator!* —volvieron a gritar sus legionarios y oficiales.

Los senadores, al parecer aliviados de sus temores, rumorearon entre ellos, asintiendo con sus cabezas. El orador se acercó al general y le dio un viril apretón de manos. Sus privilegios eran mantenidos, aunque aquel filántropo dictador deseara que el pueblo compartiera la cornucopia de la fortuna que él había logrado.

El senador de más alto rango volvió a retomar su discurso.

—Por todo ello, *divus Caesar*, podrás celebrar los cuatro triunfos que Roma te debe: *ex Galia, ex Aegypto, ex Ponto et ex Africa*, y podrás llevarlos a cabo en días distintos *ad maiorem gloriam Caesaris et Romae* —terminó, y un vibrante coro de vítores y aclamaciones cerró el acto.

—¡César *Imperator*! ¡César *Dictator*! —lo aclamaron las legiones.

«Es su perseverancia la que lo ha llevado a la cima de Roma», pensaba Marco Druso, que conocía por sus agentes de Nemus que algunos patricios republicanos se reunían en secreto para derrocarlo, y sentía emociones encontradas. El *quirite* se mantenía discretamente en segunda fila y era testigo de reuniones privadas comprometidas. Sus espías le enviaban mensajes secretos sobre los que sus labios se mantenían sellados por el bien de la República y del propio dictador.

El fantasma de un peligro letal y encubierto, mayor que la oscuridad del Hades, se cernía sobre Cayo Julio, quien desde aquel momento, inmovilizado en la ratonera que era Roma, debía permanecer en perpetua vigilancia, a todas horas del día y de la noche.

Y él contribuiría con su organización a su tranquilidad, pasándole a Volusio cualquier rumor de traición que le llegara a su mesa.

Cayo Julio cambió los indumentos militares por la toga intacta de *flamen* de Júpiter, y rodeado por sus hombres y una vociferante multitud se dirigió a la Domus *Regia* de la Via Sacra. El general ostentaba a partir de aquel momento la tríada del poder en Roma: Guía religioso (*Pontifex Maximus*), el mando militar (*Imperator*) y la jefatura del gobierno (*Dictator*).

Y en su semblante se adivinaba una complacencia extrema.

En aquella caliginosa canícula nadie abandonaba Roma.

¿Qué romano iba a renunciar a ser testigo de los honores a Cayo Julio y del encuentro del Calvo con la reina Cleopatra y el hijo de ambos, el pequeño Cesarión? Aguantarían el olor cenagoso del Tíber, el tórrido calor y las irritantes moscas, por el solo hecho de asistir a los fastuosos espectáculos y banquetes que se anunciaban.

En sus amorosas cartas, César le había pedido a la soberana que acudiera a la *Urbs* para presenciar sus glorias y mostrarla en la capital del mundo. Se sentía un Alejandro renacido, amo de pueblos, esposo de una reina y tierno padre de un niño que aseguraban se le parecía.

Las villas de los montes Albanos, Cumas, Capri y Neápolis estaban vacías, y en vista de que sus amistades se habían quedado en la ciudad, Marco decidió aceptar aquella cálida noche la invitación de Clodia Pulquer. Sabía que asistirían a la cena el ambiguo Cicerón, el afamado escultor Arcesilao, el escritor y pretor Asinio Polión, gran amigo del dictador, Balbo *el Joven*, el notable soldado Aulo Hirtio, Cayo Octavio, el sobrino nieto del dictador, hijo de Cayo Octavio y Atia Balba Cesonia, sobrina de Julio César, y el hijo de Servilia, Junio Bruto, pompeyano declarado y quien, después del desastre de Farsalia, escribió a César solicitándole clemencia. César lo perdonó, pero solo por la devoción hacia su madre. Lo hizo gobernador de la Galia y hacía poco lo había designado para al cargo de pretor. La magnificencia, en aras de la concordia, presidía sus actos.

El cenáculo le serviría a Marco para prestar oídos a los chismes, que en Roma eran un torrente.

Aunque débiles, aún se oían los gorjeos de las calandrias y una ligera bruma crepuscular envolvía las estatuas del jardín de setos y bancales de flores perfumadas de la Domus Clodia. Marco preveía una espléndida noche de amistad, jugosos comentarios y placeres. Sonaban los caramillos, flautas y cítaras, y mientras los invitados entraban e inclinaban la cabeza ante los dioses lares de los Pulquer, los sirvientes vestidos de tules vaporosos les colocaban coronas de flores en la cabeza. El *cellarius*, maestresala de vinos y licores, les ofreció oloroso vino de Sicilia.

Se recostaron en los divanes dispuestos en forma de «U», según la costumbre, y los esclavos sirvieron el *gustum* (el primer plato). Le siguió la mesa *prima* y luego posteriormente la *secunda*, mientras conversaban sobre los últimos acontecimientos vividos en Roma. Pero fue cuando unas esclavas germanas servían el *passum*, el fuerte vino de pasas elaborado en Hispania, cuando alguien mencionó a Cleopatra.

Todos se fijaron en los sensuales labios de Clodia, que bromeaba y reía con todos, y que comentó en tono misterioso:

—Me imagino que conocéis que la séptima Cleopatra, la que llaman la Señora de las Dos Tierras, ya honra Roma con su presencia. Aunque el Calvo la tiene de momento enclaustrada en una villa tras el río.

—Sí, aunque no deja de ser la hija de un bastardo griego y de una madre anónima, una cortesana de Menfis, que sueña ser *Regina Mundi* al lado de nuestro victorioso dictador —añadió Cicerón.

Disipó el momentáneo silencio Marco Bruto, del que muchos decían era hijo del dictador —cosa harto improbable, pues al nacer, César tenía solo quince años— y de la excelente Servilia, la antigua amante de César. Y lo hizo con su habitual hosquedad:

—Recordadlo, la veremos en más de un acto oficial. Es amiga del pueblo romano, sí, pero solo una invitada de César, no del Senado. Cleopatra ha levantado muchas envidias entre las matronas y los círculos más conservadores. ¿Conviene esto a nuestro nuevo dictador y a Roma?

Asinio Polión dejó su bocado de cabrito y opinó con despecho:

—Nuestro *caro* César está por encima de esas cosas. No pretende ser un faraón. Él solo desea ser el gran Cayo Julio. Ella es solo un adorno.

—El general es un hombre perspicaz por naturaleza, perseverante por la experiencia vivida y tenaz como todos los Julios. Sabrá lo que hacer —habló Aulo Hirtio, del que se decía era el amante de Balbo, el gaditano.

—Aseguran que la reina se ha presentado en Roma como si fuera la diosa Isis. Creo que comete un error —intervino Arcesilao, el escultor—. Pregona que César desciende, como tú, Octavio, de la diosa Venus. Y como están casados por el rito egipcio, asegura que forman una pareja de naturaleza divina. No nos conoce y me produce ganas de reír.

Bajo el oscilante destello de las lámparas, la piel de Cicerón parecía de cera. César lo había amnistiado, pero aún siempre lo desconsideraba.

—Imprudente reflexión. ¿Será por ello por lo que no ha tenido una recepción oficial? —prosiguió Cicerón con la jugosa controversia.

Los esclavos depositaron bandejas de plata con trozos de jabalí, erizos de mar, ostras, aves en salsa de puerros y vulvas de cerda, que degustaron mientras murmuraban entre ellos.

Entró en escena Octavio, encendiendo su delicado rostro de formas armoniosas y cérea palidez, tan propio de la familia Julia. Apenas si tenía diecisiete años y, aunque joven, ya era un romano notable, para orgullo de su tío. Se limpió con su servilleta perfumada de rosas y manifestó:

—Hubiera sido excesivo para la puritana moral romana presentarla en el Senado. ¿Y cómo la hubieran recibido? ¿Como a la «esposa» de César? ¿Como «reina consorte»? Mi tío ha obrado con la sensatez habitual, apartándola de los actos de la República.

Cicerón, siempre entre dos aguas, carraspeó y terció sibilino:

—Aquí no gustan los reyes, *caro* Octavio. Los expulsamos hace quinientos años y va contra nuestro espíritu republicano y democrático.

Marco Druso, a quien todos apreciaban, opinó con voz armoniosa:

—Cleopatra ha llegado casi de incógnito desde el sur, y con un cortejo mínimo, y César la ha asentado en su villa del Janículo, al otro lado del Tíber, como corresponde a una aliada y amiga de Roma. La recibió en el puerto una comisión de notables y de oficiales del ejército, que la condujeron a la *domus* escoltada en una suntuosa litera junto a sus hijos. No ha hecho ningún tipo de ostentación, aun siendo la soberana de la civilización más inestimable de los tiempos antiguos. ¿Se puede pedir más prudencia, diplomacia y discreción por parte de Cayo Julio?

Cayo Octavio alzó los brazos, y le sonrió con camaradería.

—¿Existe algún hecho en Roma que desconozca Marco Druso?

—Me halagas, Octavio. Es la base del éxito de quien se dedica al comercio. Cleopatra, que no es precisamente una mujer bella, es una reina fascinante e independiente que ha luchado como una pantera por su trono. Está interesada por las ciencias, la filosofía, la astronomía y el arte, ya que tiene a su disposición todo el saber de la Biblioteca de Alejandría, a pesar de no tener sangre egipcia. Habla nueve idiomas y posee un gran refinamiento, como lo prueba advertir los deseos de César. Pero ignora nuestras leyes. Seamos tolerantes con ella, *caros* amigos.

Octavio se inclinó hacia delante para hacerse más accesible.

—Mi dilecto Marco, mi tío es un reconocido mujeriego, todos lo sabemos, y congenia con todo aquel que corre riesgos, como él mismo. Esta no es una historia de seducción, alta política e instinto de supervivencia. No de amor, ni de unión de coronas, os lo aseguro.

—Joven Octavio, tú a qué te debes, ¿a los deseos de tu tío, o a tu propio albur? —preguntó Cicerón a Cayo con gesto cáustico.

La estupefacción asomó en la faz del grave Cayo, que lo rebatió:

—Cada cual tiene en la vida su propia senda trazada, pero mi tío es un ejemplo para mí. No obstante, te diré que lo conozco muy bien, Marco Tulio, y jamás se creerá un Osiris, si es que lo insinúas. Gracias a su temeridad y visión de Estado, el mundo es otro, y Roma, una ciudad poderosa. Es lo que cuenta. En política no hay nada más fuerte como la figura del vencedor. A él acude el pueblo indefenso, como al regazo de la madre protectora. Julio es la *mater* y *el pater populi*.

La voz disonante de Bruto, haciendo gala de sus convicciones republicanas y de paladín de la pureza de los usos romanos, intervino.

—Un gobernante sensato jamás hubiera dejado poner un pie en Roma a esa mujer. Las familias antiguas no lo han aceptado y de paso indignará a los más moralistas. Respeto a César, y no deseo que se convierta en el blanco de sus censuras. Debería ser más discreto, según mi opinión.

Octavio se encogió de hombros. Su expresión era reservada, impávida e incluso medrosa, y miraba a sus interlocutores con intensidad, como si taladrara sus almas. Sabían que era muy leal a su tío. Arcesilao, que había concluido dos estatuas de Cleopatra y César, y que los había tenido de modelo días antes, aminoró la creciente tensión.

—Parece que la Altísima Majestad del Nilo viene a asistir a las glorias de César. No olvidemos que Julio, tras las guerras alejandrinas, la ha sostenido en el trono. Su gratitud será eterna a César. Solo es política.

Clodia, con su voz embriagadora y sus chispeantes pupilas, los animó a que probaran los patés y pastelillos salados, y Balbo, gran conocedor de gentes y civilizaciones, consideró:

—Amigos, seamos sinceros. A Cleopatra la desprecian en Roma porque es extranjera, porque las monarquías no gustan a los romanos y porque aquí la mujer solo debe dedicarse a sus menesteres domésticos. Por eso suscita escándalo y controversia, y más aún cuando César ha tenido un hijo con ella.

Cicerón, que alardeaba de sus convicciones republicanas, sentenció:

—¿Acaso hemos olvidado que la bigamia está prohibida en Roma? Precisamente ese niño se ha convertido en el origen de la discordia. Cesarión no puede ser considerado heredero de César porque es ilegítimo y nacido de un vínculo extraconyugal. Aquí la mentalidad oriental de Cleopatra entra en conflicto con nuestras ancestrales leyes, dilectos amigos. Esos esponsales no tienen ninguna vigencia en Roma, y a los patricios los irrita con razón.

Aulo Hirtio, que parecía algo achispado y apoyaba su cabeza en el regazo de una dama, preguntó:

—¿Qué atractivo puede ejercer Julio sobre ella, si no es más que un cincuentón enclaustrado en la soledad del poder?

—Pues eso mismo, el poder y la ambición, Aulo —replicó Cicerón.

Clodia se mostraba unas veces cándida y burlona otras, y se deleitaba con aquellos placenteros comentarios. Su rostro, y su cuello palpitante y esbelto, eran dos luminarias, en la invariabilidad de la noche.

—¿Y qué dice a todo esto su esposa, la desdeñada Calpurnia? —dijo Cicerón mordaz—. Hoy es compadecida por todos los romanos.

El resplandor de las lámparas, que espabilaban los sirvientes continuamente, iluminó la extrema hermosura de la atractiva Clodia.

—¿Calpurnia? —reveló la anfitriona—. Hablo con ella a menudo. Es una auténtica romana que sabe cómo comportarse. La *dignitas* la lleva en la sangre. Además apenas si ha convivido como esposa de César unos meses. El resto de su vida parecía una viuda de guerra. Siempre sola.

—La admiro, *caros* amigos —terció Balbo—. Es una auténtica matrona romana con todas las virtudes de las antiguas *ma-*

tres —recordó—. Ama y respeta demasiado a su esposo como para hacerse notar. Una gran dama.

Marco Bruto, inopinadamente, intervino en una plática que le parecía banal, antes de que sacaran a relucir el nombre de su madre.

—Pues ahora, Julio tiene que compartir su corazón cincuentón con tres damas: con su *caia* Calpurnia, con esa reina oriental y con mi adorada madre, a quien tanto ha amado.

—Y por la que Cayo Julio, un sentimental y amante minucioso, intentó conquistar Britania, famosa por sus perlas, tan solo para regalársela a tu madre, la bellísima y culta Servilia.

—Eso dicen, Marco Druso —admitió Bruto, un *quirite* moreno, tosco y de aspecto rústico, que frisaba la treintena—. Gracias por tus halagos.

Los esclavos sirvieron elixires de frutas exóticas y licores de menta.

—¿Sabíais que César y Cleopatra hablan entre ellos en griego clásico y que leen juntos a los poetas ciegos del Egeo? —intervino Clodia.

—¿Como los dioses? —dijo el escultor, sonriendo—. Que tenga cuidado nuestro *caro* dictador. En la corte de Alejandría están habituados a los bufones, al veneno y al puñal, y a otras sutiles traiciones.

Los escanciadores llenaron luego las copas de vinos de la Campania, y Asinio Polión, el reconocido militar, poeta, dramaturgo e historiador, que censuraba amistosamente el estilo literario del Calvo, se interesó:

—¿Y la reina ha venido sola? Los reyes orientales son muy pomposos y se rodean de toda una legión de cortesanos, guardianes y esclavos.

Arcesilao, que había estado con ella en unas sesiones de posado, dijo:

—No, la acompañan solo sus hijos, Tolomeo César, al que llaman Cesarión, Alejandro Helio, Cleopatra Selene y Tolomeo Filadelfo, y su joven marido y hermano, Tolomeo XIV, un niño de unos trece o catorce años. Suelen jugar juntos con juguetes infantiles. Son una familia muy afable.

—Nunca entendí esos casorios entre hermanos de estos monarcas orientales, y más de estos estrafalarios Tolomeos, que en realidad son macedonios —comentó Polión, que degustó de su copa de ágatas.

Clodia participó de nuevo con una sonrisa en sus labios carnosos.

—Parece una refinada historia entre cornudos consentidos y zorras codiciosas —dijo notablemente embriagada—. Esa Cleopatra me parece un as falso cubierto de brillo.

El comentario levantó las carcajadas entre los ebrios huéspedes, instante en el que entraron en el salón un grupo de *puellae gaditanae*, que absorbieron las miradas de los comensales por su exótica danza. Resaltaba su desnudez bajo las sutiles túnicas de seda y las imposibles cabriolas y contoneos de su baile. Marco recordó a Zinthia. Ninguna de ellas se le parecía en la exquisitez de su danza y belleza. Ante el ambiente distendido que reinaba en la sala, Clodia atrajo la atención de sus amigos con otra atractiva novedad social, de la que ella estaba siempre al tanto.

—¿Sabéis? Cleopatra no es la única celebridad que nos visita. Acogida a la hospitalidad de Balbo, tu tío, Lucio, se halla en Roma la misteriosa *pitia* de Astarté-Marina de Gades —dejó caer su novedad.

Aulo Hirtio, que había comido y bebido sin moderación, dijo:

—¿Te refieres a la célebre sibila que predijo a César su gloria futura?

—La misma, y se llama Arsinoe. Aseguran que es de una belleza arrebatadora, célibe e insondable —informó la anfitriona—. En Gades se había convertido en una verdadera leyenda. César se alegrará lo indecible.

Lucio Balbo, que había captado la mención directamente, les reveló:

—Para que lo entendáis, *caros* amigos, su fama corre pareja a la de la Sibila de Cumas, al Oráculo de Delfos o la *peliade* de Psycro, en Creta. En el mundo púnico es la profetisa, o *asawad*, más reconocida. Acuden de cualquier parte del Mar Interior, para que les interprete sus sueños, reyes, navarcas y sumos sacerdotes. Es nuestra sacerdotisa más sagrada, y efectivamente es una beldad madura que impone respeto con solo verla.

Marco, por su relación con el linaje de su recordada madre, dijo:

—Pues ya ardo en deseos de conocerla. Los dioses de Tiro siempre me han interesado por sus ceremonias de la regeneración de la vida y por la rareza de la prostitución sagrada. La visitaré, indudablemente.

—Pues prepara un suculento obsequio para su templo. No recibe a cualquiera —corroboró Lucio Balbo, que le hizo una mueca de complicidad.

Clodia, a la que se notaba vivamente interesada por el tema, dijo:

—Las damas de Roma hemos sido convocadas por Tulia Lucrecia al templete de Isis, que está fuera del *pomerio,* para conocerla y asistir a un ritual de la inmortalidad. Ya os contaré. Esta enigmática mujer ha animado nuestras vidas, y extrañamente habla el latín, el griego y el púnico, y es cultísima. Lucrecia comparte con ella libros de Platón, Eurípides y Safo.

—Entonces mantendrá buena relación con tu madre, Bruto —dijo Octavio—. Es sabido que su biblioteca es de las más abastecidas de Roma.

—Pues sí, pero ya sabes, ella es una entusiasta de Cátulo y Lucrecio.

Marco se quedó pensativo: «¿Una *asawad* como mi madre Arisat en Roma? Resulta insólito en esta Babilonia supersticiosa y trivial.»

Las lenguas no paraban, ni las sonrisas corteses y cómplices, como también las intervenciones anodinas que ocasionaba el vino. Alguno de los invitados no tuvo pudor en ejercitarse en el sexo entre bambalinas con alguna esclava, y todos sin excepción estaban encandilados con el candor sensual de la anfitriona, cuyas ocurrencias eran siempre una fiesta.

En la segunda vigilia, Aulo Hirtio, Cicerón, Arcesilao, Octavio y Lucio pidieron sus literas. Se despidieron obsequiosamente de la dueña y abandonaron la Domus Clodia medio dormidos. Con paso torpe fueron acompañados por sus esclavos domésticos. Marco recogió su manto, pero Clodia lo sujetó por el brazo.

—¿Después de tanto tiempo sin gozar de tu compañía vas a permitir que duerma sola, *caro* Marco? —preguntó—. Vivo un horrible aburrimiento y temí por tu vida. Ambos necesitamos de placeres auténticos.

Marco se parapetó ante el interés de Clodia. No deseaba estorbar, pues sabía que en su ausencia había visitado a sus antiguos amantes.

—Me aseguran que aún hay rescoldos de tu relación con Cátulo —dijo Marco—. No me apetece interponerme en tus sentimientos, créeme, Clodia.

El semblante de la adorable mujer se había crispado.

—Lo nuestro es pura pasión, Marco. Cátulo solo es un bello recuerdo —le expresó melosa, y abrazados se dirigieron a su aposento privado.

Al *quirite* lo atraía Clodia, además de la emoción de lo prohibido y la intimidad con una mujer tan apasionada, que concebía el acto del amor como una pelea sin cuartel, como una codicia sin felicidad, o como una emoción estética, pero no como el culmen de un sentimiento.

Ya en el perfumado habitáculo, y como dos amantes selváticos, contemplaron sus cuerpos desnudos, se buscaron en el arrebato y se entregaron a sus deseos como dos indómitos amantes. Marco, aunque admitía sospechas sobre la pureza de su afecto, disfrutaba de la clandestinidad de aquella relación prohibida. El caballero se extasió con la hondura azabache de sus ojos tintados de antimonio y de sus labios sensuales. Le ardía la sangre y le estallaban las venas. Le besó los hombros morenos, su cuello y orejas, deslizó sus manos por sus pechos de miel y sus ingles, y las besó largamente.

—Llevaba medio año esperándote —musitó Clodia embriagada.

Y su desesperado deseo era tan abrumador que, cuando la poseyó, Clodia lanzó un gemido y seguidamente un suspiro. Una explosión de deleite los relajó. Marco la acarició aplacado y pensó que Clodia, fogosa pero ausente, merodeaba por la frontera de ese punto sutil entre el afecto, el despecho, el ardor y la frialdad. Encanto, seducción, coquetería e impudicia en el lecho definían su extravagante personalidad.

Al fin descansaron casi al filo de la madrugada empapados de sudor, entre el revoltijo de las sábanas húmedas, abrazados el uno al otro. Marco sabía que en aquella relación existía una grieta, un desequilibrio que acabaría por destruir la relación. Clodia era la amante de media Roma.

Y cuando Marco abandonó poco después la Domus Clodia, consideró que lo único que le había interesado de la reunión había sido la referencia a la aparición en Roma de la sibila de Gades, con todos sus atributos proféticos, para él tan queridos y respetados. Lo atraía el eterno recuerdo de su madre, también *pitia* de Tanit.

«¿Pero cómo podré despertar su atención y conocerla?», pensó.

El aire refrescaba anunciando la alborada. Los árboles se tintaban de flores y la ciudad se llenaba de transeúntes. La estación de la calidez se deshojaba sobre las siete colinas. Pero el amor como sentimiento apenas si afloraba en el corazón de Marco Druso.

XXVIII

Venus Genetrix
(Venus madre)

Pocas veces Arsinoe había sido tan admirada como en Roma. Ni tan siquiera en Septa, Gades o en el templo de Melkart había recibido tan delicadas muestras de hospitalidad y fervor como en la *Caput Mundi*.

Arsinoe había visitado el templo de Isis en Pompeya y recibido el respeto de sus sacerdotes y de la reina Cleopatra. Llevaba una vida ociosa en casa de los Balbo, en el Celio, aunque pronto se trasladaría a su nueva villa. En un templete de las afueras había intervenido en algunos rituales de la Madre Tierra, de Gea, de Isis y la Bona Dea, y conocido a lo más granado del influyente matriarcado romano. Habían asistido a los ritos sagrados la esposa de César, Calpurnia, con su ex amante Servilia, a la que consideró maliciosa y sensual, su anterior cónyuge Pompeya, Mucia, la viuda de Pompeyo, Lucrecia, la bellísima Clodia Pulquer, la actriz Cytheris y otras ilustres matronas, contando además con la inesperada presencia de Cleopatra, que compareció impetuosa y arrogante, mostrándole a la sibila una devoción sin límites cuando ofició los rituales egipcios de la inmortalidad.

A Arsinoe le sorprendió la inteligente frivolidad de la reina, su capacidad de raciocinio, su pericia argumental para la política y la filosofía, y la firme seguridad de que Cayo Julio la convertiría en reina de Roma y de su imperio. Tras los ritos, la soberana se dirigió a la sibila con gentileza, impropia de ella, pues solía dirigirse a los demás con fría altivez.

—*Pitia* Arsinoe, sabrás que tu nombre es egipcio, ¿verdad? —le dijo después de platicar sobre la arcádica religión de su tierra.

—Amada soberana —le corroboró bajando la mirada—. Las mujeres de mi familia tenían sangre egipcia, y les fueron concedidos sus dones en la isla Elefantina del Nilo.

Cleopatra VII se sobresaltó con la respuesta. No la esperaba.

—Entonces, ¿podrás auscultar mi futuro en el espejo sagrado de Isis? —le pidió al concluir los rituales, algo que ella debía de ignorar.

—Mi reina, como bien sabéis, no se muestra a mi antojo.

—¿Es de cobre dorado como los babilónicos? O de obsidiana egipcia.

—Del llamado vidrio de volcán, mi señora. Pero aplacad primero vuestro espíritu, que lo percibo turbulento, y calmad vuestras ambiciones. Solo así se nos revelará en toda su veracidad —le aconsejó.

La soberana parecía entristecida, amargada, y la sibila le sonrió.

—Tienes razón, Arsinoe, mi situación en Roma es agitada, ¡por Afrodita Anadiomena! Te volveré a visitar. Ayunaremos, oleremos las hierbas sagradas y convocaremos a la diosa —asintió, y le colocó un valioso anillo en uno de sus dedos.

En las semanas que llevaba en la *Urbs*, ni las construcciones oficiales, ni los templos del Capitolio, ni los baños, ni los teatros le habían producido gran admiración a Arsinoe, salvo el teatro de Pompeyo. Roma le parecía una ciudad de estrechuras, con callejas sinuosas, muy pocas enlosadas, y de colinas escarpadas e insufribles para el paseante.

Sin embargo, el nuevo Foro que había mandado construir Julio César y el templo de Venus Genetrix que se inauguraba aquel mismo día la engrandecían. Varias literas recogieron a la familia Balbo y a Arsinoe, y abriéndose paso a bastonazos, cruzaron el Foro, que hervía de gente deseosa de fastos. Como invitados ilustres fueron conducidos al atrio del nuevo templo que se iba a consagrar a su protectora Venus, donde aguardaba lo más distinguido de la sociedad y la familia del dictador.

Sobre los murmullos de los invitados, que se abanicaban con

plumas espantando las moscas, se despeñaba un calor que los asfixiaba.

Tulia Lucrecia, lujosamente vestida, y Arsinoe con el velo, la túnica y tiara de *pitia* consagrada y una *palla* o estola de color malva, parecía más una diosa que una mortal. Todos la contemplaban con interés y fascinación, y algunos que no la conocían la confundieron con Cleopatra. Marco, que se hallaba en la escalinata junto a Volusio y Balbo *el Joven,* fijó su mirada en la pitonisa y no pudo apartarla, extasiado con su figura. Iba ataviada con los indumentos propios de las pitonisas de Tanit que él conocía, y el corazón le dio un vuelco.

La memoria de su madre Arisat se hizo más intensa, más cercana.

Lucio Balbo *el Mayor* susurró al oído de Arsinoe.

—¿No te parecen grandiosos el nuevo Foro y el templo, querida?

—Es un bello edificio que agradará a Afrodita —repuso.

—Cayo Julio prometió hace años dedicárselo a la *dea,* y estando en Farsalia envió fondos a su amigo Oppio, unos cien millones de sestercios, para que iniciaran las obras del santuario según el modelo de Venus Erix, de Sicilia, y del Forun Iulium. Pensó en consagrar el templo a Venus Victor (Victoriosa), pero deseó recordar a su primera esposa y a quien más quiso, su hija Julia, que murió de parto.

—¿Por eso se lo dedica a la Genetrix, Venus generadora de vida?

—Eso creo. Como sabes, la diosa fue madre de Eneas, héroe de Troya que está considerado como el antepasado de la *gens* Julia.

Labieno, Lucio Balbo, Cayo Macio, Dolabella y Marco Antonio, lugartenientes, confidentes y amigos de César, y otros notables romanos, como el orador Cicerón y su íntimo Pomponio Atico, en otro tiempo sus declarados enemigos, lo aguardaban en el pórtico. De repente resonaron las tubas y comparecieron los lictores con sus *fasces* al hombro, precediendo al dictador. Llegó solemne, con paso calmo y altivo porte, e iba ataviado con la toga sacerdotal de Pontífice Máximo y la cabeza cubierta. No obstante, llevaba entre sus manos el bastón de mando de *Dictator*. Saludó a la concurrencia inclinando la testa, y mientras llegaban los miembros del Senado, se acomodó como una deidad viviente en uno de los pódiums que antecedían al templo. La gente lo aclamaba.

—*Caesar Imperator! Caesar Dux populi!* —lo exaltaban.

Cuando el colegio de senadores ingresó en el Foro y se acercó a las escalinatas, se paró en seco al reparar en Cayo Julio, impávido sobre el pedestal. Consideraban que era impropio de un mortal semejante desacato y que su intención revelaba su ambición y sus ínfulas de creerse divino. Aquella compostura no les parecía ni propia ni republicana. Murmuraron entre ellos, y Marco y Lucio Balbo pensaron que semejante actitud le granjearía más impopularidad entre los *patres conscripti*.

Julio ordenó abrir el portón de bronce. Entró el primero y la comitiva le siguió. Sacerdotes con pebeteros de bronce que exhalaban humaradas de incienso y sándalo acompañaban al cónsul. Centenares de ramos de lirios blancos, la flor de la deidad, adornaban el templo que iba a inaugurarse. Bajo la gran hornacina, y sobre el altar votivo de mármol, se hallaba la estatua sin concluir de Venus Genetrix con un pecho descubierto, obrada por el griego Arcesilao.

El escultor del momento también había ejecutado una talla en bronce dorado de Cleopatra, madre de su único hijo, y que los invitados pudieron contemplar con despecho en un lateral. Rollizos Cupidos, hijos de Venus, exornaban los frisos, así como hermosas pinturas del admirado Timómaco de Bizancio que representaban a Medea y a Áyax el Grande y por las que, según los rumores, César había pagado la exorbitante cantidad de ochenta talentos. En otra hornacina, que se asemejaba a una concha, Julio exhibía su coraza de gala consagrada a Venus y decorada con perlas de Britania y gemas preciosas traídas de África.

Entre las nubes de humo sacro, César, ayudado por un augur, un arúspice y un *flamen* de Júpiter, ungió la estatua de Afrodita con óleo del templo Capitolino. Después se dirigió con paso reposado al lateral, donde se hallaban las matronas más distinguidas de Roma: su esposa Calpurnia, su sobrina Atia —la madre de Octavio—, Cleopatra, con aire indeciso y ensoberbecido, la regente de las Vestales y la *pitia* Arsinoe. Estupefacción y terrible iracundia en los ojos de su esposa. Había acumulado con la estancia de la egipcia mucha rabia y sumisión forzada.

Todos estaban convencidos de que el Calvo iba a aprovechar el augusto momento para formalizar la unión con Cleopatra de su alto destino. Los murmullos enmudecieron, las respiraciones se entrecortaron y decenas de pares de ojos siguieron la figura inalterable de César. En él todo era profundo, trascendental y sin términos medios. Se palpaba el sobresalto más absoluto entre el auditorio y una inquietud máxima.

Marco pensó que la envidia reinaba en el corazón de los *optimates* hacia César cuando escuchó como en voz baja Cicerón le decía a Bruto:

—Le ha dedicado una estatua de oro a esa ramera egipcia, Décimo.

—¿No será que él también desea una corona? —dijo insidioso.

César pasó ante Calpurnia, inclinó la cabeza, y su *caia* bajó la mirada. Una angustia infinita le traspasaba el pecho. Aquel acto constituía una humillante afrenta ante lo más florido de Roma. Infamante proceder el de César. La concurrencia aguardaba una ofensa que no aceptarían. La zozobra se reflejaba en el ambiente. Tensión. Se dirigió luego a la reina de Egipto, la saludó sutilmente, pero ante el desahogo general no se detuvo ante ella, sino que prosiguió, frenando sus pasos ante Arsinoe, que lo miró desconcertada. Se encorvó y besó la orla de su cíngulo.

—Señora Arsinoe, tal como predijiste, alcancé la cima del mundo.

—No fui yo, sino la diosa de la cual descendéis y que hoy honráis.

—Acompañadme, gran sibila. Pronunciaréis la oración de consagración, os lo ruego —le pidió, y le ofreció la mano.

Un suspiro de alivio y un intercambio de miradas de calma volaron por la nao del templo. César había procedido sabiamente. Aplacamiento.

Los pendientes de oro, el collar de ámbar y las joyas de su tiara golpeaban el rostro de la sacerdotisa en un grato tintineo. Arsinoe se aproximó al ara. Se destapó la cara y los concurrentes pudieron advertir su llamativa belleza y los párpados maquillados con polvo de antimonio. Tomó hojas secas de áloe, laurel y cedro, y las encendió en el vaso sagrado. Después, con un pabilo de cera, encendió las lámparas que estaban en el suelo, que se asemejaron a una corona de fuego que rodeara el altar.

Se hizo un silencio espeso. La *pitia* parecía poseída por el *psiquis* (alma) de la diosa. Abrió los brazos en reverente adoración y en un griego clásico entonó el salmo de dedicación del santuario a la Divinidad de la Vida. Y lo hizo balanceando su cuerpo armoniosamente hacia delante y atrás, como lo hacían las pitonisas de la antigua Caria.

—Loada seas, Venus Ninfia o Afrodita, hija de Júpiter nacida del Océano. La sangre de Iuno te dedica este *fanum* (templo) para que sirva de roble maternal que cobije a tus devotos de Roma. Recibe esta inapreciable ofrenda como una prueba de la piedad de Cayo Julio César, al que un día descubrí en el espejo de Tanit, como una de las águilas enviadas por el padre Zeus para civilizar el mundo. Te imploro que su fervor hacia ti, ¡oh, Madre!, sea recordado y recompensado en el tiempo.

Ahí se detuvo. Su mirada ardía de fervor. Después concluyó con una plegaria de origen egipcio que la soberana reconoció de inmediato:

—Diosa Maut Afrodita, esposa del sol, manantial de la fertilidad, señora del cielo, Ave Fénix, soberana de la noche, haz renacer la vida.

Los asistentes la escucharon abstraídos, y en su éxtasis, Marco Druso rememoró lastradas imágenes y sonidos de su niñez.

Tras la consagración, César elevó sus manos hacia la inconclusa estatua de Venus, que mostraba en su mano derecha una estatuilla de la Victoria. Remontando su mirada, oró a la diosa con voz templada:

—Madre Venus. Hace años ascendí las escalinatas del templo de Júpiter con mi amada esposa Cornelia y mi pequeña hija Julia, las personas a quien mi corazón más ha amado. Ante el dios te prometí que te alzaría un templo, divina Venus, génesis y salvaguardia de la *gens* Julia. Hoy, este insignificante mortal ha cumplido su promesa, mi *dea* protectora.

Al concluir la plegaria unas abundantes lágrimas, que toda la concurrencia advirtió, sirvieron para que César diera por concluido el ritual.

—¡Guía de la Vida, que tu nombre florezca eternamente! —concluyó Arsinoe—. ¡Diosa de la Fertilidad, protege a la Ciudad de la Loba!

César, convencido de su elevado destino, pensó que había cumplido su juramento de juventud: «Es temible descuidar los juramentos hechos a los dioses», caviló para sí. La sibila abandonó el santuario consagrado con la cara tapada con un velo como correspondía a su rango religioso.

La explosión de júbilo de los romanos resultó incontenible.

Los senadores y los patricios aprobaron con murmullos y movimientos de cabeza el comportamiento de César, que había sido juzgado por la aristocracia de Roma como ejemplar e intachable, cumpliendo estrictamente sus deberes como cabeza visible de la República.

Al dejar el santuario las palomas zureaban al sol y fue considerado por Julio, los sacerdotes y augures como buen presagio. Para los romanos la importancia de los símbolos era sagrada. Y el griterío proseguía.

El cielo de Roma mostraba el habitual resplandor del estío, y el bochorno se agitaba furiosamente tórrido sobre sus cabezas.

Los días siguientes, Cayo César durmió en la Domus Publica, cerca de su cuartel general fuera del *pomerium*, desde donde desplegó una actividad devoradora, organizando personalmente los cuatro triunfos, acopiando las piezas del botín, dirigiendo el *apparatus* de los desfiles y eligiendo pinturas, maderas preciosas, coronas y láureas, marfiles y adornos que encargó en Roma, Ponto Euxino, Grecia, Hispania y la Galia.

Marco Druso dormía mal y no hablaba mucho. Estaba preocupado.

No había recibido ningún mensaje de sus agentes de Nemus ni de sus *índices* o soplones apostados en los puertos y mercados. El ahora anónimo vendedor de esclavos Manilio Crispo Macrón, cuyo nuevo nombre y paradero nadie conocía, dificultaba la búsqueda. ¿A quién buscar y dónde? Solo si se presentaba en Preneste tenía alguna opción.

Pero después de reflexionar largamente, había llegado a la conclusión de que un poder invisible protegía a Méntula, por muy perverso que fuera y a pesar de su turbio pasado, que por una razón de naturaleza inconfesable, él ignoraba.

Marco estaba desanimado e inquieto. Y forzar a Silviano a hablar podría ser peor. Podría alertarlo y evaporarse para siempre. Por eso decidió armarse de paciencia e impasible estoicismo y seguir la búsqueda por sí mismo. Tampoco deseaba que ninguno de sus espías, por exceso de celo, le levantara a la presa. La luz y la oscuridad eran uno en su mente, y solo la constante vigilancia de la escuela de luchadores daría sus frutos.

A la hora del *prandium* (comida del mediodía) se reunió con los oficiales de la V legión, la del Elefante, de la que se sentía miembro inconmovible, cuando recibió un mensaje de Nicágoras, en el que le anunciaba que los luchadores tracios serían entregados en unos días en su *ludus* de Preneste.

«A fuerza de paciencia espero que el destino me lo entregue en unos días en mis manos», caviló, y su corazón se incendió de impaciencia.

Sumido en una silenciosa ansiedad, Marco llegó a Preneste sin dilación, acompañado por su liberto y algunos esclavos, entre ellos Zinthia. Nicágoras lo advirtió excitable. El *ludus* se había transformado y el maestro de espada, el galo Domicio, había reformado el patio de arena y alzado unas gradas, donde los clientes podían examinar a los gladiadores mientras se entrenaban. Marco y Nicágoras estaban mudos de asombro. Domicio se había tomado muy en serio su trabajo.

—*Domine* Marco, en menos de un mes tendremos dispuesta una docena de parejas de luchadores expertos, y otras tantas de *gladiatores meridiani*, o sea, no profesionales, pero competitivos, ¡lo juro por Marte!

—Eso son casi ochenta mil estercios de ganancias. ¡Enhorabuena, amigo Domicio! Veo que acerté en mi elección —lo halagó—. Ahora aguardemos al *lanista* que nos trae a los tracios y que llegue a tener ciega confianza en nosotros. Solo así será un gran negocio para todos.

—Déjalo en mis manos, señor, comerá de nuestra mano cuando huela el oro y oiga el tintineo de la plata. —Y Domicio soltó una risotada.

En una impulsiva reacción de alivio, Marco sintió una crédula intuición y una ciega confianza en que en pocos días podría conocer a Manilio Macrón, ayudado por la gracia de Tanit.

Dos días después, mientras pasaba las hojas de un rollo sobre los gastos del *ludus*, miró por encima del hombro de Nicágoras, que discutía con él. Un esclavo venía a avisarle de que el esclavista había arribado y que deseaba ver al dueño y cobrar lo estipulado. El corazón le golpeó en el pecho como un potro desbocado. ¿Se aliaría la suerte con él?

Con una sonrisa de delectación emergiendo en sus labios, se incorporó resueltamente y, tras ponerse la toga, se presentó en el *ludus*.

Ante él se hallaba un zafio personaje que debía rondar la treintena, con el cabello pringoso, oliendo a vino barato del Lacio, envuelto en una sucia túnica mal abrochada, y con un horrible medallón en el cuello con el caduceo de Mercurio, patrono de viajeros y acemileros. Lo asistían cuatro guardias y dos arrieros, todos armados con mazas de pinchos. Los tracios eran muy peligrosos. En dos carromatos con jaulas, se hallaban hacinados una docena de encadenados dacios de cabellos hirsutos, malencarados y de corpulenta humanidad, que lo miraban con furia.

«Este sujeto no es Macrón. Es evidente. Estaría jugando a las tabas cuando el depravado de Méntula cometió aquellos atropellos», se dijo.

—¡*Ave, domine* Marco Druso!, vengo a entregaros la partida que comprasteis a través de Silviano de Zucchabar. Aquí tenéis el papiro con los gastos firmado.

Marco notó una gran decepción, y dijo con el alma estremecida.

—¿Entonces, vuestro único contacto es Silviano?

—Así es. Lo demás no me concierne, caballero.

—Pero Silviano me aseguró que era un socio suyo el que nos surtiría de esclavos dacios. ¿Tú no lo conoces? —lo instó a hablar.

Aquel sujeto lo enervaba por su tosquedad, pero simuló cortesía.

—Es cierto, pero a ese pez gordo nadie lo conoce, os lo aseguro, señor. Yo solo transporto esclavos para conducirlos a las villas y campos, a sus amos, a las minas o a las escuelas de luchadores —le informó, dejando ver su desdentada y sucia bocaza—. Yo no compro. Recibo el aviso y transporto desde muchos puertos. Esta partida viene de Rhegium, pero otras veces conduzco grupos de estos desgraciados desde Tarentum o Croton, otras de Brundisium, y algunas de Puteoli, Messana o de Neápolis.

«O sea, que ese odioso de Macrón ha creado una tupida tela de araña para hacerse rico, pero escondido e inaccesible tras ella», pensó.

—Bien —dijo desabrido—. Mi liberto Nicágoras te pagará.

—¡Ah, señor! En aquella otra carreta os guardo unas jovencitas que Silviano asegura convertiréis en danzarinas. Son de Tingis, la Sirte y Septa. Carne fresca, jugosa y virginal. —Se carcajeó haciendo gestos obscenos y despreciables—. Para las calendas de septiembre os traeré otra cuadrilla de tracios. ¡Que Marte os llene de éxitos, *domine*!

—Que Mercurio te proteja. Te dejo con Domicio y Nicágoras. Invitadlo a comer y ofrecedle un buen vino —dijo, y le dio la espalda—. *Vale!*

No poseía otra opción que pagar y seguir esperando.

A la hora de la cena, Marco llamó a Nicágoras. Aquel anciano al que había conocido como esclavo de Gerión durante su aprendizaje como caballero en Sicilia, y al que había manumitido por su fidelidad e inteligencia al llegar a Roma, se había convertido en su mejor apoyo.

—Esta búsqueda del asesino del origen de mis días se está convirtiendo en un angustioso camino a través de un túnel interminable. No viviremos eternamente, ni ese tal Macrón ni yo —le confió inconforme.

El liberto le contestó con moderación y no menos afecto:

—Modera tu urgencia, *domine*. Eres constante y tu suerte cambiará.

—¿Crees que los dioses serán indulgentes conmigo? La solución de la indagación queda otra vez pendiente. Y lejos de aliviar mis dudas sobre su identidad y paradero viene a confirmar que está protegido y encubierto.

—Es como si alguien jugara al mismo juego que tú y adivinara tus jugadas —dijo Nicágoras—. ¡Qué irónico rumbo ha tomado este asunto!

—El azar es notablemente veleidoso con la vida de los hombres.

—Lo que me resulta desconcertante, amo Marco, es que toda una organización de espías como Nemus no haya encontrado con su activa sagacidad una sola pista sobre ese bellaco, ¡por Zeus! —corroboró.

El obstinado ánimo de Marco se había distendido y respondió tras escanciar el vino de Cécubo, y echarse a la boca un higo azucarado:

—Todo esto es una contradicción flagrante, amigo mío. Pero no hay poder bajo el cielo que me impida llegar hasta él. Y te juro por mi madre asesinada que un día vendrá como un corderillo hacia mí.

Amparados del sofoco de la noche bajo una espesa parra, permanecieron un rato conversando sobre los filósofos, poetas y retóricos de la Academia y del Liceo de Atenas, entre los mullidos triclinios y los efluvios del licor. El fulgor de la luna de Preneste y los reflejos de las candelas reflejaban vagos y fantasmagóricos centelleos en la arboleda.

—Nicágoras, lleva a la esclava a mi aposento, te lo ruego.

El liberto asintió y caviló que la infinita soledad en la que se hallaba su antiguo señor se diluía en la compañía de aquella exótica mujer.

Al día siguiente, la viva luz del alba despertó a Marco.

Nicágoras abrió las cortinas y saludó a su señor. Zinthia, como solía hacer, se había retirado al amanecer. El liberto, optimista, lo despertó:

—Feliz día, mi señor. Febo Apolo nos derrama su gracia. ¿Qué debo hacer con esas jovencitas que trajeron ayer? ¿Las integro en las cocinas o las dejo para tu servicio? No me has dado instrucciones al respecto.

—Nicágoras, a Zinthia la he convertido en mi tonsuradora y masajista, y está a cargo de mi ropa, mis enseres y mi cámara personal. Estoy satisfecho con ella. Es delicada, sumisa y muy dispuesta. Ella las preparará para componer un grupo de danzarinas en el patio interior de la *domus* de Roma, y también ayudarán en menesteres domésticos que tú decidas. Un día, Zinthia fue ungida ante la diosa, y para mí eso es sagrado. Merece nuestra consideración, al menos de momento.

—¿Así lo crees? A veces te veo demasiado crédulo, y no podría tolerar que te engañara una esclava de la que poco sabemos —lo alertó el liberto.

—Te advierto cada día más regañón y antojadizo. Sé distinguirlas —lo cortó desabrido—. Zinthia lleva como equipaje de su vida una tragedia como esclava y una experiencia cosechada en un santuario de la diosa, que espero un día me revele. Confía en mí, no se nos destapará con ninguna maldad.

Marco aspiraba el tibio frescor de la mañana.

—¿Es de Gades o de Tiro? —preguntó el liberto.

—Lo ignoro, pero cuando me la regalaron, ejecutó las danzas de las *puellae gaditanae* con una maestría y presteza prodigiosas —lo informó—. Las mismas que ejecutan las *hieródulas* ante Astarté. Te lo aseguro.

Nicágoras insistía en su desconfiada suspicacia.

—¿Has notado, *domine*, que conserva dos marcas propias de una esclava de ínfima categoría? Está señalada en el brazo y en uno de sus pies, seguro que de resultas de estar atada a unos grilletes para no escapar. Lleva el indicio claro de una antigua callosidad. No son buenos antecedentes, y entiendo de estos menesteres —lo previno.

—Sí, lo he visto —lo cortó—. Cuando lleguemos a Roma, condúcela al físico Clístenes de Crotona, es el mejor *arquíatra* de la ciudad. Él las hará desaparecer por una buena bolsa. Es mi deseo, Nicágoras amigo.

—Grandes virtudes le habrás visto cuando te comportas así —adujo.

—¡Anda, viejo gruñón! —le pidió sin mirarlo—. ¡Ah!, y ve preparando los documentos de su manumisión. Pero que ella no lo sepa de momento, hasta que no hayamos probado su honestidad absoluta.

Los ojos de Nicágoras lanzaron un destello de estupefacción.

—¡¿La vas a liberar sin apenas conocerla, Marco?! ¡Por Ceres!

—Permíteme ser magnánimo, Nicágoras —adujo—. Preséntalos en la basílica Emilia, y sé discreto, incluso con *domine* Lucio Balbo. Solo lo sabremos tú y yo. Tengo motivos muy íntimos para tomar esta decisión. Lo que hago con ella es en memoria de mi madre, que también perteneció a su santo ministerio. Mi familia somos hijos de la Gran Gea, y nos tutelará.

El liberto se rascó la cabeza y carraspeó poco convencido. Marco debía de tener alguna razón muy especial para ampararla de tal manera.

—¿Y si ella no te demuestra la misma bondad por tus desvelos?

—Entonces sentiré una gran decepción, Nicágoras, y pagará severamente su engaño —replicó—. Lo hago por devoción a la diosa para quien danzó en su santuario. Arisat, desde el Elíseo, me lo recompensará.

—Pues loada sea la divinidad de tu madre, Marco —concluyó.

Marco pensaba que en su casa de Roma, Zinthia se enfrentaría a solas a su pasado. La notaba insensible a las emociones y solo en el acto amatorio parecía olvidarse de su aciaga estrella.

Esperaba que con sus nuevos deberes en la *domus* se encontrara a sí misma.

«Zinthia —pensó para sí— se asemeja a un animal herido, como si una pena profunda la paralizara para poder vivir.»

Para Marco, aunque fuera una flor pisoteada por la vida, le parecía una mujer aún provocadoramente hermosa, y esperaba que su apariencia callada y melancólica cambiara pronto por un agrado menos taciturno. No se tenía por un filántropo, ni por un benefactor de esclavos, o un bienhechor de miserables encontrados en el arroyo. Pero en los pliegues más hondos de su alma seguía reinando el respeto por las servidoras de la Madre, con las que había abierto sus ojos a la vida en la lejana Tingis.

Zinthia se sentía alentada después de mucho tiempo. Su cuerpo se había fortalecido y su piel recobrado el color rosado y su tersura original. Sus pupilas lanzaban destellos azules y el romano reparaba en la incipiente atracción por la esclava, aunque lo disimulaba. Antes, para ella la noche apenas era preferible al día. Ahora, junto a su nuevo amo, y ante su consolador futuro, su corazón comenzaba a latir por un ser humano.

A la hora sexta, vivamente cálida, partieron para Roma.

XXIX

Recuerda que eres mortal

Roma, mes octavo —agosto— del año 46 a.C.

Llegó a Roma la estación de los frutos maduros con ardorosa calina.

Los huertos en flor germinaban en los valles y en las riberas del Tíber, mientras discurrían sofocantes los *ante idus* del mes *octavus*, primeros días de agosto. Los romanos se preparaban para los Fastos Capitolinos, que rememoraban el ataque del galo Breno que llegó a los mismos muros de la ciudad cuatro siglos antes.

Una inflamada luminosidad se dispersaba por el aire inmóvil de la *Urbs*, cuyos moradores esperaban entusiastas las celebraciones de su dictador, Julio César, cuyo nombre aclamarían más de cien mil romanos.

Marco Druso arreglaba su uniforme en el Campo de Marte antes del desfile triunfador. Sonreía ficticiamente sereno mientras aspiraba la brisa que descendía de las crestas del Pincio. Sabía que en horas aquella colosal marmita tomada por las moscas asistiría a un grandioso espectáculo. Se notó algo inquieto en medio de tanta excitación cuando colocó sobre su cabeza la Corona Cívica, concedida por el Senado por su arrojo en la batalla de Tapsos, una bella diadema de hojas doradas de roble.

Marco acarició los belfos rosados de su caballo, que resoplaba oliendo la mano de su amo. Dirigía como oficial una *turma* o cohorte de jinetes de la V legión, cuyo signífero portaba la *vexi-*

la o estandarte del Elefante. La multitud se agitaba en olas de impaciencia, crepitaba el sol y no cabía un alma en el recorrido, desde la Puerta Carmental al Foro Boario, y el Circo Máximo abarrotado de gente, hasta el Foro Romano y el Capitolio, donde concluiría la gran exhibición victoriosa.

Presa de la emoción, César salió de la Domus Publica, edificio estatal para alojar a los embajadores alzado tras las murallas. Al *Dictator* se le notaba impaciente, tenso, nervioso y arrebatado. El triunfo romano era una institución que se remontaba al principio de los tiempos de la Ciudad de la Loba. Julio exhibía los símbolos del triunfo: la cara tintada de rojo de los triunfadores, los indumentos del mismísimo Júpiter y una estatuilla de oro con su *genio* particular. Subió al carro, mientras recibía la salva de sus legionarios con el brazo alzado:

—*Ave, Caesar, ave Caesar!* —lo vitoreaban enardecidos.

El general sonrió con un repentino placer. Los saludó y encastró él mismo en el carro triunfal una pequeña imagen regalada por Calpurnia de la diosa Fama, la de los Cien Ojos. Le asaltaron oleadas de imágenes perdidas, recordó la predicción de Arsinoe y a su adorada y desaparecida hija Julia, y fue sucumbiendo a una dicha olvidada, cuando fue acogido por el público con el afecto de sus aplausos.

—*Caesar victor!* —lo aclamaban—. *Dictator et imperator!*

Repentinamente retumbaron las tubas que anunciaban al gentío apiñado en vías y foros el inicio de la parada triunfante. Acompañaban a César lo más granado de sus legiones, los arúspices del Palatino, los *epulones*, siervos de los banquetes sagrados de Júpiter, las Vestales y los *flamines* o sacerdotes de Minerva y Ceres, con los *litus* (varas retorcidas en espiral) en sus manos. Un coro multitudinario de músicos y danzarinas rodeaba los *thensae*, los carromatos que transportaban las efigies amarfiladas del panteón romano. Y las calles, foros y plazas de Roma eran un estallido de color y de clamores.

—*Caesar victor!* —se escuchaba por las colinas y valles.

A unos veinte pasos, lentamente, tiraba de las bridas del carro tallado en oro y marfil el cónsul y dictador de Roma, vencedor de la Galia, que celebraba el primero de sus triunfos. Se asemejaba a un héroe troyano, o el mismo Alejandro entrando triunfante en Babilonia. Bajo el frontal de fastuoso carruaje se oía el débil tintineo de un falo de plata para prevenir al vencedor de los malos espíritus. César lucía sobre su cabeza una corona de laurel y se vestía con una túnica bordada con palmas de oro, la túnica *palmeta*, y una ostentosa toga púrpura de Bozrah, bordada con estrellas doradas: la *sacra toga pacta*.

—*Io triunfe!* ¡Salve, oh triunfo! —lo aclamaban sus legionarios, que de vez en cuando cantaban letrillas de chanzas dirigidas a su comandante en jefe, que evidenciaban la camaradería y trato amigo entre el general y sus soldados, aunque también su indecencia—: Todas las bolsas de oro que a la fuerza le dispusieron, para pagar a sus furcias fueron.

Cayo Julio sonreía y aceptaba de buen grado la bufa de sus orgullosos veteranos, que recibían enardecidos las aclamaciones de la multitud, en tanto arrojaban monedas a la plebe. Las marcadas arrugas de su frente y de la comisura de los labios se ampliaban irónicamente al escuchar las bromas. Saludaba a la par a la oleada humana, concentrada en foros y *vicus*, mientras sostenía en una mano un cetro de marfil, el *Imperium*, y en la otra una frondosa rama de laurel. Montado en el mismo carro, tras de él, iba un enjuto esclavo de su casa, que sujetaba por encima de su testa la corona de oro de Júpiter, mientras le susurraba al oído: «Mira hacia atrás y recuerda que eres mortal.»

Tras el carro del triunfador, al que arrojaban guirnaldas de flores y ramas de olivo y roble, cabalgaban los miembros de su familia, como Octavio, y sus otros sobrinos, Marco Pedio y Lucio Pinario, y los libertos emancipados por Cayo Julio con el ritual *pileo*, o gorro frigio de la libertad en la cabeza. Los altos dignatarios de Roma y sus comandantes y oficiales, entre ellos Marco Druso, lo seguían rodeados por los lictores ataviados con túnicas rojas y los intimidatorios *faces*.

Tras su rueda se movía una carroza con la efigie del dios Océano, que conmemoraba el asalto a Britania, seguida por carromatos adornados de guirnaldas con el espectacular botín amasado en la Galia, el oro y las joyas desvalijadas al enemigo, las armas arrebatadas a los galos, los cuadros con las batallas libradas, imágenes de las ciudades conquistadas y miniaturas en madera y cartón de las fortalezas asaltadas y destruidas, como Lugdunum, Gregobia y Avaricum.

El gentío rugía de fervor hacia el *Triunphator*.

Los veteranos seguían cantando canciones bufas alusivas al invicto general, quien no lo consideraba como una conducta desdeñosa, al contrario, se reía con la socarronería de la soldadesca.

—¡Romanos, guardad a vuestras esposas que os traemos al Calvo adúltero! —Y el público romano soltaba sonoras carcajadas.

Arrastrando las cadenas caminaban cabizbajos y sobrecogidos los reyezuelos vencidos que habían sido capturados y los caudillos de los pueblos galos conquistados, algunos pintados de *glasto* (azul añil), y con los brazos y rostros tatuados con imágenes de sus feroces dioses. Delante de ellos marchaba el arrogante jefe averno Vercingétorix, el gigantón vencido en Alesia, al que el vulgo arrojaba inmundicias e insultaba, recordando los feroces y antiguos asaltos de los galos a Roma. Parecía que la intensa luz lo cegaba y bajaba su rubicunda y alborotada testa.

Los seguían los toros blancos que después se sacrificarían ante el Capitolio, coronados de coronas de flores y con los cuernos pintados con pan de oro, junto a los trompeteros del Senado y los danzarines capitolinos, que bailaban danzas arcaicas al son de las flautas y tamboriles.

Cerraba la triunfal parada una abigarrada procesión de legionarios escogidos entre lo más granado de sus legiones. Se les veía exultantes pues recibirían cinco mil denarios como recompensaba y el doble los comandantes. Habían sustituido sus armas por láureas que balanceaban en sus manos mientras cantaban las excelencias de su general triunfador, e insistían en sátiras hacia sus defectos más conocidos. Entonaban jubilosos el clásico grito triunfal, al que contestaba la ciudadanía:

—*Io triunfe!*

De repente se oyó una exclamación de pavor. Todos gritaron y la turbamulta enmudeció ahogando una exclamación de incredulidad.

El carro de César había sufrido la rotura del eje del carruaje cerca del Velabro, frente al templo de la diosa Felicitas. Los supersticiosos romanos lo consideraron de mal agüero. Pero Julio era un pragmático. Estuvo a punto de volcar, y hasta los sacerdotes lo creyeron como señal nefasta. Se repuso con rapidez y solicitó imperioso que le trajeran otro carro. Entonces magnetizó a la concurrencia. En medio de la plaza, ante el medroso público, dirigió sus brazos hacia el santuario, e imploró:

—Dea Fortuna auxiliadora de mi regreso a Roma, sé que has parado mi carruaje para que yo me detuviera y elevara mis gracias hacia ti.

César había revertido el signo adverso del suceso, como era proverbial en él. La muchedumbre, liberada de su temor, lo ovacionó.

En la Via Sacra y ante la inconclusa basílica Julia, el fervoroso entusiasmo de la plebe, que se hallaba impactada ante la grandiosa procesión, se multiplicó. Las tribunas se hallaban atestadas con los cargos públicos y los invitados más ilustres de la República, los Balbo, Dolabella y Oppio, sus consejeros, la reina Cleopatra, los reyes Bocco y Bogud de Mauretania, Calpurnia, Octavia, Arsinoe la *pitia*, y los embajadores de Capadocia, Pérgamo, Tiro, Gades y Laodicea, acomodados en sillas de marfil y bajo un dosel anaranjado de seda que aliviaba el calor.

La marea humana lo jaleaba sin cesar. Era su ídolo. Al comparecer ante el templo de Vesta y de Cástor y Pólux, el dictador miró hacia la tribuna e inclinó la cabeza. Allí estaban a quienes más amaba: su esposa, sus amantes, su familia y su hijo, el pequeño Tolomeo Cesarión, ataviado con las *vestes* de un faraón de Egipto. Le correspondieron con afectuosos saludos y las inevitables lágrimas de la refinada y frágil Calpurnia.

El momento más solemne del estruendoso y jubiloso desfile militar coincidía con la llegada del carro del triunfador al Capitolio. Después de un silencio casi mágico resonaron como truenos los timbales de guerra y las tubas de los legionarios, entonando el himno de Marte. Cientos de palomas volaron asustadas por encima del friso del templo. Fueron separados del cortejo los prisioneros galos y rehenes nobles, quienes conducidos a la cárcel Mamertina, serían estrangulados y arrojados sus cadáveres a las Gemonías del Tíber. Era la norma aceptada que no admitía la misericordia. César no podía hacer ninguna excepción.

—*Io triunfe!* —gritó uno de los tribunos.

—*Caesar victor!* —contestaron los soldados.

Llegados al templo de Júpiter fueron sacrificados los toros en una gran hecatombe ante el padre de los dioses. César bajó del carruaje de caballos blancos y subió los escalones del santuario de rodillas, a pesar de su edad. Había cumplido los cincuenta y ocho años. Exclamó solemne:

—¡En un gesto de humildad, inclino mis rodillas ante Júpiter Máximo, sin cuyo favor nada hubiera conseguido! ¡*Salve* Roma eterna!

—*Salve!!* —tronaron las roncas voces de los legionarios.

Cayo Julio se cubrió después la cabeza con el manto escarlata y rezó contrito ante la estatua sedente de Júpiter Óptimo Máximo, como habían hecho muchos generales romanos antes que él. El pueblo lo contemplaba magnetizado y orgulloso de contar con un *Dux* —guía —como él. Después, el Senado, los altos funcionaros, magistrados, familiares, Vestales e invitados del Estado participaron en un suntuoso banquete en el mismo Capitolio.

Cerca del Aventino, el pueblo romano y los soldados de las legiones fueron agasajados con un sonado convite donde sobró la comida, las diversiones y el vino, y también a un espectáculo de carreras en el Círco Máximo, que enardeció a la ciudadanía.

Roma entera se divertía y saciaba su hambre a costa de César.

Un sol moribundo trazaba en el horizonte su crepúsculo, cuando Julio César abandonó los fastos que se sucedían uno tras otro. Montado en su corcel *Genitor*, se dirigió a su casa del Foro, acompañado por Calpurnia y rodeado de una ingente muchedumbre, harta de comer y beber y ahíta de carreras y combates de gladiadores, que lo vitoreaba enardecida. Encendieron millares de antorchas de resina y lo dejaron en la puerta de la *domus* del *Pontifex Maximus*, la Regia. Roma entera se asemejaba a una gigantesca ascua de fuego dorado.

—*Caesar victor! Caesar victor!* —lo enaltecían.

La quietud de la tarde consumió el día en una oscuridad azulada y aún se escuchaba el gorjeo de los mirlos que anidaban en los cipreses. El día de su gloria, ante su pueblo y su *gens*, lisonjeaba el alma del *Triunphator*, Cayo Julio César, que había conseguido el poder máximo.

Marco se despojó de sus indumentos militares y, huyendo de la oleosa atmósfera de vino derramado, orines, de los alborotadores ciudadanos y de los tufos nocturnos de las ollas de las ínsulas, se aventuró en el ocaso a cambiar la invitación a la fiesta del triunfo por una noche de compañía serena y amistosa en el lujoso burdel El Lazo de Afrodita, donde Lisandro el actor, su espía más valioso, y Volusio, sus dos mejores amigos en aquella alborotadora ciudad, lo aguardaban.

Marco arrojó en una bandeja dos ases de oro para cubrir los gastos. Hablarían en secreto de la misión de espionaje llevada a cabo por Lisandro, quien con su compañía, Los Mimos de Talía, había atravesado Hispania para informar de los movimientos de los pompeyanos, que se habían hecho fuertes en el sur. Se saludaron y se acomodaron en los divanes de una sala recogida y decorada con frescos de escenas eróticas entre dioses y mortales, que copulaban en un florido Parnaso.

Como era usual entre ellos, Volusio y Lisandro estaban jugando mientras bebían. El centurión, hombre honrado y hábil, aunque también brusco y altivo, balanceaba el *fritillus*, el cubilete que contenía los dados de marfil, y gritaba fuera de sí:

—¡*Par dúplex*, actorcillo! —Me debes otros tres sestercios.

—Veo, Lisandro, que este viejo soldado te está desplumando, ¿no? —se chanceó.

—Estos veteranos se las saben todas. ¡Maldita sea!

Brindaron por el Calvo y le desearon larga vida y mano fuerte.

—¿Qué te ha parecido la parada triunfal, Lisandro? —preguntó Marco.

—¡Homérica! Jamás había presenciado nada igual, ni en Alejandría, Atenas, Corinto o Tiro. Un desfile fastuoso que ha enardecido a Roma.

—La Corona Cívica te sienta admirablemente —lo aduló el centurión.

—Gracias, Volusio. Al menos me sirve para asistir al Senado.

Bebieron y brindaron con un oloroso vino de Capua, y convinieron en no elevar el tono de voz, pues podía haber cerca oídos indiscretos. Sacaron algunos papiros e iniciaron su intercambio de informaciones secretas.

—Mis soplones me advierten que se suceden las tramas para atentar contra la vida de Julio —abrió la conversación Marco Druso—. Algunos senadores trabajan en las zahúrdas de la conspiración buscando su perdición. Tengo pruebas de mis *agens fannii*, o «fisgones», instalados en los sitios más calientes de la ciudad —dijo, y le tendió al centurión Volusio un fajo de papiros.

Volusio, que los estudió inquietamente excitado, se defendió:

—César no teme a la muerte. La ha mirado de frente muchas veces.

Marco sonrió y criticó la incorregible devoción hacia su jefe:

—¿Y ahora que ha alcanzado la gloria máxima no te importa que muera y frene sus ansias de cambiar Roma? Hemos de protegerlo, Volusio.

El pulso del soldado se disparaba. Le costaba aceptar los hechos.

—Ha perdonado a Marcelo, a Bruto y a Cicerón y otros muchos poderosos, en un ejercicio de inconcebible clemencia —dijo Volusio—. ¿Por qué han de desear su mal?

—Porque esa rara bondad los ha alertado más aún, amigo mío —replicó Marco—. Temen algo de él. Creen que su piedad es falsa. En el Senado no paran de recordarle que sus obras son tan perecederas como su persona. No le perdonan sus éxitos y sus resonantes victorias.

—Ingratos aristócratas —se revolvió el centurión.

Lisandro tampoco podía explicar la animadversión de los *optimates*:

—Pero, ¿y la opinión pública? ¿Le es unánimemente favorable?

—¡No, tampoco! Circulan incluso avisos y críticas ácidos entre el desagradecido pueblo tachándolo de tirano —reconoció Volusio.

—Esas amargas quejas y maliciosas sospechas no casan con su estoico desprecio por la muerte. Debe protegerse aún más, Volusio, y tú eres el responsable de su seguridad —intervino de nuevo Lisandro.

Las miradas estaban puestas en el soldado, que corroboró:

—Pero, ¿quién se atreverá a poner su mano sobre él? Dudo que nadie de esos cobardes lo intente. Los *optimates* y la plebe lo necesitan.

—Estás equivocado, Volusio. Lo he visto en Hispania y aquí, en la misma *Urbs* —insistió en sus temores el griego—. Hay demasiados que se alzan en secreto contra él. No le conceden todo el respeto que merece.

Un sesgo de intranquilidad y zozobra afloró en Volusio.

—Tenéis razón —aceptó—. Redoblaré la vigilancia, aunque sea inútil. Me ha dicho que incluso piensa relevar a su leal escolta hispana, ¡por Ceres!

—Gran error —admitió Marco—. No debe hacer demasiado caso a las delirantes ovaciones y a las serviles adulaciones de esos senadores.

Los tres amigos se enzarzaron en un animado palique sobre la ovación triunfal ofrecida por César, y animados apuraron otra jarra de vino del Lacio, mientras Volusio ensalzaba la pomposidad del desfile militar.

—¿Y de Hispania, Lisandro? —cortó Marco—. ¿Qué nuevas nos traes?

El griego carraspeó y se limpió la barba fina con la servilleta. Entresacó de su faltriquera dos rollos escritos que entregó a Marco.

—Me temo que nuestro general de nuevo ha de ceñirse el *glaudius* y el yelmo de combate y ha de dejar Roma. Su presencia es muy necesaria en Hispania. Los pompeyanos, ayudados por algunos patricios romanos, han renacido de sus cenizas. Quinto Casio, el gobernador de la Hispania Citerior nombrado por Julio, no ha ayudado precisamente a la paz. Su gobierno ha sido calamitoso y torpe, y se ha enfrentado a las élites y a los caballeros hispanos, la mayoría aliados de César. Un dislate grave que han aprovechado sus enemigos para alzarse.

Parecía que los efluvios del Falerno se les habían disipado de golpe.

—¿Y el hijo de Pompeyo? —se interesó Volusio.

—¿Gneo? Ha juntado trece legiones, antes leales a César, y un cuerpo de caballería de iberos que ofrecerán gran resistencia. Ahí viene todo en el informe, Marco. Corduba sigue firme, lo cual no deja de ser un alivio —informó—. Solo tres legiones permanecen fieles al dictador. Muy pocas.

Se hizo un prolongado y molesto silencio. La situación era comprometida y el dictador no había calibrado lo suficiente la precaria situación en Hispania, crucial para mantener las flotas de trigo, vino y metales. Volusio apretó sus puños y miró a la lejanía meditabundo.

—Entonces sí. Nuestro general ha de vestir de nuevo sus arneses de guerra, y abandonar sus reformas. Es su sino: combatir sin tregua.

En las alarmadas pupilas del soldado se notó una grave alarma, y Marco, para darle un sesgo menos espinoso al encuentro, cambió de asunto tras pedirle a una esclava una jarra de *massicum*. Después preguntó:

—Lisandro, ¿averiguaste algo de ese esquivo *lanista* de esclavos en los puertos del sur que ando buscando con denuedo? Por mucho que se esconda, alguna vez ha de asomar la cabeza, ¡por la maza de Heracles!

—Claro que he investigado, Marco, y mis soplones también. Ese Macrón ha debido de cambiar su nombre, tal como me asegurabas. Pero entre todos los traficantes, nadie supera los cuarenta años, y son casi todos africanos, sirios o griegos. Arduo asunto, pero seguiré investigando.

Marco percibió que Volusio cambiaba el gesto. Algo le pasaba.

—¿Y tú, has encontrado alguna pista, Volusio?

El semblante del viejo centurión se oscureció en un rictus extraño.

—Nada importante, Marco, y no viene a demostrar nada de lo ya sabido —dijo el soldado, esquivo—. No obstante, cuando acaben estos festejos te confesaré algo que me preocupa de ese tal Macrón. Iré a tu casa a aconsejarte sobre cómo proceder en esta cuestión.

—Sí, claro. Volusio —dijo intrigado—. Sabes que serás bien recibido.

Marco se quedó pensativo. ¿Aconsejarlo? ¿Por qué razón? ¿Qué conocía del asesino de su madre que lo había omitido y no se atrevía a decirlo ante el heleno? Su mente se alarmó de forma inquietante.

La entrada de tres hermosas *delicatas*, cortesanas distinguidas, detuvo la conversación. Las exuberantes muchachas se entremezclaron en los triclinios con los tres clientes, que las abrazaron con lujuria. La cobriza luz de las candelas dispersaba un alucinante brillo en sus senos desnudos, sus muslos y sus vellos púbicos coloreados. Las invitaron a hidromiel de Cécubo, que les sirvieron pajes disfrazados de Eros con élitros dorados aplicados a sus espaldas. La plática de los tres amigos se convirtió momentos después en una desenfrenada bacanal.

Los tajos de un amanecer vigoroso quebraron días después la calurosa noche romana, cuando las matronas iniciaban el vaciado de los bacines de noche en plena calle. Una mezcla de tonos azul magenta cubría el cielo de Roma en la jornada dedicada al siguiente triunfo, el dedicado a Egipto. Decían los oficiales que César se había despertado angustiado por unas pesadillas aterradoras. Estaba empapado de sudor, pero no por ello había descompuesto su cara, nuevamente pintada del rojo sagrado.

Los mismos clamores, el mismo recorrido, los mismos ensordecedores bullicios de la plebe ansiosa de entretenimientos, fastos, vítores, comida y recompensas. Y como no, los mismos enjambres de moscas, convertidos en los irritantes ejércitos de la mortificación romana.

El cónsul Dolabella lo esperaba frente a la Domus Publica.

—¡Que el dios de los Cabellos Azules, Neptuno, te glorifique, César!

—Recordemos hoy Farsalia y Alejandría, fiel amigo —le contestó.

De nuevo el ambiente le resultaba imponente a la marea humana. Nobles y plebe habían dejado sus lechos para, en riadas, llenar foros y calles para presenciar la nueva carrera triunfal del Calvo. Galas, capas Corinto, aguadores vocingleros, coronas de oro, bullicio, aclamaciones y vítores colmaban la atmósfera festiva de la Ciudad de la Loba Luperca.

Los carros del bárbaro botín de las Galias se habían sustituido por carrozas abigarradas de estatuas de oro de Isis, Osiris, el dios chacal Anubis y de Horus. Otras portaban sarcófagos egipcios, indumentos regios, obeliscos y pirámides de madera. Egipto parecía haber desembarcado en Roma, guiado por un tropel de sacerdotes, bailarinas del templo de Tebas que ejecutaban las danzas de la Inmortalidad, jinetes nubios con indumentos de gala y guerreros de tez oscura llegados de las fuentes del Nilo. Una carroza con representaciones arquitectónicas de la pirámide de Keops, el templo de Hammon y del Faro de Alejandría, antecedía al carro del triunfador, quien nuevamente tenía que soportar las cantinelas burlescas de sus veteranos, que en cada triunfo mostraban más agudeza.

—«Mientras Alejandría ardía, César y su protegida, en el lecho de marfil, se pasaban la noche y todo el día» —cantaban sus hombres y cundía la hilaridad entre la muchedumbre, que se reía a carcajadas. Lo amaban.

Era su calvo putero, su general invicto, su nuevo amo, y lo amaban.

Otra carroza dorada ostentaba una maqueta del sepulcro de Alejandro Magno, el famoso Soma, ante la que la muchedumbre aplaudió con fervor, pues estaba llena hasta los bordes de joyas, cofres de dracmas y piedras preciosas. Iba rodeado de sacerdotes de Menfis con los cráneos rapados, que entonaban los cánticos sagrados de la isla Elefantina. Y para mitigar el mal olor de las fieras enjauladas: leones, jirafas, raro animal nunca visto en Roma, cocodrilos, hipopótamos, un rinoceronte y algunos leopardos, las esclavas lanzaban al aire efluvios de un costosísimo perfume muy conocido en los tocadores de las damas romanas: el *nardiun óleum*, fabricado en Canopus, la ciudad de las fértiles Bocas del Nilo.

—¡Triunfo, Triunfo, Triunfo, Triunfo! —gritaban sus soldados.

De gran inspiración artística, iban sobre otros carruajes maquetas de las máquinas de asedio y los portaestandartes de sus legiones, junto a estatuas de Praxíteles, Escopas, Fidias y Mirón, expoliadas de los palacios tolemaicos. Las lanzas, grebas, yelmos y espadas arrebatadas al enemigo iban diestramente dispuestas junto a unas pértigas doradas, donde iban colgadas cráteras egipcias y griegas, copas de oro y cítaras de ébano.

En dos angarillas portadas por esclavos se exhibían las figuras de cera de los dos conocidos traidores que habían asesinado de forma taimada y ruin a Pompeyo *el Grande*, Aquilas y Potino, a los que la plebe arrojaba inmundicias, les escupían e insultaban como si estuvieran vivos.

—¡Eunucos, traidores, criminales, infames! —exclamaban ante las inánimes representaciones, cada vez más deterioradas por los impactos.

Pero donde la concurrencia romana enmudeció fue al contemplar a la hermana mayor de Cleopatra, Harsi-Nhoë, y a su ministro Ganimedes, encadenados tras el carro de César. Los dos habían maquinado para expulsar del trono a la amante de Cayo Julio, enfrentándose a los romanos. El graderío del Circo Máximo estaba a rebosar, y elevó su ardor hasta el paroxismo al contemplar a su cónsul y a la principesca prisionera.

—*Imperator, imperator, imperator, imperator!* —lo aclamaban.

Pero el *triunphator* percibió que la muchedumbre sentía pena por la rehén. Al pueblo no le gustaba ver sufrir a las mujeres, y al cruzar el Foro, observó a la reina de Egipto, que entristecida, contemplaba a su desleal hermana con amargor, a pesar de que le había disputado el trono. Cayo Julio entendió su gesto fraternal y determinó que «su» reina y el pueblo no deseaban que la joven, que caminaba con la mirada baja y sollozando, fuera estrangulada al concluir el desfile. Ningún ciudadano la escarnecía o insultaba, pues movía a la compasión. Los senadores miraban a Cleopatra, hierática con la corona real de la serpiente, su túnica de oro y sus joyeles de faraona, implorando clemencia para su regia hermana, a la que tanto había odiado y perseguido en tiempos pasados.

—¡César el clemente, César el benéfico! —gritó el gentío.

—¡Perdona a la princesa, cónsul! —se oyeron gritos por las basílicas.

Cleopatra siempre había mostrado un odio infinito hacia su hermana, pero esperaba un gesto compasivo del padre de su hijo Cesarión. Perdonar era privilegio de reyes, y eso lo engrandecería a los ojos de los romanos. Asintió con la cabeza, pidiendo su clemencia. Después le rogaría a César en el tálamo, y entre caricia y caricia, que la condenara a un destierro de por vida, del que jamás regresara al país del desierto. Conocía lo suficiente a Julio y estaba segura de que así lo dispondría el *triunphator*.

El general estaba íntimamente unido al sentir del pueblo, y al concluir el desfile triunfal, y para borrar el mal efecto de la princesa encadenada, ofreció al pueblo y a la soldadesca su perdón, un gran festín y una *navaquia* (un combate naval) en la laguna artificial del pequeño Codete del Tíber, donde se simuló con birremes y trirremes una batalla marítima entre tirios y egipcios. Todo era en honor a su idolatrada amante.

Con el ocaso los excesos ya reinaban en la ruidosa ciudad.

Sin embargo, Marco, que cabalgaba cerca de él, notó que César había tenido un sentimiento adverso al del triunfo anterior, donde lo advirtió exultante y conmovido. Durante un rato, el mudable pueblo de Roma lo había reprobado, y su semblante cambió.

Al concluir la parada, Marco se sintió indispuesto. Temblaba.

Se lo refirió a su amigo Balbo *el Joven*. Este le tocó la frente y corroboró que ardía de fiebre y que tiritaba de frío. Lo acompañó en su propia silla y lo condujo a su casa del Aventino Menor, dejándolo al cuidado de Nicágoras. El estado febril llegó a preocupar al *maiordomus* y a la esclava Zinthia, quien no se apartaba un momento de su lado.

Conocido por Balbo, le envió de inmediato a su médico personal, un físico tirio, que le descubrió un padecimiento común en el estío romano: la «fiebre del río», y que sin ser un grave tifus, era doloroso y postrante, y debía guardar cama un par de semanas como mínimo, y ser atendido.

Zinthia, cuando no adiestraba a sus jóvenes danzarinas, se echaba a sus pies, velaba sus sueños y le aplicaba compresas frías, y durante el día lo alimentaba con silencioso afecto. Tras tres días de preocupación y desconsuelo, el amanecer del cuarto, desmejorado, macilento y exageradamente pálido, se esforzó en incorporarse del lecho y llamó a la esclava para que lo ayudara.

—Acércame a la ventana. Deseo respirar aire puro —musitó débil.

Ya no tenía calentura y había recuperado el aliento con los cuidados de Zinthia y del médico de Balbo. La esclava le pasaba por la frente una esponja con agua fría y perfumada, que Marco le agradecía. Comenzó a ingerir vino, infusiones de plantas curativas que ella conocía para la calentura y la debilidad del cuerpo, sopas que le preparaba la esclava y pastelillos de miel, con lo que recobraba las fuerzas. Muy a su pesar, y por la debilidad que sentía, no pudo participar en los dos siguientes desfiles triunfales: el Triunfo del Ponto en el Mar Negro y el Africano, que conmemoraba su batalla de Tapsos, donde él había participado meritoriamente. Intentó ponerse en pie para colocarse el arnés y perdió el sentido. Al recobrarlo, se le escaparon unas lágrimas de irritación.

Ambos conmemoraban dos episodios de la guerra civil que nadie deseaba recordar. Por eso el enfermo pensaba que el público asistiría contrariado a los espectáculos de un triunfo logrado a costa de la derrota de unos compatriotas, a los que aún idolatraban muchos.

Nicágoras, engalanado y con el *pileo* de liberto, fue a verlo y decirle que iba a presenciar la parada, para luego contarle los detalles. Pero sabía que con aquellos triunfos habría tumultos en la *Urbs*. César no había tasado el peligro de traer a la memoria de los romanos la figura de Catón *el Joven*, el tonel de sebo líder de los patricios. Pero al fin y al cabo, un romano ilustre con muchos partidarios entre los pompeyanos, gran orador y venerado e indiscutible de los *optimates*.

Marco se adormeció, y por su mente calenturienta se despeñaban las palabras sobre Macrón que le había mencionado Volusio: «Iré a tu casa a aconsejarte.» «Te confesaré algo de ese Macrón que me preocupa.»

Solo esperaba de Volusio que no traicionara su confianza en asunto tan trascendental para él. Más tarde se quedó profundamente dormido.

Zinthia percibió que unos haces azafranados penetraban por las celosías, iluminando el rostro macilento de su amo. En un acceso de amor le tomó la mano, que acarició con fervor. El tiempo se sucedía enervantemente lánguido y percibió que en los pliegues más recónditos de su corazón reposaba una emoción que la atraía hacia aquel hombre. Era un sentimiento profundo, de cariño y de un entusiasmo reconfortante.

Y no era gratitud, sino afecto, devoción, ternura y pasión.

XXX

Zinthia, la esclava

Nicágoras, tras presenciar el tercer triunfo de César por las calles de Roma, llegó tarde a la *domus* y encontró a Marco adormilado.

Junto a él se hallaba la perseverante Zinthia, que tenía asida la mano debilitada de su amo, tratando de que ingiriera un brebaje de corteza de sauce para bajar la fiebre. Le sostenía su enérgica barbilla y le rogaba que tomara el preparado. Al liberto, iluminada por la luz acaramelada de las lámparas, le pareció una mujer ponderosamente seductora. Si no era una consumada simuladora, su antiguo amo y ahora protector había acertado en mantenerla a su lado.

El doliente Marco abrió los ojos y le pidió a la sierva que le ofreciera al mayordomo una copa de Cécubo. Se acomodó, y para no cansarlo, el viejo liberto le resumió la pompa del desfile y lo acontecido. Marco lo escuchó, aunque se le notaba aún desfallecido.

—Lo más vistoso, *domine,* ha sido un colosal cuadro del rey vencido Farnaco del Ponto, huyendo de las tropas cesarianas, pintado por el taller griego del Argileto. Han desfilado también llamativos monumentos de la Hélade de sorprendente verismo, colmillos de elefantes, el lecho de oro y ébano del monarca sometido y armaduras de escamas plateadas. Ha resultado menos brillante que los anteriores y, precediendo al victorioso general, unas gigantescas letras doradas proclamaban las tres palabras que hicieron famosa aquella campaña: «*Veni, vidi, vici.*»

—Y sus legionarios, ¿le han dedicado alguna lindeza burlesca de las suyas? —preguntó el enfermo, que tenía la boca reseca.

—Sí, hoy han improvisado nuevos cánticos. Decían: «Si lo haces mal serás castigado, si obras con picardía serás rey como el Calvo.»

—¡Por todos los dioses, qué atrevimiento! —se sonrió Marco.

—Pero hoy los ha escuchado con desagrado. Resultan insultantes. Se ha comentado mucho que el tribuno Marco Antonio, tan leal a César, no haya desfilado en la parada triunfal. Algo de envidia corroe a ese disipado joven.

—Sí, es significativo, Nicágoras. Los celos invitan a inventar excusas.

—¿Y mi señor, abandonará pronto el lecho? —se interesó.

—Parece que mi cuerpo se recupera, buen amigo. Esta paciente mujer con sus bálsamos acelera mi recuperación —la aduló—. Así que no tendrás que ir al templo de Saturno y ofrecer una *devocio*, tu vida por la mía —dijo, y soltó una risa entrecortada y débil.

—Sabes que yo lo haría por ti, *domine* —le sonrió con afabilidad.

Zinthia había reparado en aquella sonrisa desprovista de alegría, debido a su agotamiento. Pero con sus cuidados, aquel hombre que la había salvado de un suicidio y con el que había recuperado la alegría de vivir recobraría su vigor. Ella se sentía lo bastante seducida como para reponer su maltrecha salud con sus cuidados.

El ardiente día en el que se celebraba el triunfo de Tapsos, Marco se dispuso a tomar un baño regenerador y llamó a Zinthia, quien aromatizó el agua tibia con unos polvos de rinocero comprados por Nicágoras en las tiendas sirias del Foro, que según el herbolario, regeneraban la potencia viril. Era buena señal que deseara caminar y la esclava lo animó.

—No creía que me recuperaría. Tus cuidados han sido providenciales, y ahora sé que la Sabia Tanit te ha transmitido la ciencia de la curación.

—Yo apenas si he hecho nada, mi señor. Podéis vanagloriaros de vuestra enérgica naturaleza —expresó a su amo llena de contento, mientras lo refregaba suavemente.

—¿Y Nicágoras? —se interesó.

—Salió temprano para presenciar el último triunfo y contároslo —dijo.

—Nicágoras en un hombre sabio. Sufre con la violencia y solo desea la paz de Roma. Es un estoico que ama a César y su política regeneradora de las costumbres y del Estado. Puedes confiar en él.

—Lo sé, mi señor. Permitidme que os diga que os estoy muy agradecida por despojarme de las señales deshonrosas de mi esclavitud. Astarté-Marina os lo premiará, y la esplendidez que me mostráis os será recompensada —dijo con voz sumisa—. En un mundo cruel, desnaturalizado y donde reina la crueldad más inhumana, sois un regalo de los dioses.

Zinthia hablaba de modo resuelto, pero con un tono de respeto. La forma de pronunciarse era propia de una mujer ilustrada, muy propio de las mujeres dedicadas al culto de la Madre.

—Es posible que solo lo haga por egoísmo, pues deseo estar rodeado de belleza, y que solo seas el antojo de un romano adinerado. No me creas tan virtuoso, mujer —le confesó con agrado, como si la cortejara.

—Os preocupáis en exceso de esta modesta esclava. Gracias, *domine* —le replicó alzando por vez primera su mirada agradecida.

Marco quería demoler su fachada de mansa servidumbre. Sabía que dentro de su corazón ardía un volcán de desprecio a la humanidad. No deseaba de su aún esclava una persona solitaria y amargada. El amo se calló para que Zinthia asimilara el verdadero sentido de sus palabras.

—¿Y tus bailarinas, progresan, mujer? —se interesó.

En la cara de la antigua danzarina se dibujó una radiante sonrisa.

—Si lo deseáis, mi señor, para las Fiestas de las Fuentes Divinas, en los *idus* de octubre, podrán bailar para vuestro deleite y el de vuestros invitados. Llevan el germen de la danza sagrada en su sangre. Les he enseñado bailes profanos y también otros dedicados a la diosa Madre, sea Isis, Ishtar, Afrodita o la Bona Dea.

—Me llenas de alegría, Zinthia, aunque no esperaba menos de ti.

La esclava se conmovió. La respuesta de su amo era aduladora. El afecto que sentía por aquel hombre le infundía fuerzas que no creía poseer. Marco la miró de soslayo y advirtió en Zinthia una mirada admirativa y deferente hacia él. Aquella mujer lo atraía, y su deseo era tan evidente que la mujer se estremeció, llegando a ruborizarse.

Ignoraba si era afecto, o solo deseo carnal, pero su corazón se alteraba a su lado, como hacía años que no lo hacía. Al vestirlo, juntaron sus cuerpos y el romano percibió la tibieza y la suavidad olorosa de la esclava, a la que muy pronto manumitiría por el respeto que le provocaba. Marco le arrancó una sonrisa, aunque sus ojos estaban perdidos en el suelo.

Zinthia suavizaba su faz con un tenue maquillaje de agraz, y sus ojos añiles evidenciaban un júbilo que se empeñaba vanamente en disimular. El hombre pensó que el espíritu de la mujer iba purgando al fin toda la amargura que había atesorado en los últimos años de cautiverio y que el miedo que antes se enseñoreaba en aquella avecilla prisionera se había disipado. Y le agradó.

Por aquellos días, Zinthia advirtió que Nicágoras solía estar siempre sediento, orinaba continuamente y tenía un apetito voraz. Lo detuvo en el jardín y con su usual dulzura le comunicó que creía que padecía lo que las sacerdotisas de la Madre llamaban «el mal de la miel» (diabetes), pues la orina de esos enfermos solía poseer ese color. El heleno se maravilló por su atención y se puso en sus manos sin dudarlo. Se comprometió a ingerir tres veces al día una infusión de eucalipto con canela y a visitar el *caldarium*, para eliminar la excesiva grasa de su vientre.

El anciano le besó la mano y le agradeció con fervor su cuidado.

Su ascendiente en la *domus* de Marco Druso crecía sin tasa.

Marco estaba sentado en un triclinio del atrio cuidado por la constante Zinthia, cuando apareció el acalorado liberto, que entró bufando en el peristilo tras haber presenciado el último homenaje del pueblo al *triunphator:* el de la rotunda victoria en Tapsos, al que Marco no había podido acudir, con evidente disgusto por su parte. Pero a su cuerpo aún le faltaba el vigor debido, aunque hubiera deseado desfilar conmemorando su primera y única batalla como soldado de Roma.

—*Salve*, amo, *salve*, dilecta Zinthia —los saludó.

Marco se extrañó del efusivo saludo a la esclava, y le preguntó:

—¿Qué tal ha estado la parada, Nicágoras? Te noto disgustado.

Su rostro mostraba un patente desagrado, pero le dijo amigable:

—¡César debía haberlo suspendido! Poco brillante y creo que hasta inoportuno. Cayo Julio no ha tasado debidamente el impacto de esta exhibición ante Roma, amo —le explicó—. La plebe anda revoltosa y las viejas familias de los que perecieron en Tapsos, los Escipiones y Catones, se han ausentado de sus sitiales. Rechazos, murmullos y rencor. Eso es.

El enfermo negó con la cabeza. Sentía la poca aceptación del pueblo.

—Se lo podría haber ahorrado, y así se lo aconsejaron Oppio y Lucio Balbo. Resulta delicado celebrar una victoria contra ciudadanos de Roma. Yo estuve allí, y te aseguro que no fue nada honrosa, por mucho valor que mostráramos. Eran tan romanos como nosotros —recordó Marco.

—El pueblo se ha mostrado muy crítico con César y no ha acudido en masa como en los otros —le contó contrariado—. Pero ha sido sagaz y lo ha presentado como una victoria contra el rey de Numidia, Yuba, y no contra sus compatriotas. Lo ha enmascarado con la exhibición de fieras, elefantes y africanos vestidos con vistosas y raras vestimentas, plumajes y grotescos caudillos de Mauretania. Pero ha sido inútil.

—César no está acostumbrado a esos rechazos —añadió Marco.

—¡Imagínate! Al aparecer las carrozas con los murales pintados con todo detalle de Lucio Escipión arrojándose al mar con su espada clavada y ensangrentada, de Petreyo apuñalado por su esclavo y del ilustre Catón destripándose el vientre como una alimaña, la plebe y los clientes del senador prorrumpieron en silbidos que no podían acallar ni las tubas ni los timbales. Fue un momento lamentable y afrentoso.

Marco admitió que había sido un desliz y lo lamentó con su gesto.

—Es el lado infame de Cayo Julio: su orgullo y prepotencia —opinó—. Era un delicado problema del que debía haber prescindido. Lo siento por él, y seguro que en su residencia deberá estar rumiando su error.

—Debías haber visto a las matronas gimiendo y lanzando improperios cuando apareció el pequeño Yuba, un niño de cinco años, que según el ritual debía ser degollado en el *Clivus Capitolinus* por el sacerdote de Marte. Para la ciudadanía este triunfo ha sido indecoroso, *domine*.

—¡Por todos los dioses! A veces, a César lo pierde su *genio*.

El liberto también manifestó su desacuerdo, y le contó:

—Nuestro cónsul tuvo que gritar en el Foro que le perdonaba la vida al pequeño príncipe. De lo contrario hubiera habido tumultos en Roma.

—La plebe no es amiga de espectáculos amargos, Nicágoras.

—Pero el general, magnífico a la hora de arreglar situaciones difíciles, prometió cerca de la Rostra del Foro que al concluir el desfile se habilitarían veintidós mil mesas y doscientos mil cubiertos para celebrar el más formidable convite jamás ofrecido en Roma. ¡Qué sutil!

A Marco le costó trabajo manifestar su satisfacción, y consideró:

—César sabe cómo convertir lo adverso en favorable. Para borrar el desliz, convertirá Roma en un grandioso espectáculo de circo, teatro, gladiadores y carreras de carros, y la plebe lo aclamará. Él es así.

Nicágoras tomó unos sorbos de vino y se acomodó.

—No obstante no todo fue repudio. Lo mejor llegó al final del desfile, a partir del mediodía. Jóvenes de la más alta alcurnia romana, como un Leptino y un Calpeno, han intervenido como gladiadores ante el populacho. Otros han corrido como aurigas y hasta han bailado la ancestral Danza Pírrica de combate ante el pueblo. ¡Jamás se vio nada igual en la ciudad! —informó admirado—. La plebe está admirada y muchos adolescentes creen que ha llegado una nueva edad de oro para Roma.

—César sabe cómo cautivar y sorprender a Roma, Nicágoras.

—¡Sí! Pero conozco bien al pueblo romano. Después de llenar sus panzas y sus bolsas con los cuatrocientos sestercios que le ha regalado César a cada ciudadano romano, ya lo están acusando por su sospechosa prodigalidad y andan murmurando por los foros que el oro procede de robos, despojos y rapacidades inmorales del erario del Estado.

—¡No es verdad, Nicágoras! Proviene de los pueblos conquistados en medio mundo. Para esa gente ingrata el bien que les procura César siempre estará escrito en el agua, y cuando haga algo en su contra, lo escribirán en las piedras del Foro.

—Algunos maliciosos y malintencionados juran por las Parcas que ha vuelto a saquear el templo de Neptuno, como hizo ya en otra ocasión, pues el gasto de los cuatro triunfos ha ascendido a seiscientos millones de sestercios. ¡A él, que ha vuelto a llenar el tesoro de la República! ¡Ingratos!

Marco se sonrió y le confesó a su liberto:

—El Senado sabe bien que lo repuso al regresar de Hispania, Nicágoras. César le ha dotado de tanto poder y fortuna a Roma, que se necesitarían los tesoros de cien templos para pagarle. ¡Desagradecidos!

—Todas las insidias las manejan los ricos patricios. Están rabiosos porque de un solo golpe, los romanos han percibido con los triunfos la geografía imperial de Roma y su verdadera grandiosidad. Julio ha mostrado ante sus ojos admirados los territorios conquistados, y se los ha exhibido dentro de la ciudad misma. ¿Quién ha conseguido tal cosa? ¡Nadie! Él solo desea engrandecerla con basílicas, estatuas, templos, bibliotecas y foros suntuosos como en Grecia o Egipto —enjuició el doliente.

Nicágoras volvió a beber un vaso de Falerno y le siguió narrando:

—Pero no acabó ahí la cosa. El Circo máximo había sido acotado y tras el homenaje se cazaron fieras de África, entre ellas cuatrocientos leones que mataron los jóvenes romanos, y luego se simularon maniobras de combate entre elefantes de Libya y la caballería e infantería romana.

—Cayo Julio, o hace las cosas suntuosamente, o no las hace.

—¡Puro espectáculo, magnificencia y fastuosidad! Eso es Roma hoy. No sé si este pueblo de campesinos se adaptará al boato desmesurado que ha acarreado César de sus conquistas en Asia y Egipto, Marco —se sonrió.

Después, Nicágoras le pidió a Zinthia que le preparara el elixir que atenuaba el mal de su enfermedad, y le sonrió como un padre agradecido y con un respeto inusual hacia una esclava. El liberto los dejó solos y Marco llamó a la esclava. Estaba maravillado, conocido su carácter.

—Veo que el viejo Nicágoras te ha entregado su amistad. ¡Insólito!, ese viejo truhán no le presta su afecto a nadie —le confesó extrañado.

—Lo estoy cuidando de su mal y me lo agradece. Nada más, amo.

En los días siguientes se sucedieron los más asombrosos juegos durante cinco días consecutivos, que dejaron boquiabiertos a los romanos. El lujo asiático había entrado en la *Urbs* con las legiones de César.

Marco Druso abandonó el lecho en plena celebración. Se sentía muy mejorado, y Cayo Julio lo había invitado a sentarse en una de las mesas situadas frente a la *domus* del Pontífice Máximo junto a los senadores, magistrados, tribunos, pretores, procónsules —con sus vistosas capas escarlata o *paludamentum*— y los reyes amigos de Mauretania Cesariana, Bocco, y de la Tingitania, Bogud, así como los enviados de Oriente y Asia, sus consejeros, Balbo, Oppio, Octavio, Lépido, Marco Antonio, y amigos menos leales como Cicerón y Décimo Bruto.

Nicágoras intentó disuadirlo, pero Marco se mostró firme.

—¿Cómo no voy a abrazar al rey Bocco? Le profeso un alto respeto.

Un bullicioso gentío atestaba la *Urbs Cuadrata*, el recinto trazado por Rómulo en la cima del Palatino, los foros y el puerto fluvial. Roma vibraba aquella noche festiva, en medio de una atmósfera de jubilosa solemnidad. Ardían las teas y antorchas perfumadas, y un templado color ámbar flotaba en el ambiente. La gente comía lampreas y morenas de Gades, bebía vinos de Quíos y Sicilia, y bailaba ante las basílicas, en el Foro y en las escalinatas de los templos de Saturno, Cástor y Pólux y Venus.

Embriagados oradores se encaramaban en la Rostra y hablaban al pueblo, y en la Via Sacra bullía la gente celebrando los triunfos con su dictador. Grupos de músicos iban de un lado a otro amenizando la grandiosa y abundante colación. El vino corría a raudales, las ostras y anguilas de Ostia y los caracoles sazonados de los Albanos, cuyas sobras eran arrojadas a los perros. El iluminado templo de Neptuno se había convertido en un repentino teatro donde improvisados actores cantaban, recitaban y bailaban arcaicas danzas del Lacio y Etruria.

Marco fue aposentado en un *lectus summus*, un asiento cercano al dictador, junto a su familia y los más notables de Roma, donde degustó los más extravagantes platos servidos por esclavos disfrazados de galos, egipcios y númidas, que servían dátiles de Arabia y vinos con hollín de mirra y adormideras, en medio de músicas deliciosas, que no fueron sino el inicio de sucesivos manjares.

Compareció César en la cumbre del poder máximo, ataviado con una túnica *palmata* bordada de oro y una corona de laurel en su cabeza, para mitigar su calvicie. Una salva de aplausos saludó su presencia.

Como Júpiter Tonante blandía un bastón de oro en la mano, el atributo de Dictador. Lo acompañaban Calpurnia, con un peinado ostentoso cercado por una diadema, y tras ellos el refinado Octavio y su lugarteniente Antonio. Marco compartió mesa con el Prefecto Urbano, con Balbo, Oppio y otros oficiales leales al cónsul. Rapsodas griegos entonaban cantos de Homero dedicados a los triunfos de César, que agradecía los elogios.

Pero fue tras los brindis y en los repartos de los *apoforetas*, los regalos que solían regalarse en los convites triunfales, cuando la rigidez del protocolo se quebró con el vino y los excesos. Se servían los postres y frutas escarchadas, cuando Marco observó sin recato a la reina Cleopatra, que apenas si había abierto la boca durante el banquete.

Acicalados los párpados con antimonio y las mejillas con bermellón, le brillaba su alisada tez y su belleza extinta, enmarcada en una peluca egipcia sofisticadamente rizada y adornada de joyas faraónicas, que producían fascinación. Era una mujer distante a los romanos, recelosa con el padre de su hijo y guardiana de su vida privada. Fría y altanera, al darse cuenta, lo taladró con su mirada, y Marco la desvió hacia otras damas.

«Esa mujer destila por sus poros ambición y soberbia», pensó.

Marco constató la cara de tristeza de Calpurnia por la insuficiente atención que le profesaba su marido por seguir manteniendo relaciones con la egipcia a la vista de toda la ciudadanía y colmarla de honores. Balbo sostenía que era una ejemplar matrona, y hasta le pareció seductora con su aristocrática nariz empolvada y su mirada de afable gentileza.

Observó también a la altiva Servilia, de la que decía Balbo había sido el gran amor de la vida de Julio. Se presentó en el lecho con mirada insensible y femenina sutileza. Marco no perdía detalles y comprobó que un grupúsculo de senadores opuestos a César, como una legión de abejorros, murmuraban tras de él. Vertían palabras insidiosas contra el dictador, y Marco las captó. Con solo aquellos comentarios podían ser condenados a muerte.

De todos ellos poseía informes de insidiosa traición.

Marco besó el anillo del cónsul, que le sonrió y abrazó, y las manos a los reyes Bocco y Bogud, que se interesaron por su vida en Roma, anunciándole la próxima guerra en Hispania, como aliados de César.

—Es inevitable, querido Silax —le susurró el monarca Bocco—. Pero será la última. Sentí un inmenso gozo al verte desfilar con la Corona Cívica.

—Quién iba a decirlo, mi señor y padre —le confió con tono dócil—. Mis posibles virtudes y mis parcos conocimientos os los debo a vos.

—Estás bendecido por Tanit —replicó el rey mauretano—. ¿Qué diría tu madre la santa Arisat si te hubiera contemplado junto al carro del gran César, triunfando en el corazón del mundo, hijo? —preguntó emocionado.

—El destino es un mar sin orillas que nos lleva de acá para allá.

De repente el monarca compuso un gesto de preocupación.

—Marco —le susurró—. Llegan noticias a mi trono de que algunos *optimates* buscan la perdición de Cayo Julio, un hombre providencial para nuestra civilización, y un amigo sin grietas ni dobleces. ¿Es cierto?

El tingitano tomó precauciones y aminoró el tono de su voz.

—Lo es, mi rey. Esa indiferencia con la que observa el mundo, esa magnanimidad que muestra a todos, lo hacen muy vulnerable. Ni Cornelio Balbo, ni Oppio, ni Volusio, se jefe de seguridad, pueden hacer nada.

—Esos caimanes tiemblan ante él, pero a sus espaldas conspiran.

—Pero es un predilecto de los dioses. Ellos lo cuidarán, mi señor.

Marco departió con los Balbo, con *domina* Tulia Lucrecia, con Clodia y algunos amigos que se interesaron por su salud.

Sintió el sopor de la noche tras escuchar a los guardias anunciando la segunda vigilia, y decidió buscar a Volusio entre las mesas cercanas a las de César. Se encontró con algunos de sus hombres de la escolta hispana del cónsul, pero no con el centurión. No sabían de su paradero.

Deseaba preguntarle por la sorprendente frase que le había dedicado en la entrevista con Lisandro y que le quitaba el sueño. Le extrañó, y tras saludar a amigos y ciudadanos, se retiró despidiéndose cortésmente hacia su *domus*, acompañado por Nicágoras y dos esclavos.

Se desnudó, y por el ventanal contempló el reflejo de la luna que envolvía el cielo de Roma en un manto moteado de azogue. Sin poder librarse de sus preocupaciones, y sobre todo de las palabras misteriosas de Volusio, se despidió de Zinthia, a quien miró con ojos de deseo; y para aislarse en su soledad ascendió al solitario mirador, presa de un irascible malhumor por la falta de confianza del centurión.

Pensaba que debía dedicarle más cuidados a su *ludus gladiatorius* de Preneste y decidió ir cuando tuviera más fuerzas. Pronto llegaría una nueva remesa de luchadores, y de algunas ciudades del Lacio les solicitaban duelistas para sus anfiteatros. Aparte de ser un buen negocio, podría conducirlo a Macrón, sobre él se cernía un tupido velo de invisibilidad. Suspiró y apoyó sus manos en la balaustrada.

Corría una brisa cálida que cimbreaba los cipreses y el aire nocturno estaba cargado de humedad. De repente oyó un suspiro a sus espaldas y se sobresaltó, pues creía estar solo en la terraza. Marco volvió la cara y descubrió la silueta de la esclava, que se había presentado sin ser llamada, adivinando en las pupilas su irrefrenable concupiscencia. Sabía que podía ser reprendida por su atrevimiento, e incluso azotada severamente. Pero no le importaba.

Marco la miró con vacilación, pero le indicó con un gesto preciso que se acercara. Zinthia abrió sus labios y le expresó con mansedumbre:

—Creía que deseabais verme. Perdonadme si me he adelantado a vuestros deseos. Si no lo deseáis me marcharé, mi señor.

—No, quédate. ¿Acaso no te cuidas de mi regalo y bienestar? —dijo.

Marco acarició su cara, que brillaba de transparencia con la luna menguante. Y aunque se resistió con su ademán insumiso, lo difuminó pronto entregándose a Marco, quien olió su perfume oriental en cada palmo de su piel. Pensó mientras la arrastraba a su lecho si debería convertirse en su amante, pues aún no la conocía plenamente. Su espléndida desnudez centelleaba entre la media luz, y no pudo contenerse. Con los esmeros recibidos en la *domus* de Marco, su aspecto había cambiado en lozanía y encanto.

Rodeó con sus brazos su talle y ella lo arropó con la suave oleada de su cabellera. Y sin más adorno que un talismán de plata pendiendo del cuello, se encogió desnuda en el regazo de su amante. Los cuerpos de los amantes, amo y esclava, se juntaron ansiosos, y la piel morena de Marco y la rosada de Zinthia se moldearon en una sola y ardiente forma.

La mujer dejó su cuerpo inerme y cerró los ojos, sometiéndose como se somete el barro maleable a las manos del alfarero experto. Se amalgamó al deseo de su señor, que acarició su cuello, sus hombros voluptuosos, las caderas y su sexo anhelante. Con sensual avidez, se amaron, se envolvieron como dos sierpes y, como el fuego se propaga por la paja seca, las fuerzas de Marco abrasaron los senos insólitamente gráciles de Zinthia. La poseyó con ardor, mientras absorbía sus saladas lágrimas. El *quirite* había adivinado que era mujer de intimidades, y que había comenzado con ella una relación entre dos almas posesivas.

El suspiro de las lámparas anunció el alba, y Roma giraba a su alrededor como una rueda vertiginosa. Un gajo de luna aún rielaba en el firmamento, y su *domus* del Aventino se asemejaba a un rincón vinculado a otra dimensión del compás del tiempo.

Marco se convenció de que Zinthia había recuperado a su lado la felicidad perdida, y se sintió dichoso.

Aquella noche flamearon hasta el amanecer los hachones en las calles de Roma. Fue una vigilia de fiestas desenfrenadas donde las luciérnagas ascendieron del Tíber extendiendo un manto de diminutos luceros.

Los celosos avizores del cielo romano habían auscultado al amanecer tres águilas imperiales, que volaban hacia poniente, sobrevolando la laguna de Tívoli, para luego rumbear hacia el sur, sin mostrar vacilación alguna. Inmediatamente le enviaron un mensaje a César:

«El *magister* de los augures de Júpiter Capitolino, al Dictador del pueblo romano y Pontífice Máximo. Se han observado signos inequívocos de que el padre de los dioses bendice vuestro viaje a Hispania. Tres águilas... Salud y larga vida para Cayo Julio César.»

Toda Roma supo que los dioses bendecían la campaña hispana.

La ciudad dormida comenzaba a despertarse y se teñía de reflejos violáceos. El río y las fuentes de los jardines Trastiberinos reflejaban la luz dorada del alba. Una oleada de haces de oro surgía del sol, que emergía como un torrente de fuego de los bosques de levante.

XXXI

Confidencias en la escena

Envuelta en una vaporosa calima, en Roma no se distinguían ni los torreones de las murallas. El aire seco sofocaba a los viandantes, que se retiraban al frescor de sus moradas.

Arsinoe había recibido una invitación de Calpurnia para asistir a una obra de teatro, dentro de los fastos organizados por César antes de partir para Hispania y concluir la inacabable guerra pompeyana de una vez por todas.

La sibila se había trasladado a su nueva *domus* del Celio, muy cerca de la mansión de Lucrecia y Balbo, que habían acondicionado con sencillo gusto etrusco. El atrio, el peristilo y la parte cubierta —el *tablinium*—, estaban decorados con mosaicos de Afrodita surgiendo del mar, Hércules fundando Gades y Poseidón sosteniendo las Columnas de los Dos Mares. Lo adornaban columnas etruscas y estatuas griegas regaladas por Lucio a la sibila, que además le había cedido la servidumbre y una partida de esclavos, que celebraban servir a señora de tan compasivo carácter.

La pitonisa pasaba largas horas leyendo a Lucrecio y Cátulo, o escribiendo cartas a su recordado Balkar en el *oecus*, la sala de estar de la casa, donde existía calefacción subterránea, y en donde un prestigioso pintor armenio la había decorado con pinturas murales de ninfas, nereidas y delfines azules. Desde allí podía contemplar el patio de la casa, la fuente con surtidores y la hornacina donde ardían lamparillas en honor a Astarté, encarnada por una talla de bronce dorado regalada por Publio Balbo.

En su cubículo había colocado las pertenencias más queridas, como el espejo de plata de Tanit, que guardaba en una caja taraceada de palo de rosa. Lucio Balbo no había permitido que ella costeara el alquiler de la casa, y se sentía pagado siendo el protector de la enigmática *pitia,* a la que en tan poco tiempo ya elogiaba lo más granado de la sociedad romana, tan supersticiosa de los astros y de los signos del cielo y la tierra. En el templete de Isis y Serapis de las afueras de la ciudad, y también en el de Rea, recibía a los devotos que precisaban de un vaticinio sobre su futuro, un viaje, el casamiento de una hija, la adopción de un heredero o la liberación de un esclavo. Las matronas romanas eran sus más fervorosas seguidoras en los ritos de Isis, donde no podían participar los hombres.

Arsinoe asistía a los ritos de la diosa Juvenas, a la que entregaba caritativas limosnas para los niños pobres, y a algunas cenas a las que la invitaban. No comprendía cómo en los banquetes romanos las mujeres no podían entrar en el salón hasta que se sirviera la «segunda cena», cuando se sobrentendía que los hombres ya habían discutido de política y negocios.

Las mañanas de más gustosa atmósfera acompañaba a Lucrecia, su apoyo y guía en la bulliciosa *Urbs,* y visitaban las tiendas y bazares del Foro y de la Via Argentaria, donde se hallaban los principales bancos y se negociaba con los esclavos, el trigo, la seda, las especias de Trabrobane —Ceilán—, la púrpura de Gades y Chipre, el *garum* de la Bética y el oro, y se vendían los más opulentos artículos llegados de Asia, Egipto y Cirene.

Arsinoe solía comprar productos en el *Aequimelium,* el mercado de aves, huevos, hortalizas, frutas, y sobre todo grandes ramos de flores en el mercado Boario, en un puesto que se abría ante el santuario de Posturno. En el mercado de esclavos que se abría a espaldas del templo de Castor y Pólux, compró dos muchachas del Ponto Euxino para que le ayudaran en su tocador, por la nada despreciable cifra de mil sestercios.

Cada nueve días se celebraban los *nundina,* mercados donde se ofrecían los productos de los alrededores de Roma: quesos, vinos, especias, aves, frutas, miel, lanas, cueros, calzados y carnes, donde acudía inexcusablemente la *asawad.* La plebe lo llamaba el *Macellum* o mercadillo, y se abrían dos en la ciudad: uno en el Celio y otro en el Esquilino. Esos días se les unían Calpurnia, Clodia y Servilia. Solían ir acompañadas de algunos esclavos y de alguna sierva que llevaba la bolsa con ases, dupondios (dos ases), sestercios y denarios para pagar.

—Esta ciudad huele a bosta de caballo, a agua cenagosa y a salchichas, *cara* Lucrecia. Fíjate a esas mujeres matando chinches con las escobas. En Roma faltan baños y termas. El *edil curul* debería procurar más higiene, ahora que Roma es el espejo del mundo —le confesó la sibila.

—La cloaca máxima, orgullo de Roma, se ha quedado anticuada, y los acueductos de Marcio, Tépulo y el Appio son insuficientes. ¿Echas de menos los oceánicos aires de Gades? —le preguntó la *domina*.

—Cada día, Lucrecia. En esas islas fui feliz y muy considerada.

Una vez había asistido con Lucio y Lucrecia a una subasta de los más peregrinos artículos, donde compró artículos de la Mauretania y Cyrene, que tanto le recordaban su infancia, como un candelabro de oro, en el que cada brazo representaba a una deidad de la teogonía púnica.

A Arsinoe le complacía visitar también el *Vicus Unguentarium*, donde se exhibían los más costosos cosméticos y perfumes de Arabia, por los que sentía verdadera pasión y donde nunca regateaba el precio. Paseaba también con Clodia Pulquer y la actriz de teatro Cytheris por los jardines de Lúculo en el suave Esquilino, o visitaba el templo de Esculapio, el hijo de Apolo que había aprendido la ciencia médica del centauro Quirón, en la isla Tiberina, y también en la *Scola Medicorum*, junto al templo de la Salud, donde se congregaba a los enfermos desahuciados, los dementes y los tullidos de las guerras civiles.

Con Lucio Balbo frecuentaba el Argileto para comprar rollos recién copiados de Lucrecio o Cátulo, un joven poeta veronés que adoraba, y obras de Menandro, Safo y Píndaro que compartía con su protector. Pedía que le fueran copiadas en papel *corneliano*, el de más calidad. Allí adquiría también resmas de papel *liviano* para utilizarlo en la correspondencia y tinta roja *dracaena*, que solía utilizar en sus epístolas. Si les cogía en la calle la hora del *prandium*, y para liberarse de las irritantes y azuladas moscas y el calor, comían en el reservado de las distinguidas tabernas de la Via Sacra, donde solían almorzar los senadores y mercaderes. A Arsinoe le encantaban las ubres de cerda y los dulces de caña de Chryse, canela, huevo y almendras. Para ella eran un bocado de dioses.

La sibila de Gades, al ser extranjera y suma sacerdotisa de una religión tan misteriosa y antigua, concitaba sobre su persona el interés y la curiosidad, y muchos romanos se paraban ante ella y le besaban las manos. En Roma la relación con foráneos la llamaban *amicitia*, una costumbre ancestral que obligaba a tratarlos con amistad y atenciones.

Y Arsinoe no podía estar más satisfecha de recibimiento tan caluroso.

De Arsinoe, decían las damas romanas, incluso la reina Cleopatra, que poseía una innata *psiqué* —elegancia, distinción, estilo y gusto—. No poseía ninguna servidumbre política, ni tampoco debía velar por los intereses de alguna sangre patricia. Y como gaditana, era considerada ciudadana romana, con todos sus derechos. Sus opiniones eran muy consideradas al ser una mujer servidora de la Madre, independiente, adinerada, erudita y libre.

No solía ir al teatro, pero aprovechando que era una tarde esplendorosa, decidió aceptar la invitación y abandonar su soledad, su cómodo hogar y su exuberante jardín. Deseaba evitar la aflicción de la nostalgia y suprimir los rigores del pasado que le habían hecho tanto daño, como la desaparición de su casi hermana Tamar, a la que aún recordaba.

El recién construido teatro de Pompeyo en el campo de Marte era llamado por el pueblo el «escenario de mármol», pues los edificados hasta la fecha habían sido de madera. Se trataba de un suntuoso complejo de edificios que contaba con un marmóreo peristilo decorado con estatuas y columnas de pórfido rojo para el ocio, así como con un espacio destinado a encuentros públicos.

El graderío central de la escena concluía en un recoleto templete dedicado a *Venus Victrix*. En las gradas cabían cerca de veinte mil espectadores, y aquel atardecer estaba abarrotado y lleno de bullicio. Tras la exedra donde se escenificaban las comedias y dramas, se hallaba la *Curia Pompeii*, en la que accidentalmente se reunía el Senado romano.

Aquel día se representaba la obra *Equus Troianus* (*Caballo de Troya*) del aplaudido dramaturgo Gneo Nevio, y se declamaba en latín, no en griego como era usual, idioma que muchos romanos entendían. Colocados a través de mástiles y vigas ondeaban lienzos extendidos de color púrpura, las *velas*, que mitigaban el calor y le proporcionaban un aire hechizador al recinto al aire libre.

En la obra, de cinco actos, participaban dioses y mortales, la mayoría disfrazados con máscaras grotescas, y eran acompañados por músicos que tocaban liras y flautas. Actuaban una amiga de Arsinoe y asidua a sus ritos, la afamada actriz Cytheris, que personificaba a Andrómaca, la triste esposa de Héctor el troyano, y Clodio Esopo, el maduro y gran actor romano, que encarnaba al rey de Troya, Príamo.

Cuando llegaron Lucrecia y Arsinoe se situaron en la *orchestra*, cerca del escenario y del palco lateral que ocupaban César y su familia. La sibila lucía una *stola* de seda verde bordada en oro que llamó la atención entre las damas. En la primera escalinata se hallaban las vírgenes Vestales, tras ellas los senadores, en un lujoso despliegue de tonos amarfilados y escarlata. Le seguían los caballeros del Orden Ecuestre, entre ellos Marco Druso y Lucio Balbo *el Joven,* y ocupando el total de la gradería, el bullanguero pueblo romano, los más de pie. Embutido en su túnica *palmata,* el cónsul miraba a uno y otro lado, saludaba y sonreía a los que les hacían una reverencia.

Se acomodaron sobre un cojín de plumas junto a Servilia, la cabeza más despejada e inteligente de la *Urbs,* la hermosa e intrigante Clodia, Julia Marcia, Livia Dolabella y las aristocráticas Casia, Servilia, Fulvia Manso, Appia Claudia, Sextilia, Porcia —la hija de Catón—, Domitila y Sempronia Metela, que detestaban a la plebe. Según Lucrecia, constituían por su influencia, fortuna y prestigio las columnas invisibles e inamovibles que sostenían Roma.

La plebe no cesaba de lanzar exclamaciones con la sucesión de la trama y de las frases más dramáticas de los histriones. Algunos dormían a pierna suelta y otros lanzaban ingeniosidades con las que cundía la hilaridad entre el público. También se escuchaban sonoras ventosidades y eructos de la morralla, a la que Arsinoe consideraba muy soez y ordinaria.

Los mimos y actores declamaban de corrido sus papeles y entre acto y acto los vendedores de dátiles pasaban entre los asientos y vendían su mercancía a grito pelado. Clodia la invitó a un cestillo y Arsinoe le sonrió.

El público seguía la trama con intensa atención y emitía oleadas de exclamaciones emocionadas conforme se sucedía la conocida historia de la caída de Troya. Los *symphoniarii* tocaban las cítaras, flautas, címbalos y trompetas, aumentando la intensidad cuando las escenas eran más trágicas. Un estrepitoso aplauso ratificó el éxito final de la interpretación.

La sibila se cubrió el rostro y tomó del brazo a Lucrecia para subir a su litera, cuando un esclavo con un chitón rojo de la casa de César rogó a las damas que aceptaran la invitación del dictador a una colación tras la cávea. Arsinoe fue saludada por Calpurnia, quien la condujo de la mano al lugar que ocupaba su marido, que conversaba con unos senadores y con Lucio Balbo, que se apartó y la saludó con su habitual devoción y apego, besándole la orla de la túnica. Para él era una mujer sagrada.

—*Salutem*, señora. Nos veíamos más en Gades que en Roma.

—Sois la mano derecha del dictador y le debéis vuestro tiempo y auxilio. Por *domina* Tulia Lucrecia sé de vuestros cuidados por mí. Gracias. A vuestro próximo festín asistiré, Lucio, os lo prometo.

—El cónsul desea veros a su lado. Os idolatra, ya lo sabéis.

Desde que César supiera que de nuevo tenía que ponerse en pie de guerra, había adoptado un gesto de inquietud e impaciencia. Quienes estaban más cerca de él percibían que estaba muy irritable, que no dormía y que su susceptibilidad había alcanzado extremos de intranquilidad.

Balbo y Volusio le habían enviado los informes confeccionados por los agentes de Nemus sobre sus lealtades, la ubicación y defensas en Hispania de los pompeyanos, y su privilegiado cerebro ya sabía cómo hacerles frente con garantías de éxito.

Arsinoe se sintió turbada cuando se halló ante Cayo Julio, acomodado en un sitial con las patas que representaban a esfinges y cariátides. Lo veía como siempre, regio, diferente a los demás. Pero su rostro, de marcadas arrugas, pómulos prominentes y nariz y mentón pronunciados, expresaban desasosiego. En la sala se hallaba lo más granado del Estado, que bien de pie o sentados en sillas de tijera, comían y bebían de unas pequeñas mesas hexagonales. El ambiente era de extrema distinción, y todos los movimientos revelaban la elegancia del patriciado romano. Lo saludó dócil:

—*Salve*, Favorito del Destino —e inclinó la cabeza.

—Salud, mi *asawad* predilecta —contestó en tono apacible—. Sentaos a mi lado, os lo ruego. ¿Os halláis a gusto en Roma?

—Vivo en un lugar espléndido, cuento con apegados amigos y tengo la fortuna de conoceros y de haber asistido a vuestros deslumbrantes triunfos. Además ejerzo mi labor de *pitia* en algunos templos, donde me honran.

Tenía la sensación de haberlo dejado indiferente, y aguardó.

—Mi adorada señora, siempre os estaré agradecido por vuestra certera visión y atinada profecía. No existe nadie en el *Imperium* que no hable de aquella predicción en el Heraklión de Gades. Es *vox populi*. ¿Lo sabíais?

—De lo escrito en el libro de la vida no podemos escapar, *domine* Julio, aunque personifiquéis el ideal de Roma y persigáis su gloria.

Sus palabras suscitaron seducción en el dictador, que le sonrió.

—¿Y creéis que la campaña en Hispania me será propicia?

Toda su persona irradiaba confianza y seguridad, y le replicó:

—Mi dilecto cónsul, cuántas veces lo que está lejos se halla más cerca de lo que creemos próximo. El sol que vi en el espejo de Tanit en aquella visión se enseñoreaba del Capitolio, en él permanecía y en él se eclipsaba para ascender a la inmortalidad. Recordadlo. Vuestro nacimiento, vuestra vida, vuestros laureles y vuestro ocaso están en Roma..., solo en ella.

La profetisa no había dejado indiferente esta vez a César,

que escanció un vino de Sicilia y rogó un brindis por Arsinoe de Gades, sibila de la diosa Madre, que les hacía el honor de perpetuarla en la ciudad predilecta de los dioses. Ella obraba siempre firmemente persuadida de lo que le exigía su cargo.

—Al regreso de esta misión militar que tanto detesto, me someteré, tras un día de ayuno y oración, a una predicción onírica. Mi vida se consume inexorablemente y deseo saber qué me tienen dispuesto los dioses, o lo que es lo mismo: el destino.

Arsinoe inclinó levemente la cabeza y le participó:

—Será hermoso revelaros el inequívoco dictamen de la Madre. Los dioses velarán por vuestra vida y salud en Hispania. Estad seguro.

Cleopatra aguardaba el momento preciso para conversar con Arsinoe y la llamó mediante una dama de su corte para rogarle consejo, viendo que Cayo Julio era convocado a otro lugar del salón. La reina sabía que Arsinoe pertenecía a una antigua raza de mujeres oráculos que se habían dedicado a la adivinación en los santuarios de Isis, Tanit y Afrodita en las orillas del Mar Interior, donde eran consideradas como sacerdotisas sabias e intocables de la Madre Tierra. Sentía un inmenso respeto por ellas.

Todas sin excepción se sentían orgullosas de propiciar el contacto con los dioses, y no admitían ser gobernadas por los hombres, ni que estos interfirieran ni en su sacra misión, ni en sus sentimientos. Eran mujeres libres dedicadas al culto más arcano de la tierra.

—¿Qué desea de mí la hija de Hammon y predilecta de Isis?

La soberana la miró con suspicacia y siguió hablándole en griego.

—Gracias por ofreceros a escuchar mis palabras, venerable sacerdotisa de Astarté. Veo con sorpresa cómo en una sociedad casi bárbara como la romana, que solo hace unas lunas se alimentaba de nabos, coles, puerros y rábanos, y que ignoraba las delicias de la civilización de Oriente, se os tiene tanta devoción —le confió.

—Los romanos son muy celosos de sus dioses, pero con César abren sus corazones a otros credos y religiones como las nuestras, señora. Lo creen un renegado porque protege las artes y admite otros dioses.

—Mi esposo ha concebido en su mente una nueva Roma. ¿Pero lo dejarán? —se preguntó la soberana, que lanzó al aire un suspiro de angustia.

La sibila examinó con detenimiento a Cleopatra. No era una mujer bella, pero sí resuelta, inteligente, conspiradora nata y muy seductora, y conociendo a los supersticiosos romanos, multiplicaba su condición de hija de los dioses, accesible a sus padres. El brillo de sus ojos maquillados de negro y azul era inquisitivo, y sus palabras, dagas certeras. Vestía una túnica egipcia bordada en oro y se cubría la cabeza con un velo que sujetaba una serpiente del Nilo de plata y esmeraldas. Su perfume era arrebatador, y el escote lo adornaba con un collar con un escarabajo de lapislázuli, símbolo del dios halcón, Horus.

—Sé por las señoras Calpurnia y Lucrecia que en el templo de Isis de Pompeya habéis celebrado cultos a la inmortalidad, y también aquí en el oratorio de Serapis. Me llenáis de orgullo. Sois mi Egipto en Roma.

—Muchos creyentes romanos conocen a Sha-it-Thor, la diosa de la Mirada Oculta, por mí, también a Shait y Athor. Mis antepasadas y mi propia madre se educaron en la ciudad de Esné, en Denderah.

—Sois una seductora sorpresa para mí, *asawad* —le participó afable.

Pese a la franqueza de sus palabras, su intención no le quedaba clara.

—Además, mi reina, creo en Pirón, el ser supremo que creó el universo, y en el tiempo eterno que nos aguarda tras la muerte. Isis es para mí la diosa creadora que se muestra por muchas identidades. La tríada de Osiris, Isis y Horus representa para mis devotos la lucha entre la luz y las tinieblas, el símbolo de la vida misma que debemos afrontar cada día.

Cleopatra emitió un brillo en sus ojos que llegó a afectar la timidez de la *pitia*. Aún no sabía para qué la había llamado, con sus suspicaces rodeos.

—¿Sabéis que me extrañó sobremanera que en la inauguración del templo de Venus concluyerais con una oración egipcia? ¿Por qué lo hicisteis?

La africana se sorprendió. Era una plegaria estrictamente familiar.

—Os referís a: «Diosa Maut, esposa del sol, manantial de la fertilidad, Ave Fénix y soberana de la noche, haz renacer la vida.»

—Ciertamente —dijo—. Solo la he escuchado en los templos de Tebas, Alejandría y Menfis. Maut es la esposa de Hammon, el sol que nos alumbra.

Arsinoe se emocionó ostensiblemente al recordarlo.

—Lo sé, mi reina. Esa súplica la recibió mi madre Arisat de su madre, y esta de la suya. Fue suma sacerdotisa de Ishtar, y solo ella y yo la hemos recitado ante su altar. Quise recordarla junto al tabernáculo de Afrodita de Roma, en su recuerdo. Un homenaje, mi señora.

—¿Ya no está entre nosotros, Arsinoe? —se interesó.

—No, excelente soberana, murió siendo yo una niña.

—Qué horrible desgracia. Lo siento, pero recibiste sus dones.

—A través de la leche materna. Son hereditarios entre las mujeres de mi familia, de indudable origen egipcio, como mi nombre mismo —le confesó con amargura—. Conmigo morirá ese talento, pues dediqué como ofrenda mi matrimonio a la *Magna Mater*, precisamente por su recuerdo.

El tono caluroso de la reina, una pantera en estado de caza permanente, no solo no estaba teñido de soberbia, como aseguraban las matronas romanas, sino que le parecía muy familiar.

—Otro día me tenéis que contar su historia. Me interesa mucho.

—Cuando lo desee, mi reina. No faltará la ocasión —se comprometió.

Cleopatra acercó su asiento al de la sibila, que se sorprendió.

—Venerable sacerdotisa, os he llamado porque al fin mi esposo, Cayo Julio —ya sabéis que nos casamos por el rito de Hammon en Alejandría—, me ha concedido licencia para celebrar en Roma la festividad de Isis, o lo que es lo mismo, la conmemoración del naufragio del sagrado barco de Neshmet, la salida del sol y la belleza de Osiris. Hemos convenido que aquí se llamará «del *Carrus Navalis*» y conmemoraría el episodio de la «loba Luperca» amamantando a Rómulo y Remo. Él está muy ilusionado, os lo aseguro, y así uniremos los dos ritos, el de mi país y el romano.

—¿Y qué deseáis de mí, señora? —se interesó Arsinoe.

—Que presidáis los ritos de la celebración —le rogó—. Yo haré el cometido de Isis, pues soy su descendiente por línea real. El vuestro será el de su sacerdotisa suprema —la ilustró—. Cuando Julio regrese de la guerra de Hispania, invitaremos al pueblo y lo animaremos, como en Egipto, a disfrazarse de Neptunos, nereidas, tritones, sirenas, Helios y Artemisas. El ceremonial será muy señalado. ¿Os agrada el cometido?

—Sí, claro —dijo Arsinoe no muy convencida de su papel.

—El mismo Cayo Julio, Pontífice Máximo, se ha ofrecido a leer el episodio de la fundación de Roma —corroboró—. Será un día inolvidable para Roma. Mi esposo me ha hablado de la sibila de Gades en términos muy elogiosos, y os agradecería vuestra participación.

Arsinoe la miró y destiló una sonrisa afable.

—Es una gran dignidad que contéis conmigo para esa solemnidad.

Cleopatra, saltándose el protocolo, le tomó una mano con afabilidad.

—Dada vuestra disposición, permitidme que os suplique otra cosa más.

—Decidme. Si de mí depende, contad con ello, mi reina.

Por su inmediato silencio, la sibila pensó que debía de ser personal.

—En Egipto este sagrado rito contaba siempre con la inexcusable participación de una danza de la fertilidad ante la diosa, que llevaban a cabo las bailarinas de la isla Elefantina. ¿Podríais usar de vuestra influencia en el templo de Astarté de Gades para que participaran en la festividad las *puellae gaditanae* de ese emporio? Yo correría con todos los gastos —dijo.

Lo pidió con tal convencimiento y cordialidad, que la *pitia* contestó:

—Considerando que muy pronto se cerrarán los puertos a

la navegación, habría que proceder de inmediato con ese cometido. Creo que el gran sacerdote Balkar no se negará a mi petición. Eso espero de él.

A Arsinoe le costó gran esfuerzo disimular que el encargo sería arduo. Tenía que cumplir con una obligación que no le incumbía a ella misma.

—No sabéis lo feliz que me hacéis. Que la diosa os lo premie, Arsinoe.

Cleopatra le dio a besar su anillo y le dedicó una dilatada y fraterna sonrisa. Después adoptó su habitual, altiva y glacial actitud.

Arsinoe regresó a su casa en el Celio. Había decorado el atrio con bustos de filósofos y héroes atenienses y en el columbario había emplazado el fuego sagrado del templo de Astarté-Marina de Gades, en un candil de barro traído de Hispania. No poseía como los romanos máscaras funerarias de sus antepasados, pues no era costumbre de su raza, aunque sí un altar dedicado a Tanit y a su madre perdida, atestado de flores y lamparillas.

El *tablinium* para recibir visitas de sus amigos lo habían exornado artistas griegos con enóforos de cristal de Neápolis y vasos de Arrentium. La cuadrilla de esclavos que le había proporcionado Lucio Balbo acreditaban su procedencia y buena conducta. Entre ellos se encontraban una *ornatrix* natural de Salamina, de nombre Briseida, con la que intercambiaba en griego *koiné* confidencias y murmuraciones. La estaba aguardando en el peristilo con una lámpara, y se alegró al verla.

—Bienvenida a la *domus*, mi señora. ¿Os preparo el baño?

—Sí, Briseida, y prepárame también una infusión de belladona —le ordenó—. Tengo un terrible dolor de cabeza. Platicaremos un rato.

Pese a su amabilidad, frescura, lealtad y discreción, Arsinoe pensaba que no se parecía a su añorada Tamar. La echaba de menos, y entendía que ya no la vería nunca más, si no era en la otra vida.

Al final del verano una alfombra de anémonas brotaba en el Celio con sus sedosos pétalos aromatizando los aires. En el jardín de Arsinoe languidecían en el estío tres cipreses rodeados de las encarnadas florecillas.

Era media tarde, la hora undécima, y el calor había aminorado. Se hallaba en su cubículo escribiendo la carta de petición para Balkar transmitiéndole el ruego de Cleopatra —que era como decir de César—. Debía entregarlo al *cursus públicus*, el correo de la República, cuando escuchó un murmullo en su apacible quietud, y levantó la cabeza. Era su provocativa amiga Clodia Pulquer, que caminaba con sus pasos cortos hacia el peristilo. La acompañaba una esclava con una sombrilla de seda. Las matronas romanas la acusaban de tener una lengua mordaz, de su excesiva frivolidad y de ser una mujer presuntuosa. Pero a la sibila no le parecía que fuera tan superficial. Al contrario, era una dama muy clarividente y refinada.

—¡*Salve, cara* Arsinoe! —saludó al anunciarla el *nomenclátor* de la casa.

—*Saluten*, dilecta Clodia. Te veo bellísima esta tarde. ¿Qué maquillaje usas para esta hora? Tu cutis brilla como el lucero del alba. ¡De veras!

—¿Tú me lo preguntas? Lo compré en la tienda de ese fenicio de tez colorada y nombre impronunciable donde tú lo compras. No hay moda que no uses y que no la copiemos las matronas romanas enseguida, querida.

—¿Zacarbaal de Tiro? Sus artículos son insuperables, Clodia. Pasemos a mi habitación. Allí podremos hablar descansadamente.

Una criada sirvió unas copas de un fresco elixir de nébeda, dátiles e higos de Esmirna, y se acomodaron en dos mullidos triclinios.

Para la sibila, Clodia era una mujer insondable y apasionada, además de una beldad de la que estaba enamorada media Roma, incluidas muchas matronas. Despreciaba la autocompasión, le importaban una higa las habladurías y los cuernos puestos a sus maridos, y desdeñaba la piedad con los más débiles. Cicerón, al que había dado calabazas, propagaba por la ciudad que era una puta vulgar y una amoral dispuesta a envenenar a sus maridos y cometer incesto, acostándose con su bello hermano Clodio.

Sus amores con el poeta Cátulo, fallecido años atrás repentinamente, eran cantados en las calles por los rapsodas, por la nobleza de sus pasiones. Clodia admiraba de la sibila su esplendorosa belleza, su discreción y desenvoltura, pero en el enredo femenino era penetrante y sagaz, aunque jamás denigraba a nadie. Se notaba que había sido instruida para dominarse y mostrar una gran capacidad de control. Parecía que podría quebrarse como una caña en el estío, pero poseía una fuerte personalidad y un gran dominio de sí misma. Y su lealtad era siempre inalterable.

La hermosa y refinada dama entresacó de su bolso un rollo de papiro que soltó en la mesa. Arsinoe lo identificó como un poemario de Cátulo, su poeta preferido y antiguo amante de Clodia. Se emocionó.

Como si se avergonzara, Clodia dejó correr dos lágrimas por su faz.

—Son los veinticinco poemas en hexámetros que me dedicó mi adorado Cayo Valerio. Me verás identificada con el nombre de Lesbia, con el que me nombraba en sus versos, y a solas en el lecho de amor. Expresa todo un muestrario de sentimientos, desde el arrebato hasta la amargura.

—¿Aún lloras su pérdida? —se interesó la sibila.

—¿Cómo podré olvidar a un alma tan elevada y selecta? Morir con treinta años es morir en la plenitud. Era un alma tocada por el aliento de Eros, Artemisa y Apolo. Era además apuesto y muy grato en el trato.

Deseaba consolarla tras haber perdido su vínculo amoroso.

—Su estilo y finura en el último poemario que he leído, *Atthis*, me han sublimado, Clodia. Te envidio, pues yo no he conocido nunca el amor de un hombre. Y si conozco los goces de la cópula es por mi dedicación a la diosa Madre, sin la vivencia del enamoramiento. ¿Cómo es el amor? No lo sé.

En el rostro de Clodia podía leerse un doloroso escepticismo. Furtivamente se enjugó las lágrimas que empañaban sus ojos. Después se abanicó y fijó sus enormes y sublimes ojos negros en la sibila.

—Mi amor todavía surge en el fondo de su recuerdo, que no consigo borrar. Con la tristeza vaga lo que nunca fue y el misterioso encanto de lo que pudo ser, querida. Al morir Cayo me refugié en mi propio caparazón, tensa y herméticamente, hasta que la vida me reclamó. Te envidio. Conoces los goces del amor, pero no sus sufrimientos —le reveló con tristeza.

—Has dado pruebas de gran entereza por tan trágica pérdida, Clodia.

—¿Y del deseo, qué me dices, Arsinoe? Es una emoción única para una mujer. Se abren todos nuestros poros y sientes un volcán en el estómago.

—He deseado a muchos hombres —le contestó a la *domina*—. Pero considero que el amor solo acarrea sinsabores y humillaciones.

—¿Y ahora? —se interesó Clodia.

—También —sonrió—. Deseo a un hombre casado con una buena amiga.

—¿Lucio Cornelio Balbo?

—Puede ser, querida. Pero no degustaré de ese panal—. Y se sonrojó.

Clodia suspiró, y para aminorar la emotividad, cambió de tema.

—No era mi intención interrumpir tu escritura, y menos aún turbarte con mis incertidumbres —dijo la *domina* con la voz todavía quebradiza.

—Tú siempre eres bien recibida en esta casa, Clodia. Siempre.

—Escucha, he venido por uno de tus remedios milagrosos para un amigo, y también amante, al que aprecio mucho. Sufrió hace poco «la fiebre del río», y aún se encuentra enflaquecido, por lo que no podrá enrolarse en el ejército de Julio, su gran deseo, si le persiste ese desfallecimiento. Tu intuición para los males me ha impresionado desde que llegaste a Roma.

La confianza que le transmitía agradó a Arsinoe.

—En las ciudades púnicas también le llamamos «la fiebre del heno», o «de los cañaverales», y es más una alergia que un mal. Muy propia del estío —la ilustró, y se levantó para recoger de un estante cuatro bolsas de cuero, de las que tomó unos puñados de hierbas y raíces—. Que se las maceren y se las sirvan como tisana durante quince días. Mejorará, te lo aseguro, y podrás calentar de nuevo tus sábanas —concluyó con una sonrisa pícara.

—¿Qué son estos hierbajos que huelen tan olorosamente, *cara*?

—Tu amante tiene mal compensados los fluidos que discurren por el cuerpo humano: la flema y la sangre. Hay que equilibrarlas con un electuario fuerte, que yo llamo «de tragacanto». Llevas mandrágora para la inflamación de la garganta, nébeda para purificar los pulmones, y raíz de peonía y tragacanto o astrágalo para la fiebre.

—¿De dónde has adquirido toda esa ciencia? ¿Es brujería, Arsinoe?

—¡En modo alguno, querida! —se defendió—. Mi madre me lo enseñó directamente del *Papiro de Ebers*, un libro de ciencia de los sacerdotes de Horus. Un tratado excepcional sobre medicina.

—¿O sea, egipcio?

—Toda la ciencia proviene de Egipto, incluso de ellos aprendieron su saber los filósofos, astrónomos y matemáticos griegos. ¿Lo sabías?

—Pues no. Eres un vasto libro de ciencia, *cara*. Procuraré no comentárselo a la *lamia* Cleopatra, o duplicará su arrogancia.

Arsinoe había percibido que las damas romanas se llamaban entre sí por apodos, generalmente ofensivos, y que la soberana del país del Nilo se llevaba la peor parte: *lamia*, hechicera o nigromante en el peor sentido de la palabra.

—Hoy mismo se lo llevaré a mi amante. Es un hombre apuesto, rico, amable y extremadamente inteligente. Me encanta su sentido del humor, su sonrisa permanente y su suave pelo gris del color de la plata vieja.

—¿Estás enamorada de él, Clodia?

—No lo sé, pero me siento a gusto a su lado —sonrió—. Forma parte del cenáculo de amigos leales a Cayo Julio y de tu patrono Lucio Cornelio Balbo. Un tipo interesante, sí. No está casado, y eso no está bien visto en la pacata sociedad romana. Cotillean a sus espaldas como si fuera un libertino.

—¿Lo conozco yo? —se interesó Arsinoe.

—Es muy posible, aunque casi siempre está de viaje. Se llama Marco Druso Apollonio, y proviene de una noble familia de Sicilia. Es uno de los accionistas de la naviera Gerión y creo que espía para Julio César. Siempre intenta sonsacarme alguna información, y yo le digo lo que desea oír. Es un caballero muy apasionado en la cama. Además es algo filósofo, curioso de cuanto lo rodea y me proporciona emoción, sorpresas continuas y placer. Pero no quiere compromisos.

—Me parece que es hombre juicioso. Goces sin deberes. —Y sonrió.

Platicaron durante largo rato sobre la guerra de César, la sangrante situación de su esposa Calpurnia, a quien una intrusa había usurpado a su marido de su lecho, y las futuras sesiones de los ritos eleusinos que compartían, hasta que una hora después una esclava entró para encender las lámparas y servir vino y un refrigerio. Arsinoe veía a Clodia hermosa y tan frágil que no comprendía las acerbas críticas que se vertían sobre ella. Estaba muy satisfecha de su insobornable amistad.

—Querida Arsinoe, el dios Mercurio no me perdonará si no terminas de escribir tu epístola. Sé que dejaste muchos amigos en Gades. He de irme ya. Me esperan —dijo la dama.

Resueltamente, la sibila le respondió sin tapujos:

—Sí, es una carta de amistad, pero también de compromiso. La reina de Egipto me ha pedido que colabore con ella, para instituir en Roma una festividad de Isis, y desea que las bailarinas sagradas, o *puellae gaditanae*, del templo de Astarté-Marina de Gades, dancen ese día ante la diosa. Le pido al gran sacerdote que envíe hasta Roma a un grupo de danzarinas de la diosa, y no sé si aceptará.

La romana volvió su mirada hacia la sibila con sorpresa.

—Esa *lamia* egipcia es insaciable. No sabe qué hacer para atraerse a Julio y apartarlo de las costumbres romanas. Pura puesta en escena para exhibir su dominio sobre Cayo Julio. ¡La detesto, por Ceres! —exclamó.

Arsinoe daba por concluida la plática, cuando de repente un destello de alarma iluminó la expresión de la bellísima Clodia Pulquer. La *domina* estiró su cuerpo y entornó los ojos, como si un luminoso astro se asomara entre los nubarrones del cielo. La *pitia* se extrañó de aquel cambio tan brusco de su gesto. ¿La habría molestado?

—¿Te ocurre algo, Clodia? —se turbó la pitonisa.

—¡No! Estoy pensando. Tengo la solución para ti, y creo que te puedo liberar de esa obligación que te ha echado encima esa ambiciosa ramera de Cleopatra —le participó iluminando su rostro bellísimo.

—Es el mismo Julio quien lo pide. No puedo decepcionarlo —la cortó.

—El dictador no suele mezclar los asuntos de Estado con el placer.

Sin inmutarse, Clodia se hizo más accesible, sonrió con una mueca encantadora y le explicó lo que para Arsinoe seguía siendo un dilema.

—Te preguntarás de qué se trata. Hoy he venido a tu casa para pedirte un remedio para un amigo enfermo, ¿no? —le soltó de forma enigmática.

—Sí, claro —contestó la *pitia* sin saber para quién era.

—Pues bien, Arsinoe. Por una razón que ignoro y por una cuestión del caprichoso azar, siempre presente en la existencia de los mortales, ese amigo *quirite* enfermo posee una *domus* en el Aventino Menor que suelo frecuentar. Curiosamente en ella, en vez de adorarse imágenes de dioses del panteón romano o griego, sus hornacinas están dedicadas a Tanit, Astarté, Ishtar y Melkart, deidades fenicias, ¿no?

Arsinoe frunció el ceño. Realmente era un hecho insólito, pero dijo:

—No es de extrañar. Sicilia fue durante siglos una dominación púnica y me consta que allí aún rinden culto a los dioses de Tiro. Pero prosigue.

Clodia recompuso su elegante túnica y cruzó las piernas.

—Escucha, *cara*. Tras la guerra de África y de la batalla de Tapsos, donde mi amante consiguió la Corona Cívica por su valor, compró una esclava que él asegura ser natural de Tiro o Biblos por su formación religiosa y su lengua. Me aseguró que allí llegó a ser una de las principales bailadoras de Astarté fenicia en su templo original, con un título que no recuerdo. O sea, una auténtica danzarina de la Madre tiria —la informó.

Arsinoe, lejos de sentirse aliviada, se turbó, y no sabía por qué.

—¿De veras? ¡Qué curioso! —dijo con descreimiento.

—Resulta chocante, sí, lo comprendo, y no es habitual en Roma, aunque últimamente existe entre la alta sociedad el gusto por los credos de Oriente. Pero este caballero, Marco Druso, siempre deseó poseer un grupo de *puellae gaditanae* propio para sus festines y celebraciones. Ha reunido a varias jovencitas africanas que está preparando esa esclava fenicia. Te aseguro que forman un conjunto de excepcional plasticidad y belleza. Yo las vi, y me emocioné, créeme. Él está muy satisfecho.

La pitonisa estaba desconcertada. ¿En Roma un grupo de danzarinas de la diosa de Tiro y ella lo ignoraba? No podía ser, y hasta dudó de sus palabras. Se dirigió a su amiga con ansiosa interrogación:

—Pero Clodia, yo no necesito un coro de bailarinas para exacerbar los instintos más viriles y rastreros de los hombres en un espectáculo para borrachos e indeseables. Lo mío es un rito sagrado dedicado a Isis.

—Calla, querida —la cortó—. Te cuento. El otro día, para comprobar sus progresos interpretaron ante mí algunos cuadros de naturaleza no profana, sino mística. La conductora del grupo, esa esclava fenicia, los llamó de la Resurrección de la divinidad, de la Ofrenda de la Virginidad, y la última, del matrimonio sagrado entre Melkart y Tanit.

La sibila se refugió en una hermética reflexión. ¿Una bailarina «peinado alto» o *kezertum* en Roma? ¿Serían infundados sus recelos? Le era difícil aceptar la confidencia de su amiga. Pero, ¿por qué dudar de sus palabras? Tras la sorpresa, un destello de satisfacción vibró en sus ojos admirablemente verdes. Estaba impresionada.

—Sí, a esa ceremonia la llama la nación púnica la Hierogamia, o unión de los cuerpos. ¡Es asombroso! —dijo sorprendida.

Ante la interrogativa mirada de la sibila, Clodia insistió:

—Sé lo que digo, querida, y te garantizo su excelencia. Con mi primer marido visité Delos en una ocasión y asistí a los ritos eleusinos de Afrodita. En una de las celebraciones bailaron cinco danzarinas del templo de Tanit de Sidón. Jamás olvidaré su sensualidad y su destreza. Pero esta esclava y sus discípulas las superan en flexibilidad, magia y piedad. Te lo aseguro.

Sonriendo a medias, Arsinoe le agradeció el hallazgo de tan grata noticia. A pesar de sus iniciales escrúpulos, y sin dudar de la buena fe de Clodia, apreció enseguida su buena suerte y asumió el ofrecimiento.

—¿Y aceptará ese caballero ofrecerlas para el culto de Isis? —preguntó.

Clodia lanzó una sonrisa al aire dejando ver sus dientes perfectos.

—¿Con solicitantes como tú, la *lamia*, Lucio Balbo, César y yo misma, se va a negar? ¡Por la Bona Dea, Arsinoe! ¿Cómo lo dudas?

—Bien, si es tal como dices. He concluido la carta, y se han acabado de golpe mis desvelos. Sirven para lo que Cleopatra me ha solicitado. Otra cuestión sería si el ritual en cuestión fuera ante la diosa Astarté. No puedo creerlo, pero la diosa Fortuna nos sonríe.

En la contestación de Clodia había un matiz de satisfacción, y dijo:

—No sabes lo feliz que soy al haberte servido. Cosas del azar. ¡Ya sabes, Roma es una ciudad de milagros! Sueña con algo, y aquí se cumple.

—Aunque mi rango y misión no me lo permiten, he de conocer en alguna celebración a ese *quirite* y negociar el precio que estipulará —apreció la ventaja—. Posiblemente Cleopatra desee verlas actuar antes de la celebración. Que sea ella quien lo decida. Me has quitado un peso de encima, *carissima* Clodia.

—Es justo, querida. Bueno, te dejo, muy a mi pesar. Que Afrodita vele tus sueños —le deseó, y le besó las mejillas tras incorporarse del asiento.

—Que Astarté-Marina te conceda paz, Clodia. —Y la abrazó tenuemente.

Cuando volvió de acompañar a su visitante, la anfitriona no dejó de pensar en las danzarinas sagradas, en el sorprendente *quirite* de religión fenicia y en la extraña casualidad que le interponía la providencia del cielo.

Era poco antes del ocaso, y el moderado fulgor del sol esmaltaba las piedras de la *domus* de la sibila. Roma se iluminaba con un resplandor dorado que se extendía por las villas, ínsulas y foros.

El cielo presagiaba un otoño tibio y suave.

XXXII

In Munda, pugnavi pro vita mea
(En Munda luché por mi vida)

Roma, Januarius *(enero) y Munda,* Martius *(marzo),*
Hispania, año 45 a.C.

—No comprendo cómo esos pompeyanos han podido reha-
cerse en Hispania —le confió Volusio a Marco—. Esta infame
guerra no acabará nunca.

—Siempre tuvieron fuertes apoyos allí. Mi propio patrón,
Lucio Balbo, emprendió su carrera política siendo un fiel cliente del Magno.

—Según mis informes el culpable es ese Quinto Casio, el
gobernador escogido por César. Es un hombre torpe, inmoral e
ineficaz, ¡por Marte!

El centurión y el *quirite*, muy recuperado de su inoportuna
enfermedad, y ante el frío que reinaba en Roma, se habían cita-
do en una confortable taberna cercana al Circo Máximo, La Parra de Éfeso, regentada por un lycio que vendía un excelente vino de Armenia. Los *idus* de *januarius* habían transcurrido sin
sobresaltos y el Festival de las Ninfas se había celebrado con el
boato acostumbrado. Roma vivía en una paz calmosa, pero fic-
ticia. Los pompeyanos se rehacían en Hispania.

Volusio se había ausentado de Roma para preparar con Oppio el avituallamiento y el transporte de las tropas del general, y
hacía tiempo que nada sabía de su amigo Marco Druso.

En el bullicioso figón se reunía toda la farándula de las carreras de carros del Circo Máximo. Los mozos de las cuadras daban cuenta de una fuente de *puls iuliano*, un guiso cocinado con trigo, cebada, manteca, sesos y vino, que nadaban en una salsa espesa, mientras discutían de los aurigas. Marco adoraba el espectáculo de fervor y sociabilidad de las carreras de cuadrigas, donde los romanos discutían en cada esquina con inusitada vehemencia sobre las virtudes de los héroes de la arena.

El mesón olía a frituras, salchichas, a especias de Oriente y a humanidad, pero lo olvidaron dando cuenta de una jarra de vino asiático.

—¿Te enrolarás entonces en tu V legión, Marco? —se interesó.

—La guerra es desolación y muerte, pero mi sangre pertenece a ese cuerpo de hombres valientes y honorables. Sí, iré. Cayo Julio nos necesita, y espero estar de regreso en primavera y..., con vida. Añoro el deplorable rancho legionario, la vida miserable de los campamentos y el olor a sebo y bosta —le contestó irónico—. Pero sobre todas las cosas extraño no recibir órdenes de ese portentoso estratega que es el Calvo. Es una emoción que te incendia las venas.

Una mirada bastó al centurión para comprender aquel sentimiento.

—Lo sé. He combatido a su lado y junto a su padre. Un líder en el campo de batalla ha de ser enérgico e intuitivo, y no dudar, como le ocurría a Pompeyo. Si titubeas en el combate, no resuelves, no vences —dijo el soldado—. El fuego de la victoria sigue ardiendo en su corazón.

Volusio cambió de tema. Sabía que Marco no era un guerrero.

—¿Cómo va tu *ludus*? Jamás pude pensar que te metieras en esa ocupación tan arriesgada. No es fácil sujetar a esos hombres brutales.

—Por eso lo he hecho, Volusio, porque es un negocio muy rentable. Lo visité hace unas semanas y el galorromano que lo regenta lo lleva inmejorablemente. Hemos preparado veinte parejas, entre mirmillones con espada y escudo, *retiarii* de daga ibera y red, y los feroces tracios con sus cuchillos curvos. Me devolverán la inversión y grandes beneficios —mintió.

Marco trajo a su mente su reciente viaje a Preneste para recibir unas parejas de dacios, y cómo el enigmático proveedor que tanto ansiaba encontrar —Macrón— no había hecho acto de presencia tampoco. ¿Se resistía? ¿Recelaba de algo? ¿Había sido informado por alguien de sus intenciones? Sabía que, o hacía algo al respecto apretando al ambicioso Silviano, o nunca hallaría a Macrón. Se negaba una y otra vez a entregar personalmente las partidas de esclavos luchadores. Pero sabía cómo hacerlo. Tenía en sus manos al esclavista africano.

Pidieron otra jarra de vino y unos platos de brotes de puerros, atún cubierto con hojas de ruda, huevos cocidos y aceitunas del Piceno.

—Volusio, antes de tú partir para Massalia, estuve unas semanas en cama por una fiebre inoportuna y no pude verte para que me esclarecieras aquel enigma que me soltaste en el lupanar: «Me preocupa ese Macrón, e iré a tu casa a aconsejarte.» ¡Me alarmaste, por Marte!

—Cierto, pero no me atreví —explicó lacónico—. Luego tuve que viajar.

—¿Sabes algo de ese asesino violador, y me lo ocultas?

—Eres mi mejor amigo —aparentó prudencia—. Mejor dejarlo ahí.

Marco Druso palideció y su gesto se volvió tirante.

—No esperaba de ti tanto sigilo. Sabes de mi promesa de cumplir una sagrada reparación. Que mi madre fuera violada, atormentada y crucificada, siendo una mujer inocente y santa, no se olvida nunca, Volusio —dijo frío.

El centurión calló, pero cuando vio el temblor de la barbilla de su amigo, lo cortó. Apretó su hombro, lo tranquilizó y le confesó fraterno:

—Si lo deseas te contaré algo, Marco. No te ofusques, y escúchame.

Marco no dejó de escrutar los labios del centurión, que dejó ver sus dientes amarillentos montados unos encima de otros. Carraspeó, y dijo:

—Siendo como eres un hombre familiarizado con la alta política y conocedor de secretos de Estado, lo comprenderás. En esencia todo se reduce al poder. Ese monstruo de Macrón, como ya sabes, formó parte de la guardia del gobernador de Numidia, Sergio Catilina, quien después sería sentenciado a muerte tras su fallida conspiración contra la República.

—Sí, conozco ese funesto episodio de la historia reciente de Roma.

—¿Y sabías que César apoyó la investidura de Sergio Catilina como cónsul, y que pronunció un alegato contra la ejecución de sus compañeros de conjuración, y que Catón *el Joven* la paralizó tras una agria disputa?

—Lo sabía —adujo Marco.

—Pues bien, Catilina poseía el apoyo de muchos senadores, algunos amigos tuyos, y de bastantes veteranos de guerra a los que había prometido tierras, y preparó un levantamiento en Roma. Cicerón lo detuvo con su oratoria y descubrió sus perturbadores planes. Catilina huyó de la *Urbs* y fue declarado enemigo público. Finalmente fue vencido y muerto en Pistoria. Roma se expuso al mayor peligro que jamás haya conocido.

Marco movió la cabeza negativamente y sorbió del jarrillo.

—Entonces, ¿la actitud de César en la trama estuvo en tela de juicio?

—Sí. Algunos pensaron de una más que presumida complicidad en la conjura, aunque él ya se había retirado con prudente discreción de ella.

Marco abría y cerraba sus sudorosos puños, exasperado.

—¿Y qué tiene que ver en todo esto ese Macrón de los infiernos?

—Mucho —se pronunció enigmático—. Y te lo diré sin tapujos.

Marco palideció. Sabía que no le gustaría lo que iba a escuchar.

—Macrón está bajo la protección de Julio César.

Todo aquello le parecía una paradoja flagrante, y lo miró atónito.

—¡¿De César?! No puedo creerlo, por Tanit —exclamó estupefacto.

—Así es. A algunos de los veteranos de Catilina, como Manilio Macrón, Luscino, Fonteyo y un tal Grascio, cuando fue vencido su jefe, se les persiguió. Ellos buscaron en secreto apoyos entre quienes habían favorecido a su guía Catilina, entre ellos Julio César, entonces nombrado gobernador de la Hispania, y en Craso, quien les buscó nuevas identidades. ¿Entiendes?

—¿Quieres decirme que ese miserable está amparado por el mismísimo César? —preguntó el *quirite* con los ojos vidriosos de disgusto.

—Así es, Marco, aunque dudo que lo recuerde. El episodio de la conspiración de Catilina le hizo mucho daño a Cayo Julio. Fue amenazado de muerte y no acudió al Senado durante un año, temeroso de las represalias. Yo mismo me ocupé de su precaria seguridad, y sufrió lo indecible. Avisos, bravatas e intimidaciones. Es mejor no hurgar en ese nido de avispas.

—¡Por la maza de Hércules! —se revolvió el africano, incrédulo.

—Yo en tu lugar sería más precavido en este asunto —le aconsejó—. No sería bueno para ti revolverlo. Esos soldados son peligrosos y viven ocultos en la impunidad. César y Craso les dieron la oportunidad de cambiar de vida y licencias para comerciar en los puertos y mercados, lo que quiere decir que se hallan bajo su protección, y más ahora que es el amo de Roma.

Marco se movió inquieto. Resultaba inquietante lo dicho por Volusio.

—Confío en el sentido de la justicia de Julio César. Veo las cosas de forma diferente, ¡por Venus! —se revolvió contra la revelación.

—Debes sentirte muy confiado en tu influencia con el cónsul para arriesgarte a recurrir a él. Pero lo conozco. No le agradará desenterrar el asunto del complot de Catilina. ¿Quién sabe si esos veteranos saben algo que no deba conocerse? No pongas a César en esa tesitura. Hazme caso.

Marco sintió una lacerante amargura al impedírsele hacer justicia. Rígido por la revelación y por no poder apelar a César, le comentó serio:

—Ingenuo de mí. ¿Cómo no fui capaz de contemplar esa posibilidad? Entonces, ¿Macrón no cambió de identidad por sus infamias en África, sino por la trama de Catilina? ¡Por Júpiter tonante! —se lamentó.

—Cierto, amigo mío —lo ilustró con ademán tolerante—. Los crímenes de ese Macrón llevan el sello personal de Catilina, que proyectó una guerra brutal y exterminadora contra los ricos y patricios. ¡Vaya sujetos, por Marte!

Temeroso del rechazo del dictador, prefirió no seguir indagando.

—¿No sabes entonces el nuevo nombre de Macrón? —preguntó ávido.

—Craso se lo llevó a la tumba, y después de ser muerto en Partia al tragar un chorro de oro fundido, ni en el Hades podrá revelártelo, pues carece de lengua —afirmó el soldado, que sonrió mordazmente.

Marco dio un manotazo en la mesa que hizo que se vertiera el vino.

—¡Por las putas Parcas! Este asunto me conducirá a la locura.

—Un consejo, Marco: No revuelvas ese nido de víboras, y no preguntes donde no debes, o alguna noche te atravesarán el cuello con una daga. —Y Volusio hizo un gesto amable para convencer a su gran amigo.

Rígido por la alteración que había sufrido su alma, Marco Druso se incorporó y dejó unos sestercios en la mesa. Solo entonces sintió que algo se rompía en su interior. Él respetaba incondicionalmente a César, pero su sentido de la justicia y su promesa ante la tumba de su madre le dictaban intentar otro atajo, aunque este pasara por encima del respeto a César.

—Que la mano de la cautela cubra tu boca prudente, Marco.

—*Vale*, amigo Volusio —dijo, y se despidió amistosamente.

Julio César consideraba a los pompeyanos como rebeldes a la República. Era una herida abierta que agitaba y corroía al Estado.

En Hispania se habían hecho fuertes los dos hijos de Pompeyo, Sexto y Gneo, y los generales Attio Varo y el temido militar Tito Labieno. Tenía que relegar por un tiempo las reformas del Estado y las caricias de la interesada Cleopatra. César preparó todo en el más estricto de los secretos y envió sus legiones y máquinas de guerra en convoyes escalonados, luego salió tan precipitadamente de la *Urbs* que ni los agentes pompeyanos pudieron advertir su llegada a Hispania.

Se llevó a Octavio consigo para adiestrarlo en las artes de la guerra.

Corduba le seguía siendo fiel y lo mantenía informado de los movimientos subversivos de los pompeyanos, el resto de las ciudades de la Bética le habían vuelto la espalda, y eso lo enfurecía. Las legiones cesarianas emprendieron un alocado y largo recorrido en pleno invierno desde Roma a Obulco, fatigando caballerías y ánimos, hasta el punto de que el Calvo cayó enfermo de agotamiento y tuvo que desechar la proyectada conquista de Corduba.

A finales de enero la capital del río Betis, iluminada por un sol frío y nubes de polvo en suspensión, vio aparecer las columnas del liberador Julio César. Soplaban vientos de guerra fratricida.

Marco, pletórico pero exhausto, marchaba en su cabalgadura extenuado, aunque lo soportaba con resignación. Encima de su recio caballo volvía a contemplar el mundo de forma diferente, más despiadadamente. La suya era una legión de lobos salvajes dispuestos a dar la vida por su comandante en jefe. Las carreteras y caminos estaban impracticables y las botas de los legionarios se hundían en el barro y en los guijarros. En sus mentes circulaban ambiciosos deseos de expolio y muerte. Iban ligeros de carga y los batidores expoliaban todo lo que les sirviera para sobrevivir.

Era un ejército en marcha dispuesto a devorarlo todo, como una plaga de langosta. Dos días después de acantonarse frente al poblado de Munda, comenzó a llover y el campamento se convirtió en una ciénaga. Se veía a los centinelas encorvados bajo las mantas, con los rostros cansados, ateridos y con las barbas crecidas. No podían dormirse, pues el severo reglamento de las legiones romanas los condenaba a un terrible castigo: *quare somniclosus est*, ser azotados por sus compañeros a su voluntad.

Olía a fango y orines de caballo. El cielo de la Bética había adquirido un color azul grisáceo y se percibía la electrizante impresión de que iba a descargar una monumental tormenta. Con el frío en los huesos y envuelto en su capa, Marco visitó al dictador, que se hallaba tendido en el catre de campaña, aspirando el vaho de unos sahumerios. Tosía y moqueaba.

Dormitaba hecho un ovillo y con las manos debajo de su firme mentón. Se incorporó al verlo. Lo estimaba. La lluvia y el viento azotaban la lona, y solo la luz apocada de un flamero iluminaba su faz.

—¡*Salve*, mi general! Os noto de buen talante —lo animó.

—Marte ha levantado la mano para darme un respiro, nada más, *caro* Marco —dijo sonriéndole—. En unos días me veréis dando instrucciones.

—Y logrando la victoria total ante Lavieno. La última batalla, señor.

—El futuro siempre se cierne sobre nosotros como una sombra amedrentadora. Pero llegará la luz de la paz. Para abril, antes de que empiecen las Fiestas de Baco, nos hallaremos en Roma disfrutando de sus delicias —reconoció, alentado por el *quirite*—. Tú no eres un soldado, Marco. ¿Tienes miedo a la muerte? —le preguntó afable.

—Cuando lucho por la tierra que me cobija y mis ideales, desaparece. Creo que en el curso de nuestras vidas una casualidad insignificante puede salvarnos, o enviarnos al Elíseo. El destino es cosa del albur —atestiguó.

El rostro consumido y curtido de César se llenó de comprensión.

—Yo ya he vivido bastante y no me importa morir. La muerte, Marco, no es más que un estado de quietud, no un suplicio para mí. La parca pone término a todos nuestros padecimientos —opinó filosóficamente.

—La historia y Roma harán justicia con el gran Julio César.

El cónsul desahogó sus sentimientos, revelándole:

—¿Justicia? Yo siempre he procurado ser justo antes que generoso. Cada ser humano ha de recibir en la tierra lo que se merece, Marco.

Sin quererlo, César le había regalado un consejo apropiado sobre lo que debía hacer con Macrón: «Recibir su merecido.» Y si César se lo demandaba, le recordaría aquellas palabras, aunque se olvidara de la ley. Pero a menos que se decidiera a tentar a la suerte, nunca lo sabría.

Departieron de la batalla final frente al farallón de Munda, de los informes secretos de Nemus, tan necesarios en toda guerra, de sus posibilidades y de la táctica a seguir. El general se expresaba como un estratega temerario, obligado a llevar a cabo un providencial propósito. César vivía su propio mundo sin necesidad de nadie, y en su mirada brillaba el fulgor de que la vida aún le era muy deseable. Conforme fue acosando a los pompeyanos, en vez de matarlos, los iba incorporando a sus legiones.

—¿Cómo han evaluado los hombres el perdón a la guarnición pompeyana de Teba y a las otras, y su inclusión en nuestro ejército? —se interesó el general.

Mientras su físico le daba una copa con un reconstituyente, le dijo:

—Si algo os distingue de los demás comandantes, es vuestra magnanimidad. Virtud de dioses, creedme. Se han integrado agradecidos por vuestra piedad con los nuestros, *senior*. Nuestras posibilidades de éxito aumentan, y los hombres están deseando entrar en batalla.

El médico le enjugó el sudor de la frente y le hizo una señal a Marco.

—General, los legionarios rezan a Marte por vuestra recuperación.

—Diles que su jefe putero estará con ellos en dos días. *Vale, Marcus!*

El *pridie idus* de *Martius* (14 de marzo) amaneció sereno en los campos de Munda. El viento y la lluvia se habían apaciguado. Olía a resina, hierba mojada y espliego. En el firmamento azul magenta, un sol retraído bañaba de luz el valle, el farallón donde se alzaba la fortaleza y el poblado, y el riachuelo colmado de cañaverales de Cacherna, que separaba a los dos ejércitos contendientes.

Se había hecho el silencio, y solo se escuchaba el rumor del agua y los relinchos de los caballos. Los caballeros de la V legión *Alaudae* se habían congregado al amanecer en la ribera del arroyo, al lado de los jinetes de Bogud, con sus monturas de combate, que bufaban inquietas. El estandarte de la legión, un elefante bordado en oro, junto al numeral V, brillaba con los primeros rayos del día. Marco se ajustó el yelmo y miró atentamente las órdenes de su comandante. Todos estaban alerta. Él, además, inquieto.

La situación de los dos ejércitos estaba dispuesta y determinada.

En los declives de Munda se apostaban las trece legiones de Tito Lavieno, que, con la aparición del sol, habían comenzado a lanzar horrísonos alaridos de intimidación. Setenta mil vociferantes hombres protegidos en sus alas por tropas auxiliares de jinetes iberos golpeaban sus escudos. Frente a los pompeyanos, con el riachuelo de por medio, César y sus siete legiones. A la izquierda, la caballería númida y, a la derecha, los jinetes galos y germanos suplicaban el auxilio de sus dioses.

Resonaron las *tubas et cornu*, cornetas y cuernos de órdenes, y a paso acompasado, los legionarios de César, a la vista de las *signa inferre*, estandartes que ordenaban avanzar, cruzaron el cauce de agua, un ribazo helado a aquella hora de la mañana. Contemplaron al ejército de los hijos de Pompeyo, en una posición de excelencia, más altos que ellos. Las cohortes, formadas por tres manípulos, se pusieron en marcha.

No había quedado un solo pájaro en aquella pradera. Se habían refugiado en las copas de los árboles. Los cesarianos contaban con la evidente desventaja del terreno, pero los comandaba Julio César, y la fe en su jefe era inquebrantable. El tronar de los cascos se multiplicaba y el suelo reverberaba, como si se fuera a abrir de un momento a otro. Una avalancha imparable de hierro, gritos y muerte se iba a precipitar de un momento a otro sobre los soldados de Julio. Estaban preparados, y tiesos como palos.

Las capas al viento y la divisa del Elefante de la V destacaba en el palenque, junto a las insignias de la III y la X, la predilecta de César, con su emblema del toro, a la que también conocían bajo el nombre de *Veneria* o de Venus, deidad protectora de César. Destacaban las lanzas, los relucientes correajes y bronceadas hebillas de los caballos, los rostros inquietos y las respiraciones impacientes; y las espadas desenvainadas parecían colas de llamaradas.

El alboroto y los bufidos de las cabalgaduras y del entrechocar de las armas resultaron atronadores en la primera embestida, como si miles de centauros cruzasen las laderas arrancando la tierra. César, que veía cómo se ponía el sistema de combate de inicio o *ímpetus*, se sostenía de pie en los estribos, voceando la consigna de la batalla:

—¡O vencer, o morir! ¡Al ataque, romanos!

—*Caesar victor!* —contestaban clamorosamente sus hombres.

En las primeras horas, la *Alaudae* y la III *Gallica* combatieron heroicamente contra los legionarios y jinetes de Tito Labieno. Sus centuriones, Esceva, Voleno, Pulón y Crástico, valientes veteranos que seguían a César desde su primera batalla en Hispania, empujaban a gritos a sus hombres hacia el enemigo. Pero eran insuficientes para contener el empuje de tal enjambre de soldados pompeyanos.

César vio que podía perder la contienda si no rompía el curso perdedor de la batalla, ya que dos de sus legiones eran rechazadas hasta el río. Y aunque resistían la formidable presión como podían, las bajas estaban siendo muy considerables.

Marco resistía con sus hombres a la desesperada dando tajo tras tajo. No sentía nada, pero en sus piernas y brazos afloraban pequeños cortes que chorreaban sangre caliente. La sorpresa, la alarma y el pánico se habían apoderado del ala izquierda del ejército de César. La euforia de Tapsos había quedado atrás. ¿Había perdido el ejército cesariano sus agallas? ¿Era deseo del dios Marte que murieran tan lejos de su patria?

Eran superados, y tenían miedo a ser masacrados. Pavor y espanto.

—¡Qué final tan indigno! —gritaba César—. ¡Resistid, hijos de la Loba!

Mandó que los estandartes se concentraran, ordenando a voces el conocido *ad signa convenire*: reagruparse junto a su jefe y general.

Marco estaba cerca de él, y vio la marca de la muerte en su rostro, y hasta creyó que estaba pensando en clavarse su espada en el corazón, pues lo veía todo perdido. Labieno resistía con coraje y sentido estratégico, y avanzaba como una colosal lengua de fuego devastándolo todo.

—¡*Venus Genetrix*, concédeme fuerza, sálvame! —invocó a su diosa protectora, él que era un descreído de los dioses, y sus lugartenientes lo oyeron, mientras sus ojos iban de un sitio a otro despavoridos.

Tenía que hacer algo, pero algo inesperado, súbito y radical.

A caballo, el general se dirigió como un relámpago hacia donde se hallaba la Gemina, a la que suplicó un último esfuerzo. Marco y dos cohortes de la *Alaudae* lo siguieron. Pero sabían que iban al matadero. Al llegar, el general se apeó de *Genitor*, y desesperado se desprendió del yelmo y del escudo. Caminó sobre un revoltijo viscoso de cabezas y brazos amputados, y alzando la espada detuvo a sus fugitivos e intentó restablecer el orden en sus devastadas líneas, empujándolas hacia la masa pompeyana. Marco lo vio gesticular, amenazar y vociferar como un poseso. Aún se oía el redoble de los timbales para enardecer a los hombres.

Pero el miedo a morir se había instalado como una roca pesada en sus legionarios, que estaban petrificados y se resistían a moverse.

Pero Cayo Julio César, el invicto, venció a su miedo interior.

De repente apareció el *genio* que moraba dentro del alma del gran general. A Marco le sería imposible olvidar su cara de desesperación y se horrorizó con el ejemplo que iba a dar a sus soldados. Se adelantó unos pasos y se puso ante el enemigo, seguido a diez pasos del *aquilifer* de la V, el portador del estandarte del águila. Iba directo a la muerte. Y solo. Cayo Julio, parapetado en su escudo, no miró hacia atrás. Le importaba una higa que lo siguieran o no. Prefería sucumbir como un soldado y avanzó hacia los pompeyanos, mientras gritaba:

—¡Voy a morir el primero, y entonces vendrá el fin de la guerra que tanto deseáis! ¡Por Marte!

Los incondicionales veteranos de la X se enardecieron con su indómita conducta. ¿Cómo iban a abandonar a su jefe, amigo y guía? Y determinaron seguir como una manada de corceles al viejo jefe. Al instante sonó un vozarrón:

—¡Romanos, ¿vamos a dejar que muera y se lleve ese calvo adúltero y mujeriego la gloria para él solo?!

—¡Adelante! *Vae victis!* —gritó Fabio Máximo.

En menos que canta un gallo, el delirante Julio fue rodeado por los tribunos y por sus enardecidos oficiales, que se unieron en su solitario y alocado embate, como una compacta piña de feroces luchadores, dispuestos a dar la vida por su caudillo. Era como si hubieran escuchado dentro de su corazón la trompeta del valor tocada atronadoramente por su general.

Aquella inteligencia iracunda de César y su valor inaudito habían hecho mella en los cesarianos, que comenzaron a empujar a los pompeyanos con una fuerza desconocida. Una lluvia de flechas cayó sobre ellos. Las esquivaron como pudieron, y siguieron avanzando. Marco era consciente de que aquel hombre despertaba en sus hombres una atracción y una influencia sobrenatural.

La caballería de la *Alaudae* evitó que fueran cercados. Galopaban sobre sus caballos de belfos espumosos, espada en ristre. Y como en la batalla la fortuna es el premio de los audaces, Tito Labieno cometió un error de principiante, atenazado quizá por el miedo de la estratagema de César. Viendo que este y su X legión atropellaban a sus legiones del flanco izquierdo, se trasladó con gran parte de sus hombres para interceptarlo. Pero, capricho de los dioses, muchos creyeron que huían hacia su campamento para protegerlo del saqueo, incluso el mismo César.

Era la ocasión que esperaban.

El cónsul dio las órdenes oportunas y los jinetes númidas e iberos de Bogud envolvieron al ejército pompeyano por la retaguardia y sembraron el desconcierto y la muerte en el flanco dejado vacío por Labieno. El falso movimiento había precipitado su propio desastre. El campo de batalla se tornó entonces en la caza inmisericorde de los pompeyanos, en un alboroto de impactos de hierros, en el piafar y los relinchos de los caballos abatidos, en golpes de espadas, juramentos y resoplidos. Venus protegía a César.

—¡Por Marte, masacradlos! —gritaban los oficiales.

Marco, enloquecido y tinto en sangre, se afanaba en alertar a sus hombres de los puntos débiles en su defensa de César, y de la X. Sin embargo, sin saber de dónde les vino, él y sus jinetes recibieron una andanada de piedras, arrojadas por un grupo de honderos baleáricos. Varios oficiales cayeron de sus monturas ante los durísimos impactos. Entre ellos Marco, que apretó los muslos a su corcel, pero no pudo sostenerse en la silla.

—¡Me han cazado, por las Parcas! —exclamó con voz apagada.

Como un fardo cayó de bruces y sin sentido en la tierra. Se había hecho la ausencia total en su mente.

No supo el tiempo que estuvo inmerso en la más absoluta inconsciencia, quizá solo unos instantes. Se levantó molido, tambaleante y sediento, y vio a algunos de sus soldados muertos con las cabezas hundidas por los pedruscos, y a otros malheridos lanzando al cielo maldiciones. El polvo de la batalla había oscurecido la luz del sol y las ramas de los árboles no se distinguían. Marco se despojó de la celada y comprobó que esta le había salvado la vida, pero al hundirse en su carne, le había producido un doloroso piquete en la frente, del que manaba un menudo chorro de sangre. Y estaba aturdido.

Se anudó un pañuelo sucio en la cabeza y vio que su caballo había desaparecido. Tomó su espada, y corriendo, siguió a los legionarios de César, quienes emitiendo vozarrones desentonados, perseguían cerro arriba a los de Labieno y emprendían el expolio del campamento enemigo entre griteríos y alaridos. Marco esgrimió una sonrisa triunfal.

—*Caesar, victor!* ¡Victoria! —exclamaban enardecidos.

Julio acentuó el ataque y se dispuso a asestar el golpe definitivo a los hijos de Pompeyo. Se abrió paso con su espada, y aunque lastimado en el brazo, soltó el escudo y siguió al tropel de sus veteranos, que no se detenían en la masacre. Los venablos silbaban en el aire como rayos y se clavaban en la flema de las gargantas enemigas. Muchos de los aterrados pompeyanos no tuvieron ni tiempo de huir. Morían sin piedad.

Arrodillados imploraban clemencia, pero eran sistemáticamente decapitados y masacrados con una crueldad brutal. Saltaba la sangre a borbotones, y ya fueran jefes o soldados, iban cayendo uno tras otro con los cráneos descalabrados contra las rocas, los tendones partidos y sus miembros cercenados. Mandobles tremendos de los guerreros de César, espinazos partidos, sangre derramada, lanzas que atravesaban los cuerpos, barrigas abiertas de corceles encabritados, crines negras azotando como látigos y maldiciones de los heridos se sucedieron durante un largo rato.

Al atardecer todo terminó con el espantoso silencio de la muerte y de la atroz y vertiginosa masacre. Quince mil pompeyanos pudieron escapar y refugiarse tras las murallas de Munda y otros tantos buscaron como lobos espantados la seguridad de Corduba. Gneo Pompeyo huyó con algunos comandantes hacia las Columnas Heráclidas, donde se hallaba estibada su flota. Tito Labieno y Atio Varo habían muerto en la refriega final.

Llamas, dolor, lodo, quejidos, devastación, muertos y desolación reinaban en Munda.

Cuando César y su estado mayor regresaban al campamento bajo el azul precario, vieron yacer desperdigados los cadáveres de miles de compatriotas. Los alazanes, ajenos a la matanza, husmeaban entre los guiñapos sanguinolentos de sus amos destrozados y bufaban en la soledad de la destrucción. Sobre el enemigo había caído el más cruel de los veredictos divinos.

—General, ¿por qué pusiste tu vida en tan expuesto riesgo? —se interesó uno de los comandantes más queridos por el dictador.

Con una mueca fija, satisfecha e inquietante, Cayo le confesó:

—No te podría explicar, Máximo, pero me sacudió algo que procedía de una cólera reprimida y de la resistencia de mi alma a rendirme con deshonor. Me daba igual morir.

—Fue una acción propia de un titán, general, pero irreflexiva —insistió.

—Solo fue un acto de fe, Máximo —reveló César a su oficial.

—¿Fe en los dioses de la Roma eterna? —se interesó.

Julio lo miró, y le lanzó su respuesta con gesto cáustico.

—¿En unas estatuas sin vida? No, en mí y en vosotros, ciertamente.

Aún no había anochecido y un sol violáceo se ocultaba por el horizonte. Antes de entrar en el *pretorium*, la tienda del general, César saludó agotado a sus oficiales con el rosto salpicado de sudor:

—Mis leales, gracias por vuestra ayuda. Y os lo aseguro, a menudo he combatido para conseguir la victoria, hoy, por vez primera, he luchado por salvar mi vida. *In Farsalia pugnavi pro victoria, in Munda pro vita mea.*

Una imponente aclamación saludó a su general triunfante, otra vez.

—*Ave Caesar, ave Consul, ave Imperator!* —lo aclamaron.

—Que la República de Roma os lo premie, mis leales —los saludó brazo en alto, mientras se colaba en la tienda y se precipitaba en el catre.

Había asomado una luna apagada que apenas si alumbraba los muertos que yacían en el valle de Munda y en los bordes del Cacherna. Marco se puso en manos del *miles medicus* de la V legión, que le cauterizó la herida de la frente con *dictamus* de Creta, un cicatrizante poroso que escocía como si le hubieran aplicado un hierro candente en la frente. Se serenó, y tras beber agua y vinagre se recostó junto a sus hombres.

Una bandada de buitres aguardaba para dar cuenta del festín.

Al día siguiente, las cabezas de Publio Accio Varo y de Tito Atio Labieno, las águilas, lábaros de las legiones pompeyanas y armas que habían dejado atrás los vencidos, fueron presentadas al general victorioso. Marco sintió asco y volvió la cabeza. Resultaba atroz contemplarlas.

—La traición a Roma es un viejo delito que se paga con la muerte —dijo—. *Dura lex, sed lex Romae.*

Cayo Julio ordenó bloquear Munda con estacas atravesadas con los cuerpos de los cadáveres, para evitar una posible escapatoria, y dejó al mando del asedio al comandante Fabio Máximo. El general victorioso partió para Corduba, lugar donde se había refugiado Sexto Pompeyo, quien mandó incendiar la ciudad, temeroso de que sus habitantes se unieran al vencedor. Cuando llegó el cónsul a la ciudad era un cúmulo de ruinas. Sus soldados, furiosos por no encontrar el botín esperado, masacraron a miles de ciudadanos de todas las edades, con la brutal furia del guerrero enojado.

Los veteranos de la X legión, exigieron que los sobrevivientes fueran subastados como esclavos. César no pudo contener a sus tropas aunque lo intentó, ni la masacre, ni la posterior venta, y exigió severos rescates a las ciudades que estuvieron involucradas en la sublevación pompeyana.

En Gades, su leal y amada ciudad, que lo había abandonado aliándose con los pompeyanos, se le presentó la cabeza de su último enemigo de peso y el instigador principal de la guerra fratricida: Gneo Pompeyo, que se había batido en cobarde retirada.

Supo en Gades que Sexto había huido presurosamente, para refugiarse en el país de los lacetanos, entre el Iberus y los Pirineos. Allá por donde pasaba iba dejando un reguero de robos, rapiñas y extorsiones con su desesperada banda de legionarios desertores. No lo perdería de vista.

No sirvió de nada ver a sus pies la testa ensangrentada del hijo del Magno. Obligó a los gaditanos a entregarle sus tesoros, por deslealtad. Entre ellos el del templo onírico de Melkart, donde Arsinoe le había predicho su gloria. César era justo, pero también implacable con los indignos.

Marco, que cabalgaba en la retaguardia con los que habían recibido algún tajo de espada o estaban descalabrados, era curado por los físicos de la *Alaudae*, que le restañaban las contusiones. Las lluvias se había disipado y los cielos empezaban a despejarse y enviar aires tibios y saludables.

Antes de entrar victoriosamente en Hispalis —Sevilla—, vio a César lamentarse de la guerra. Estaba harto de las malquerencias de los pompeyanos, de las rebeliones, de las deserciones de ciudades hispanas del sur; y le había dolido la traición de Tito Labieno, su antiguo y leal general, que lo había abandonado por los hijos de Pompeyo. Por eso se le habían grabado en el rostro profundas arrugas, y con los ojos entrecerrados y los labios apretados, observaba cuanto lo rodeaba con amargura.

Tenía grabados en su faz los vapuleos que la vida le había proporcionado. No esperaba nada de nadie, y mientras cabalgaba junto a los oficiales de alto rango, le asomaron algunas lágrimas en los ojos. La maldita guerra civil había arrasado lo mejor de la juventud romana, y su autoestima había descendido al ras de la tierra.

—Todos nacemos de la sangre y del sufrimiento, y la vida está llena de cicatrices. Pero es hora de convertir las espadas en arados —dijo al dejar Hispalis—. Precisamos recuperar la dignidad perdida. Incluso yo.

Roto y hastiado, Julio decidió volver a Italia en las *ante calendas* del mes séptimo (julio), cuando los legionarios se habían saciado de botín, juergas y expolios. Lo hizo instalado en un amplio carro, porque su salud era precaria. En Narbona lo esperaba parte del Senado y Marco Antonio, que había volado a abrazarlo y reconciliarse con el dictador, tras dos años de separación política. ¿No sería que le incomodaba ir detrás de César en sus triunfos? Entre ellos también se hallaban Junio Bruto y Trebonio, que según los espías de Nemus conspiraban para matarlo.

Su estrella comenzaba a declinar, y dijo estas palabras al Senado:

—*Seniores,* ya he vivido bastante. Que los dioses dispongan de mí —y prosiguió—. Entre vosotros, doctos Padres de la Patria, hay muchos versados en la historia de nuestra religión, y sabéis que al viejo sacerdote del dios Nemi suele matarlo su propio sucesor, cuando aquel ha cumplido el ciclo de su ministerio en la tierra. En vuestras manos deposito mi vida.

—Todos velaremos por ella —contestó Dolabella sentidamente.

Cayo Julio arribó a Roma en septiembre, el mes dedicado a Vulcano y Baco, dios de la vendimia, para celebrar su quinto y último triunfo con sus soldados. Y lo hizo a la vista de todos, acompañado por el joven Octavio, con el que se había reunido en Calpia, Hispania, para presentarlo como su sucesor. No había combatido en Munda, pero la campaña de Hispania, marchas, campamentos y penurias, lo habían fortalecido y había madurado. Julio cambiaría secretamente su testamento y adoptaría a su sobrino nieto, haciéndolo heredero de sus bienes, de su inmensa potestad política y del futuro del Imperio. Se comportaba como si fuera un viejo y todopoderoso dios instalado en su templo de poder, que intentara restañar con la concordia el flujo de sangre que él había causado a Roma.

Al llegar junto al templo de Júpiter Capitolino alzó según el ritual su lanza. La arrojó y quedó clavada en uno de los declives terrosos. Exclamó:

—¡La guerra entre romanos ha concluido! Vivamos en paz y acuerdo. Un *Imperium* basado en el orden, la razón y la concordia nos aguarda.

Unas ojeras oscuras y profundas venían a explicar elocuentemente su agotamiento. No se recluyó en su *domus* pontificia de la *Urbs*, sino en la aldea de Lavico, lugar plácido y agreste, y se excusó ante el Senado para no asistir a los Juegos Romanos. Estaba muy fatigado y su enfermedad hacía estragos en su extenuado cuerpo. El calor era incendiario y precisaba descansar y recapacitar sobre el futuro. Y sobre todo verse libre de aduladores y serviles intereses. En la soledad campestre del campo redactó su testamento y lo confió a la Gran Vestal de Roma: Cayo Octavio se convertiría en su heredero si él moría, arriesgando con aquel acto el futuro político de la moribunda República.

En la idílica vida rural reconstituyó su precaria salud y sus ánimos.

Marco Druso, recién llegado al puerto de Puteoli con su legión, lucía una aparatosa venda en la cabeza. Fue entonces cuando le nació en los pliegues del corazón una rebeldía subversiva. Jamás iría a otra guerra, donde no había ni heroísmo ni nobleza, sino dolor y devastación. Imaginar su cuerpo bajo una tumba lo aterraba. Había matado a muchos compatriotas, pero honraba a los muertos, y la vida cuartelaria de los campamentos lo horrorizaba. La vida aún le era muy deseable.

Por vez primera en aquellos meses escuchaba el trino de los pájaros, por encima del entrechocar de las espadas y los bufidos de los caballos.

Era el complaciente sonido del sosiego, y pensó en Zinthia. Deseaba ardientemente su gustosa compañía.

XXXIII

Presagios del dios invencible

Roma, primeros días de septiembre del año 45 a.C.

Arsinoe penetró con sigilo en el templo precedida por su servidora, que portaba un farol encendido. Se distinguían en el portón los tenues resplandores de la luna, y el silencio era absorbente. Ninguno de los vigilantes le cortó el paso. La hora, en la primera vigilia, era intempestiva para presentar ofrendas ante *Venus Genetrix*, pero su secreto cometido era otro. Encontró a Cayo Julio sentado en una silla a modo de trono de marfil.

Había regresado transformado de su bucólico descanso en el campo. Lo notó consumido y la tez afilada, el duro mentón más prominente, pero con el aspecto posesivo de los amos del mundo. Oraba ataviado con la toga inmaculada de lana de Pontífice Máximo. Estaba solo, en medio del entramado geométrico de mármol del templo, y la aguardaba impaciente.

La sierva de Arsinoe, Briseida, portaba una bolsa con el *nebel* de doce cuerdas que le regalara su madre Arisat, para dedicarle un canto eleusino a la diosa, los ungüentos sagrados y dos redomas cerradas y lacradas con el elixir de la deidad. La sibila se cubría con un ropón de sacerdotisa oriental y abalorios brillantes, y se tapaba la cara con un velo. Arsinoe, que le hizo una profunda reverencia, miró al general con sus grandes ojos verdes y lo saludó:

—*Salutem*, cónsul. Venus aguarda tu descanso, y yo tu revelación.

—*Salve!* Me hallo dispuesto. He ayunado y orado, y os esperaba.

Las lámparas y velas antorchadas resaltaban la belleza de la *pitia*, quien depositó su capa sobre un escaño y se quedó vestida únicamente con una sencilla túnica sacerdotal ceñida con un cinturón de oro. El rostro del dictador se suavizó y esperó que la sibila lo aconsejara.

—Que Afrodita, hija de Júpiter, la dadora de la luz, nos procure el significado de vuestros sueños, *domine Julius*.

Arsinoe tendió la mano hacia Briseida, quien sin levantar la mirada le entregó el vaso que contenía el bebedizo del éxtasis.

—*Domine*, no temáis. Es el mismo bálsamo que bebisteis en Gades. Una mezcla de cáñamo del Ganges, ramas secas de laurel, burundanga de Egipto y estambres de ababol de Tingis, todos macerados en vino.

—Mi confianza es máxima. Lo beberé ahora mismo.

—Dejaremos que el alma hable. Es un exorcismo contra la ansiedad y la turbación sobre el devenir. Os acompañaré hasta la cámara.

Mientras cubrían los escasos veinte pasos desde el altar a los habitáculos de los sacerdotes donde dormiría César, Arsinoe le preguntó:

—Mi señor, sé que visitasteis el oráculo de Hammon en Egipto y que este os predijo que vuestro futuro se hallaba en Oriente, allá donde vivieron los dioses. ¿Lo creísteis? ¿No fueron excesivamente predecibles sabiendo que añoráis emular las hazañas de Alejandro de Macedonia?

—No, no es una obsesión, sino un proyecto militar y político, señora, al margen de auspicios y oráculos —se sonrió—. Sin acción, solo debes esperar la muerte. El *Mare Nostrum* no me basta. Conquistaré Persia, el imperio más hostil a Roma, como ya hiciera Alejandro, en menos de tres años. Las águilas, las enseñas y los huesos de Craso y de su hijo claman venganza y la vuelta para ser enterrados en su mausoleo de la Via Appia. Conquistaré Oriente, Partia, la India e Hircania, y Roma no tendrá más confines que los dos océanos que limitan la tierra. ¿Acaso Craso no fue dadivoso conmigo y financió mis deudas y mis campañas electorales? ¿No he de estarle agradecido, si además me admiró y me conmovió con su afecto y respeto?

César se tendió boca arriba en el lecho y lanzó un hondo suspiro. Arsinoe pudo ver sus cicatrices de soldado. Después bebió de un trago el brebaje y giró la cabeza sobre el almohadón. Sintió como si se hundiera en un confuso vacío. Lo último que vio, antes de penetrar en una espiral de vértigos y de caídas y vuelos por nebulosos abismos, fueron los ojos inefables color esmeralda de la *pitia*, en cuyas manos disponía su futuro.

La sibila pensó que aquel cuerpo desmadejado era el espejo no solo de sus batallas, sino también de sus decepciones y de las traiciones de la vida. Ya ostentaba el título hereditario de *Imperator*, y en su estatua del templo de Quirino podía leerse: AL DIOS INVENCIBLE.

Se había quedado profundamente dormido y la sibila lo miró absorta.

Tres soldados de su guardia hispana atrancaron la puerta y con su hercúlea humanidad se dispusieron a velar el sueño de su *dux* (jefe).

Ruidos inaudibles, excepto para una mente alucinada como la de la pitonisa, que había estado orando, inhalando sahumerios y tañendo su arpa, se sucedieron durante las siguientes vigilias. Escrutó el espejo de obsidiana de Tanit, solo visible en excepcionales ocasiones. Primero no percibió nada, pero tras inhalar el cáñamo indio y concentrar su mente en el «círculo vidente», como hacía su madre, comenzó a manifestarse tenuemente, y lo que vio la estremeció. Diminutos cuervos negros, los pájaros de la agonía, revoloteaban en tumulto atropellándose en sus vuelos y llenando de sombras el óvalo. Seguidamente desaparecieron dejando un alarmante fondo color escarlata que presagiaba según la arcádica sabiduría: muerte, víctimas, violencia, destrucción, sangre y las Parcas desatadas.

El mango parecía arderle en la mano y lo guardó impresionada en su estuche. Después se quedó pensativa y fatigada, hasta el punto que perdió el sentido durante unos instantes, quedando tendida ante el altar de Afrodita. La despertó Briseida, dándole unas palmadas en el rostro, y se incorporó desfallecida por el esfuerzo al que había sido sometida su mente.

—Cuando la diosa habla, su voz suena como el fragor de la tormenta.

El fulgor de los primeros rayos de sol acarició las paredes del santuario arrancando brillos refulgentes de las estatuas de oro de Venus y Cleopatra. Era justo al amanecer cuando Julio se despertó. Tenía la boca seca y los sentidos confusos. Se incorporó desorientado y se ató las sandalias. Tocó en la puerta y el guardia abrió.

—*Ave, Caesar!* —lo saludó el centurión y él le correspondió.

Se acercó a la pitonisa y humildemente se prosternó ante Arsinoe.

—Levantaos. No desatendamos a la diosa, cónsul. La ofrenda ha sido hecha, y se me ha manifestado en lo más insondable de mi espíritu —le dijo.

Notó una fría sensación en el cuerpo del dictador. Estaba preparado. Los párpados tintados de antimonio, los labios con polvo de alheña y la cara con el blanco de la máscara calcárea de las adivinaciones concedían a la suma sacerdotisa un aspecto sobrecogedor. César se estremeció y, tenso por la concentración, miraba a la *pitia* impaciente.

—¿Cómo habéis pasado la noche, *domine*? —se interesó.

—Envuelto en las tinieblas de mis ojos y en la penumbra de este lugar que habita mi Madre Venus. Me he despertado aturdido, pero confiado.

—Seguro que ha sido benigna con su hijo predilecto —le sonrió.

—Lo que soñé carece de sentido, Arsinoe —confesó—. Os lo aseguro.

—Contádmelo, os lo ruego, y os devolveré la paz de espíritu —le pidió.

El alba se colaba por las ventanas insólitamente templada.

—Veréis, señora —le reveló—. Cerca del alba oí la embalsamadora voz de Afrodita, ni tonante, ni discorde, como aseguran que hablan los dioses a los mortales. Era como música que me llamaba desde el Olimpo, y sentí una paz arrolladora. Me decía en tres lenguas diferentes, la etrusca, la griega y la latina: «¡Vuélveles la espalda! La Luz abandona tu aura.» Y el sol comenzó a menguar en tamaño y fulgor, hasta oscurecerse totalmente, sin motivo que lo explicara. Sentí frío y miedo, y me desperté. Eso es todo.

Julio la miró a la cara con penetración. Una triste solemnidad le oprimía el corazón. Estaba soliviantado, y buscaba respuestas. Deseaba saber algo de la empresa que estaba proyectando: la conquista de Partia y la recuperación de las águilas. ¿Cuál sería la predicción de la divinidad? Arsinoe, que estaba inclinada sobre el altar en profundo silencio, balanceaba la cabeza hacia delante y hacia atrás y parecía poseída. Venus hablaba en su espíritu. La mujer conocía sin duda los signos de la Gran Madre. Con el rostro en trance, imploró:

—¡Protectora de la *gens* Julia, diosa de la fertilidad, manifiéstame tu testimonio! —gritó elevando las manos hacia la estatua, y sacudió la testa.

Transcurrieron unos instantes. Eternos, indefinidos, equívocos.

No había titubeos en su voz cuando la *pitia* le preguntó:

—¿Y cómo vestía la divinidad, señor? Es muy importante. Recordadlo.

—No sé, no sé —dudó—. ¡Ah, sí, ahora lo recuerdo! Iba envuelta como en un sudario con una rosa de color púrpura en su bajo vientre; y me llamaba, como una madre llama a su hijo en la tormenta, solícita y protectora.

A Arsinoe le sobrevino un sentimiento de espanto mientras lo interpretaba. Esos signos eran inequívocos para ella, como los grajos.

—Soñar con un dios en su tumba, o envuelto en una mortaja, reporta un reguero de avisos inquietantes. Venus, la de los níveos brazos, habla por mi boca, *domine Julius*. Esta predicción no es fruto del azar. Conectar con la deidad tiene un precio. Indudablemente es un aviso de advertencias, y a veces funestas.

—¿Pero de qué, sibila? —la acució con un tono apremiante.

El sol parpadeaba tras los vidrios de los ventanales del templo.

—Vuestro elevado destino está a punto de cambiar. Ella lo ha revelado: «Lo que al principio es dulce, al final es amargo, y lo amargo es dulce. El más noble de mi sangre no verá el invierno de su vida. Los pájaros de la muerte desean su mal, y la belleza seductora del trono es como el canto de la sirena para sus oídos. Para recuperar su aura de oro debe desguazar el barco de sus ambiciones, o naufragará y no habrá tabla de salvación posible.» Lo dijo con presura, pero de forma irrefutable.

La luz azafranada de la amanecida y la melancolía extinguida de las lámparas iluminaron el semblante de César. Parecía angustiado.

—¿Qué creéis que desea decirme? ¿Esos pájaros son los partos? ¿Algunos senadores? ¿Los traidores pompeyanos? ¡Quién!

—Comprended a la diosa. Es ambigua, y no impone. Solo insinúa.

—Desguazar mi barca es como renunciar a mis sueños —dijo César.

La pitonisa lo observó atentamente. Su expresión era dura.

—¿No veis que se está acabando vuestro tiempo? Eso es lo que ha avisado. Detened vuestro remo y descansad. Dejad a otro César que continúe. En vuestra vida habéis recibido dos avisos. Uno de gloria y otro de prudencia. No lo desechéis. Ella os ama —le recomendó obsequiosa.

—Pero la misma Venus ha engendrado y amado a mi ascendencia.

—Señor, quizá sea hora de envejecer apaciblemente, como hizo Sila, a quien habéis aventajado en celebridad, reputación, poder y victorias.

—¿No tengo elección, sibila? —rogó—. El viento del Este me llama.

—No, no la tenéis —dijo irrefutable—. Sois rehén de vuestra estrella.

Los dos, sibila y reverente devoto, se sumieron en una insondable reflexión, durante un tiempo que no lograron calcular. Conforme el sol se adueñaba de la ciudad el templo de Venus adquirió una belleza singular, y la sibila agradeció a la deidad su atención.

Al cabo, uno de los guardias hispanos apareció marcial, para comunicarle a su general, tocándose el pecho con el puño:

—Cónsul, vuestros sobrinos os aguardan dentro para acompañaros.

—Venid conmigo, Arsínoe, os los presentaré —le rogó César.

Entraron en una salita que usaban los sacerdotes, donde lo aguardaban sus sobrinos nietos, Octavia y su hermano Octavio. La joven era esbelta, de pelo ensortijado, belleza clásica y ojos y cejas negras como el azabache. El joven le pareció altivo, desconfiado, juicioso y retraído. Destacaba su piel blanca, como el alabastro, y su mirada gris e insensible. Había varias sillas de tijera y en la mesa vio leche de cabra, racimos de uvas, higos azucarados, queso y pan. Un eunuco escanció el vino y depositó un ramo de flores en el centro.

César soltó un gemido de pesadumbre y habló sereno:

—Sobrinos, os haré partícipes de íntimas confidencias. Sentaos.

—*Pater patriae*, ¿hemos de preocuparnos? —dijo Octavio—. Algunos senadores te esperan fuera, en el nuevo Foro Juliano. Te acompañaré.

—Han sido ellos los que han pedido la reunión. Que esperen.

—Te van a ofrecer el cargo de Dictador Vitalicio de Roma.

—Lo sabía, Octavio. No es un cargo habitual en la República. Pero hablemos de otras cosas. La admirable sacerdotisa de Isis, que tanto ha significado en mi vida, ha hablado con la diosa e interpretado mis sueños.

—¿Y qué pronostica la Bona Dea, querido tío? —preguntó Octavia.

—Que debo dedicarme como Cinna y Catón *el Viejo* a labrar mi propio huerto y olvidar mis empresas y a esta Roma ingrata. Lo que vendrá no es halagüeño, y he de cuidar mis espaldas. Pero César no teme a nadie, salvo a sí mismo —les reveló—. Hoy he sentido su fuerza, hijos, como si fuera un sacerdote que ofreciera un sacrifico a Afrodita. No puedo relegar al olvido lo que Arsínoe ha pronunciado por su boca santificada.

—Tus sueños siempre han sido grandiosos, tío —le manifestó Octavio con su voz profunda—. ¿Por qué abandonarlos si se hacen con cordura?

—Intentaré realizarlos, sobrino, pero me siento muy solo, y a veces en medio de una espantosa soledad. Los senadores no conocen el concepto «agradecimiento». Son unos mediocres que no ven más allá de las siete colinas. Yo veo el mundo romanizado, como Oppio y Lucio Balbo.

—Mi lealtad y la de muchos buenos romanos está fuera de toda duda. Lépido, el *magister* de Caballería, Turrino, Marco Antonio, Varrón, el mismo Cicerón, aunque sea un hipócrita sin principios, y Fabio Máximo te protegerán y defenderán tus empresas, tío. Son valerosos y leales.

—No me he comportado como un rey o un tirano, y eso que muchos me han ofrecido la corona de Roma. Ignoro de dónde vienen sus recelos. Solo soy César, el cónsul de la República y el que ha puesto a sus pies el mundo. Pero tal vez haya llegado el momento de pedirte un paso al frente en el *cursus honorum*. Te necesitaré pronto, Octavio —le pidió—. Tu lealtad, prudencia y visión del mundo que viene es lo que requerimos de ti.

—Yo haré tu voluntad, *pater Julius*. Nadie jamás gobernó el Estado como tú. Has supuesto un regalo de los dioses para Roma —aseveró.

—Arsinoe quizá tenga razón. Ya es tarde para mí —dijo César, y bebió del tazón de leche humeante—. ¿Eres feliz, Octavio?

—¿Cómo no voy a serlo? Pertenezco a una familia con un destino en Roma, a la que tanto amo, y he aprendido del mejor maestro en política.

César lo miró con paternal afabilidad. Sus palabras le habían agradado. Lo consideraba su sucesor natural, y sus virtudes le satisfacían.

—Quiero cederte este viejo anillo. Perteneció a tu abuelo y a tu bisabuelo, ambos llamados Cayo Julio César. Esas tres efigies que ves representan a Yuno, Eneas y Venus. Eres la viva imagen de tu abuela, mi hermana Julia. Es el momento de arriesgar y sé que encierras mucha ambición, como todos los Julios.

—Para hacer buen vino hay que pisar muchas uvas, tío.

—Yo lo he hecho. A veces con crueldad, pero eso es gobernar. Tú también lo harás. Tu supuesta timidez, modestia y templanza son un mero disfraz, lo sé. Encierras en ti mismo a un gran estadista y no te temblará el pulso para tomar decisiones extremas —le aseguró César.

En las retinas de Octavio se encendió un destello de inusitada satisfacción. Arsinoe y Octavia se miraron y se preguntaron si el viejo César no había ido demasiado lejos. Pero el lugar y el momento eran sagrados y le había asignado un papel que luego debería alcanzar con su ingenio, y adelantar en la carrera por el poder a hombres como Antonio, Bruto y Lépido. Pero estaba seguro de que, con su elección pública y su innato juicio, se haría con el poder absoluto. Era un hombre de costumbres inmaculadas, sin sangre en las manos, y concluiría su destino.

—Lo tomaré como un deber, tío, pero eso ocurrirá muy tarde.

Cayo Julio miró a su sobrino con una atención afable. Sangre Julia.

—Me temo que mi canoa va a zozobrar en el proceloso mar en que esta Roma se ha convertido, *caro* Octavio. La bóveda del cielo caerá pronto sobre mi cabeza. Lo sé. Todas las tristezas que he vivido y la dura vida de este mundo me están venciendo el pulso.

—Siento tu amor y tu fuerza sobre mí, tío. No te defraudaré.

—Me parece injusto morir sin terminar mi obra. Pero lo presiento, queridos. Víboras mortíferas culebrean por los bancos de la Curia.

—Has perdonado a demasiados pompeyanos, tío —añadió Octavio—. Décimo Bruto, ese hombre esquivo y sombrío a quien has nombrado almirante de la flota romana y dos veces gobernador de las Galias, Cayo Casio y Junio Bruto no merecen seguir con vida. Rezuman traición.

—Ya sabes, Octavio, lo que dicen en Roma: la traición se compra por un puñado de sestercios —se sonrió—. El honor ha muerto en la *Urbs*, y como sostiene el filósofo Epicuro de Samos: «La envidia es la sombra mortal que acompaña a los victoriosos.»

Octavio, que poseía agudeza para entrar en el alma humana, dijo:

—¿No quemó Casio treinta barcos cesarianos bajo las insignias de Pompeyo? Le has salvado la cabeza por tu generosa clemencia, padre Julio, cuando es un traidor y un despreciable farsante. Condénalo al exilio de por vida, como a ese Bruto desagradecido.

—Viejos odios de Roma, nuevos rencores en Roma —afirmó César—. Sería como una rueda enloquecedora e inacabable. Bruto es un necio bienintencionado y ama demasiado sus propios placeres.

La joven Octavia, que permanecía callada como Arsinoe, intervino:

—La piedad es una debilidad propia de mentes superiores, e incluso de dioses. No debes lamentarte, tío Julio. Muchos te aman siendo así.

—No tengo tiempo para odiar, *cara* Octavia. Solo me importa mi deber. Y esa constante ansia de deificarme me desconcierta. Creedme. No deseo ser rey, ni dios, sino solo César el reformador.

—Estás siendo adorado en muchas ciudades, te colocan altares en sus ágoras y desean tocar tu toga como si fuera milagrosa.

—El pueblo es crédulo y supersticioso. Mis criados venden mis ropas a mis espaldas porque creen que tienen propiedades curativas. Una locura. Solo he atendido a los desafíos de mi voluntad con coraje y esfuerzo.

Los cuatro guardaron silencio durante unos instantes. César habló:

—Octavio, tú comprendes mi proyecto como nadie y me sustituirás. Sabes que Roma ya no es únicamente una ciudad. Es el mundo, un colosal mercado, una unión de naciones regidas por la *pax romana* y la prosperidad —le explicó—. Serás el *princeps* de la concordia, sin mácula de sangre derramada. Te he dejado el camino abierto y has comprendido lo que deseo para la ciudad de nuestros antepasados. Tú la concluirás, hijo.

—Soy indigno de tu gran talento —replicó Octavio.

—Cógeme la mano —le rogó, y el joven la asió con sus dedos níveos.

—Está helada, tío. ¿Te sientes mal? —se preocupó.

—No, solo que soy viejo, y no puedo someterme solo a mis sentimientos, sobrino. Sé que honrarás mi memoria. Encierras en tu *genio* cautela, entereza, gravedad y la sensatez de los Julios, virtudes que te harán triunfar en el nuevo orden que he emprendido. El Imperio romano, faro de todas las naciones, es ya irreversible —le anunció.

César se incorporó y llamó a los legionarios hispanos. Arsinoe parecía Níobe convertida en piedra. Había asistido como testigo imprevisible a un evento capital de la historia de los hombres, formalizado en el templo de Venus. El cierre de la edad de Julio César, y la aurora de una nueva era que representaría aquel joven empalidecido, de débil apariencia y retraído, pero que encerraba un volcán en su corazón.

—Que la diosa Fortuna premie tus esfuerzos, dilecta Arsinoe, lucharé por mi supervivencia y por mi nueva empresa. Tomad, es para vos. —Y le entregó un medallón egipcio de singular belleza. La sibila inclinó la cabeza.

—Por la ecuanimidad de vuestra mente y con la clemencia que os distingue, os habéis ganado la lealtad de los romanos, señor.

—*Vade in pace* —se despidieron, deseándose paz.

Antes de dirigirse al Foro, César se tapó la cabeza con el manto, se prosternó y oró con el corazón contrito:

—Diosa Venus, mientras me deslizo hacia la muerte, dame vida para completar lo que me propuse. ¿Me oís, Madre? Este corazón estallará en mil pedazos antes de abandonar sus sueños. Permíteme que rompa los moldes de la naturaleza, si no, no sería tu devoto hijo. Tendré este mismo rostro en mi pira, no el de la cobardía y el de la necedad. Puedo soportar la destrucción de mis sueños, pero no los de Roma. A ellos me debo.

César y su guardia desaparecieron por el Vicus ad Malum Punicum, y la gente se arremolinaba alrededor de la litera, rogándole una moneda. El dictador pensaba, viendo a aquella gente que depositaba sus ansias en él, que no se podía perpetuar en su Roma querida el despojo de los humildes y el enriquecimiento de unos pocos enfangados en el lujo y opulencia.

«El pueblo entra en la desesperación cuando tiene hambre y sus hijos pasan frío, y eso no lo comprenden los *optimates*. Será por eso que mi muerte es inevitable. ¿Será verdad que yo mismo he escrito mi destino con mi propia mano, como asegura Arsinoe?», caviló, y se echó en los cojines, escuchando el rumor de los talleres de los tejedores y orfebres.

Arsinoe regresó a su *domus* del Celio en una silla de mano, acompañada por Briseida y unos guardias de la cohorte de César. El otoño romano le resultaba esplendoroso. Las hojas de los árboles adoptaban el color del cobre y la tibieza del aire despejaba la mente. Las moscas bordoneaban menos furiosas que en el estío. Iba algo sonámbula, o acaso todavía prendida en la conversación de la que había sido testigo de excepción, y de la que debía correr un velo de reservas.

La *Urbs* estaba tomada por el ajetreado bullicio de los barberos, las lavanderas, los vendedores callejeros con sus guisos especiados, salchichas, sopas y vinos agriados, los músicos y acróbatas ambulantes, por la holgazana *plebs urbana*, que orinaba en las esquinas y conversaba mientras defecaba en las letrinas públicas, por los esclavos con cestos de la compra y por los niños que iban a las escuelas de la mano de sus pedagogos. Palomas cenicientas volaban por encima de los foros y templos y humos blanquecinos salían de las chimeneas de las precarias ínsulas.

No estaba gozosa por la espléndida recompensa que le concediera César. Su venta le serviría para asistir a los más necesitados, que vivían cerca del cementerio judío de la colina Vaticana. No era codiciosa de riquezas, y sus acciones de caridad, frecuentes y dadivosas.

Se acomodó en el jardín, cerca de la fuente en la que un fauno arrojaba un chorro de agua por su enorme boca. Tuvo en ese momento conciencia de su soledad, pero también de que el azar le había sido favorable, en medio de la pesadumbre en la que vivía el mundo.

La sacó de su ensimismamiento el *nomenclátor* de la casa.

—Señora, han traído una misiva. Es de la reina de Egipto.

—Bien, dámela y que no me molesten —le ordenó al viejo esclavo.

Dejó el rollo embutido en una cánula de cuero y abrió la carta, que estaba escrita en un griego impecable, con el sello real de Cleopatra. Leyó:

De la soberana del Alto y Bajo Egipto, Cleopatra Séptima, favorecida de Isis y Ptah, a la Suma Sacerdotisa de la Madre, Arsinoe de Gades. Que ella te cubra de bondades. Salud y fortuna.

Hoy, cuando los templos de los dioses son una misma cosa, y Zeus, Hammon o Júpiter comparten santuarios, y los nombres de Afrodita, Astarté y Ashtoreth se confunden en la devoción de los mortales, deseo instaurar en Roma como ya os dije la festividad de Isis.

Mi marido, el cónsul de la República, considerado por los romanos como un dios, y al que dedican estatuas y títulos sagrados, actúa como descendiente de Rómulo, de Yuno, hijo de Eneas, hijo de Venus, como yo lo soy de la deidad Queb egipcia y de Cibeles griega, por mi consanguineidad con las soberanas fenicias Jezabel, Dido y Atalía. Y como tal hay que considerarlo. Claro, eso solo lo entendemos quienes procedemos del original Oriente, y no estos pueblos bárbaros e ignorantes.

Julio ha vuelto transformado de Hispania. No debió celebrar el triunfo que conmemoraba una tragedia de romanos contra romanos, pero deseaba escenificar su triunfo sobre los *optimates* y los obstinados pompeyanos que no hacen sino buscar su ruina. Ese será su indigno final.

Ahora dedica sus horas a reorganizar su *Imperium*. Cada día decreta un edicto para mejorar Roma. Ha instaurado un nuevo calendario, ha levantado acueductos, puertos, carreteras y edificaciones públicas se alzan por doquier. Ha limitado con leyes justas la codicia de los funcionarios y procónsules, ha otorgado derechos de ciudadanía a ciudades aliadas, ha incrementado las flotas para que no falte el trigo en Roma, ha suprimido la tortura, ha dictado leyes contra la inmoralidad y ha fundado bibliotecas. Proyecta una Roma dueña del mundo y una nueva Atenas, más próspera, equitativa y hermosa.

¿Por qué entonces lo odian los senadores más recalcitrantes si es el mejor y más lúcido de los gobernantes que tuvo jamás Roma?

Que nadie lo dude, y conozco bien los surcos de su benévolo corazón. César, como guía y dictador, vela por Roma y sus provechos y por el bienestar tanto de los patricios como de la plebe. Soy reina y sé apreciarlo: ha creado un orden social más justo, y sin embargo lo ven como un tirano. Por los ojos de Isis que eso se llama ingratitud.

Julius no gusta de las adulaciones y sabe que quienes se le acercan lo hacen por beneficios personales y egoísmo, no para servir a Roma. No posee una naturaleza orgullosa, al contrario, es espléndido y compasivo. No ama a la plebe, a la que considera perezosa, ociosa e insaciable, es cierto, pero trabaja por su dignidad y bienestar, como romanos que son.

Al final su magnanimidad lo perderá. Lo intuyo, pues oigo el bisbiseo de los escorpiones a su alrededor, aguardando el momento oportuno para saltar sobre él. Qué ingratitud la de este pueblo bárbaro. Espero que Isis lo proteja, pues solo confía en Lucio Balbo, Antonio y Cayo Oppio.

Tengo miedo de la integridad de mi marido, te lo confieso, venerable sibila. Marco Junio Bruto no para de publicar entre sus amigos que un antepasado suyo expulsó a los reyes tarquinos de Roma, y que lo mismo va a hacer con Julio César, su dadivoso bienhechor. Si vierais el afecto que le profesa César a Bruto, no lo creeríais. Este hijo de Servilia, la antigua amante de Julio, es una bestia subversiva e ingrata, a la que yo ya hubiera enterrado en las arenas del desierto. No para de decir que César ha esclavizado a sus conciudadanos y acabado con las vetustas libertades de Roma. ¿Tendrá algo que ver en todo esto la influyente Servilia? Un día la escuché decir que asesinar a un tirano es tarea de héroes. Ingrata arpía.

Créeme, Arsinoe, las mujeres romanas deciden mucho, como ocurrió con la tía de Julio, la mujer del gran Mario. Son expertas en el arte de la calumnia y la difamación, verdaderas inteligencias en asuntos de Estado y se fajan en la arena política como panteras. Se divorcian y se casan, y se acuestan con quien desean, según varíen los vientos de la política. No se dedican a los asuntos domésticos, religiosos, maternales, artísticos y triviales, sino a conspirar. Junto a las rosas romanas crecen los espinos de la perdición.

Porcia, hija de Catón *el Joven* y mujer de Bruto, tiene una influencia nefasta en su ingrato marido, o al menos eso me aseguran mis agentes y nuestra amiga Cytheris, que lo acusa de negocios ilegítimos en Oriente.

«La República está sumida en una profunda agonía», proclaman los senadores con más negocios fraudulentos y los que más deberían callar.

«Si el Calvo roba a nuestras mujeres, ¿qué no estará dispuesto a robarnos?», lo acusan sus enemigos en la Curia. Hipócritas y falsarios.

Por eso Julio duerme poco y se le escapan a menudo amargas lágrimas que me sobrecogen. Pero estoy segura de que su recuerdo, viva o muera, subsistirá en la memoria de los romanos eternamente. Siempre proclamó su desdén por la vida, te lo aseguro, y si ha de morir cumpliendo con su destino, lo hará como un guerrero, de pie, sin doblar la rodilla, y mirando a los ojos a sus enemigos.

En vez de cortarles la cabeza sin piedad, o condenarlos al ostracismo perpetuo, me habla de concederles altos cargos en la República a los «hipócritas defensores de la República»: Cayo Casio y Junio Bruto, mientras ellos confabulan contra él en tabernas y secretos cenáculos. Pero no me escucha. Que Isis le conceda clarividencia.

Sé en cambio que muchos senadores y *equites* lo reverencian, sus legionarios lo idolatran, pero otros lo llaman asesino de las libertades, codicioso de una corona real y verdugo de la República. Os aseguro, Arsinoe, que muchas veces se ha levantado de nuestro lecho de placer arrasado en lágrimas, porque no comprenden su dedicación a Roma, el deseo de cubrirla de gloria y hacerla única entre los pueblos. No ambiciona la monarquía, quiere a la ciudad de sus antepasados y que se le recuerde con honra. Nada más. Solo es un hombre y ha obrado como tal. Lo acusan de que es un mujeriego, que es derrochador y codicioso del poder, ¿pero qué romano no lo es?

Insiste en el Senado que desea despertar de la barbarie a los pueblos conquistados y regalarles el derecho romano, la civilización grecolatina y la libertad personal de los hombres. Que está harto de guerras civiles y que sueña con un *Imperium* dirigido por un solo gobernante que acabe con tanta guerra fratricida, en una Roma de hermanos mal avenidos que disfrutan con la conspiración.

Pero no lo escuchan y cuchichean a sus espaldas.

Me temo que la aristocracia del Senado acabará con sus sueños, pues ha amenazado sus seculares prerrogativas y privilegios, y más ahora cuando piensa despedir a su guardia de la caballería hispana que lo acompaña allá donde se dirige. Me preocupan los infaustos presagios que elaboran mis estrelleros egipcios. Auguran muertes violentas y otra guerra fratricida entre romanos que los conducirá otra vez al puerto de Eunostos y al lago Mareotis de Alejandría, en mi querida Egipto. Además lo deduzco de las veladas palabras que me sueltan al oído todos estos *optimates* que me visitan cada día en mi villa tras el Tíber.

Como devotos de los dioses, Julio va a ofrecer un sacrificio en el templo de Febo Apolo, donde se guardan los Libros Sibilinos, legajos revelados en la noche de los tiempos y comprados por el rey Numa a la Sibila de Cumas, y que todo romano consulta ante un futuro incierto. Muchos creen que es cosa mía.

Sé que me llaman la «limia» y la «maga», aunque observo que, como pueblo supersticioso, me temen por ser la protegida de los dioses poderosos del Nilo. Afirman que lo tengo subyugado con mis hechizos, pero os aseguro que ninguna de las «mujeres» de César ha tenido jamás la exclusiva de su afecto. Creo que la única fue su hija Julia.

César recela de nuestra amiga Clodia Pulquer *la Hermosa*, pues en su casa se celebran cenas de conspiradores. Además le ha prohibido que asista a los ritos de la Bona Dea, por su conocida liviandad. La singularidad de tan sacro templo es que por su altar deambulaban libremente decenas de serpientes —símbolo de la fertilidad—, y que ningún hombre puede asistir. Clodia trasladó a mi villa a las danzarinas de Astarté que me aconsejasteis. Bailaron tres escenas religiosas, y puedo aseguraros que ni en el templo de Tanit de Tiro gozan de un cuadro de tanta destreza y pureza mística. La principal danzante y maestra, que atiende al nombre de Zinthia, me aseguró después que ha bailado en distintos santuarios de la Madre. Cerrarán el ceremonial y será un broche de excepcional perfección.

Nunca agradeceré lo suficiente la generosa atención del caballero Marco Druso, un ciudadano nacido en Sicilia y muy cercano a la familia Balbo y al dictador, que le profesa un singular aprecio. ¿Lo conocéis? Os lo presentaré en el oficio religioso que se celebrará en los *idus* de octubre, como colofón de la festividad de las Fuentes Divinas, según deseo de Julio.

Gracias por vuestra amistad, desvelos y afecto por mi marido.

Os acompaño un papiro donde se detallan los ritos del nacimiento de Horus, la unión con Isis y la pérdida del barco de Neshmet, para que ajustéis vuestras plegarias al ceremonial.

Asistirán las vírgenes Vestales, mujeres sacrosantas y respetadas por los romanos, que si rompen sus votos de castidad, son enterradas vivas en un recinto construido a tal efecto en la puerta Collina, así como las matronas que rigen esta endemoniada sociedad y que tutelan los misterios de la Buena Diosa, la deidad de las serpientes y de la fertilidad.

Isis, mi madre inmortal, habita en vuestro espíritu y os protegerá.

Roma, en las *ante nonas* de septiembre.

Se extendía una brumosa neblina sobre Roma y nubes arreboladas ocultaban el sol. Las estatuas de mármol del jardín parecían de mármol carmesí. Arsinoe se retiró a su aposento, perdiéndose en el hogareño interior de la casa. Se desnudó y se puso la fina camisa de dormir por la que se transparentaba su cuerpo de admirables formas. Necesitaba estar sola, y no llamó a Briseida. Pensó en Cleopatra, que se sentía tan extraña como ella en aquella tierra, sometida al acecho de una nobleza vigilante y solo querida por una plebe estrepitosa, hambrienta y perezosa.

Estaba agotada en medio de la soledad de su cámara, pues la noche anterior había permanecido en tensión, y beber el elixir de la diosa e interpretar su confuso mensaje la extenuaba. Escanció una copa de vino de Massicum con miel para sosegar su ánimo, y volvió a pensar en la insólita danzarina a quien deseaba conocer, y al no menos enigmático *quirite* siciliano tan fervoroso devoto de los ritos púnicos, desconocidos en Roma. ¿Acaso no era insólita su presencia en Roma?

Después cerró los ojos y se durmió arropada en el cobertor.

XXXIV

Un negocio envenenado

Roma y Panormus, septiembre del año 45 a.C.

Marco estaba firmemente decidido a concluir la búsqueda de Macrón.

A través de los postigos escuchaba las rachas de viento y el susurro de los cipreses cimbreándose como cañas. Reflexionaba cómo conocería la nueva identidad de Méntula, y trazaba en su mente un plan expeditivo y arriesgado que creía eficaz.

La noche anterior había recibido la señal de forma fortuita.

Había sido partícipe de una noticia que afectaba a los cimientos del Estado y a los estómagos siempre hambrientos de la *Urbs*, y de soslayo a su secreto propósito. Había sido invitado por Cleopatra a su villa trastiberina a una cena privada entre los que se encontraban sus más leales amigos, entre ellos Clodia Pulquer, el senador Dolabella, Lucio Cornelio Balbo, Oppio, Marco Antonio y Lucrecia, en la que se habló de las dificultades por las que pasaba el dictador para cubrir las necesidades de la Annona, que daba de comer a la insaciable plebe. La cosecha de trigo había sido escasa en la Campania y las lluvias habían podrido gran parte del cereal en los graneros de Sicilia.

En las postrimerías del convite, la reina del Nilo les reveló la sorpresa que le tenía guardada a su marido el dictador. Habló con cuidado:

—Julio no lo sabe, y os ruego que aún no se lo descubráis

—reveló como la que jugaba a ser imprescindible—. Para las Fiestas Lupercales, cuando se abran los puertos, he dispuesto que mi flota de Alejandría atraque en Puteoli atestada de trigo. No habrá necesidad de pan en Roma.

Lucio Balbo y Dolabella se miraron entre sí en un gesto de alarmante inquietud. En ese momento, la mente mercantil del gaditano intervino:

—Señora, ¿lo que nos confesáis lo sabe alguien más?

La reina contrajo el gesto. No estaba acostumbrada a las objeciones.

—Nadie, ni mi propio marido —informó—. Será mi regalo para las festividades, y pensaba anunciárselo en las Saturnalia, donde lo romanos soléis intercambiaros presentes entre las familias. Será mi ofrenda real.

Balbo la miró ansioso. Y pocos instantes después, en un tono mezcla de respeto y de zozobra, le rogó con sumo cuidado y cortesía máxima:

—*Majestas*, ¿qué sentido tiene ofrecerle una ofrenda a vuestro esposo, si aquella puede procurar una ruina económica a la República? —preguntó sin disimular su preocupación.

Cleopatra, consciente de que ignoraba algo de gran trascendencia, se removió desasosegada en su triclinio.

—¿A qué te refieres, Lucio? Me confundes —adujo desorientada.

—Mi reina, nadie debe conocer vuestra intención por ahora, pues puede saltar por los aires la precaria economía del Estado. Los precios del trigo han subido, y de saberse que el grano abundará, bajarían de golpe y de forma tan funesta que arruinaría a muchos comerciantes. Y las finanzas del Estado se tambalearían, sin duda. Por eso ruego a vos y a los que aquí estamos que corramos un cerrojo en nuestros labios. Divulgar en estos momentos esta gran noticia puede ser arriesgado para Roma.

La incómoda expresión de los ojos saltones de Dolabella confirmó las sospechas del gaditano. Cleopatra lo percibió.

—¿Por qué ocurriría tal desdicha, Lucio? —se interesó la soberana.

—Porque es una amenaza para la economía del *Imperium* y por pura estrategia comercial, mi señora —la ilustró—. En la Prefectura Frumentaria de la basílica Emilia están estabilizadas las rentas derivadas del trigo, como en los centros de Tiro, Corinto, Siracusa, Gades y Alejandría. Además los mercaderes están acumulando en sus depósitos grandes cantidades estimables de grano. Si conocieran la llegada de esa destacada partida de trigo de Egipto cundiría el pánico en el Banco de Neptuno y significaría un cataclismo para las arcas de la República. Y nuestro cónsul se abocaría a un problema mayúsculo de credibilidad política.

No acostumbraba, pero el rubor asomó al cutis de Cleopatra. Había advertido un cambio en la apacible rutina del ambiente, y se disculpó:

—Esas prácticas especulativas me aburren. Lo ignoraba —balbuceó—. Pero se quedará en mi corazón. Os ruego, como leales que sois a César, que la discreción cubra esta confidencia, amigos míos —les rogó.

Oppio, un dechado de laboriosidad y constancia junto a Balbo por mantener la autoridad de César en Roma en sus ausencias, le pidió:

—Solo os pedimos paciencia, gran reina, pues sería muy imprudente mencionarlo fuera de aquí, aunque solo sea por patriotismo y solidaridad con Julio. Otra cosa es que se haga público en diciembre, pues desde ahí hasta que arribara el grano a Roma, daría tiempo a usar los acopios y acabar con las reservas prudentemente. Se aguardaría el nuevo grano y no afectaría a nadie —los exhortó Oppio—. Esta información puede provocar alborotos en la plebe romana. Solo debéis esperar.

El matiz, en tono de reserva, indicaba a todos que debían callar.

Marco pensó al instante que sin pecar de imprudente, y con la ayuda del fiel Zacar, el chambelán del rey Bocco de Mauretania, «cazaría» al escurridizo de Méntula, sin que trascendiera a nadie más, si manejaba los hilos con cautela y sutileza. Iba a utilizar aquella información reservada y crucial que acababa de escuchar en su propio provecho. Ideó apresuradamente una maniobra discreta y cautelosa, dispuesto a llevarla a cabo sin la menor dilación. Era su gran y quizás última ocasión.

Le había surgido repentinamente por capricho del albur una ocasión que combinaba su necesidad de venganza y la noticia desvelada por Cleopatra, con lo que la solución a sus cuitas había cobrado una realidad auténtica. Zacar era un ferviente amigo, intendente real de mucho talento, meticuloso hasta la firmeza y muy precavido, y estaba persuadido de que le ayudaría. Por el rango que ocupaba en la corte de Bocco y su posición en palacio, le serviría admirablemente a sus intenciones recién maduradas.

El primer paso sería disponer meticulosamente un encuentro secreto entre Zacar y él, no en Roma, ni en Iol, sino en el puerto siciliano de Panormus, a mitad de camino —un día y medio de navegación—, en los *ante idus* de septiembre, con el tiempo preciso para poder consumarlo con probabilidades de éxito. Allí pasarían inadvertidos. El resultado no podía asegurarse, pero para él resultaba ineludible conocer la nueva identidad de Macrón y su paradero, ya se ocuparía más tarde de tender la celada para tomarse el cumplido desagravio que tanto ansiaba.

Quebrantaba una promesa entre amigos, iba en contra del consejo del centurión Volusio y del ruego de Balbo, y tal vez hubiera de enfrentarse al repudio de César, pero aquella venganza la había jurado en la tumba de su madre crucificada. Con presura le escribió un mensaje a Zacar, convocándolo a una reunión clandestina en una posada de Panormus que conocía por su discreción y calidad. De colaborar el influyente mayordomo mauretano, estaba seguro que resolvería la gran indagación de su vida.

Calló, y guardó su plan en lo más profundo de su pensamiento.

En el mar Tirreno comenzaba a rielar el glauco color de la estación que en Sicilia llamaban de las Uvas, cuando la galera de la compañía Gerión atracó a la hora nona en el puerto de Panormus. Marco sorteó una pila de tinajas de aceite con destino a

Roma, que exhalaban un dulzón olor a cedro y cera. Se divisaban los declives del monte Pellegrino y las afiladas montañas de color añil, a cuyo pie se cobijaba la ciudad y la llanura color esmeralda sembrada de olivos, vides y almendros.

Alrededor del fondeadero se alzaban las vetustas murallas y las torres redondas púnicas, y tras ellas sus templos, como el de Afrodita de Citerea, de cuyas aguas surgió, las humildes casas de los estibadores y los fastuosos palacios de los magistrados, patrones de pesca y mercaderes.

Reinaba un estrepitoso tumulto con la carga y descarga, y con las órdenes del malecón de guerra, donde se estibaban diez galeras con las insignias del SPQR iluminadas por las teas. Por la angostura de sus callejas transitaban los carruajes, las bestias de carga y los palanquines, y Marco curioseó el trabajo que obraban los perfumistas, herreros, sastres y zapateros en sus tenduchas, y compró para Clodia y Zinthia sendas redomas de bálsamo de Sidón para sus tocadores.

Marco, para no revelar su identidad, iba vestido con una túnica rojiza y corta de amplias mangas, y envuelto en una capa parda con capucha. Se calzaba con unos bastos coturnos, zapatos altos, y lo acompañaba un esclavo, ocultamente armado. Había quedado con Zacar en el albergue El Tebano, sito detrás de la plaza del mercado, que solían frecuentar los viajeros con destino a Oriente y África. Parecía de aspecto modesto, pero su interior era espacioso, apacible y limpio. Había muchos forasteros, mauretanos, fenicios, helenos, gaditanos y massaliotas, seguramente comerciantes.

Dejó al mesonero, un egipcio barbilampiño de piel acartonada y ojillos inquisidores, dos monedas de oro que extrajo del cinturón para sus gastos, y este bajó las manos hasta las rodillas. Tras darle la bienvenida servilmente, le preparó una habitación para compartir con su asistente.

—Gracias, *domine*, por acogeros en mi humilde casa. Solazaos en ella.

Marco se aseó, se cambió la túnica que olía a salitre y se puso en manos de un barbero charlatán que pregonaba las excelencias de sus afeitados, sangrías y ungüentos, en el umbroso patio cubierto de parras. Entró en la taberna de la hospedería, en la que ardían candiles de sebo y se oía el trasiego de los vasos con *trifolium* (el vino aguado de los puertos) y los dados, y las groserías de los bravucones del puerto. Sentado en un banco, junto a tres asistentes, seguramente armados, se hallaba tieso como una vara de medir Zacar de Iol, quien al verlo se incorporó como expelido por un resorte. Dejó el jarro de hidromiel y sonrió.

El anciano chambelán, sin decir palabra para no alertar de su presencia, le hizo una señal con la cabeza. Subieron a su alcoba por una escalera trasera y los esclavos se apostaron en diferentes lugares, atentos a cualquier eventualidad. Zacar le solicitó al dueño que les subiera vino y comida, y que nadie los importunara. Dos africanas de selecta belleza, que luego les ofrecería, sirvieron platillos de carnes especiadas de cordero y conejo, langosta, dulces con miel y frutas escarchadas, y una jícara de Massicum dulce. El habitáculo, donde corría un vientecillo reposado, estaba iluminado con lámparas envueltas en vejigas de pescado, que le otorgaban una tonalidad acaramelada, idónea para las confidencias.

El circunspecto y refinado Zacar, un filoheleno reconocido que hablaba y escribía en varios idiomas, olió con su encorvada nariz el vino y escanció dos copas. Tras los habituales parabienes, besó tres veces las mejillas del romano. La perentoria convocatoria de su amigo y socio lo impacientaba. Su mirada apagada y perdida en lontananza era muy expresiva.

—Veo una cicatriz en tu frente que antes no exhibías. Batalla o mujer.

—¡Munda!, donde tu rey se batió como un titán con su caballería.

—Como lo hizo tu general, según nos relató a su vuelta. Un guía de hombres con coraje y firmeza. En Hispania se dieron cita dos adalides de los que saben gobernar, enfrentarse a las vicisitudes de la vida y alentar a sus soldados en el combate. Esa será una marca gloriosa para ti.

—Son dos marcas, Zacar, esta que ves y una de Tapsos en el hombro que me valió la Corona Cívica, por la que tengo paso franco en el Senado.

Marco y Zacar conversaron sobre Bocco, Bogud, la hermosísima Eunoë y los sucesos de la corte palatina, que él conocía de su infancia. Bebieron a la salud de sus seres queridos, y el anciano le preguntó:

—¿De qué tema tan comprometido y secreto me vas a hablar que me has obligado a abandonar las dulzuras de Iol, y tú las de Roma?

El romano destiló unos sabios segundos de espera, y dijo después:

—De Manilio Crispo Macrón, *Méntula* —respondió concluyente.

—Me lo temía. Empiezo a entender tu premura y hermetismo —le contestó el circunspecto palaciego—. Veo que no cejas en tu empeño.

—No puedo. Me lo reclama el espíritu agraviado de mi madre, que no descansa en su tumba. Su muerte fue ignominiosa, cruel e injustificada.

Marco se había expresado con gran convicción, sin dudar de su fe.

—Ya te lo dije cuando fuimos a ver a Silviano. Nada más destructivo que esperar toda una vida la venganza. No siempre se puede cumplir la satisfacción deseada. Déjales ese quehacer a los dioses temibles. En el Hades le aguarda un rincón aterrador, donde no verá la luz jamás.

Marco reflexionó con el sabio consejo de Zacar y le explicó:

—Tengo buenas razones para pensar que esta puede ser la ocasión definitiva, amigo mío. Ese ruin de Silviano será quien nos descubrirá la nueva identificación de Macrón, ¡por Tanit!

Zacar, al verlo tan dueño de sí mismo, dudó:

—¿Tan seguro estás? Ese infame esclavista no hablará ni sometiéndolo a tormento. Esos sicarios poseen un código de extraña fidelidad por el que prefieren morir antes que traicionarse entre ellos. Muchos aparecen torturados y ajusticiados por soltar la lengua. Nada conseguirás de él.

Marco reflexionó unos instantes, y muy serio le manifestó:

—¿Y si te dijera que he ideado un ardid que desatará su lengua?

—¿Cuál, Marco? —preguntó incrédulo y comiéndoselo con los ojos.

—Uno basado en el peor pecado del ser humano: la codicia —le dijo—. Has de saber que el oro sirve para medir el corazón del hombre.

—No te llego a comprender. Pero dime qué has pensado, Marco.

Cauteloso, a pesar de que sabía que lo mantenía en vilo, contestó:

—Escucha, Zacar. No lo creerás, pero la reina Cleopatra de Egipto, ahora aliada de Roma, me honra con su amistad por mi cercanía con el dictador y me ha ofrecido en bandeja una oportunidad que no puedo desaprovechar, y que me ha permitido elaborar mi trampa —le confesó, y le narró con detalle el asunto del trigo—. Frecuento su *domus* y te ruego que la prudencia, la discreción y el silencio guarden esta confidencia.

—*Caro* Marco, sabes que llevo toda la vida guardando secretos de mi rey, de esos que hieren los oídos de los consejeros, y jamás ha escapado de mi boca ni una sola confidencia. Confía en mí, te lo juro por Tanit.

—Tu comprensión te honra, Zacar —reconoció el romano—. Sabes que Silviano ha aumentado considerablemente sus ganancias con las remesas de gladiadores que me ha enviado. Me consta que posee un montante de ganancias de casi medio millón de sestercios, según mis cuentas, pues ha vendido muchos esclavos domésticos y gladiadores para otros *ludus*.

—¿Y?

Marco bebió un sorbo de vino y miró por la ventana bañada de luz, viendo el mar verdoso repleto de barcas de pesca.

—Voy a ofrecerle a Silviano, con tu valiosa ayuda, la oportunidad de quintuplicarle esa cantidad y hacerlo rico para siempre. ¡Ese es mi señuelo!

Zacar, alarmado por la intención de Marco, desconfió.

—¿Y cómo?

Marco abrió la bolsa de cabritilla y sacó cuatro cánulas de cuero con otros tantos escritos que guardaba celosamente. Las dispuso encima de la mesa y abrió la primera. Extrajo de ella el papiro que contenía y lo extendió. Iba dirigido a Silviano. Al instante lo leyó para que Zacar estuviera al tanto de la maquinación. Escuchó atentamente la misiva.

Salve, Silviano. Que Júpiter Tonante esté contigo. Salud. Debo reconocer, dilecto amigo, que desde que comencé a mantener negocios contigo, la diosa Fortuna me ha bendecido con sus gracias. Mi *ludus* de Preneste es el más solicitado de Roma por los *quirites* y senadores, mis gladiadores vencen en los combates y mi primera aportación del negocio se ha duplicado, en parte, gracias a ti. Recuerdo que en mi visita a Zucchabar me pediste participar en los negocios de la compañía Gerión, la más productiva del Mar Interior. Yo aún no te conocía y adopté la necesaria cautela, pues los negocios son delicados.

Pues bien, habiendo acreditado tu honradez y seriedad, creo llegado el momento de que compartas unos beneficios suculentos que se están produciendo en la Oficina Frumentaria de la basílica Julia y de los que tengo conocimiento confidencial por mi situación de privilegio en la naviera. Es una ocasión única. Esta propuesta solo se la he brindado a mi patrón Balbo, a mi insobornable amigo el chambelán regio, Zacar de Iol, y ahora lo hago contigo, en gratitud a tu ayuda y por tu deseo de prosperar.

Te lo mereces por tu gran apoyo al *ludus gladiatorius*, Silviano. Como habrás adivinado, te estoy ofreciendo la compra de acciones de trigo, que dadas las desfavorables cosechas obtenidas, cuando llegue la primavera la demanda en mercado será espectacular y quintuplicarán su valor, como ya ha acontecido en otras ocasiones.

Medio millón de sestercios se convertirán por la implacable ley del comercio en dos millones y medio. Eso es lo que te ofrezco con leal estima. Te participo esta oportunidad con la más absoluta de las reservas, a través de Zacar, que también participará en el beneficio, y con el que tengo intercambio de correspondencia, pues Gerión pertenece a su rey y a mi patrón, Lucio Cornelio Balbo, consejero de César, Dictador de Roma.

Por tu conocido cerealista de Cesarea podrás comprobar que la realidad y veracidad acompañan mi invitación, aunque te rogaría que nada le participaras de mi oferta, pues así las ganancias serán superiores para nosotros. Si estás decidido a participar en esta ruinosa empresa, se lo comunicas a Zacar en Iol y, mediante el correo secreto e inviolable del rey Bocco, me lo haces saber, antes de las fiestas de las Fuentes Divinas, cuando se cierran las agencias de bolsa, comercio y compraventa en el Imperium.

Yo te enviaré inmediatamente por el mismo conducto el documento firmado por el *dux* de la Prefectura Frumentaria, Quinto Lolio Úrbico, que te servirá para cobrar en su día los beneficios y como garantía de tu inversión, que te aconsejo guardes en un banco fenicio, los mejores y más seguros del mundo. Tú decides, Silviano: al menos dos millones y medio de sestercios serán tuyos en el mes de *Aprilis*, y con un corretaje mínimo de solo dos mil sestercios. Y te lo comunico tan seguro, como que Febo Apolo alumbra con su luz a los mortales.

Espero tu decisión, bien de aceptación de la operación, bien de rechazo, sin que con ello se pervierta nuestra excelente amistad.

Que Marte y Afrodita bendigan tus negocios.

En Roma, en los *ante idus* de septiembre, en el año I de la Dictadura de Cayo Julio César.

Se produjo un momento de silencio máximo, de tirante tensión.

—Esa carta, que me figuro he de entregar en mano a Silviano, es el anzuelo, ¿no? —se interesó el *maiordumus* real.

—Exacto, Zacar.

—Pues tengo mis dudas de que pique, aun estando bien proyectado.

El plan que había ideado dependía en gran medida de la buena voluntad y colaboración de aquel anciano y le contestó con precisión:

—Es el único punto débil, lo sé, el más arriesgado, Zacar, pero no hay otro modo de hacerlo. Tú le entregarás mi oferta y él rumiará el asunto, sopesando pros y contras. Luego viajará a Cesarea y consultará a sus amigos cerealistas, que le corroborarán la veracidad de mi información, aunque se mostrarán recelosos, pues es una situación de ganancias que vale dinero y le contestarán de forma vaga. Él callará, y seguirá reconsiderando el negocio. Sin dilación alguna pensará en ti, y no querrá ser menos que tú.

—¿Pensar en mí? ¿Por qué? Eres astuto, Marco Druso.

—Sencillamente porque, para persuadirlo, tú le enseñarás este otro título —dijo con sonrisa triunfal, mientras extraía de la segunda cánula un recibo por el que el «Ilustrísimo Zacar de Iol, chambelán de la corte del rey Bogud de Mauretania Tingitana», compraba acciones, en las *ante nonas* de septiembre, por un millón de sestercios con cargo al Emporio del Trigo, en la Agencia Frumentaria de la basílica Julia. Lo firmaba el administrador, Quinto Lolio Úrbico, validado con su sello (una espiga granada) y el cuño del tridente de los gestores del Banco de Neptuno de Roma.

Zacar palideció. El romano no paraba en mientes.

—¿Tan poco me estimas que quieres arruinarme a mí y a mi hijo?

Marco esbozó una mueca burlona y le sonrió.

—Este papel tiene el mismo valor que la promesa de boda de una furcia de arrabal. ¡Es falso, Zacar! Tu dinero está a buen recaudo y produciendo dividendos. Está colocado en los cargamentos de especias y seda de Palmira, la púrpura de Sidón, el *garum* de Gades y los perfumes de Biblos, los productos más seguros con los que comerciamos.

Zacar confiaba en su sentido para el negocio, pero estaba absorto.

—¿Y ese tal Úrbico es también invención?

—En modo alguno, Zacar. Es el agente nombrado por Julio César en el Emporio Frumentario. Tiene gran relación comercial conmigo y con Lucio Balbo. Es además accionista de la naviera Gerión. Le he prometido que ese truhán de Silviano le echaría un vistazo, corroboraría que tú también participas y, conocida tu astucia financiera, se convencerá. Luego lo destruyes o lo quemas inmediatamente. No debe quedar nada de este testimonio, ¿entiendes?

—Entonces este certificado falso de mi compra sería, por así decirlo, el segundo anzuelo —se interesó el anciano—. ¡Ahora lo voy viendo claro!

Marco asintió con la cabeza y escanció vino en las copas.

—Lo has adivinado. Si no cae con el primer anzuelo, el de la codicia, caerá con el segundo: el de la envidia. Es muy humano. No querrá ser menos que tú y babeará hasta meterse en un negocio probadamente lucrativo. Tú se lo muestras, lo convences de que es una notable oportunidad, que tu rey y su hermano Bogud también han comprado acciones, le pides discreción, y aguardamos un tiempo prudencial.

Marco aguardó unos instantes para que lo asimilara. Pero ni por un momento dejó de escrutar sus gestos. Zacar esbozó un gesto de vacilación, pero le replicó con afabilidad:

—No creas que estoy del todo convencido, Marco, aunque prefiero que me sigas relatando la maniobra completa. Te presto oídos.

Marco, ansioso por comenzar con su ardid, atropelló sus palabras.

—Escucha, Zacar. Silviano sabe que dispone de poco tiempo, que los documentos deben ser validados en Roma. Se dará prisa e irá a Iol a verte para que procedas a notificarme la aceptación y la entrada del medio millón de sestercios en el Banco de Tiro de Cesarea. Ese mismo día me envías los dos pliegos a Roma, el del beneplácito y el del ingreso, y en una semana estarán en mi poder. ¿Comprendes?

—Perdona, Marco, pero Silviano no es tan ingenuo. No olvides que los esclavistas son todo menos candorosos y crédulos. Pero bien, prosigue.

—Transcurrido el tiempo que tarda una nave de correo de Puteoli a Cesarea en viaje de ida y vuelta, lo llamas y le entregas el título real por el que Silviano ha comprado, con todas las de la ley, acciones por medio millón de sestercios (todo su capital), con cargo a los depósitos del Emporio Frumentario, con los mismo cuños y rúbricas del tuyo falso.

—O sea el de la Agencia Frumentaria firmado por ese tal Úrbico. Pero este absolutamente legal y verdadero, ¿no? —corroboró.

—Naturalmente, Zacar —dijo enfervorizado el romano—. Y ese es el documento por el que lo tendremos a nuestra merced, si es que acepta. En esa fecha nadie sabrá en Roma lo del regalo de Cleopatra, ni el mismo César. Será en las Saturnalia cuando la reina hará público su regio y copioso presente, a su esposo y al pueblo romano, de una flota entera con sus bodegas atestadas de grano. Inmediatamente el trigo alcanzará en la basílica Julia sus precios más bajos desde hace muchos años.

—O sea que medio millón puede convertirse en menos de cincuenta mil —contestó el anciano, que golpeó la mesa, carcajeándose.

—Así es. Y que con la comisión se convertirán en nada —corroboró—. ¡Ruina total, Zacar! Nuestro ávido Silviano lo perderá todo.

—¡Por Tanit la Sabia! Esta sí que es una venganza sutil y pérfida —se pronunció el secretario real, que se movió en el asiento satisfecho.

Marco prosiguió declarándole la conclusión de su sutil estrategia.

—Pero no queda ahí la cosa. El objetivo final es que suelte la lengua, y te aseguro que ese pájaro cantará. La *Lex Frumentaria* propuesta por César en el Senado, y aprobada al final de las calendas del mes octavo, proscribe la especulación con el trigo, el almacenamiento para encarecerlo, así como la compra sospechosa y salvaje de acciones cuando las reservas están bajo mínimos. Es el caso de Silviano. Aunque él lo ignora; pero los mercaderes habituales del género sí lo saben y lo ocultan, y sus compras han sido prudentes. Sin embargo la de Silviano no, y se verá abocado a enfrentarse a la ley romana y a sus magistrados. Y no creo que tenga dinero para contratar a un buen abogado de Roma.

Zacar estaba admirado con el ardid que le tendía, y le preguntó:

—Y vienes a proponerme que yo intervenga con mi autoridad en este punto de la situación, ¿verdad, Marco? —se interesó convencido.

—Así es. En los foros del *Imperium* se expondrán los nombres por provincias de los que han transgredido esta ley. Silviano estará entre ellos, sin duda alguna. Sé cómo funciona esto. Llevo años en el negocio del grano. Él vendrá a verte enojado, confundido y despechado, y jurando por todos los dioses del Olimpo, e incluso culpándome de su apurada situación, deseando despellejarme vivo y jurando por las Parcas por mi desgracia.

—¿Y cómo he de proceder?

—Con la llana verdad, Zacar. Le explicarás que yo no me hallaba en la *Urbs*, que te informé tarde y que tus agentes en Roma vendieron tus acciones y las de tu rey, casi con las puertas cerradas de la basílica. Que los puertos estaban cerrados y que no pudiste avisarle, pues lo supiste mucho después, cuando llegó a Cesarea el primer barco del correo.

—¿Y entonces? —preguntó con ansiedad.

—Este es el meollo de la cuestión, y te pido que lo lleves a cabo con tu conocida firmeza y sutilidad. Le confesarás mi verdadero propósito y le ofrecerás una salida airosa de la comprometida situación en la que se halla. Le puedes expresar con gravedad que puede perder, no solo la poca hacienda que aún le resta, sino su misma cabeza —le aseguró, y extrajo de la tercera cánula otra carta para Silviano.

—¿Y qué le exigirás esa vez para intentar salvarlo?

Fría y serenamente, pero con claridad y precisión, le dijo:

—Que me revele la nueva identidad de Manilio Crispo Macrón, y dónde puedo encontrarlo, por un asunto de Estado que atañe al mismo dictador y a ciertos intereses de la República que no se pueden desvelar. Solo entonces dispondré de mis amistades en el Emporio Frumentario para que lo dispensen y consideren que procedió así solo para comerciar y no para especular, y salvarle así la vida. Lo que le juro por el mismísimo Júpiter Capitolino. Solo quiero el nombre de Macrón a cambio de su vida y de su libertad.

Zacar pensaba que era un error ponerlo en una situación sin salida.

—Silviano puede soltar cualquier nombre y avisar de inmediato a Macrón, con el que evidentemente tiene una íntima relación, y ese criminal huirá de inmediato para ponerse a salvo en cualquier parte del Mar Interior. Eso no lo habías pensado, ¿verdad? —lo alertó el cortesano.

Marco tintineó una copa con otra y le sonrió sardónico.

—Por supuesto que sí, Zacar. Y en ese preciso momento es cuando tu rango y autoridad intervienen decisivamente. Le participas que por orden del gobernador de la provincia debes encarcelar a algunos especuladores de trigo, entre ellos él, para que sean juzgados en Cesarea. Sea o no verdad. Habrá perdido cuanto tenía y solo le quedará ese chamizo inmundo lleno de miserables esclavos, gladiadores acabados, moscas y piojos, y a él se agarrará para sobrevivir. Hablará, te lo aseguro.

El chambelán bajó la mirada, juntó las manos y confesó excitado.

—Lo que me has propuesto es sumamente interesante, pero, ¿me pides que lo encarcele y lo incomunique hasta que nos revele el nombre, Marco Druso? —le preguntó imperturbable.

El romano hizo lo posible por mostrarse persuasivo.

—Justamente, Zacar. Hasta que consuma mi plan, que tengo previsto concluirá en las Saturnalia. Solo permanecerá confinado un mes más o menos. Así impediremos que avise a su socio. Eso es lo que requiero de ti. Tu papel en esta trama es crucial —le aseguró convincente, y el cortesano se rascó la cabeza, para decirle:

—¿Y si no habla, Marco? Puede ocurrir, aunque no es nada seductor estar de huésped en las mazmorras del rey Bogud —reconoció mordaz.

—Habré jugado y habré perdido, Zacar —se sinceró—. No es la primera vez. Pero dudo que desee cambiar su libertad, un juicio y una sentencia sumarísima, a cambio de revelar un simple nombre, por muy escrupuloso y fiel que le sea. Él no sabe para qué deseo conocerlo, y no necesariamente pensará que sea para cobrarme una venganza personal, sino un asunto confidencial entre gobernantes. Silviano será incapaz de entender esta situación tan inverosímil. ¡Nos dirá la actual identidad de Macrón, estoy seguro!

Parecía que en la mirada del palaciego se hubiera desencadenado una excitación de intranquilidad, aunque no era sincera.

—Me expongo a ser recriminado por mi rey. Solo soy un cortesano más —se expresó el chambelán, resistiéndose a participar en el asunto.

—No me digas, Zacar. Tú podrías encarcelar a medio Iol y tu rey nada objetaría. Lo he observado. Bogud no se mete en esos asuntos y tú eres su mano derecha. Tu poder es omnímodo y llegado el caso lo puedes justificar pronunciando mi nombre y exponiéndole la verdad a tu monarca. Pero es verdad, corres un riesgo, y por ello te recompensaré. —Y puso encima de la mesa la cuarta cánula, de la que extrajo un recibo acartonado, que leyó:

> Zacar de Iol es partícipe, con los socios que se citan al dorso, de una participación de cien mil sestercios en el oro del Sinus Arabicus, del que la compañía naviera Gerión de Gades es beneficiaria según concesión del Senado de Roma y del Dictador, Cayo Julio César.
>
> En Roma, en las *pridie calendas* del mes octavo.
>
> *Confirmans: Quintus Lolius Urbicus, Munus gerere Basilicae Emiliae.*

—Es mi obsequio por tu colaboración en la trampa. Toma, es tuyo.

Zacar, ofuscado por sus dudas y admirado por la compensación, no daba crédito a tanta esplendidez, y se descubrió ante el decidido plan de su socio y amigo Marco Druso, y su liberal esplendidez. Era una persona en la que podía confiar y que además lo estaba haciendo rico. Acarició el resguardo con su vacilante y artrítica mano. Sus pupilas brillaban febriles.

—Lo habría hecho solo por la amistad que te profeso, Marco. Nunca seré una rémora para ti, sino la solución. Cuenta conmigo —prometió.

—Lo sé. Pero *Do ut des* y lo hago por gratitud y porque puedo hacerlo. Tu presencia en esta parte del mundo está cubriendo de beneficios mi compañía y a mi patrono Balbo. Es la forma de expresarte mi agradecimiento, Zacar. El compromiso que has contraído es para un asunto exclusivamente mío, y mi complacencia en ti es máxima. Brindemos por los dioses de nuestra tierra, para que alcance el final deseado. Y si no lo conseguimos, es que ellos no lo desean.

—Velaré por tus intereses, Marco —dijo, alzó su copa y brindaron.

—¡Por Tanit, la de la media luna! —exclamó Zacar.

—¡Y por Anteo, el héroe que combatió con Hércules Tebano y por Gurzil, el dios cornudo! —Y bebieron del *massicum* hasta apurarlo.

Antes de despedirse y salir cada uno por una de las escaleras de la hospedería, Zacar convino con Marco que en la correspondencia que intercambiaran, y conociendo que agentes rivales pudieran interceptar alguna carta y alertar al escurridizo Macrón, los mencionarían con nombres inventados, como solía hacer Marco en su organización Nemus: Silviano sería conocido como «*Lacertus*» (lagarto), y Méntula como «*Scarabeus*» (escarabajo).

Antes de ascender por la escalerilla de la galera, Marco, embozado en la capa, ya saboreaba por adelantado su venganza. Y si el destino así lo disponía, repararía los amargos momentos pasados y el ultraje originado a su madre, que desde su más tierna infancia corroían su alma.

El piélago estaba en calma, liso, resplandeciente, y el orden y la tranquilidad reinaban en el puerto de Panormus, donde un trirreme griego con el ojo blanco de la Hélade partía rumbo al Este, y unos escribas bajo lonas anaranjadas anotaban el tránsito de las naves y mercancías. Inesperadamente sintió nostalgia por la ausencia de Zinthia, y se alteró su ánimo. No era la primera vez. Su afecto, ternura, bondad y dedicación a su contento personal interrumpía sus cavilaciones con frecuencia. Y demasiadas veces, su primer pensamiento al despertar era para ella.

Era una hembra sorprendente y la echaba de menos. Al principio lo atribuyó a su buen gusto por las mujeres, pero tras meditarlo y observar la leve alteración de su corazón cuando estaba cerca de ella, constató que un lazo de intimidad y afecto lo unía con aquella mujer enigmática.

De repente se vio envuelto en el suave airecillo otoñal, y a decir verdad, Marco esgrimió un gesto de confiado optimismo. Se detuvo en escuchar el entrechocar de las velas, en aspirar las saladas ráfagas de la brisa del Tirreno y en prestar oídos a la rumorosa sinfonía acuática de las olas del mar.

XXXV

Puellae Gaditanae

Roma, octubre del año 45 a. C.

Haces de luz del alba se filtraban por las celosías del *impluvium* y penetraban en la habitación de Arsinoe, derramándose como escarcha. Era el tercer día de los *idus* de octubre, festividad de las Fuentes Divinas o Fontinalia, en la que los romanos honraban a Fons, el dios de las fuentes, arrojando flores en los manantiales, veneros, abrevaderos y pilones, y coronando con guirnaldas de brezo los brocales de los pozos.

Arsinoe parecía preocupada, y no notaba las caricias del tibio aire otoñal. Había estado ocupada con el ritual que debía celebrar por la tarde por invitación de Cleopatra. Un ceremonial que la egipcia había arrancado de su permisivo amante, el dictador de Roma, reacio a incorporar al panteón romano las oscuras creencias orientales, y madrugó para prepararlo. El baño caliente preparado por Briseida y aromatizado con aceite de almendras y perfume de rosas apenas le había removido un gesto de complacencia. Después se dispuso a componer con sus manos la corona de flores que debía colocar en el pretil de la fuente de su umbroso jardín.

—Briseida, los ritos en época de plenilunio suelen ser extraños y la diosa Madre aprovecha para comunicarnos presagios funestos —le aseguró.

—O noticias maravillosas, según me revelasteis, señora —le recordó.

—En estos tiempos la agitación empaña la vida de Roma —dijo—. Más bien espero desgracias. Mi espejo de Tanit parece teñido del color de la sangre.

La *pitia* aspiró el tibio aroma de los madroños que florecían en los jardines del Celio, mientras un sol sumiso conquistaba el cielo.

Para los romanos aquella novedosa celebración significaba también el colofón de las fiestas Tesmoforias, o «de las mujeres sentadas», dedicadas a Ceres, y que en estas fechas se la invoca como la Dolorosa. Se veneraba en Roma el germen femenino de la concepción y del «Buen Alumbramiento», y las matronas habían procesionado por la noche hasta el río Tíber y conmemorado los ancestrales ritos místéricos de la fecundidad, sin la presencia de ningún varón. Y en memoria de la mutación de la diosa en caballo, habían danzado con velas encendidas en las manos, vestidas de negro y ataviadas con adornos que simulaban crines de equinos salvajes.

César había exigido a su amante egipcia que el rito se solemnizara en un santuario de las afueras de la *Urbs*, en un antiguo templete llamado ahora de Isis y Serapis, y antes dedicado a la diosa Deméter, deidad de la fertilidad de los campos y madre desesperada que buscaba eternamente a su desaparecida hija Perséfone, quien raptada por el infernal Hades, reposaba en las profundidades del Inframundo.

Antes del mediodía, un abigarrado grupo de patricias romanas atestaba la Roma Cuadrata, el recinto trazado por Rómulo en la cima del Palatino, donde se iniciaba procesión del *carrus navalis*. Unos faunos con falos descomunales que remedaban a Baco, Saturno y Vulcano iniciaban el desfile sagrado. Los carniceros del Aequimelium, el mercado de las aves, los verduleros del Boario y los limpiadores de la Cloaca Máxima, contratados para la ocasión, iban ataviados con ropajes egipcios, y serios y circunspectos pretendían imitar a la guardia egipcia de Tebas.

La gente los aplaudía, a la par que ahogaba sus risas, pues conocía a la mayoría por sus soeces y groseras costumbres, nada concordes con aquel fastuoso boato sacro. Muchachas disfrazadas de Artemisas rodeaban el carromato del Helios, que transportaba una barquichuela de oro, el *carrus navalis*, y dentro de él saludaba a la multitud la intrigante reina Cleopatra sentada en un escabel de ébano y representando a la diosa Isis. Exhibía los atributos de las faraonas egipcias, la corona azul, el *atef* con el creciente lunar, los pectorales del dios halcón en oro y una diadema de rubíes y lapislázuli. Hembra a la que le sobraban excesos y pretensiones, y que no estaba dispuesta a pasar inadvertida en Roma, llevaba espolvoreado su cuerpo de oro.

—¡Cleopatra reina, *Augusta Isis*! —coreaban los figurantes.

La comitiva se dirigió entre el resonar de los clarines hacia el cercano templo de Isis y Serapis, y cuando el ceremonial de la resurrección concluyera, el barco de Osiris, que ahora servía de trono a la soberana egipcia, sería incinerado en la medianoche junto al Pons Fábricus de la isla de Esculapio, en la orilla del Tíber, según lo previsto por la reina.

Cuando la inteligente y posesiva Cleopatra descendió con estudiada pose del *carrus* y penetró en la nave del recoleto templo, se encontró bajo el altar a Arsinoe, a la que en el primer momento no reconoció. Era como una aparición. Su hermosísimo rostro, sobrecogedoramente demacrado por el efecto de la máscara blanca de pitonisa, hacía que todo en ella emanara aplomo e intensidad religiosa.

La sacerdotisa estaba tocada con una tiara de pedrerías, el *kalatos* de Tanit de Tiro, y revestida con una aparatosa vestimenta de seda algodonosa con volantes de color púrpura. Sostenía firme un caduceo de ébano con la mazorca de maíz de la deidad tiria en oro puro. Pequeños rizos azabachados le sobresalían brillantes por delante y por detrás de la mitra. Las antorchas y la luz solar le asignaban un aspecto mágico e irreal.

La sibila de Gades la miraba con sus insondables ojos verdes, consciente de su rango y de la impresión que causaba, se comportó con digna apostura y no se aproximó a Cleopatra, sino que esperó que la reina se acercara para besarle la sagrada orla del vestido. En las hornacinas laterales, la soberana había mandado colocar estatuas de bronce de Anubis y Harpócrates, una pila o *purgatorium* con agua para la ablución de las manos, y las paredes decoradas con pinturas de íbices, cocodrilos y siluetas de templos egipcios.

Ningún hombre, salvo el Pontífice Máximo y el *flamen* de Minerva, su primo, podían estar presentes, y los que había abandonaron el lugar con presura. Resonó un batintín y los jinetes nubios introdujeron en el santuario a hombros la *Neshmet*, la barca de Osiris, que según la teogonía egipcia servía para transportar al dios Osiris por el río Nilo y el arco del cielo. La proa, pintada con polvo de oro, estaba vuelta hacia el interior y terminaba en una cabeza de oryx con cuernos de marfil. Iba decorada con vistosos *ushabti*, muñecos de madera que representaban a antiguos faraones. Cleopatra, en su papel de suprema deidad, hizo una señal a Arsinoe, que exclamó reclamando al Poder Celestial femenino:

—¡Oh Isis, protectora de la maternidad y del nacimiento, Gran Señora del Cielo, de la Tierra y del Inframundo, Isis en todas las manifestaciones, soberana de Raanefer, de Mesen, de Hebet, de Abaton, de los países del sur, y dueña de las pirámides de Guiza, divina y única, Ojo de Ra, corona de Ra-Heru, Sept y Señora del Año Nuevo, incluye a Roma y a las naciones conquistadas por ella entre el rebaño de tus hijos predilectos!

Concluida su oración, las matronas depositaron a los pies del altar las ofrendas de las familias romanas: miel, coronas de flores, redomas de perfume, racimos de uvas, fuentes de plata y aretes de oro, sedas y perlas, que rutilaban con la luz de la hora nona.

Se hizo el silencio y sonó una flauta fenicia, la *gringa*, similar a la partenopea griega. Su sonido era magnetizador, aunque se ignoraba quién podía ser su ejecutor. Cleopatra se colocó frente a la barca *Neshmet*, donde se apreciaba un habitáculo hecho de rafia, y una dama que lo guardaba. Comenzaba la solemnidad egipcia de la resurrección de Osiris, que correspondía a la de Dionisos o Adonis, ya que ambos habían sido asesinados por sus hermanos —Osiris por Set, y Dionisos por los Atlantes—, y enseguida renacidos a la vida por sus esposas, Isis y Venus.

Cleopatra los iba a sorprender con una desconcertante sorpresa. Los ojos de Cleopatra se fijaron en la barca y respiró los aromáticos vapores del laurel que se quemaba en los pebeteros. La soberana del Nilo se acercó a la barca, dio unos golpes e introdujo sus brazos en el pequeño habitáculo. Y de repente comenzó a emerger la figura de un niño con el cráneo rasurado y los ojos tintados de polvo oscuro de abeto negro, que hizo que las asistentes, que no esperaban aquella aparición, ahogaran un clamor de sorpresa. Todas las féminas presentes, y el mismo dictador, que esbozó un leve temblor de sus labios, sabían que se trataba del pequeño Ptolomeo XV César, Cesarión, o «pequeño César» en griego. Cuando el cuerpo del niño-dios hubo irrumpido del carro, Cleopatra se situó ante él.

Él le abrió sus brazos regordetes y sonrió pícaro a su madre.

Iba ataviado con los atributos de la realeza egipcia: una corona *atef*, con el símbolo de la cobra, el cayado *heka*, el látigo *nejej* y el cetro real o *uas*, y se cubría con un faldellín de oro puro. Representaba a Osiris, el dios egipcio de la resurrección y símbolo de la fertilidad y renovación del Nilo, y protector de la flora de sus orillas.

Cleopatra, sirviéndose de un ritual religioso, había presentado, con la aquiescencia de su esposo y ante las damas más representativas de la sociedad romana, a su real retoño, que seguía sonriendo con desenvoltura. Nadie dudaba de sus dotes innatas para la intriga, como si fuera una maga ingeniosa, decidida, paciente y maliciosa. Sin demora elevó su plegaria:

—Gracias por comparecer en la nueva Menfis, Roma, esposo y gran dios, Señor de Abidos, Dueño de Dyedu, el que está al frente de los occidentales, Unenefer, el que continúa siendo perfecto. Tú, que enseñaste los provechos de la civilización a la humanidad por medio de la afabilidad y la persuasión, protege a Roma, al Senado y a su pueblo.

La deidad infantil, solo tenía dos años y medio, descendió del carro dorado y se acomodó en una silla a la diestra del estrado de Isis junto a Cleopatra, con la sibila al otro lado, y unas damas que lo cuidarían. Desaparecieron las expresiones de espera y todos se concentraron en cinco hermosas danzarinas que aparecieron por un lateral, dando gráciles saltos.

Iban vestidas a la usanza egipcia, profusamente maquillados

los ojos oscuros y almendrados de antimonio, con pelucas de pelo lacio y muy negro y faldellines de franjas azules que les cubrían solo hasta medio muslo y de un tejido tan fino como una tela de araña. Llevaban anillos egipcios en las manos, collares y brazaletes. Lucían sandalias de cordones y su belleza resultaba magnetizadora.

Cleopatra anunció a los presentes la danza tiria de la resurrección que ofrecería un grupo selecto de *puellae gaditanae*. Sonó el *nebel* de doce cuerdas, los panderos, flautas, sistros y los crótalos, y una impresionante fuerza de sugestión motivó a las danzarinas, que se tendieron en el suelo para, de un salto y con exquisita suavidad, trenzar la dulce melodía de la resurrección de Melkart fenicio, el Osiris egipcio. Poco a poco, y al ritmo de la música, sus movimientos se hicieron más voluptuosos. Simulaban cópulas lésbicas y la unión marital entre los dioses y diosas.

Sus cuerpos vibraban en piruetas inverosímiles, se retorcían como sierpes, cabrioleaban en acrobacias imposibles y, cuando el compás de los instrumentos cesaba, formaban cuadros de una composición estéticamente magistral. El público estaba enardecido.

La sibila se esforzó en descubrir el rostro de la danzarina principal, pero los reflejos nacarados de la tarde, el denso cosmético y la peluca egipcia se lo impedían. Entretanto, brillaba el entusiasmo en las miradas del auditorio, que admiraban la sutileza de la conductora de la danza, que se cimbreaba como si fuera una caña azotada por el vendaval.

Arsinoe no le quitaba ojo a la que ejercía de guía del grupo, una mujer de maduro atractivo, aunque excesivamente estilizada. Verdaderamente era una danzarina de la diosa, experimentada e instruida, no le cabía duda alguna, y podía considerarse digna de danzar en los santuarios púnicos de Tiro, Sidón, Gades, Cartago o Tingis. Había en ella un estilo de bailar que le recordaba a ceremonias de la diosa vividas antes. Comprobó cómo sus pechos jadeaban, al igual que las hieródulas en el templo de Astarté-Marina en el templo de Gades, aunque no le parecía una fenicia, como la reina le había asegurado.

Y cuando los *nebeles*, sistros y panderos concluyeron la armonía, sus sudorosos cuerpos quedaron tendidos frente al altar, dejando una estela de concupiscencia religiosa y de una gran sensualidad carnal. Las adiestradas *puellae gaditanae* habían brindado el tesoro de su carne vibrante a la deidad, y recibieron un clamoroso aplauso.

Su danza no había dejado a nadie indiferente. Cleopatra y Arsínoe les sonrieron. Estaban muy complacidas con su danza. A una señal de la conductora del grupo, las cuatro danzarinas más jóvenes se alinearon junto a ella apretadas unas a otras. De súbito la maestra extendió sus brazos hacia la reina, el niño Osiris y la gran sacerdotisa de la deidad, y con su jadeante voz, exclamó en griego *koiné*:

—¡Diosa Isis, Maut Afrodita, esposa del sol, manantial de la fertilidad, Ave Fénix, soberana de la noche, haz renacer la vida!

Arsínoe, cuyos ojos no habían dejado de observar un solo instante a la *kezertum*, se revolvió en su asiento como si la hubiera picado un escorpión. «¡Aquella era la oración que su madre le había enseñado y que únicamente la había escuchado de sus labios y que ella había pronunciado en muy contadas ocasiones! ¿Cómo era que la conocía palabra por palabra aquella desconocida danzarina, y más si su origen era Tiro?» Se estremeció sorprendida y le aparecieron recuerdos lastrados en la memoria que no encajaban en aquel jeroglífico dislocado. «No puede ser», se dijo.

Se sintió una estúpida por dar rienda suelta a su imaginación y traer a su mente el recuerdo de personas de su pasado, unas muertas y las más, desaparecidas. Sin embargo sintió como si una locura pasajera atenazara su sereno temperamento. La prudencia y la moderación, tan habituales en ella, se resquebrajaron, y alarmada acompañó con su mirada a la danzarina principal, fijando sus intensas pupilas verdes en sus brazos y piernas y en su rostro, que con el maquillaje, la peluca y el extenso sombreado de sus párpados no reconoció como un semblante conocido.

¿Qué secreto encerraba aquella desconocida mujer que le atañía directamente a ella? Quieta y sobrecogida, Arsínoe se abismó en un pozo de incredulidad y de dudas. Sus labios temblaban de confusión.

Sencillamente no lo comprendía.

Cayo Julio, el Pontífice Máximo, cerró con una plegaria la solemnidad, mientras un grupo de esclavos y de flámines recogían el frágil barco de Osiris para incinerarlo en la orilla del Tíber, concluyendo con un fuego nocturno el novedoso rito de la diosa egipcia. Arsinoe salió cuando se vio liberada de su obligación, y azorada preguntó a Briseida por las danzarinas. Deseaba verlas y hacerles algunas preguntas.

—Abandonaron el templo y montaron en un carro escoltado por tres jinetes. Estarán ya en la ciudad, señora —le informó.

—¡Por la luna de Tanit! Me hubiera gustado conocerlas y felicitarlas.

Tras la ceremonia, Cleopatra, en agradecimiento a su insustituible papel, había invitado a la *pitia* a una velada privada en su Villa del Trastíber. Montaron en dos literas, corrieron las cortinas, y al poco desembocaron en la orilla opuesta del río tras cruzar el Puente Emilio, donde al amparo de las sombras, los borrachos, proxenetas, diestros ladrones, vendedoras de filtros amorosos, atrevidos truhanes y descaradas prostitutas, o *lobas,* se disputaban a los clientes como comadres. Una abigarrada escolta de jinetes nubios y legionarios de César las protegían de cualquier contratiempo.

Las dos mujeres se desprendieron de sus galas, se asearon y tras el ocaso, Arsinoe, envuelta en una blanca y sutil *síntesis* —túnica usada en los banquetes— se acomodó en su triclinio, en una salita que parecía un escenario teatral, calentada con braseros perfumados, donde se veneraba una talla del dios chacal, Apis. También había vestigios del arte de Fidias y Praxíteles y la estética griega se enaltecía en una exuberancia de adornos. Los artesonados estaban labrados con metopas doradas. Una sierva les llevó hidromiel de Frigia —el *aqua mulsa*—, única bebida que degustaba la reina desde que abandonara Egipto para evitar posibles envenenamientos, práctica muy común en las cortes de Oriente.

Se oía el rumor de los árboles que rodeaban la mansión, y la sinfonía de las fuentes, y los pasos de la guardia en el jardín. Arsinoe destacaba por su delicadeza y sencillez, con la melena recogida, los labios afrutados y sus ojos verdísimos y rasgados. Cleopatra se había liberado de sus afeites, y con ademán calculador y sutil, se asemejaba a una joven del puerto de Alejandría de las que vendían agua fresca o elixir de nenúfares.

Arsinoe conocía por Clodia el rumor que discurría por Roma en el que se aseguraba que Cleopatra se había desembarazado de su hermano y consorte Tolomeo, y que simplemente lo había hecho desaparecer para tener el camino expedito para compartir la corona con Cayo Julio y reconocer este a Cesarión como soberano de Egipto y Roma. No sabía si conceder crédito a la grave intriga, pero como conocía del temperamento intratable de la reina, y su malicioso carácter, podría tenerlo por cierto. A ella le producía una singular fascinación, e intrigada se acomodó y esperó.

Pensó que era una buena ocasión para explorar aquella perla de Alejandría siempre envuelta en su concha de impenetrabilidad, que no admitía la más mínima alteración en las normas de palacio. La pitonisa advirtió cuán frágil era su regia fachada y que detrás de su apariencia inaccesible y glacial se escondía una mujer temerosa. No le parecía justo el calificativo de «serpiente venenosa del desierto» y de «bruja del Nilo» que le habían otorgado las aristocráticas patricias romanas.

—Me siento muy complacida, Arsinoe. Gracias por tu presencia y tu respaldo. Cayo y Calpurnia me han felicitado por la solemnidad —reconoció, e hizo una señal para que sirvieran la mesa.

—Es a mí a quien corresponde daros las gracias por incluirme en los actos que sirven para enaltecer a la Madre —contestó la sibila—. Os gradezco además vuestra generosa hospitalidad, mi soberana.

—¿Crees que ha calado entre las damas romanas la alegoría de mi hijo reencarnado en el dios Osiris? ¿Las habrá molestado? —se interesó.

La reina la miraba con sus ojos escrutadores, como un halcón al acecho. Arsinoe percibió su perfume hondísimo, y lo aspiró seducida.

—No habéis hecho nada contra los dioses, pues en verdad, algún día llegará a ceñirse la corona de Egipto. Y entonces lo será, mi reina —replicó cortésmente, sin mencionar para nada a su padre.

Arsinoe sabía por Clodia, la gran amiga romana de Cleopatra, que la reina era incapaz de tolerar críticas de los demás, ni tampoco las desdichas del destino, así que adoptó un ademán de seria gravedad, pues también sabía que el futuro de su «marido», César, le inspiraba temor y sus astrólogos y estrelleros auscultaban los astros, originándole una angustiosa inquietud por su devenir. Los escrúpulos y el pavor por el futuro de Cayo Julio la atormentaban. Recelaba de todos, apenas si probaba el agua de Roma y solo comía lo que le preparaban sus damas.

—Te he notado sobresaltada, Arsinoe, e incluso tensa en el baile sagrado. Te removías inquieta. ¿Recuerdos? ¿Añoranzas? —se interesó.

La *pitia* pensó que la reina había invadido su alma. Pero tenía razón.

—Sí, mi señora —se sinceró aunque con un gesto distraído—. Pero no fue la danza, sino la oración que la bayadera principal recitó al concluir la danza. Me conturbó, creedme.

—¿Por qué, Arsinoe? ¿Qué tenía de extraño? —se interesó la reina—. Me pareció muy hermosa y no noté ningún desvarío religioso.

Tediosamente, y sin poder ocultar su desazón, Arsinoe se explicó:

—Porque esa plegaria era exclusiva de mi madre, de su madre y de la madre de su madre. Yo la heredé y la recito en ocasiones festivas. La alusión a Maut Afrodita, el símbolo de la maternidad y de la paternidad universal, fue una invención de mi madre Arisat. Es imposible que esa *kezertum* la conociera, a no ser que la hubiera escuchado de mis labios. Y claro, me ha producido mucha extrañeza, pues no la he reconocido entre las *hieródulas* de Gades, Tingis, Iol o Septa.

La anfitriona se abismó en sí misma. Meditaba.

—Sí, parece insólito, pero en todo el Mar Interior proliferan las danzantes de la Madre, en Creta, Chipre, Tiro o Cartago, y pudo aprenderla en cualquier templo de la diosa. ¿No lo crees así? No debes inquietarte.

—Dispensadme por tomarme esta libertad, pero ¿la conocéis personalmente, mi soberana? —se interesó Arsinoe atraída.

—¡Claro, danzó para mí en esta misma residencia! Su nombre es Zinthia. Es esclava y pertenece al *quirite* Marco Druso, hombre de confianza de Lucio Cornelio Balbo y de mi esposo. Es un caballero muy valorado en esta República.

—Pues nunca he coincidido con él. Aunque es cuestión de tiempo, ya que frecuento la *domus* Balbo —le confesó—. ¿Y no os dijo, mi señora y reina, de dónde provenía esa mujer? Su condición de esclava no me encaja. Es una hembra sagrada, y los traficantes de esclavos de Oriente, siempre tan supersticiosos y agoreros como crueles, las suelen respetar. Temen la venganza implacable de la deidad.

—No lo creas, Arsinoe. Una sacerdotisa de Isis fue raptada en Tebas, y jamás se supo de ella. El patricio me aseguró que nació en el Líbano, y que ese caballero la liberó de sus cadenas, comprándola en África.

Un poco más animada por la turbación que le había producido, dijo:

—Bueno, supongo que eso podría explicarlo todo, y mi suspicacia ha volado con el viento impetuoso de mi imaginación —se justificó, asintiendo.

—Creo, Arsinoe, que te has dejado llevar por un febril recuerdo.

—Es posible, mi reina, pero un nubarrón de dudas ha ocultado la luna de mi sosiego. La terrible muerte de mi madre la había relegado al olvido y otra vez ha aparecido con toda su fuerza de dolor y pesar, hasta el punto de perder mi sensatez —le dijo, y le reveló someramente la terrible muerte de su madre Arisat, cuando ella era una niña, que la soberana del Nilo escuchó atentamente y con evidente aflicción.

—Es una revelación demoledora, querida. Lo sé, no debe de

ser fácil para ti olvidarlo —asintió la soberana—. Sé lo que es eso. Mi infancia y juventud también han estado rodeadas de muertes violentas, envenenamientos, asesinatos trágicos, dolor y desamor entre hermanos.

—Por eso, mi reina, la súplica de esa *kezertum* ha instalado en mi mente pensamientos confusos y perturbadores —le descubrió—. Comprendo que es demasiado absurdo como para concederle valor.

Cleopatra la animó a mantenerse firme y procurar olvidar el hecho.

Había tristeza en la expresión de la reina y la miró con compasión.

—Confía en tu sabiduría, y piensa que todo es un espejismo creado por el mudable azar —le sonrió—. Tienes además la posibilidad de visitar al *quirite* Marco Druso y salir de dudas.

—Sí, mi señora, procuraré hacerlo. Mi espíritu lo precisa.

Arsínoe quiso acomodarse en la negación de lo que había oído y creer que se debía a una caprichosa casualidad, e intentó desatenderlo.

Un embarazoso silencio se hizo entre ellas. Sentadas una frente a la otra bebieron unos sorbos de vino y degustaron el contenido de unos platillos de oro. Arsínoe iba a reanudar la charla cuando de repente se escuchó una tenue conversación muy cerca de la puerta de la cámara, y súbitamente una voz preguntaba por la reina.

La sibila de Gades se quedó envarada y pensativa y dejó caer en la mesa el trinchante que cogía con su delicada mano. Cleopatra reconoció prontamente los apacibles golpecitos en la puerta y la *pitia* la miró intrigada por la inesperada visita. ¿No le había prometido que iban a estar solas? ¿De quién se trataba? ¿Esperaba esa comparecencia?

A los pocos momentos una figura hierática vestida de blanco se recortó nítida en el dintel de la puerta, iluminada sesgadamente por el reflejo cambiante de los braseros e incensarios. Parecía la de una deidad en la penumbra de su templo que había descendido a la tierra. La sibila no distinguió quién era. La tensión del instante paralizó la plática de las dos mujeres. Que le agradara a Arsinoe era lo de menos, que le chocara era más que natural. Y estaba vivamente sorprendida.

Se aproximó y pudo reconocer a la misteriosa figura. Suspiró y aflojó su gesto. Le placía. Antes de acomodarse, manifestó una efusión de intimidad y un gran agrado. Sonreía abiertamente, aunque no hablaba.

—Ven, siéntate entre nosotras —apremió la reina.

Prevalecía una atmósfera de laxitud y delectación. Tras las oscuras ventanas, Roma se insinuaba a lo lejos con las exiguas luces de las antorchas y lucernas, esparcida y reposada entre las colinas.

Con la visita, la vigilia se animaba con la imagen de lo imprevisible.

XXXVI

César se sincera en el Trastíber

Sentados en los triclinios, uno junto a otro, los tres componían un cuadro en el que coexistían el afecto, la armonía y la amistad.

—*Ave, carissimas!* —se oyó su voz viril y armoniosa.

El recién llegado, Cayo Julio César, Dictador de Roma, se hizo accesible a las dos mujeres que tanto apreciaba, y les besó las manos con su acostumbrada gentileza. Arsínoe lo observó mientras se acomodaba. Allí estaba a su lado de nuevo «el oportunista supremo», como lo llamaba el amoral Cicerón.

Arsínoe percibió su rostro con una preocupante palidez marmórea, huesudo y surcado por verticales surcos. Los labios estaban desdibujados, y la calva le pareció más espaciosa. Pero no ocultaba su fortaleza de hierro, ni su indagadora y ardiente mirada.

Su semblante era una proyección fidedigna que revelaba los avatares de su vida, con sus lutos, enfermedades, marchas, embarques, cicatrices, tragedias, muertes y fracasos, pero también delataba ambición, sabiduría y grandeza. Pero, sobre todo, de sus ojos negros dimanaba la fuerza arraigada del que se consideraba el amo del mundo.

En aquel otoño lánguido y lleno de inquietud, César precisaba de la amistad de la sibila y de la pasión de la amante egipcia, que no ignoraba que no podía mantener en exclusiva sus atenciones sexuales en el lecho. Buscaba su compañía porque estaba harto de las abyectas adhesiones de los procónsules, de las sonrisas cordiales pero babosas, y de los petulantes agasajos de senadores hipócritas. No les había bastado que llenara sus bolsas con negocios generosos en mundos desconocidos, y lo seguían mirando con envidia, aunque también con temor.

Cleopatra había sido hábil, decidida y paciente y tenía atrapado al dictador como una regia araña entre los hilos de su tela letal.

Se despojó de la toga, que depositó cuidadosamente en las manos de una sierva. Luego hizo lo mismo con las sandalias. Cleopatra, que lucía un sencillo *shenti*, una túnica de fino lino, y un sencillo peinado, se incorporó y masajeó suavemente su cuello, como si fuera la más ínfima esclava de la casa. Él sabía que no era oficio de una reina, pero le agradaba que lo liberara de la tensión que acumulaba en sus hombros. Era su esposa y no habían pasado juntos demasiado tiempo.

—Viniendo en mi litera, he olido a castañas asadas y retrocedí a mi niñez, cuando sisaba unas monedas a mi madre Aurelia y corriendo iba a las escalinatas del Capitolio a comprar un puñado. ¡Qué no daría yo para regresar a aquellos tiempos tan felices, queridas! —manifestó César, mientras saludaba a aquellas dos mujeres irreemplazables en su vida.

Cesarión había sido reconocido como hijo del dictador, presentado en el ritual del *carrus navalis* y ella se lo agradecía. El tierno niño de cabellos lacios y avellanados, que ahora dormía con sus nodrizas, constituía el vínculo sagrado y esencial que los unía.

—Hoy ha sido un día muy especial para mí, querido. Con tu consentimiento para la aparición del «pequeño César», y la sagrada presencia de Arsinoe, por fin he podido rendir culto a mi Madre Isis, en Roma. Ella nos bendecirá con sus dones.

—Pues un grupo de damas de la Bona Dea me ha solicitado que admita esta festividad en el anuario religioso romano, y que venga a llamarse del *Carrus Navalis,* o de Isis. Los augures y flámines lo estudiarán, y pensamos celebrarlo en febrero, para su mayor realce.

Cleopatra se sonrió discretamente. Aseguraban que un don de nacimiento le permitía discernir el interior del alma de alguien a través de sus gestos, y tras observar a Cayo Julio, vio que era dichoso a su lado.

—Me haces feliz, Julio. Isis y los dioses de Egipto te protegerán.

César le sonrió haciendo gala de su proverbial estilo encantador y de su atractivo personal. Cuando sonreía, el firme mentón se le dulcificaba y sus sensuales labios se agrandaban en una viril sonrisa. Desechó la primera copa que le ofreció la egipcia, porque no era bebedor, aunque muchos lo acusaban de lo contrario, desdeñando sus cualidades.

Unas sirvientas sirvieron unas fuentes de oro con crema de puerros, crías de atún con hojas de rada, quesos de Campania, el famoso cerdo troyano, un manjar apetitoso relleno de sabrosas carnes, aceitunas del Piceno, caracoles de Etruria con azafrán, trozos de faisán y cordero adobados con miel, y variados platillos con aromáticas fragancias del Nilo.

—Sabes de mi escepticismo acerca de los dioses, querida —dijo Cayo Julio, que se llevó a los labios un elixir de palma—. Otra cosa es mi inclinación a los signos y fuerzas de la naturaleza, a la cual pertenecemos.

Arsinoe, que sabía de la complicidad que los unía, no dejó de expresarse con libertad, aunque se sonrojó algo antes de hablar.

—Pues no conozco pueblo como el romano al que le interesen tanto los augurios, sacrificar animales en infantiles rituales, o escrutar el vuelo de las aves y las entrañas de los gallos —satirizó la sibila.

—En esta misma sala Cicerón me confió —atestiguó Cleopatra sonriendo— que la superstición es la única cadena que une a los romanos de cualquier condición. Sois la nación más agorera de la tierra, Julio.

César aparentó ignorar su advertencia. Sonrió y quiso justificarlo.

—Yo estimo que los diversos modos de adoración en Roma son solo armas para contener al inconstante y violento pueblo. Seguro que a eso se refería mi amigo Marco Tulio, con cuya opinión coincido.

El cónsul parecía haber cambiado súbitamente de talante. Calló y bebió unos sorbos de vino de Capua. Hizo una pausa y, tras depositar un delicado beso en el cuello de Cleopatra, sus cabezas estaban casi juntas, prosiguió hablando de creencias:

—Porque estamos solo los tres y os amo, os confesaré que desde que Arsinoe me auguró mi futuro en el templo de Venus, cuando estoy en silencio me parece oír ladrar a Cerbero, y a Caronte, llamarme a su lado.

Recelosa, Arsinoe se atrevió a decir en una efusión de intimidad:

—Tu destino es confuso y equívoco en mis predicciones, créeme, César. Me rogaste tras tu llegada de Hispania que rastreara tu futuro, y lo hice. Hace unos días ingerí las hierbas sagradas y entré en un sueño impetuoso sobre el que no dejo de pensar. Es muy extraño e ilógico.

Los ojos profundos y las espesas cejas del dictador se contrajeron.

—¿Por qué, Arsinoe? Me impacientas —se interesó César.

Arsinoe omitió las señales más nefastas. Era una invitada.

—En el mejor de los casos es inexplicable, y no sé a quién, o a qué se refiere. Os lo contaré —adujo, y se irguió un poco—. Otras veces, cuando he rogado a la Madre auspicios a preguntas sobre las aspiraciones de gobernantes o reyes, he percibido en el espejo a griegos contra persas, cartagineses contra romanos, o mauretanos contra garamantas, pero esta vez no vi ni a hombres ni a guerreros, sino que contemplé cómo unos aguiluchos raquíticos pedían alimento a su madre, que al acercarse con la comida la devoraban en el mismo nido. Después un velo púrpura, ¿sangre?, cubrió hasta los bordes el espejo de plata. Me conturbó, en verdad, pero es tu *fatum*, mi apreciado cónsul.

Incluso la reina se encontraba impresionada, y la sibila, ufana.

—¿Y qué interpretación le concedes, Arsinoe? —preguntó Cleopatra.

—No sé. Sigo recapacitando ante el altar de la Madre. Pero ella calla.

A partir de lo que la *pitia* había revelado, la reina se interesó:

—¿Quizá veamos otra vez una lucha de romanos contra romanos?

César cogió en su mano la de Cleopatra en un gesto muy íntimo. El tacto parecía de seda y se la llevó a sus labios. Era demasiado pronto para la lujuria y la soltó con suavidad. Después replicó con contundencia, y con una calma que denotaba el dominio de su temperamento.

—Roma no soportará otra guerra civil, y yo me ocuparé de no provocarla. Mi largueza y el perdón hacia mis enemigos lo impedirán. Muy pronto llevaré a cabo la ardua tarea de recuperar las águilas y enseñas de Roma robadas a Craso en Persia. Los contendientes no serán otros romanos, sino los enemigos de la patria. Y no acabará ahí mi campaña. Bordeando el Caspio penetraré por la nación escita, atacaré por la espalda a los germanos, los someteré y, a través de la Galia, regresaré a Roma. Entonces ya no habrá más duelos. Roma será un *Imperium* universal.

Cleopatra sabía de aquel proyecto, pero no Arsínoe. El cónsul iba en pos de una campaña que lo asemejaría a Alejandro. La sibila cambió de forma de pensar. Podía salir airosamente de su ambigua predicción.

—Lo ignoraba, César. Entonces es posible que mi visión haya de ser interpretada en clave de esas empresas y tus indudables victorias futuras. Tus legionarios, los aguiluchos, rescatan los estandartes de las legiones de Craso y las águilas perdidas en Partia, que tanto apesadumbran en Roma y que nadie relega al olvido.

La reina, que no deseaba un mal auspicio sobre su esposo, opinó:

—Es posible que tu contemplación no pueda interpretarse de forma absolutamente literal. Estoy segura de que esa es la explicación, y me animas. ¡Las águilas de Craso, recuperadas por el gran César de Roma!

—Ya me veo navegando por el Orontes con las insignias recuperadas.

Conversaron sobre el arte poético de Grecia, del que Cleopatra y César eran grandes admiradores, y el general declamó algunos versos de Homero. Arsinoe, mientras bebía en una copa de ágata que olía a resina de cedro, lo escuchaba con emotiva excitación.

De improviso sonaron dos golpes en la puerta y, sin pedir permiso, entró en la sala el fiel mayordomo de la reina, el anciano Intef. Era su paño de lágrimas, su asesino particular y el más leal de sus servidores. Tenía los ojos pintados de negro *kohl*, y su presencia intimidaba. Sirvió vino de Frigia a su señora, pero no a los otros dos invitados, y se quedó en un rincón como si fuera una imagen de madera de un sarcófago egipcio. La reina advirtió que se ensombrecía el rostro de César y prosiguió la plática.

—No quisiera parecer que me inmiscuyo en la intimidad de tus pensamientos, pero, ¿hemos de preocuparnos, querido? Te advierto tenso y ansioso —dijo la reina, que simulaba un aire despreocupado.

—Cada día suena un nuevo viento de esos locos conspiradores. Nada más. Hablo con ellos y se me arrastran a los pies, y cuando llega la noche se reúnen en zahúrdas y tabernas para perderme. ¡No sé qué hacer!

Cleopatra no disimuló su irritación y fiereza, y lanzó un exabrupto:

—¡Por el sagrado Halcón! Conozco uno a uno a esos descontentos senadores, sus miserias y sus ambiciones, pues pasan por aquí como barro pegajoso, rindiéndome una sumisión que no sienten. Son como ratas de arrabal, dispuestas a las mayores bellaquerías.

Había un tono en la voz de César que sosegaría hasta a una fiera salvaje. Era inusualmente cálido y sus ojos negros rutilaban.

—No debes preocuparte, Cleo, en esta ciudad los gobernantes vivimos de la duda y no de la certeza absoluta. Ellos piensan solo de dónde vienen, de sus viejos linajes, y yo, hacia dónde me dirijo, a la gloria. Esa es nuestra diferencia —dijo, y emitió una risa severa y gutural.

—El mundo es depravado, *domine* —adujo la sibila.

—No me tengo por un referente de la moralidad romana,

pero respeto a mis adversarios políticos y los escucho en el Senado. Saben que mis legiones están alerta en el Campo de Marte y que me son fieles hasta la muerte. Lo pagarían con su vida. Aunque si las Parcas creen llegada mi hora, las espero sin temor —opinó César con la sonrisa en los labios.

Estremecida porque su esposo sufriera algún daño, lo alentó.

—No seas agorero, marido mío.

Cayo Julio miró a través del fino camisón de seda con el que se cubría la soberana y adivinó sus encarnados y suaves pezones, y Arsinoe adivinó en su gesto que todos los bríos de su cuerpo se le estremecieron.

—Soy un simple ciudadano de Roma. No soy como tú, dilecta. El día de mi nacimiento no fue visible ningún cometa, ni un fuego fatuo deslumbró en los cielos. Estoy sometido a la ley inexorable de todo hombre, y claro está, a la inevitable muerte —dijo y se sonrió.

—¿Y crees adecuadas esas reuniones clandestinas y sediciosas, marido mío? Sigue gobernando con fortaleza a esta ingrata República que no te valora a pesar de los grandes favores que le has acarreado. El sueño de Arsinoe es una predicción de gloria y no de desgracia.

La sibila, que había notado en el dictador una transfiguración radical, intervino en la plática y, mirándolo con sus enormes ojos verdes, dijo:

—Pero no deben cegarte tus propias emociones, César. Posees una fe distinta a la que advertí en ti en el Oráculo de Gades. Ahora te veo ausente, y es difícil de entender. Yo diría, y exculpa mi crudeza, *domine*, que esperas tu ruina de un momento a otro. ¿Me equivoco?

El dictador se puso a la defensiva. Dejó el bocado y admitió:

—Es posible. En este momento soy la suma de todos los «césares» que has ido viendo en tus sueños. Ya no me enfrento a la fatalidad del destino como hace veinte años, sino al tiempo inexorable que veo que se me acaba, querida Arsinoe. No tengo elección y siento en mi alma esa diferencia, es cierto. Estoy más preocupado por cómo me juzgue la posteridad, que por ser derrotado por la edad o por esos farsantes.

Cleopatra adoptó un tono en su voz de alarmante inquietud.

—Pues presta oídos a los augures, Julio. Yo sé lo que es perder a un ser amado. Aunque sé que irradias confianza, la violencia y la ira se hallan ocultas tras las togas inmaculadas de los senadores. No les muestres ninguna vulnerabilidad. ¿No adviertes, querido, que están creando un vacío a tu alrededor?

La avisada reina, mujer moldeada en la frialdad de un trono y astuta política, había acertado en sus opiniones, y Arsinoe asintió.

—Es cierto lo que aseguras, mi reina. No esperaba tanta ingratitud de los míos —confirmó César—. Pero si se atreven a atacarme, el sufrimiento de Roma será grande, perverso y violento.

—¿Pero lo saben ellos, Cayo? Toda precaución es poca —dijo la reina.

—Ellos conocen la crueldad de una guerra civil, y eso les hará pensar.

Los tres estaban al tanto de que el Senado no dejaba de prodigarle muestras de la más baja adulación, con intención de atraer el viento del odio y la envidia sobre su persona. Los senadores más aduladores votaron construir tres templos, uno a la Concordia, en recuerdo de la paz conseguida por él, otro a la Clemencia, por sus actos de magnanimidad, y el más monumental dedicado a la Libertad, por las inmunidades conseguidas para el pueblo.

Y para su mayor gloria se habían instaurado las fiestas Anuales, Quinquenales y Perpetuas, para conmemorar las victorias del más grande héroe de Roma y su hijo más dilecto: Julio César. Su sagrada persona había sido declarada inviolable y sagrada, y quien contra ella atentara sería reo de los castigos infernales. «Papel mojado», solía admitir él.

Cayo hizo patente su proverbial ironía, y miró tierno a la soberana.

—Ya solo falta que me declaren dios y verme divinizado. No saben que eso no me seduce, sino que acrecientan mi celo por alcanzar un futuro más glorioso y llevar a cabo mis conquistas, con las que aventajaré a Alejandro. Pero, ¿acaso no fue lo que me auguraste en Gades, Arsinoe?

—Cierto, Cayo Julio, pero recela de los que se te acercan con disfraces de falsedad y rencor. A más honores, más celos e inquina. Así son tus compatriotas. Injustos e insidiosos —se pronunció Arsinoe, que limpió sus labios con la servilleta.

Después se echó a reír relajado y dio un sorbo a su copa.

Intef, el chambelán, surgió de las sombras como un fantasma. Despabiló las candelas y arrojó granos de sándalo de Arabia en los pebeteros. Al cabo, siguieron platicando sobre las reuniones clandestinas.

—¡Oh Padre Júpiter Omnipotente! —pareció César incomodado.

Con el corazón inquieto, Cleopatra se revolvió muy enojada.

—En Egipto, todos esos intrigantes ya estarían con la cabeza cortada y sus cuerpos, arrojados a los cocodrilos. En la estatua que te han erigido junto al templo de Quirino, en la del Capitolio, y en la que se alza en la tribuna del Foro han aparecido pintadas tachándote de «odioso e insoportable tirano por el que gime nuestra República», «Matad a César», «Acabemos con el monopolio de poder de César», «Monstruo de codicia», «Raptor de la libertad» y otras gracias parecidas. Yo sé por mis espías que se deben a un sirio de nombre Filón. ¿Pero quién le paga?

—¡Esto es Roma, Cleo! Aquí se permiten esas expresiones de libertad. Marcharé al frente de mis legiones el 17 de marzo, y no tendrán tiempo para perpetrar su complot, si es que se atreven. Estaré lejos y se olvidarán de mí por unos años —aseguró indolente y apático con el asunto.

Un destello extraño surgió de la mirada de la egipcia. No comprendía la serenidad y displicencia de su amante.

César rio con la más seductora sonrisa de la que era capaz.

—*Domine*, ¿no te parece diabólica esa expectación por esa intriga que se palpa en la ciudad? —insistió Arsinoe—. Eres el favorito del destino para los dioses y ellos prefieren clavarte una daga.

—Todos los gobernantes de Roma que me han precedido lo han experimentado también. Pero yo proseguiré con mis reformas. Mi astrónomo Sosígenes reforma el calendario según el curso del sol, al que desea llamar Juliano, mis juristas elaboran un *flamante corpus juri romani*, para que las naciones conquistadas posean una misma ley, y la Roma de ladrillos se convertirá en una nueva Atenas de jaspe. Los viejos principios están corrompidos y una era dorada se abre en un nuevo *Imperium*.

Arsinoe advirtió un cambio en el ambiente. Tras la fachada de imperturbable majestad de la reina se ocultaba una mujer temerosa.

—¿Y no dices nada de Junio Bruto y de su cuñado Casio Longino? Son dos hombres zaheridos en el pasado, ofendidos y vengativos, o sea peligrosos. Cuídate de ellos y vigila tus espaldas, marido mío.

Una perezosa corriente de fatiga se apoderó del dictador.

—Me cansa escuchar sus nombres. Siento una alta consideración por Bruto y elogio la capacidad de Casio. No los temo, Cleo.

La rabia corroía lo más profundo del alma de la egipcia, que dijo:

—¿Pero por qué estás tan ciego? —contestó con ojos de pantera—. Bruto es un pertinaz expoliador de ciudades. Te traicionó pasándose al bando de Pompeyo y luego, para abofetearte en la cara, se casó con la hija de Catón, tu mortal enemigo. Además no se aparta un instante de la amistad de su cuñado, ese enfermizo de Casio, que te odia visceralmente. Protesta contra mi presencia en Roma y los lujos orientales con los que, según él, yo he corrompido a Roma, cuando ha recibido oscuros sobornos en los lugares que ha gobernado, viviendo como un sátrapa. ¡Esa es su integridad moral, querido! Puñal, veneno, venganza.

—Los he nombrado pretores de Roma y me están muy agradecidos.

—Mejor hubiera sido nombrarlos procónsules y haberlos enviado a los confines del mundo, y no tenerlos a tu lado, babeando como lobos voraces.

—Tus temores son infundados. Conozco esas prácticas. No tienes por qué alertarme. Domina tu ansiedad. El futuro nos sonríe.

La *pitia*, viendo la angustia vital de la soberana, terció conciliadora:

—César se adelantará como siempre a la jugada de sus enemigos.

—Arsinoe me conoce bien. Rechazo la represión del Estado y nunca permitiré una represalia cruenta contra mis opuestos. ¡Jamás, Cleo! Soy un republicano convencido. Mi instinto me ha salvado siempre, mi reina.

Cleopatra solo pensaba en la venganza implacable y hereditaria de la familia tolemaica, que había visto desde su más tierna infancia.

La situación le pareció a la sibila sumamente curiosa. La reina, que destilaba un amargo rencor y odio hacia aquellos dos hombres, reclamaba venganza, y César solo pensaba en alcanzar su gloria máxima. Una estaba con los pies pegados a la tierra y el otro, flotando en las nubes.

—Babilonia, Susa, Palmira y Ecbatana me llaman, y acabaré como Alejandro el Grande: logrando hazañas épicas en Oriente —prosiguió entusiasmado—. Alcanzaré las fuentes del Éufrates. Después será nuestro tiempo, Cleo. Para la Fiesta de la Fundación, en abril, habremos marchado. Y ya que no puedo ser fulminado por un rayo del padre Júpiter, ni alzado a los cielos por mi condición de mortal, solo espero completar mi destino.

—Pues yo cada día me siento más temerosa, Cayo. ¡Madre Isis, protege a mi esposo de los que lo adulan! —concluyó con una plegaria.

Con una sonrisa apenas forzada, Julio la besó. Y al contacto con su tierno abrazo, se desmoronó y lloró. Luego se sosegó tranquilizada.

—¿Qué va a pensar de ti tu invitada, Cleo? —dijo acariciándola.

La situación era sumamente curiosa, y Arsinoe intervino:

—César, antes has mencionado al *quirite* Marco Druso. ¿Lo conoces lo suficiente? —dijo con voz persuasiva, cambiando el tema de la charla.

—¡Sí, claro! ¿Tú no? Me extraña porque pertenece al círculo privado de Lucio Balbo, tu protector —la informó afable—. Es un caballero muy fiel a la causa cesarista, hasta el punto de que sus certeros informes me han servido en todas mis campañas. Es un hombre metódico, rico, sagaz para los negocios e intuitivo para enjuiciar los ajetreos políticos de la ciudad. Además posee la Corona Cívica por su valor en la batalla de Tapsos.

—¿Es nacido en Roma, *domine*?

—Se conoce poco de su pasado —explicó el dictador, que ignoraba adónde quería llegar la pitonisa—. Aseguran que nació en Sicilia, en Panormus, pero no muestra el acento de los sículos. Sin embargo existe en Marco algo que me intriga sobremanera. Mi aliado y amigo, el rey Bocco de Mauretania, lo considera como a un hijo. ¿No es extraño?

La sibila, siempre comedida, parecía excesivamente turbada.

—Mucho, César. —Y la sibila experimentó una conmoción interior. ¿No había sido el viejo Bocco un amigo insobornable de su madre Arisat y tutor en la infancia de su perdido hermano Silax? Todo resultaba sorprendente.

—Yo le digo que posee corazón de romano y mente de fenicio, Arsínoe —declaró el dictador—. Adora en su *domus* una Astarté traída de Cartago, de la que es muy fervoroso. Es un hombre singular, muy cierto.

La pitonisa se quedó paralizada en su desconcierto. Después miró al dictador y le manifestó con su habitual afabilidad:

—Es precisamente esa particularidad la que me atrae de ese caballero amigo de Balbo, César, y el que posea un grupo propio de *puellae gaditanae*, como el que hoy ha danzado ante la diosa. No es habitual en un romano. Lo visitaré, lo conoceré y honraré a la Madre con un sacrificio.

—Ciertamente te asiste la razón. Lo conozco y sé que será un privilegio que lo visites en su casa del Aventino. ¿No estarás enamorada del él, Arsínoe? Es un gran conquistador de mujeres y frecuenta los lechos de muchas beldades de la ciudad. Por ejemplo de Clodia, vuestra gentil amiga, que encierra en su bella cabeza un gran poder de maquinación —dijo, y esgrimió una fugaz sonrisita.

—¡No, César! —replicó azorada y roja como una amapola—. Solo es curiosidad. Parece una insólita isla en el océano de creencias de Roma.

Cleopatra exhibió una llamada de lujuria, que sus huéspedes entendieron. Daba por concluida la velada, y Cayo Julio, con muestras de cansancio, realizó la acostumbrada libación final, esta vez declamando un verso de la *Ilíada*, como era acostumbrado en él:

—«Ay de mí, hijo del aguerrido Peleo. Conocerás una infausta nueva que los dioses no debían haber permitido. Patroclo, primo del imbatible Aquiles, yace muerto en el suelo, y troyanos y aqueos combaten en torno a su cadáver desnudo, pues Héctor le ha arrebatado su dorada coraza.»

La reina se estremeció en su triclinio. No le había agradado el canto de Homero, pues le parecía una funesta y aciaga premonición. Pero calló.

Tras la despedida, Intef acompañó a Arsinoe a su habitación, en el momento en que una fina lluvia comenzó a golpear los vidrios y tejados de la villa. Después de ser atendida por Briseida, se echó en el lecho. Pero, pensativa y lánguida, no podía dormir. Las sospechas que abrigaba sobre la *kezertum* y el enigmático Marco Druso se lo impedían. Aquel día, tal vez por deseo de la diosa Madre, había trastornado su apacible vida en Roma.

Siempre se había enfrentado a las vicisitudes de la vida con arrojo y confianza, pero la irrupción de aquellos enigmáticos desconocidos la había intranquilizado. Estaba en ascuas, confundida, y no acertaba a concederle una explicación coherente de su presencia en aquella Babel de prodigios.

Quiso pensar en antiguos afectos y en la posibilidad de que fueran personas conocidas en otro tiempo y lugar, pero su corazón se lo prohibió. Hasta que no dispusiera de irrefutables evidencias que sustentaran alguna suposición creíble, aguardaría en la ignorancia. No deseaba sufrir más y desde hacía tiempo se hallaba insensible a las emociones, pero aquellas súbitas presencias, lejos de aliviar sus dudas, añadían inquietud a su alma.

En contemplativo silencio repasó desvelada lo sucedido en el día, la erudita e íntima conversación con Cleopatra y César, su íntima franqueza y sus patentes muestras de confianza, y desterró de su mente las imágenes de sus recuerdos en Iol, Tingis, Septa y Gades. ¿Pero acaso semejante hecho no era lo bastante insólito como para llenarla de inquietantes presagios? ¿Qué iba a hacer si la aparición de aquellas dos personas era tan avasalladora, abrumadora y poderosa, además de llena de incógnitas?

La tormenta arreciaba y Arsinoe percibió sobrecogida los aullidos del viento. Parecía que el invierno irrumpía despiadadamente en Roma.

XXXVII

El recuerdo de Hatsú y de Tamar

Roma, noviembre del año 45 a.C.

Una tenue cellisca se había arremolinado sobre Roma deshaciendo la escarcha y descubriendo retazos de un cielo ceniciento y encapotado.

Marco Druso sentía frío en sus pies, mientras divisaba desde el mirador el sudario blanco de la helada nocturna que cubría los valles, las colinas, la higuera Ruminal que había cobijado a los gemelos fundadores de la *Urb*, y el robledal sagrado de Asilo, en el Campo de Marte, que generaba un temor reverencial en los romanos.

Las ventanas de las ínsulas, algunas de seis y siete pisos, se delineaban como ojos vigilantes con toda nitidez, y el cielo de Roma, casi siempre azul, se había tintado de una plomiza e infinita tibieza que abarcaba toda la ciudad. Marco, que bebía leche de cabra aromatizada con canela y miel, se había convertido en las últimas semanas en el indispensable colaborador del dictador y de Balbo, gracias a la hermética red de los agentes de Nemus, sus ojos, pies y oídos en el mundo.

Mediante un plan minucioso, había ubicado en Roma y en las villas de los alrededores a sus «agentes alados», a los más sagaces «fisgones» y a los «carteros» más expeditivos, para descubrir a los conjurados, que se multiplicaban como los roedores. Ningún palacio, taberna, casa de recreo, terma, mercado, o foro, estaba fuera de su alcance; e incluso en las *provinciae* tenía apostados a eficaces espías, y sus informes eran dardos certeros que impactaban en el blanco de los resentimientos hacia el *Dictator*, aunque los sugeridos métodos de represión no los admitía César.

Pero Marco parecía muy agobiado aquella mañana.

Le habían llegado más legajos con nombres de senadores hostiles liderados por un tal Labeón, que se habían reunido clandestinamente en una taberna del *vicus* Tuscus, y de encuentros de los supuestos cabecillas del complot, Casca, Casio y los dos Brutos, en el arrabal de los Etruscos, donde vivían los artistas, escultores y pintores. «Nombra a un *princeps* o *imperator* al que aconseje y limite su poder un Senado de los más sabios patricios elegidos por las tribus, y Roma habrá alcanzado la República perfecta», le había aconsejado Lucio Balbo a César, pero la clase patricia se oponía abiertamente a aquella reforma de sus arcádicas instituciones.

Marco Druso conocía lo suficiente a Cayo Julio en el campo de batalla, como administrador, como gobernante, como ciudadano e intelectual, y no comprendía por qué lo consideraban un engendro diabólico, acusándolo de arrebatarles su libertad y de querer instaurar una República regida por los Julios. ¿Qué pasaría si se hubiera comportado como los crueles tiranos que él había tratado en otras ciudades de Oriente?

«César es un tirano y su soberbia mancilla las tradicionales *mores* de la Ciudad», había sentenciado Casio, según sus agentes, en una cena secreta en una villa del Esquilino. Pero Marco pensaba que César solo respetaba el viejo compromiso de engrandecer Roma que su padre y sus antepasados le habían transmitido desde la cuna.

Los testimonios que le llegaban cada día le confirmaban que los conspiradores habían roto las compuertas de los infiernos e incubaban un complot de sangre en las tabernas del Pincio, en las panaderías del Aventino y en algunos oscuros cubículos de las villas de los Albanos, a trece millas de la ciudad. Los patricios, a través de viejas insidias e imposturas, habían conseguido extraer de sus corazones una capacidad de odio hacia César, que siendo uno de ellos, se había atrevido a mermar su omnímodo poder en el Estado.

Volusio, el viejo centurión de la X legión, que se hallaba acantonada y alerta fuera de las murallas al servicio de su general, seguía de cerca a los Casca, Junio Bruto, Trebonio, Casio y Décimo Bruto, y le había aconsejado a su adorado jefe: «Mi señor Cayo Julio, tus sueños son grandiosos y nada deseo más que los alcances por el bien de Roma. Aniquila hoy y sin piedad a esas alimañas, o lo lamentarás mañana.»

Marco se había aislado en su aprovisionada biblioteca calentada con braseros y rodeado de una pila de cánulas y tablillas de cera, que leía y releía. Eran notas de los gastos que le enviaba cada mes Domicio Dídimo del Ludus Gladiatorius, que cada día le proporcionaba más beneficios, los cargamentos de Gerión, avisos de reuniones de confabulados y datos secretos enviados por sus agentes a su nombre cifrado de Orfeo.

Se detuvo gratificado en un legajo que semanas atrás había recibido de Zacar de Iol, con una gozosa noticia: «El "lagarto" (*lacertus*) ha mordido el cebo. Encandilado por el brillo del oro ha depositado en el Banco de Tiro toda su fortuna. La caza del "escarabajo" (*scarabeus*) prosigue su curso tal como planeaste. Que Ishtar nos proteja.»

Marco ponderaba la gran inteligencia de Zacar, su sabiduría y su habilidad política, y la noticia lo había colmado de contento. Su plan progresaba tal como había proyectado. Ya solo faltaban unas semanas para que, en plenas Saturnales, la reina Cleopatra anunciara su ofrenda a Roma y el trigo alcanzara en la Agencia Frumentaria los más bajos precios del año. Significaría la fulminante ruina de Silviano, el castigo a los especuladores de grano, y lo más decisivo para él: conocería al fin el nombre de Macrón y su paradero, si es que en algo valoraba su libertad.

Pero además habría que aguardar la inopinada reacción de Silviano.

Antes del mediodía, a la hora séptima, Nicágoras el mayordomo entró de puntillas en el *cubiculus* donde trabajaba Marco. Vio que estaba serio y que cavilaba con la mirada fija en la lejanía plomiza del cielo. Lo interrumpió, aunque dudó si hacía bien. Confiaba en su afabilidad.

—¿En qué piensas, patrono? Llevas unos días abstraído y ausente.

—En mi deseo de desenmascarar al asesino de mi madre, he tentado a un sujeto ávido e insaciable y le voy a ofrecer la salvación de la cabeza si es que quiere conservarla. Por eso estoy impaciente. Nunca se sabe cómo puede reaccionar un ser humano al sentirse acosado.

—La codicia ciega al ambicioso —le hizo ver el liberto con airoso gesto—. Mientras vamos tras lo incierto, solemos extraviar lo seguro. Ignoro quién es ese tipo, pero si le ofreces la vida por su error, lo tienes en tus manos. No deberías inquietarte. Rezaré a Esculapio por ti.

Nicágoras, cada vez más cargado de hombros y avejentado, se acomodó en un diván de piel oscura y alisó su chitón griego a todas luces anticuado. Le explicó cómo había ordenado la casa por la visita de la afamada sibila Arsinoe de Gades, quien había notificado con un papiro su visita para honrar a Astarté la mañana del primer día de los *idibus* de noviembre. La *pitia* lo había considerado como día fasto, y se había hecho anunciar. La casa estaba sumida en una actividad devoradora y los esclavos se afanaban desde el alba para acicalarla.

El *maiordomus* se había puesto al frente de ellos, y venía a informar a su patrono, al que estimaba en lo más profundo de su corazón, hasta el punto de que, a pesar de ser un ciudadano libre, seguía viviendo en la *domus* de su benefactor, a quien ya no llamaba «amo», sino amigo e hijo.

Recibía un estipendio por servirle de escribano y por dirigir la llamada *familia*, el conjunto de esclavos de la casa, que entre los *ostiarii* (porteros), *cubicularii* (ayudas de cámara), *pedisequus* (acompañantes), *triclinarii* (camareros) y *vulgarii* (criados de casa y cocina) hacían un total de veinte, entre mujeres y hombres.

Nicágoras había sido en otro tiempo un esclavo *literati*, un siervo culto que copiaba y escribía epístolas y textos en griego y latín, ajustaba las cuentas de la naviera y de los Bancos, y recitaba a Píndaro, Safo y Homero. Con lo ganado aquellos años y los obsequios de Marco, había comprado una panadería cerca del Arco de Jano que le aportaba un notable rendimiento, además de poseer acciones en Gerión. Su salud había mejorado considerablemente con los cuidados de Zinthia, a la que amaba como si fuera la hija que jamás había tenido.

—¿Está todo dispuesto para mañana, Nicágoras? Confío en ti.

—Así es, Marco —admitió—. La hornacina de la diosa ha sido lustrada de nuevo, se han cambiado las flores y lamparillas, y reluce como el sol. La sibila de Gades creerá hallarse ante un tabernáculo de Astarté fenicia de Tiro o de Cartago. Te lo aseguro.

La excitación del *quirite* ante tan inesperada visita era evidente.

—¿Has estado alguna vez en un rito religioso oficiado por ella?

—No, nunca, patrono. Ya conoces mi escepticismo por los dioses. El Olimpo que a mí me mostraron en las Academias pitagóricas de la Magna Grecia era un prostíbulo de dioses coléricos y deas inmorales. ¿Cómo quieres que crea en ellos? Déjame que persista en mi agnosticismo.

—Yo la vi una vez en el templo de Venus Genetrix y me pareció una mujer fuera del tiempo —le aseguró evocador—. Tan misteriosa, tan hierática e impenetrable y tan bellamente perfecta, parecía una Afrodita descendida de ese Olimpo que tú niegas, viejo descreído.

—Me he interesado por ella y te confirmo que vive en una villa del Celio cedida por tu patrono Lucio Balbo, quien la trajo a Roma, y que solo ha concedido el favor de su amistad a *domina* Lucrecia, Clodia Pulquer, la reina Cleopatra y nuestro sagrado dictador Julio César, que habla a menudo con ella y le profesa un gran afecto y quizás un temor reverencial.

—Sí, claro, nadie ignora en las dos orillas del Mar Interior que fue ella quien, siendo una joven pitonisa del Oráculo de Melkart de Gades, le pronosticó al entonces pretor de Hispania su fulgurante ascenso en la jerarquía del Estado y la certeza de que llegaría a ser el amo del mundo y reformador de la República. Y acertó de pleno, ante las dudas del mismo general y de mi patrono Balbo, que estaba allí presente.

—¡Sorprendente! Entonces se trata de una *pitia* excepcional.

—Que además es inmensamente rica, gracias a los donativos y regalos que recibe por interpretar los sueños de los mortales.

—Estoy absolutamente fascinado, Marco. Mañana la conoceré.

—Pero no olvides que esas almas tocadas por el aliento de la diosa son notoriamente veleidosas y extravagantes. Lo sé por mi añorada madre Arisat, que también fue *asawad* de los templos de Iol y Tingis. Apenas si la conocí, pero me causaba un asombro reverencial. Creía en mi inocencia que era la misma diosa que se encarnaba en ella —le sonrió.

Nicágoras sopesó la información de su patrono y asintió. Marco lo miró con gesto amistoso y se interesó por la esclava con la que venía a tratar, aparte de rendirle una ofrenda votiva a la Astarté de la *domus*.

—Bien, entonces. ¿Y Zinthia, está preparada? Ansía mucho conocerla.

—Toda Roma ponderó en su día la perfección de su danza, y no me extraña nada que la gran sacerdotisa de Isis y Tanit desee conocerla. Aseguraban no haber visto cosa igual en la *Urbs*, Marco —reiteró orgulloso.

Con emoción, no exenta de gozo y admiración, Marco dijo:

—Zinthia, o cualquiera que sea su nombre, llegó a esta *domus* desfallecida en cuerpo y alma, y hasta dudé de su capacidad para resistir.

Nicágoras también pareció compartir el mismo sentimiento.

—Es una mujer adorable por su carácter pacífico y sumiso. Es juiciosa y avisada, y su latín es ya casi perfecto. Aprecia el arte y la he introducido en la lectura de los clásicos de la Hélade. Ni el miedo a lo desconocido, ni el peligro, ni el recuerdo de su vida pasada quebrantaron su inflexible actitud, Marco —asintió el liberto.

—Esa es una de las razones por las que he procurado su liberación, amigo mío. Es una *kezertum* servidora de la Madre, y nunca permitiré que sea esclava. Mi madre no me lo perdonaría desde su tumba.

El liberto lo miró con ojos burlones, como deseando advertirle.

—Pero una cosa es velar por ella como hasta ahora y otra concederle la libertad, Marco. Lo que haces conmigo ahora, deberás hacerlo con ella.

—No deseas perderla, ¿verdad, viejo amigo? La quieres a tu lado.

—Lo reconozco, amo, sí. Ha colmado de dulzuras mi ancianidad.

—No sabes lo que me alegro, ¿sabes, Nicágoras? Esta dulce aparición ha curado mi soledad, y de paso la tuya. Me provoca sentimientos desconocidos que otras hembras más jóvenes y seductoras jamás han causado en mí. Sí, sé lo que vas a decirme, que cada noche caliento el lecho de una dama distinta de Roma, pero Zinthia no es una de tantas mujeres de las que he poseído. Es algo más, y no la abandonaré.

—¿Entonces qué harás, patrono? —le tiró de la lengua.

Con el liberto no tenía secretos pues conocía todos sus deseos.

—La pondré legalmente bajo mi tutela, Nicágoras, pues el motivo principal de mi decisión es su bienestar y que su sustento esté asegurado. Solo cuando ella lo decida podrá abandonar esta casa. En las Saturnalia le ofreceré el regalo de la *manumissio vindicta* (libertad legitimada), firmada ante la autoridad judicial por mí y por ti como *adsertor libertatis* (testigo). La ceremonia de liberación ante toda la familia y mis amigos más cercanos resultará inolvidable. Anhelo que llegue ese día.

El liberto se vio asaltado por un sentimiento de gozo y compasión. Zinthia podía confiar incondicionalmente en su amo.

—Ese acto te enaltece ante los dioses. Y esa mujer lo merece, Marco.

Olvidando los propósitos serios, Marco compuso un sesgo divertido.

—¿Y a ti te ha enseñado algo Zinthia, viejo carcamal?

—Aparte de curarme diariamente, el juego de los naipes fenicios y el cortejo de las jóvenes que se me acercan a pesar de mi senectud evidente —se carcajeó, y su ex amo le replicó con una disonante carcajada.

Abruptamente, Marco Druso se apartó la mano del mentón rescatando su mente de la evocación de la esclava Zinthia, y volvió a ocuparse de los oscuros delirios de los conspiradores del dictador de Roma.

La luz de la mañana se esclarecía y la bruma se había disipado.

Hacía frío en Roma y había helado en las tempranas horas del alba. Los negros nubarrones de la vigilia habían transitado silenciosamente hacia el mar Adriático, y el tibio sol descubría un firmamento limpio que había echado a los romanos de sus catres hacia las calles, foros, mercados y basílicas con su habitual barahúnda de rumores, ruidos y olores.

La mañana iba cribando las horas cuando en la puerta de la casa de Marco Druso, el *nomenclátor* anunció la presencia de la sibila de Gades, que había descendido del palanquín acompañada de una dama y de algunos servidores. Se cubría con un capote blanco de marta cebellina y andaba con pasos cortos. Cuando la tuvo delante, a Marco le pareció una reina faraónica que hubiera surgido de un centro mágico de la Madre.

Se desprendió del abrigo y sobre la *veste* de suma sacerdotisa todo era jade, plata y oro. Pero lo que más maravilló al caballero era el dominio que dimanaba de la mujer, que debía de andar entre la treintena larga de años, según su estimación. Sus ojos intensamente verdes destilaban un halo de fatalidad misteriosa, y la piel, del color del ámbar, parecía la de una joven virgen. A Marco le pareció la viva imagen de las representaciones de Isis que había contemplado en sus viajes a Denderah, Tebas y Menfis: la nariz recta, los ojos rasgados y tintados de azul, la transparencia del rostro moreno, como un dátil maduro, la esbeltez de una pantera, y la alta melena peinada y anudada con peinecillos de ágatas.

El anfitrión no supo elucidar si le atraía más su esplendorosa y madura belleza o la majestad con la que se movía. Arsinoe de Gades se asemejaba a una flor del desierto sostenida por el largo tallo de un cuerpo subyugante. Ahora comprendía el magnetizador efecto que proyectaba sobre los que la contemplaban, como le había asegurado su patrono Balbo.

Sus altos coturnos dorados la hacían más esbelta, y sobre sus pechos turgentes se balanceaba un collar de centelleo multicolor donde prevalecía la media luna de Ishtar cubierta de pedrería. El perfume que exhalaba era balsámico, y su mirada, hondísima e inaccesible. La exquisita calidad de sus indumentos revelaba que la recién llegada era un personaje del más alto rango de la jerarquía religiosa de Roma.

—*Salve*, Marco Druso Apollonio, que la diosa bendiga tu morada —lo saludó en su latín con acento cartaginés y su voz de cítara.

—Bienvenida a mi casa, Gran Servidora de Astarté —la saludó efusivo.

Arsinoe miró de reojo al dueño, que se ataviaba con la toga de caballero de doce pliegues debidamente compuestos, con la orla púrpura visible, atributos de su rango y de la opulencia en la que vivía. Su pelo gris y brillante peinado hacia delante, lo adornaba con la Corona Cívica de oro, y su esbeltez y el rostro moreno de rasgos griegos hacían de él un aristócrata varonil y refinado. Su voz sonaba seductora y sus formas eran tan cautivadoras que impresionaron a la sibila.

En Marco no pasó inadvertido aquel examen de la hermosa *pitia* y su posterior y leve temblor cuando le dirigió la palabra. ¿Pero acaso no decían de ella que había ofrecido su virginidad para uso exclusivo de la deidad?

—Veo que no rindes cultos a los dioses lares y penates de la casa, y que no muestras las mascarillas de tus antepasados como hacen los romanos, ni percibo que exista el *lario*, la hornacina de las *Matres*, ni la de tu dios familiar. ¿Acaso tu ascendencia es púnica, Marco? —se interesó.

—Es una larga historia, mi señora, pero sí, soy de ascendencia púnica, como mi patrono Lucio Claudio Balbo —confesó.

—Eso lo explica todo —añadió Arsinoe, que le sonrió—. Ver a dos descendientes de antecesores fenicios en Roma no es cosa fácil.

—Me alegra que os plazca. Esta *domus* destila por todos sus poros las tradiciones en las que vivieron nuestros ancestros —replicó orgulloso.

Marco le besó la orla de su cinturón, la acompañó a través del reluciente peristilo y le mostró su jardín, dormido aún por la rociada, hasta conducirla a un habitáculo cuya puerta se abría al *impluvium*.

—Este es el rincón más querido de mi humilde *domus* —dijo cortés—. El pequeño oratorio de la diosa que veneraron mis padres. A su lado veis el fuego sagrado que mandé traer del templo de Astarté de Apollonia, en Cyrene, ciudad que venero. El *vigil ignis* (candil sagrado) está hecho con arcilla del templo de Anteo, de Tingis —le explicó, y no quiso revelarle nada de su madre, ni de su hermana, también sacerdotisa y *asawat* en Septa. Tendría tiempo durante el ágape.

La pequeña bóveda del recinto devolvía el aroma del incienso y el sándalo en un halo perfumado que nimbaba sobre el pequeño tabernáculo, donde Marco adoraba a la diosa oriental y africana de su casta, y a sus pies había una decena de *argeos*, figurillas que representaban a sus antepasados. La estatua de la diosa en mármol jaspeado representaba a Astarté con la flor de loto en la mano. Por su sacralidad enalteció espiritualmente a la pitonisa, que experimentó un indecible gozo al hallarse ante la representación de la deidad a la que había servido toda su vida, en un lugar tan alejado de las costumbres de Tiro, Gades, Tingis y Sidón. Era muy raro que un romano adorara a la *dea* púnica, y la asombró.

Conmovida, dio testimonio de su fe, quemó unas hojas secas de laurel, oró ante ella con los párpados cerrados y los brazos extendidos. Su imagen devota irradiaba misticismo. Se incorporó y pidió a Briseida una cesta, de donde extrajo una media luna de plata que depositó a los pies de la diosa. Era su regalo y contribución a la hospitalidad del anfitrión.

Marco no dejaba de admirar a aquella prodigiosa mujer, la sombra de lapislázuli de sus ojos y el leve temblor de su cabellera a cada paso que daba. Le intrigaba su pasado y ascendencia, y si le daba ocasión en el refrigerio que seguidamente le ofrecería, se lo preguntaría sin ambages. Las finas y arqueadas cejas se movían graciosamente cada vez que hablaba, confiriéndole a su rostro ovalado un sesgo de pícara femineidad.

Dignidad, decoro, candor y serenidad, definían su delicada persona.

Marco condujo a su invitada al engalanado *triclinium*, donde unos criados habían servido una comida o *prandium* según el gusto oriental. Allí los aguardaba Nicágoras, que fue presentado por su patrono:

—Mi liberto y hombre de confianza, Nicágoras de Siracusa. Es mi *villicus* —dijo, y el anciano besó su mano.

—Hoy recordaréis el sabor de las comidas de Numidia y Tingitania, mi señora —aseguró el liberto—. Hace tiempo adquirimos un *archimagirus* griego sin rival en la cocina que conoce todas las exquisiteces orientales. Se llama Mesicles y es además un *magister bibendi* entendido en vinos. ¡Una joya!

Arsinoe felicitó al *quirite* por la prosperidad lograda, quien trajo a colación los beneficios que habían alcanzado sus participaciones en Gerión, que la pitonisa le agradeció, aunque era indudable que no le importaba demasiado, pues contestó como excusándose:

—Seguí el consejo de mi protector, Lucio Balbo, que me cubrió con el manto de su amistad desde que lo conocí en Gades. Es un hombre de cualidades extraordinarias que valoran muchos romanos —lo defendió.

—Como Cicerón, Atico, Pompeyo en su día, y ahora Julio César. Solo él ha comprendido la irresistible fuerza del espíritu del dictador.

El anfitrión le recordó con todo desparpajo su gran reputación.

—Que la diosa transmitió por vuestra boca, mi señora, en el Heraklión de Gades. Nadie en Roma y fuera de ella lo ignora.

—Su luz es tan luminosa que la Madre lo protege desde su cuna, aunque negros nubarrones ensombrezcan su futuro —anunció pesarosa, conociendo los presagios sobre el devenir del dictador.

—De esos nubarrones conozco una a una las gotas que los

conforman, y espero que un viento poderoso las disipe, pues Cayo Julio no les concede importancia, sus leales velamos por él —se sinceró Marco.

La pitonisa ojeó la sala y, en tono distendido, se hizo accesible.

—Veo cuatro triclinios, Marco Druso. ¿Quién nos acompañará?

—Zinthia, la esclava y danzarina que tanto os admiró por la magia de su danza sagrada. He cumplido vuestro deseo y se sentará entre nosotros.

La pitonisa se parapetó tras una expresión hierática y replicó:

—Me congratula que no consideres esclava a una *kezertum* de Ishtar, mujer consagrada con el óleo santo y que más de una vez escuchó en el trance la voz de la diosa misma. Te enaltece, Marco Druso —le dijo—. Conocí a una mujer que se envileció con un pecado muy grave, y al verla atada con cadenas me produjo un dolor que aún destila mi alma —le confesó.

—Os confesaré que para las Saturnales será libre, mi señora —informó Nicágoras, que evidenció su afecto por la sierva.

—Mi gratitud a ambos —se pronunció seducida—. Efectivamente su representación me provocó emociones secretas en el santuario de Isis. Pero no fue su danza la que me impresionó, pues he visto danzarinas tocadas por la mano de Tanit, sino una oración que entonó a su término.

Marco vaciló. No comprendía lo que les descubría la sibila.

—¿La oración? —admitió—. ¿Y qué tenía de especial?

Era la primera vez que Arsínoe componía una mueca adusta.

—Nadie reparó en que la invocación era una creación antiquísima de las sacerdotisas de mi familia, y que solo mi madre y yo misma la pronunciábamos. Como comprenderás me llenó de dilemas y de lastrados recuerdos que aún habitan en los dobleces de mi corazón. Fue insólito.

—Claro está —dijo Marco—. Pero nos os aflijáis, señora. Zinthia os lo aclarará enseguida, y seguro que os ofrece una razón convincente.

—Eso espero, Marco. No deja de rondar mi cabeza desde entonces.

El anfitrión le sonrió con un tenue aire de consuelo. No esperaba aquel testimonio y, para sosegar el ansia de la *pitia*, llamó a un esclavo.

—Llama a Zinthia —le ordenó—. Que acuda al *triclinium*.

Al poco se oyeron unos pasos presurosos y el rasgueo de una túnica deslizándose por el suelo. Esgrimía una tenue sonrisa, que cortó de golpe.

—Zinthia, tienes ante ti a Arsinoe de Gades, la sibila y suma sacerdotisa de la diosa, que honra nuestra *domus* con su presencia —refirió su amo con delicadeza—. La *domina* deseaba conocerte. Acércate.

Pero la danzarina se quedó paralizada, insensible. Retrocedió y se quedó mirando a la pitonisa como si la creyera una cobra intentando arrojarse a su cuello. Escudriñó a la ilustre invitada con una especie de fascinación dubitativa, no exenta de alarma, dibujando en su mirada un destello interrogativo de pasmo. Zinthia ensombreció sus ojos, y su presencia, que siempre había emanado serenidad en la *domus*, mostró una hostilidad inadecuada y un incomprensible desconcierto.

Algo había alterado su aplomo y natural placidez. Todo ocurrió en un instante, que a todos se les asemejó eterno. El *quirite* y el liberto comenzaron a sentir una vaga molestia por su indisciplinada desidia.

Impaciente y con una sonrisa de duda flotando en su rostro, Marco se movía inquieto. Zinthia, en vez de darle la bienvenida y mostrarle el acatamiento debido a la *pitia*, se había limitado a clavar su mirada en la sibila, como si guardara en su corazón un viejo litigio con ella. No dejó traslucir ninguna señal de reverencia, por lo que una inquietante corriente de estupor comenzó a perturbar el ambiente.

Así permaneció Zinthia, muda y quieta. Y por toda respuesta inclinó la cabeza como avergonzada, sin que escapara una sola palabra de ellos. Su confusión era abrumadora. Marco barruntaba desde hacía tiempo que algo así le podía ocurrir con Zinthia, y se vio profundamente afectado por su incongruente conducta. ¿Deseaba desacreditar al amo que le iba a conceder la libertad? Nadie comprendía nada.

Marco las miraba de hito en hito en medio del silencio. ¿Qué ocurría allí? No asimilaban su proceder insolente y una perturbadora pregunta atormentaba al anfitrión de la casa y al liberto, que no daban crédito a lo que estaba aconteciendo en la sala. ¿Qué relación podía haber entre las dos mujeres que era posible que se conocieran?

Zinthia seguía paralizada. Arsinoe pensó que el corazón de la *kezertum* estaba desgarrado por el remordimiento, el afecto y el recuerdo. ¿Iba la esclava demasiado lejos en su actitud de independencia? Y lejos de aliviar las dudas del romano, vino a confirmar que ocultaba algo de naturaleza inconfesable. Pero, ¿qué encubría que ellos ignoraban?

Marco vio que la cautiva sufría y que estaba al borde del pánico.

Arsinoe tampoco lo creía, y trataba de encajar las piezas de aquel jeroglífico dislocado. ¿Qué hacía allí la persona a la que tanto había protegido? ¿Qué ignorado derrotero le había marcado el azar? Aguardó perturbada. El dueño y el liberto experimentaron un ilimitado alivio cuando Zinthia articuló al fin un nombre. En sus ojos relucían las lágrimas y, reuniendo todas las fuerzas de su cuerpo, dudó, pero habló. Sonaba a disculpa y a clemencia.

—¡Hatsú! —balbució la esclava.

—¿Hatsú? —murmuró Marco estupefacto, mirando al liberto.

Y Zinthia se desplomó sin sentido en las losas de mármol.

XXXVIII

Bajo la fría mirada de Cleopatra

Apenas recuperó la conciencia, Zinthia oyó una voz lejana.

—¿Qué te ha ocurrido, *cara*? —se interesaba el anciano liberto.

Como si una visión turbulenta hubiera detenido sus pulsos vitales y su lengua la hubiera atenazado una alucinación del pasado, volvió a la realidad. Al salir de su sopor escuchó los habituales ruidos hogareños, y con la respiración entrecortada vio ante sí el rostro expectante de su alma gemela, Arsinoe-Hatsú. La esclava observó con intensidad el semblante cercano de la sibila, lo atrajo hacia sí y apoyó su cabeza entre el hombro y el cuello, arrasada en lágrimas. Sin decir palabra se fundieron en un fraterno abrazo, y trataron de ocultar su incontrolable emoción.

—Arsinoe..., Arsinoe —musitaba—. Gracias divina... y generosa Ishtar.

Cuando la tensión del instante se fue diluyendo, la *pitia* habló:

—Cuando había perdido toda esperanza de encontrarte en esta vida, el destino caprichoso nos vuelve a unir, mi querida hermana.

Sus ánimos estaban colmados de dicha y un gozo reprimido las mantenía en vilo, mientras los dos hombres se miraban confusos.

—Mi señora, he deambulado por las orillas de la locura. Probé el amargo acíbar del miedo, la ansiedad, la humillación, las cadenas, el hambre y la locura, que vagaron como espectros a mi lado. No sé cómo estoy viva —reconoció Zinthia.

—En el pasado nos protegíamos mutuamente. Después vino la soledad para ambas. Hemos regresado al punto de partida. ¡Gracias, Tanit, que has permitido que suceda lo inexplicable! —habló la sibila.

Marco comprendió que un doloroso suceso las debía de haber separado en el pasado, pero estaba intrigado por lo que las había unido.

—Viví un camino de desesperación, desamparo y terror, desde las islas Purpúreas hasta Zucchabar. Me violaron repetidamente, me trataron como a una bestia y me convirtieron en un desecho humano, hasta el punto que determiné quitarme la vida —recordó—. Y cuando me disponía a hacerlo, el caballero Marco Druso me rescató de nuevo a la vida, haciéndome olvidar la lobreguez de esos años de cadenas. Él ha sido mi consuelo y mis sostén, como también el *magister* Nicágoras, que ha llenado mis horas de afecto. En esta casa he renacido a la vida, Arsínoe.

La *pitia* vaciló. Apenas si se le escapaban las palabras de la boca.

—Pagaste con creces tu pecado ante Astarté, que ahora te protege. Te pido que olvides ese pasado oneroso, como si de una pesadilla nocturna se tratara. La deidad a la que estamos dedicadas nos ha juntado de nuevo por su impenetrable deseo. Eso es lo que vale —manifestó Arsínoe, quien acarició su pelo avellanado, mientras recordaba su visión onírica de Gades, cuando distinguió dos ibis volando hacia el sol del Este, Roma.

Zinthia disfrutaba de una emoción secreta, y afloró en su faz una sonrisa de placer. Marco y Nicágoras asistían a la tierna escena como dos estatuas de sal, y eran el vivo retrato del desconcierto. Mezcla de alegría y aturdimiento, las examinaban asombrados, viendo que gracias a la diosa Fortuna aquellas almas que evidenciaban un afecto máximo se habían encontrado por una ineluctable cabriola del mudable azar.

Otra cosa era conocer sus anteriores vidas. Ambos prestaban oídos a las palabras que musitaban entre ellas, mientras recordaban pasajes de su pasado y algunos onerosos acontecimientos de su infancia y pubertad, que apenas si comprendían.

Los dos ansiaban conocer los dramáticos acontecimientos que habían vivido juntas.

El anfitrión pensó que aquel asunto podía convertirse en un sabroso bocado para las habladurías de los esclavos y les ordenó severo:

—Idos todos y dejadnos solos.

Marco albergaba en su interior graves sospechas. ¿Hatsú? ¿Qué significaban aquellos nombres? ¿Qué enigma ocultaban?

—Entonces, veo que conoces a la esclava Zinthia, mi señora —habló.

Arsinoe se sumió en una honda cavilación y pensó en tomar la iniciativa. No sería demasiado explícita y mantendría en secreto los nombres y sucesos más privados, iniciando su relación desde su salida de Septa en dirección al oráculo gaditano. Habría tiempo para ser más franca.

La luminosidad inmutable de la Roma otoñal era testigo de cómo de nuevo se ponía en marcha la rueda de la vida de aquellas dos mujeres que tantos avatares habían compartido. La pitonisa tomó un sorbo de su copa de Falerno, se limpió los labios y manifestó con ademán hierático:

—Justamente, Zinthia comparte su existencia conmigo desde nuestros más tiernos años, hasta el punto de que no hubo confidencia o secreto, propio o familiar, que no compartiéramos. Juntas fuimos consagradas a la diosa, nos ungieron con el aceite sagrado y ascendimos gradualmente los escalones de la jerarquía sacerdotal femenina de Tanit fenicia. Ella, danzarina excelsa, llegó a ser considerada como la primera *kezertum* de la deidad, y yo, por un sagrado don que poseo desde la cuna, suma sacerdotisa y *asawad* de Astarté.

—¡Fascinante revelación! —la cortó Nicágoras, mientras en Marco se producía un escalofrío en la espalda al recordar a su madre Arisat, cuya trayectoria al servicio de la Madre era idéntica: «¿Qué extraño albur hace coincidir la semblanza de esta misteriosa sibila con mi madre?», caviló.

—Por decisión del Consejo Sacerdotal Púnico —prosiguió—, y tras pasar por distintos santuarios de la Madre, fui elegida por Balkar de Aspy, sumo sacerdote de Baal-Hammon, *sapram* de los viejos dioses, como «Interpretadora de Sueños» del templo de Melkart de Gades, el más distinguido santuario de Occidente, centro de sabiduría y oráculo espiritual, al que concurren, como sabéis, comerciantes, gobernantes, marinos y devotos de toda la ecúmene, y en el que me consultó el dictador de Roma, Cayo Julio César, que hoy me cubre con su afecto.

Marco rumiaba la historia, e intervino:

—¿Y Zinthia, seguía aún a vuestro lado? —se interesó el *quirite*.

—Siempre, mi dilecto amigo. En Gades vivimos juntas en la morada de Lucio Balbo, junto a su esposa Lucrecia, a la que veneramos por su bondad, y a su hermano Publio. Y en esa ventura convivíamos, hasta que me enfrenté a una mujer diabólica y codiciosa, que por mor de su rancia estirpe habían nombrado sacerdotisa y maestra de las danzarinas y las hieródulas dedicadas a la Prostitución Sagrada. Esta hembra no dudaba en matar, envenenar, humillar, difamar y engañar para acceder a mi cargo de *asawad*. Y para hacerme daño a mí, utilizó a la noble Zinthia.

—No cabe más infamia en un ser humano que su alianza con la envidia y la codicia. ¡Y ay de aquel que se enfrente a ese monstruo, por Venus! —exclamó Nicágoras, que miraba a las mujeres con ternura.

—Pues aprovechó un desliz de una relación de amor de Zinthia con un guardián del templo y los acusó de robar en el cofre intocable de la diosa. Me consta que ella se vio obligada a colaborar, pero lo hizo no por avidez sino por cariño. Atrapados en su pecado fueron condenados a ser crucificados, como manda el orden del templo. Yo, dado mi rango y posición de privilegio, conseguí, con la ayuda de Publio Balbo, que fuera conmutada la pena por el exilio y la esclavitud. Luego me avisaron de que había sido vendida a una fábrica de tintes en las islas Purpúreas, y que los que allí penaban no vivían más de dos años, pues están enterrados en estanques de colorante de sol a sol. Pensé que no volvería a verla jamás.

Nicágoras, que parecía un filósofo salido del Liceum de Atenas, dijo:

—La buena suerte no llega nunca demasiado tarde, y una

concatenación de albures, como el trigo cuando están en sazón, han decidido que debían encontrarse en el centro del mundo. ¡Pasmoso!

Marco caviló que las fortunas que vienen de improviso y evidencian rincones oscuros esconden a menudo sospechas y ocultaciones.

—El resto es sobradamente conocido —concluyó la sibila—. Balbo y César me invitaron a Roma, y la reina Cleopatra me ha concedido el honor de presidir el trípode sagrado de Isis. Alterno mi ministerio en varios templos: la Bona Dea, Venus Genetrix y el egipcio de Serapis e Isis. Y los fieles buscan mi consuelo en ellos, como los niños desfavorecidos de la colina Vaticana, a los que dedico horas, cuidados y recursos.

Zinthia pensó que era cuanto debía decir si era preguntada. Los demás detalles del templo de Anteo y otras penurias sufridas juntas no interesaban a aquellos hombres. Marco carraspeó y se manifestó:

—Creo que hoy no es día de más sobresaltos, y en otra ocasión conoceremos más detalles de unas vidas verdaderamente notables y valiosas. En cuanto a Zinthia, la adquirí a un ambicioso esclavista de Zucchabar, quien me aseguró que su distinción en la danza le había salvado la vida al ser exonerada de los trabajos más gravosos. Vino conmigo a Roma tras la batalla de Tapsos y desde entonces se ha convertido para mí en una compañía irreemplazable y en un bálsamo para Nicágoras, a quien cuida de su «mal de la miel».

La esclava hizo un ademán imperceptible de haber avivado su pena.

—Cierto, mi señor, hoy soy feliz y dichosa, pero en aquellos antros me convertí en la concubina de todos mis amos y sufrí sus excesos y malos tratos. Aunque conservé la vida —recordó la esclava en un quejoso llanto.

Con una mirada encendida, Arsínoe estaba dispuesta a escarbar en la compasión y en la piedad del *quirite*, por lo que se decidió a solicitarle:

—Ni la fortuna ni el destino, mi querido Marco, cambiaron jamás el linaje y el rango de una persona, y si no hubiera sido porque oró ante la *dea* con la jaculatoria perteneciente a mi casta, hoy no nos hubiéramos reunido. Piensa que todos tenemos deberes ante los dioses y que no debemos enfrentarnos a ellos y provocar su ira. Y menos de la Madre.

La intimidación que había lanzado al aire la sibila los perturbó.

—¿A qué os referís, mi señora? —la interpeló el caballero.

—Que una hija predilecta de Astarté no debe ser esclava de los hombres, por lo que os suplicaría me concedierais la ocasión de comprar la libertad de Zinthia. Mostrad vuestra excelsitud de corazón, Marco. La fortuna que hoy nos ha regalado la diosa es estéril si no va a acompañada de la dignidad y la caridad de quienes la provocaron. Llenad vuestra casa con el oro que os ofrece la deidad de vuestros antepasados, os lo ruego.

La razonada petición de la *pitia* no interrumpió la ilación de las ideas en las que pensaba Marco, quien sin ninguna debilidad en el gesto alegó:

—Después de esta convulsión que hoy hemos vivido aquí y cuando las aguas vuelvan a su cauce os rendiré cumplida satisfacción, mi señora.

—¿Entonces pensáis satisfacer mi petición, Marco Druso?

—Mucho más que eso —quiso disuadirla de su prisa—. Tened paciencia.

—El frío espantoso que inundó nuestras vidas hace años, hoy se ha convertido en calidez. Mañana dedicaré un día entero de ayuno y oración en el templo de Venus alzado por César, por haberme devuelto al gran apoyo de mi vida. Pocas veces me he sentido tan dichosa.

—El péndulo de la vida casi siempre oscila desquiciadamente, pero esta vez su balanceo no ha podido ser más irreprochable —filosofó el liberto, que advirtió en su protegida Zinthia una dicha fastuosa.

Marco, que no dejaba de pensar en el extraño suceso, afirmó:

—Veo que sois reacia a la esclavitud, y que además os hiere, señora.

La sibila, que había cogido la mano a Zinthia, le contestó grave:

—No nos engañemos, Marco Druso, la historia de Roma es la de una *nobillitas* esclavista, de negocios escabrosos basados en el sufrimiento humano, de esclavos maltratados, de arrogancia, bandidaje, ansia de poder, pueblos saqueados, y de una plebe indigente y holgazana que vive hacinada en las ínsulas esperando la sopa boba. Aquí las elecciones están compradas y pandas de asesinos actúan con impunidad. Por no hablar de los asesinatos políticos que aparecen y desaparecen en mis presagios.

—Y también una tierra de oportunidades, suma sacerdotisa, que además sacará de la barbarie a las naciones incivilizadas —la cortó Marco.

—Yo solo veo a seres humanos esclavizados que sufren la crueldad promiscua y gratuita de sus amos. Ni a mí ni a la Madre nos agrada esa condición infrahumana.

—Pero no lo olvidéis, *domina*. Solo en Roma es posible lícitamente la emancipación de los esclavos. En las demás naciones, no. La ciudad está llena de libertos. Aquí la esclavitud no es eterna, como en el mundo púnico, o el egipcio, o el persa —le aseguró Marco con perspicaz lucidez.

Nicágoras y el anfitrión dejaron solas en el *triclinium* a las dos mujeres. Ponderaban el inesperado prodigio que de nuevo ataba el lazo que las unía desde niñas. Su afecto había sido tan intenso durante su infancia y pubertad, que lloraron de alegría al verse de nuevo juntas. La herida abierta que las había desgarrado se había cerrado de golpe aquella mañana fausta, no causándoles dolor, sino un gozo deleitoso.

El encuentro había venido a mitigar la desolación padecida y a llenar el vacío que habían sentido en el tiempo de separación. Conversaron sobre su madre Arisat, del periodo dichoso transcurrido en el claustro de Septa, del arrebato que sintieron con la elección de *Asawad* de Gades y del acoso al que se vieron sometidas por la diabólica Tiratha. Zinthia le narró su calvario en las islas Purpúreas, y cómo su condición de *kezertum* la salvó de morir de fiebres, disentería o reúma, enlodada en las albercas de tinte, y cómo en Zucchabar, su último amo la utilizaba como a una puta de burdel, antes de vendérsela al caballero romano Marco Druso Apollonio.

—Esa arpía de Tiratha exageró mi falta. Ella también despojaba sistemáticamente las arcas del templo para costear sus vicios de bellos efebos, aunque ninguna de las danzarinas se atrevió a testificar a mi favor. Pero fue su arma definitiva para desacreditarte, Arsinoe. Yo no toqué ni un solo siclo. El oro no me importaba, sino el amor de mi amante. Sin embargo no tuvo compasión y me condenó al peor de los castigos: la esclavitud más infamante y cruel de cuantas la mente perversa del hombre pudiera crear.

La sacerdotisa le narró en tono de satisfacción pagada.

—Pues préstame oídos, que te voy a referir cómo maquiné mi desagravio, y que la diosa excuse mi perversión —habló Arsinoe, y le narró la elección de la nueva *asawad* del Oráculo de Melkart, y cómo con el ardid del veneno impidió una elección comprada—. ¡Bufaba como un buey!

El efecto de sus palabras supuso grandioso gozo en la esclava.

—Hoy me siento desagraviada —sonrió Zinthia abiertamente.

—Según Balkar su intento de soborno fue probado y se la condenó al exilio de Gades. Su familia la repudió y la vieja nobleza de Gades la rechazó. Perdió su condición sacerdotal, por lo que descendió de la jerarquía religiosa al más bajo fango.

—Pues mi espíritu es más libre sabiéndolo. Era una maligna arpía.

—Lo hice por ti, y por el padecimiento que estarías sufriendo en aquel momento, si es que seguías viva —le explicó la pitonisa.

Las mujeres cambiaron miradas de satisfacción entre sí y se desahogaron largamente en un torrente de recuerdos y de vivencias como humildes peregrinas de una vida llena de sucesos y alternativas.

—Comportémonos con orgullo y dignidad y seamos dichosas en Roma. Vulnerables y despreciadas como mujeres, poseemos lo que nadie tiene: poderosos patronos. Y Marco Druso ha prometido velar por tu futuro. Me voy a despedir de él, y le rogaré una plática más serena, si no lo hace antes conmigo. Sé que guarda secretos inexplicables que no casan con la naturaleza romana que simula.

A Zinthia, que había recuperado su juvenil vitalidad y le sonreía, le extrañó aquella inesperada revelación, pero calló.

Arsinoe salió de la *domus* del *quirite* Marco Druso con el rostro transformado. El destino le había deparado un día de grandiosa dicha. Emprendió en la silla el camino de regreso al Celio, mientras reflexionaba sobre lo acontecido. La desdicha, mal endémico en la existencia de las personas, le había regalado una afortunada tregua.

Mientras, lo acontecido en la casa de Marco había alterado la habitual monotonía de los que la habitaban, y el dueño se encerró en su cámara. Precisaba poner en orden sus pensamientos y cuanto se había vivido en el *triclinium*, pues las dudas no se agolpaban en su mente, sino que se despeñaban como un torrente, colmándolo de incertidumbres.

Se despojó de la *subúcula* (calzoncillos) y se envolvió en unas *gusapas* de lino (toallas). Después se acomodó para cavilar en la *sudatoria,* un camarín donde el calor seco del hipocausto esparcía bajo los pies una grata calidez. Pasó después al *caldarium*, un cubículo con una tina de mármol, donde sumido en la neblina del efluvio de los ungüentos estimuló su cabeza con la remembranza de lo sucedido. Adormecido rastreó en lo que había escuchado y presenciado. ¿Por qué pronunció Zinthia el nombre de su recordada hermana Hatsú? ¿Era también casualidad que la sibila Arsinoe fuera como su madre una sagrada *asawad*? Dilemas incomprensibles para su mente racional y ordenada.

Y dejándose tonificar con el abrazo humeante del baño, oteó el horizonte casi olvidado de los lugares y de las personas de su niñez de las que aprendió los sentimientos que lo mantenían vivo: el respeto, el honor, el arrojo, la piedad, el sacrificio, el desinterés, el orgullo, el esfuerzo y el afán por ser un hombre honesto entre hombres poco dignos.

Poco a poco fue vertiendo la vasija de su pasado, siempre unida a la memoria de Arisat, de Hatsú, de Bocco y de su poco conocido progenitor, Lauso de Lixus, el oficial de las tropas del rey de Mauretania caído en batalla. Era el reducido cenáculo de las criaturas que más adoraba, y tomó una determinación:

—Mañana mismo saldré de dudas en el templo de Venus —musitó.

Estaba decidido a visitar a la sibila y descubrir lo que su razón exigía.

Muy temprano, a la hora *prima*, Marco Druso cruzó el Foro embutido en un capote de tupido pelo que le ocultaba medio rostro. Lo acompañaba un siervo armado, y andaban diligentes y exhalando vaho. Una invectiva cellisca nocturna había convertido en cenagales algunos *vicus*, y un manto de hojas cobrizas era arrastrado por un viento brusco.

Empujó suavemente la puerta entreabierta del templo de Venus Genetrix y entró cohibido. Le pareció desierto y respiró el aroma del ámbar y el sándalo que lo aromatizaba. Alzó la mirada hacia el templete alzado por César a su *dea* (protectora) como si fuera la primera vez. El santuario, alumbrado por lámparas de aceite, lustraba la geometría de las columnas, con una luminiscencia azafranada. Admiró los destellos llameantes jugando con las volutas de incienso y oyó un murmullo rumoroso de una plegaria que quebraba el rotundo silencio.

El sonido lo encaminó al altar de mármol, donde refulgía la imagen áurea de Venus Genetrix con el seno manifiesto, obrada por fin y en su totalidad por Arcesilao, el escultor del momento en Roma, y preferido de Cleopatra. Y prosternada bajo el ara, murmurando arcanos versículos de la Gran Madre, distinguió a la enigmática Arsinoe envuelta en una clámide y velo blancos. Por un instante Marco Druso se sintió insignificante ante tan repentina imagen de misticismo.

—¡Sabía que vendrías, Marco Druso! —prorrumpió la *pitia* sin volver el rostro y consiguiendo que el intimidado caballero se detuviera en seco.

Al romano se le cortó el resuello. No lo esperaba y se acercó. Con un gesto fingidamente brusco, la mujer volvió a hablarle:

—Era evidente que no podrías estar especulando eternamente sobre la experiencia de la que fuiste testigo ayer —se incorporó la sibila—. Me alegra que al menos le concedieras el beneficio de la duda.

Marco observó su piel despojada de abalorios y maquillajes y la sibila le pareció más bella aún. Alumbrada con la dorada transparencia de las lámparas, vio que poseía el color de los frutos de las palmeras de Tingis y que sus pupilas eran dos esmeraldas verdes e inescrutables. La boca medio abierta, unas pestañas negrísimas, el pelo lacio, azabache y caído sobre sus hombros, magnetizaban a cualquier hombre. En sus palabras se adivinaba un matiz de acatamiento hacia la suma sacerdotisa.

—¿Me liberaréis entonces de mis sospechas, señora? —le suplicó.

—Es mi oficio ayudar a los que sufren, interpretar pesadillas que el alma no tolera y ayudar a los olvidados y maltratados.

—No todas las personas que dedican su existencia a la Madre están dotadas para eso —habló Marco—. Es propio de las servidoras de Tanit prodigarse en la caridad. En vos es encomiable, *domina*.

—A veces las apariencias engañan, y no soy tan altruista como puedes pensar. ¡Bien! ¿Qué te aflige? Ayer al abandonar tu *domus* te noté pensativo, desconfiado y hasta inquieto. Vi un destello en tu mirada anunciando que estabas confundido entre tantas disyuntivas oscuras e inextricables que suscitó el encuentro.

—Es posible, suma sacerdotisa. A decir verdad creo que esa impresión de susceptibilidad nos preocupa a los dos por igual. ¿No es verdad?

La *pitia* parecía sorprendida y movió la cabeza desorientada.

—¿A los dos? —se interesó extrañada la sibila.

—Así lo creo. Yo deduje de vuestro encuentro con Zinthia secretos que a cualquier hombre intimidarían, y sé que vos deseáis saber más de mí. La salud, el pasado, el futuro y el bienestar de esa mujer me interesan. Jamás desarrollé un sentimiento de propiedad hacia ella y para mí es libre.

Arsinoe aprobó con la cabeza y le rogó que la siguiera. Dos sillas egipcias doradas se hallaban bajo la hornacina donde estaba la estatua que representaba a la reina Cleopatra, junto a un brasero cuajado de ascuas y dos pebeteros que despedían un grato aroma a sándalo. Habían colocado como exorno varias plumas de avestruz, el signo egipcio del equilibrio y la armonía, y una gran estrella argentada —Sotis o Sirio—, lugar de residencia celeste de Isis o Ast, como la conocían las gentes del Nilo.

—La estatua de la reina tolemaica será testigo de nuestras confidencias, y por Tanit que estoy segura de que hasta puede oírnos —bromeó irónica—. Te escucho.

Marco Druso se enderezó en su silla sin pensar en los espectaculares cambios en sus vidas que iba a procurar aquella plática, que se había iniciado como un duelo de mentes inquisitivas, sin más, y con el solo propósito de hablar de Zinthia. Pronto, en presencia de la diosa que ambos adoraban, iban a sepultar definitivamente su pasado en el olvido. Una sombra de intriga pasó fugazmente por las miradas de ambos.

—¿Y qué es lo que ensombrece tu corazón, referido a Zinthia?

Su voz ansiosa y apremiante rebotó sonora en el templo.

—Cuando apareció en la sala pronunció un nombre incomprensible.

—¿Cuál? —se interesó la pitonisa.

—¡Hatsú!

Arsinoe se sobresaltó interiormente. No deseaba que nadie buceara en su vida anterior a la llegada a Gades. Era su gran secreto, y se evadió.

—Es una identidad muy frecuente en el norte de África y en Egipto, de donde proviene mi madre. Muchas niñas se llaman así —sentenció.

—En mi familia también existe una Hatsú y me extrañó de veras, pues también fue consagrada a la diosa siendo una chiquilla.

Marco creyó detectar un signo de zozobra y turbación en la sibila.

—Sorprendente —dijo—. Pero cuanto yo dije de ella es la verdad. Si pasé por alto algún pasaje de nuestra anterior vida fue porque no interesaba a nadie de los presentes. Nada más —replicó cortante.

Marco se armó de valor y siguió hurgando en su pasado.

—¿Pero es, o no, vuestro nombre de nacimiento, señora? —la instó.

Arsinoe tenía motivos para silenciarlo, y soslayó la pregunta indagando en el también reservado ayer de su interlocutor.

—César, que nos distingue con su afecto, me aseguró que también en tu pasado existen lagunas de ignorancia antes de tu aparición en Roma. Sin testigos presentes, y reservadamente, me confesó que resultas un misterio para él y que le fascina tu forma fenicia de analizar los sucesos políticos. Pero lo que me asombró fue que ponderara tu filial amistad con Bocco II de Mauretania. Eso es incomprensible en un romano, así como tus creencias en los dioses del Líbano, a no ser que ocultes algo muy personal.

El *quirite* abandonó su máscara de galantería por la severidad.

—Cuanto dice mi venerado general es absolutamente cierto, *domina*.

Arsinoe deseaba llevar el hilo del coloquio, y tomó la iniciativa.

—Siendo así creo que es llegado el momento de dar rienda suelta a nuestros secretos y descubrir el velo de nuestro pasado ante la presencia de la diosa que adoraron antes que nosotros nuestros padres. Nos unen creencias afines, el origen púnico y el afecto mutuo por una mujer que tanto ha sufrido, como la solícita Zinthia, cuya aparición ha resultado para mí un bálsamo renovador —dijo persuasiva.

Marco delató en la *pitia* una disposición franca y leal, y dijo:

—¿Me prometéis ante la Madre que nada de lo que os diga saldrá de aquí y que nuestro ayer seguirá enterrado en las arenas de África?

Arsinoe llegó a asustarse. «¿Tan graves enigmas iba a desvelar?»

—Yo también te descubriré los míos, y por la diosa prometo callar.

—Y yo correré un cerrojo en mis labios de cuanto oiga, mi señora.

Se hizo un hondo silencio y solo se escuchaban las ascuas ardiendo.

—Veréis, Arsinoe —habló bajando el tono, pero con voz cercana—. Como habéis adivinado yo no soy romano de raza, sino de adopción. Por parte de padre provengo, como el rey Bocco, de una antigua familia tartesia instalada en Tingis, y por la sangre de mi madre, de una raza de sacerdotisas dedicadas a la Madre, de linaje egipcio-cartaginés.

A partir de aquel momento Arsinoe se mostró visiblemente impresionada, por la afinidad de sus orígenes con los de Marco Druso.

—Prosigue, Marco —lo animó afable a continuar con su historia.

—Sabéis que nuestro benefactor Lucio Balbo es íntimo del monarca Bocco y socio en sus negocios. Pues bien, yo trabajaba para el rey mauretano, y fue allí donde Lucio me conoció y sugirió la idea de traerme a Roma, donde me convirtió en el administrador de Gerión y confidente suyo. Y determinó para mí un futuro brillante: primero ciudadano romano con el nombre que ya conocéis, *quirite* después, oficial de una *turma* de caballería en la V legión de Cayo Julio, y respetado vecino de esta ciudad de locos. Pronto presentaré mi opción a senador, que César alienta. No podría haber soñado algo así.

Marco, que terminó sonriéndole, detectó en la *pitia* un ademán de agitada sorpresa y de no menos asombro. Parecía como si en su interior se hubiera producido un alarmante sobresalto que la disponía en guardia.

—Veo que tienes una cicatriz de guerra en forma de estrella. ¿De esa infancia africana junto al monarca Bocco? —se interesó la sibila.

—Sí, aquí en la frente. Recuerdo de la batalla de Munda, al lado del general y del hermano de Bocco, el aguerrido Bogud. Día memorable.

—Es la misma estrella de Tanit. Te dará suerte, Marco.

Arsinoe había abierto una brecha en sus defensas y se aprovechó:

—¿Es entonces Hatsú el nombre que os impusieron en la cuna?

Sin saber por qué, Arsinoe notó una agradable sensación de

poseer una mano amiga masculina en Roma, y Marco Druso le parecía la persona idónea, bienintencionada y sensata. Frecuentaba a los poderosos, Balbo, César, Atico y Cicerón, pero aquel hombre era de su clase. Afable, le confesó:

—Sí, ese es mi nombre de familia. Al ser entronizada *asawad* del Oráculo de Melkart debí cambiarlo y adopté el de una antepasada mía, nacida en la isla Elefantina del Nilo, y también mujer sabia.

El caballero fue zarandeado por una misteriosa turbación.

—¡Qué veleidosa puede llegar a ser la vida y los albures que la revuelven! Tan quieta hace solo un día y tan revuelta desde hace unas horas —observó Marco, que le reveló—. Mi madre y mi hermana —esa Hatsú a la que aludí antes— también fueron consagradas a Tanit.

—Lo cual es comprensible siendo tu origen el que es —dijo Arsinoe.

Marco era ajeno a que su contestación iba a revolver los más hondos pliegues de sus almas, conduciéndolos al paroxismo más absoluto.

—Mi madre, Arisat de Tingis, fue asesinada y profanado su santuario por unos desalmados hace años —le narró grave—. Y mi padre Lauso de Lixus, comandante de la caballería del rey Bocco, murió en la guerra siendo yo un niño. Por eso fui formado en la corte. Mi hermana Hatsú es la *asawad* del templo de Septa dedicado a la Madre. Hace mucho tiempo que no la veo, pero seguimos unidos por medio de nuestra sangre, nuestro espíritu y nuestro corazón. Ese es mi pasado, *domina*.

Arsinoe quedó insensibilizada como una efigie de granito. Se hallaba envuelta en un mágico sortilegio tras la revelación del romano. Un éxtasis largamente anhelado se había producido por deseo de su diosa protectora. El sacrificio de su madre había obtenido al fin el favor de lo desconocido e ininteligible. Creía vivir un instante de alucinante fantasía, de alarmante asombro. La mirada de la sibila se llenó de lágrimas y sus ojos recorrieron los de Marco Druso, que se preguntaba qué la había turbado tanto.

—No entiendo nada, absolutamente nada. ¿Qué os pasa? —dijo Marco.

Arsinoe no contestó, sino que sus pensamientos la trasladaron a un lugar fuera del tiempo. El templo de Venus Genetrix se había convertido en todo su universo, que al fin cerraba su círculo perfecto y tan añorado.

De improviso se levantó de la silla bruscamente, derribándola en el suelo. Se dirigió a las gradas y se tendió en ellas con los brazos extendidos. Y en medio de un llanto arrasador dio las gracias a la diosa.

—¡Gracias, Madre mía! —exclamó—. ¡Hoy he empezado a vivir de nuevo!

A Marco Druso, aquella inquietante mujer lo conducía a una exaltación sin límites. Arsinoe se incorporó y se aproximó a él. Cuando tuvo frente a sí a la sibila, cálida, insólitamente entregada y entibiada por el sol mezquino de la mañana, recuperó su habitual impasibilidad.

Pero esperó paralizado y aturdido a que la mujer hablara y le explicara su sorprendente sobresalto.

XXXIX

Desunidos en la venganza

En la sacra soledad del templo, retumbó la voz clara de la sibila.

—Silax, soy tu hermana Hatsú. La hija de Lauso y Arisat —musitó.

Los estupefactos ojos de Marco destellaron un entusiasmado gozo:

—Por todos los dioses púnicos —masculló.

Y toda la vibración de su ser produjo en su hermana una emotiva palpitación de su corazón desbocado. Luego se apretaron en un prolongado, arrebatado e ilimitado abrazo, intentando retener aquel momento asombroso en su memoria, para no olvidarlo jamás.

—Mi revivida hermana Hatsú, mi recuerdo perenne, mi sangre indispensable —susurró emocionado, mientras besaba sus mejillas.

—Sea testigo la diosa de que ya no nos separaremos jamás, hermano —dijo, y de los labios de la sibila emergió un brillo indescriptible.

—Creía que seguías retirada y entregada en el santuario de Septa en tu divino oficio, y así me lo hicieron saber siempre.

—Eran las órdenes de Balkar —reveló—. La «vieja» Hatsú debía seguir allí, en Septa. Su nueva vida debía ser secreta, sin pasado, sin familia, sin contacto con el mundo. Y su rostro no debía ser visto nunca por los fieles.

—¡Por Heracles! Qué enrevesadas han sido nuestras vidas.

—Pues este verano pensaba viajar a Gades a visitar a Balkar con dama Lucrecia y Lucio Balbo, y hablamos de visitar al rey Bocco, donde yo al fin me encontraría contigo. Pero la diosa ha adelantado ese encuentro —le informó la mujer.

La esperanza de un futuro juntos y de un destino afianzado con la presencia de Zinthia parecía inquebrantable, y Arsinoe abrigó un sueño de templanzas en familia. Las lágrimas seguían resbalando por sus hermosos pómulos. Era el tributo que la naturaleza concedía a su recobrada felicidad.

—Hallé al fin el barco perdido de mis recuerdos, querida Hatsú —habló Marco—. ¡No sabes cuánto lo he deseado. La libertad y la vida nos las han concedido los dioses al nacer y es injusto separarlas por la fuerza del azar. ¡La afamada sibila de Gades, la venerada por toda Roma, es mi hermana! Mi gratitud a la creadora de vida de Tiro será eterna.

—Por inesperado que parezca, mi sueño se ha hecho posible. Sé que nuestro destino ha sido impuesto desde arriba, donde moran los dioses y el espíritu de nuestros padres —repicó la *pitia* musitando.

Marco la apaciguó y platicaron durante largo rato en la diafanidad del oratorio venusino, mientras se serenaba y limpiaba sus ojos y su nariz. Rápidamente le tendió su mano consoladora, que Arsinoe aceptó, pues quienes han sufrido largamente suelen admitir el fraternal afecto ofrecido con generosidad. Era una mujer extremadamente dichosa con Silax a su lado, a quien no paraba de mirar y acariciarle la cara para fijar su fisonomía en su mente y recordarla en la soledad de sus pensamientos. Ahora comprendía por qué decían que era tan deseado por las mujeres.

—No estás casado, ¿verdad? Clodia Pulquer, mujer bellísima y víctima de esta puritana y fingidora sociedad me habla de vuestra amistad.

—Es una dama inteligente que desprecia los convencionalismos. Pero llegará un día en el que hallaré la mujer de mi vida. Y tú me ayudarás.

Aquella observación le había parecido juiciosa a la sibila.

—¿Y Zinthia, quién es en verdad, Hatsú? —se interesó Marco.

En connivencia con la alegría que compartían, la trajo a su memoria.

—¿Recuerdas a Tamar, hermano?

El *quirite* percibía dicha, orgullo y reconocimiento hacia su sino.

—¡Claro! Aquella niña de ojos de gata que madre recogió siendo muy niña y medio moribunda en los muelles de Kartenna? Era dálmata, ¿no?

—La misma, Silax, mi compañera de juegos que amaba más a nuestra madre que nosotros mismos. Esa es Zinthia. Mi alma gemela, mi dama de compañía, mi amiga, mi *kezertum* más amada y cercana, burlada por el amor y un canalla que se aprovechó de su sincero afecto.

—¡Por la luna de Tanit! Ni por asomo lo hubiera imaginado. En verdad que no existe ni fuerza ni virtud humana que impida que se cumpla el destino prescrito por los dioses, querida Hatsú.

—Sabios son los que veneran a Andrastea, la señora del destino, y creen en sus designios. Yo no dejé un solo día de pedirle que se cumpliera mi deseo de recuperar a Tamar y encontrarme contigo —contestó—. Y aunque la diosa no nos obliga, sí inclina a nuestro favor lo que deseamos con fe.

—Admiro tu lucidez para ver más allá de las apariencias del momento, hermana. Presentiste quiénes éramos Zinthia y yo, con tu sola intuición. Espero el momento en el que Zinthia conozca este feliz epílogo y la buena nueva. Se regocijará aún más que ayer, no lo dudes.

—Pero sin tu comprensión y tus atentas atenciones ella no habría podido recobrar la capacidad de reír de nuevo y de poder encontrarnos.

Marco presintió que detrás de la enérgica apariencia de la famosa y temida sibila de Gades se ocultaba un alma semejante a la de su madre Arisat, filantrópica, generosa y desprendida, y que con aquel milagroso encuentro había conseguido impedir que la familia se desintegrase.

—El indefectible caos en el que se encuentra mi casa desde ayer solo se arreglará si esta misma noche cenamos privadamente tú, Zinthia, Nicágoras y yo. He de haceros partícipes del último capítulo de nuestras recientes vidas que tiene que ver con la venganza por la muerte de nuestra recordada madre Arisat, ¿sabes?

La deliciosa sensación de la sibila se vio truncada por un descontento súbito. Con gesto indolente, preguntó a Marco:

—¿Venganza, hermano? ¿Después de casi treinta años? —ironizó.

—Sí, desagravio y reparación. Llámalo como desees. Estoy a un tiro de piedra de dar con el perverso Macrón, aquel que violó y mató de forma atroz a nuestra buena madre. Aún vive y lo descubriré, te lo aseguro.

—A veces no es posible tomar venganza de una indignidad sino cometiendo otra. Quizás el espíritu de madre y de la diosa no lo deseen.

—Una venganza justa nunca llega demasiado tarde, Hatsú.

Marco y Arsinoe acordaron guardar aquella conversación en un rincón de su memoria, como si fuera su más preciado tesoro, y no revelar sus antiguos nombres jamás, aunque sí su relación, que casualmente y por mor de la suerte, había ocurrido en la prodigiosa Roma, gracias a la conexión de todos con un amigo común, Lucio Balbo, que tarde o temprano la hubiera propiciado de una u otra manera.

El romano, acompañado por la apacible sonrisa de Arsinoe, salió del templo de Venus, al que comenzaban a llegar los devotos. La ayudó a subir a la litera y se despidió besándole la mano. Siguió con la mirada a su hermana y agradeció a los dioses aquel prodigio jamás pensado. Desde su privilegiado observatorio en el Foro reparó en las callejas atestadas y en los carromatos bajando por la Via Lata camino del Emporium.

Se ensimismó indolente observando el bullicio de las ínsulas donde los inquilinos trajinaban desde el amanecer, así como en el anodino deambular de los vigilantes nocturnos que regresaban del peligroso suburbio del Aqua Virgo. Lo atrajo el olor deleitoso de una taberna donde humeaban las salchichas y se incorporó a la reunión de oficinistas de la basílica Emilia, a los que conocía, y con los que brindó alegre y pletórico.

Con la dicha de haber hallado a Arsinoe, y por su íntima relación con Zinthia, regresó a su *domus*, exhalando un hondo suspiro de satisfacción.

Arsinoe llegó con tiempo a la *domus* de Marco Druso. Lo deseaba con ansiedad, y la emoción de verse los tres juntos le pareció celestial.

La recibió Marco con delicadas muestras de afabilidad y con su exquisita galantería. Se hallaban radiantes por haberse recuperado, aunque sabían que era cuestión de tiempo. Buscó a Zinthia, que la abrazó felicitándola por haber hallado al hermano del que tanto hablaba, y que a la vez fuera su providencial liberador. Departieron de su felicidad y notó que la esclava, a pesar de los signos de la esclavitud, se veía atractiva, apetecible e incluso seductora para rendir el corazón de cualquier hombre.

—Cuántos tumbos han dado nuestras alocadas estrellas, Arsinoe.

—Hasta que no nos llame la diosa a su lado el libro de nuestra vida no estará totalmente escrito. ¡Cuánta alegría nos tenía reservada!

Arsinoe realizó con tacto un recuerdo retrospectivo sobre Zinthia.

—¿Se debe a tu refinado sentido estético el que no muestres la señal que te grabaron con fuego en Gades? —se interesó—. El día que te vi danzar ante el trono de Venus miré tus brazos para reconocerla y no la hallé.

La mirada acogedora de la esclava se embriagó de entusiasmo.

—A pesar del trato conocido con bellas beldades de Roma, tu hermano tuvo conmigo la gracia de facilitarme un cirujano griego que borró las huellas de las cadenas y del hierro candente, querida.

—He atisbado ojos muy tiernos de mi hermano hacia ti. ¡Qué sorpresa! —dijo de sopetón a su amiga, que se sonrojó.

—Tu hermano se sentía muy solo y yo he mermado esa soledad con dedicación, devoción. Pero no siempre el amor conduce al matrimonio.

Ellas sabían que lo bello y desinteresado siempre es agradable a la vida, y rieron como lo hacían en Septa o Gades. Eran dos almas afines.

—Eres una mujer nueva, y mi alma se congratula, Zinthia —le expresó.

—No lo creas —confesó con ojos tristes—. Las decepciones, las penas y las ingratitudes están unidas a la vida, pero la esclavitud crea una herida profunda que poco a poco ocupa todo tu ser y también el alma. Entras en un estado de abatimiento y en una extrema debilidad que te lleva a desear la muerte, aunque ella venga de tu propia mano.

—Debió de ser una situación pavorosa. Sola y abandonada de afectos.

—Más que pavorosa, *cara*. Se despliega en tu interior una aversión irracional ante la intolerable humillación —le reveló—. Y como si fueras un animal atrapado en un cepo, el espíritu se te desmorona como la arena en el desierto. La desdicha es máxima. Desaparece tu mundo amado ante tanta ofensa, decepción, dolor e incomprensión. ¡Maldita sea esa Tiratha!

Un ademán de pesadumbre asomó en las pupilas de la *pitia*.

—Lloré mucho por ti, Zinthia, pedí tu regreso hasta quedarme ronca y perdí mi natural vivacidad que tú conoces. Mi vulnerabilidad aumentó de tal manera que temí ser blanco de los dardos de Tiratha y sucumbir derrotada. Pero me mantuve firme y, gracias a Astarté, ya pasó todo.

—Tú siempre prevalecerás única en mis sentimientos, Arsinoe.

En el tono de voz había un ademán inusualmente afectuoso.

—Me agrada tu nuevo nombre. Zinthia es muy dulce y sonoro.

—Algún día os satisfaré vuestros inmensos favores, Arsinoe.

—Ya los has pagado con tu consoladora presencia —le sonrió—. Marco me ha asegurado que danzarás ante la Madre. ¿Es cierto?

—Sí, y lo haré en homenaje y recuerdo de madre Arisat.

Arsinoe no disimuló su impaciencia y se dirigió hacia el oratorio.

Las cuatro danzarinas bailaron primero al son de las flautas, tras ingresar en el oratorio de Marco Druso. Iban ataviadas con túnicas de lino blanco a la usanza de Tiro. Zinthia se unió a la danza y lo hizo sin más atuendo que una ligera clámide de finísima seda y las sombras de la lámpara calada que colgaba del techo. Bailó la antigua danza de la Fortuna y la Armonía, en agradecimiento a la diosa por el feliz encuentro.

Juraron ante la deidad guardar tras un cerrojo de reservas sus antiguas identidades y no olvidar la muerte alevosa e inhumana de la madre Arisat. Arsinoe y Marco hicieron las libaciones de agradecimiento y promesa, y ofrecieron incienso, frutos y flores a Astarté, antes de pasar al *triclinium* y celebrar el banquete, que Marco, que ya ejercía de *pater familias* y defensor de las dos mujeres, llamó de la «feliz unión».

La sibila de Gades ocupaba el triclinio de honor, y entre la *gustatio* (aperitivo) y la *prima cena,* los deleitó interpretando canciones fenicias con su *nebel* de doce cuerdas, y declamó versos de su propia inspiración con voz sugerente, recordando a sus padres y a los asistentes. La ocasión lo requería, después de que Marco hubiera informado a Zinthia y Nicágoras del hallazgo de su hermana, que celebraban con aquel esplendoroso festín que el liberto había preparado con su habitual experiencia y gusto.

La pitonisa no le quitaba ojo a su hermano recuperado, y reparó que mostraba una indisimulada atracción por Zinthia, quien a su vez se inclinaba sobre la bandeja y le ofrecía cerezas almibaradas, fruta que los enamorados se ofrecen en señal de amor. Los cuatro comensales vestían *síntesis* vaporosas, y el esclavo escanciador de los vinos iba disfrazado de Ganímedes, el copero de los dioses.

Cuatro mullidos lechos en forma de luna componían la escena. Arsinoe y Zinthia lucían seductores afeites, complicados peinados y sus cuerpos sugerentes, apenas envueltos en las sedosas *síntesis*, alegraban la vista de los dos hombres. Al unísono eligieron a Nicágoras como *arbiter bibendi* (encargado de elegir y mezclar los vinos), que este agradeció conmovido. No había ninguna *sombra*, gorrones que se colaban en los festines sin ser invitados, que perturbaran el festín, y se sentían dichosos.

La mesa central estaba compuesta de trinchadores de bronce y cráteras de Samos para mezclar los vinos, con un colador colmado de nieve y canela. Se inició la *gustatio* con entremeses de trufas, atún de Circe y *garum* de Cartago Nova, regados con vinos de Paphos, que a Zinthia le parecieron manjares del Olimpo, pues desde hacía demasiado tiempo no se había llevado a la boca exquisiteces tan excelentes.

Apoyados sobre los triclinios conversaban animadamente, mientras Marco comía con una distinción que no pasó inadvertida a Arsinoe y orientaba al liberto sobre la mixtura de vinos, a la que añadía mirra y galvano con insólito saber. En *la prima mensa* (primeros platos) se sirvieron morenas de Baessipo, alondras sazonadas con miel de Melaria, lenguas de flamenco en zumaque de Arabia, y faisán de Etruria aderezado con sal y pimienta servida en una *salinum* (salero) de plata, que degustaron entre muestras de complacencia.

El vino de Falerno los fue conduciendo a un permisivo estado de liviandad y afecto máximo. El gusto por el lujo asiático se había extendido por Roma, y la antes República austera, frugal y campesina de los tiempos de Catón y los Escipiones había expirado al acceder al poder la licenciosa familia Julia, con su líder Cayo Julio a la cabeza.

—La esplendidez y prodigalidad del convite me conmueve, Marco —se expresó la sibila—. Esto supone reencontrarnos con los olvidados placeres de la vida en las ciudades fundadas por la madre Tiro.

—La ocasión lo merece, hermana, pues el júbilo por nuestro hallazgo me ha embriagado. Pude no verte jamás, hermana, y Zinthia pudo morir en aquel antro. Ni con cien convites pagaría los favores de la diosa —le aseguró el anfitrión.

Los vapores del vino contribuían a tejer una atmósfera de complicidad. La *secunda mensa* estaba compuesta por pan aromatizado con adormidera y anís, y cabritos coronados de ciruelas en salsa de cardamomo, dátiles del país de los garamantas, así como salchichas de Cremona, que trincharon los esclavos al son de la zumbona musiquilla. El escanciador convocó a los esclavos chasqueando los dedos para que retiraran los restos y, tras purificar la mesa con servilletas perfumadas, sirvieron tartas de almendras, de membrillo con jengibre y frutas escarchadas, los alimentos habituales de la *comissatio* (la sobremesa).

Los domésticos ciñeron las cabezas de los cuatro comensales con coronas de laurel y mirto. Y con lágrimas en los ojos Marco alzó su copa de doble asa y formuló un brindis en el que agradeció a los dioses púnicos el haber hallado a Arsinoe y a Zinthia que los emocionó:

—¡Dioses de mis antepasados, inspiración de mi madre y de mi hermana. Creí que moriría sin gozar de la presencia de la única sangre que me quedaba en la tierra, a la que has añadido la sorpresiva aparición de una mujer consagrada a ti que ha llenado de bondades mi casa. Mi gratitud a vuestra misericordia y celo será eterna! ¡Gracias!

—El cielo, el albur y el destino se han confabulado para que así fuera —intervino la sibila, que se hallaba emocionada.

Marco cogió la mano de Arsinoe, la besó y se explicó:

—Y también a tu carácter inquisitivo y a tu intuición, Arsinoe —añadió satisfecho—. Sin olvidar la figura de nuestro patrono Lucio Balbo, que ha resultado crucial para vuestro hallazgo. Primero se fijó en mí y me condujo a Roma. Después hizo prosperar a Arsinoe, quien por lógica, y tras el augurio a César, acabaría en la *Urbs*. Mi devoción al cónsul hizo que yo marchara con su ejército a África, donde Zinthia penaba en la esclavitud más onerosa. Después, las piezas se juntaron en la misma caja —Roma— y era inevitable que un día el azar hiciera que nos encontráramos.

—Y claro está, la inefable decisión del cielo, que no abandona a sus hijos, hermano. ¿Acaso nuestra querida madre habría de olvidarnos?

—Nunca lo ha hecho, hermana. Lo he presentido siempre.

En las discusiones, el racional juicio del liberto era obligado.

—Yo diría —intervino el griego— que la clarividencia y penetración de Arsinoe han resultado cruciales para poder celebrar este feliz evento. Aparte del nexo común de vuestro patrono gaditano, la plegaria de Zinthia en el templo de Venus pudo pasarle desapercibida a otra persona menos avisada. A lo que hay que añadir su extrañeza por las creencias púnicas de Marco y el deseo de poseer un cuadro de danzarinas.

A Marco le asaltaban emociones sensibles y compasivas.

—Creo que Arsinoe tenía una luz encendida en su cerebro que la mantenía en guardia en el recuerdo de sus seres más queridos —añadió el caballero—. En lo que respecta a Zinthia, y por su extraordinario don, era difícil que se mantuviera en el anonimato de una vulgar esclava y que cayera en manos del más reconocido esclavista del norte de África. Luego, una acumulación de intervenciones de la eventualidad hizo el resto —concluyó Nicágoras su razonada explicación al portento.

—¡Pues hagamos una libación a la diosa Fortuna en agradecimiento! —los invitó Marco, cuyas facciones mostraban una felicidad radiante.

Las gotas de la clepsidra seguían cayendo y el aceite de los candiles los conducía de una vigilia a otra, anunciadas por los guardias de las cohortes nocturnas que patrullaban la ciudad hasta el amanecer. Marco, que mantenía toda su lucidez y saboreaba la presencia de las dos mujeres a las que más amaba su corazón, ordenó a los sirvientes que espabilaran los braseros y lámparas y se ausentaran de la sala. Miró a sus invitados uno a uno con ojos expresivos, larga y detenidamente.

—Escuchadme —mencionó severo—. Ni Arsinoe, ni Zinthia, ni yo mismo, hemos olvidado la trágica muerte de nuestra madre Arisat, llevada a cabo por un criminal desalmado que aprovechando su fragilidad, y llevado por la codicia y la crueldad, la violó y la ofendió hasta hacerla morir en la cruz de forma degradante, indigna y cruelísima.

Aquellas palabras sonaron despiadadas en la sala, consiguiendo el silencio total por los recuerdos onerosos y devastadores de sus almas.

—Pues bien —siguió—. Desde que abandoné Iol y me hice

cargo de los agentes de Gerión, he estado buscando a esa turba de sanguinarios miserables que profanaron el templo de Anteo. Al fin, con la ayuda de poderosos amigos, he hallado a sus dos únicos supervivientes: Silviano, el antiguo amo de Zinthia, y al propio Macrón, su jefe, del que por más que lo procuro no hallo su paradero, pues cambió su identidad.

Zinthia recibió una conmoción interior y se envaró enojada.

—Mi amo Marco —dijo asombrando a todos—. Déjame que yo misma cumpla tu venganza en ese ruin de Silviano, que me vejó y humilló hasta sentir asco de mí misma. Permítemelo, te lo ruego.

El anfitrión enarcó las cejas y quiso convencerla con afabilidad.

—Despreocúpate. Le he preparado una trampa que lo dejará más pobre que una rata y perseguido por la justicia de Roma. Su fin está próximo, y lo verás vagar por el puerto de Iol pidiendo limosna.

—No será suficiente, mi señor —insistió—. Y perdona mi persistencia.

—Tras las Saturnalia su existencia será horrenda y deseará morir.

El grado de compromiso en la venganza parecía aceptado.

—¿Y Macrón? —se interesó la sibila—. ¿Aún vive, entonces?

—Sí, y muy pronto, con un ardid que he planeado, caerá en la red que le voy a tender. —Y les narró el plan que se cumpliría en unas semanas—. Así acabará en mis manos. Y que se encomiende a todos los dioses que conozca, pues le segaré el cuello de parte a parte a esa alimaña. ¡Lo juro por Astarté, y no me importa cargarme con una culpa de sangre!

Arsinoe desarmaba con su mirada grave y profunda, y opinó:

—¿Por qué no lo presentas ante los magistrados y que sean ellos quienes le impongan la sentencia, Marco? Sé por mis vivencias lo destructivas que suelen ser las reparaciones y las demoledoras sospechas que engendran en el alma. Corrompen el corazón y lo enturbian.

En Marco era evidente el amargo rencor que sentía por Macrón.

—La verdad es que existe una preocupante contrariedad,

hermana. Ese perverso, por razones que ignoro, es un protegido del Estado y del propio dictador, y temo recibir su reprobación. Y traer desde África cargado de cadenas a Silviano para declarar no serviría de nada. Sería una declaración contra otra. Conozco la *Lex Romana*. La venganza ha de ser nuestra, solo nuestra, y debe ser ejecutada con nuestras propias manos.

En el cutis radiante de la sibila asomó una mueca de desazón. En aquellos asuntos de sangre derramada nunca se podía estar seguro de nada, ni garantizar de antemano su éxito. Quiso persuadirlo.

—¿Y no persigues una quimera, hermano? —intervino.

—Siempre he pensado que la maldad debe ser vengada en la tierra.

—La venganza —intervino Nicágoras— no es propia de tu carácter nada mezquino, Marco. Pero comprendo que una madre duele en el alma.

Arsinoe eligió palabras inusualmente cálidas y le contestó:

—El placer de la venganza dura un día, Marco, pero el sentimiento del perdón permanece en tu ánimo toda la vida. Solo te causará infelicidad, después de tanto tiempo. Mi experiencia de la vida, de la muerte y del nacimiento me otorga una madurez que intuye la infelicidad y el dolor en las personas. Puedes no sentirte desagraviado después de ejecutarla.

Marco cambió súbitamente de actitud. Estaba decidido a seguir. Y con una sonrisa a medias, la tomó suave del brazo y le expresó grave:

—Mi decisión es irrevocable, querida. Y tú, Zinthia, despreocúpate.

Arsinoe lo miró detenidamente, sin comprender demasiado.

—No alcanzo a saber por qué te obstinas en rechazar que sea la diosa quien se tome cumplida represalia. Te amaré siempre, Marco, pero no deseo que tu espíritu respire el aire negro de una revancha que puede perjudicar la felicidad que hemos hallado. Medítalo, te lo ruego, y olvídalo.

Marco aspiraba a convertirse en el único y paradigmático vengador.

—Aguardemos acontecimientos —dijo dando por concluido el asunto—. Os mantendré al tanto, y que la diosa a la que veneramos y amamos nos ayude.

Zinthia percibió que una insidiosa corriente de desacuerdo se había instalado entre los dos hermanos a causa de la venganza de Méntula. Ella misma y su amado dueño iban por el mismo camino. En cambio la compasiva Arsinoe iba por otro. Sabía que detestaba la violencia.

La irritaba que el asunto de la represalia pudiera desunir lo que la fortuna había conseguido con tanto esfuerzo. La briosa e independiente personalidad de la sibila podría enfrentarse a la confianza y coraje de la decisión de Marco, que había tomado la venganza como aliento de su vida, y nada podía hacer para hacerlo cambiar de opinión.

Los miró con turbación y guardó su inquietud en el corazón.

Fuera comenzó a llover. Parecía que el invierno irrumpía con fiereza en la Ciudad de la Loba. Resonaba el tejado y arrollaba las ramas de los árboles un viento crecido. Los esclavos cerraban los postigos de las ventanas y atrancaban las puertas. Todos se fueron a la cama cansados.

Marco saboreó su venganza en el lecho por anticipado.

Zinthia pensaba que Marco la resarciría de la rabia y odio que sentía.

Arsinoe sentía un miedo cerval por si se perjudicaba Marco, y resultaba evidente que entre ellos existía un flagrante grado de discordia.

Y ninguno fingía.

XL

Io Saturnalia!

Roma, finales de diciembre del año 45 a.C.

Días inclementes de viento y lluvia dieron paso a grandiosas lunas y a cielos impolutos que presagiaban las solemnidades de las Saturnales sin agua y sin nieve. Los romanos de todos los orígenes rememoraban el retorno de la fuerza del sol y la mudanza de las jerarquías en las casas. El amo se mudaba en esclavo y el esclavo en señor. El mundo al revés.

Las Saturnalia significaban para la familia de Marco Druso unas fiestas delirantes, pues, ¿en qué lugar del mundo se subvierte el orden establecido y se permite que los esclavos se mofen de sus amos y remeden sus defectos sin temor a ser castigados? Solo en Roma. Durante siete días enloquecidos, la plebe podía encarnecer al Calvo y burlarse de los senadores sin ser castigada, y en las casas que tenían servidumbre, esta podía ridiculizar a sus amos con burlas y sátiras que en otro momento merecerían la castración o el látigo.

Roma era una algarabía aquella primera mañana. Un alba gélida la había precedido, pero los romanos habían abandonado sus jergones deseosos de galas y bullas. Era una alborada de fervor religioso.

Según la tradición, las familias se intercambiaban regalos de broma, los *apoforetas*; los padrinos cumplían con sus ahijados y los abuelos colmaban de juguetes y figurillas de madera y barro a sus nietos. Y aprovechando la ocasión festiva, la soberana del

Nilo había sorprendido a los romanos, y al mismísimo César, regalándoles toda una flota cargada de trigo que, al abrirse los puertos cuarenta días después, garantizaría el grano para todo el año. El pueblo estaba feliz y gritaba en los foros los nombres del dictador y de la dadivosa reina, que así se ganaba el favor de la plebe.

Por ese motivo, en la Agencia Frumentaria de la basílica Emilia se habían disparado las ventas de cédulas de compra de cereales, y quienes habían acumulado grano o títulos para especular y hacerse ricos tras las infames cosechas del año anterior, habían perdido millones de sestercios, abocándose a las denuncias de los censores por prácticas indeseables y por acumulación de grano para beneficiarse a costa del hambre del pueblo. El inesperado e ignorado regalo de la hija de Isis los había desenmascarado.

Silviano era uno de ellos, y aquella misma mañana su nombre apareció en un largo listado que fue expuesto en el Foro, cerca de la Rostra. El plan de Marco Druso se iba cumpliendo con implacable precisión.

—Gracias, Pantea, Madre Universal —oró Marco al salir de la basílica.

Se dirigió a su acogedor despacho del Aventino, se encerró con llave y le escribió un mensaje reservado a su amigo y aliado, Zacar de Iol:

Salutem, dilectissimus:
Los rigurosos acontecimientos que predijimos se van sucediendo de forma favorable. El primer día de las Saturnales, la reina maga de Egipto, a quien en el País del Nilo llaman la Diosa del Ocaso y hermana de Osiris, y tal como aconteciera en otro tiempo, ha convertido en fértiles los vacíos graneros de Roma. El dios Horus de la mitología oriental ha renacido en Occidente, y con él las esperanzas de cumplir mi venganza.
En una semana se expondrá en el foro de Cesarea el nombre de los comerciantes mauretanos que han especulado con tal vital producto con el fin de lucrarse ilegalmente, y debe-

rán dar cuenta ante los magistrados. La Intendencia Frumentaria y de la Moneda Pública los perseguirán. Ha llegado tu momento, y el acto principal de esta tragicomedia, donde tú eres el histrión principal. Esmera tu prudencia y dotes de persuasión con Lucertus, y muy pronto Scarabeus estará en mis manos.

Que la diosa de la Media Luna, la Madre Tanit, te ampare. *Dixi*.

Era la hora sexta y Marco se hallaba pletórico y esperanzado. Iría en busca de Arsinoe y de *domina* Tulia Lucrecia, y juntos darían gracias al dios Saturno por la felicidad que les había devuelto. La familia Balbo había agradecido a Venus el maravilloso e insólito encuentro de los dos hijos de la suma sacerdotisa Arisat, con un sacrifico y una dadivosa ofrenda. Al conocer la buena nueva, la dama romana se había arrojado a los brazos de su amiga Arsinoe, deshecha en llanto por aquel magnánimo favor de los dioses. Lucio Cornelio Balbo, maravillado por el propicio encuentro, se lo había comunicado al rey de la Mauretania Cesariana, quien le había contestado impresionado por tan prodigiosa coincidencia, sobre unos niños a los que conocía, pues sus padres aún permanecían en su corazón.

«El rey Bocco me aseguró que tu padre y tu madre eran sus amigos y que asistió a los entierros de tu padre y de la suma sacerdotisa, pero que no pudo hallar a los depravados que le infligieron castigo tan execrable —le había asegurado el navarca antes de partir para Sicilia, para preparar el avituallamiento de las legiones de César—. Bocco se ha alegrado lo indecible, y espera una visita vuestra en el futuro.»

Al mediodía, Arsinoe, Zinthia, Marco, Balbo *el Menor* y Nicágoras acudieron al templo de Saturno, recinto donde se guardaba el *Fiscus*, tesoro de la República, y las insignias de las legiones. Los augures sacrificaron dos bueyes blancos ante el pueblo allí congregado, dando paso a siete jornadas dominadas por el capricho de los siervos y por una extravagante permisividad que pondrían a Roma bocabajo.

Al grito festivo de: *Io Saturnalia!*, podía acontecer cualquier disparate y desenfreno en los atávicos y formales usos romanos. El *flamen* principal de Saturno anunció al pueblo, que atestaba el Foro en silencio, el nacimiento del *Sol Invictus*, coincidiendo con la entrada del astro rey en el signo de Capricornio.

El solsticio de invierno, que tanto se veneraba en la capital del Lacio, animó a los ciudadanos a cumplir con los preceptos de la Prefectura de las Costumbres, a que decoraran las casas con plantas para agradar al dios de la abundancia y a que encendiesen velas votivas ante los dioses lares, manes y penates para celebrar la venida de la luz. El sacerdote hizo flamear el estandarte del dios, representado por un hercúleo varón con el pecho descubierto y en la mano una hoz de oro, y gritó enardecido:

—¡Vivan las Saturnales!

Los romanos replicaron el mismo grito y se dirigieron presurosos a sus hogares para iniciar los festines. Se ponían en manos de los Inocentes y del dios Saturno, Cronos o Satur, divinidad de los campos y cosechas, y rememoraban también la llegada a Italia del dios, quien expulsado del cielo por su padre Júpiter había recalado en el Lacio, iniciando una Edad de Oro próspera y fértil de inolvidable recuerdo en la memoria colectiva.

Se suspendieron las actividades en los foros y mercados, las disciplinas en las escuelas y las audiencias en las basílicas, permitiéndose en público los juegos de azar. Y siguiendo una ancestral costumbre se regalaba a amigos y seres queridos bolsas de nueces, muñecos de lana, idolillos de la fecundidad, dulces y amuletos contra el mal de ojo.

Los señores se desprendieron de sus togas, y todos, amos y esclavos, se tocaron con gorros frigios de color carmesí y abrieron sus moradas a amigos, clientes y familiares. Marco fue invitado una de las noches a la fastuosa casa de Cicerón, en las Carinas, que había vuelto a construir en el mismo lugar de la antigua que había mandado derribar Clodio, su gran enemigo, así como a la de Marco Antonio y a la del mismo César, que lo recibió con su proverbial afecto, interesándose por el sorprendente asunto de Arsínoe y felicitándolo por su bendito encuentro.

En la hora de la decadencia del sol del cuarto día de festejos, en la casa de Marco Druso se celebraba una ceremonia íntima.

Arsínoe, que ardía en deseos de estar con Marco y Zinthia, se abrió paso en su litera por el *clivus* del Palatino, en cuya cumbre centelleaba el templo de Júpiter Estator, iluminado para la ocasión con antorchas que ardían como ojos de fuego. A la sibila la ciudad le parecía sinuosa, sucia, ruidosa y estrecha, con excesivos lienzos de cobrizo ladrillo, ínsulas insalubres, escasos monumentos de mármol, y con los carruajes batiendo sus ruedas durante toda la noche, pues por el día no podían circular, impidiendo el descanso.

Los escasos invitados de Marco accedieron a la *domus* a través del *impluvium*, especialmente decorado con velas amarillentas y cintas de colores. Los murales estaban exornados con láureas y guirnaldas de ramas de abedul, y la casa olía a fragancias de pino. Marco recibió a su hermana en un tono caluroso teñido de afectuosa familiaridad, que la sibila agradeció, besándole tres veces las mejillas, e interesándose por su salud.

Situados en sus triclinios hicieron las libaciones rituales. Nicágoras fue elegido *princeps saturnalicius*, y sería el encargado de recibir a los invitados que accedieran a la *domus*, de repartir los regalos y dar paso a los rapsodas, músicos, mimos y recitadores de leyendas. El cargo de *rex saturnalicius*, o esclavo que mandaría en la casa en las fiestas, recayó en un joven bretón de cabello azafranado que ejercía de pinche en la cocina y al que se le impuso el nombre de *crine rubrus* («el pelirrojo»).

Revolucionó el salón con sus burlescas ocurrencias y chistes, en los que remedó con jocoso humor a todos los invitados, incluido el amo.

—¡Salud al soberano *rubrus*! —gritaron—. *Io Saturnalia!*

—Vuelve la Edad de Oro —lo aclamaban—. ¡*Salve* Inocentes!

Le plantaron en la cabeza la corona de monarca de las Saturnales, una diadema de sarmientos y laurel, un manto pardo que arrastraba por el suelo, en una mano la hoz y las espigas de Saturno, y en la otra un cetro que en verdad era un atizador para mover los braseros, demostrando desde el principio ingenio y una gracia innata para remedar a los señores.

Los esclavos se sentaron a la mesa junto a Marco y Arsinoe, mientras Roma entera seguía convertida en una vorágine de cantinelas y murgas, con pandillas de pilluelos haciendo sonar cacerolas y cacharros por las calles y foros. Todo el mundo gritaba el *Io Saturnalia!* o ¡*Salve* inocentes!, y cantaban los himnos de la era dorada del dios, al son de las flautas.

Los clientes de los burdeles regalaban aquella noche castañas, higos secos, frutas y flores a las prostitutas, que extendían sus mantones en las puertas de las casas de trato. César había ordenado que a los menesterosos que dependían de la indulgencia de la Annona estatal, les entregaran bolsas de comida y golosinas, para que nadie en Roma quedara excluido de la diversión y de la abundancia.

Arsinoe advirtió que el ambiente en la casa de su hermano era misterioso y distendido. Algo raro pasaba, o iba a suceder. Antes de servir la mesa, el anfitrión se incorporó de su diván de color dorado y rogó la atención de los comensales, que lo miraron con sorpresa. La casa estaba iluminada y los flameros hacían lucir las túnicas ampulosas y los altos peinados de las damas, creados por sus *ornatrices* griegas y egipcias.

—Hermana mía y amigos invitados —clamó Marco—. Esta es una fiesta de dádivas y de entrañables presencias. Mi querida Arsinoe, que he recuperado después de tanto tiempo de ausencia, me regaló ayer uno de los mantos sagrados que usaba nuestra madre en sus predicciones. Me ha hecho inmensamente dichoso, y he llorado sobre él. Yo, en reciprocidad, también deseo ofrecerle un regalo especial que ella desea fervientemente.

Se detuvo. Respiraba un apetito de vivir intenso y apasionado.

—Así pues —prosiguió—, he decidido concederle la libertad a Zinthia, que siendo niña fue adoptada por nuestra madre Arisat y fue como una hermana para Arsinoe. ¿Cómo puedo yo contrariar su voluntad y la de la diosa, que la eligió como danzarina sagrada en su santuario de Gades? ¡Toma, hermana, es mi regalo de Saturnales! —Y le cedió el título de libertad de la esclava, que soltó un suspiro de sorpresa, mientras besaba las manos de Marco y se abrazaba a Arsinoe.

No hubo uno solo de los asistentes que no aplaudiera fervientemente.

Zinthia, con los ojos muy abiertos por el asombro, se quedó después inmóvil, como si la hubiera sorprendido la tormenta en medio del campo. Había conseguido el título de emancipación por su fe en la libertad, cuando hacía poco creía que moriría en el intento. Como era costumbre en Roma, Marco le regaló también una cantidad en efectivo de veinte mil sestercios para que iniciara su nueva vida y le traspasó una casita de una sola planta de estilo etrusco, cercana a la suya, que había comprado para la ocasión.

Zinthia recibió de la pitonisa la cánula de cuero con tapa dorada que guardaba la *manumissio vindicta* (libertad legalizada), firmada por Marco y el alto magistrado de la basílica Julia, y testificada por Nicágoras, que la miraba con fascinación.

Su pecho no dejaba de palpitar, pero acertó a decir:

—Marco Druso y Arsinoe, esta es una valiosa recompensa que no merezco, pero que agradezco en el alma. Mi gratitud será eterna y si cien vidas tuviera, nunca os pagaría vuestro espléndido regalo. Seguiré un tiempo viviendo en esta *domus* para cuidar a Nicágoras, a quien respeto como a un padre, y mi libertad será vivir entre quienes quiero: ¡Vosotros!

Después de un corto silencio, el anfitrión se dirigió afectuoso a ella:

—Será una ventura para todos, querida Zinthia —admitió Marco.

En su rostro se notaba orgullo, satisfacción y reconocimiento. Zinthia se secó una lágrima que se deslizaba por su mejilla y manifestó:

—No obstante, quisiera contar con tu beneplácito, amo Marco, para en el mes de abril poder viajar con Arsinoe, *domina* Lucrecia y el señor Publio Balbo, que viajan a Gades en su flotilla. Deseo ofrecerle un exvoto y danzar ante Astarté-Marina, y visitar al sacerdote Balkar, que vive sus últimos días, y con el que Arsinoe y yo contrajimos en su día una deuda de agradecimiento cuando servíamos a la Madre en Septa. Después regresaré a Roma para seguir perteneciendo a tu casa, Marco Druso. Ese es mi deseo.

—No precisas de mi aprobación. Eres libre, querida Zinthia —dijo Marco.

Limpió sus lloros, mientras absorta, como aislada de cuanto la rodeaba, miraba con ojos tiernos a Marco, cuya faz irradiaba complacencia.

La orquestación del tiempo y el azar habían compuesto una armónica sinfonía con tres personas que se amaban y que habían sufrido una ominosa separación. Ahora volvían a sentirse unidas en una misma sangre. El destino los había llevado al mismo lugar, bendecido por los dioses.

El festín se inició en medio del fervor de la amistad y el afecto de cuantos allí se reunían a la luz cerosa de las lámparas. El pálido brillo de la luna envolvía la *domus* de Marco Druso en un velo azulado, y en el firmamento estrellado titilaban miríadas de estrellas.

Prosiguieron las festividades públicas y privadas, en las que los romanos demostraban a sus vecinos itálicos sus ansias de vivir y sus ganas de divertirse. Roma, aún entumecida por el frío, pero seca de lluvias y tormentas, se desperezó bajo los rayos de un sol exangüe que apenas si despertaba los trinos de los pájaros.

El séptimo y último día de las Saturnales se celebraba en las casas y mansiones el gran banquete final, donde se extremaba el desenfreno. Y entonces era cuando Roma se transmutaba en una grandiosa bacanal, donde se cantaban los versos más desenfrenados y eróticos de Safo de Lesbos. En la *domus* de Marco Druso, el *crine rubrus* (el pelirrojo rey de las fiestas) presidió la postrera cena vestido de dios Baco, con el torso desnudo. De los hombros escuálidos le colgaban sarmientos de vid y uvas pasas, con las que también decoraba sus orejas y brazos.

Se tocaba la cabeza con un gorro frigio de pelo de conejo, y atado a la cintura acarreaba un enorme falo de madera que de vez en cuando soltaba por el enrojecido prepucio un chorro de leche de cabra que ocultaba en una vejiga, consiguiendo la hilaridad de todos.

Lo pasearon entronizado en una suntuosa silla por las dependencias de la casa al grito saturnal, mientras impartía órdenes remedando a Marco y a Nicágoras con los gestos de un mimo profesional. Con su semblante de Dionisio beodo, las enormes orejas y narices coloradas, parecía un duende salido de las selvas germánicas, y con su penetrante ingenio no paró de burlarse de sus iguales y de emborracharse como una cuba. Se acercaba a las esclavas y doncellas y con gran desvergüenza les quitaba los *strofium* que les sostenían los pechos, dejándolos al descubierto.

—¡Por la Tríada Etrusca: Júpiter, Juno y Minerva, creo que el amo Marco y la liberta Zinthia preparan su nido de amor! ¿Quién será entonces el esclavo y quién el amo? —ironizaba, ante las carcajadas.

Las matronas, que recibían sus chanzas y sus acometidas con el enorme falo, corrían por la casa, perseguidas por el grotesco pelirrojo, que les levantaba las túnicas y remedaba una fornicación consentida. La mayoría iban disfrazadas con estolas y pallas de las Nueve Musas; Arsinoe, con la máscara de la ninfa Calisto, que como ella misma había hecho promesa de castidad, y los hombres lucían cuernos, mofletes colorados y adornos de faunos. Y otros invitados, como Lucio Balbo *el Menor*, Lisandro y algunos miembros de Nemus, se habían disfrazado con máscaras grotescas de Plutón, el dios de la riqueza, o el de Pan, el dios pastor.

Durante la comida y después de ella, *crine rubrus* se aprovechó de su transitoria regencia para soltar fingidas ventosidades y reírse de la avaricia sórdida de Nicágoras, y como si fuera un sesudo filósofo heleno, exagerar los defectos de su amo, como su rigor orgulloso en el trato, y de camino manosear a las esclavas imitando los escarceos entre el amo y las siervas. Pero como el pelirrojo era un joven sensato dedicó a Zinthia y a Marco un brindis afectuoso entresacado de la *Ilíada* de Homero que le había compuesto el liberto, en los que lloró como una plañidera, dirigiéndose directamente a su dueño y a la recién emancipada:

«Vengo del cielo para apaciguarte, y me envía Juno, la diosa de los níveos brazos, que os ama cordialmente y por vosotros se preocupa, alentando vuestro clandestino amor.»

Inmediatamente entonó el cántico tradicional de Saturno, y rogó que protegiera y derramara su prosperidad en la morada de Marco Druso, quien regaló a los esclavos vasijas de miel de Melaria, bolsas con sestercios, ungüentos y clámides de lana, e invocando a Venus Citerea, patrona de los amantes escondidos, emparejó a los esclavos que él sabía eran amantes en la clandestinidad. Después, tras ordenar las libaciones en honor a Cayo Julio César, la cena se convirtió en un exceso desenfrenado.

Zinthia, con otros comensales, trenzó tras los postres un armonioso círculo y comenzó a bailar el *cordax*, un arcaico baile etrusco en el que las damas se iban desnudando paulatinamente al son de las cítaras y que por su erotismo inflamaba los sentidos. Las lámparas se fueron apagando por orden del fugaz rey pelirrojo, y a un mandato suyo se entabló la ritual batalla en la que los convidados se escondían y se lanzaban dulces, aceitunas, almendras y los almohadones de los divanes, en tanto las parejas se perdían en las oscuridades de la *domus*.

Arsinoe y Tulia Lucrecia, maliciando el asalto impúdico de algún lascivo beodo, se cubrieron con una capa y salieron de la mansión en dirección a los jardines de Mecenas, junto a seis esclavos, para contemplar la procesión nocturna de Saturno, que en Roma se llamaba «de las antorchas», y se incorporaron a la multitudinaria bulla. Reinaba la misma confusión que en los hogares, y un tropel de gente disfrazada y con teas en la mano componía un báquico desfile, saltando y cantando al son de un pandero colosal, alrededor de unas angarillas que portaban la efigie del padre Saturno, rodeado de velas encendidas y de gavillas de trigo.

—*Salve pater Saturnus, ave Inocenti!* —coreaban—. *Io Saturnalia!*

El lujuriante jubileo formado por cientos de mujeres y jóvenes, disfrazados de grotescos dioses, siguió hacia el Circo Máximo, mientras algunos abandonaban la extravagante procesión y se apareaban en las orillas del Tíber, en medio de una locura colectiva de carnal lubricidad. La sibila, tras dejar a Lucrecia en su casa, regresó presurosa al Celio seguida de sus esclavos, en el instante en el que las matronas arrojaban por las ventanas los objetos inservibles que al día siguiente serían quemados en grandiosas hogueras, descalabrando a más de un achispado que dormía la mona en los portales.

Roma, convertida en una alucinación de caos y erotismo, parecía una ciudad devastada en la última vigilia, momento en el que solía ser frecuentada por lechuzas y gatos asilvestrados. Enfangada con los detritos humanos y los bártulos viejos que se desparramaban por doquier, parecía que hubiera sido asaltada por las hordas bárbaras de Germania.

Las sombras se cargaron de luciérnagas y de las cenizas de las teas, y Arsinoe se encerró en su mansión. Necesitaba descansar. Su alma se hallaba reconfortada. Zinthia era libre y había recuperado a su hermano.

Entretanto, Marco Druso buscó a Zinthia en el caos voluptuoso de su *domus*. Solo se veían cuerpos desnudos y entrelazados, y se oían suspiros y jadeos. La tomó afectuosamente por el brazo y la condujo a su cuarto. La descubrió atrayente y encantadora, con su cabellera leonada y avellanada en cascada sobre su espalda y los párpados tintados de antimonio. La mujer no dijo una palabra y se dejó llevar, sensible al ardor de su mirada. Anhelaba tanto como él fundirse en un abrazo de arrebato. El anfitrión la devoraba con sus ojos y a ella la asaltó un deleitoso ardor.

Cerraron la puerta, y apresuradamente dejaron al descubierto sus cuerpos palpitantes. Marco dejó ver su turgente virilidad, y el corazón de Zinthia galopaba en su pecho, mientras las llamas de la lámpara de bronce espesaban sobre su perfil una aureola de fulgor. La liberta besó su miembro, sus piernas musculosas y firmes. Sus respiraciones aumentaron en excitación, y la mujer lo apretó entre sus senos llenos como una virtuosa meretriz.

Marco la incorporó y la echó en el lecho. Zinthia notó que su amante le abría las piernas con ternura y besaba su sedoso monte de Venus. No deseaba precipitar el goce y decidió eternizar aquel momento con besos y mansas caricias. La belleza madura de una Zinthia arrebatada excitaba a Marco, y cuando la miraba y veía sus mejillas encendidas, más inflamaba sus deseos. La mujer posó sus labios suaves y frescos sobre la piel desnuda del anfitrión, y la recorrió hasta hacerlo jadear.

Cada sonido de sus sofocos y cada olor de sus cuerpos se convertían en estallidos de placer. Avivaron el ritmo de su febril encuentro estimulando sus sexos, y se convulsionaron presas del éxtasis. El deseo imparable del amante hizo que la agarrara con suavidad de la nuca y mordisqueara su cuello y sus hombros delicadamente.

Marco aplicó en su amante una presión definitiva y emanó en ella una fluyente efusión. Zinthia, con el rostro tapado con su pelo húmedo, experimentó un fulminante orgasmo que le hizo perder el aliento. Quedaron mansamente tendidos entre los cobertores, rendidos, jadeantes y cogidos de la mano. El candil de la mesa irradiaba una luz melosa que resbalaba sobre sus cuerpos sudorosos, mientras la mecha del candelabro crepitaba sobre la mesa. Zinthia, inmensamente dichosa, le habló con voz apacible:

—Te advierto satisfecho, e incluso entusiasmado. ¿Es que has recibido al fin noticias fidedignas del paradero de ese malnacido de Méntula?

Marco experimentó una pequeña sacudida. No lo esperaba.

—No, aún no, querida. Qué más desearía yo. Pero Lisandro me asegura que los puertos del norte de África se abren a la navegación en las Fiestas Compitales, tras los *idus* de enero. Eso es buena noticia y seguro que Zacar me envía novedades, aunque ignoro si buenas o malas —aseveró franco.

—Te preocupa que Arsinoe no se entusiasmara con tu deseo de represalia, ¿verdad? Debes comprenderla. Ella es una mujer consagrada, una sacerdotisa que predica la paz y la concordia, y no la sangre y la violencia. Piensa que la perversidad encuentra en sí misma su propia expiación. Dejémosla al margen, te lo ruego, Marco. Sufre con la crueldad.

—Sí, sí... claro. Ya lo había pensado, Zinthia. Y tú no debes implicarte tampoco. Ese canalla es una mala bestia. Déjame a mí esa satisfacción.

La liberta esbozó un gesto inquietante.

—Puedes incomodarte con César, y eso es muy aventurado para tu carrera política, que la puedes cercenar. No es una buena decisión, y puede convertirse en tu perdición, cuando te aproximas al culmen.

—Él lo comprenderá, Zinthia, si es que llego a ejecutarla.

—No sé, Marco, querido. Me preocupas tú —se sinceró, y le apretó el hombro—. Lo único que sé es que la felicidad es efímera, y que en estos días estoy disfrutando una dicha inimaginable. Pero ¿cuánto durará? La perra vida que tenía solo hace un año ha sido iluminada por un relámpago de luz, y no deseo que se oscurezca.

Aunque el pecho de Marco seguía agitado, le replicó tierno:

—Zinthia, ser dichoso es ver el mundo según nuestros deseos, pero es verdad que siempre se interpone algo entre el gozo y la desolación.

—Pues mientras dure, compartámosla, Marco —musitó especialmente misteriosa—. Al carecer de recursos, no he podido ofrecerte un regalo a medida de tu calidad humana y del afecto que te profeso. Pero te aseguro que cuando lo haga te parecerá llovido del cielo. Y tal vez no será tarde.

A Marco le emocionaron sus palabras, pero ignoraba a qué se refería. Sin embargo, lo que le interesó especialmente fue la exaltación de sus gestos y la mirada febril con la que lo miró. ¿Acaso no lo había expresado como si fuera una obsesión oculta o se tratase de un misterio de índole ignorada que solo a ella concernía?

Después se abrazaron y probaron la paz de sus cuerpos extenuados. Con una mueca de ternura, Marco la atrajo hacia sí. La habitación se fue llenando con los primeros albores del amanecer. Se escuchaba el chorro de agua de la fuente del *impluvium*, y el aire acariciantemente gélido hizo que sintieran frío y se cubrieran con el cobertor de lana.

El día final de las Saturnales había comenzado con crudeza.

XLI

La promesa de Zinthia

Roma, en las ante calendas *de febrero del año 44 a.C.*

Claudio Lucio Balbo encontró a su protegido Marco Druso transfigurado y no alcanzaba a explicar el origen de su metamorfosis. Daba la impresión de haber sufrido uno de esos sucesos dichosos que la vida nos regala muy de vez en cuando.

—*Salve, Marcus!* —saludó el gaditano al entrar en el escritorio.

—*Vale et tu, Lucius!* —replicó mientras introducía subrepticiamente la secreta carta enviada por Zacar de Iol en una carpeta de tapas gofradas.

Se abrazaron con la amistad propia de una relación leal y sin fisuras.

—La verdad es que, con los preparativos de la campaña de Cayo Julio a Oriente, llevo una vida de fugitivo errante. Pero al fin la flota está dispuesta para que pueda embarcar para Oriente, y el avituallamiento está dispuesto en los bastimentos. Ha sido una dura y costosa tarea, te lo aseguro.

—Parece que el general persigue un destino desconcertante, Lucio. ¿Por qué no se queda en Roma y vive feliz los últimos años de su vida en la *serenitas* del campo?

El navarca le contestó sin vacilaciones, conocedor de su personalidad.

—No sería Julio César. Él solo se mide con Alejandro el Macedonio, con Pirro, Aquiles, Alcibíades o Aníbal. O sea, que anhela superarlos en gloria. Cree que está sometido a una ley superior o divina que le obliga a responsabilidades sobre el bien común de la ciudadanía romana.

—Pues estoy preocupado por él, patrono. Me llegan informes diarios de camarillas sospechosas que propagan toda clase de calumnias sobre él, e incluso de amenazas constantes de muerte. Se le tacha de traidor a la República y veo que su vida corre un verdadero riesgo.

—Es su sino. Venerado por sus legiones y por el pueblo, y maldito para esa caterva de indeseables. Hombres como él surgen en la humanidad cada muchos siglos. César solo puede ser valorado por sus triunfos y eso le da la fuerza. «¿Quién se atreverá a ponerme una mano encima? Me temen, Lucio», me asegura convencido de su invulnerabilidad.

Claudio Lucio Balbo, el gaditano o tartesio, como lo llamaban en Roma, estaba en el cénit de su prestigio personal. Era el ciudadano más valorado por César, su mano derecha y consultor esencial, y no por ello no era bien recibido en las casas de los *optimates* más renombrados del Estado, que lo tenían por un hombre franco y valioso para la República.

A sus poco más de cincuenta años había alcanzado su máxima dignidad, reputación y riqueza. Su tribu romana, la Clustumina, lo tenía por su principal miembro y protector, y Cicerón y Atico lo citaban en el Senado como un acreditado benefactor de Roma.

En sus pómulos marcados y su firme semblante, comenzaban a serpear sutiles arrugas, y sus cejas arqueadas, antes dos finos trazos en su frente despejada, eran ahora dos pinceladas blancas como la nieve. Su cabello gris también le escaseaba y su tez bronceada había adquirido una tonalidad rosada, quizá por sus muchas horas en despachos y palacios. Pero su mirada indagadora e inquieta seguía evidenciando su cautelosa ambición y su inteligencia.

Lucio apreciaba a Marco Druso. Había acertado en su elección como factor de Gerión, que vivía su época de mayor esplendor. Nada escapaba a cuanto se cocía en la marmita bullente de la *Urbs* y de lo que se trataba en los más lejanos emporios del *Imperium*. Sus sorprendentes previsiones de cuanto iba a suceder, su conocimiento de los negocios y sus avanzadas teorías sobre el comercio y la política lo sorprendían.

Y desde que conocía su parentesco con Arsinoe, más lo estimaba.

Su impecable y puntual información de cuanto acontecía en las provincias orientales hacían de Marco Druso una pieza indispensable para la campaña de César en Partia. Desde hacía un mes recibía constante y veraz información de sus «agentes alados» sobre la situación en los puertos de Brundisium, Nicópolis, Atenas, Paphos y Trípolis, así como de las rutas terrestres de Illyria, Dalmatia, Macedonia, Asia, Capadocia, Tracia, Bitinia y Armenia, por donde iban a transitar las legiones cesarianas.

Y de aquella puntual información, el general decidiría qué camino elegir: si el terrestre o el marítimo, o ambos. Días antes había elaborado un informe para Lucio, revelándole del estado de las defensas partas en Siria y de los movimientos de la caballería del Éufrates, temibles por su capacidad punitiva en el desierto y en la frontera de Mesopotamia.

—César ha quedado admirado con tu prolija información. Y habla de ti con pasión, Marco. Te nombra y elogia tu capacidad de discernimiento. A su vuelta de Oriente entrarás en el Senado. Te quiere a su lado y al de su sobrino Octavio, y te pedirá tu opinión en la Curia.

Marco Druso estaba excitado y se removió en su asiento eufórico.

—Ser amigo y consejero de César, así como de su sobrino, es más de lo que pude soñar. Acabas de regalarme una excelente noticia —admitió.

—La familia Julia te abre las puertas de su amistad de par en par. Solo es el fruto de tu trabajo y de tu inteligencia. Les has demostrado tu fidelidad, tu abnegación y tu afecto. Nada más, Marco.

Con el placer voraz del que todo lo conoce, Marco comenzó a revolver las tablillas, papiros y cánulas que había sobre su mesa. Gesticuló y se frotó las manos, ateridas en aquella mañana de febrero.

—¿Hay algo que desees contarme? —preguntó Balbo.

—Mi *domine* Lucio —se expresó gesticulante—. En tu ausencia se han sucedido las más ásperas sesiones en la Curia. Los conservadores lo atacaban en todos los frentes, incluso senadores nombrados por él mismo.

En el semblante del gaditano afloró una molesta desolación.

—Los sé. Son unos cínicos y aventureros los más. Y así le muestran su gratitud, sintiéndose ultrajados por, según ellos, «la excesiva autoridad del Calvo». ¡Malditos sean, por Tanit! Cayo Julio ha vertido el vaso de sus excelencias en un vasija indigna, Marco.

Antes de proseguir, el caballero le sirvió un vaso de vino de Cumas. Se sentía apocado ante el futuro de su general.

—También me llegan referencias de su casa de la Via Sacra, Lucio, y que solo me atrevo a descubrírtelo a ti. Su esposa, la frágil e impaciente Calpurnia, asegura a sus amigas en privado que el Cónsul Vitalicio pasa las noches insomne e inquieto, e incluso que siente miedo de las profecías de ciertos augures y viejas adivinas que habitaban las cuevas del monte Soracte adorando a los dioses antiguos. Vive en una constante alarma.

Balbo cruzó las piernas y sonrió. Su mente racional lo rechazaba.

—Calpurnia pertenece a ese tipo de matronas romanas que ven signos maléficos a su alrededor y que son asaltadas por sueños nefastos. También han llegado a mis oídos los augurios de las brujas. Han divulgado que se avecinan acontecimientos trágicos y que un descendiente de Iuno morirá para salvar la República. No le concedas crédito alguno, Marco.

Marco Druso se encogió de hombros, pero insistió:

—¿Y qué me dices de ese viejo demonio de Spurinna?

El gaditano movió la cabeza dudando de su respuesta.

—¿De Spurinna? Lo conozco hace tiempo. Es un anciano que merodea por el Capitolio, donde se gana la vida con sus augurios. Suele sacrificar aves a Marte y a Diana, una costumbre muy antigua. Explorando sus entrañas asegura haber hallado una piedra en la que aparece ¡el número XV! Al pasar el dictador a su lado le espetó, según me contó él mismo: «¡César, cuídate de los idus de marzo!» Calpurnia, que lo acompañaba, y que ya sabes que se preocupa por una brizna que caiga de un árbol, comenzó a lagrimear y se sintió indispuesta. Cayo Julio se enfureció con él.

—Se presenta como si fuera el divino Orfeo, el que conocía los secretos de los dioses, pero todos sabemos que Júpiter lo fulminó con un rayo por divulgarlos a los hombres —se expresó el *quirite*—. Mi sospecha es que Spurinna, que suele frecuentar las tabernas de toda Roma, conoce alguna información confidencial sobre el asunto.

El gaditano se rascó con fruición la nuca y reflexionó sobre sus palabras. Al momento se expresó en el más abatido de los tonos:

—Mi razón se resiste a aceptar esas sandeces. Pero, ¿crees que yo no estoy preocupado? César, para demostrar que no tiene miedo a las mandíbulas de sus adversarios, se ha desprendido de su fiel guardia de soldados hispanos, todos de la caballería de la X legión, su favorita, de sus dos oficiales y de sus ocho legionarios. Ahora solo lo escoltarán los *faces* protocolarios del Senado —se lamentó.

—¡Gravísimo error, patrono! —se manifestó Marco estupefacto.

—No te lamentes, Marco. Él lo ha decidido así. Muy pronto alzará el vuelo hacia Partia y olvidará a esos aduladores Padres de la Patria. Cayo Julio ya no será la escollera donde se baten los rencores de esa partida de corruptos y arribistas. ¡Que Estator los confunda!

Marco prosiguió con sus informaciones, y dijo sereno y sosegado:

—Hay más informaciones, Lucio, aunque no novedosas. Los libelos se propagan por la ciudad como las hojas en otoño —le informó grave.

—¿Y quiénes los inspiran, Marco? —se interesó airado.

—¡Quiénes si no! Casca, Tribolio, Décimo Bruto y Casio. Y también me han llegado ambiguas cartas del no menos ambiguo Cicerón, tu amigo, que lo odia, y en el que confían los patricios para derrocarlo. César debería cortarles la cabeza por conspirar contra Roma y contra su autoridad, refrendada por sus legiones, las leyes y el Senado.

Y con gesto poco ceremonioso tendió la epístola a Lucio Balbo, que la leyó ojeando apresuradamente sus líneas.

—¿Cicerón? Me cuesta creerlo. Flirtea con la conspiración, pero jamás participará. Admira al dictador —dijo confiado—. Como siempre, juega con dados plomados. Es un moralista desengañado de la política. Mañana le conceden a Julio nuevos privilegios y títulos, auspiciados precisamente por Marco Tulio Cicerón. Aguardemos para tomar medidas drásticas. A veces creo que todo esto es una gran mentira y que Roma es así de contradictoria. ¿Por qué si no le permiten a César presidirlos en un trono de oro y vestido con los símbolos del triunfo? Están orgullosos de él y saben que Roma prosperará con su gobierno. Sus vicios secretos los mantendrán callados.

Sin embargo Lucio Balbo también lo percibía. Precisaba de un golpe de efecto, un nuevo contacto con razas ignotas y naciones lejanas, donde aparecer como el dios vengador del general Craso: la guerra en Oriente.

Había pensado dejar en Roma como garantes del Estado a tres amigos afines, el curtido jefe de la caballería, Lépido, y como cónsules con plenos poderes, al animoso Marco Antonio y el severo Cornelio Dolabella. Aún no podía contar con su sobrino, formándose en Grecia, el cauteloso Octaviano, al que consideraba un joven culto, intuitivo y muy capaz para el gobierno. Tras su retorno lo sucedería en la administración del Estado como *Princeps Augustus*. Lo tenía determinado así, y Balbo lo sabía.

Marco llamó a Nicágoras y, junto a su padrino Balbo, tomaron sendas literas y se dirigieron a las oficinas de la naviera en el Foro. No dejaba de pensar en la revelación de que sería propuesto como senador en el siguiente consulado. Poseía más de un millón de sestercios de fortuna personal, pero habría de convivir con halcones de garras afiladas. Sin embargo le placía formar parte del partido consular de César. Y por él daría lo mejor de sí mismo. Después pensó que conmocionaría su vida.

Zinthia estaba ensimismada aquella misma mañana. Reflexionaba concentrada en un único pensamiento. Dos noches atrás se había tropezado con el actor Lisandro, que venía a visitar a Marco. Venía sudoroso y con un extraño brillo en sus ojos. La saludó con cortesía y le rogó ver en privado al anfitrión. Por sus prisas y torpeza, dejó entrever bajo su amplia bocamanga una cánula de cuero de la que pendía el inconfundible sello rojo de la cancillería mauretana, una luna y la estrella de Tanit. Estaba firmemente persuadida de que la carta que le había traído de Puteoli era del chambelán del rey Bogud, Zacar.

Además, que su antiguo amo cerrara la puerta con llave, que mostrara un gozo exacerbado en su rostro y que le hubiera contestado con un lacónico «sí», cuando le preguntó si tenía noticias de Macrón, era un claro indicio de que deseaba mantenerla fuera de su plan de venganza.

—He recibido unas confidencias sobre el paradero e identidad de Macrón, pero aún debo probarlas —le aseveró Marco sin extremar los detalles—. No obstante, no tomaré ninguna determinación, ni daré paso alguno, hasta que César no haya abandonado Roma. Me juego un cargo de alto rango en la República y he de obrar con prudencia. Ya os contaré a ti y a Arsinoe. No te preocupes, Zinthia, tomaremos cumplida venganza, y Tanit nos ayudará.

—Que la diosa Madre mantenga firme tu brazo —lo alentó.

Pero ella, por amor a Arisat, no estaba dispuesta a quedar apartada.

La fría mañana de febrero había instalado en el firmamento un toldo grisáceo de nubes que presagiaban tormenta. Zinthia se aseguró de que Marco, Lucio y Nicágoras se habían perdido en el bullicio del Aventino, camino de la basílica Emilia, y al amparo de la quietud que predominaba en la *domus*, la liberta inició su premeditado plan. Se deslizó sin ser advertida por la puerta del jardín, para acceder al *scriptorium* de Marco, como si fuera una ladrona en la noche. Simuló limpiar unas estatuillas de faunos, silvanos y náyades, y aspirar el aroma de los lirios que crecían en el pequeño estanque, y se dirigió a una portezuela tachonada de bronce. Ella tenía paso franco en la casa, pero en aquella cuestión deseaba que nadie siguiera sus pasos.

Empujó con suavidad el postigo que comunicaba con el patio y que como era su costumbre solo estaba atrancado y abierto por dentro. Se coló sin ser advertida por nadie. Con pasos cautelosos se acercó a la mesa atestada de punzones, tinteros, plumas de ganso, escudillas y papiros, y bajo un tropel de documentos vio una carpeta de piel de cabritillo. La abrió y vio los mismos sellos de la carta de referencia. En los papiros aún se adivinaban restos de los espesos polvos de escribanía.

Exhaló un hondo suspiro, pues no estaba escrita en latín, con el que hubiera tenido alguna dificultad, sino en su idioma natural, el *cananeu sidonín* —fenicio—, y el sello lo distinguía como salido de la cancillería mauretana. Se llenó de gozo. Se acomodó en una silla y encendió una de las lámparas, que al instante colmaron de ráfagas amarillentas la misiva de Iol. Un pesado silencio reinaba en la casa y aumentó su inquietud.

La abastecida pero austera biblioteca de Marco Druso encerraba secretos de Estado por los que algunos reyes matarían, junto a *La Pariégesis* de Dionisios o los *Aforismos* de Hipócrates. A la mujer, que tomó el manuscrito en la mano, le palpitaba el corazón como un potro desbocado. Gozaba del máximo crédito ante el amo, pero sabía que lo que hacía no le agradaría. Antes de comenzar a leer, la estupefacción la turbó.

Dominus dilectissimus, que la madre Ishtar refresque tus ojos.

Es sabido que lo más próximo al fuego es lo que se quema antes, y yo he estado a punto de arder con la conducta despreciable de ese indeciso de Lucertus, que ha puesto a prueba mi paciencia, mis dotes de persuasión y mi conocida compasión, pudiendo dar al traste con tu minucioso plan. Tal como supusimos, cuando en Cesarea se expusieron los bandos en el Foro con los mercaderes que debían declarar ante el magistrado por su conducta contraria a los principios de la *Lex Frumentaria*, vino a verme fuera de sí y con el miedo metido en el cuerpo.

Parecía una hiena del desierto y en actitud tan violenta por ver peligrar su cabeza, o por la formidable cantidad extraviada en operación tan arriesgada, que hasta llegó a amenazarme en mis mismas barbas. Pregonó a gritos que los habías engañado, y que tú ocultabas alguna razón miserable y bastarda para perderlo. Yo inmediatamente le hice ver que si había alguien en Roma que podía sacarlo de aquella desventurada situación era precisamente a quien estaba ultrajando e infamando, y me comprometí a escribirte y hacerte llegar sus cuitas y pesadumbres. Pero había que tenerlo bien sujeto.

Así que envié por mi cuenta y riesgo a la guardia palatina a su cobertizo de Zucchabar, anunciándole que el nuevo gobernador nombrado por Julio César determinaba que los encausados fueran encarcelados hasta que se viera la causa. Lo tenía a mi merced, pero créeme que en esta operación, ilícita a todas luces, me jugué mi reputación y mi cargo.

Pasado un tiempo prudencial, el que tarda una nave en ir y regresar a Puteoli, lo visité en las mazmorras del palacio de Iol, y te aseguro que al verme me escupió y me llenó de insultos e improperios, acusándonos de haberle tendido una trampa propia de serpientes. Reclamó sus derechos de ciudadano romano y nos maldijo por todos los dioses del Olimpo y del Averno, hasta que le mostré el documento falso firmado y lacrado por Quinto Lulio Úrbico, en el que, tras el pago de una suculenta multa, que tú habías satisfecho, se le retiraban los cargos al no haber incurrido en la grave infracción de acopio de grano.

Tal como habíamos quedado, al abandonar el palacio lo destruí.

Sus insultos se trocaron en parabienes, llegó a referir que tu amistad con él era una bendición enviada por la diosa Fortuna. Entonces, cuando ya se veía con la exculpación en la mano, y libre como un pájaro, le manifesté que en reciprocidad con tu gesto magnánimo, debía compensarte con un rasgo de agradecimiento, como revelarte la nueva identidad de Macrón, para un asunto que concernía al Estado, y que habías sido comisionado para tal fin, sin que con ello perjudicara a su cabecilla.

Y nuevamente Lucertus se transfiguró en una bestia sin razón:

«Un legionario romano no traiciona jamás a su jefe. Ese malnacido de Marco Druso se morirá sin conocerlo, por Marte.» Y escupió en el suelo.

Francamente creí que nuestro intento se había ido al traste. Pero por experiencia sé que todo hombre tiene un precio, y también un límite para el sufrimiento y el dolor, te lo aseguro. Así que mandé arrojarlo en las mazmorras subterráneas de la fortaleza real, un antro de tortura donde mi rey entierra en vida a los violadores de niños y niñas, a los ladrones con cargos de sangre y a los conspiradores. Pocos han salido con vida de semejante cloaca, donde tienen que luchar por un trozo de pan o un sorbo de agua, intentar que no te sodomicen, o evitar ser infectado por la disentería, la peste que transmiten las ratas con sus mordiscos, o las fiebres que padecen casi todos los encarcelados. Un tormento intolerable para cualquier ser humano.

Allí estuvo encerrado los diez últimos días de enero, y cuando mandé sacarlo, te aseguro que sentí una compasiva pena por él, si bien él lo había querido. Estaba transfigurado por los horrores que había visto y padecido. Cadavérico, sucio, minado de piojos, maloliente, sangrando y con las inmundicias pegadas a su piel, se asemejaba a un espectro andante. Gimoteaba sin parar y se lamentaba con gruñidos, como una fiera herida. Se tiró a mis pies y me rogó que lo matara antes de volver a aquel lugar. Me compadecí de él, créeme.

—En tu mano está no regresar a ese Hades —le espeté severo.

Creí que por despecho y por venganza hacia nosotros, jamás lo revelaría, pero balbuciendo como un niño asustado, profirió este nombre:

—Macrón se hace llamar ahora RUFO QUIRINO, *EL LIGUR*, y podrás encontrarlo en un burdel del Arco de Jano, en el Argileto, detrás de la basílica Emilia, llamado SEMÍRAMIS. Allí le envío yo mis mensajes.

Ordené que lo escaldaran y limpiaran en el pozo de la fortaleza, que lo alimentaran con rancho de la guardia y volvieran a encerrarlo en una celda individual del patio, donde desde entonces es bien tratado y ve el sol. No habla, parece que no vive, pero allí aguardará hasta que cumplas con tu justo propósito. Ignoro si participó en la execrable muerte de tu sagrada madre, pero te aseguro que ya ha penado su culpa con creces.

Cuando tu plan concluya, provechosamente espero, y ese maldito Scarabeus haya satisfecho su culpa por deseo de Tanit y de los que la adoramos con el corazón limpio, comunícame qué debo hacer, si estrangularlo en la cárcel o dejarlo libre. Ese deshecho humano ya no hará mal a nadie, te lo aseguro, pues merodea por los predios de la locura, y la diosa Mania ha invadido con la demencia su alma corrompida.

Tu insobornable amigo. *Salutem.*

Un mudo asombro se dibujó en la faz de la liberta. Una atmósfera tensa se adueñó de la habitación, que le pareció más sombría. La movediza llama de la lámpara zigzagueó en su semblante. Estaba sobrecogida, pues conocía el secreto de los secretos por el que tanto había luchado su respetado libertador. Los apresurados trazos de la secreta epístola de Zacar de Iol se le quedaron garabateados en su mente.

Y sin vacilar tomó el discernimiento de que ella se adelantaría a la ejecución que seguro ya estaría proyectando la mente de Marco. Ella, según su propia determinación, se convertiría en la mano elegida por la diosa en la tierra para cumplir con su desagravio. Y lo haría según su saber y con la sutileza que suele definir a las mujeres dedicadas a la deidad y a sus arcanos misterios.

Volvió a guardar la carta en la carpeta de piel curtida. Le corrió un ligero sudor frío por la espalda, pues su misión no dejaría de ser peligrosa, conocida la catadura de Rufo Quirino, *El Ligur*, el criminal Méntula. Al pensar en él le sobrevino un ataque de furia interior y un repentino acceso de cólera: «No mereces seguir vivo, Arimán de los infiernos, y morirás de una muerte horrible, cruel infame, despreciable perro», se juramentó, mientras retorcía sus puños, mirando al techo.

La promesa silenciosa llegó incluso a deformar su bello rostro.

—No es una infamia urdida por mi corazón, Madre de la

Luna, tú lo sabes, sino un acto de ecuanimidad, sereno y justo, ordenado por ti.

El sobrecogimiento atenazó a la ex esclava. Pero su decisión no le había dejado amargor en su boca, sino placer. Ya no podía retroceder. Lo había reflexionado largamente desde que se enterara de los pasos dados por Marco. Su plan debía ser consumado antes de que él lo llevara a cabo. Ese era su regalo de las Saturnalia: ejecutar la venganza por él, adelantarse a sus movimientos y perpetrar un asesinato perverso, con la misma crueldad que Méntula había consumado con su «madre» Arisat.

No deseaba que el *cursus honorum* tan prometedor de Marco se truncara por estar involucrado en la muerte de un bellaco de tal malignidad y vileza. La lámpara se estaba consumiendo, aventando un humo pastoso. Ojeó el estante de cedro de Líbano donde Marco atesoraba tablillas y pergaminos que guardaban las enseñanzas de Demócrito y Ptolomeo, y decenas de papiros de filósofos, dramaturgos y poetas griegos. Era un hombre que amaba el conocimiento y la literatura, y a ella la cautivaba

Zinthia dio por finalizada su incursión secreta en el escritorio. Salió sin apresuramiento para no alentar las habladurías si algún esclavo la veía. Fuera del habitáculo, el frío del mediodía le heló la cara, mientras el cielo, de un acerado color gris, parecía guardar su secreto con su escasa luz. Tomó en su mano unos tallos de azucenas y regresó al *impluvium*.

Escuchó los lejanos acordes de los músicos, que tocaban mientras sus danzarinas ensayaban los bailes que iban a ejecutar ante la *dea* en las inminentes fiestas Parentalias, en honor a Eneas el troyano.

Sus armonías se fundían con el aroma del jardín, y sonrió.

XLII

El beso de la muerte

Roma, en las ante nonas *de marzo, año 44 a.C.*

Para Zinthia, los primeros días de marzo adquirieron una cualidad inquietante. Cribaba las horas reflexionando sobre su propósito de enfrentarse a Rufo Quirino, *Méntula*, y adelantarse a los pasos de Marco. Siguiendo la resentida costumbre de Roma, una mañana, muy temprano, oculta bajo una capa con capucha, se dirigió al templo de Jano y las Furias, y bajo su ara dejó una placa de bronce donde maldecía a Macrón y le deseaba un desenlace trágico.

Desde el amanecer al anochecer, y con rigurosa regularidad, ajustó los más mínimos detalles de su apremiante plan.

La existencia del ex decurión había turbado su vida desde la niñez, con un odio y una rabia que le provocaba la más absoluta de las aversiones. No sabía por qué, pero una fuerza oculta —quizás el empeño de la diosa, pensaba—, y algo semejante a un embrujo, la arrastraba a cumplir su venganza. Visitó secretamente con una de sus esclavas más fieles la casa de tratos Semíramis y se informó de que era un burdel de citas selectas, donde los precios por las cortesanas y las *intactas* (muchachas vírgenes) alcanzaban sumas exorbitantes. También vendían sus encantos algunas *lobas* jóvenes de seductor aspecto, alejadas de la degradante fama de otros prostíbulos del Argileto. Era además un conocido punto de encuentro de pederastas pudientes, de efebos, de homosexuales y de amantes de vicio griego.

Pero lo que a ella le convenía era la presencia disimulada de algunos cubículos reservados para matronas que, en el más absoluto de los anonimatos, entraban por la puerta trasera y buscaban el favor de los fornidos gladiadores del Anfiteatro, de los famosos aurigas del Circo Máximo, o de los veteranos de guerra, que eran los más solicitados por las matronas, bien porque tenían a sus maridos fuera de Roma en misiones de Estado, se aburrían en sus lujosas *domus* o buscaban nuevos y exóticos placeres en el tálamo que sus esposos no les proporcionaban.

Sus miedos se fueron extinguiendo, conforme preparaba su secreto plan, y cuando creyó estar preparada para iniciar los primeros pasos de tanteo y conocimiento de su víctima, se acercó a la cámara de Marco Druso, al que besó en la boca, declarándole:

—Marco, con tu aprobación voy a disponer de tres esclavos y dos esclavas para arreglar la casa que tan generosamente me regalaste. Quiero tenerla dispuesta y convertirla en lugar para nuestros encuentros.

—Tus deseos son los míos y mis recursos, los tuyos. Dispón de ellos como lo desees. Mi más ferviente deseo es que seas feliz, Zinthia.

—Estoy humildemente reconocida a tu benevolencia —le aseguró bajando la mirada y abrazándose al torso del hombre que más quería.

El V día de las *ante nonas* se decidió a ejecutar el primer intento de acercamiento al prostíbulo, lugar que según la misiva de Zacar solía frecuentar Méntula. Una inquietante corriente de pavor la perturbaba desde el mediodía, hasta el punto de que estuvo tentada de abandonar. Pero la imagen crucificada de su benefactora amortiguó sus dudas. Escogió a los acompañantes que debían aguardarla y protegerla durante el peligroso regreso por calles infestadas de libertinos y salteadores, y les rogó en honor de su lealtad de fieles esclavos mantener la boca cerrada.

Zinthia, envuelta en una capa parda y con la cabeza cubierta, penetró en el distinguido prostíbulo. Del interior salía una deliciosa música de arpas y flautas. Tragó saliva y se decidió a entrar. Tras la puerta encontró sonriente a Polibia, la zalamera regentadora de Semíramis, la casa de citas más elegante de Roma, mirándola con desafiante orgullo.

Examinó a la recién llegada y comprobó que era una hermosísima mujer, de cabello rubio, casi dorado, esbelta, con un precioso lunar en el pómulo, pestañas egipcias postizas y de indudable clase. Se ataviaba con una túnica levísima de color esmeralda realzada por unos coturnos plateados, cubría la cabeza y hombros con una *stola* bordada, y embellecía sus brazos y el cuello con ricos abalorios. Parecía una visión, y presagiaba por su condición un buen negocio. Se notaba magnetizada por su figura.

La juzgó como una rica matrona, aburrida de su esposo y dispuesta a aflojar la bolsa. Con gran aparato de gestos, le indicó melosa:

—*Domina*, sé bienvenida a Semíramis, el paraíso del placer en Roma. Si deseas entregarte en los brazos de Eros, engañar a tu marido por despecho, o porque te ignora, o probar experiencias nuevas en el *ars amandi*, has acertado con el lugar. Aquí ofrecemos reserva, discreción, respetabilidad y calidad. Acompáñame, te lo ruego.

A Polibia, una mujerona pintarrajeada, entrada en años y aderezada con una estrambótica peluca violácea, se le desorbitaron las pupilas ante la promesa de ganancias. Si la rica dama quedaba satisfecha, la exprimiría.

En la puerta del salón de clientes se exhibía una talla de jaspe rosado de Venus Viriplaca, la deidad que calma a los cornudos y a las esposas engañadas, una estatua de Príapo, dios de la masculinidad, con un desorbitado miembro viril de marfil, y una talla de la soberana de Asiria, Semíramis, hija de la sirena Derceto, rodeada de *genios* alados y bajo un áureo Árbol de la Vida, que la identificaba como maga y reina.

La condujo a un cuarto exquisitamente decorado, donde una estatua de jaspe de Orfeo, el cantor que recibiera de Apolo la cítara de siete cuerdas, era su exorno más notable. A través de las celosías, Zinthia podía examinar a sus posibles amantes y elegirlos desde allí, para mantener intacta su identidad y su respetabilidad. Varias meretrices de insólita feminidad salieron de sus *estábulas* y se tropezó con ellas.

Zinthia las identificó como jóvenes de Nubia y Numidia. Iban con los senos al descubierto y parloteaban con otras furcias circasianas de ojos de gato, voluptuosas sirias y consumadas maestras babilónicas, expertas en los refinamientos de la prostitución sáfica. Sonrieron con ironía a la dama, y desaparecieron camino del salón, donde se hallaban los clientes.

Polibia, que olió el refinado perfume de la desconocida, prosiguió:

—En mi establecimiento, *cara* señora, no ejercen las desdichadas *prostibulas*, las putas callejeras. Esta es una casa de trato elegante y de alta calificación. Yo solo ofrezco exquisitos servicios de amantes experimentados y reservados, efebos egipcios que no hablan y cortesanas tan cultas como Safo, las *doctae puellas,* que cantan ditirambos griegos y tañen la cítara con primor. Tu espíritu se reconfortará en esta casa.

Zinthia observó cómo por doquier surgían desnudas formas femeninas de exótica lubricidad, hijas del placer adornadas con pendientes cretenses y ajorcas púnicas, dispuestas a dispensar sus encantos a los acaudalados parroquianos. La liberta miró a través de las rejuelas y adoptó inesperadamente el fingimiento de ser una ninfómana y estar ansiosa de sexo. Parangonó la belleza y la carnosidad de algunos hombres que bebían en el salón, y le dijo a la proxeneta que su marido se hallaba en Alejandría desde que cerraran los puertos y que necesitaba el calor de los brazos de un hombre joven y experimentado.

—Por un momento pensé que deseabais la compañía de mujeres.

—Me tengo por bisexual, y lo probaré todo, Polibia —mintió—. Me da igual, con tal de sentir placeres inéditos para mí. Pero hoy deseo sentir el ardor de una saludable verga —se sonrió maliciosa y le pagó espléndidamente el alquiler, que dejó boquiabierta a la dueña, un brillante *áureo*, equivalente a veinte denarios de plata, o cien sestercios. Extremaría sus cuidados con aquella espléndida y desesperada dama.

—¡Por la paloma de Venus! No lo dudéis, aquí os veréis trasportada al Jardín de las Hespérides, *domina* —y verificó la suculenta bolsa.

Polibia supuso que se le abría la esperanza de un negocio dadivoso, y consiguió que la hermosa matrona le brindara una acogedora sonrisa.

—¿Los prefieres jóvenes o expertos, *dilectissima?* También dispongo de especializadas *felatrix* que succionan los clítoris y las vergas masculinas como la misma Afrodita en su lecho de rosas. Tengo una cortesana de Frigia que conoce los veintidós puntos eróticos de toda dama. ¿La deseas?

—Estoy un poco turbada y necesito de tu sabio consejo —la embaucó y buscó su complicidad de hermana mayor, para sonsacarla.

—Mira conmigo. Te indicaré. —Y escogió su papel de ayuda necesaria.

Ambas miraron a través de las mirillas, mientras Polibia le iba indicando con los que ella pensaba que le conseguirían un goce excelente.

—Aquellos jóvenes del diván azul son aurigas. No son muy famosos, pero sus cuerpos son espléndidos —le informó enardecida—. El más alto se llama Epafrodito y el de la melena leonada, Scorpus, un verdadero Adonis. Los otros cuatro son nuevos en el Circo, y apenas si los conozco.

—Son bellos y deseables, y espero que tengan un regio miembro.

—Seguro, *domina.* Más allá, los que juegan a los dados son veteranos de las legiones, o del Anfiteatro. El más robusto, un antiguo gladiador, se llama Ostio, y cuando está lleno de vino hasta las orejas el muy putañero procura placeres ignorados por las mujeres. En la cama es mi preferido.

—¿Algo viejo, no? —se escurrió deseando saber más.

—No creas. Están curtidos por la vida, la milicia y el gimnasio —le descubrió—. El más alto y corpulento, Cestio, es un depravado en el lecho.

Zinthia simuló sentirse pudorosamente impresionada.

—¡Por Júpiter Miode, protector de las picaduras de los tábanos! ¡Oh, no, Polibia! Comenzaré por delicias más tranquilas. No, no, quizás otro día.

Zinthia pensaba que quizás había arriesgado en exceso en

sus preguntas, pero percibió que los ojos de Polibia, con el tintinear de la plata, chispearon ávidos. Animosa, le preguntó:

—¡Vamos, mujer! Tienes que decidirte. ¿Cuál de ellos deseas?

—Sí, claro —falseó sus ansiosos deseos—. Antes de la primera vigilia debo regresar a mi *domus* del Celio. Pero como soy porfiada y ese joven auriga, ¿Scorpus?, me tiene embelesada, lo elijo a él. Comunícaselo.

—Estará aquí en unos instantes. Es conveniente que le regales un presente. Una bagatela bastará —dijo, y salió del cuarto.

Zinthia se echó en la cama, sin apenas desnudarse, y bebió del vino de cécubo mezclado con mirra, que estaba servido en la mesa. En el primer envite no había acertado, y pensó que debía tener paciencia. Parecía que el tal Quirino no se hallaba allí. Estaba decepcionada, pero debía seguir disimulando y ganarse a la codiciosa Polibia. El cubículo estaba iluminado con lámparas griegas y exornado con cuadros eróticos.

El joven auriga llegó amistoso y desplegó su maestría amatoria y las delicias propias del amor, que la liberta recibió con una pasividad impropia de su habitual fogosidad. Al concluir, la mujer le regaló un anillo de ágatas y el conductor de carros se fue satisfecho del cuarto. La dama era una verdadera beldad, generosa, educada, aunque algo fría e inexperta, y así lo aseguró a sus compañeros, que lo felicitaron.

Después de unas horas de inquietante tensión, Zinthia se separó de Polibia, que le sonrió y la acompañó deshaciéndose en elogios.

—*Vade in pace, clara domina* —se despidió servil Polibia.

O era una consumada simuladora y le había ocultado la identidad de Macrón, o simplemente es que no se hallaba allí, y lo aceptó resignada. Solo lo presentía, era una sospecha, una intuición, pero era consciente del riesgo corrido en el prostíbulo; la avaricia, la fatuidad humana y el peligro a morir reinaban en el selecto Semíramis.

Una luna apresurada iluminó el tránsito desde el Arco de Juno y el Argileto hasta las frondosidades del Aventino y de su nueva casa. Cruzaron por el Foro de los Ganaderos y el Pórtico de Minerva, donde se veían cuadrillas de jóvenes calaveras e impúdicas *lobas*. Sus acompañantes iban con la mano en las empuñaduras de sus espadas. Se oía imperceptiblemente el bordoneo de los molinos y el trajín de los hornos y las panaderías de la Puerta Capena, cuando al fin llegaron a su *domus*.

Zinthia, exhausta, no conseguía adormecerse, y pensaba cómo sería la fisonomía del despreciable Quirino-Macrón, para grabarla en su mente. Las promesas de Polibia del vicio y el desenfreno de los sentidos que hallaría en Semíramis, pensó que no constituían para ella un pretexto, sino una razón que precisaba para llevar a cabo su plan de hallar al miserable asesino de Arisat.

Sin embargo debía conducirse con pies de plomo y con la sutil astucia de una pantera. Se trataba de verdaderos delincuentes de la maldad, la depravación y la codicia, que no dudarían en matarla si adivinaban sus verdaderas intenciones. Y se entristeció.

No era nada atrayente llevar a cabo su misión de venganza.

Intrigada, impaciente y nerviosa, Zinthia volvió a frecuentar el selecto prostíbulo Semíramis, en las *prenonas* de mazo, los días IV y III. Estaba fuera de lugar en medio de una atmósfera de degradante erotismo y el corazón le palpitaba más que en la primera ocasión. Pero en Semíramis no encontró ni rastro de Macrón. Un día, para encubrir su verdadero propósito, utilizó los servicios de una joven númida de esculturales formas, pues estaba habituada a las ceremonias lésbicas vividas e Septa, Tingis y Gades. La otra vigilia compartió lecho con un auriga del que recordaba su participación en las carreras celebradas en las Parentalia. Pero el prohibido tesoro de sus ansias no aparecía. ¿Y si allí usaba otro nombre distinto?

Decepción, amargura y desaliento, fluían como una ola negra en sus pensamientos cada día que pasaba. Era un flujo rabioso y gris que la exasperaba por no poder llevar a cabo sus pretensiones, que había creído fáciles al conocer su nueva identidad y su lugar de ocio y placer.

Luego, la liberta estuvo dos noches sin aparecer, para no despertar alarmas. Sus despertares eran abrumadores, pues le exigían un esfuerzo heroico para proseguir con su designio. Marco y Arsinoe la visitaron en su nueva *domus* y comprobaron su gusto exquisito en ordenar y exornar la casa, que muy pronto concluiría con la ayuda de los siervos.

El VIII día de los *ante idus* de marzo, y con el vago deseo de encontrar a Macrón-Quirino, y quizá por última vez, volvió a visitar el burdel. Se hallaba verdaderamente descorazonada. Polibia la abrazó, pues creía haber perdido a una de sus mejoras clientas y sus hinchadas bolsas.

—Creía que nos había olvidado, *cara domina* —le susurró.

—Bueno —contestó displicente—, los últimos días me he aburrido.

—Esa palabra está prohibida en Semíramis —la aduló—. Hoy hay más clientes y también más amantes escogidos por mí, y conocedores de nuestros secretos más íntimos. Te los mostraré desde las celosías.

Un mutismo impregnado de curiosidad acogió la noticia de Polibia. Zinthia percibía en sus pulsos excitación, esperanza, pero también desaliento. Sin embargo, en su mirada no se leyó ningún sentimiento. Efectivamente, tal como le había revelado la codiciosa Polibia, alrededor de una mesa hexagonal bebían en copas de peltre tres hombres de aspecto fornido y enérgico, y aunque de madura edad, le parecieron interesantes, de aspecto pulcro y de fornida çatadura. Suspiró alentada.

—Tres son ex gladiadores, y el del pelo blanco, un tratante de esclavos muy amigo de la casa y antiguo conocido mío —le explicó Polibia, y Zinthia experimentó una sacudida en el pecho. ¿Se trataría de Macrón?

—No sé, me parecen algo viejos, Polibia —disimuló, mientras le indicaba sus nombres y sus hazañas sexuales—. Prefiero más jóvenes.

Cuando señaló al del pelo blanco se extralimitó en elogios:

—Ese es mercader de carne humana. Es un demonio en la cama, te lo aseguro, mi señora. Es cliente asiduo, y no hay dama que no salga satisfecha de sus servicios de hombre maduro y experimentado en los juegos del amor. Te lo confieso por Afrodita —intentó convencerla y asegurar su bolsa, y Zinthia se dejó embaucar, simulando escaso interés.

—Parece malencarado, aunque sí, es atractivo. Pero no sonríe y mira con soberbia —dijo ignorándola—. ¿Cómo se llama, por simple curiosidad?

—Atiende al nombre de Rufo Quirino. El Ligur de apodo.

Zinthia percibió como si le taladraran el alma. Su primer impulso fue proferir un exabrupto de ira, bajar y ahogarlo con sus propias manos. Pero no exteriorizó un solo gesto de furor, antes bien, se mantuvo incólume y serena, se sonrió y le expresó a su celestina, que la miraba expectante:

—Me gustan más amables y cariñosos, Polibia. Olvidémoslo.

Polibia sabía que los erotismos con violencia y sensual fogosidad gustaban a las damas maduras como aquella, faltas de afecto y de la atención de sus maridos, e insistió, para que en días posteriores soltara la bolsa con igual magnanimidad. Quirino le garantizaba la permanencia de damas insatisfechas por mucho tiempo. Y eso significaba ganancias seguras y muy beneficiosas.

—Piénsatelo, señora. Ese Quirino es un ciclón en el lecho, y aunque a veces pega a las niñas deberías probarlo. Fíjate —dijo para enardecerla— que en las Saturnales desnucó a una de mis preferidas llevado por su incontrolable pasión. Es un titán entre las sábanas. Con las damas como tú se comporta cortésmente, créeme. Pero con las niñas que lloran y babean se transforma en un demente del placer. No lo entiendo, ¿cómo vas a dejar escapar a ese hombre tan amante de los coños, una ninfa de tal delicadeza y hermosura como tú, *domina*? No lo comprendo, de veras.

Polibia deseaba satisfacerla con los placeres más vulgares, y le parecía una gata en celo eligiendo machos para copular.

—¿Entonces insistes en que lo cate? —dijo, como enfurruñada, y haciendo el papel de dama aburrida, ansiosa y de escasas luces.

—¡Absolutamente, querida! No te pedirá nada, como otros, solo que seas dócil a sus manejos en la cama. El día que estampó en la pared a esa chiquilla, me recompensó con trescientos denarios de plata. El doble de lo que valía. Es tan fuerte como generoso, y excelente compañero de catre.

La información llevaba el sello de la astucia, y aguardó la respuesta.

—¿Y querrá él yacer conmigo? —se interesó como una mojigata.

—Damas como tú son su especialidad. Os adora. Te hará gemir de goce. Tenlo por seguro —quiso convencerla definitivamente.

Solo cuando su corazón palpitante imaginó lo peor, le rogó:

—Lo espero, entonces. Aguarda un rato a que me perfume y unte mis manos, mis labios y mi sexo con aceite de ligustro. Gracias por convertirte en una verdadera amiga, Polibia —le dijo con disfrazada doblez—. No puedo refutar tu lógica aplastante. Si vengo aquí es porque busco el placer que mi marido y mis esclavos no me dispensan. —Y rio como una estúpida.

La meretriz pensó que a partir de aquella noche le afluiría un chorro de oro salido de la bolsa de aquella ingenua y hermosa dama insatisfecha.

Las dos lámparas griegas derramaban destellos azafranados sobre el habitáculo, donde Zinthia se preparó para el acto final, y quería hacerlo degustando de antemano su fría venganza. Se había despojado de la clámide y solo se había quedado con una exigua camisa de seda hasta los muslos que dejaba entrever su sexo y los exuberantes pechos.

En sus brazos y tobillos había deslizado unos brazaletes incrustados de pedrería, y en su cuello y orejas había colgado perlas negras de Filoteras. Había repeinado su peluca rubia, hasta tal punto que nadie podría ni pensar que fuera postiza, sino natural. También había retocado el lunar del rostro, por si la policía urbana le seguía el rastro.

Y llegó la parte más ardua.

La que se convertiría en su alma letal, y que entre las sacerdotisas de la Madre se conocía como El beso de Moloc, o de la muerte, estaba preparado. Coloreó previamente sus labios con una gruesa capa de nogal tostado, y sobre ella extendió con cuidado el veneno que había dispuesto secretamente en su casa. Como la misma Arsinoe, en su permanencia en el templo de Septa, había aprendido el valor terapéutico de las plantas, pero también los atributos mortales de otras. Y aquella noche, por vez primera iba a emplearlo con el desecho humano de Macrón-Quirino.

El letal veneno era el resultado de una mixtura compuesta por la sutil mezcla de grumos de cicuta, una hoja tóxica que crecía en arbustos de África y que provocaba una muerte por asfixia al cabo de una hora; acónito de Armenia, que producía una mortal aceleración del corazón; unos granos de cianuro de almendras, veneno paralizante de los músculos; y unas gotas de ricina, que llamaban en Tingis «la higuera del Diablo» y que en solo unos momentos dejaba el cuerpo inmovilizado.

Con un circunspecto dominio de sí misma la extendió con cuidado por sus tersos labios, y aunque había ingerido un sorbo de una triaca egipcia con vino dulce para contrarrestar el poder del veneno, debía tener gran cuidado en no tragar saliva.

Orgullosa de su obra, aguardó a Macrón.

No esperaba arrancarle ninguna sonrisa, ni tan siquiera un gesto de gusto, sino ajusticiarlo con estudiada crueldad y sanguinaria ferocidad. Macrón apareció en la puerta con una copa en la mano y una cara de lascivia y brutalidad que intimidaba. Era un hombre adusto, de mejillas pálidas, rostro alargado y mentón prominente, nariz achatada y ojos grises de lobo. Su mirada emanaba seguridad en sí mismo, y con su porte seductor y nervudo no parecía representar los años que tenía en verdad, pues su cuerpo fibroso apenas si acumulaba grasa. El pelo blanco, peinado hacia delante con bucles rizados y patillas generosas, le favorecía.

A Zinthia el corazón le subió a la garganta. La idea de que aquellas manos asesinas la abrazaran la descomponía.

El ex decurión se acercó. Poseía el olor inconfundible a sudor salado y a vino de Falerno de los hombres que frecuentaban los prostíbulos. Vio cómo aspiraba su perfume con lascivia y aplicaba su nariz ansiosa en sus brazos. Hecha un manojo de músculos rígidos, la liberta sopesó sus posibilidades. El ardor de su presencia le quemaba las mejillas ruborizadas y juntó sus manos para que Macrón no advirtiera que le temblaban. La voz interior del desafío que tenía por delante se elevaba y aullaba en sus entrañas. Pero se veía preparada para saltar sobre su presa.

—¿Sabes que mis amigos más íntimos me llaman Méntula, por el tamaño descomunal de mi polla, damita? —se envalentonó.

—¡Oh! —simuló ardor, pasando sus dedos por la boca, para eludir su maliciosa obscenidad.

Alentada por el recuerdo de su «madre» Arisat, serenó sus nervios. No se comportó ni insípida, ni rutinaria, sino discretamente frívola.

—¿Así que tú eres la putita desatendida a la que le arde el coño?

Estaba a punto de derrumbarse por la zafiedad del comentario y su mirada libidinosa. Se llenó de firmeza y le replicó serena:

—Con tu verga rebosante de semen ese incendio se aplacará.

Con el sadismo y la contundencia de su animalidad descontrolada, Macrón la atrajo hacia sí con violencia. No dejaba dudas de su brutalidad.

—Ven, rubia, que te voy a ensartar aquí mismo. ¡Vamos! —gritó.

—Prefiero la cama, amigo mío. Desnúdate, y yo haré lo mismo.

Macrón-Quirino se quitó la túnica y las sandalias, y comenzó a masturbarse para tener enhiesto su órgano viril, mientras observaba con sus insensibles y lascivas pupilas el cuerpo voluptuoso de la *domina* de cabellos de oro, a la que pensaba conducir a las cimas del Olimpo erótico. Olió su perfume y lo identificó como de madreselva y esencia de nogal. Ya sentía el placer inmoderado de una mujer desconocida, pero muy hermosa.

Zinthia se volvió mostrando su cuerpo maduro y sensual, y se recostó satisfecha a su lado. Olió su aliento caliente y, como si hubiera estado incubando lentamente a través de los años aquel arrebato de odio, le tomó la verga y comenzó a friccionarla para que estuviera descuidado y a su merced. Y en aquel preciso instante comenzó a besar sus labios con fruición. Sintió asco, como si besara la piel viscosa de una serpiente, pero también goce, pues le estaba inoculando el veneno más mortal, paralizante y doloroso de cuantos existían en el mundo.

El desquite por la muerte de Arisat se hallaba en el cénit. La vieja historia de muerte, violencia y perversión estaba a punto de ser reparada. No obstante, Zinthia se impacientó. Pasaba el tiempo y no percibía ninguna alteración en el veterano soldado. Su respiración entrecortada por el deleite que le procuraba asida a su turgencia viril la confundía.

De repente, Macrón se deshizo del beso y gruñó como un poseso. Aquel hombre parecía haber resistido el exterminador narcótico. Desconcierto. Una inquietante corriente de pesar por haber fallado en su afán de resarcimiento perturbó el ambiente del habitáculo. Había arriesgado tanto y había llegado tan lejos que se quedó paralizada.

Había fallado, y el corazón le iba a estallar. ¿Qué podía hacer ahora?

Macrón *Méntula* extendió su férrea mano y asió la de Zinthia, que se amedrentó con su fuerza e intentó liberarse sin conseguirlo.

Estaba horrorizada y muda de terror. Temblaba y se le congeló la sangre de pavor.

XLIII

Las Gemonías

En un tono anormalmente cavernoso, reverberó la voz de Macrón.

—¡Parece que he bebido demasiado, se me oscurece la habitación, por Marte! —alegó mirando ansioso a su desconocida amante.

Al fin, una crispación angustiosa afloró en el rostro contraído de Méntula. Zinthia se relajó y suspiró. «Menos mal», se dijo alborozada. El veneno comenzaba a causar su efecto. Con las cejas blancas alzadas con gesto de preocupación, como un garabato de pavor, el esclavista se friccionó los ojos con fuerza.

Estaba convulso, asustado, perturbado, y la mujer lo notó. Macrón forcejeó a la desesperada. No llegaba a entender qué le ocurría. Inmediatamente pudo comprobar que las piernas y brazos no le respondían, y que un punzante dolor en la garganta le dificultaba la respiración. Su sobresalto llegó al paroxismo cuando advirtió horrorizado que deseaba chillar y pedir socorro, pero no podía. Estaba inmovilizado, y se ahogaba. Miró a la mujer y le pidió ayuda con su mirada desorbitada. Pero solo encontró desprecio e indiferencia. Comenzaba la locura.

En una espera insufrible, Macrón aguardó a que se le pasara.

—¡Por los *ágato demones* (espíritus), estoy paralizado! Me cuesta hasta hablar. Detestable vino el que nos sirve esa furcia de Polibia.

Estaba muy quieto sumido en la inercia del asombro. La mujer no le había dado ningún narcótico, no había bebido vino de la jarra, y pensó que sería pasajero. Pero pasaba el tiempo y se alarmó verdaderamente. Después compuso gestos de violencia en su semblante, como si deseara golpear a su amante, que se incorporó de la cama y lo miró desde lejos, mientras se sonreía como una arpía tras asestar su golpe de gracia.

Zinthia se aproximó a la mesa, recogió de su bolsa un emético, esencia de *veratrum album*, y tomando la redoma, la bebió. Inmediatamente vomitó en el vaso de noche, por si hubiera ingerido con la saliva algo de la mortífera ponzoña. Al poco se vistió sin apresuramiento.

Macrón, que no había quitado ojo a la extraña señora, fue presa del arrebato en medio de una indignación feroz, pero estéril. Era evidente que la *domina* tenía mucho que ver con su impedimento para moverse o respirar. Su sudoroso cuerpo comenzó a ponerse rígido y gélido, y miró amenazador a Zinthia con sus ojos febriles y desgarrados.

—¡Puta..., puta... puta! —profería en un entrecortado hilo de voz.

Su fortaleza de toro se desmoronaba, mientras miraba ansioso la redoma del vomitivo, a la que no podía acceder. Temblaba y babeaba con la boca abierta, como un pez fuera del agua. Atenazado por la frustración de no poder hablar, ni moverse, fue presa del pánico más atroz. Era lo que esperaba Zinthia, que se sonrió con sarcasmo y mordacidad. Lo observó e intuyó que Macrón penetraba en la segunda fase de su descomposición: el límite de la locura. Y respiró liberada. Como podía oír, le espetó:

—Darías tus órganos genitales por solo unas gotas, ¿verdad, verdugo?

La liberta pensó que aquella escena que le causaba tanto deleite era la esperada repetición de la tragedia del templo de Anteo, un espejo paralelo de lo que debió de sentir su «madre» Arisat, la santa mujer que la había rodeado de amor y protección, cuando podría haber sido pasto de los perros o de los traficantes del puerto. Las mismas boqueadas apagadas, idéntico rostro de horror, la misma exasperación, la misma boca crispada y morada y las mismas órbitas salidas de sus cuencas naturales. Y a pesar del odio que tenía acumulado en los pliegues de su corazón deseaba que sufriera aún mucho más.

No tenía prisa. Toda la vigilia era suya, y disfrutaría con su agonía.

Ella, en modo alguno admitía que alterara el orden de la vida creada por la divinidad. Simplemente se había convertido en el instrumento de venganza de la diosa a quien servía. Arisat ya debería gozar de su paz eterna en el Hades, tras su trágico y desconsolador final, viendo a aquella rata inmunda pagar su innoble pecado. Aquel engendro diabólico le había arrebatado su vida y ella se la había recuperado. Estaba complacida.

Macrón, a pesar de la tortura y la descomposición interna, seguía manteniendo cierta lucidez. La miraba desafiante, como si no creyera que aquello estuviera pasando, y movía sus retinas gesticulantes rogando auxilio. Otras veces cerraba los ojos y lloraba, encenagado en pensamientos contradictorios. Había aparecido en su aterrada expresión el pavor del cobarde que es consciente de su culpa.

—Oigo ladrar... al can... Cerbero, por mi maldita... alma —musitó.

Estaba a merced de aquella rubia inasequible, bella y misteriosa, que lo observaba con mirada irreconciliable, rencorosa y despectiva.

Zinthia se acomodó en la cama, desafiante, y comenzó un monólogo confuso para su víctima, pero clarificador mientras iba desgranando sus palabras. Entonces Macrón comprendió que iba a morir de forma inhumana. Y comenzó a llorar como un niño en la noche alejado del regazo de su madre. El mundo volvía a convertirse en el pozo negro y turbulento de su infancia y juventud. «Un nuevo fracaso en mi vida. Quizás el último.»

La furia de una memoria de crímenes y brutalidades se le despejó.

Una mudez de funeral reinaba en la cámara, convertida por Zinthia en una improvisada ergástula de torturas. Y serena, comenzó a revelar su apasionado testimonio, que su víctima fue asumiendo palabra por palabra.

—Te preguntarás, viejo cabrón de los infiernos, quién soy

yo, ¿verdad? Pues bien, Macrón, Méntula o Quirino, o como los dioses deseen que te llames. La paciente espera y la lucha de mis dos hermanos, Silax y Hatsú, y la mía propia se han cumplido esta noche. Durante más de veinte años hemos aguardado el cumplimento de una modélica reparación.

—Ahggg..., furcia... te mataré con... mis manos..., por Jano —farfulló.

—Recordarás la violación, afrenta ignominiosa y crucifixión de mi madre, la suma sacerdotisa, Arisat de Tingis, *asawad* del santuario de Anteo, cuando llenabas de dolor con tus tropelías la Mauretania Tingitana, en tiempos de Catilina. Pues bien, esa justicia necesaria para los dioses y sus hijos nos ha juntado hoy aquí. Y vas a morir lenta y dolorosamente, te lo aseguro —fundamentó su incriminación con personas y lugares.

El tiempo pasaba, y Macrón, a pesar de las convulsiones de un dolor extremo y atroz, no confesaba su culpa. Tras unos momentos en los que se enfrentaron con acritud sus miradas, el ex decurión sacó fuerzas de flaqueza y, tras traer los mencionados recuerdos a su cabeza extraviada, se excusó con vil cobardía.

—Son... solo sospechas... yo soy otra persona. Te... equivocas..., puta.

—Tus antiguos sicarios te han delatado, perverso violador —lo cortó.

Otra vez, con la respiración como el fuelle de un herrero, se sumió en un mutismo que él creía favorecería a declarar su inocencia. Pero comprobó que aquella persistente mujer no cejaría en su empeño.

—No fue... por orden mía..., sino del gobernador... Sergio Catilina —dijo entresacando una vocecita impropia de aquel cuerpo corpulento.

—¿Y fue el gobernador romano quien la violó y la crucificó? ¡Venga!

Méntula hundió los hombros en su torso por la fuerza de su remordimiento. Lo comprendió al instante, iba a pagar su atropello, que nunca había olvidado. Aceptaba la sentencia de muerte que le procuraba aquella desconcertante y sibilina dama, que le había preparado una trampa mortal en la que había caído como un pardillo, y eso lo angustiaba más.

—¿Entonces no reconoces ser el culpable de aquellos hechos execrables? ¡Vamos, contesta, aún puedes hablar! —le ordenó impertérrita mostrándole la opaca redoma del antídoto—. Quizá te administre este contraveneno y puedas salir de este antro por tu pie.

—Sí..., sí, sí, lo confieso, por Hércules. Pero créeme... obedecí... un mandato... para asaltar templos..., poblados y... caravanas. Lo siento, *domina*... Auxíliame —le solicitó con tono apenas audible.

Se hizo un mutismo denso, hasta que sonó su voz ronca y tenue.

—Ya... lo he pagado... con creces. Su espectro ha acompañado... todos los actos... de mi perra vida. Ha sido... una pesadilla. Ayúdame..., te lo imploro... por los dioses de... tus padres.

—¡Calla, malnacido! —lo paró, ciega de ira.

Macrón, espantado por aquel final tan inesperado y desgarrador, opinó que ya nada podía hacer. Acusado, convicto y sentenciado, derrengó su postura. No podía respirar apenas y su corazón batía en su torso como un timbal de una legión en marcha. Un hilo de sangre se le escapaba por la nariz. Sentía náuseas espantosas, un cólico desgarrador y no podía controlar sus esfínteres. Además se ahogaba. Las oblicuas sombras de las lámparas de aceite desfiguraban su rostro, y los faunos y silanos de las pinturas de la pared parecían burlarse de su cruento destino.

—Te queda solo una media hora de vida, asesino de mujeres, pero media hora atroz, te lo aseguro. Al menos podías pedir perdón, pérfido.

—¿Quién... me ha delatado..., puta del Averno? —pudo mascullar.

—Veo que eres contumaz, Macrón. Agoniza con el mismo dolor que provocaste a sus hijos y a mi idolatrada madre, que te mira desde el Hades, satisfecha. Y la *Magna Mater*, que sonríe al ver vengada a su hija.

Con resignada pasividad, el moribundo aceptó la asunción de su fatal, adverso y delirante final. La desdicha inevitable que se le venía encima lo hundió, y se preguntaba quién lo habría descubierto, sin llegar a ninguna conclusión plausible. De repente comenzó a temblarle el labio inferior, que derramaba sangre y un espumarajo verdoso y repugnante. Sentía además como si mil cristales destrozaran sus tendones y sus órganos internos, y un llanto devastador sonó en el habitáculo.

—Marte... vengador... socórreme —pronunció unas lastimeras palabras.

Llegado ese instante, Zinthia extrajo de su bocamanga un afilado estilete, que brilló en la opacidad de la noche. Palpó la verga de Macrón y los testículos por unos instantes y profirió una carcajada perversa, que seguramente se oyó fuera del cubículo, lo cual le convenía a sus planes.

—¿Qué vas... a... hacer, furcia? —imploró apenas audible y sollozante.

Méntula la miró implorante con los ojos hinchados y preñados de lágrimas. En la incredulidad de una muerte cercana y atroz, un sollozo ahipado, casi silencioso, surgió de su boca. El padecimiento que sentía era aterrador. La víctima poco a poco se contrajo, quebrantó su moral, se hundió, y su fortaleza de acero abrió las puertas a una agonía enloquecedora. Pero aún tuvo una oportunidad para confirmar su ignominiosa perversión. Y musitó una frase que apenas si se oyó:

—Sí..., violé a esa hechicera... y sentí placer al verla... morir. Sí... sí.

—¿Cómo te atreves a arrojar inmundicia sobre una mujer santa? Mi deseo hubiera sido haberte desollado con tenazas, criminal.

Con la furia irracional de una fiera, Zinthia, como si cortara el rabo de un jabalí, le seccionó el miembro viril y luego los genitales, sin prisa, pero con cortes precisos y secos, ante la desencajada mirada de Macrón, que experimentó un sufrimiento espantoso viendo correr su sangre a borbotones. Después cogió con violencia animal la sangrienta verga y se la introdujo en la boca. Pronto el corazón se le paralizaría, pero hasta tanto se ahogaría en su propia sangre y semen, que le corría por el mentón y el torso desnudo. Sus ojos se le habían vuelto del revés.

—¡Ahí ya no hará ningún daño! ¿No te parece, matón de inocentes?

Pero no se detuvo ahí. Con el cuchillo ensangrentado le vació sin temblarle el pulso las dos cuencas de los ojos. Cogió los dos globos oculares y los depositó en sus manos crispadas, para luego cerrarlas.

—Ahg... ahg... —intentó gritar por el gran dolor de sentirse cegado.

—No verás la luz del amanecer, profanador, asesino —le espetó.

La desgarradora agonía se prolongó más de lo deseado por la liberta. Padeció aún algunas sacudidas y estertores, y su piel adoptó el color de la púrpura. De súbito, tras descargar una espeluznante sacudida, que incluso la asustó, dejó de vivir. Tapó el cuerpo de su víctima con el cobertor hasta la cabeza, y derramó sobre su cabello media jarra de vino. Se vistió, se recompuso, se perfumó y no dejó un solo objeto que pudiera incriminarla. Con el júbilo de un antiguo y deseado deber cumplido, sintió la sensación purificadora de la venganza justificable. Salió y cerró la puerta con estudiado cuidado y con el dedo en la boca rogando silencio.

—Polibia, ¡por Venus!, ha sido una experiencia imborrable, parecida a una muerte dulce y sensual. Quirino está dormido y muy borracho. No le despiertes, te lo ruego. Hemos quedado en repetir la mágica experiencia mañana. ¡Toma, es para ti, y solo te pago una pequeña parte del placer de dioses que he experimentado! —aseguró con su impostada, falsa y simplona forma de hablar, y le entregó una bolsa llena de monedas de plata.

—Mi casa de citas solo ofrece momentos inolvidables de gusto y dicha, *domina* —le contestó Polibia de forma servil.

—¡No lo sabes bien, querida! De una felicidad, satisfacción y éxtasis como nunca había probado, ¡por Cupido! —Y se esfumó vanidosa en las sombras de la noche con su fingida y fatua sonrisa, no sin antes besar el gran falo de marfil del atrio, que llenó de complacencia a Polibia.

Las tenues luces de los faroles de los carros de avituallamiento que entraban a la *Urbs* por los puentes Emilio y Mulvio parecían luciérnagas. Las duras sombras de sus siluetas parecían fantasmas andantes. Se oían los cantos de los gallos más madrugadores y el olor de los pinos ascendía de los huertos, jardines y orillas del Tíber, saturando con sus susurros, fulgores y fragancias el frescor de la inminente alborada.

Zinthia no podía sentirse más gozosa, y una sonrisa inalterable se eternizó en su rostro desagraviado. Era la mujer más dichosa de Roma.

La noche se abría de golpe, sin cielo aún, sin estrellas, emparejando el alba con las tinieblas. Se introdujo en la tina de baño al llegar a su casa intentando relajar sus músculos tensos. Sus cabellos se expandieron como una aureola dorada en el agua aromatizada con ungüentos y pensó que su acción había sido una rebeldía contra la justicia de los hombres.

Dos horas más tarde, cuando la clepsidra de la casa de Marco Druso marcaba la *prima* —sobre las ocho—, sonaron unos golpes impacientes en la puerta. El *nomenclátor* examinó con mirada escrutadora al recién llegado, que identificó como Lisandro, el actor, amigo y agente de su amo. Lo hizo pasar y avisó al anfitrión, que se aseaba en su cámara personal.

Una claridad azulada rodeaba la blancura de aquella mañana, cuya tibieza se propagaba por la atmósfera romana. Mientras Lisandro aguardaba, se entretuvo observando la fuentecilla del *impluvium*, cuyos chorros translúcidos se deshacían con la brisa que soplaba del sur.

Marco compareció sorprendido y sonriente.

—*Salve*, Lisandro. Que los dioses estén contigo.

—*Salutem*, Marco. Que la diosa Aurora te asista.

—¿Ocurre algo que precise de mi presencia? Te veo inquieto.

—Así es, *domine*. Has de acompañarme con urgencia a las Gemonías.

El dueño de la *domus* permaneció unos instantes con un gesto mezcla de turbación y temor, envuelto en la luz cálida del patio. Sabía que las escaleras Gemonías (*Scalae Gemoniae*) eran el lugar más infamante de Roma, cerca del río Tíber, saliendo del Foro y bajo las frondosidades de la colina Palatina. La plebe las apodaba con terror como las escalinatas del luto, pues era un lugar de ejecuciones sumarísimas y de exposición de cadáveres asesinados o ajusticiados. La antesala de la muerte de la *Urbs*.

Los cadáveres y los condenados se arrastraban hasta allí, antes de ser arrojados al río por las deshonrosas escaleras. Otros eran ejecutados sobre ellas, y allí quedaban expuestos para ser devorados por las fieras, o ser recogidos por sus familiares.

—¿A las Gemonías? ¿Y por qué hemos de ir a tan infame lugar?

—Te lo contaré mientras caminamos. Te lo ruego, coge tu capa.

Marco sabía que en la vida cotidiana de la ciudad solían acontecer inesperados sucesos, y aquella petición lo alarmó. Especuló que tal vez se tratara de algún asunto grave referido al dictador. Se inquietó.

El apremio, el misterio y la urgencia lo habían intranquilizado, pero un lazo estrecho lo unía a aquel hombre a quien tenía por su mejor espía de Nemus, y lo siguió sin rechistar. Ya en el *vicus* del Pelícano, cercano a su casa, Lisandro, que había permanecido mudo, le descubrió:

—Rufo Quirino ha sido asesinado y sus despojos están en las gradas.

El romano se detuvo incrédulo, pensando que el destino de las personas resulta con demasiada frecuencia antojadizo y contradictorio. Durante unos momentos, entre el bordoneo de las moscas, el murmullo del cercano Foro y el trino multitudinario de los pájaros, permaneció inmóvil, y tieso como un palo entrelazó sus manos en la espalda. No esperaba aquel final y se lamentó interiormente: «Qué fatalidad», pensó.

—¿Y cómo ha ocurrido tal suceso, ¡por el león de Hércules!? He preparado ese escarmiento durante años, gastado una fortuna y corrompido a funcionarios; y cuando al fin lo tenía frente al filo de mi espada, se me escapa como un soplo de viento —se lamentó rojo de irritación, e interpelando con la mirada al actor.

Con una voz que parecía un balbuceo, le explicó azorado, como si tuviera alguna culpa de que se le hubiera escapado.

—¡Sosiégate, por Venus! Comprendo tu disgusto. Te lo contaré, Marco —le explicó—. Desde que me ordenaste que mis soplones y yo espiáramos a ese ex soldado, no lo dejamos un solo momento sin acechar. Su ínsula del Argileto la teníamos vigilada de día y de noche, así como los lugares que frecuentaba: el campamento de las legiones de César, el puerto de Ostia, donde el otro día vendió una partida de esclavos, y el burdel Semíramis, su lugar de viciosos e inconfesables excesos.

—Sí, un veterano de gran reputación. ¡Maldito malnacido! —gritó.

—Pues bien, esta misma madrugada, concluyendo la última vigilia de la noche, mi espía me llamó alarmado para que acudiera a toda prisa al prostíbulo. Algo de grave índole debía de haber ocurrido, pensé. Cuando llegué al salón de la casa de citas, estaba tomada por los guardias de las cohortes nocturnas, que conversaban con la dueña. Quirino estaba *in puribus* (desnudo) anegado en sangre y tendido en el suelo. Lo taparon y hablaron del ajuste de cuentas de una puta o dama enojada.

Marco, de un humor de perros, emitía fuego por sus pupilas.

—¿Y qué había acontecido realmente, Lisandro, por Tanit?

—Por lo que oí a una sirvienta, quizá se trate de la venganza de una alta dama agraviada de las que van allí buscando placeres prohibidos, o quién sabe si una decisión de Polibia, la despechada dueña, un putón que desde hace años se relacionaba con ese engendro. Vi cómo invitaba a vino caliente a los guardias y luego cómo les deslizaba una rumbosa bolsa. Sin perder tiempo ordenó ahumar la habitación donde lo habían asesinado con mirra y artemisa, para así ahuyentar los malos espíritus. Todo arreglado. Así el magistrado no intervendrá, y no le cerrarán el local.

—Estos sucesos suelen ocurrir frecuentemente en los lupanares.

Un tufo ascendente a estiércol del mercado Boario, a especias, fritanga de salchichas y escoria ascendía por el laberinto urbano. El *quirite* movía la cabeza sin cesar y bufaba de disgusto por no haber podido satisfacer la venganza que tan meticulosamente había planeado.

—He permanecido en un estado eterno de ansiedad buscando pistas y huellas de ese malvado, y ahora que había dado con él y aguardaba su ejecución por mi propia mano, lo ajusticia una puta despechada. ¡Por la Luna de Tanit! ¡Maldito sea por siempre! Que se pudra en el Hades.

—El destino de los mortales es imprevisible, Marco. Al fin y al cabo los dioses implacables le han enviado una muerte escalofriante y vil, propia de una fiera salvaje. ¿No te parece? Deberías haberlo visto. ¡Dioses!

Marco Druso asintió con la cabeza. Enojado, maldecía una y otra vez al ejecutor o ejecutora de Macrón, en todos los idiomas que conocía, hasta el punto de que Lisandro le rogó que se contuviera, pues los viandantes lo miraban desconcertados y era persona pública y conocida. Llegaron jadeantes a las Gemonías, donde los ajusticiados eran sacados con las primeras luces del día para ser recogidos por sus deudos, y si no eran reclamados, ser sepultarlos en el abandonado cementerio del Esquilino.

Un ligero temblor agitó al romano mientras contemplaba los cadáveres expuestos en las inmundas losas. El hedor de los cercanos depósitos de papiro de Pérgamo y de las cremaciones nocturnas resultaba insufrible, ya que la ley no permitía incinerar los cuerpos durante el día, por lo que Marco y Lisandro se cubrieron el rostro con el pico del manto. Los sepultureros públicos, la hez más corrompida de Roma, los *vespillones*, individuos con la mitad de la cabeza rapada para ser reconocidos en cualquier parte como inmundos, agrupaban media docena de cadáveres en las gradas. Según las tablillas eran esclavos fugitivos y los ajusticiados en la Mamertina al rayar el alba.

Marco conocía que los *vespillones* alimentaban la fama de ser unos tipos abominables, pues desvalijaban las monedas de cobre que portaban bajo la boca los muertos para pagar a Caronte en el tránsito de la Estigia, los anillos y ropas, y porque escondían bajo las tumbas laminillas maléficas para asegurar el mal a algún enemigo a cambio de unos sestercios, o *nummus*, el nombre popular de esa moneda corriente.

Sin embargo, su pésima fama les venía porque solían ocultar en las fosas comunes cadáveres de asesinatos clandestinos y sospechosos, ante la pasividad de los *vigiles*, y porque a la luz de la luna se decía que violaban en un macabro aquelarre los cuerpos sin vida de las mujeres y de los jovenzuelos que eran llevados allí a cargo de la beneficencia pública. El jefe de aquella fúnebre caterva, un bribón de la peor catadura y mutilado de una de las orejas, al ver aparecer a los dos caballeros se acercó zalamero, seguro de obtener alguna recompensa por informarles.

—¿Buscabais a alguien, señores? Yo os puedo ayudar. Decidme.

—Sí, buscamos a un esclavo fugitivo, pero no identifico a ese truhán —dijo Marco, que inspeccionó a los otros con aire displicente.

Lisandro le señaló el de la esquina. Marco se acercó y examinó con esmero la blancura azulada y el aspecto de frío mármol de Macrón. Sintió ganas de vomitar tras estudiar su rostro brutal y largamente odiado. La delirante agonía había contorsionado el cadáver, e hilillos de sangre escapaban de sus cuencas vacías y de sus muslos lívidos y contraídos.

—De ese me suena su cara. Creo que era un veterano de las legiones —mintió para sonsacar al avispado *vespillón*, que estaba deseando hablar.

—Así es, *domine*, no habéis errado —respondió zalamero—. Rufo Quirino, se lee en su tabilla, un bribón de la más baja hez, creedme. En el Averno no podrán recibirlo de buenas maneras. Sus manos están llenas de sangre y de crímenes espantosos. Una aberración menos en Roma.

—¿Lo conocías, amigo? —se interesó, pero sin mostrar curiosidad.

—¿Que si lo conocía? ¡Claro!, pero cuando era legionario. Entonces se hacía llamar Macrón, de sobrenombre Méntula, pues no había virgen, viuda, mujer honesta, dama o jovenzuela que no atropellara —dijo—. Ahora era un parásito que se dedicaba a vender carne humana.

Marco entresacó de su bolsa dos monedas de plata, y se las soltó.

—No le pongas ninguna en los ojos, o bajo la lengua. Que se extravíe en la Estigia y no encuentre jamás el camino del Hades, por lo que has dicho —le pidió grave.

—No podría, señor. Los ojos se los han extirpado y tiene la boca bien tapada, no os preocupéis. —Y se carcajeó ostensiblemente tocándose los genitales—. Ya no le cabe nada más entre los dientes.

Marco y Lisandro pensaron que el despreciable *vespillón* se estaba mofando de ellos. Examinaron más de cerca los amoratados despojos de Macrón, y vieron los ojos pegados en las palmas de las manos semiabiertas. Al fin había conocido al hombre sin nombre, al oscuro asesino sin rostro que tanto había perseguido y al que había jurado matar. El aspecto del rostro era pavoroso y dos hilos de sangre seca salían de lo que fueron sus ojos. Siguieron examinándolo, y Marco se interesó:

—Tiene la lengua fuera y la boca taponada, ¿no?

El enterrador, de forma extraña, adoptó un gesto de bufón.

—¿¡La lengua!? —Y se rio a carcajadas mirando a los otros sepultureros que reían también—. ¡Lo que le cuelga de la bocaza es su polla! Estando entre los dientes ya no podrá follarse a nadie, el muy cabrón.

Marco se quedó atónito, y acercándose al oído de Lisandro, susurró:

—Cuando una puta hace su trabajo, lo hace a satisfacción. ¡Ciego y castrado y parece que envenenado, por el color de la piel! ¿Qué cuenta pendiente tendría con Macrón? Comienzo a apreciar a esa mano anónima que asumió el deber por mí, ¡por Venus!

—No cabe duda, Marco. Marchémonos ya, te lo ruego —le pidió el actor agitado, pues la muerte era considerada funesta y trágica, y los *lemures* y *agato demones* andaban sueltos por el ambiente.

—A pesar de todo, demos gracias a Mercurio, mensajero del cielo y deidad de los sucesos inesperados —añadió Marco, que dio media vuelta, sin poder ahogar su mal temple por no haber cumplido su deseo.

Contenidos sus sentimientos, recobró la serenidad y se dirigió a su casa del Aventino, aunque en su frente una vena azulada se le había abultado. Las imágenes de Macrón exangüe se le aferraban como sanguijuelas a su cerebro. Debía notificárselo a Zinthia y Arsinoe.

En el interior de la alcoba de Marco Druso reinaba la tranquilidad. El purpúreo reflejo del ocaso atravesaba los postigos, inundando las paredes de una luz acogedora. En la habitación se habían dispuesto en círculo tres divanes, rodeando una mesa hexagonal de cedro taraceado, donde los sirvientes, para no molestarlos en la cena, habían colocado platillos de pescados ahumados, jabalí sazonado de especias, pastelillos de faisán fermentados con cidra y hojaldres rellenos de carne de pichón mezclados con almendras y recubiertos con miel de Judea.

Y junto a los vinos de Cumas, Falerno y Qyos, sobresalía una dulcera de plata tartesia repleta de deliciosos confites. Del techo pendía una lámpara de bronce de vasos con aceite, que un criado encendió con un pabilo de cera, creando un ambiente íntimo. Marco, que se removía tenso en el triclinio, paseó su mirada por las dos mujeres que más amaba y alzó su inquieta cara de halcón al acecho, para manifestarles:

—Os veo bellísimas esta noche —inició la charla Marco.

—Nadie como tú para halagar el oído de las mujeres —dijo Zinthia.

El anfitrión se rodeó de un halo de misterio, antes de revelar:

—¿Recordáis que prometí que os mantendría informadas sobre el seguimiento de esa alimaña de Macrón, el asesino de nuestra madre, que debo reconocer desde hace muchos años se había convertido en el estímulo de mi vida? Pues bien, he de deciros con turbación, pero con contento, que ese aborrecible verdugo ha sido asesinado en un burdel.

—¡Gracias, Madre mía! —se pronunció Arsinoe comedidamente.

—Como ya conocéis lo había sometido a una estrecha vigilancia para arrancarle yo mismo la vida, una vez llegado el momento preciso. Pero la diosa se me ha anticipado con su dictamen. Y si os soy sincero, maldigo a quien lo ha ejecutado por alguna otra fechoría de semejante talante. Había soñado cada noche de mi vida con ese momento. Pero me lo hurtó.

Arsinoe exhibió un ademán de conmoción. Zinthia ni se inmutó.

—Los tres vimos dañadas nuestras almas por ese monstruo criminal —dijo la liberta—. No podéis imaginaros el regocijo que siento en mi espíritu. Fue una brecha en mi corazón muy difícil de restañar. Hasta hoy, claro.

—Pero he de admitir mi clamorosa torpeza —se explicó Marco—. Después de tanto sacrificio, horas de busca y caudales gastados, se me escapó.

—No has de inquietarte, hermano —lo consoló la sibila—. Se trata de la ineluctable decisión de la *Mater Terrae*. Cuando Tanit lanza los rayos de la equidad, siempre caen de su lado. Pero la diosa imparcial de nuestros padres ha hablado con duras palabras de justicia. Mejor así, nuestras manos han quedado limpias ante la mirada de los dioses.

Marco degustó un bocado y prosiguió severo en su explicación.

—A la postre, no ha habido ni juicio, ni venganza, ni reparación personal —se lamentó inmensamente disgustado y golpeando la mesa—. Compré una Escuela de Gladiadores para atraerlo, gasté cerca de cien mil sestercios para tenderle una trampa, y al fin los poderes celestiales se han burlado de mí. Esta mañana he contemplado su despreciable cadáver en las Gemonías horriblemente torturado, ciego y con el órgano viril encajado en su bocaza. ¡Una imagen horrible, y a la vez gozosa!

La sibila se puso la mano en los labios espantada, y se pronunció:

—Es aterrador, aunque su conciencia atormentada pagó al fin su culpa. Ahora nuestra madre ha sido convocada a la paz de los justos.

Marco escupió otra información, cargada de brutalidad.

—Además, nuestro enigmático vengador, o vengadora, le sacó los ojos de las cuencas y los metió en sus puños cerrados. ¡Salvaje crueldad!

—Ninguno de nosotros hubiera ideado tan sanguinaria venganza —se pronunció la sibila—. ¿Quién habrá sido, me pregunto, esa persona a la que al parecer hizo más daño que a nosotros mismos?

—Creo que jamás lo sabremos, hermana —aseveró Marco—. Ha quedado oculta en el anonimato. ¿Una furcia, un proxeneta, una dama? Quién sabe.

Las dos mujeres se miraron consternadas por la súbita noticia.

—Toda mi vida he sentido gran pesadumbre en mi corazón por su muerte, y viví afligida todos los días de mi existencia por tan oprobioso crimen, pero con el tiempo llegué incluso a olvidarlo. ¡Oh dioses! —se lamentó la sibila.

A Marco se le veía insatisfecho por no haberse cobrado a su víctima.

—Hermana, nuestra protectora de los cielos debió de hablarle a los oídos a una afortunada furcia, ¡quién lo iba a suponer! Según Lisandro, y por un ajuste de cuentas entre gentes de mala vida, una meretriz desconocida, o una matrona viciosa que deseaba ocultar su identidad, y a la que nunca conoceremos, pues desapareció del lupanar, le sacó los ojos y le seccionó el miembro viril con saña —les contó—. ¡Y por Marte que me alegro, pues yo no lo hubiera hecho mejor, os lo aseguro! Se merecía una muerte así.

—¿Una mujer de la vida fue la herramienta de la ley divina? —se interesó la sibila—. Celebro que una hembra se convirtiera en la mano del desagravio. Aunque sabiendo los designios de Ishtar, no me extraña. Pereció con violencia, pues había tratado a sus semejantes con violencia.

Siguió un cortó silencio en el que nadie hablaba, e intervino Zinthia:

—No fue así como ocurrió. Yo os lo revelaré. —Y el aire se cortó.

Conmoción, incredulidad, escepticismo y asombro. En un gesto casi instintivo, los dos hermanos se miraron sin alcanzar a adivinar el sentido de las palabras de Zinthia, que los escudriñaba con aplomo, como ajena a cuanto le rodeaba. El mutismo planeaba por la habitación. Solo se oía el chisporroteo de las lamparillas. Marco, que se resistía a concederle veracidad a la confesión de Zinthia, se incorporó bruscamente.

—¿Tú sabes lo que aconteció en ese prostíbulo? ¿Te ríes de nosotros? Ese oneroso suceso ha ocurrido la vigilia pasada, mientras tú dormías. No es un asunto para chanzas, querida —se interesó en suspenso.

—Explícate, te lo ruego, Zinthia. Me has preocupado —le pidió la *pitia*.

Marco odiaba la necedad, pero más el engreído despropósito.

La liberta respiró con disimulada calma. Retocó su túnica, posó sus manos en el regazo y con un semblante fraternal dijo, acrecentando aún más la confusión:

—Yo maté al asesino de nuestra madre —reconoció aliviada la adorable y discreta Zinthia, dejándolos sin habla—. Os lo juro por Tanit.

La sorpresa, la confusión y la perplejidad se apoderaron de nuevo de los sobresaltados ánimos de los hermanos. Y si en aquel momento se les hubiera aparecido el espectro de su madre, no habría ocasionado tal perturbación en sus corazones. La tensión del instante los había paralizado en un rictus de estupor. No esperaban tan sorprendente confesión, y la observaron con temor y duda. Esperaron mudos.

—Y lo más grato fue que sentí un placer indescriptible con su envenenamiento, muerte y mutilación, os lo aseguro —admitió ufana—. Fui inmensamente dichosa. *Prostibulae de grege porcum.** Y merecía morir como un puerco.

El silencio que se hizo fue vasto, insondable, sepulcral. No lo creían.

—¿Pero...? —la interrumpió Marco sin saber qué decir.

—Sí, fui feliz oyendo sus lamentos de rata inmunda, sus peticiones rastreras de clemencia y asistiendo a su atroz agonía. Percibí que escalaba el cielo y me acariciaba vuestra madre satisfecha con su desagravio. Murió como un cerdo en el matadero envuelto entre sus excrementos, su semen y sus inmundicias. —Y recordó su ejecución—. Y cuando le corté los testículos y su despreciable

* «Era un cerdo del rebaño que suele pastar en un burdel.»

verga, se los ofrecí a la venerable Arisat de Tingis, vuestra ejemplar madre, la mujer que más nos quiso, hermanos míos. ¡Fue una venganza ejemplar! Tal como tú deseabas, mi querido Marco.

Dos pares de ojos dubitativos miraban sin pestañear a su cautivadora compañera de cena, con la viva apariencia del desconcierto y la incredulidad más absoluta. ¿La dulce Zinthia convertida en una despiadada e implacable vengadora? Se resistían a admitirlo. A Marco se le cayó la copa de la mano, que se hizo trizas en el suelo, y Arsinoe se tapó el rostro arrasada en un mar de lágrimas, mientras le decía a su insobornable amiga:

—¿Es verdad lo que nos revelas, Zinthia? —preguntó la sacerdotisa, que no creyó que encajara en el carácter cauteloso y paciente de su amiga.

—Como que «madre» Arisat murió en el patíbulo —contestó terminante—. En este tipo de cosas no se miente. Y tú debías saberlo. Lo juré por la *dea*.

El caballero parecía negarse a admitirlo, pero estaba preocupado.

—¿Por qué te arriesgaste de esa manera? Pudiste morir en el intento. Ese hombre era un desalmado —intervino Marco—. Un esbirro sin moral ni piedad que pudo estrangularte como a otras tantas mujeres. ¡Oh dioses!

—Os debía tres vidas —los tranquilizó con su sugerente voz—. La que me regaló vuestra madre en Tingis, la que tú me ofreciste en Gades salvándome la cabeza, Arsinoe, y la que me brindó con desinterés Marco en Zucchabar, impidiendo que me seccionara las venas. Aún os debo dos. Os he pagado solo una pizca de vuestro inmenso afecto y largueza.

Una incomprensión absoluta cruzaba el semblante de los hermanos.

—¿Y cómo concebiste la idea de realizarlo? —se interesó Marco.

—Emergió de mi interior el reptil que todos llevamos —sonrió—. Además mi destino está mezclado con el vuestro desde que Arisat me recogió.

—¿Lo drogaste previamente a mutilarlo? —preguntó la sibila.

Zinthia asintió y emitió una carcajada de deleite y resarcimiento.

—Empleé el que las mujeres consagradas a la diosa conocemos como «el beso de Moloc, o de la muerte» —contestó serena—. Espero que extravíe su negra alma y que sufra el más infernal de los suplicios: vagar eternamente por el Averno sin ojos, para que no pueda ver a sus antepasados, pero sí sienta el helado aliento de Proserpina.

—¡Por la maza de Hércules, Zinthia! —exclamó un incrédulo Marco.

—Sosegaos —los tranquilizó—. Os lo contaré todo.

Iban a conocer la insólita, irracional e increíble relación entre Zinthia y la muerte de Macrón, inaceptable para su pasmada razón de mortales.

Y sitiados por el dilema, el silencio creció sobre un cúmulo de dudas.

XLIV

Caesar Rex!

Roma, en los nones *(segunda semana) de marzo,*
año 44 a.C.

La florida primavera iba arrinconado las nubes de lluvia, los
braseros y los cobertores de lana de los lechos. Las umbrías del
Celio, el Quirinal, donde se apreciaba la impronta más bella del
Foro, aromatizaban de fragancias la ciudad, y un cielo entreverado de tonos azulados cubría con su liviandad la ciudad de las
siete colinas. En las villas y balcones brotaban los lirios, las rosas y los laureles en flor, y en las esquinas, flautistas, mimos e
histriones competían en arte y destreza por unos ases de cobre.

Cantos, risas y gritos de júbilo se escuchaban cerca del río,
donde a la hora sexta las matronas y la chiquillería romana se
acercaban al Puente Emilio para arrojar figurillas de barro, junco y mimbre en honor a Heracles, y los *salios*, los devotos de
Marte, danzarían percutiendo armas contra escudos, ante la estatua del dios de la guerra y el valor, y haciendo volar a las cor-
nejas asustadas que anidaban en los juncales.

Arsínoe, Zinthia y Marco, tras la sincera y turbadora narración de la liberta, habían restañado el mayor dolor de sus existencias; y tras la inaudita confesión, se habían fundido en un
prolongado abrazo, sellando bajo juramento el ingrato episodio
del burdel Semíramis.

Nunca había sucedido y desterraron de sus memorias el
nombre de Macrón-Quirino. Resolvieron que jamás habían cru-

zado sus vidas con él, y menos aún habían procurado su merecido castigo. Besaron a la liberta, alabaron su temerario valor, lloraron por última vez a Arisat, y ofrecieron una libación y un sacrificio a Astarté-Marina, que había ayudado a que la doliente mártir del templo de Anteo alcanzara su eterno reposo en el Hades, inalcanzable tras su sangrienta y desconsoladora muerte.

El suceso fue cubierto por un halo de oscurantismo, que atesoraron en lo más hondo de sus corazones. Aquel engendro despreciable quedaría olvidado para siempre, a partir de aquella luminosa mañana de marzo.

—Los tres vimos dañada nuestra desamparada infancia por la aberrante conducta de esa bestia de la codicia y la crueldad. Pero estoy seguro de que el sufrimiento por el recuerdo de nuestra madre nos ha unido más y nos ha hecho más compasivos —manifestó Marco.

—¿Pero habrá redención para mí? —preguntó Zinthia.

—Aplicaste la ley del talión de nuestros antepasados, sellada por los dioses. Está asentada en las escrituras de Tiro, Biblos y Sidón —la justificó Marco—. Y en Roma, la *lex tallionis* está reconocida en su sagrada Ley de las Tablas desde hace más de cinco siglos. Tranquilízate.

La liberta sabía que su acción había sido reprobable, pero su ánimo no se había alterado. Sus «hermanos» habían elogiado su gesto.

—Tuviste la temeridad de hacerlo, y lo hiciste —añadió la sibila—. Tomaste la decisión por amor, para que no nos mancháramos las manos de sangre, y jamás podremos agradecer tu gesto como mereces.

—No me arrepiento, Arsinoe. Yo, que he olido el hedor de la muerte, siempre creeré que ese perjuro debía encontrar su escarmiento.

—¿Pero cómo podremos pagarte tu inmenso beneficio? —dijo Marco.

—Amándome y permitiéndome vivir con vosotros —replicó firme.

—Eso ya lo posees y lo tendrás en demasía, Zinthia —le contestó.

—Silenciemos pues nuestras bocas para siempre y que nuestros oídos no deseen jamás hablar de este desenlace. —Y les tomó juramento la *pitia*—. Nuestras estrellas han convergido al fin en un único destino.

Aquel día indeleble de marzo jamás lo olvidarían, pues al final de la jornada germinó un crepúsculo infrecuentemente áureo de reflejos dorados y los *flamines* de Minerva proclamaron que se avecinaba una edad de oro para la Ciudad de la Loba.

Esa misma noche, Cayo Julio César, que vivía en medio de una actividad devoradora, echó un último vistazo al cúmulo de documentos que tenía sobre la mesa. No sabía si le embargaba la cólera contra los senadores que jugaban a conspiradores, o la embriaguez de verse dueño de la ciudad que tanto amaba: Roma. Después musitó para sí:

«Los perturbadores de la concordia no me permiten gobernar.»

Los tribunos de la plebe le habían solicitado que el séptimo de los *nones* de marzo se completaran las carreras de carros, que en las *ante calendas* del anterior mes —el 24 de febrero— se habían suspendido por las torrenciales lluvias. Acababa de firmar la petición y les concedió su aprobación. Comenzarían tras la hora sexta del día siguiente, para no interrumpir los trabajos matutinos en los mercados y foros y las gestiones comerciales de las basílicas.

Los fastos se conocían como «de la Fuga de los Reyes», y recordaban la expulsión de Roma del rey Tarquino el Soberbio, quien tras violar a la bella Lucrecia había desatado una rebelión de la aristocracia, contraria a las actividades comerciales de los reyes etruscos y de sus ansias de expansión fuera del Lacio. Campesinos contra comerciantes, en la que un antepasado de Décimo Bruto se convertiría en líder y héroe.

Antes de dirigirse con su familia al Circo Máximo la mañana de los juegos, el Dictador Vitalicio, enclaustrado en su escritorio de la Via Sacra, corregía el manuscrito de sus *Comentarios* para los libreros del Argileto. Estaba complacido con su última obra, pues los críticos literarios valoraban su pureza de estilo y su calidad literaria, sobre todo el poeta Lucrecio, su amigo y mejor censor, al que él también revisaba sus obras.

Cerró la ventana. Le llegaba el tufo a cieno de las apestosas *dolia*, las tinas donde se vaciaban los bacines de la noche, y se sentó de nuevo. Seguía indignado porque los Padres de la Patria rechazaban una y otra vez sus planes universales de romanización. Desde antes de la Saturnales, sus amigos lo habían notado agriado, cansado y cariacontecido, y le aconsejaron que espaciara su asistencia en el adverso Senado.

Se volvió más familiar y se recluyó en una finca del suegro de Octavio en Puteoli, para reposar. Más tarde compartió días enteros con Calpurnia, el paradigma de la dulzura, la moralidad y también de la melancolía, y disfrutó de veladas íntimas a las que acudían Balbo, Lucrecio, Lépido, Antonio, Dolabella y Oppio. Faltaba su buen amigo y amante más tierno Mamurra, fallecido un mes atrás. Hasta el poeta Cátulo improvisó unos versos elegiacos tras su muerte, que declamó ante su cadáver. César lo echaba de menos, y tampoco olvidaba a su apasionada reina egipcia, la joven de veinte años de mirada dulce y acogedora.

Su ilustrado secretario, el taciturno Faberio, que lo acompañaba allá donde fuera, entró en el despacho y le susurró algo al oído.

—Dile que entre, y procura que no nos molesten —le ordenó.

—¡*Salve*, general! —lo saludó Volusio en la puerta con ademán marcial.

—*Vale et tu*, mi *caro* centurión.

Las informaciones de Volusio y las que le presentaba Balbo, tras ser cotejadas por su círculo de máxima confianza, lo tenían bien informado.

—¿Qué novedades traes hoy?

—Están sucediéndose cosas que parecen fuera del lugar prescrito por los dioses. Pasquines discrepantes con tu gobierno que desde hace unos días circulan por la *Urbs* y media Italia —replicó Volusio entregándoselos.

César los ojeó y sonrió ostensiblemente: «Dictador insaciable», «Acaparador de caudales públicos», «Falso republicano», «Calvo impúdico».

—La descalificación y el insulto van parejos a la vileza y a la falsedad. Rastreros y cobardes que carecen del valor suficiente para mencionármelo a la cara en el Senado —le expresó a su fiel centurión—. Pero ya lo dice el filósofo: *Asinus asinum fricat,** o lo que es lo mismo, el perverso se alía con el perverso.

—El arte de la calumnia, costumbre tan romana, César, alcanza estos días niveles preocupantes —le expresó Volusio agitado—. Estás tolerando que una camada de escorpiones merodeen bajo tus pies, *senior*.

—Lo sé, cada senador se ve a sí mismo como un cónsul o un dictador. Deseaba aprobar leyes transcendentales antes de abandonar Roma, pero los senadores opuestos a mí pondrán todo tipo de trabas al procedimiento. No tendré tiempo para ratificarlas, y que conste que no es una cuestión de orgullo, sino de deber, mi dilecto Volusio.

—Cuentas con el apoyo de tus perseverantes legionarios —terció el soldado—. Hay que desenmascarlos, y córtales la lengua; y si es posible sus cabezas. Cuélgalas en la Rostra o en las letrinas del Foro, donde todo el mundo las verá —exclamó indignado—. Solo así atajarás el problema.

—La política en Roma es tan sutil que se puede matar con afecto —le replicó César, que sonrió. Su futuro no lo decidía el fatalismo y el miedo.

—También los mercaderes, banqueros, *quirites* y el pueblo te aman.

—¿Pero acaso no sabes que el *populus romanus* es mudable, frívolo e insaciable y que solo piensa en su barriga? Debo controlar el Senado con una política de equilibrios y legitimidades. La República es una comunidad regida por la Ley de las Doce Tablas, una democracia, y su cónsul debe respetar las reglas, aunque estas sean reprobables.

Volusio hurgó en su bolsa de cuero y sacó más papeles.

César comprendió que su agente le estaba impartiendo la

---

* «El asno rasca al asno.»

lección primera de un tirano. Pero él no lo era. Cogió en su mano el largo legajo, y lo leyó con socarronería:

«El Calvo adúltero desposeerá de la capitalidad a Roma en beneficio de Alejandría, donde reinaría junto a la "bruja" Cleopatra y su hijo bastardo Cesarión.» ¡Qué indignidad! —exclamó riéndose.

Pero el general se abandonaba a los principios de la ley, y a la promesa de los senadores ante Júpiter Estator de que preservarían su vida, aunque desde hacía unas semanas olía los tufos sospechosos del vino, se sentía espiado en sus paseos matutinos y vivía en una continua sospecha.

—Ese Casio Longo es un resentido y un corruptor de corazones leales. Es el único que se ha opuesto a los honores que desea dispensarme la Curia, y el que me despojó de mala manera de la corona que me impuso Antonio en un arrebato de fervor y amistad. Creyó que me ofendía, pero enardeció al pueblo más aún. No hay peor pecado que la envidia y el oscuro rencor. Pero es un cobarde y no se atreverá a enfrentárseme.

—En Roma no se perdonan los éxitos, general. Ya lo sabes.

Tras una pausa, y excitado por tanta conspiración, se interesó:

—¿Y cuándo aseguras que puede estallar esa conjura, Volusio?

—Mis agentes y los de Marco Druso coinciden en los *idus*, quince de marzo, el mismo día en el que en la sesión del Senado, tu tío, Aurelio Cota, tomará la palabra para pedir el título de rey para ti, para que puedas emplearlo fuera de las murallas de Roma. El quinto día de las *ante calendas,* 27 de marzo, también aparece en estos pliegos. ¡Cualquiera sabe, general! Ni Marco Druso lo conoce con certeza.

El dictador se sumió en una honda reflexión. Le pareció una fiera enjaulada que deseara escapar fuera para respirar. Veía a su centurión espía muy influenciable con lo que presumía o escuchaba.

—La ambición y la codicia carcome las conciencias —le expuso seco—. En unos días publicaré un edicto que se leerá en el Foro. Revelaré estar al tanto de las maquinaciones y que la República no las tolerará, so pena de perder bienes y vidas. Y no traspasaré ese límite, Volusio.

Seguidamente Cayo Julio tomó una determinación. Sus legiones estaban preparadas, los barcos, estibados en los puertos de partida y el avituallamiento de armas, forraje y víveres, dispuesto por Balbo. Adelantaría su partida al 18 de marzo, y cortaría de raíz los intentos de conjura. El tiempo, el olvido y la distancia los apaciguarían.

—Volusio, escaparé de esta madriguera de traición cuando las alimañas que me aguardan para perderme no lo esperen. —Y sonrió.

Volusio había tenido el valor de desahogarse, llevado por su devoción y amistad. Pero, ¿no poseía él el don de detener todas las maquinaciones del Senado? ¿Acaso no saboreaba la felicidad de verse rodeado de los suyos y ver a Roma respetada y temida por todas las naciones? Qué importaban las vergonzantes rebeliones que se urdían a sus espaldas, si luego se desbarataban solas como agua de borrajas?

Pensó que aquel día podía ser otro regalo del cielo, y sonrió para sus adentros. La información de Volusio, lejos de ponerlo melancólico, despertó en él un sentimiento de dominio sobre aquella partida de ingratas ratas de cloaca. La información de su centurión lo había vuelto más insensible sobre el complot de los *idus* de marzo.

No era otra cosa que su inconmovible fe en sí mismo.

Una hora más tarde, Marco Druso se unió con sus amigos a la ola humana que acudía a la llamada de las carreras de cuadrigas, la gran pasión de los romanos. Recogió a Arsínoe en el Templo de la Salud del Quirinal, donde algunos días ejercitaba la adivinación onírica, y se le unieron luego Zinthia, Balbo *el Joven* y Nicágoras. La plebe vaciaba las ínsulas y las mansiones de los patricios quedaban desiertas. Descendía la sonora riada por las colinas y las riberas del Tíber, siendo tragada por la colosal barriga del cíclope de piedra y ladrillo que era el Circo Máximo.

Alzado junto a la Via Appia, aprovechaba la vaguada natural

del valle de Murcia, entre el Palatino y el Aventino, para convertirse en el gran teatro de Roma donde se llevaba a cabo la diversión más espectacular y amada de Roma: las carreras de carros. Arsinoe y Zinthia era la primera vez que asistían al hipódromo, y se acomodaron asombradas ante el clamoroso estruendo y el colorido de la gradería.

Millares de cabezas apretujadas se movían como las espigas de un sembrado en medio de un rumor de miríadas de voces. Boquiabierta y golpeada por un vaho de sudor y fritangas, Arsinoe contempló el grandioso campo de visión en el que había quedado magnetizada su mirada, un hervidero de espectadores pegados unos a otros, bajo el calor del astro rey. En la gradería no cabía un alfeñique y las apuestas clandestinas, las *sponsio*, se habían cerrado. En la arena los aurigas, aclamados por la multitud, desfilaban en formación montados en los carros en los que iban a contender. Acompañaban la pompa los flámines de Juno, Ceres y Minerva y las Vírgenes de Diana.

El revuelo de curiosidad crecía, las trompetas redoblaban sus sones y los estandartes de las cuatro facciones, los rojos, los verdes, los blancos y los azules, flameaban en el aire. Los aurigas portaban lábaros de bronce dorado con las efigies de la Loba, del Águila romana y de la diosa de los caballos, Epona. Los espectadores del graderío principal y la curva norte, la generalidad de la facción de los rojos, al escuchar el nombre del ídolo de los ídolos, Túsculus el tracio, aullaron agitando mantos y banderolas:

—¡Túsculus, *victor, victor*! ¡Túsculus el victorioso!

El grupo de Marco se acomodó muy cerca de las Vestales, de los senadores y del *pulvinar* (el palco de los gobernantes), ocupado ya por César, su familia y los dos cónsules del año, Dolabella y Marco Antonio.

—El Circo es el lugar elegido por los romanos para la puesta en escena de su prestigio ante el mundo —les explicó Marco—. Un fastuoso decorado donde Roma descubre su superioridad y se muestra tal como es. ¡Mirad, en el palco de los cónsules se acomodan dignatarios de Judea y Tiro, delegaciones de Corinto y Tauro, y príncipes de Numidia y Creta!

—Solo a un pueblo tan práctico y amante del placer se le ocurriría.

—Y también para que la parasitaria chusma exprese a sus dirigentes sus necesidades, sus desilusiones, sus predilecciones, sus fobias y sus sueños —aseguró Balbo—. Al fin lo he comprendido, y me fascina. Roma vive, llora y se conmueve en estas graderías. Aquí se brindan a la plebe los sabrosos almíbares de la ilusión. Aquí rinden su admiración por un cónsul, un tribuno o un senador, o lo hunden sin piedad. Es un sistema democrático de lo más extravagante y pintoresco.

—Y sin olvidar que el populacho suele estimular sus pasiones con la crueldad, y este espectáculo se lo da a manos llenas —añadió Marco.

Los espectadores se acomodaron y aguardaron las reparticiones de alimentos y los sorteos que tanto les gustaban: una reata de esclavos, un vale para una *loba* de la Alta Semita, una casa rústica en Arretium, vales para la Annona, vestidos cretenses o un viaje a Atenas. Una mole apiñada de cien mil romanos vitoreaba a su dictador, que ebrio de plenitud y en pie en el *pulvinar*, blandía el cetro de marfil rematado con el águila de oro.

—*Vale Dictator, vale Caesar!* —clamoreaban al unísono.

Al poco las puertas se abrieron y miles de ojos se fijaron en los cuatro aurigas, uno por cada color, el blanco, el verde, el blanco y el azul. Habrían de recorrer siete vueltas, unos quince mil pies —cuatro kilómetros y medio—, y para que los espectadores pudieran saber en todo momento las vueltas discurridas, siete delfines y otros siete remates en forma de huevo, descenderían de las pértigas, tras cada recorrido completo a la pista.

Finalizada la pompa, los clarines sonaron y los tambores redoblaron para presentar a los aurigas, bajo la estatua áurea de la diosa Victoria. Las damas, atentas a todas las reacciones, recorrían con sus pupilas maravilladas los anfiteatros, la arena y los palcos. El espectáculo era de una majestad extraordinaria y de la nada se elevaron cien mil voces enfervorizadas.

—*Salve Roma! Ave Caesar!* —clamoreaba el gentío.

La carrera iba a iniciarse, y los corredores se vigilaban y se maldecían, mientras besaban sus amuletos. Zinthia reconoció a su amante circunstancial del burdel Semíramis, Scorpus, el adalid de los verdes, que sonreía con fanfarronería. Con el corazón en un puño el público esperó el toque de la trompeta, y al hacerlo, las cuatro cuadrigas escaparon vertiginosamente de las *cárceres* entre el fragor de los cascos, el chirriar de las ruedas y el estruendo de miles de gargantas que voceaban como cien mares embravecidos.

Un velo de polvo envolvía los carros, mientras describían las primeras curvas. Restallaban las fustas, las aceleraciones eran cada vez más frenéticas, chocaban las ruedas contra la espina, las herraduras arrebataban chispas de los bordes y colisionaban los ejes en un rechinar metálico. El público pasaba de la zozobra a la ansiedad y del desaliento al júbilo, según se sucedieran los movimientos de su auriga favorito.

—¡Scorpus! —gritaban los verdes a su campeón—. ¡Scorpus!
—¡Túsculus, Túsculus, Túsculus! —vitoreaban los rojos.

Silbaban, los animaban, los abucheaban, se incorporaban de sus asientos, se peleaban los plebeyos con los patricios y maldecían a los *genios* del Averno si su carro se retrasaba, sin manifestar cansancio alguno. Las primeras dos vueltas se mantuvieron dramáticamente en un puño, aunque el blanco y el azul se vieron rezagados en la cuarta.

La sibila y la liberta vieron que los caballos eran fuertes y fogosos, y que al ser fustigados dejaban de obedecer a sus *agitatores* —conductores—, y agotados y enfurecidos, como si buscaran la huida del recinto, corrían como centellas arrastrando el carro y a su conductor. En la *meta prima* de la séptima y última vuelta, la cuadriga del equipo de los rojos viró como llevada por un soplo vertiginoso, dirigiéndose hacia la meta ante el fervor de los suyos. Y en medio de una explosión de júbilo del bando de los blancos y del gentío en general, el rojo se alzó con la victoria.

—¡Túsculus, *victor*, Túsculus victoria! —clamoreaban roncos.

El corredor tracio recibió una ovación atronadora. Roma a sus pies, enfervorizada, lo aplaudía ruidosamente. El presidente del espectáculo, su Dictador Vitalicio, le tocó la cabeza con el aquilino bastón de marfil y, tras felicitarlo, lo coronó de laurel, otorgándole la palma de vencedor.

—Al fin Roma ha hallado una cabeza digna de su gloria —le manifestó.

—¡Túsculus, Túsculus! —lo aclamaban.

—*Nika, nika!* —gritaban los enfervorizados rojos.

El triunfador hubo de dar dos vueltas triunfales al hipódromo.

Arsinoe comprendió con aquella diversión que Roma era el Circo Máximo, y este su síntesis, su explicación. Y también que era una religión para ellos, más incluso que el fervor hacia los dioses Capitolinos, y que no había romano, plebeyo o noble que no perteneciera a una de las cuatro facciones, discutiera, llorara, soñara, se afanara, maldijera y apostara por el color de sus amores. Y por él era capaz de ayunar, resistir el calor, los empujones, sufrir y soportar todo tipo de fatigas, e incluso morir.

—Singular, este pueblo romano, Zinthia —le dijo sonriente la *pitia*.

—Una nación dura, violenta, codiciosa y amante de los placeres que está cambiando el mundo conocido, querida —le replicó.

Arsinoe se fijó en Cayo Julio, el paradigma de la dominación romana en su mundo, el descendiente de Venus, el conquistador de pueblos sometidos y obedientes a Roma. Él representaba el imperio del dominio, el *genio* del partido popular, al que detestaban los *optimates*. Recibía de pie el frenesí del pueblo que lo vitoreaba entusiasmado, tras despedir al vencedor. Desde las gradas del palco adornadas de púrpura, Cayo Julio dominaba a los millares de sus partidarios y los saludaba digno.

Sus decretos y honores habían sido grabados con letras de oro a los pies del Padre Júpiter. Prácticamente poseía las atribuciones de un rey, aunque él solía decir que la regencia solía ser muy amarga. Se sentaba en un trono de oro en el Senado, y más de una vez recordaba que bien podía hacer valer su título de rey, heredado de su madre Aurelia Rutilia Cotta, que pertenecía a la vieja progenie de la *gens* real Marcia. Pero no lo hacía, ni lo haría nunca, por respeto a la República. Toda la ciudad sabía que un exaltado seguidor había colocado una cinta blanca en la cabeza de una de sus estatuas, el ancestral símbolo de la monarquía etrusca que había reinado en Roma. Pero él lo desautorizó inmediatamente.

En las Fiestas Latinas celebradas en los montes Albanos había acudido a caballo y revestido con la toga púrpura y los altos coturnos dorados, como Pontífice Máximo, y el pueblo lo había aclamado como rey, ante la cólera de los viejos senadores que veían mermada su influencia:

—¡Amigos, me llamo César, no *Rex*! —los cortó severo.

El ritual se repitió en las Lupercales de febrero, cuando uno de los sacerdotes Julios puso a los pies del dictador una corona regia, y más tarde, Marco Antonio, vestido con un exiguo vestido de lobo ceremonial, se la impuso en la cabeza, ante el delirio del pueblo. Casio Longino, ante la vista de todos, se la arrebató con gesto brusco, y se la colocó en el regazo de un César que se dejaba querer. Pero él mismo la aprehendió con violencia y la arrojó lejos de sí, mientras el pueblo lo aclamaba.

—*Salve, oh Rex, Caesar!*

Al momento ordenó que la corona ofrecida por el pueblo fuera llevada al templo Capitolino y expuesta ante el *Pater Deorum*.

Arsinoe pensó que el mismo Júpiter parecía habitar dentro de él. Y el pueblo, al verlo dirigirles la palabra como un padre benefactor, era llevado al colmo de la excitación. El efecto de sus promesas de pan y circo fue fulminante y estallaron en aclamaciones y aplausos enfervorizados.

—*Caesar Rex!* ¡César rey! —gritaba el pueblo entusiasmado, ante la negación del dictador, que no deseaba tentar al destino.

—¡No, no! —les replicó afable—. Soy vuestro gobernante, nada más. El primer ciudadano de Roma, el *princeps* del Senado. ¡No anhelo coronas!

Algunos senadores miraron a la chusma con desprecio. Pero el clamor era universal: «*Caesar Rex.*» No lo podían tolerar, pero las tribus lo declararon allí mismo soberano absoluto de Roma, ante la mirada verdosa de la envidia y la vil inquina de los nobles presentes, que parecían rasgarse las vestiduras ante aquel insulto a la República, que ellos mismos vilipendiaban cada día con su codicia y carencia de patriotismo.

La reacción aristócrata no pasó desapercibida a la sibila de

Gades. Lo estaban cercando y sus actos eran de mala fe hacia el dictador. Veía en ellos ilógicas contradicciones, negaciones traicioneras y oscuras felonías.

«En Cayo Julio caben muchos grandes hombres. Es la medida de todos ellos. Por eso es el líder carismático que atrae tantas envidias y rencores, y que bien puede acarrear la muerte», pensó.

César debía tener cuidado de aquellas hienas sin escrúpulos. Su espejo de plata seguía teñido de color púrpura y no era buen augurio. Sintió miedo. Quería escapar del contagio de aquellas gentes a las que no comprendía, en medio del clamor de los millares de bocas y los empujones y el atropello de la multitud que vaciaba el Circo Máximo. Arsinoe prefería el teatro. Días antes había presenciado con Zinthia la comedia de Plauto *Miles gloriosus*, y le había entusiasmado con sus fanfarronadas. Este le había parecido un espectáculo rudo, áspero y sangriento. Y mientras se alejaba en compañía de su hermano y amigos, escuchaba en la lejanía el grito cesarista que tanto escandalizaba a los ávidos Padres de la Patria.

—*Caesar, Rex Romae!!*

Su ruina, su deseo oculto, su fin, posiblemente.

Volusio visitó aquella misma noche a su amigo Marco Druso. Una luna creciente blanqueaba con su pálida pureza los muros de la *domus* de Marco en el Aventino. Se saludaron, y lo invitó a su estudio.

—Te veo preocupado, Volusio. ¿Por ti, por Cayo Julio?

—Los dos empeños se confunden, pues son una misma cosa en mí, Marco —aseguró devolviéndole una apariencia de normalidad—. Sí, vengo contrariado. Uno de mis espías más eficientes, un tal Rufo Quirino, vendedor de esclavos y de impedimentas militares, apareció muerto en un prostíbulo de lujo y en oscuras circunstancias.

Con una satisfacción flotando en su rostro, quiso pasar el asunto por alto y aparentar ignorancia. El asunto estaba cerrado para él.

—¡Ah, sí! —mintió con indiferencia—. Ya sabes, los ajustes de cuentas entre *lobas*, gentes de mal vivir, proxenetas y truhanes acaban así.

—La casualidad es extremadamente veleidosa, y ha estado a punto de dar al traste con una misión capital —le reveló grave—. Ese Quirino era el espía que seguía a Décimo Bruto y a Casio. Y durante unos días los perdí. Una reunión vital en una panadería de Esquilino se me escapó.

Marco siguió simulando indiferencia y desconocimiento, y le ofreció una copa de vino de Qyos que le había llegado de Grecia. La aceptó. El anfitrión cambió de tema y le preguntó por el dictador.

—Está intranquilo, aunque lo disimula. Está convencido de la certeza de esas amenazas que surgen por todas partes. Por eso tiene prisa por abandonar Roma como solución a este estruendo de disensiones.

—La verdad, Volusio, es que no comprendo cómo por la mañana esos venales senadores lo colman de honores, lo adulan, lo adoran, lo deifican y lo lisonjean, y por la tarde y la noche maquinan para matarlo.

—Hasta ahora Cayo Julio lo zanjaba con su acostumbrada gallardía e indiferencia, pero desde que su colaborador Filemón intentó envenenarlo, sobornado por unos desconocidos, duerme mal, sufre con más asiduidad sus acostumbrados ataques en los que pierde el sentido, y su médico Antistio me asegura que su salud se debilita progresivamente. Acaba de cumplir los cincuenta y seis años y parece un anciano septuagenario.

Marco pensó que aquella decepción sería insoportable para Cayo Julio, y que habría acrecentado su rabia y frustración. Contestó franco:

—Roma hoy es un nido infesto de intrigas, Volusio. Me llegan notas de traiciones de todos los lugares. Casio, el *spiritus rector* de la conjura, con su cuñado Bruto, se ha juramentado con otros descontentos bajo el lema: «César debe perecer por el bien de la República.» Están decididos a matarlo, y el general no lo cree así.

La barba cana que llevaba fina sobre el mentón el centurión de la X legión se removió, y su boca lineal mostró una expresión severa.

—El odio de Casio a César es conocido, pero sus reuniones con el descendiente del «matarreyes», Décimo Bruto, y otros maquinadores hostiles se suceden día y noche, según mis contactos. «¡Salvad la República!», esa es su contraseña —informó el soldado—. ¿Y cuántos conjurados crees que se le unirán, Marco?

Marco hizo valer su segunda naturaleza, la de informador diligente.

—Aquí tienes la lista, amigo mío: unos sesenta exaltados, aunque de naturaleza cobarde. Tillio Cimber, Ligario, Trebonio, Fabonio, Estatilio, los hermanos Casca, Casio, Marco y Décimo Bruto son los cabecillas. Los otros son meros comparsas. Fíltrasela a César. Debe conocerla.

—La conoce por mí. Pero no le concede crédito alguno —se lamentó.

—Pues lo peor, Volusio, es que esos conspiradores lo toman como un deber de *seniores* romanos de la vieja alcurnia, para defender las costumbres sagradas de Roma. ¡Hipócritas! Lo que defienden son sus cargos, prebendas y privilegios —se envalentonó Marco.

Por unos momentos una desoladora desesperación hizo bufar al centurión de la X legión, que de un trago apuró la copa.

—¡Por Aquiles el aqueo! —exclamó el centurión—. Siendo así será difícil frenarlos, pues actúan en la clandestinidad, el secretismo y el anonimato. ¡¿Dónde estallarán?! Es difícil saberlo. César va solo a todas partes. No desea parecer un tirano.

Marco negó con la cabeza, preocupado e intranquilo, para decirle:

—No hay nada más peligroso e irracional que un fanático cegado por su causa, que cree nacida de un deseo de los dioses inmortales.

Volusio recogió unos informes y tras saludar a Marco se dirigió a la puerta. De repente, cuando se disponía a cruzar el umbral, se detuvo sobre sus pasos y se volvió. Una ola de duda e incertidumbre lo atenazaba.

Marco ignoraba qué le ocurría, y abrió confuso su boca carnosa.

—¿Has olvidado algo, amigo? —le preguntó afable.

—No, Marco, es algo que me inquieta, y sobre lo que no me has dicho toda la verdad —dijo misterioso—. ¿Por qué has mostrado esa indiferencia y desconocimiento sobre mi espía asesinado. ¿Lo conocías, tal vez? Mis soplones me dijeron que estuviste preguntando por él en las Gemonías.

El anfitrión se quedó paralizado sin saber cómo justificarse.

—Nada anormal. Nemus lo estaba siguiendo desde las Saturnales.

—¿Por qué? —se interesó el militar impaciente.

Marco se envalentonó. Era una espina clavada en su memoria.

—¿Deseas saber la causa, Volusio? Otras veces te has mostrado reacio a inmiscuirte en ese tema —le echó en cara su escasa colaboración.

Una rencorosa corriente de desconfianza perturbó el ambiente.

—Me confundes, Marco. ¿Por qué dices eso? —dijo alarmado.

—Escucha, *caro* amigo. —Y levantó la voz resuelto—. Ese verdugo era el malnacido que llevaba buscando hacía más de veinte años: Macrón. ¿Lo recuerdas? El asesino y violador de mi santa madre.

Se hizo un mutismo que convirtió la amistosa plática en una hosca espera. Para mitigar su asombro, Volusio se acercó a la mesa, se sirvió otra copa hasta el borde de vino griego, y dijo confundido:

—¡No puedo creerlo, por la maza de Hércules! ¿Quirino era en verdad ese asesino de Méntula? Jamás pude ni imaginármelo —se sinceró.

—Pues créelo como que Febo Apolo alumbra este mundo. Tu soplón era mi asesino. El albur a veces es impenetrable, pero justo.

Volusio se llegó a tambalear como una peonza tirada por un niño inexperto. E intrigado por el inesperado testimonio, negó con la cabeza.

—¿Y cómo diste con él? Yo ignoraba su auténtica identidad, créeme.

—Lo sé —condescendió—. Un camarada suyo nos dio un soplo en Cesarea de Mauretania y seguimos desde entonces su pista —lo ilustró Marco—. Lisandro lo vio en Semíramis en más de una ocasión intercambiándose información con Artemidos, ese pedagogo que espía en el Foro para Julio César. Un tipo escurridizo, intrigante, felón y artero y muy poco de fiar. A saber lo que hizo a tus espaldas. ¡Pérfido e indigno!

Sus escépticas y enmarañadas cejas se enarcaron.

—¿Debo pensar que me espiaba a mí, Marco? Estoy confundido.

—No lo creo, pero sí que era un hijo de perra y que mi alma saltó de gozo al saber que había encontrado una muerte tan degradante e infame en un repugnante prostíbulo. Y que fuera tirado como un perro rabioso en las Gemonías con la polla en la boca y los genitales amputados me llenó de una alegría incontenible. ¡Es lo que merecía ese criminal, por Tanit!

El soldado se interesó, sin acusarlo. Pero sin poder disimular su desazón, le preguntó en tono incómodo:

—¿No tendrías nada que ver con su muerte, verdad, Marco?

Marco cambió súbitamente de actitud. Con tedio, aunque sin animosidad, le replicó:

—¡Nada, Volusio! Pero has dudado de mí, y bien sabes que no he tenido nada que ver. Aunque lo hubiera deseado y también dado un brazo por haber sido el ejecutor y haberle sacado las entrañas y los ojos con mis manos. Ni yo, ni nadie de Nemus hemos participado en ese hecho, por otra parte justo. Lo juro por la Madre Ishtar, a la que venero.

Leyó fierza en su réplica. Sabía que durante años lo había acechado, rastreado y perseguido sin éxito. ¿Por qué iba a ordenar a una puta desconocida que lo matara? No encajaba en su *modus operandi*. La venganza era su prerrogativa, de nadie más.

—¡Pues entonces que se pudra en el Averno! —contestó, y se explicó—. Marco, créeme, solo quise resguardarte de la indignación de César, pues lo protegía, aunque sé que ignoraba su pasado. Estoy en deuda contigo.

—Tu único compromiso conmigo es mantener nuestra

amistad sin torceduras. Sigamos ejercitándola, Volusio —dijo llenándole la copa.

El centurión advirtió que su amigo había recuperado la capacidad de vivir sin acritud, y que exteriorizaba placer en su mirada. Pensaba que su orgullo herido y la humillación sufrida le habían creado una incapacidad para ser más tolerante con sus congéneres. Se alegró de que se hubiera desprendido de tan pesada carga, y le tendió el brazo, que ciñó.

—Te agradezco tu espléndida hospitalidad, Marco —se despidió, sabiendo que aquel hombre estaba dotado de una clarividente inteligencia.

—Que Ishtar te acompañe, amigo Volusio. Todo ese áspero asunto está guardado en el rincón más profundo de mi memoria.

Se despidieron con las manos en los brazos, como los soldados.

Antes de retirarse a su cámara, Marco Druso pensó en Silviano, que aún se hallaba recluido en las mazmorras del palacio de Iol. Aconsejaría a Zacar que lo soltara. ¿Por qué más sangre y dolor? Ya no podía impedir nada y menos aún perjudicarlo. Estaba arruinado y acabado. Luego desvió sus pensamientos hacia Cayo Julio. Estaba inquieto por él. ¿Encontraría el espíritu necesario para afrontar unos días que se anunciaban siniestros?

Los acontecimientos en Roma ya no marchaban al paso del hombre que la dominaba. En todas partes se adivinaba perfidia y desproporción, aunque en la orquestación del tiempo, solo los dioses y el destino sabían lo que muy pronto iba a suceder.

Pero él se imaginaba lo peor.

XLV

Cuídate de los *idus* de marzo

Roma, idus —*día 15*— *de marzo, año 44 a.C.*
La víspera de los idus

Julio César notaba que su salud se resquebrajada cada día más. Debilitamientos de ánimo, destemplanzas por las tardes, escalofríos en las madrugadas, pérdidas del conocimiento, su vieja enfermedad y una palidez que preocupaba a Antistio, el médico de la *domus Iulia*, a sus amigos más cercanos y a la impresionable Calpurnia.

«César no volverá con vida de Partia —había asegurado Cicerón en la villa de Cleopatra, de la que había ido a despedirse—. Lo he encontrado muy debilitado, pero sin alcanzar a explicar la naturaleza de su decaimiento.»

Las últimas noches apenas si había dormido y se encerraba en su escritorio mientras se abismaba en su libro preferido, *De rumrum natura*, de Epicuro, y en su filosofía, donde prevalecían los placeres del espíritu sobre los del cuerpo, y de la libertad del hombre sobre el mudable azar.

En los foros se creía que su entorno había entrado en un histerismo colectivo por el diluvio adverso de augurios. Hablaban en los corrillos de un atentado inminente, pero cuando César salía a la calle los miraba incluso complacido, como quien mira a unos abejorros zumbones. Sabía que Cicerón seguía reuniéndose secretamente con Casca, Casio y Décimo Bruto, y sus nombres retumbaban en sus sienes como tambores de batalla. «No tendrán valor. Mi *sacro santitas* me protege y ellos lo han jurado», aseguraba César constantemente.

Rechazaba las prácticas de violencia contra sus enemigos y estaba más preocupado por las águilas profanadas por los persas que se exhibían en Abatana para escarnio de Roma, en el templo de Mardal. Seis legiones con sus impedimentas y tropas auxiliares galas, iberas e ítalas iban camino de Macedonia, y esperarían en Grecia a su comandante en jefe, al que acompañarían diez legiones y diez mil jinetes avezados llegados de Numidia, Mauretania e Hispania. Allí lo esperaban Agripa y su sobrino Octavio, y juntos atacarían Persia a través de Armenia.

Esta era su única preocupación y desvelo, y el que un augur del Palatino hubiera desempolvado de uno de los Libros Sibilinos, y pregonado a los cuatro vientos, que ningún general romano conquistaría Persia sin el título de rey. «Cónsul en Roma, rey en Oriente.»

Para desmentir los rumores de conspiración y escenificar la normalidad del Estado, convocó muy temprano a Marco Varrón para encargarle la apertura de las bibliotecas griegas y romanas en Roma, y acto seguido visitó las ciénagas pantanosas en Pontina, donde centenares de operarios que las desecaban lo aclamaron como al *Pater Patriae*.

Durante la marcha, Lucio Balbo lo había instado a que aceptara antes de partir el título de *Princeps Imperii* (Primer ciudadano del Imperio). «César, has acabado con lo viejo. Acelera lo nuevo antes de partir para Oriente —lo instó—. Una muerte imprevista tuya, y Roma caerá en el caos y el desorden. Ahora es el momento.»

—¡Júpiter y César nos valgan! —gritaban—. ¡Venus protege a César!

Al llegar a Roma lo aguardaba en la Via Sacra su incondicional Oppio. Se apeó del caballo y lo rodearon dos de sus legionarios veteranos. Lo vio angustiado y con el semblante acalorado. El cónsul se intranquilizó.

Sus piernas le temblaban y se apoyó en el muro. Atropelló su boca.

—¡César! —balbució agitado—. Un cuervo ha penetrado en

la Curia perseguido por otros pájaros, que lo han alcanzado y destrozado. Sus plumas en el suelo son un mal presagio. Vete de Roma, y no acudas mañana al Senado, te lo ruego.

—¿Cómo un espíritu tan cultivado como el tuyo cree en esas patrañas supersticiosas? Os veo a todos muy ansiosos y Calpurnia me preocupa. Mi condición de Sumo Pontífice hace de mí una persona sacrosanta, Oppio.

El dictador evocó la imagen que Arsinoe había visto en su sibilino espejo de plata: aguiluchos devorando a su madre. ¿Él? ¿No estaría cayendo en la dura obcecación de sus propios errores?

Desde hacía una semana se le acumulaban los presagios funestos. Los escuchaba sin demasiada fe, pues su lógica racional los rechazaba. Los augures habían sacrificado a un ganso que carecía de corazón. Un esclavo había arrojado fuego por las manos, espectros fantasmales se manifestaban cada noche por la Via Nomentana, una bola de fuego se había precipitado al Tíber y cuervos graznadores volaban inquietos sobre el Capitolio. Y sus partidarios se lo transmitían preocupados.

Él solo creía en sí mismo y en la gloria de Roma, esa idea intangible mezcla de ladrillos rojos, aromas de pinos y juncos del Tíber, arcádicas costumbres, sabia de antepasados y raíces inmutables: «No creo en nada, apenas si entiendo el sentido de esta existencia escabrosa, el final de una muerte insondable y la presencia de unos dioses infecundos. ¿Qué somos? ¿Por qué estamos en esta vida?»

A César se le había abierto el apetito y comió con Sextilia y su esposo Lépido, su adicto Maestro de la Caballería, amigo tan excelente como pésimo general. Pero su lealtad era preciosa para él. Vivía cerca de su casa y se rodeó de amigos que creía honestos, que incluso hablaron de la muerte. Olía a incienso de Arabia y el *tablinium* estaba decorado con frescos de dioses etruscos, marfiles de la Sirte, cristales de Sidón y estatuas áticas. Los cubiertos y platos de oro habían sido tallados por orfebres tartesios. Lépido también había sido seducido por el lujo asiático.

El dictador, animado y ocurrente, disfrutó de la comida y bebió de forma frugal, pero no dejó de platicar de su inminente campaña militar. Estaba presente en el ágape Décimo Bruto, de familia ilustre y el que sus agentes aseguraban era uno de los adalides del complot, y gran entendido en vinos, que ponderaba con lucidez sus mezclas. No creía César que fuera uno de los conjurados. Le había concedido el perdón y premiado con los más altos cargos de la República. Ahora era el Pretor de Roma. ¿Lo roía quizás una excesiva ambición? Se extrañó que Marco Tulio Cicerón estuviera allí. ¿Era en verdad el inspirador y el alma de la traición que decían se preparaba? No se lo pareció, y mostró su agudeza y amistad en todas las conversaciones.

—«¿Qué muerte es tu preferida, César?» —le llegó a preguntar Bruto.

—La inesperada, Décimo —replicó—. La más rápida. Soy un soldado.

César, que estaba pendiente de sus gestos, no advirtió cómplices mutismos o veladas alianzas de un hipotético magnicidio en las miradas de Bruto y Cicerón, antes bien de probada lealtad. Pensó que todo eran especulaciones muy propias del espíritu romano, siempre conspirador.

No obstante, a pesar de la serena tranquilidad del banquete, Calpurnia se removía inquieta en su triclinio; y no había oscurecido aún cuando intercedió ante su marido para regresar a la *domus*. Tenía miedo de que llegara la noche y hubieran de regresar por calles desiertas, a pesar de ir protegidos. No era la expeditiva escolta hispana en la que tanto confiaba, sino de *vigiles* nocturnos. Al salir le rogó que tomara precauciones, aunque sabía que iba inherente a su osada naturaleza arriesgar la vida, y aunque afable, no le hizo caso. Al contrario, chanceó sobre la tormenta que se avecinaba y cuyos truenos y relámpagos la precedían, en el momento de traspasar el umbral de la casa.

Al poco, un pavoroso vendaval se desató sobre Roma y azulados resplandores invadían las cumbres lejanas de los montes Albanos. Calpurnia se encomendó a Summanus, dios del rayo nocturno, y rogó a su marido que la acompañara a la alcoba con su solícita ternura. Hacía frío y un ventarrón furioso se filtraba por los postigos de las ventanas. Unos trípodes de incienso y lamparillas de arcilla cayeron al suelo y se hicieron añicos. Cayo Julio no podía dormir con el fragor de la cellisca y con los gemidos de agitación de Calpurnia, que sufría una pesadilla.

Abandonó el lecho en la primera vigilia, y se acomodó en su escritorio envuelto en una capa de lana britana. Leyó unos versos de Cátulo y un poema de su admirado Lucrecio y pensó quién estaría confabulando aquella pavorosa noche contra él. La noche era propicia para pasos cautelosos en las sombras, y también para conspiraciones insidiosas.

Al poco, bajo la precaria luz de una candela, se quedó traspuesto y soñó que Júpiter Estator lo conducía a su lado y contemplaba Roma a sus pies, serena y difuminada bajo las nubes. Se despertó y regresó a la cama, donde Calpurnia seguía revuelta e inquieta, musitando dislates. Se durmió agotado. Le hubiera encantado que Arsinoe hubiera interpretado su sueño levitador. La vigilia se serenó y la tormenta se desplazó con su fragor hacia el Adriático. Las últimas horas de la noche fueron serenas y limpias.

La madrugada de los idus

El cónsul madrugó al intuir las primeras luces. Retiró la cortina y contempló los colores azulados del firmamento. Olía a tierra mojada y comprobó que la tormenta había arrancado arbustos y plantas del jardín. Una estatua de Eros se hallaba en el suelo partida en dos y vio volcadas mesas y sillas. Salió y se detuvo al pie de un ciprés cubierto de rocío. Aspiró su fragancia y un flujo balsámico le traspasó las venas.

Aguardó a que la ciudad se desperezara y pidió su habitual *jentaculum*, desayuno, compuesto por pan con ajo y miel y un vaso de *aqua mulsa*. Mientras lo degustaba, escuchó a los panaderos, las llamadas de los arrieros, y el zumbido de los carros y los tornos de los alfares. Era el momento de prepararse para ir al Senado. Sería la última sesión, antes de ponerse al frente de sus legiones. Se escabulló entre las penumbras, salió al *impluvium*, donde sintió el aliento húmedo y oloroso de la mañana y escuchó aliviado el trino sonoro de las alondras. Todo tranquilo.

De repente percibió gritos que provenían de su alcoba. Era Calpurnia, que había despertado presa del terror y la alarma. Se preocupó. Con los cabellos enmarañados, las mejillas pálidas y un rictus de amargura, era el vulnerable testimonio de su visión nocturna.

—¡Marido, no salgas de la casa! —gritó presa del pánico—. He tenido un sueño espantoso. Te sostenía en mis brazos con el cuerpo ensangrentado.

—Otra vez tus pesadillas —la interpeló afectuoso—. Escucha, mujer, he sido yo quien ha convocado la sesión del Senado. No puedo dejar de ir, compréndelo. Hoy se aprueban asuntos capitales.

Calpurnia estaba arrasada en un lloro inconsolable, y le rebatió:

—Te lo ruego, mi querido Cayo. Hazlo por mí y por los dioses manes que te protejen. Si no crees en mis sueños, al menos ordena a los augures que ausculten las entrañas de las aves y dictaminen si mis pesadillas merecen ser escuchadas.

El dictador estaba perplejo. Nunca había visto así a Calpurnia, una joven templada, imperturbable y respetuosa con sus decisiones.

—¡Antistio, llama a los arúspices del Capitolio! —ordenó César.

Mientras acudían intentó consolarla, pero su llanto era desgarrador.

—Marido mío, abandoné mis ilusiones para compartir las tuyas, no me dejes sola. Si acudes al Senado puedes morir. Los sueños no falsean.

El sueño de Calpurnia había sumido al cónsul en un indecible resquemor. Llegaron los adivinos de Júpiter, y en una losa ante los dioses manes y penates de la familia Iulia sacrificaron por dos veces un gallo y un ganso sagrado. Los resultados no pudieron ser más funestos y descorazonadores. Una y otra vez las entrañas de los animales desaconsejaban que César abandonara la seguridad de su *domus*.

El áspero temblor de su voz extrañó a todos. César estaba inquieto.

—Si ese es tu deseo no abandonaré la casa y avisaré al Senado de mi indisposición —la consoló atrayéndola hacia sí.

Con una euforia no exenta de satisfacción, Calpurnia lo abrazó. Sus ojos grandes y oscuros brillaban y una oleada de alivio, cálida y agradecida, inundó su rostro pálido. Estaba eufórica y complacida.

En aquel preciso instante apareció Marco Antonio en la casa, exultante, pletórico, con su habitual petulancia en el andar. Venía a acompañarlo a la Curia, que aquel día se celebraría en el Teatro de Pompeyo. César lo abrazó, abatido.

—Antonio, ve al Senado y anula la sesión, te lo ruego. Me siento trastornado, siento vértigos y parece que voy a padecer uno de mis ataques. Además los augurios no son nada favorables —le pidió.

—Se hará como ordenas, Julio. Iré ahora mismo. Despreocúpate.

Pero como si en aquel momento hubiera estallado un ánfora de cristal alejandrino en el atrio, cercana y vibrante se oyó en la puerta la voz de Décimo Bruto, quien precedido por el *nomenclátor*, venía también a acompañar al dictador en tan señalada ocasión, en la que se pediría su nombramiento de rey, para ejercitarlo fuera de las fronteras de Roma.

—*Ave, Caius* —saludó al dictador con afectada sonrisa.

—*Vale et tu, Decimus* —le replicó con el gesto adusto.

—¿Te ocurre algo, Julio? —se interesó—. Te veo apesadumbrado

—Debo posponer la sesión de hoy. Mi indisposición me obliga.

La indignación afloró en su rostro. El alevoso plan de los conspiradores se esfumaba, pues César partiría en unos días para Oriente. Insistiría con todo el poder de persuasión del que era capaz. Abrió su boca con falsedad.

—Los senadores están reunidos por orden tuya y tu suegro aguarda para solicitar esa alta dignidad para ti —lo exhortó convincente—. No debes faltar, Cayo. Al menos acude en persona y sé tú quien, por respeto al Senado, les manifiestes tus trastornos de salud. Después puedes regresar. Supondría un insulto a quienes te han colmado de honores.

César pensó que con su dejadez podía causarse un daño insalvable.

—Décimo, Calpurnia ha tenido sueños premonitorios de desgracias y los augures corroboran sus inquietudes —dijo—. La desconfianza me oprime, y en mí es raro pues me he enfrentado a la Parca mil veces.

En un momento de preocupante desolación, Bruto insistió:

—¿César asustado por una mujer y por las entrañas de unos pollos? Me cuesta creerlo, ¡por Marte! Tú estás por encima de estas nimiedades.

Cayo Julio vaciló y se sumió en una silenciosa introspección. Confiaba en la buena disposición de Bruto. Lo tenía por un hombre bienintencionado y lo miró fijamente con sus francos ojos. Dudaba sobre su decisión. Al instante, ajustó con su refinado sentido estético los pliegues de la toga, se acomodó la corona de laurel dorado sobre la cabeza para disimular la calva, miró a su desconsolada esposa y se decidió a salir.

—Ni por un instante debes dudar de mi gratitud al Senado, esencia de nuestra querida Roma. Bien, iré, Décimo. ¡Partamos pues! Tan venerable Curia merece mi atención —dijo resuelto, y besó a su esposa.

Calpurnia, con los signos de la congoja nocturna, intuyó el desastre.

—¡No vayas, marido! —gritó la *domina* apretada a su cintura.

—Soy consciente de esos presagios, pero he de asumir mi deber —la separó—. Mi presencia en la cámara conjurará los peligros, *cara* Calpurnia.

Décimo Junio Bruto, al que conocían en la ciudad como el Albino, por su cabello claro, alegró su rostro macilento y rígido como un palo. Había apelado a la hombría y compromiso del dictador, y conseguido su propósito. El plan de la camarilla de conspiradores caminaba hacia el éxito. Bruto tiró suavemente del manto del general, enviándole una mirada amistosa de complicidad, mientras le ayudaba a cruzar el *impluvium*, como si fuera un hijo devoto.

—Las predicciones de los augures me exasperan más que me convencen, Julio, pero no son una ciencia creíble para un romano. Tú y yo carecemos de fe en los dioses ancestrales, Cayo. Recuerda que en Munda te aseguraron la derrota y la muerte. Y ocurrió todo lo contrario —lo animó.

—Muy cerca estuve, Décimo —le recordó recobrando el humor—. Pero existen asuntos más preocupantes que esta lúgubre cuestión de los augures y de sus gansos destripados.

—No te muestres severo con tu suerte, César. Eres un privilegiado de la diosa Fortuna y nos has favorecido a todos con tu gobierno.

César se detuvo y se sinceró con aquel a quien había favorecido.

—Décimo, existen senadores aduladores y ávidos renegados a los que perdoné la vida que intentarán aprovechar cualquier indecisión mía para satisfacer sus ambiciones y alejarme del poder —le respondió severo—. Se arrastran ante mí cada día. ¿He de temer su furia?

—Te han distinguido siempre, y hoy te honrarán, César —lo convenció.

Calpurnia se quedó desolada, mientras veía desaparecer a su obstinado esposo del brazo de Bruto. A pesar de sus reiterados esfuerzos por detenerlo, su esposo iba camino de lo incierto y su extinguida mirada no podía ser más gélida. Sus temores eran fundados, pero despreciaba la autocompasión y desdeñaba la lástima de los demás. Y como matrona romana no le estaba permitido llorar en público. Al verla tan rígida y tan frágil, su *ornatrix*, confidente y dama de compañía, la envolvió en un abrazo consolador, la calmó y la estimuló con respeto y dulzura.

—Los dioses benefactores de la *gens* Julia lo protegerán, *domina*.

—No nos adelantemos a los designios de Afrodita. Mi marido no volverá con vida a esta casa, lo presiento. Vi en sueños su cuerpo ensangrentado sostenido por mis brazos —dijo—. ¡Oh, Fortuna esquiva!

—Mi señor ha demostrado mil veces que sabe salir de los peligros.

—Sí, pero si se cumplen mis sueños estoy condenada a una vida vacía y desolada. No deseo ostentar el papel de viuda de un héroe muerto.

Una inquietante corriente de sospechas sobrevolaba el ambiente.

Pero la naturaleza seguiría su curso, pasara lo que pasase.

Camino del Teatro de Pompeyo

La mañana se presentaba rebosante de luz, pero también de señales turbadoras. Marco Druso abandonó su *domus* a la par que César.

Las neblinas del Tíber se habían disipado, colmando de claridad el Capitolio, el Foro y el Teatro de Pompeyo, concurridos por una muchedumbre variopinta. El rojo y el ocre de las fachadas refulgía como el cobre, y los pájaros elevaban sus gorjeos por encima del rumor de las gentes, que eludían los charcos y el lodo ocasionado por la tempestad.

En los mentideros y mercados de la ciudad no se hablaba de otra cosa que de la inminente salida de su dictador para conquistar Persia, del regreso de Cleopatra a Egipto y de la última sesión en el Senado. Mendigos y pedigüeños llenaban la puertas de los templos de Vesta y de Castor y Pólux y las basílicas, por donde pasaría la comitiva del *Dictator*.

Bajo el sol templado de marzo la fanfarria palatina de trompetas anunciaba la convocatoria de la sesión extraordinaria del Senado en el Teatro Pompeyo, un halago para los sentidos, mientras se concluía la nueva Curia que César construía en el Foro, junto a la basílica Emilia.

Apareció la litera de César y la chiquillería vitoreó al general y a los soldados que lo acompañaban por sus nombres. Lo acompañaba el cónsul colega Marco Antonio, el pretor Bruto y otros senadores afines. Cerraba la comitiva una reata de enfervorizados partidarios que lo vitoreaban. En el esplendor de su gloria, a Julio César nada parecía afectarle, y saludaba a sus fieles, grave, pero accesible. La toga purpúrea cubría sus amplios hombros. Sus grandiosos planes idealistas precisaban de la aprobación del Senado y como romano debía someterse a aquella curia hostil de senadores comodones y egoístas.

El dictador se dejaba envolver por la fervorosa multitud. Su inicial animosidad a acudir al Senado se había disipado. Capitularían para mantener sus favores. Sus pupilas centelleaban de satisfacción y su ser vibraba de seguridad por el recibimiento.

Nadie había reparado en él, ni el mismo general.

Atrás, un hombre de avanzada edad, cuerpo flaco, orejas de soplillo, piernas torcidas y cabello blanco, corría tras la litera de César. Era Artemidos, el heleno, un pedagogo y filósofo conocido en la *Urbs* porque había enseñado los clásicos a Marco Bruto, y que había servido de espía y confidente a César. Vestía una toga andrajosa y lucía una barba de semanas. No conseguía alcanzarlo por más que lo intentaba, pues la gente se lo impedía con sus codazos y los soldados no permitían que nadie se acercara al dictador.

No cejó en su empeño, y aunque agotado, prosiguió su marcha.

Tras cruzar el Foro, el Capitolio, el *vicus* del Circo Flaminio, César llegó al imponente teatro de mármoles de Crisanto, alzado por Pompeyo en el Campo de Marte. Como siempre, decenas de peticionarios se le acercaron para pedirle favores y muchos le tendían rollos de papiro con sus peticiones escritas.

Uno de los guardias las recogió y las depositó en el casco. Cuando Julio iniciaba el ascenso de las escalinatas, escuchó tras él una respiración de fuelle, entrecortada y agónica, y una voz quejumbrosa pero conocida.

Se volvió y vio al maestro de Lógica, Artemidos, que había logrado escabullirse de la muralla impenetrable de guardias que lo protegían. Lo miraba con ojos implorantes. Julio se impresionó con su acelerado alegato.

—Lee este papel, divino César —le pidió suplicante y le habló sin que el dictador pudiera apenas entenderlo—. Ahí están los nombres de los traidores que piensan atentar hoy mismo contra ti. Guárdate de ellos. Te va la vida.

—Bien, bien, Artemidos, lo leeré. Debo entrar. —Y le agradeció el detalle, aunque con el desbarajuste de ruegos ignoró su petición.

El griego tuvo tiempo de contemplar el apacible gesto de César y lo sedujo al instante. ¿Cómo podía hallarse tan sereno si dentro del teatro se iba a representar su muerte? ¿Pero no era así la forma de proceder de la temible Parca, que no mira ni a nobles ni a plebeyos, ni chicos ni grandes?

Indefectiblemente aquel gobernante desataba el afecto y la sumisión de quien se arrimaba a él.

Lo vio acercarse al portón de bronce del teatro, apretó sus puños y una lágrima se deslizó por sus pómulos, yendo a perderse en las arrugas del rostro. La suerte de César estaba fatalmente echada, y ni los dioses olímpicos podían hacer nada para preservarlo de su sino:

—Divino Zeus, cobíjalo bajo tu manto —imploró elevando sus brazos al cielo.

El maestro de Retórica se tropezó con Marco Druso, que en su calidad de ciudadano galardonado con la Corona Cívica, podía asistir a las sesiones senatoriales, aunque sin voz ni voto. Saludó pasajeramente al heleno en *koiné*, y se preguntó de qué había hablado con Julio en secreto y qué mensaje escrito le había trasladado. Lo había observado. ¿Se trataba de la secreta confabulación que a él tanto le preocupaba y de la que lo había prevenido con insistencia? De todas formas no esperaba nada bueno de un filósofo epicúreo.

No observaba en el entorno temores alarmantes, sino cotidianidad, serenidad y normalidad, y nada parecía que alterara los principios y usos de la vieja República. ¿Estarían equivocados sus agentes y soplones?

Marco observó al Calvo, que se había detenido en el dintel, donde los augures capitolinos hacían unos apresurados augurios, en medio de un fárrago de vísceras y corazones de aves desparramados por el suelo.

Al *quirite* lo perdía su obsesión por observar, por captar detalles que a otros le pasarían desapercibidos, y en el marco de su visión nada se le escapaba. Por eso había organizado y dirigía

Nemus. Antes de cruzar la puerta, Cayo Julio interpeló al augur Spurinna con ironía:

—Bueno, viejo amigo, han llegado los *idus* y nada fatal ha acontecido.

—Es cierto, cónsul, pero aún no han pasado. Veo señales de muerte.

Marco vio cómo César se encogía de hombros y se perdía en el interior de la Curia con su acostumbrada *dignitas*, acuciado por algunos senadores impacientes. Se había sobrepasado con creces la hora quinta —las once—. Vio cómo se secaba las manos sudorosas rozándolas en su túnica. Sabía de antemano que la sesión iba a ser conflictiva, y los temores de Calpurnia y de Spurinna lo habían agitado.

La sala que usaba temporalmente la Curia era adyacente al teatro. A ambos lados de los tres sitiales del dictador y los cónsules, se abrían dos largas hileras de bancos, donde se acomodaban los *patres*. La luz era clara y azulada y las palomas zureaban en las cornisas del edificio, confiriéndole una atmósfera de paz arrulladora. Las puertas estaban abiertas y las ventanas, desprovistas de vidrios, dejaban penetrar el rumor del Foro.

De repente algo inquietante alarmó a Marco. Lo que vieron sus inquietos ojos no encajaba en el plácido escenario de naturalidad y calma que el Senado pretendía exteriorizar. Sus ansiosas pupilas se reavivaron con la curiosidad. Todo era una artificiosa fachada que escondía la más flagrante de las traiciones. Ya no le cabía duda alguna.

Marco Antonio había sido detenido bajo los pórticos del teatro por el engolado Gayo Trebonio, uno de los conjurados según sus informes, que le impedía entrar ostensiblemente. Gesticulaba abriendo sus ojos vidriosos y saltones, y el cónsul lo miraba atentamente, como si le estuviera confesando su vida. ¿De qué tema tan importante hablaban que Antonio estaba tan absorto? ¿No era su obligación, en sesión tan transcendental, ocupar su puesto de tanta relevancia? ¿Le pedía una complicidad neutral?

Se resistía a aceptarlo, pero por su mente se despeñaron funestos presagios, aunque no dudaba de la firmeza y del coraje de César. No disponía de una irrefutable evidencia que sustentara las suposiciones de sus espías y de la suya misma, pero algo no marchaba bien. El amargo rencor y la sedienta envidia podían llevar al asesinato más alevoso.

Su mirada inquisidora lo condujo a la calle adyacente del teatro, habitualmente desierta. Vio enseguida que una compacta cuadrilla de gladiadores del *ludus* de Décimo Bruto, que tenía su sede en las cercanías, hacía acto de presencia a espaldas del teatro. ¿Por qué se exhibían tan cerca hombres armados si se celebraba una deliberación tan capital y sagrada?

Después desvió su mirada hacia las escalinatas de entrada y reparó en que los guardias del dictador habían quedado fuera, lejos de la sala de sesiones. No les habían permitido entrar. Pero advirtió algo más. Un grupo de senadores obstaculizaba la visión de quien se acercara a la entrada de la Curia. Jamás había visto una cosa igual, cuando las sesiones eran públicas.

De repente una idea trágica lo asaltó. De sus labios salió una queja:

—¡César está solo, desprotegido! Antonio y su guardia están fuera. Lépido en el Foro previniendo cualquier disturbio. No tiene a nadie que garantice su seguridad, y muchas espadas ocultas lo amenazan. ¿Quién lo amparará de la animosidad de sus enemigos? —se preguntó el caballero.

Un escalofrío le corrió por la espalda y lo dejó inmóvil, sin habla. Se dejó guiar por su instinto y sin poder disimular su desazón se dirigió presuroso a la Curia. En los asuntos de política de Estado nunca se podía estar seguro de nada, todo era complicado y a veces hasta inverosímil, pero algo sospechoso estaba ocurriendo en aquel preciso momento.

Una insidiosa corriente de desconfianza y sospechas se había desatado en el Senado. Su perspicacia para detectar momentos de peligro extremo lo había alertado.

Los *idus* de marzo venían cargados de avisos alarmantes.

23 puñaladas

Marco Druso dio la vuelta y se detuvo en una de las arcadas de la primera planta, desde donde podía contemplarse cuanto ocurría en la sala de sesiones, que despedía un fulgor diáfano saturado de placidez. César se había acomodado en el sillón de oro junto a los sitiales de los cónsules, rodeado de los símbolos sagrados de su *Imperium*, y bajo la mirada inerme de las estatuas de gloriosos héroes de la República, entre ellos la del Magno. Se disponía a iniciar la asamblea, cuando observó que un grupo se le acercaba. ¿Era eso habitual? A Marco no le pareció acorde con el protocolo de un Senado que se disponía a deliberar asunto tan crucial.

Apenas si se había acomodado cuando Tillio Címber, como un consumado actor, se arrodilló contrito a sus pies y le rogó que intercediera por Metelo, su hermano exiliado y proscrito. Julio alegó con voz autoritaria:

—Ahora no es el momento, Címber. En otra ocasión. ¡Basta!

Vio que el senador insistía y que otros muchos Padres de la Patria como Labeón, Quinto Ligario, Poncio Aquila, Sextio Naxo, Rubrio Ruga, Trebonio, Tito, los Casca y el mismo Décimo Bruto, todos ellos ex pompeyanos, se añadían a la petición sumando sus súplicas. Cicerón estaba ausente, y se preocupó más aún. Él hubiera supuesto un freno.

Tan patentes muestras de desconsideración lo aturdieron. El cónsul no ocultó su irritación ante el descaro del corro de senadores, que lo atosigaban, tocaban sus hombros y pecho, en un asedio inadecuado y grosero, instándole a que accediera a sus súplicas. ¿Buscaban si llevaba una coraza bajo la toga y si iba armado? Eso le pareció al intrigado Marco, que no perdía un solo detalle de la extraña escena que avistaba.

Entonces ocurrió lo que se maliciaba. Címber, con su papada flácida y arrugada, suplicó insistente. Le tiró de la toga con rudeza, dejando al descubierto su hombro y enarbolando en alto un puñal. Era la señal para los otros conjurados que lo rodeaban y se lanzaron sobre él como lobos. César se vio ultrajado y ante una incómoda situación. De inmediato tomó conciencia de la dimensión de su vulnerabilidad.

Se hallaba solo ante un fangal de miradas hostiles y de senadores que avanzaban hacia él amenazadores con las dagas en la mano. Disimuló al principio su desconcierto, pero el asombro y el pavor le impidieron reaccionar. Sin embargo les soltó con desconsideración

—¡Senadores!, ¿qué significa esta violencia? —exclamó César aturdido, y Marco, bajo el arco, ahogó una exclamación de ira e impotencia.

No iba armado, y mientras rodeaba el edificio, el asesinato se habría consumado. Se quedó como hipnotizado ante la macabra escena. La ansiosa pregunta de los ojos de César lo conmocionó. Todo era una contradicción flagrante para él. Los había perdonado, los había cargado de títulos, ¿y así le pagaban su dadivosidad? Las mejillas de Julio César palidecieron y sus manos temblaron. Más que su segura muerte lo que se adivinaba en su rostro era el dolor de la traición y la ingratitud. Su confianza había sido traicionada por oscuros y zafios egoísmos. Ni Roma ni él lo merecían.

Tillio Címber intentó apuñalarlo pero no pudo, por un instintivo mecanismo de defensa del cónsul. El primero que le lanzó una puñalada por detrás fue Publio Casca, el tribuno, y fue a clavarse en la clavícula desnuda del dictador, que gimió. La segunda, la que le propinó el obeso Parmensis Tito Casio, fue una cuchillada casi mortal.

Luego lo hizo su hermano, el otro Casca, hombre taciturno y hosco.

No obstante, César no perdió su sangre fría. Era un soldado curtido en mirar de frente a la muerte, y se le enfrentó, tras reconocerlo:

—¡Qué haces, maldito Casca! —le gritó destemplado.

Cayo Julio lo cogió fuertemente por el brazo y con el punzón con el que escribía en las tablillas de cera, intentó defenderse, pero Casca aulló de furor y le infirió otra puñalada en plena cara. Cegado por la sangre y por los alaridos de los conjurados perdió la orientación. No sabía dónde debía dirigirse y se tambaleaba como una caña ante el vendaval. El círculo de muerte se había consumado, atropellado por la ira y la traición. Todo eran asesinos con sus manos empapadas en sangre, confusión y chillidos estentóreos. Un senador lo empujó violentamente por detrás, y César cayó —caprichos del destino— cerca de la estatua de Pompeyo Magno.

Su espíritu indómito era harto conocido, y reuniendo las últimas fuerzas que le quedaban se dirigió bamboleante hacia los pies de la efigie de Pompeyo, su amigo, su yerno, su admirado colega de armas, por el que había llorado después de combatirlo.

Sus ojos estaban inyectados en sangre y de la garganta, del pecho y del rostro se escapaban borbotones de sangre.

Los puñales seguían alzados y cada golpe, ciego, feroz y seco, era el peldaño hacia el fin. César sentía una rabiosa impotencia. Décimo Bruto le asestó una puñalada en el costado con una cólera fiera. Letal sajadura, como había sido la de Casio.

Cayo Julio no concebía la existencia de tanto rencor y envidia a su alrededor. Su fe en el género humano se había extinguido. Sus leales lo habían abandonado y no podía apelar a nadie. Iba a morir... en los *idus* de marzo. Marco vio cómo inesperadamente se desencadenaba una violencia profanadora sobre Julio César, despedazándose la sacralidad del Senado de Roma, en un terrorífico caos de voces, carreras, sangre y desorden.

—¡Por Tanit, la Sabia! No puedo creer lo que ven mis ojos! —gritó—. ¡Horrendo crimen que estará clamando en los oídos de los dioses!

Veintitrés cobardes apuñalaban a un genial soldado mil veces más esforzado que ellos, que estaba además desarmado e inerme frente a la lluvia de dagas que se venían sobre él. El vencedor en cien combates en la Galia, Italia, Hispania, Britania, Germania, África y Oriente sucumbía ante un tropel de cobardes que se protegían con níveas togas, y no con corazas de combate, y con el escudo de la envidia, la ira y la ofensa.

Cayo Julio había caído en una celada tan artera y vergonzosa que su voluntad quedó anulada y se vio incapaz de luchar por su vida. Gradualmente su asombro se fue convirtiendo en incredulidad, y esta en una apabullante sensación de abandono ante las violentas cuchilladas.

Y cuando vio al hijo de su amada Servilia, el joven Marco Junio Bruto, asestarle una puñalada brutal y certera, se entregó definitivamente. No cabía más desagradecimiento. Comprendió que era la afrenta definitiva y que su alma ya no podía tolerar más desafección, repudio y desdén, por lo que se cubrió la cabeza con la toga ensangrentada. La ciega confianza que había depositado en él, en Décimo y en Casio Longo, había sido devuelta con las tres dagas que más dolían: la ingratitud, el desprecio y la deslealtad.

Él lo sabía. No deseaban preservar los ideales de la República, ni aumentar la gloria de Roma en el mundo, sino garantizar sus propios lucros. Y contra aquella cerril visión de la política nada podía hacer. Su mirada iba más allá del Tíber, la de aquellos traidores no superaba los muros de sus lujosas villas. ¿Cuántos hipócritas de aquella caterva sabían del atentado contra su vida y no lo habían detenido al entrar en la Curia? «Ingratos.»

«Nosotros, los senadores, seremos los garantes de tu seguridad, centinelas de tu preciosa vida, y con nuestros propios cuerpos te protegeremos», había dicho Cicerón, días antes en aquellas mismas gradas.

Abrumado y vencido, estaba dispuesto a inmolarse como un cordero en el sacrificio. Por Roma y por sus admirables y ambiciosos sueños. No le quedaba ningún vestigio de valor y de resistencia en sus venas. Agonizaba. Iba a morir difamado, burlado y derrotado por unos mezquinos mediocres.

—¡Dioses inmortales, el tirano ha muerto! —gritó Casca exaltado.

Su inveterada indecisión de no cortarles la cabeza antes de los *idus* le había costado la suya. Y los asesinos del gran Cayo Julio César, con las miradas febriles, algunos ensangrentados y con una insidiosa sonrisa de placer en sus semblantes, salieron precipitadamente de la sala curul, tropezando unos con otros. Silenciosos, cabizbajos, insolentes.

Unos pensaban que serían víctimas y otros no deseaban estar implicados. Dos viejos senadores acudieron en su ayuda, pero la mayoría ya había abandonado el lugar del crimen espantados por la violencia.

—¡Hemos recuperado la libertad, romanos! —proclamó Címber fuera.

Bruto, de pie en la Curia, intentó declamar un discurso de victoria, e instarles a que arrojaran el cadáver de César al Tíber. Nadie lo oyó.

—¡La República ha sido salvada! —pregonó el halcón de la altanería y la traición, pero no le prestaron atención.

Sin embargo los *patres* salieron del teatro con las dagas en alto, enardecidos por su magnicidio, ante las miradas atónitas, cuando no aterrorizadas de sus conciudadanos, que no entendían nada. Solo sentían pavor y agitación, y en su desconcierto proferían palabras y nombres como: Libertad, República, Bruto o Cicerón, gran padre de la patria.

Décimo Bruto sacó de su toga un *pileo* rojo —el gorro frigio de los libertos— y lo colgó de una estaca del Foro al grito de: ¡Libertad, libertad!

El cadáver ensangrentado del dictador quedó allí tendido, inerme, sin vida, a los pies del marmóreo Pompeyo, que lo observaba con su mirada fría y pétrea. Nadie se atrevió a acercarse, ni tan siquiera Marco Antonio, que huyó del teatro para enclaustrarse en su villa, tras intercambiar sus ropas con las de un esclavo. ¿Miedo a ser asesinado también? ¿Acuciado por enemigos invisibles? ¿Prudente y calculador ante una situación delicada? ¿Pensaba unirse después a la causa de los insidiosos? ¿Complicidad pasiva?

—¡Crimen en la Curia! —gritaba la gente alterada—. ¡Asesinato!

La gente huía y la *Urbs* se sumía en una convulsión enloquecida.

—¡Asesinato! ¡Han atentado contra Julio César! —exclamaban otros en medio del caos, la confusión y las noticias desconcertantes y contradictorias que volaban como el viento por el Foro.

—*Libertas, libertas, libertas!* —se escuchaba por el Foro.

Marco Druso era incapaz de dar crédito a lo que estaba sucediendo. Había muerto el más grande de los romanos en la cumbre de su poder, y en medio de una gloria que no había sabido amansar, ni sus coetáneos comprender. «Grande en la batalla, elocuente en la palabra, exquisito en la escritura», como aseguraba de él Cicerón. Los conspiradores pensaban que no habían cometido un simple asesinato político, sino un tiranicidio que serviría de ejemplo a descendencias venideras. No lo habían matado meros sicarios, sino Padres de la Patria, y exigían que Roma se lo recompensara.

A media tarde tres esclavos enviados por Calpurnia se acercaron al Teatro de Pompeyo, desierto a aquella hora, y retiraron el cuerpo inerme y abandonado de su amo. Se apresuraron para llegar a la *domus* y atravesaron el Foro, ante un silencio sepulcral. Su brazo derecho pendía de un lado de la camilla. Tenía el puño insólitamente cerrado. En él apretaba la lista de conjurados que el filósofo Artemidos le había deslizado y que no había podido leer.

Y ya era demasiado tarde.

XLVI

Lágrimas y sangre

Roma, tras el asesinato de Julio César. Marzo año 44 a.C.

Insensible ante lo que acontecía a su alrededor, Marco Druso, acuciado por la caballería de Lépido, que instaba a la población a que abandonara el Foro y el Teatro Pompeyo, se resistía a admitir lo que había presenciado en la Curia. Siluetas espantadas y despavoridas corrían de un lado para otro.

Había mudado el color de sus facciones y no sabía si escapar del lugar o unirse a quienes mostraban su rechazo por el asesinato de César. Había perdido definitivamente la esperanza en el hombre, tan dispuesto a oscurecer su alma con un asesinato ingrato y tan fácil de torcer su honor. Una flojedad paralizante le subió por las piernas, y presuroso se dirigió al Celio, a casa de su hermana Arsinoe, suponía que ajena al trágico suceso.

A la sibila se le heló la sangre cuando Marco le narró lo sucedido.

—Todos los indicios me ratificaban que no llegaría al invierno de su existencia y que nunca conquistaría Persia —negó con la cabeza angustiada—. El águila fue devorada por los aguiluchos a los que alimentó con cargos, benevolencia y honores, esa caterva de parásitos envidiosos, una lacra para Roma que asegura luchar por la libertad, cuando en realidad lo hacen por sus bolsas y provechos. No sabes cómo lo deploro.

—Cayó en las garras de un destino esquivo e implacable

—dijo abatido—. Esta ciudad ha traspasado los muros de la locura.

—Hermano, el valor de la vida de un hombre se mide por aquellos que desean parecérsele. Muchos de esos asesinos se miraron en él, y vieron que no le llegaban ni a las hebillas de sus sandalias. ¡Desleales! Era un hombre diferente a los demás, cordial, clarividente y seductor.

—Y lo hicieron para obrar el mal, querida. ¡Cuántos avisos le envié alertándolo del complot que lo ha conducido a su asesinato! Unas raíces podridas, que él intentaba extirpar, lo han ahogado —se lamentó.

—Julio César vivió con el corazón abierto al mundo. Y eso lo perdió.

—Lo han matado con el alma cegada por la envidia y el ansia de poder, pero jamás podrán borrar su recuerdo y su gloria —apostilló Marco—. Me pregunto si la vida y la muerte no forman parte de la misma ilusión.

—¿Y qué hemos de hacer, hermano? —preguntó asintiendo.

—Dada nuestra relación con el círculo cesariano lo mejor es recoger a Zinthia y Nicágoras, y resguardarnos en casa de *domine* Lucio Balbo. Su prestigio y vigilancia armada nos protegerán —le recomendó.

Arsinoe acopió sus pertenencias personales, recogieron a una Zinthia impresionada con el asesinato, que ya conocía por Nicágoras, y el grupo, apresuradamente, se dirigió a la Domus Balbo, donde Lucrecia los recibió con las lágrimas en los ojos, pues su amistad con Cayo Julio era máxima.

Cornelio Lucio Balbo no estaba en la casa. Según Lucrecia se hallaba reunido en casa de Antonio, con Dolabella, el cónsul recién elegido, Aulo Hircio, el designado para el año siguiente, Pansa, Oppio, Lépido, el Maestro de la Caballería, y otros diecisiete notables seguidores de César, como el arquitecto Corumbo, un liberto de César muy amigo de Balbo, y el banquero de Cayo Julio, Matio, que, encolerizados, planeaban una intervención punitiva contra los asesinos de su líder.

—¿Y qué propone tu esposo, *cara* Lucrecia? —se interesó Arsinoe.

—Una pronta y expeditiva venganza. ¡Es lo que se merecen! Si ganan este envite, una República podrida e incapacitada arruinará Roma.

Marco, inquieto, no dejaba de mesarse el cabello plateado, cuyos rizos le caían en la frente. Deseoso de conocer noticias, salió antes del ocaso para mitigar sus nervios y se detuvo en una taberna, cerca del Circo Máximo, donde pidió un vaso de *massicum* y un plato de aceitunas de Sicilia. Vio a gentes embozadas en sus capas que iban de acá para allá, temerosas y apresuradas. Todo el mundo temía algo.

Ascendió por la empinada cuesta de la *Scalae Caci* y a grandes zancadas atravesó las calles casi desiertas para pulsar el ambiente, con la mano en el pomo de su *glaudius*. Pero no pudo hablar con nadie conocido. El mercado del Velabro también estaba cerrado. Dolabella, en su calidad de cónsul electo, había apostado guardias en el cruce del Vicus Tuscus y de la Via Sacra, para proteger a la familia Julia, reunida en torno a una compungida Calpurnia, cuyo dolor era inconsolable.

Se veían cohortes de soldados armados en las inmediaciones de la cárcel del Tullianum, en el embarcadero del Tíber, en el Puente Emilio, en el valioso Tabularium, el archivo y biblioteca del Estado. Junto a la estatua del gran poeta Cátulo, su fundador, había seis guardias reciamente equipados que impedían el paso. En los alrededores del Capitolio, donde se habían refugiado los atemorizados conspiradores, protegidos por los gladiadores de Décimo Bruto, Antonio había enviado dos cohortes de la fiel X legión que los vigilaban.

El sol, en el triste descendimiento de los *idus* de marzo, se asomaba entre las barbacanas de las Murallas Servianas, tiñéndolas de veladas penumbras. Decenas de candelas se encendieron en las casas, villas e ínsulas.

Nadie salía. Roma estaba consternada por la muerte del gran Julio César y nadie sabía qué sucedería el día siguiente, ni en los sucesivos. Inseguridad, incertidumbre, agitación en la sombra y sospechas.

Huérfanos del padre que más los había protegido de los abusos de los *optimates*, lloraban su pérdida y sentían una presión en sus corazones, como astros aciagos que hubieran caído de golpe desde el firmamento.

Del Capitolio descendía el aroma a aceite quemado de las antorchas.

Confusión, espera y desconfianza en las tinieblas de los *idus*.

Pasaron las horas, porosas y expectantes. Dos días después, tras una larga espera en la que partidarios, conjurados y pueblo aguardaban encogidos alguna alteración en la ciudad, la clara mañana del 17 de marzo, en las *ante calendas* de marzo, los sediciosos dieron el primer paso para negociar la nueva situación del Estado, a instancias del previsor Cicerón; y el indeciso Marco Antonio, en su calidad de cónsul, e inclinado a apaciguar los ánimos, convocó al Senado en el templo de Tellus, o de la *Mater Terra* valedora en los terremotos, próximo a su *domus*, por si tenía que huir.

Los demás preferían permanecer parapetados en el Capitolio, pero cedieron a los ruegos del cónsul único, Marco Antonio. Representaba la ley.

—No podemos entendernos con los asesinos de Julio César —les había advertido Lucio Balbo—. Asolemos sus defensas y que paguen su crimen.

Lépido estaba acorde con la opinión de Balbo. No obstante, cambió de parecer cuando Antonio le prometió a su hija en matrimonio y el cargo de *Pontifex Maximus*. Aquellas palabras sirvieron al «hombre de Gades» para procurarse la animosidad del cónsul, que le rogó que se mantuviera al margen. Desde ese momento, Balbo se inclinó hacia Octavio, el sobrino.

Volusio, Marco Druso y Lucio Balbo *el Menor*, se dirigieron al Senado. Por nada del mundo se perderían aquella incierta sesión. Y por si de nuevo se convertía en una carnicería, iban con espadas ocultas bajo sus togas. Se situaron cerca de la puerta en su condición de caballeros, y la inquietud paralizaba a los *patres*, que se observaban unos a otros con miradas de desprecio, o de triunfo, otros de profunda consternación, algunos de sorpresa y los más, de reproche.

La atmósfera no podía ser más tensa. Los llamados «libertadores» se miraban ufanos unos a otros. Habían liberado a Roma del monstruo.

—Qué poca dignidad tiene este Senado, Lucio —le susurró Marco al joven Balbo, que asintió con la cabeza—. Aún está caliente el cuerpo de su dictador y general y ya están buscando sus recompensas esos falsos, perversos y perjuros. Me dan asco.

—Todo esto me huele muy mal. Han separado a mi tío de las negociaciones y parece como si pactaran un arreglo para escapar todos incólumes y con sus cargos respetados.

—Y algunos reafirmaban que poseían la misma talla política de César, quien les impedía su carrera de honores —contestó Marco—. Me río yo de estos intrigantes y fantoches afanosos de poder y de riquezas fáciles.

Marco, que estiraba el cuello para ver y oír, asistía a las disputas estupefacto. Unos pedían que se les otorgara el título elogioso de Bienhechores de la República a los asesinos, a los que llamaban sin rodeos los «libertadores».

Otros, que se censuraran los hechos de César y se contemplaran como no acaecidos. Los más cercanos a Bruto y Casio solicitaban altaneros que se votasen acciones de gracia a los dioses por haberles liberado del tirano, y un agradecimiento nacional a su heroicidad de asesinar impunemente y con felonía a un casi anciano desarmado, al que habían glorificado antes. «Cobardes», pensó para sí.

Antonio, que asistía impávido en su escaño, intervino en voz alta:

—Honrar a estos hombres es cubrir a César de ignominia. ¡No, me opongo! —Y se alzó un rumor de voces, unas discordantes y otras afines.

Las palabras de Antonio restallaron como un latigazo de alarma.

—Senadores, lo que hemos de votar es si César se comportó, o no, como un tirano, y si merece nuestra gratitud o nuestra recriminación, por lo que hemos de despojar su nombre y sus estatuas de todos los edificios públicos y templos —dijo otro pompeyano con acento desdeñoso.

La mente de Marco se negaba a aceptar tanto repudio y vileza.

—Ves el apresuramiento en olvidar y denigrar al ciudadano más esclarecido que parió Roma —dijo el *quirite*—. ¡Qué ofensiva frialdad, Lucio!

—Y qué fin más infamante para quien los encumbró —replicó—. Si esto llega a oídos del pueblo, se rebelarán contra estas ruines hienas.

Un tumulto de voces se adueñó de la asamblea. Era innegable que la concordia defendida por Cicerón, perdonar a los conjurados y mantener la memoria de César y sus decretos, se resistía a ser aceptada. A Marco, la sesión senatorial le parecía un manejo intolerable, y que la causa que defendían los más no podía ser más discrepante con el derecho romano.

Al punto, Marco Druso centró su mirada en el ambiguo Antonio. Su toga se veía abombada. Era incuestionable que llevaba bajo ella una coraza. Lo conocía sobradamente y sabía de su vida de placeres, inmoral y disipada. Lo había visto escapar borracho de los prostíbulos, de las villas y de las casas de apuestas, despatarrado y vestido con solo un faldellín en las tabernas, mientras conversaba campechano con los taberneros, o absuelto de más de un centenar de escándalos amorosos, tras sobornar a los magistrados. Su engañosa postura auguraba sorpresas. Lo intuía.

Reconocía que era un experimentado político y un óptimo soldado con su apariencia de gimnasta olímpico, que no dudaba en comer el rancho con sus legionarios, a los que les encantaban sus extravagancias y bromas. Se le veía resignado en su silla curul, y nada parecía alterarlo. Su perfil romano, nariz aquilina —a veces se dejaba la barba de filósofo griego—, mentón firme y cara cuadrada, sobre la que caían unos rizos negros recién peinados, lo convertían en un hombre llamativo.

No en vano, el gran Julio lo consideraba como a un hijo.

Había llegado a la sala como quien aparece para aclarar un hecho equívoco, sin aparentar el alcance debido al crucial momento que vivía Roma y la República. Y Marco nunca pudo sospechar que su pericia en asuntos de Estado fuera tan alta y sibilina. Si no daba un enérgico golpe de timón, la memoria de César sería enterrada allí mismo y para siempre.

Aunque había tenido un admirable *magister*: Cayo Julio César. Lo acogió un silencio de muerte. El aire pareció temblar y estremecerse.

—*Patres Conscripti*! —declamó sereno y cautivador—. Debo pensar que cuando ciertos colegas del Senado solicitan que César sea declarado oficialmente un tirano y un usurpador de libertades, reconocen al mismo tiempo que sus decretos y designaciones deben ser consideradas fuera de la ley de la República, y por lo tanto nulas a todos los efectos. Veo que no lo tasaron debidamente conforme a los códigos de esta venerable Junta, pues los libertadores perderán automáticamente sus nombramientos.

Un murmullo de aviso revoloteó por la sala. Más silencio y alarma.

—De esta forma —siguió—, honorables senadores, todos aquellos que ejercen funciones de Estado, o las ejercerán en el próximo año por decisión de Julio César, como tú, Décimo Bruto, o tú, Casio Longo, que le inferiste la puñalada más certera —y señaló con el dedo a los dos pretores cabecillas de la conjura—, debéis renunciar a ellas y a sus beneficios, pues fueron ordenadas por un proscrito y un defraudador del espíritu de Roma, según vuestras acciones y opiniones. ¿No es así, *seniores*?

El estupor vencía a los asesinos y una tenaza de temor los oprimió. Tendrían que comerse sus nombramientos y prebendas. Era como la antesala del más absoluto de los anonimatos. ¿De qué habría servido entonces su desleal asesinato si perdían sus beneficios?

Tenían la apariencia de animales atrapados en sus propias contradicciones. La cámara de representantes de Roma se quedó muda, en silencio absoluto. Marco Antonio los había dejado sin razones y persistió en sus argumentaciones, que caían como mazazos en las cabezas de los estupefactos senadores.

Antonio carraspeó, alzó el brazo y señaló a la bancada libertadora, de la que pensaba que ni toda el agua del mar purificaría las manos ensangrentadas con su obra maestra de traición.

—Por lo tanto, *Patres*, no hemos de discutir aquí si César era o no un déspota y un opresor de nuestras voluntades, ni a ser enjuiciados sus actos de gobierno. Eso ya no importa. Esta cámara se ha reunido hoy para conocer si quienes ostentan altos cargos en la República están dispuestos voluntariamente a renunciar a ellos, por haber sido otorgados por un violador de los decretos de Roma y un déspota que merecía la muerte más execrable. Eso es lo que debemos debatir. Después proseguiré —concluyó, y una vorágine de discusiones se inició en las gradas del Senado. No esperaban aquellos testimonios tan demoledores para sus empeños.

Cualquier rastro de orgullo había desaparecido del semblante de Casio y Bruto. La claridad de la exposición de Antonio había resultado irrebatible. Marco reparó en la sinuosa maniobra y en su convincente razonamiento. La hiel oscurecía los rostros de los conjurados. Estaban en un callejón sin salida. Perdón para todos y cargos garantizados, o nada.

—Intachable, Lucio —opinó Marco—. Antonio los ha dejado sin razones.

—Su flecha se ha clavado certera donde más les duele, Marco, sus prebendas. Los ha maniatado y los tiene cogidos por los testículos.

Los senadores se injuriaban unos a otros, pero todos deseaban la paz, como el pueblo mismo que aguardaba impaciente en el Foro.

—¡No deseamos nuevas elecciones! —gritaron al unísono Tillio Címber y Trebonio, asesinos de César, a quienes había nombrado procónsules en Asia y Bitinia, donde se harían inmensamente ricos. ¿Cómo renunciar?

—¡Que se mantengan los títulos adquiridos! —pidieron a voces Pansa y Planco, señalados cónsules para los dos próximos años, que también habían alzado sus puñales contra el dictador.

Antonio los miró con desprecio, viendo la futilidad de su moral.

Era innegable que la opinión más extendida era que aceptaban una solución de arreglo que suponía detener el acoso de los libertadores, evitar otra guerra civil y ratificar las *Acta Caesaris*, o sea, la legislación aprobada y los magistrados nombrados por Julio César. Lépido y Antonio salieron al Foro para informar a los allí congregados y pulsaron la opinión popular, mientras los senadores debatían la proposición a grandes voces.

—¡Venga al Calvo, Antonio! —le rogaban muchos ciudadanos.

—¡Eres su fiel sucesor! ¡Aniquila a los asesinos! —pedían los más.

Antonio comprobó que el pueblo y las legiones mantenían su fidelidad al que había sido su guía. Sabía que él no inspiraba a aquellos réprobos senadores más afecto que César. Él provenía de una familia de extracción humilde. No era de los suyos. Al entrar en el templo de nuevo vio que los senadores se mostraban indecisos, incapaces de tomar una decisión unánime. Cicerón volvió a intervenir para ofrecer a la destemplada asamblea una amnistía general al modo de las *polis* griegas cuando habían destronado a alguno de sus tiranos: perdón a la memoria de Julio y mantener la validez de sus actos, y el indulto para los libertadores.

De momento era la ocasión de los equilibrios y la anuencia.

—El consulado —prorrumpió Antonio—, en aras de la paz, acepta la prescripción de culpas propuesta por el egregio Marco Tulio Cicerón. Pero no tolerará de aquí en adelante elogios a los conjurados, por respeto a las familias de unos y otros. Los cónsules agradecen el patriotismo y celo exhibido por el Senado por bien de la República, y esperan su aprobación.

Era lo que aguardaban. La moción fue ratificada por unanimidad. Marco observó cómo Antonio desplegaba una sonrisa sibilina y confusa. Viendo peligrar sus lucrativas comisiones, los homicidas habían cedido.

El viejo senador Pisón, suegro de Cayo Julio, avivó su ingenio y sacó a colación el asunto de las honras fúnebres de su yerno. Expuso que al menos en su condición de Pontífice Máximo merecía unas exequias de Estado. Algunos senadores le recomendaron que lo hicieran en la intimidad. Pero el viejo y experimentado político y padre de Calpurnia se negó en redondo, apoyado por los cónsules y otros leales.

—¡Senadores! —tomó la palabra Antonio con la ingenuidad de una doncella—. He pulsado la opinión de la plebe en el Foro, y Lépido también. Está alterada, pues amaba a Julio y su grandeza, que es la de Roma. Unos funerales clandestinos y sin ningún fasto irritarán a un pueblo que lo aclamó como su *Imperator*, os lo aseguro. Y como cónsul no puedo permitir tumultos en las calles, en situación tan delicada. Además la población desea conocer el testamento de César que guardan las Vestales, pues se cree en parte beneficiario. ¿Qué hacemos, *Patres*? ¡Meditadlo!

Como era de esperar, movió la más atronadora ovación

Casio y otros conjurados, que se creían los garantes de la integridad romana, se opusieron obstinadamente tras un conciliábulo entre ellos. Se les notaba excitados y sus pulsos se les aceleraban. Peligraban sus estipendios e incluso sus vidas. Murmuraron y discutieron entre ellos, observando de reojo a los cónsules. Pero Cicerón los hizo callar. Su posición estaba amenazada por Antonio, el pueblo y las legiones de César.

Marco Druso vio cómo el ilustre abogado y orador esbozaba una mueca de disgusto. Su expresión era indescriptible. Intuía el peligro. Por su edad, unas pústulas rojizas le asomaban por el cuello, como a un viejo batracio dispuesto a mimetizarse otra vez para salvar su pellejo. ¿Estaba al tanto del complot aquel inteligente y escurridizo ex cónsul? ¿Dominaba a los conjurados? ¿Los inspiraba realmente?

Para él era todo un misterio el diligente celo del anciano senador.

Un silencio sepulcral se hizo en el santuario de Tellus. El cerco de Antonio al Senado se iba cerrando, de modo que la cámara aprobó sin oposición las exequias oficiales para Julio César y a costa del Tesoro de Neptuno. A algunos de los conjurados se les veía encorajinados. Antonio suspiró profundamente con un rictus triunfal. Había salvado la memoria de su jefe, general y amigo, y de paso se postulaba como su sucesor.

La sesión terminó tarde. Las resbaladizas calles de la ciudad y las colinas se iban despejando. Las bandas de niños mendigos habían desaparecido y los ávidos cambistas y los puestos de sopa, empanadas de garbanzos y salchichas habían cerrado. Los romanos se cobijaban en sus casas, villas e ínsulas, o se escabullían por las alargadas sombras que proyectaban los templos y basílicas.

Los Balbo, el noble Hircio, escritor que había concluido el octavo libro *La guerra de las Galias de César*, y con el que Lucio Balbo mantenía una relación sentimental, y Marco Druso, antes de dirigirse a la *domus* del Celio, se detuvieron en uno de los mesones de la Via Sacra, conocido por su excelente *massicum*, mezclado con mirra del país de los nabateos.

Unos vigilantes comían lentejas, judías, habas, algarrobas y coles, la dieta de la ya conocida austeridad campesina acostumbrada a los guisos de legumbres, el pan candeal, el ajo y la cebolla. Unos parroquianos que bebían ruidosamente cerveza gala saludaron a Balbo *el Mayor*.

Se acomodaron tras unas cortinas y Marco inició la plática.

—Estoy asombrado. Ignoraba las habilidades diplomáticas de Antonio —afirmó irónico.

—Los ha manipulado magistralmente, tocándoles lo que más les dolía a esos asesinos: su bolsa. Ha resultado burlesco, y hasta disparatado. Ha caído sobre ellos sin piedad y los ha desarmado —reconoció Hirsio.

—A mí también me ha impresionado, y como yo, no lo esperaban —asintió Balbo—. Los cogió desprevenidos. Hábil arenga.

El Joven, a quien se le veía triste por la muerte de César, intervino:

—En realidad, y sin pensarlo, la sesión del Senado ha sido un juicio político sobre César, que por ser un gobernante ecuánime, se vio obligado a caminar con peligrosos acompañantes de viaje: Casio, Bruto o Címber. Y me alegra que haya sido redimido. Su obra lo merecía. Tras tan infame muerte su memoria ha sido preservada, gracias a los dioses.

—Aún sin enterrar, y ya deseaban olvidar sus glorias. Malditos sean, ¡por Marte! —intervino Hirsio, un devotísimo amigo del Calvo—. Han matado al hombre, pero no han podido con sus ideas, que serán eternas.

Balbo bebió del jarrillo y probó las aceitunas sicilianas. Luego dijo:

—Julio César era el único romano que podía traer paz y estabilidad a Roma, pero la aristocracia lo odiaba por ser precisamente uno de los suyos y proteger al populacho. Era un traidor para ellos. Los nobles siempre han matado a los reformadores. César estaba en contra de los abusos contra los pequeños campesinos, de cómo agobiaban a sus inquilinos de las ínsulas y de su manipulación del Estado.

El sobrino, que idolatraba al Calvo por sus cualidades, dijo:

—Era un estadista que les estorbaba, nada más. Y lo mataron.

—Sobrino, el golpe de Estado ha sido un asesinato sin paliativos y te aseguro que, conociendo a Lépido y a Antonio, este no quedará impune. Y no debemos olvidar a su sobrino Cayo Octaviano, que contará con las legiones, de camino hacia Oriente. El joven sobrino es más expeditivo y peligroso que los dos juntos. Él vengará a su tío abuelo. Recordadlo.

Marco pidió al ventero unas tortitas de garbanzos y habló:

—Esta histórica asamblea ha demostrado que a sus asesinos los movían empeños bastardos. Roma les importaba un rábano.

Hircio, que conocía la intrahistoria del Senado, dio la razón a Marco.

—¿Sabes por qué, Druso? Porque César se interponía a sus pingües negocios del trigo y de otros negocios de tierras y latifundios, y no les dejaba manipular los precios, pues él, como buen gobernante, pensaba en la plebe hambrienta y el esforzado pueblo. Se enfrentó a sus egoísmos.

—Pues Antonio los ha ridiculizado y desenmascarado, tal como se merecían —reconoció el sobrino—. Ese Décimo Bruto y su amigo Casio se consideraban el fortín de la rectitud republicana, la sólida muralla de las costumbres romanas, y César les estorbaba en sus ansias políticas.

Marco pensó en César y se lamentó que no estuviera con ellos.

—Me cuesta creer que Cayo Julio haya muerto. Es difícil asumirlo.

—En mi ya dilatada vida, querido Marco, he comprobado que nada permanece para siempre, ni tan siquiera nuestros seres más apreciados. Ayer visité a Calpurnia —dijo Balbo—. Sus gritos y lamentos llegaban a la Roca Tarpeya. Llora inconsolable. Antistio, su médico, me reveló que recibió veintitrés puñaladas, solo una mortal, la segunda, la que le propinó en el rostro esa hiena envidiosa de Casio, que se la tenía jurada a César.

—Después de perdonarle la vida y premiarlo con distinguidos cargos. Su cuchillada en plena cara fue espantosa —dijo Hircio—. ¡Qué horror!

—Y junto a la sangre de su cara, Antistio me aseguró que también limpió un reguero de lágrimas secas. Llanto de desconsuelo y desolación.

—Cuando vio a Bruto apuñalándolo se entregó a la muerte y quizás a las lágrimas de su propia amargura. Cayo Julio era un hombre muy impresionable y sentimental —se pronunció el *quirite*, que probó del vino.

Cornelio Lucio susurró sus palabras. Deseaba ser reservado.

—Antistio me confesó que Calpurnia le había entregado a Antonio secretamente todos los documentos personales y del Estado que atesoraba su marido, y cuarenta mil talentos, para que emprendiera una persecución contra los asesinos de Julio. Como ejecutor de su testamento, me temo que lo leerá tras el solemne funeral que prepara. Resultará inigualable.

Tanto Marco como el sobrino sabían que escondía algo sabroso.

—¿Crees que ocurrirá algo raro? —le preguntó—. Te advierto receloso.

—¿Receloso, sobrino? En modo alguno. Me encuentro exultante, pues Antonio prepara unas exequias espectaculares con las que enardecerá al pueblo, quien a su vez pedirá que los libertadores sean declarados enemigos de la República. Después les pedirá sus cabezas en una pica.

—¡Ejemplar! —dijo Marco—. No esperaba un Antonio tan sagaz. Así que les presentará una oferta de conciliación, en absoluto magnánima.

—¡Exacto! Su jugada está clara, y me congratulo, aunque me haya relegado en sus decisiones. Los cónsules actuales son cesarianos, los del próximo, también. Los procónsules y pretores fueron elegidos por Cayo Julio, y el *Magister* de la Caballería es un general muy leal.

—Además, las legiones y muchos grandes capitales están a su lado. Y yo os pregunto, ¿quién ha ganado la partida tras los fatídicos *idus*?

—Esos infames libertadores desde luego no —se pronunció Marco.

—Así es. Han sido los grandes perdedores y dentro de muy poco los veremos escondiéndose como conejos y enfurecidos como perros rabiosos. Pronto entregarán sus rencorosas vidas a las Parcas. Una vez apaciguado el Senado, Antonio, Lépido y Octaviano los perseguirán hasta acabar con ellos, ¡como que vive la vengadora Ishtar en los cielos! —concluyó Balbo.

—¿Y entonces estimas que todo seguirá igual en Roma, tío?

—Así lo veo yo, hasta que Antonio u Octaviano, uno de los dos, se haga con el dominio. Sin César, pero con sus reformas y sus ideas de un *Imperium* universal gobernado por un *Princeps* y auxiliado por el Senado. Las pondrán en práctica Marco Antonio, y sobre todo Octaviano, que cuando se lea el testamento, será nombrado su sucesor en la República.

—Me alivias el corazón, patrono. ¡Que Tanit guarde tu sutil mente!

Lucio Balbo volvió a investirse de un tono misterioso, y bromeó:

—No solo se ha salvado el recuerdo de César. Existen otros que también se han salvado, queridos —los interesó sonriente, y esperó.

—¿Quiénes? —preguntó Lucio, viendo el gesto de chanza de su tío.

—¡Los partos!, mis avisados jóvenes. Ellos son los únicos que se han salvado de la furia conquistadora del irrepetible Cayo Julio César. Los estandartes y las águilas de Craso, que habrán de esperar a ser vengadas.

Sonrieron satisfechos, y alzando los jarrillos brindaron por la memoria del Calvo, un hombre al que habían amado, venerado y respetado.

El 20 de marzo, el treceavo día de las *ante calendas* —el 19 había sido festivo—, se había acordado celebrar el funeral de Julio César. Su suegro Calpurnio Pisón y Marco Antonio así lo habían decidido, cuando un sol de tonalidades amarillentas oreaba los aires de la agitada *Urbs*, aún no repuesta de la conmoción.

Nadie ignoraba que aquel día sería en Roma una grandiosa manifestación de pesar, dirigida por el sagaz Antonio para excitar el afecto del pueblo y de paso cambiar radicalmente el curso de los acontecimientos, pues la plebe se había acomodado y asistido a la retirada de las estatuas erigidas a su protector sin protestar. Había que sublevarlos e indignarlos contra el grupo de los senadores asesinos.

El rumor y un regato de acusaciones había prendido en el pueblo y acusaban a los libertadores de asesinos y de mostrar una tibia lealtad a la República. El brazo de la justicia aún no los había señalado con su índice inapelable, pero Marco Antonio se encargaría de ello.

El cónsul pensaba que si se olvidaba el prestigio y los hechos de César y prevalecían las ideas del viejo Cicerón, él quedaría fuera de la lucha por el poder, y sería como relegar al olvido la gloria de Cayo Julio. Y si leído el testamento, Octaviano era elegido su sucesor, no tendría problemas, con su carácter impulsivo, en tiranizar al tímido y manso joven.

La noticia corrió por las colinas como el viento invernal: Antes del funeral se iba a leer el testamento público del ídolo asesinado; y la expectación era máxima. Los barqueros habían desembarcado a decenas de ciudadanos del Trastíber. Una muchedumbre escandalosa y ávida de noticias se fue acomodando en el Foro, tomando las escalinatas de las dos basílicas, de la Rostra y de las tribunas cercanas al pozo Curcio, donde hacía tres siglos había caído un rayo enviado por el Padre Júpiter.

La Asamblea de las Tribus o Comicios del Pueblo, ante la que debía procederse a la lectura de las últimas voluntades del *Calvo*, se inició con escrupulosa puntualidad. Se oyó el sonido de una ronca trompeta y la superiora de las vírgenes Vestales, vestida de blanco y con un velo de tul cubriéndole el rostro, entregó el legajo confiado por César. Se rompieron los sellos y un magistrado comenzó a leerlo con voz tonante. Cayo Julio nombraba heredero universal a su sobrino nieto Octaviano, y tras él a Décimo Bruto, su asesino. Era demasiado para ser aceptado por el pueblo.

Los sentimientos del gentío sobrepasaron la sensatez, y más cuando conocieron que el general asesinado legaba a la República sus jardines del Trastíber y trescientos sestercios a cada uno de los ciento cincuenta mil beneficiarios del Estado, y lo mismo a sus legionarios. Cuando se leyó que Junio Bruto también estaba en la lista de herederos, el pueblo estalló en una irritante manifestación de ira y reprobación.

—¡Décimo, Junio, así os paga el Calvo vuestra negra ingratitud!

—¡Traidores! —los censuraban de todos sitios—. ¡Ingratos! ¡Asesinos!

Algunas matronas de familias humildes lloraban de agradecimiento. Los ánimos se soliviantaron y, tras una explosión de gratitud del pueblo, se dirigieron hacia los confabulados, insultándolos y maldiciéndolos.

—¡Antonio, Lépido, acabad con esos conspiradores!

—¡No mostréis piedad, como ellos no la tuvieron con Julio! —gritaban.

Cicerón, observando a la multitud enardecida, no quiso pasar la ocasión de publicar que él había sido el autor de la amnistía y que, en aras de la concordia, los senadores no permitirían a Antonio declamar el discurso fúnebre si no daba la mano a Casio y Bruto, para escenificar su amistad y conciliación ante el enloquecido pueblo de Roma, dispuesto a tomar la justica por su mano.

Marco vio cómo a Antonio se le atragantaba el abrazo de la concordia, pero lo precisaba para sus propósitos. Lo hizo sin mirarlos, conciliador y firme. La muchedumbre tomó posiciones para presenciar la *laudatio* que proclamaría Antonio, su fiel segundo en el mando, compañero de armas, colega consular y pariente masculino cercano. Impaciencia y tensión. La muerte de César había dejado un indecible vacío y un gran dolor en el pueblo.

La ciudadanía, amparada en el anonimato de la muchedumbre y recordando las bondades de César, rompió el caudal de sus sentimientos y arremetió contra los insidiosos, a los que citaba por sus propios nombres. Un griterío de voces se alzó contra Bruto y Casio, que hubieron de ser protegidos por los lictores. Temblaban.

El ruido del pueblo se asemejaba al rumor de un avispero. Arsinoe, Zinthia, Lucio Balbo —el sobrino— y Nicágoras habían encontrado un sitio de privilegio en el templo de Cástor y Pólux, y la enardecida cólera de la plebe los conmovió. Se situaron cerca de la fuente Juturna, de la que emanaba el agua más fresca de la *Urbs*, por si las exequias se alargaban.

La sibila de Gades sintió en su alma sensitiva que algo de naturaleza asombrosa flotaba en el aire y que iba a ser testigo de un acontecimiento extraordinario. Arsinoe y Zinthia estaban sobrecogidas. Eran testigos de un momento convulso en el que unos ambiciosos habían arrebatado la vida a un hombre también ambicioso, pero más honesto, sabio, valeroso y capaz que ellos, cercenando con sus dagas la gloria de Roma a la que aspiraba.

A la sibila, el Foro le parecía un lúgubre agujero en la tierra y escuchaba las plegarias por el líder asesinado, que muy pronto estaría junto a ellos, diminuto e inerme ante la grandeza de la eternidad.

«Pasa el tiempo, expiran las estrellas, somos reducidos a polvo en la tumba. ¿Qué quedará de Julio César en la eternidad?», pensó Arsinoe.

Y pugnó contra sus ganas incontrolables de llorar.

XLVII

El águila vuela hacia Oriente

Con los ojos clavados en el cortejo fúnebre, y como gobernado por una fe ciega, el pueblo romano manifestaba ostensiblemente su pasión y su fervor por el padre y guía muerto. Roma callaba en la torpeza del dolor. Se iba a celebrar el *funus* (funeral) por el ídolo caído. Uno de sus sobrinos, cumpliendo un pretérito ritual, había efectuado la *conclatio* (la llamada por su nombre) tres veces para luego depositar su cuerpo inerme en el *leptus funebris* e iniciar las *exequie* (exequias oficiales).

Abrumadas por la muerte inesperada y detestable de Cayo Julio, las gentes derramaban lágrimas de compasión por él, mientras pedían a gritos la detención de los conspiradores y un juicio sumarísimo.

El Foro acopiaba las llamaradas de una luminosidad azulada. Sonaron las trompetas palatinas y de la Domus Regia partió la procesión fúnebre, según los ritos ancestrales del Lacio. De inmediato se produjeron arremolinamientos de una masa humana expectante y respetuosa.

Una silenciosa procesión presidida por los dos cónsules, Marco Antonio y Dolabella, investidos con la negra y ceremonial *toga pulla*, marchaba solemne hacia el altar. El cadáver de César se había expuesto durante cuatro días en su *domus*, en la ceremonia de respeto llamada del *osculos premere*. El cadáver yacía sobre una litera con terciopelo adornada con lirios blancos de Venus, la flor de la *gens* Julia, y fue visitada por cientos de romanos.

El cuerpo de Julio César, inerme como un icono desangrado, yacía sobre un lecho de marfil egipcio, y era transportado por los más altos magistrados de la República, los salientes y los entrantes. Le seguían sus legionarios más veteranos con los lábaros adornados con crespones negros y sobre sus corazas las condecoraciones concedidas por su general, los oficiales de las legiones con los yelmos empenachados de plumas negras, y los tribunos y centuriones de sus legiones preferidas, la X y la *Alaudae*, que hacían sonar las severas tubas y los roncos timbales de campaña con una cadencia fúnebre.

Marco Druso, que lucía la Corona Cívica, desfilaba imponente al lado del estandarte del Elefante, y al llegar a las escalinatas del templo, lo observaron Arsinoe y Zinthia con un orgullo inefable. Las vírgenes Vestales con clámides negras cantaban a su paso los himnos elegiacos, y cerraban el cortejo los magistrados, los flámines de Marte, los tribunos, los senadores, las *ninias*, o plañideras, y los clientes, familiares y amigos íntimos de César, de luto riguroso.

Sus libertos portaban las imágenes triunfales del fallecido, las efigies en cera de sus antepasados, Mario y los Césares familiares, mientras Roma lloraba a su general triunfador. El desfile del *feretrum* se detuvo ante la tribuna oficial, donde se hallaban los miembros del Senado, Calpurnia, Balbo y Pisón, y creció el sentimiento del pueblo hacia su benefactor y volvieron a recrudecerse los escarnios contra los asesinos. El cuerpo fue depositado sobre un estrado recubierto con un dosel de púrpura y oro, frente a una capilla en miniatura del templo de Venus que César había mandado construir en gratitud por sus favores en la batalla de Farsalia.

El gentío estalló en una salva de aplausos furiosos.

Lépido se alzó sobre su montura, se despojó del yelmo y saludó:

—¡Legionarios, *Caesar Victor, Caesar Imperator*!

—*Salve Caesar, Salve Caesar!* —lo aclamaron, mientras golpeaban sus armas contra los escudos y corazas.

El momento era majestuoso, y aquellos hombres de rostros curtidos y llenos de cicatrices lloraban con desconsuelo. Era turbador, y miles de bocas ahogaron sus exclamaciones, cuando un tribuno de la X legio, apostado frente a la pira, soltó un águila real al cielo que voló rauda hacia las alturas del Palatino, simbolizando el vuelo del alma inmortal de Julio César al reino de Hades. La representación resultaba turbadora.

—¡César, César, César! —tronó el pueblo en un prolongado vocerío.

Marco Antonio bajó de la tribuna para pronunciar el elogio póstumo, la *laudatio*, situándose en un púlpito junto al estrado de la pira funeraria. Miles de ojos lo observaban y centenares de cabezas se apretaban para escucharlo. El silencio era religioso y sepulcral. El cónsul sabía que su futuro político dependía de su discurso y que el prestigio de César saldría fortalecido y propulsado a la gloria futura, de subrayar las palabras acertadas.

Antonio comenzó la declamación de la exaltación fúnebre, invocando los honores divinos y a los dioses protectores de la vieja República, y siguió: «Cayo Julio César ha sido el creador del alma de la nueva Roma, cuya secreta naturaleza pocos hemos comprendido: Cayo Julio, padre y maestro, esta Roma que tú has dejado es el colofón del viejo mundo y la aurora del nuevo orden basado en el encuentro entre los pueblos y el dominio de una civilización que alumbraron Rómulo y Remo. Y no soy yo, modesto ciudadano, quien tiene que ensalzar tus méritos, sino Roma entera, y para ello voy a leer tus méritos.»

Y Antonio fue enumerando sus victorias en parte del mundo conocido, sus hechos, sus logros, los méritos concedidos por el Senado y otros reinos de la ecúmene, ante el asombro de los presentes, modulando su voz, bajando y alzándola según convenía y haciendo inflexiones en sus frases para mejor penetrar en los corazones.

La frenética muchedumbre, ante la majestad conmovedora del cónsul y por la turbadora grandiosidad del momento, estalló en aplausos.

—¡Ciudadanos de Roma! —exclamó severo—. El noble Senado de Roma se comprometió a cuidar su augusta persona, declarándola inviolable y sacrosanta, y fueron precisamente miembros de esta respetada Junta de *Patres* los que le segaron la vida para preservar sus ambiciones: «Que sean consagrados a los dioses del infierno quienes no acudan en su ayuda», juramos un día ante la imagen de Júpiter Estator, Protector de Roma. ¡Yo, dioses de nuestros antepasados, que también lo juré, estoy dispuesto a vengar a Julio César, el caudillo de la honesta misericordia, y ser fiel a los compromisos que adopté junto a otros muchos senadores.

Las palabras cayeron rotundas como una lápida en una tumba vacía.

El abierto ataque al Senado hizo que sus miembros se removieran inquietos y que intercambiaran murmullos entre ellos. Antonio había vuelto a clavar sus saetas en la diana de sus negros corazones, y los señalados protestaron, siendo acallados por las voces del pueblo, al que dominaba desde su tribuna.

—Pero mantengamos la *Pax Deorum*, ciudadanos de Roma. No irritemos a los dioses tutelares con acciones indignas. Sea entonces decretado en los Anales de Roma que su asesinato ha sido debido a los *genios* perversos, y no a unos hombres codiciosos, y fijemos nuestras miradas en el futuro esplendoroso que le espera a la Ciudad de la Loba. Y ahora ruego a los miembros del Senado y a los ciudadanos de Roma que me acompañen al Campo de Marte, donde incineraremos su cadáver, junto a la tumba de su querida Julia, el ser humano al que más amó —exclamó.

La multitud, invadida por una silenciosa meditación, contemplaba el monumento funerario, rodeado por una constelación de cirios encendidos, y lágrimas apacibles resbalaban por sus pómulos y rostros. Antonio descendía las gradas, cuando de repente se detuvo, oteó el mar de cabezas, volvió sobre sus pasos, y teatralmente se detuvo a los pies del catafalco de Julio César. El gentío ignoraba qué le ocurría.

Al llegar a sus pies comenzó a sollozar y como si le hablaran los dioses al oído, entre gemidos, lamentos y gritos entrecortados, volvió a recordar las ciudades conquistadas por César, los reinos tomados, los tesoros aprehendidos y las hazañas acometidas:

—¡Brigantium, Alallia, Farsalia, Alejandría, Tapsos, Marsalia, Munda, Hispania, Galia, Britania, Germania, Italia, Macedonia, Grecia, Bitinia, Armenia, Líbano, Egipto, Cyrene, Libya, Numidia y Mauretania! —Y lo hacía con emoción, mirando torcido a un Senado que temblaba de expectación y también de pavor, y que se preguntaba si era una teatralización proyectada de antemano, o el sentimiento incontenible de un amigo.

»César era generoso. César era magnánimo. César era compasivo —profería cogido al catafalco en una lamentación infinita y sentida.

Arsinoe y Zinthia, que lo miraban emocionadas y embriagadas por su regia oratoria, soltaron sus lágrimas, como muchas matronas romanas. Un clímax de pasión, amor e histeria colectiva se adueñó del absorto gentío.

—¡César era el amado de la diosa Fortuna, hijo de Marte y de Venus, y aquí yace acribillado por puñaladas arteras! —vociferó Antonio, y de un salto accedió a la cabecera y descubrió el cuerpo violáceo del ex cónsul, que fue visto desnudo por la multitud, que ahogó un grito de dolor y de conmiseración.

Enseguida cogió la toga ensangrentada que vestía en los *idus*, y se la mostró al pueblo allí congregado, que lo aclamaba con dolor, recordando sus gestas, sus generosas prebendas y su proverbial filantropía y bondad para con los débiles y la valentía con la que dominaba a los ávidos *optimates*.

Arsinoe, que no quitaba ojo a Antonio, vio cómo hacía una señal, y de inmediato una orquesta de flautas, panderos, liras y trompetas entonaron himnos fúnebres y cantos elegiacos que cantaba un multitudinario coro de vírgenes ensalzando las virtudes castrenses y personales del difunto general, mientras recordaban la sombría ingratitud de sus asesinos. Las voces enronquecidas del pueblo quedaban estranguladas en sus bocas.

Y aquella prodigiosa armonía de cien voces e instrumentos, sonoros, arrebatadores y casi celestiales, revoloteaba sobre las cabezas en una grandiosidad jamás vista en la *Urbs*. El canto místico y absorbente llevó al paroxismo a la marea humana que gritaba su nombre sin parar, presa de la agitación y el arrebato más vehemente.

—¡César, César, César! —pregonaba sin cesar el pueblo. Y este alcanzó cotas de enajenación y rapto de los sentidos cuando, a otra señal de Antonio, surgió de detrás del armazón funerario un autómata de cera que representaba a Julio César y que, accionado por un mimo, se movía maquinalmente mostrando su rostro lívido y sus 23 heridas sangrantes. Zinthia y Arsínoe murmuraron entre ellas:

—Antonio sabe cómo sublevar al pueblo. ¡Qué representación!

—Es un histrión consumado y un dominador de masas, sin duda.

Y entonces ocurrió lo inaudito. En medio de un acaloramiento general y de un arrebato de delirio, como ocurriera en vida, un tropel de romanos asaltó el féretro con objeto de apoderarse del cuerpo sacrosanto de su cónsul asesinado para convertirlo en amuleto de sus vidas.

El efecto fue fulminante entre la multitud, y se oyeron vivas a César.

—¡César, salvaguárdanos desde los cielos! *Salve Julius!*

La locura, el desvarío, la ofuscación y el disparate habían hurtado el sentido común de los romanos, que se movían por el solo impulso de sus corazones. Unos pedían que fuera incinerado en el templo de Júpiter, otros en el Teatro Pompeyo y que el edificio fuera quemado junto a él donde había ocurrido el inaudito crimen que sus almas rechazaban con dolor. El pueblo, como quien ha vuelto de una dolorosa pesadilla, con el corazón sublevado y la razón indignada, gritaba desaforadamente.

—¡Mueran con él sus asesinos! —pedían muchos mirando a la tribuna.

—¡Lo mataron para no perder sus apetitos y fortunas! —vociferaban.

De pronto se hizo en el Foro un profundo y repentino silencio, y hasta se oía el latir de los corazones de los romanos.

Reinaba la confusión más absoluta. Los sentimientos exacerbados y la pasión cívica bien podía concluir en una catástrofe o con la ejecución sumarísima de los culpables, y de paso arder la ciudad entera. De pronto, dos legionarios de la X que portaban las *funes,* o antorchas rituales de la legión en las honras de un compañero de armas, se llegaron hasta el monumento mortuorio. La gente se quedó atónita, pues nadie podía incinerar un cuerpo dentro del *pomerium* por considerarlo nefasto y de mal augurio. Sin solicitar venia alguna, y saltándose el protocolo establecido, prendieron fuego al catafalco con las teas.

El armazón fúnebre con el cuerpo de Julio César comenzó a arder.

Y legionarios, curtidores y herreros de la Subura, en una disputa de entusiasmo, buscaron madera allá donde se hallara. Arrancaron los tablones de la tribuna, otros fueron por los bancos del Senado y las mujeres de la Subura acarrearon las tarimas usadas por los jueces de las basílicas. Al poco se improvisó una hoguera monumental que se veía desde todas las colinas de Roma.

Muchas matronas, prosternadas ante la pira, se despojaban de sus joyas, que arrojaban al colosal brasero, y hasta estarían dispuestas a arrancarle el corazón abrasadas de devoción hacia su bienhechor. Y los leales legionarios de la V y la X entregaban sus coronas, láureas y condecoraciones al fuego purificador, mientras se oía un grito de fervor:

—*Caesar aeternus, Caesar Pater, Caesar Imperator!*

Marco Druso se despojó de su Corona Cívica, y también la arrojó.

—Mi general, contigo la conseguí, y a ti vuelve —gritó—. ¡*Ave*, César!

Crecían los clamores, resonaban los vivas y salves de adoración.

—¡*Salve*, César! —le contestaron sus compañeros legionarios.

Arsinoe y Zinthia temblaban con los ojos espantados y miraban la pira donde ardía el cuerpo desnudo de aquel al que habían favorecido los cielos y gozado del favor del pueblo, e incluso de las naciones sometidas. La Sibila de Gades quedaría trastornada por mucho tiempo. Jamás había asistido a un acontecimiento tan portentoso y emotivo.

Recordó su encuentro con César en el templo de Melkart, aquel rostro de nobleza regia y viril, los ojos negros y profundos, que parecían poseer la virtud de la juventud eterna, y su inteligencia y penetración extraordinarias. Adivinó en aquella mirada que era el favorecido de la Madre, desde el primer instante. La mujer sintió un dolor brusco en su pecho, y recordó sus lágrimas de ansia de gloria ante la estatua de Alejandro, que le habían conducido finalmente a una muerte poco honrosa.

Nadie hubiera imaginado que el ceremonial de inhumación resultara tan imponente, delirante y enloquecido. Una columna de humo se alzó formidable por encima de la inconclusa basílica Julia y por los tejados de los Templos de Neptuno, de Vesta y de Cástor y Pólux, hasta donde llegaron las grises pavesas. Los puestos de los cambistas de la basílica Emilia se llenaron de las cenizas que escapaban de la pira, donde el cuerpo de Cayo Julio ardía con las llamas purificadoras.

Marco Druso Apollonio, junto a sus camaradas de la V legión, observaba los rostros impávidos de sus asesinos, que aún permanecían a los pies de las escalinatas, humillados, con el rostro asustado e inquietos, mientras pensaban cómo escapar de allí sin ser muertos por el pueblo incontrolado. La gente daba empujones y se abría paso hasta donde aún permanecía el Senado, al que insultaban, echaban salivazos y maldecían.

—¡Julio, el Hijo de reyes y sangre de dioses, conquistador del mundo, príncipe supremo de la República, hoy ha alcanzado el Olimpo! —rezó espontáneamente una respetada *pitia* que habitaba en los montes Albanos.

Sacudida por un vendaval de adoración hacia el cadáver que ardía, la devota multitud parecía fulminada por el resplandor de las llamas que conducían el alma del descendiente de Eneas el troyano a los cielos, pues aquel romano singular se había ganado el derecho a habitar con los dioses eternos. El fuego no era para los presentes fuego devorador, sino un viento delicioso que les devolvía el aroma del gobernante que más amaron.

Las mujeres se arrastraban por el pavimento con la esperanza de obtener alguna reliquia de César, astillas o telas del catafalco para emplearlas como ensalmo contra el mal de ojo, para curar enfermedades o las acechanzas de los *genios* maléficos. Algunas se desvanecían por el calor y eran retiradas por los legionarios.

Toda la fe y el amor de sus leales recordaban su prodigiosa vida.

Nicágoras rogó a las *dominas* que regresaran a la *domus*, pues la tarde avanzaba y se ignoraba qué podía suceder cuando el sol se pusiera tras el Capitolio. Y silenciosamente tomaron el camino de la villa del Celio.

La pira permaneció encendida toda la noche, y el pueblo veló las cenizas de Julio César en silencio y con unción piadosa, hasta que al amanecer, extintas las últimas llamaradas y fulgores, los ciudadanos se dispersaron en silencio y regresaron a sus casas, villas e ínsulas. Algunas hechiceras de los montes Prenestinos, los adivinos de las Velabras que oficiaban rituales primitivos y los ciegos videntes que pedían en el templo del Pudor rebuscaron entre los carbones y despojos, y guardaron algunos huesos que no habían sido calcinados, pues su persona ya era considerada divina y procuradora de milagros y remedios. Unos esclavos de la familia cumplieron con el rito del *os resectum* (enterramiento de algún resto) para que su espíritu no vagara eternamente por el Hades.

El oleaje humano, estremecido por unas exequias deslumbrantes e imperecederas, se fue retirando en medio de una devoción sagrada.

Aquella misma noche, acusados de avaricia sórdida y de magnicidio, Décimo Bruto y Casio Longo fueron acosados en sus villas por una turba incontrolada y furiosa, y obligados a huir como ladrones en la oscuridad para salvar el pellejo. Se ocultaron en unas perdidas aldeas de Etruria, en espera de que Roma se apaciguara. Su elevada misión había fracasado.

Pero sabían que sus vidas valían menos que un as de cobre.

Cuando Marco Druso se despedía de sus camaradas, vieron cómo el águila liberada durante el funeral por el tribuno emprendía el vuelo desde las cumbres del Palatino y se perdía por Oriente, sobrevolando las hermosas tumbas de la Via Appia. Su fastuosa silueta se recortó diáfana sobre el entibiado sol que se alzaba por el horizonte, y los soldados sintieron una extraña sensación de pérdida en sus entrañas.

Al llegar a la *domus*, Marco se despojó de su uniforme de oficial. El aire de la alborada oreaba cálido y acarreaba un olor ocre a madera quemada. Se bañó y se tendió en su lecho, rememorando el señalado acontecimiento que había presenciado y que jamás se repetiría en Roma.

Respiró profundamente y le gratificó que en unas horas vería a Zinthia.

A los nueve días de las exequias, los Balbo, Marco Druso y Arsinoe asistieron en casa de Calpurnia a la *cena novendialis*, la comida de purificación de la familia, que según creencia romana se hallaba contaminada por la muerte de César. La sibila fue la encargada de oficiar la *suffitio*, o aspersión de agua e incienso, para limpiar la casa y personas.

—Cayo Julio les regaló el universo y ellos lo enviaron a las cloacas del Hades —proclamó en su sentida oración—. Pero su alma voló a los cielos.

En medio de un clima de luto, de aspereza política, venganzas y huidas, los «hermanos» tuvieron tiempo para acrecentar su convivencia. La liberta, con su callada decencia, había conseguido conquistar el alma selecta de Marco, rescatándolo de sus cargas en la naviera Gerión y de un ocio que lo conducía de un tálamo a otro, sin hallar un amor comprometido y desinteresado. Zinthia había aliviado con el bálsamo de su delicadeza la orfandad amorosa en la que se hallaba sumido Marco desde su llegada a Roma. La mujer se dejaba conducir con docilidad por el elegante *quirite* y con la espontaneidad de sus agradecidos sentimientos, se convirtió en su refugio; y aunque desde hacía tiempo Marco tan solo sentía inclinación por las damas aristócratas, junto a Zinthia había hallado el afecto que precisaba y que aquellas no le proporcionaban.

Y como era de esperar, la naciente intimidad entre Marco y Zinthia se vio recompensada con una decisión, no por inesperada menos sorprendente. Embargado de vanidad, y cuando ya se murmuraba en los círculos de la *gens* hispana sobre la amistad entre el experimentado caballero y la *kezertum* de Gades, la presentó como su ser amado, a la que pretendía unirse y convertir en la regidora de su corazón y de su *domus*.

—Mi amada familia, quiero haceros partícipes de una decisión muy madurada que he tomado con respecto a Zinthia y mi futuro —manifestó con espontaneidad—. He contraído el compromiso de protegerla, y si la diosa Afrodita así lo determina, unirnos en matrimonio en el futuro.

A la liberta, conocedora de su decisión, se le ruborizó el rostro.

—Eres el dueño de mis sentimientos, Marco. Me haces la mujer más dichosa de la tierra, y nunca podré pagarte tu afecto hacia mí.

Arsinoe, que conocía los elevados principios que regían el intelecto de su hermano, no se sorprendió, y en su fuero interno se alegró extraordinariamente. Amaba a aquellos dos seres humanos entrañables, y bendecía la unión.

Procurando no perturbar su ánimo, la sibila señaló a su hermano:

—Nos sorprendes, Marco, pero alabamos tu determinación. Mis amigas me atestiguan que formáis una pareja refinada. ¿Pero qué haré sin ti, Zinthia, y sin la inagotable fuente de tus ocurrencias y favores?

—Arsinoe, seguiremos unidos, pero sabes que hace tiempo ansié disfrutar de la *serenitas* y de una vida más ordenada, y ese momento ha llegado, pero unido a esta ninfa, cuyo corazón solo conoce la ternura, y que además ama el arte, la música y la literatura griega.

La liberta, que miraba al *quirite* con cariño, intervino:

—Estaba sumida en el desamparo, creedme, pero desde que Marco me liberó, la vida adquirió para mí su verdadero sentido. Lo que agradezco a la diosa, que no ha dejado de proteger a mi libertador y a mí misma. Cuando llegué a Roma cargada de cadenas y con el alma hecha trizas, te convertiste en el único ser humano del que recibí compasión, y nunca lo olvidaré —reconoció emocionada.

Los ojos de Zinthia se colmaron de brumas cargadas y, con la cabeza hundida en el pecho de Arsinoe, no pudo reprimir el llanto.

—Vamos, uníos a mí, amiga mía, hermano. ¡Soy tan feliz! Madre Arisat hubiera celebrado esta unión con felicidad, estoy segura.

Arsinoe, que había recuperado la armonía de su carácter y su sereno aplomo, valoró su decisión con una mirada de agrado y rompió a llorar.

Arsinoe se disponía a abandonar Italia en una flotilla de Gerión.

Zinthia, que en un principio había decidido acompañarla a Gades, tras el compromiso con Marco, prefería no abandonar la ciudad y permanecer a su lado. La sibila portaba en su equipaje unas cadenas de esclavo de plata, que depositaría en su nombre a los pies de Astarté-Marina como ofrenda.

—Somos almas gemelas. La diosa juzgará que el exvoto es tuyo.

Arsinoe había determinado permanecer más tiempo en Gades, dedicar su atención al sacerdote Balkar, a quien tanto veneraba, y servir a la diosa por un tiempo indeterminado. Lo necesitaba tras la conmoción vivida en Roma. Más tarde regresaría a Roma para regentar el templo de Isis y Serapis, tal como había suplicado solícitamente Cleopatra, que había abandonado la *Urbs* al día siguiente del terrible asesinato, y la inconsolable Calpurnia, la jerarca de la cofradía de féminas romanas de la Bona Dea.

El vuelo de las alondras la despertó el día de la despedida.

Los empleados de Gerión habían llevado sus pertenencias al puerto de Puteoli días antes, y esperaba la llegada de Lucrecia. Los augures del Capitolio le anunciaron que, escudriñado el vuelo de los gansos sagrados, el viaje había sido juzgado propicio y amparado por Mercurio.

Roma se desplegaba alucinante sobre el tapiz de sus montículos la mañana de la partida. Zinthia, Marco y Nicágoras las acompañaban.

Roma bullía de comentarios contradictorios. Se adornaba con un lujosa *palla*, una estola bordada que le cubría la cabeza y los hombros, y no se embellecía con ninguna joya. Tras cruzar el Puente Emilio, se detuvieron en el cruce de caminos donde se alzaba un altar dedicado a los dioses compitales, divinidades tutelares de los viajes, y rezaron durante un rato.

Seguidas de un carro con esclavos armados, Briseida y las dos esclavas fenicias se subieron al carro de viaje, una cómoda *cisia*, coche de dos ruedas tirado por un peludo caballo del Rhin, donde *domina* Lucrecia aprovechó para narrarle las novedosas y suculentas noticias sobre la Roma que abandonaban.

Le confió que los conspiradores huían como ratas a ocultarse en las aldeas de Campania, y que Octaviano, que se hallaba formándose en Apolonia de Albania, había regresado para hacer valer sus derechos de heredero natural de su tío abuelo Julio César. Según Lucrecia, su marido Lucio Balbo se había convertido en su principal valedor, y lo apoyaría, junto a los demás leales a César, para alcanzar la más alta magistratura del Estado. No se fiaban de Antonio. Aunque el astuto Cicerón *el Garbanzo*, según palabras de la *domina,* le había comentado a Balbo: «Un cuervo más para competir con el prepotente Antonio.»

—Pero un cuervo con pico, garras y alas de águila. Conozco bien a Octavio —dijo la dama—. Mi marido está colaborando con él para diseñar la estrategia que lo coloque en la más alta magistratura de la República.

—*Domine* Lucio ha sido para los César su pieza maestra —añadió.

Le aseguró que el poderoso estado mayor cesariano era ahora la plana oficial de Octaviano, un joven de diecinueve años, con la madurez e inteligencia de un *senior*. Comentaron también el desapego con el que vivía con su marido Lucio, que incluso era visto en público con el ilustrado senador Hircio, aunque la moralidad romana no lo veía con malos ojos.

En Roma se había restablecido el justo equilibrio, y la muerte y la venganza se movían con el mismo viento. Sin embargo, Arsinoe dejaba la ciudad y la *domina* ponía tierra de por medio en su apegada relación, pues debía asistir a eventos familiares en

Puerto Menestheo e Hispalis, aunque regresaría antes de que cerraran los puertos en noviembre.

Conscientes de que tardarían tiempo en encontrarse de nuevo, se abrazaron en silencio, en medio del trajín de los estibadores y el susurro de las aguas del Tirreno, crestadas de espumas. Arsinoe exhalaba una aromática fragancia a *nardium óleum*, un costosísimo perfume elaborado con nardos de la India, y no había portuario que no la mirara admirado.

Decenas de barcos, en su mayoría trirremes, victoria y oraria, cargueras de velas cuadradas con destino a Córsica, Tarraco, Cartago Nova, Creta, Útica, Tingis y Alejandría, entraban y salían del puerto de Puteoli, donde partirían con la primera marea, rumbo a la luminosa Gades.

Aún ardía la pira gigante del faro del puerto, cuando resonó la sonora trompeta de embarque y el vozarrón del piloto convocando a la tripulación a cubierta para la maniobra de soltar amarras. Los roncos sonidos provocaron una tumultuosa desbandada de gaviotas que sobrevolaron frenéticamente el embarcadero con sus estridentes chillidos.

Olía a salitre, especias y aceite. Los estibadores habían atestado las bodegas de ámbar, vinos de Sorrento, Falerno, Calenum y Capua, licores de Chipre, estaño, seda de Palmira, pieles y ánforas áticas, con destino al comercio hispano. Las ánforas y cráteras las habían sujetado con trípodes para que no se derramaran los líquidos con el movimiento de las naves.

—Llegó el momento, hermanos —habló Arsinoe—. Todo lo olvidaré menos nuestras pláticas y risas en el jardín del Aventino. No me arrinconéis en vuestros recuerdos, ellos me sostendrán en mi separación.

La luz del orto ascendía lentamente y mientras estibaban el equipaje y las vituallas, recordaban los avatares vividos juntos, el inmensurable gesto de Zinthia y su reencuentro, tras años de separación e ignorancia, así como la muerte y el funeral de Cayo Julio. Y aunque se separaban por un corto periodo de tiempo, Marco Druso estaba seguro de que su hermana, espíritu inquieto, volvería a Roma como el viento etesio retorna del Jónico a los abrigos de Italia.

—Nuestras vidas se juntarán pasado un tiempo, hermano —contestó Arsinoe tomándolo del brazo—. Rezaré a Ishtar para que eso ocurra cuanto antes. Ahora que te he recuperado, no te voy a abandonar.

—Te dejamos con pesadumbre, Arsinoe —le aseguró Zinthia—. Escríbenos, te lo ruego, no soportaremos no saber de ti.

El vivificador aire marino lanzó al viento la cabellera azabache de Arsinoe, y unas palabras ansiosas escaparon de sus labios rojos:

—Concluyeron por un tiempo las amistosas confidencias, pero yo os evocaré diariamente en la distancia. Visitaré vuestros sueños con el espejo de Tanit, el clarividente ojo de la verdad de la familia. Cuídate, Zinthia, y vela por la salud de este engreído hermano mío, y hazlo feliz. Vuestro amor es lo más valioso que poseo —aseveró espontánea.

La emoción de la partida y el sentimiento que los unía hicieron que Zinthia reprimiera sus sollozos. Amaba la firmeza de espíritu de su salvador y jamás abandonaría su amor conquistado. Sus mejillas estaban pálidas por la agitación de la despedida, y al fin la tensión la traicionó derramando un llanto manso y fluyente. Balbuceante le dijo a su amiga:

—Que los dioses guíen la navegación y tus pasos por Gades.

—Que Venus favorezca el entendimiento entre tú y Marco, y que sople las ascuas de vuestros corazones —le deseó la pitonisa enternecida—. Sois dos espíritus excelsos unidos por los dioses.

—Que Hera os proteja —rogó Marco a su hermana y a Lucrecia.

—*Vade in pace deorum* —le contestaron.

Lágrimas clandestinas obligaron a volver a Marco su rostro de halcón. Y con una desazón no exenta de abatimiento, comprobó que a Arsinoe también le brillaban los ojos tras un velo de lágrimas.

Sonaron las trompas de la expedición de trirremes de los Balbo, las quillas se batieron con las olas y paulatinamente zarparon del embarcadero. Los remos se hundieron en el agua e impulsaron las naves hacia el mar abierto. El *quirite* fijó su mirada en su hermana, quien en la amurada los despedía agitando un pañuelo blanco. Al poco su figura se tornó borrosa y fue desapareciendo en el azul horizonte.

Al poco, las velas gaditanas desaparecían por la bocana del puerto, y con él, las alas de unos recuerdos encadenados a aquella mujer a la que tanto amaba, Arsinoe, la sagrada *asawad* y suma sibila de Gades.

EPÍLOGO

Tres cartas y un deseo

Gades, febrero del año 42. a. C.

Arsínoe abandonó el terrado de la residencia de los Balbo en Gades. Las luces del crepúsculo, ocultas por una bruma sedosa, se iban disipando mientras mostraban una colección de cárdenas tonalidades.

Había meditado sobre el mundo en el que vivía y en el propósito divino de su destino, pues aun siendo una mujer, y valiendo para los hombres menos que el plomo de una dracma, se sentía recompensada.

Veía la vida como un juego cuyas reglas jamás alcanzaba a conocer y que la había conducido de aquí para allá, del dolor a la felicidad, de la miseria a la riqueza, y de la desesperación a la esperanza. Pensó en Zinthia, en su fidelidad extrema, en su justa ira y en su heroico y abnegado valor para deshacerse del maldito Méntula con tan taimada venganza; y en Marco, su hermano recuperado, y se tragó las lágrimas.

«La vida es un péndulo dislocado cuyos movimientos ya han sido prescritos por los dioses de antemano y que no se pueden cambiar», pensó.

Descendió al silencioso jardín sembrado de olivos, laureles y cedros, donde las palomas torcaces —las aves de la diosa— se posaban durante la noche. Contempló su amado templo de Astarté-Marina envuelto en las sombras de la caleta, el *cotton* o puerto fenicio, y oyó los últimos cánticos de las voces etéreas de las *kezertum* y de los afeminados *kulú* y *assinnu*, en su mayoría eunucos de voces atipladas.

Pidió a Briseida y sus dos esclavas que la dejaran sola y tomó el recado de escritura y la habitual tinta roja de los santuarios púnicos, la *encaustum dracaena*. Con el codo apoyado indolentemente en la mesa, recibía la luz temblorosa de una lámpara de tres candiles de aceite perfumado. Ordenó el revoltijo de plumas, recipientes de cerámica, tablillas y punzones, e inició la epístola con singular excitación. Sus apresurados signos en el papiro de Pelusium iban siendo absorbidos por sus rugosidades, clarificando la escritura.

De Arsinoe, hija de Lauso y Arisat, *asawad* y suma sacerdotisa de la diosa, a Marco Druso Apollonio y Zinthia, en el día VIII de los *ante idus* de enero. Salud y la bendición de Ishtar, la Sabia.

Han transcurrirlo diez meses desde que me alejé de vosotros y bien parece que ha transcurrido un siglo. Es como si mis sentimientos sufrieran la prisión del alma, sede donde moran los afectos, y que es terriblemente peor que la del cuerpo. Y eso que cada día que pasa, el pueblo de Gades, los dignatarios y devotos me muestran una cálida estimación y me adulan con gran diligencia y respeto, como nunca sacerdotisa alguna recibió.

Cayo Julio sigue presente en la memoria de los gaditanos y mil veces he tenido que narrar su despreciable muerte y su mayestático entierro, allá donde me invitaban. Aquí sigue siendo el dios latino que pacificó el mundo, el pretor ecuánime, el hombre encantador, lisonjero e inteligente, y el general de amabilidad constante hacia los demás, sin que por ello disminuyera un ápice su *dignitas*.

Aún me cuesta comprender cómo sus compatriotas lo trataron con tanta indiferencia, e incluso lo aborrecieron, despreciando su proyecto de una Roma poderosa y temida. Su alma sucumbió a un cúmulo de traiciones incomprensibles que vienen a demostrar que el hombre es codicioso, farsante y violento por naturaleza, defectos que se acrecientan más cuanto más se acerca al poder. Se cumplió el misterioso presagio de que sus mismas águilas lo devorarían.

La perdición de los hombres es el olvido. Y los romanos olvidaron lo que eran, un pueblo de labriegos que se alimentaba de cebolla y ajo. César era tan ambicioso como los libertadores, pero mientras ellos iban a su caza para salvaguardar sus privilegios, él buscaba el prestigio y renombre de Roma y el bienestar de los menos favorecidos por la diosa Fortuna.

La verdad es que desde hace semanas me siento como un ave que ha extraviado el camino de regreso y se me acrecientan las ganas de volver a mi casa del Celio. A veces abrigo dificultades para encajar esos fragmentos de la realidad que hemos vivido juntos en los dos últimos años en Roma, dictados desde luego por dioses volubles que nos prescribieron una danza de nuestras vidas meticulosamente coreografiada.

Me llegan los sonidos del mar muy débiles, los prolongados rumores de algún lugar amado de Gades y el chisporroteo de las ascuas del brasero, pero para ser feliz en plenitud me falta vuestra imprescindible presencia e irreemplazable afecto. Me gustaría echar los cimientos en este emporio marítimo del fin del mundo, pero preciso de vuestra cercanía. Aquí, *cara* Zinthia, he recuperado un tiempo donde fuimos infinitamente dichosas, el único paraíso que verdaderamente nos perteneció.

Ofrecí tu exvoto de las cadenas de plata en el templo de Astarté y lo hice en compañía de la nueva *asawad*, Sejet, una joven que ama su vocación de servir de puente entre los hombres y la deidad, que ofreció unas oraciones por ti y sacrificó unas tórtolas para que nunca dejes de danzar ante la Madre. A un ruego mío nos auguró larga vida en medio de una paz de la que pronto disfrutará el mundo guiado por el espíritu y la sangre noble de César.

Cada acción de cualquier ser humano cristaliza a su tiempo, y la del cónsul asesinado lo hará en años venideros, os lo aseguro. Se restituirá su figura y el equitativo tiempo restablecerá su maltrecha integridad.

Como hacía contigo, Zinthia, pero ahora acompañada por Briseida, visito nuestros lugares queridos de Gades: los dos puertos, los mercados, el palacio de los Sufetes y el *fanum* de Baal, para ofrecer sacrificios de aves y corderos. Deambulo de incógnito por sus estrechas callejuelas y siento los empellones de la gente que se apiña en las plazuelas de Eryteia para asar el pescado, para después colarme en los alfares y los cobertizos donde se prepara el *garum*. Aspiro los olores de los batanes y de las fábricas de salazones, y me deleito con los ruidos familiares del santuario de Melkart y el de Astarté, donde cada día rezo ante la diosa por vosotros.

Las islas Gaditanas siguen tan hermosas como los jardines colgantes de Babilonia, el templo de Artemisa de Éfeso, o el Museo de Halicarnaso.

He retirado, querido Marco, cincuenta mil sestercios del Banco de Tiro, para unas mejoras en la Casa de Orfandad, de la que soy su favorecedora, y para la manutención y salarios. Espero que lo apruebes.

Echo de menos a *domina* Clodia, aunque la crean tan disipada y orgullosa, pero clarividente y sutil, a *dama* Lucrecia y su gentil compañía, y a la reina Cleopatra, relegada por los romanos y ya desprovista de su único apoyo en los desiertos de Egipto. Legitimar a Cesarión y a la vez legalizar sus derechos le resultará arduo. Su futuro es muy oscuro, os lo aseguro, y así lo he distinguido en el espejo de Ishtar. Diariamente y con la ayuda de dos jóvenes siervas o *naditú* del templo, cuido de nuestro dilecto y otrora pomposo Balkar de Aspy, el todavía sumo sacerdote de Baal-Hammon.

Ya no conocerías a nuestro octogenario protector, Zinthia. Extravió su robustez y ahora es un viejo comido por un zaratán que lo consume. Su nariz superlativa y roja se ha afilado como una daga y parece que está oliendo constantemente la llegada de la muerte. Unas negras ojeras ahuecan sus párpados y parece que contagia la ancianidad a cuantos lo rodean. Es demoledora la visión de su semblante demacrado.

Pero el *sapram* y «adivino de los dioses» sigue conservando su bondad, filantropía y benevolencia intactas, y sus ojillos se alegran como campanillas al verme entrar en su cubículo, del que ya no sale apenas. Con el médico egipcio del templo, y según las enseñanzas que aprendí en la isla Tiberina sobre Hipócrates y Asclepio, le preparamos un jarabe de almástiga y agárico que limpia y tonifica su estómago, donde el mal lo corroe. Solo ingiere leche de cabra y *panis candidus* con miel, y se mantiene vivo.

Tempus fugit (el tiempo no se detiene), y es difícil que asista a los fastos del Hieros Gamós, el rito de las nupcias sagradas y de la Fertilidad de la primavera. Y aquí perseveraré hasta que los dioses conduzcan su alma al submundo de los justos. Entonces regresaré a vuestro lado.

Cuando sucumbo al tedio de la soledad y la melancolía me consume, me refugio en mi *nebel* de doce cuerdas y canto una tras otra las viejas canciones marineras que entonaban los marineros fenicios cuando eran dueños del Mar Interior. Y los recuerdos me conducen a mi niñez extraviada y a nuestra desprendida y cariñosa madre Arisat.

Y no lo olvidéis, mientras permanezcamos alejados, los mensajeros de nuestro afecto serán los pensamientos que nos unen. Os envío el cuenco rebosante de mis mejores deseos.

Que la diosa os favorezca y refresque vuestros ojos.

En Gades, en la Hispania Ulterior. *Dixi.*

Al concluirla, con la mirada fija en el rielar de la luna y los destellos que danzaban en las olas negras, dobló el papiro, lo enlazó con un bramante de color escarlata y, tras derramar el lacre, lo selló con el anillo que le regalara su madre el mismo día en que murió. Sobresalía una efigie de Tanit con un caballo bajo una palmera, una estrella y la media luna. Era el signo que siempre las había identificado.

Roma, diciembre del año 42 a.C.

La bóveda del cielo había desplegado su fría infinitud sobre el invierno romano. Las nubes se habían disipado al amanecer del nuevo día en la Ciudad de la Loba. Una ondulación de tonalidades azules, amarillas y anaranjadas se adueñaban del cielo vacío, bañando las verdes colinas y penetrando en los pliegues secretos de la ruidosa *Urbs*.

La ciudad se había levantado a duras penas, cohibida por los gélidos aires. Marco Druso Apollonio había abandonado su *domus* del Aventino para dirigirse somnoliento a la oficina de Gerión de la basílica Emilia. Los barqueros del Tíber descargaban sacas de sal de Neápolis y vino de Cumas, y los molineros, el trigo para la Annona. Debía leer los informes traídos por Lisandro, pero antes escribiría una carta a su hermana Arsinoe, a la que echaba de menos.

Era excesivo el tiempo de separación.

De Marco Druso Apollonio, a Arsinoe de Gades. *Salutem.*
Dilectissima:

Cierta vacilación detiene mi mano, querida hermana. Han pasado casi dos años de la pérdida de nuestro amigo y guía Cayo Julio, y aún seguimos hablando de él. El corazón humano es una gran necrópolis repleta de sepulcros, pero el de César es el más querido y venerado.

Me preguntas por la situación de la Roma que te encontrarás a tu llegada. Pues bien, vivimos entre el estertor de la muerte de la República y sus gemidos libertarios, y el nacimiento del nuevo orden romano: El *Imperium* del que Cayo Julio fue su premonitorio arquitecto.

Será encabezado por Cayo Octaviano, pues el triunvirato que rige los destinos de la *Urbs*, según me asegura Lucio Balbo, tiene los días contados. La llegada a Roma del heredero testamentario de Cayo Julio ha minado la posición de Antonio, tras alinearse en hábil estrategia con el Senado. El sobrino, aconsejado por Balbo, se yergue como futura figura hegemónica, y tarde o temprano se convertirá en el *Princeps imperialis* que gobernará Roma y cuantas naciones y territorios domina.

El orden social se quebró por los vicios secretos de esos hipócritas y vulgares moralistas que asesinaron a César, y desde entonces las gentes humildes están hundidas en la desesperación.

Una generación entera de romanos estaba desengañada de la política, pero fueron tan sólidas las reformas de César, que hoy Roma se favorece de ellas, y los jóvenes regresan a los foros de la discusión. Luchó contra un Senado corrupto por un orden más ecuánime, y hoy todo el mundo lo reconoce, incluso aquellos encarnizados adversarios que proyectaron su desgracia y que fueron señalados por la muerte.

Te lo escribo sin parcialidad alguna, *cara* Arsinoe. No puede existir un hombre destacado en la historia, si carece de pasión y de *genio*, y César los poseía como un torrente en primavera. Alcanzó aquello que su talento concibió, simplemente porque fue el gobernante más racional con el que jamás me encontré, en un mundo dominado por la esclavitud, la violencia, los dioses falsos y la superstición.

Estuve en su presencia muchas veces para trasladarle informes de Nemus, y te aseguro que jamás se sumió en el arrebato de la tiranía del que lo culpaban los libertadores, pues de haberlo sido, hubiera segado las vides de la traición sin temblarle el pulso. Pero él no era un tirano, aunque así lo proclamaran para asegurar sus derechos. Si hubiera frenado sus codicias, el odio y la desconfianza, hoy aún viviría con nosotros y seguiría cumpliendo sus admirables sueños. Pero era magnánimo y tolerante. Los adalides de la República, esa gente mediocre, intrigante y codiciosa, jamás entendieron la «dignidad de Roma» que César anhelaba.

Me preguntas también en tu carta por la situación de nuestro mentor Lucio Balbo, el tío. Está algo retirado de los foros públicos, pero prosigue en su apasionado amor con el senador Aulo Hirtio. Nuestro patrono se ha convertido en el principal valedor, política y económicamente, del sobrino nieto de César, y su nombre suena como cónsul de Roma para el próximo año o el siguiente, siendo el primer extranjero que lo conseguiría. La milenaria Gades se verá muy halagada y favorecida.

Te voy a hacer partícipe de algunos acontecimientos que incluso algunos senadores aún no conocen, pues mis agentes de Nemus se mueven por todo el mundo conocido con expeditiva diligencia. He leído en algún texto filosófico heleno, que «las palabras escritas por un hombre y las acciones que emprende en su vida no son sino el sostén de su espíritu, y al igual que una calumnia puede aniquilar la reputación de un hombre, la inapelable evidencia del tiempo y la razón pueden enmendarla».

Pues bien. En solo un año, los dioses vengadores han querido restituir la equidad y pulir la injusta pérdida de la *dignitas* de Julio César. Te cuento. Décimo Junio Bruto, el odioso cabecilla del sangriento asesinato en los *idus* de marzo, abandonó Italia como un proscrito, y llevado por su envidia y sed de venganza hacia un César ya muerto, intentó recalar en Grecia para aliarse con Casio y Marco Bruto, que habían alzado un gran ejército. Pero en su precipitada huida, fue abandonado por sus hombres, que no olvidaban su participación en el magnicidio de un comandante en jefe tan querido y admirado por ellos. Fue capturado según mis agentes en los Alpes Cárnicos y mandado degollar sumariamente por Antonio.

Roma no es un hogar íntimo, es una fría hilera de tumbas. Ni con todos los perfumes de Tiro desaparecería el olor a las víctimas caídas.

Y tan solo hace un mes, en el recién terminado otoño, Casio y el otro Bruto, también huidos y desterrados por la ley, fueron derrotados en Filipos, Macedonia, por la fuerza senatorial de Antonio, Lépido y Octaviano, los nuevos triunviros. Bruto se suicidó, y Casio, hombre vergonzoso y sin valor, se hizo matar por un esclavo. Como era de esperar, los nuevos triunviros no se sustrajeron a la venganza de los asesinos de Julio César, que han ido cayendo de forma inexorable bajo el filo de la espada flamígera de su propia traición.

La conciencia culpable hace cobardes a los hombres, Arsinoe.

Cicerón, el viejo filósofo, retórico y abogado ilustre de Roma, el falso amable con el que tantas veces cenamos y conversamos, y que siempre se mantuvo en la ambigüedad de la deslealtad y el fervor hacia Cayo Julio, tras sus invectivas Filípicas contra Antonio, firmó su sentencia de muerte. Hace solo una semana fue apresado por los soldados de Antonio en su villa de Formia, y decapitado ante los suyos.

Su cabeza y sus manos todavía están expuestas para escarnio general en la Rostra de los oradores del Foro.

A veces, dilecta hermana, mecerse en la cuerda floja de la duplicidad es tan peligroso como situarse al frente de una conspiración, y en la de César sin duda alguna que estuvo involucrado.

De este modo, todos aquellos que bebieron la sangre de César y danzaron sobre su cadáver están muertos, porque la venganza de los dioses ha hecho que de las cenizas de su pira se levanten miles de vengadores. La condena se la buscaron ellos, porque toda maldad es compensada en la tierra, antes de visitar el Hades. No tenían esperanza alguna, salvo la espada que les segara las cabezas. Todo llega en la vida.

Así que, *cara* Arsinoe, César ha sido definitivamente desagraviado, y el templo inmenso de su memoria y ese fuego que lo guio por el mar embravecido de su existencia, desde la cuna a la fría tumba, ha sido repuesto por sus leales en el pedestal de la gloria que merecía.

Confiemos en las alentadoras palabras del patrono Lucio Balbo, y posiblemente para la próxima primavera regreses a Roma en plena paz.

A tu arribada te encontrarás con mi biblioteca más abastecida de como la dejaste. Lisandro ha comprado para mí en los bazares de Corinto, Siracusa, Séforis y Atenas antiguos rollos de astrólogos caldeos y de autores griegos, y ahora estoy enfrascado en la lectura de los versos de Píndaro y Alceo de Mitilene, en el estudio de Polibio, Eurípides y Aristófanes, y en los preceptos de los filósofos Heráclito y Parménides. Salvo Atico y Cicerón, no creo que exista *quirite* en Roma que atesore unos anaqueles tan aprovisionados de libros imprescindibles.

Zinthia sigue siendo el oasis de mi vida, y aunque sostiene que el amor no debe llevar necesariamente al matrimonio, aguardaremos tu regreso para que oficies la ceremonia de unión, pues sé que lo desea fervientemente. La ternura es el reposo de la pasión, y en ambos estados nos sentimos a gusto. Y como creo que no se hace nada por el afecto hacia una persona, si no se hace todo por él, la apacible Zinthia y yo nos hemos dado por completo el uno al otro.

Las humillaciones que la vida le infringió y que le producían una rabia áspera contra el mundo, las ha olvidado radicalmente. Su infierno personal, esa mezcla de dolor, resentimiento y humillaciones, han muerto en su espíritu, y se muestra atenta, solícita y mansa. Magullada por la vida, pero candorosa y sin engaño, su franca mirada azul se ha convertido en el refugio y reposo de mi alma. Y en ese sabroso veneno y dulce querencia nos hallamos.

Las tareas en Gerión, mis responsabilidades en Nemus, ahora al servicio de Octaviano, y la escasa dedicación a mi Ludus Gladiatorius de Preneste, del que estoy decidido a desprenderme, pues ya no tiene sentido mantenerlo, ocupan el otro espacio de mi variada vida.

Zinthia y yo te esperamos con ansia y desmedido afecto.

Que las deidades de nuestros padres te asistan, venerada hermana.

En Roma, en el IX día de las *ante calendas* de diciembre.

Esporádicos chaparrones habían calado en las terrosas calles de Roma y el sol naciente levantaba vapores neblinosos del barrizal del río. Marco levantó la vista y vio cómo el Foro se llenaba de altivos senadores, esclavos con esportillas, damas abrigadas, vigilantes y ociosos viandantes envueltos en capotes pardos. Unos leían las Actas Diurnas, otros se dirigían a las letrinas públicas, y los mercaderes desbordaban las oficinas de las basílicas. La ciudad se iba convirtiendo en la confusión cotidiana de los cien dialectos del Lacio, y en el millar de ruidosas conversaciones. El Foro era ya una espesa masa andante de gente romana, vocinglera y vitalista, que competía con el espacio que le hurtaban las literas y sillas.

Esa era la Roma que Marco Druso amaba.

Gades, enero del año 41 a. C.

Arsinoe se dirigió al templo de Melkart para despedirse de la *asawad* Sejet, la joven mauretana que ella había moldeado a su imagen.

Llegó al oasis espiritual en medio del océano, donde se percibía la presencia de la divinidad asiática nacida del fuego. Y aquel lugar, donde había interpretado durante años los sueños de cientos de devotos, la seducía de forma irremisible. Era el rostro del dios de Tiro hecho luz. La suma sacerdotisa y el *archireus* del templo la acompañaron y la agasajaron, y tras la comida paseó sola por el templo para rogar al dios por su próximo viaje que la conduciría a Roma, para encontrarse con Zinthia y Marco.

Olió el tufo de las humaredas de los sacrificios, el aroma del sándalo y el incienso. Traspasó los Pilares de la Tierra y oró con los brazos alzados en el *sancta santorum,* el espacio más recóndito del santuario. Con la pleamar regresó a Gades en la barca de los sacerdotes y la vaporosa clámide con la que se ataviaba revoloteó agitada por la brisa del mar.

Pensó que tardaría en regresar a aquel rincón tan querido. O quizá nunca lo hiciera. Silenciosa, lo contempló envuelto en su aura mágica.

En Gades, en las *pridie calendas* de enero, día 31.
De Arsinoe, para Zinthia y Marco Druso, mis hermanos del alma. Que la Madre Ishtar sea con vosotros. Salud.
Os escribo para anunciaros que muy pronto podremos abrazarnos, pues abierto el *mare clausum* (mar cerrado durante el invierno), zarpo para Roma con la segunda flota de los Balbo, la que aquí llaman del aceite y del *garum*, en los *idibus* (día 13) de *februarius*. Navegaré en la nao *Gadeira,* la más marinera y protegida de la compañía. Espero que la navegación hasta Puteoli sea bendecida con los suaves vientos etesios.
He permanecido casi dos años en Gades y he tenido tiempo suficiente para profundizar en mi vida pasada, y de

practicar una íntima introspección de mi alma, llegando a la certeza de que la dinastía de mujeres sabias de nuestra familia morirá conmigo. No habrá descendencia de Hatsú. Yo represento el último eslabón de la sagrada cadena de sibilas de la Madre. Hice una elección en mi juventud y mi felicidad dependió de mi perseverancia en ella.

Nadie de nuestra estirpe poseerá en el futuro el don de la percepción de los signos invisibles, del secreto de la muerte y de la resurrección de los espíritus, y las madres oráculos de Cartago, Berenice y Querquenna se olvidarán en el polvo del tiempo. Es llegado otro tiempo, con otros dioses, otros credos y otros augures, en los que prevalecerá la misericordia y la igualdad entre los hombres, según ha prescrito el espejo de Tanit.

Aquí, en Gades, he vuelto a ser yo misma, y volveré renovada interiormente. Ahora es cuando realmente he conocido la primavera de mi alma. Desde la perspectiva de la distancia, y tras un concienzudo ejercicio de humildad, sé al fin lo que es accesorio y fortuito en la vida, y lo que es importante para mí: vosotros y mi sosiego interior. La vida del hombre es a la vez su liberación y su tormento. Sus derrotas, deshonras y vergüenzas viajan con él en el tiempo. Yo he sufrido miedos constantes y tuve más tropiezos que complacencias, pero ahora he comprendido que se puede subsistir sin turbaciones, si olvidas el pasado y no tienes en cuenta el futuro, pues ninguno de ellos puedes cambiarlos a tu antojo.

Aunque nuestra vida interior es eterna, pronto los recuerdos de mi infancia y de mi juventud, encabezados por la memoria de nuestra madre Arisat, se desteñirán en mi corazón. Hemos nacido en ciudades africanas que un día no existirán, y en una época de la que tal vez nadie se acuerde con el devenir del tiempo. ¿Por qué entonces esa preocupación constante por ensanchar nuestro orgullo?

Muchos arrogantes se han jactado de estar al tanto de los designios de la diosa, y creedme que ni yo misma, que oigo su voz dentro de mí, los conozco realmente. Las divinidades desdeñan las desgracias humanas, creedme. Por eso nunca consideraré un privilegio de la diosa haber nacido mujer, pues mi única liberación fue convertirme en *asawad*.

La ciudad de Gades me reverencia, y en Roma, las más altas dignidades besan mi manto. Extraño destino el mío en un mundo donde las mujeres son insignificantes a los ojos de los hombres, que son los que moldean nuestras existencias. Tal vez sea esa la causa de no haber sentido atracción por el matrimonio. ¿Por qué la mujer es menos que nada en estas civilizaciones, y nos ha tocado tan solo el arcano cometido de ser vientres procreadores o de placer, magas, sibilas o *pitias*?

Es una incógnita para mí que jamás resolveré.

Así que me entrego a la fortuna de mi futuro, esquivo e inestable, como el de todos los seres humanos. ¿Acaso los presagios de la diosa son claros y diáfanos? Nunca lo fueron, y solo nuestra intuición natural los salvó, para interpretárselos a nuestros semejantes. Pasarán los años y seguiremos las huellas invisibles de nuestros antepasados, y con el polvo de sus existencias nos mezclaremos en el cielo, olvidados por todos.

Ardo en deseos de veros unidos en la alianza del matrimonio, y la alegría enciende todo mi cuerpo. Quién iba a imaginarlo. Cuánta felicidad me reserváis. Permitidme que asuma la distinción de ser quien entregue a Zinthia, que ejerza como *libripens*, o portadora de la balanza en la ceremonia, y que aporte la dote necesaria, como conviene a un alma tan purificada como la suya. Antes fui su hermana y amiga, y ahora seré su «madre».

Balkar de Aspy, hombre bondadoso, egocéntrico y socarrón, entregó su alma y ya reposa en el reino de los justos. Murió muy viejo y muy enfermo, pero en paz y sin dolor. Me pregunto quién reinará en el más allá, y de cómo vagaremos en el Tártaro, si felices, si desgraciados, o sin sentir la menor emoción. El patriarcal custodio de Baal es ya una estrella perdida en las lejanas constelaciones. Como mortaja fue investido con la túnica blanca del dios Nabu, la deidad de los sacerdotes y escribas del templo, y así irá por esos mundos entre sus espíritus iguales.

Fue incinerado en el templo de Baal-Hammon, el de la Fuente del Recuerdo de Gades, acompañado por los sufetes (regentes), los miembros de la Asamblea de Comerciantes y los oligarcas de las Hibrum Gaditanas (las cámaras de comercio), en presencia de los emblemas de los Siete Dioses Planetarios y del *zaimph* púrpura, o velo sagrado del dios.

Que Némesis, siempre despierta, lo acoja entre los inmortales.

Murió el último gran sacerdote de las viejas deidades púnicas.

Nuestras historias son las historias de los hombres de todos los tiempos, mis queridos hermanos. Concluyámoslas con dignidad y sin arrogancia, amparados en las creencias de nuestros dioses familiares. Seguiré viviendo en mi *domus* del Celio. No deseo ser una carga para vosotros. Las *dominas* Calpurnia y Sextia, la esposa del triunviro Lépido, me aguardan para dirigir los ritos de la Bona Dea y los de las Fiestas Parentales de las *calendas* de marzo. Deseo estar para entonces y servirles de «médium».

Hace unos días visité el Oráculo de Melkart para despedirme de la *asawad* Sejet, y deambulé por el santuario, fijando imágenes en mis retinas para más tarde evocarlas en la soledad de mis pensamientos, cuando ya esté lejos de Gades.

Pasé las yemas de mis dedos por el dorado bronce de los Caballos Tracios, del Jabalí de Erimanto y de la Cierva de Cerintia, las imágenes que inmortalizan las hazañas de Hércules tebano, y sollocé suavemente.

Y de repente, sin saber por qué, me detuve ante la estatua de Alejandro el Macedonio, donde hace años descubrí a Cayo Julio luchando contra su llanto devastador. Comprobé que era un hombre distinto a los demás, sensible y sentimental, y ya en Roma, fui testigo de cómo le sobrevenía un lloro viril con cualquier recuerdo amargo, cuando recitaba algún verso de Lucrecio, hablaba de su hija Julia o de su primera esposa Cornelia, o intuía alguna ingratitud de los que él amaba.

Todos los hombres que conocí en Roma se hacían pequeños a su lado, y murió de esa manera tan ingrata, porque en la misma habitación no pueden convivir la trivialidad y vulgaridad con la grandeza.

Era un romano de principios distinguidos y fastuosa dignidad.

Pero su llanto en momentos decisivos de su vida no viene sino a confirmar la medida de su alma indulgente y magnánima. Sus obras serán tenidas por generaciones futuras como esos monumentos que perdurarán en el tiempo, pues viven para siempre en la memoria de quienes tras él hemos quedado. Primero lo conocí como un sencillo oficial de Roma, más tarde como un reformador y gobernante incomparable y luego como un elegido por los dioses que ha transformado el mundo.

Jamás olvidaré aquel día, ni tampoco las lágrimas de Julio César.

Hasta los oídos de Arsinoe llegó el viento de las plegarias ardientes del santuario, las mismas que habían compuesto la sinfonía de su infancia y juventud. Andaba con parsimonia por la azotea. El entramado marmóreo del enlosado, adornado de flores de loto, rombos y cenefas multicolores relucía con la claridad lunar, y un vago bisbiseo flotaba en las ramas de las palmeras. Aceptaba que había sido testigo de hechos eminentes en un mundo convulso y cambiante, y que el fuego y la sabiduría de la diosa persistían dentro de ella, a pesar de sus dudas en la fe.

Comprendía también que con esta despedida se abocaba al otoño de su vida. En sus pupilas húmedas vibraban deseos inesperados, pero pensó que ya tan solo le quedaban los recuerdos y la pasión por vivir, las dos piedras inamovibles del nuevo tiempo que emprendería en Roma.

Pausada, aromática y serena, compareció la noche en Gades.

Glosario

Ab Urbe condita: Los romanos, por sugerencia de Terencio Varrón, contaban su historia desde el año de su fundación por Rómulo y Remo: 753 a. C.

Acaya: Nombre dado a Grecia por los romanos al convertirla en provincia.

Ad gladios: A muerte.

Admirabile visu: Admirable visión.

Adventu gratulatio: Sé bienvenido.

Afrodita Anadiomena: Venus saliendo del mar.

Agens: En Roma, espía o informador.

Agone: Ahora.

Ámbar gris: Sustancia aromática extraída de los intestinos del cachalote.

Ánfora: Acuario.

Anteo: Rey mitológico de Libia que luchó contra Hércules, quien elevándolo del suelo, pues de ahí tomaba su fuerza, logró asfixiarlo. Fue venerado en el norte de África.

Anubis: Dios egipcio de los muertos, con cabeza de chacal.

Argeos: Figurillas de barro, junco o mimbre que ofrecían los romanos a sus dioses.

Arimán: Dios demoniaco que representa el Principio del Mal en la religión y teología persa.

Arquíatra: Cirujano.

Arunci: Morón de la Frontera.

As (monedas romanas): *As*: Pequeña moneda de bronce / *Du-*

pondius: hecho de latón, valía dos ases / *Sestercio*: moneda estándar de latón que valía cuatro ases / *Denario*: moneda de plata que valía cuatro sestercios.

Asawad: Adivinadora fenicia a través de los sueños.

Astarté-Ishtar: Se asimilan ambos nombres. Diosa de la guerra, del amor y sobre todo de la fertilidad, incluso se la relacionaba con las estrellas y la luna.

Astigi: Écija.

Basterna: Vehículo de viaje muy ligero y veloz.

Bocco II: Nieto de Bocco I e hijo de Soso. Reinó en la Mauretania Tingitana y fue amigo de Roma.

Brigantium: La Coruña.

Caesar victor: Vencedor.

Caia: Esposa.

Calpia: Cerca de la actual Alicante.

Caput Mundi: Cabeza del mundo.

Cara: Querida.

Carmo: Carmona.

Carruca: Coche o carro de viaje.

Carteia: Actual Algeciras.

Carthago Nova: Cartagena.

Cástulo: Actualmente Cazlona, Jaén.

Celia: Cerveza de trigo y cebada mezclada con miel que ya se producía en la península en el siglo XI a. C.

Cesárea: Actual Cherchell.

Charax: Ciudad persa, cerca de Mesopotamia.

Clarissimus/a: Distinción del más alto rango en Roma (Excelentísimo/a).

Clarus: Esclarecido.

Columnas de Hércules: Kalpe (Gibraltar), Abila (Marruecos).

Corduba: Córdoba.

Curia Hostilia: Otro nombre con el que se conocía al Senado, por su ubicación.

Cursus honorum: Carrera política de un romano.

Cyprus: Chipre.

Decurión: Jefe de un pelotón de diez soldados: la decuria.

Denario de plata: Moneda del mundo romano, equivalía a una

dracma ática griega y era el patrón plata del mundo conocido. Pesaba unos 4,55 gramos. En la época de César, la relación entre plata y oro era de 20 a 1. Para comprar 1 kilo de oro eran necesarios 20 kilos de plata.

Dido o Elissa: Hermana del rey Pigmalión y fundadora de Cartago.

Diocles de Pepareto: (siglo IV-siglo III a. C.) Historiador nacido en la isla griega de Pepareto. Sus trabajos se han perdido, pero incluían historias de Persia y Roma que tanto Quinto Fabio Píctor como Plutarco usaron para sus historias sobre los inicios de Roma, sus tradiciones ancestrales y sus vínculos con Grecia.

Do ut des: Te doy para que me des.

Domus: Casa.

Dura lex, sed lex Romae: La ley es dura, pero ley de Roma.

Ecúmene u Oikumene (en griego): Totalidad del mundo conocido.

Élektron: Moneda antigua aleada con oro y plata con la que tradicionalmente se hacían los negocios antes de aparecer Roma.

Elephas victor: Elefante victorioso.

Equites: Caballeros romanos.

Etesios: Vientos del Mediterráneo que soplan favorables en el Tirreno.

Euhespérides: Puerto de Cirenaica, en el norte de África.

Fanum: Templo.

Fatum: Destino.

Fausta tibi: Felicidades.

Februarius: Mes de febrero, proviene de *februum*, un objeto de purificación.

Filodemo de Gadara: Poeta erótico y filósofo epicúreo que estudió con Zenón de Sidón, líder de la escuela de Epicuro. Fue muy conocido en la Roma republicana.

Flamen: Sacerdote principal y augur de una deidad.

Fratres: Hermanos.

Gadir: Fortaleza. Fundación fenicia de Tiro hacia 1130 a. C. Gades en latín y Gadeira en griego. «Fue llamada así por los fenicios al ser estos oriundos del Mar Eritreo» (Hesíodo, Estesícoro y Plinio).

Gaius: «Donde tú seas Gayo, yo seré Gaya» (de ahí deriva la palabra «tocayo», o igual).

Garum: Salsa de las vísceras de ciertos peces, una vez macerados y fermentados, que se producía en Gades.

Gaulos: Barcos de carga, a los que llamaba panzudos o *gaulós*.

Genios, lares manes y penates: Fuerzas o poderes invisibles del ámbito doméstico, presentes en la vida cotidiana de los romanos, en cuyo altar se ofrecían sacrificios y ofrendas.

Gladius: Espada romana, imitación de la falcata ibera.

Gurzil: Dios cornudo que se adoraba en Tingitania y en las cuevas norteafricanas.

Hades: Dios de los infiernos en la mitología grecorromana.

Háruspex: Vaticinador del devenir según los signos rituales.

Hastai: Lancero o piquero armado con un *pilum* o lanza.

Hetaira: Prostituta de condición selecta con conocimientos de arte, música, poética y filosofía.

Hieródulas: Siervas de Astarté que intervenían en las danzas rituales y ejercían la prostitución sagrada, por la que se entregaban a los extranjeros por un siclo de plata. Como en Corinto estas sacerdotisas solían transmitir la sífilis, a esta enfermedad se la conocía con el nombre de «el morbo corintio».

Hispalis: Sevilla.

Horas: Los romanos fraccionaban el día en doce horas. Desde la prima, a la salida del sol, hasta la duodécima, que coincidía con el crepúsculo, aunque solían simplificar con *mane* (por la mañana), *ante meridiem* (antes del mediodía), y *post meridiem* (tras el mediodía), y las cuatro vigilias o velas de la noche.

Iliria: Antigua región histórica de Europa que incluía la parte occidental de la península balcánica, en la costa oriental del mar Adriático. Hoy forma parte de Albania, Croacia, Serbia, Bosnia y Montenegro.

Iol: Actual Cherchell (Argelia).

Januarius: Mes de enero, proviene de la deidad Jano.

Kaspu: «Pago en plata» (fenicio).

Keffiya: Tradicional tocado árabe, oriental y norteafricano. Un trozo cuadrado de tela, doblado y envuelto en varios estilos, alrededor de la cabeza.

Koiné: Idioma griego popular, no usado por literatos o filósofos.

Labanaam: Líbano.

Lamia: Bruja. Las damas romanas llamaban así a Cleopatra.

Lanista: El que vende y compra gladiadores, y también el que los entrena.

Lébbede: Gorro fenicio en forma de piña.

Legio (X legión) o *Equestris*: Sería llamada en tiempos de César *Gemina*.

Liberto: Antiguo esclavo a quien el amo ha manumitido.

Lictor: Guardia que acompañaba a las autoridades romanas y que se ocupaba de cumplir con el castigo de la flagelación o decapitación. Portaban el *fascio*, o haz de hachas, para cumplir el castigo y vestían de rojo.

Liguria: Región entre Marsella y el Ródano.

Lixus: Larache (Marruecos), en latín; en púnico, Liksh.

Ludus galdiatorii: Escuela o palestra de gladiadores.

Magister: Maestro.

Massalia: Marsella.

Mauretania-Tingitania: El territorio de lo que hoy es Marruecos y Argelia; en tiempos de César estaba divido en la M. Cesarensis (Argelia) y M. Tingitana (Marruecos).

Melaria: Tarifa.

Melkart: «Rey de la ciudad» o «Señor de la ciudad», es el símbolo de la monarquía tiria. Este dios, identificado por los griegos con Heracles, protegía las ciudades púnicas y a sus ciudadanos.

Méntula: Así se denominaba en Roma el órgano viril masculino.

Mergablo: Cerca de la actual Conil.

Messana: Mesina, Sicilia.

Metecco: Extranjero en Gadir sin derecho de ciudadanía.

Miles médicus: Enfermero a las órdenes del *optio* del hospital militar.

Milla romana: Corresponde a 1,478 kilómetros.

Montes Herminios: Sierra de la Estrella en Portugal.

Morbus comitialis: Epilepsia.

Munda: Según las últimas investigaciones, actual Santaella, en el sur de la provincia de Córdoba, en un triángulo imaginario entre Antequera, Osuna y Córdoba.

Munus gerere: Administrador general.

Naditú: Especie de monja célibe de la diosa fenicia Astarté.

Navarca: En su origen griego, comandante de una armada o flota de barcos de índole militar o mercante.

Nika, nika: Victoria (en griego).

Nomenclátor: Esclavo que presentaba los visitantes a su amo y señor.

Optimates: Los principales, los nobles en Roma, generalmente senadores y altos cargos. La gente más representativa del Estado.

Ornatrix: Doncella peinadora.

Panormus: Palermo, en Sicilia.

Pataicos: Dioses o *genios* representados bajo formas espantosas y cuyas efigies colocaban en las proas de sus barcos.

Patres conscripti: Nombre con el que se conocía en Roma a los senadores.

Pelusium: Ciudad del delta del Nilo, productora de papiro.

Per semper: Por siempre.

Pitia: Adivinadora, sibila, pitonisa de los antiguos oráculos.

Pomerium/o: Recinto sagrado de Roma trazado por Rómulo, donde estaban prohibidas las armas y la presencia de los ejércitos.

Primi pali: Primer nivel.

Purpúreas o Purpurarias, islas: Hoy conocida como isla de Mogador.

Querquenna: Ciudad cercana a Cartago dentro de su órbita comercial.

Quintes: Ciudadanos romanos.

Roma: El origen de su nombre es controvertido: *Roma*, hija de Eneas; *Remo*, hermano de Rómulo; *Rumón*, río Tíber en etrusco; *Roma*, «las Gentes del Río».

Rusadir: Emporio cartaginés. Hoy Melilla.

Sapram: Gran sacerdote en el mundo fenicio.

Sarim: Príncipe púnico.

Septa: En púnico, Sepqy. Actual Ceuta.

Sertorio: General romano de la facción popular y pretor en la Hispania Citerior. Se reveló contra Roma y organizó en la península un Senado independiente de la *Urbs*. Luchó contra Pompeyo y fue asesinado por sus partidarios en Osca (año 72 a.C).

Siclo: Shekel en púnico. Moneda usada en todo el Mediterráneo occidental.

Sicoris: Segre.

Sidonita: Los fenicios se denominaban a sí mismos *Kananeu Sidonín*.

Siga: Ciudad costera de los massaliotas.

Silfio: Planta desaparecida desde principios de nuestra era, muy valorada en la antigüedad en la zona mediterránea por sus propiedades como medicamento y condimento gastronómico.

Sinus Arabicus: Mar Rojo.

Sistro: Matraca musical en forma de U utilizada en los ritos sagrados.

Sosígenes: Astrónomo alejandrino que inició la reforma del calendario Juliano, completada años después por Augusto.

Stola: Cubrehombros de las damas que llegaba hasta las rodillas.

Sufetes: Antiguos reyes, dos de la ciudad fenicia de Gadir.

Supremum vale: Hasta nunca.

Talento: Un talento equivalía al cambio a treinta mil sestercios.

Tanit: Personificación de la luna y divinidad femenina de Cartago.

Tarraco: Tarragona, capital de la Hispania Citerior.

Tartessos: Reino legendario situado en el valle del Tertis (Guadalquivir), que comprendía la actual Andalucía y parte de Levante. De legendarias riquezas en metales, estaba habitado por expertos talladores del bronce, agricultores, ganaderos y osados navegantes, que mantuvieron contactos culturales y comerciales con fenicios, griegos y cartagineses. Su existencia abarcó los siglos XII-VI a. C., para luego desaparecer.

Termopolias: Establecimientos donde se vendían bebidas calientes y vinos.

Thabraca: Ciudad númida gran productora de cereal.

Tingis: Fundación feniciocartaginesa. Actual Tánger (Marruecos).

Tofet: Sacrificio humano.

Tofet: Lugar de los sacrificios humanos y cremaciones en el mundo púnico.

Toga Angusticlavia: Toga propia de los *quirites* o caballeros.

Toga cándida: Túnica blanca de los candidatos al cargo de cónsul.

Toga Pulla: Toga negra de luto.

Turdetanos: Pueblo descendiente de los tartesios que habitaba la Bética (Andalucía) a la llegada de los romanos, y que según estos eran los más civilizados, cultos y desarrollados de Hispania.

Tynes: Túnez.

Urbs: Ciudad. Nombre por antonomasia de Roma. Proviene de Urbus-arado, con el que se delimitó el perímetro de la primitiva ciudad.

Urso: Osuna.

Vae victis: Ay de los vencidos.

Vade in pace: Ve en paz.

Vale et tu: Adiós. Despedirse deseando salud y ventura.

Velabro: Valle que se extiende entre el Capitolio y el Palatino, uniendo los dos foros, el Romano y el Boario.

Venaciones: Juegos entre gladiadores y fieras africanas.

Venus Victrix: Venus vencedora.

Vicus: Calle.

Xera: Actual Jerez de la Frontera.

Zaratán: Nombre con el que conocía en Oriente a los tumores del cuerpo.

Zilis: Ciudad y factoría cartaginesa. Hoy Dchar Kedid (Marruecos).

Bibliografía

Quisiera destacar a algunos versados autores del mundo romano, antiguos y modernos, de los que he tomado centenares de anotaciones y datos:

«*El triunfo romano*» de Mary Beard, ed. Tiempo de Historia; «*Historia de la caída del Imperio Romano*» de E. Gibbon, edit. Turner; «*Vida de los Césares*» de Suetonio; «*Julio César*» de G. Walter, ed. Grijalbo; «*El auriga de Hispania*» de Jesús Maeso, ed. Edhasa; «*Historia Romana*» de Dión Casio; «*Las Guerras Civiles*» de Apiano; «*César. LXVII.1.3*» de Plutarco; «*La conspiración de Catilina*» de Salustio, y «*Julio César*» de Jerome Carcopino.

Y el conocimiento del mundo romano de mi amigo J. Antonio Revuelta, abogado y estudioso de Roma, que me auxilió en muchos detalles.

ÍNDICE

OTROS TÍTULOS DEL AUTOR

Comanche

JESÚS MAESO DE LA TORRE

Nueva España, últimas décadas del siglo XVIII. Nos encontramos en los territorios que pertenecieron al Imperio español durante tres siglos. En esas tierras salvajes, a través de tres inolvidables personajes (el capitán de dragones del rey, Martín de Arellano; la joven apache Wasakíe y la princesa de Alaska, Aolani), el lector se sumerge en un episodio asombroso, hoy perdido en el olvido, que se produjo entre españoles, comanches, yumas, navajos, aleutas y apaches.

Revive las correrías de los dragones de cuera españoles y el gran esfuerzo que hizo la Corona por mantener su influencia en los hoy conocidos como Estados Unidos de América. Descubre las intrigas en la corte del virrey de México y en la palatina de Madrid, las conspiraciones entre masones europeos y el Vaticano, el choque violento entre dos civilizaciones, y las grandes pasiones que jalonan la trepidante historia de sus protagonistas.

La caja china

JESÚS MAESO DE LA TORRE

Rodrigo Silva asiste a la injusta ejecución de su padre y promete venganza. Pero el destino le tiene preparada una sorpresa: será el emisario secreto en tierras orientales de su majestad Felipe II.

Rodrigo es cartógrafo, sus conocimientos le abren muchas puertas pero también lo llevan a estar al borde de la muerte en más de una ocasión así como a conocer al Gran Emperador de la China. A lo largo de su peripecia descubrirá que no se puede confiar en cualquiera, que el amor sublime se encuentra donde menos se lo espera, y que muchas veces no hay vuelta atrás y los culpables han de ser quienes obtengan perdón por sí mismos.

Conjuras, espías, misiones secretas, bárbaros salvajes, amigos que no lo son, un estricto cura demagógico e hipócrita, un misionero bondadoso, el poder y sus luchas, y en medio de todo ello, Rodrigo, protagonista de la gran aventura del siglo XVI: la conquista de China.